中印经典和当代作品
互译出版项目
CHINA-INDIA TRANSLATION PROJECT

幽闭的黑屋

莫亨·拉盖什作品选

Andhere Band Kamare & Selected Stories

【印】莫亨·拉盖什◎著
闫元元　毛　磊◎译

中国大百科全书出版社

图字：01-2019-7497

图书在版编目（CIP）数据

幽闭的黑屋：莫亨·拉盖什作品选 /（印）莫亨·拉盖什著；闫元元，毛磊译. — 北京：中国大百科全书出版社，2020.1

（中印经典和当代作品互译）

ISBN 978-7-5202-0668-6

I. ①幽… II. ①莫… ②闫… ③毛… Ⅲ. ①长篇小说—印度—现代 Ⅳ. ①I351.45

中国版本图书馆CIP数据核字（2019）第283266号

审　　校　姜景奎
责任编辑　吴　琴
封面设计　许润泽　叶少勇
责任印制　常晓迪
出版发行　中国大百科全书出版社
地　　址　北京阜成门北大街17号　　**邮政编码**　100037
电　　话　010-88390636
网　　址　http://www.ecph.com.cn
印　　刷　小森印刷（北京）有限公司
开　　本　710 毫米 × 1000 毫米　1/16
印　　张　35.5
字　　数　411 千字
印　　次　2020 年 1 月第 1 版　2020 年 1 月第 1 次印刷
书　　号　ISBN 978-7-5202-0668-6
定　　价　138.00 元

中印经典和当代作品互译出版项目
中方专家组

主　　编	薛克翘　刘　建　姜景奎
执行主编	姜景奎
特约编审	黎跃进　阿妮达·夏尔马（印度）
	邓　兵　B.R. 狄伯杰（印度）
	石海军　苏林达尔·古马尔（印度）

总序：印度经典的汉译

一、概念界定

何谓经典？经，“织也”，本义为织物的纵线，与“纬”相对，后被引申为典范之作。典，在甲骨文中上面是“册”字，下面是“大”字，本义为重要的文献，例如传说中五帝留下的文献即为“五典”[①]。《尔雅·释言》中有“典，经也”一说，可见早在战国到西汉初，“经”“典”二字已经成为近义词，“经典”也被用作一个双音节词。

先秦诸子的著作中有不少以“经”为名，例如《老子》中有《道经》和《德经》，故也名为《道德经》，《墨子》中亦有《墨经》。汉罢黜百家之后，“经”或者“经典”日益成为儒家权威著作的代称。例如《白虎通》有“五经何谓？谓《易》《尚书》《诗》《礼》《春秋》也”一说，《汉书·孙宝传》有“周公上圣，召公大贤。尚犹有不相说，著于经典，两不相损”一说。然而，由印度传来的佛教打破了儒家对这一术语的垄断。自汉译《四十二章经》以来，“经”便逐

① “典，五帝之书也。”——《说文》

渐成为梵语词 sutra 的标准对应汉译，“经典”也被用以翻译“佛法”（dharma）[①]。随着佛教在中国的传播和发展，类似以“经典”指称佛教权威著作的说法也多了起来。[②] 到了近代，随着西学的传入，“经典”不再局限于儒释道三教，而是用以泛指权威、影响力持久的著作。

来自印度的佛教虽然影响了汉语“经典”一词的语义沿革，但这又可以反过来帮助界定何为印度经典。汉译佛经具体作品的名称多以 sutra 对应“经”，但在一般表述中，“佛经”往往也囊括经、律（vinaya）、论（abhidharma）三藏。例如法显译《摩诃僧祇律》（*Mahasanghika-vinaya*）、玄奘译《瑜伽师地论》（*Yogacarabhumi-sastra*），均被收录在“大藏经”之中，其工作也统称为“译经”。来华译经的西域及印度学者多为佛教徒，故多以佛教典籍为“经典”。不过也有一些非佛教徒印度学者将非佛教著作翻译为汉语，亦多冠以“经”之名，其中不乏相对世俗、与具体宗教义理不太相关的作品，例如《婆罗门天文经》《婆罗门算经》《啰嚩拏说救疗小儿疾病经》（*Ravankumaratantra*）等。如此，仅就译名对应来说，古代汉语所说的“经典”可与 sutra, vinaya, abhidharma, sastra, tantra 等梵语词对应，这也基本囊括了印度古代大多数经典之作。

然而，古代中印文化交流也有一定的局限性，若以现在对经典的理解以及对印度了解的实际情况来看，吠陀、梵书、森林书、奥义书、往世书等古代宗教文献，两大史诗、古典梵语文学著作等文学作品，以及与语法、天文、法律、政治、艺术等相关的专门论著都是印度经典不可或缺的部分。从语言来看，除梵语外，巴利语、波罗克利特语、阿波布朗舍语等古代语言，伯勒杰语、阿沃提语等中世纪语言，印地语、孟加拉语、乌尔都语等现代语言，以及殖民时期被引入印度并在印度生根发芽的英语都在不同的历史时期承载了印度经典的传承。

---

① “又睹诸佛，圣主师子，演说经典，微妙第一。”——《妙法莲华经》卷一《序品》（T09, no. 262, c18-19）

② “佛涅槃后，世界空虚，惟是经典，与众生俱。”——白居易《苏州重玄寺法华院石壁经碑》

二、古代中国对印度经典的汉译

经典翻译，是将他者文明的经典之作译为自己的语言，以资了解、学习，乃至融合、吸纳。这一文化行为首先需要一个作为不同于自己的“他者”客体具有足以令主体倾慕的经典之作，然后需要主体“有意识”地开展翻译工作。印度文明在宗教、哲学、医学、天文等方面的经典之作具有较高的知识水平，在不同时代对中国社会各阶层产生了独特的吸引力。中印文明很早就有了互通记录，有着甚深渊源，在商品贸易、神话传说、天文历法等方面已有学者尝试考证。[①] 随着张骞出使西域，佛教传法僧远来东土，中印之间逐渐建立起“自觉”的往来，古代中国对印度经典的汉译也在汉代以佛经翻译的形式得以展开。

1. 佛教经典汉译

毫无争议，自已佚的《浮屠经》[②] 以来，佛教经典汉译在古代中国对印度经典的翻译中占有主流地位。译经人既有佛教僧人，也有在家居士，既有本土学者，也有西域、印度的传法僧人。仅以《大唐开元释教录》以及《贞元新定释教目录》的统计为例，从东汉永平十年至唐贞元十六年，这 734 年间，先后有 185 名重要的译师翻译了佛经 2 412 部 7 352 卷（见表 1），成为人类历史上少有的翻译壮举。

---

① 季羡林:《中印文化交流史》（北京：新华出版社，1993 年）及薛克翘:《中国印度文化交流史》（北京：昆仑出版社，2008 年）中部分内容均介绍了相关观点。

② 学术界关于第一部汉译佛经的认定，历来观点不一。不少学者认为，《四十二章经》是第一部汉译佛经；但有学者经过考证发现，西汉哀帝元寿元年（公元前 2 年）大月氏使臣伊存口授的《浮屠经》应该是第一部，可惜原本失佚，后世知之甚少。目前，学术界基本倾向于认为《浮屠经》为第一部汉译佛经，并已意识到《浮屠经》在中国佛教史及学术史上的重要地位。参见方广錩:《〈浮屠经〉考》,《法音》，1998 年第 6 期。

表 1 东汉至唐代汉译佛经规模[①]

朝代	年代	历时	重要译师人数	部数	卷数
东汉	永平十年至延康元年	154 年	12	292	395
魏	黄初元年至咸熙二年	46 年	5	12	18
吴	黄武元年至天纪四年	59 年	5	189	417
西晋	泰始元年至建兴四年	52 年	12	333	590
东晋	建武元年至元熙二年	104 年	16	168	468
前秦	皇始元年至太初九年	45 年	6	15	197
后秦	白雀元年至永和三年	34 年	5	94	624
西秦	建义元年至永弘四年	47 年	1	56	110
前凉	永宁元年至咸安六年	76 年	1	4	6
北凉	永安元年至承和七年	39 年	9	82	311
南朝宋	永初元年至升明三年	60 年	22	465	717
南齐	建元元年至中兴二年	24 年	7	12	33
南朝梁	天监元年至太平二年	56 年	8	46	201
北朝魏	皇始元年至东魏武定八年	155 年	12	83	274
北齐	天保元年至承光元年	28 年	2	8	52
北周	闵帝元年至大定元年	25 年	4	14	29
南朝陈	永定元年至祯明三年	33 年	3	40	133
隋	开皇元年至义宁二年	38 年	9	64	301
唐[②]	武德元年至贞元十六年	183 年	46	435	2 476

自东汉以后的约 6 个世纪中，大量佛教经典被译为汉语，其历程与佛教在中国的传播历程基本同步。在这一过程中，涌现出许多重要译师，仅译经 50 部或 100 卷以上的译师就有 16 人（见表 2），其中又以鸠摩罗什、真谛、玄奘、义净、不空做出的贡献最为卓越，故此他们被称为“汉传佛教五大译师”。他们的生平事迹和具体贡献在许多佛教典籍中均有叙述，此不赘述。

① 本表主要依据《大唐开元释教录》整理而成，其中唐代的数据引用的是《贞元新定释教目录》。

② 唐代数据至德宗贞元十六年（800）为止，并不完整。但考虑到贞元年后，大规模译经基本停止，故此数据亦有相当高的参考价值，至贞元十六年，唐代已经译经 435 部 2 476 卷，足以确立其在中国译经史上的地位。

表 2　译经 50 部或 100 卷以上的译师

时代	朝代	人名	译经部数	译经卷数
三国西晋	吴	支谦	88	118
	西晋	竺法护	175	354
东晋十六国	东晋	竺昙无兰	61	63
		瞿昙僧伽提婆	5	118
		佛陀跋陀罗	13	125
	北凉	昙无谶	19	131
	后秦	鸠摩罗什	74	384
南北朝	宋	求那跋陀罗	52	134
	陈	真谛	38	118
	北魏	菩提留支	30	101
隋唐	隋	阇那崛多	39	192
	唐	玄奘	76	1 347
		实叉难陀	19	107
		义净	68	239
		菩提流志	53	110
		不空	111	143

自唐德宗之后，译经事业由于政局等多方面因素影响而受阻，此后又经历了唐武宗和后周世宗两次灭佛，佛教在中国的发展受到冲击。直到 982 年，随着天竺僧人天灾息和施护的到访，北宋朝廷才重开译经院，此时距唐德宗年间已有约两百年，天灾息等僧人不得不借助朝廷的力量重新召集各地梵学僧，培养本土翻译人才。在此后的约半个世纪中，他们总计译出五百余卷佛经。此后，汉地虽有零星译经，却再也不复早年盛况，古代中国对印度经典的汉译逐渐落下帷幕。

2. 非佛教经典汉译

佛教经典汉译占据了古代中国对古代印度经典汉译的主流，除此之外，其他一些印度经典也被译为汉语。这些文献大致可以分为两类：一类是在翻译佛教经典的过程中无意之中被译为汉语的，尤其是佛教文献中所穿插的印度民间故事等。[①] 一类是在翻译佛教经典之外，有意翻译的非佛教经典，例如婆罗门教哲学、天文学、医学著作等，尽管数量无法与佛教经典相提并论，但这些非佛教经典的翻译在一定程度上体现了古代中华文明对古代印度文明的关注开始逐渐由佛教辐射到印度文明的其他领域，不过从译者的宗教信仰以及对经典的选择来看，这类汉译大部分是佛教经典翻译的附属产品。

3. 其他哲学经典汉译

佛教自产生以来，与印度其他思潮之间既有争论，也有共通之处。因而在佛教经典的汉译过程中，中国人也逐渐接触到古代印度的其他哲学。有关这些哲学派别的基本介绍散见于包括佛经、梵语工具书、僧人传记的作品中，例如《百论疏》对吠陀、吠陀支、数论、胜论、瑜伽论，甚至与论释天文、地理、算术、兵法、音乐法、医法的各种学派相关的记载、注释和批判也可以在这些作品中找到。[②] 很有可能出于佛教对数论派和胜论派知识的尊重，以及辨析外道与佛法差别的需要等原因，真谛和玄奘才分别译出了数论派的《金七十论》和胜论派的《胜宗十句义论》。[③] 这两部经典的汉译在一定程度上拓宽了中国知识界对印度哲学的视野，但其翻译在很大程度上受到了佛教对其他哲学派别好恶的影响，依然是在佛教经典汉译的主导思路下完成的。

4. 非哲学经典汉译

除宗教哲学经典外，古代印度的天文学、数学、医学在人类科

---

① 新文化运动以来，这一领域已有多部论著问世，此不赘述。

② 宫静：《谈汉文佛经中的印度哲学史料——兼谈印度哲学对中国思想的影响》，《南亚研究》，1985 年第 4 期，第 52~59 页。

③《金七十论》译自数论派的主要经典《数论颂》（*Samkhya-karika*），相传为三四世纪自在黑（Isvarakrsna）所作。《胜宗十句义论》的梵文原本已佚，从内容看属于胜论派较早的经典著作。参见黄心川：《印度数论哲学述评——汉译〈金七十论〉与梵文〈数论颂〉对比研究》，《南亚研究》，1983 年第 3 期，第 1~11 页。

学史上也具有重要地位，其中一些著作也被译为汉语。古代印度天文学经典多以佛教经典的形式由传法僧译出。[①] 隋唐时期，天文学著作汉译逐渐出现了由非佛教徒印度天文学家主导的潮流。据《隋书》记载，印度天文著作有《婆罗门天文经》《婆罗门竭伽仙人天文说》《婆罗门天文》。[②] 瞿昙氏（Gautama）、迦叶氏（Kasyapa）和拘摩罗氏（Kumara）三个印度天文学家氏族曾先后任职于唐代天文机构太史阁，其中瞿昙氏的瞿昙悉达翻译了印度天文学经典 *Navagraha-siddhanta*，即《九执历》。[③] 此外，印度的医学、数学、艺术经典也因其实用价值通过不同渠道被介绍到中国，其中一些著作或部分或完整地被译为汉语。

5. 落幕与影响

中国古代的印度经典汉译在唐代达到巅峰，此后逐渐走向低谷，无论是数量还是质量都难以达到唐代的水平。造成这一现象的原因主要有两个方面：一方面，唐代中后期，阿拉伯帝国的崛起以及唐朝与吐蕃关系的恶化阻断了中印之间两条重要的陆路通道：西域道和吐蕃道，之后五代十国以及宋代时期，这两条通道均未能恢复，只有南海道保持畅通。[④] 另一方面，中国宗教哲学的发展和印度佛教的密教化这两种趋势决定了中国对印度佛教经典的需求逐渐下降。在近千年的历程中，佛教由一个依附于黄老信仰的外来宗教逐渐在汉地生根发芽，成为汉地宗教生活不可缺少的一部分，其作为“中国佛教”的独立性日益增强。甚至权威如玄奘，也不能将沿袭至那烂陀寺戒贤大师

---

① 例如安世高译《佛说摩邓女经》、支谦等译《摩登伽经》、竺法护译《舍头谏太子二十八宿经》等。

②《隋书·经籍志》，北京：中华书局，1982 年，第 1019 页。

③ 参见 P.C.Bagchi, *India and China: A Thousand Years of Cultural Relations*. 1981, Calcutta, Saraswat Library, p.212. 此后，依然有传法僧翻译佛教天文学著作的记载，具体参见郭书兰：《印度与东西方古国在天文学上的相互影响》，《南亚研究》，1990 年第 1 期，第 32~39 页。

④ 菩提迦耶出土的多件北宋时期前往印度朝圣的僧人所留下的碑铭证明，宋代依然有僧人前往印度朝圣，且人数不少。法国汉学家沙畹（E. Chavannes）、荷兰汉学家施古德（G. Schlegel）、印度学者师觉月（P. C. Bagchi）等国外学者在这方面均有讨论，具体参见周达甫：《改正法国汉家沙畹对印度出土汉文碑的误释》，《历史研究》，1957 年第 6 期，第 79~82 页。

的“五种姓说”完全嵌入汉地佛教的信仰之中。汉地“伪经”的层出不穷也从某种角度反映了佛教的中国本土化进程。不空等人在中国传播密教虽然形成了风靡一时的“唐密”，但未能持久。究其根本在于汉地佛教的发展受到本土儒家信仰的影响，很难与融合了婆罗门教信仰的佛教密宗契合。此外，本土儒家、道家也在吸纳佛教哲学的基础上有了新的变革。至宋代，三教合一的趋势逐渐显现，源自印度但已本土化的佛教与儒家、道家的融合进一步加深，致使对印度经典的诉求越来越少。由此，义理上的因素使得中国的知识分子不再追求印度佛教的哲学思想；再者，随着佛教在印度的衰落，以及中国佛教自身朝圣体系的建立和完善，前往印度朝圣也失去了意义。

古代中国对古代印度经典的汉译始于佛教，也终于佛教。尽管如此，古代中国对以佛教经典为主的古代印度经典汉译已经在中国历史上烙下了深刻的印记，其影响是持久和多方面的。在这一过程中，译师们开创的汉译传统给后人翻译印度经典留下了巨大财富：

其一，汉译古代印度经典除早期借助西域地方语言外，主要翻译对象都是梵语经典，本土学者和外来学者编写了不少梵汉工具书。其二，一套与古代印度宗教哲学术语对应的意译和音译相结合的汉译体系得以建立。由于佛教经典的流传，很多术语已经成为汉语的常用语，广为人知。其三，除术语对应外，梵语作品译为汉语需要克服语法结构、文学体裁等方面的限制，其实践在一定程度上影响了汉语的一些表达法。[①] 如此等等都为后人继续翻译印度经典提供了便利之处。

更为重要的是，历史上重要的译师摸索出一套大规模翻译经典的方式方法，他们的努力对于后继的翻译工作来说具有很高的参考价值。经过早期的翻译实践，鸠摩罗什译经时便开始确立了译、论、证几道基本程序，并辅之以梵本、胡本对勘和汉字训诂，经总勘方

① 例如汉语中常见的“所＋动词”构成的被动句就可能源自对佛经的翻译。参见朱庆之《汉译佛典中的‘所V’式被动句及其来源》（载《古汉语研究》，1995年第1期，第29~31、45页）及其他相关著述。

定稿。在后秦朝廷的支持下，鸠摩罗什建立了大规模译场，改变了以往个人翻译的工作方式，配合翻译方法上的完善，大大提高了译经的效率和质量。唐代译场规模更大，翻译实践进一步细化，后世记载的翻译职司包括译主、证义、证文、度语、笔受、缀文、参译、刊定、润文、梵呗等十余种之多。

此外，先人还摸索出一套翻译人才的培养模式，隋代译师彦琮曾以“八备”总结了译师需具备的一系列条件，具体内容为：

> 一诚心受法，志在益人；二将践胜场，先牢戒足；三文诠三藏，义贯五乘；四傍涉文史，工缀典词，不过鲁拙；五襟抱平恕，器量虚融，不好专执，耽于道术，淡于名利，不欲高衒；六要识梵言；七不坠彼学；八博阅苍雅，粗谙篆隶，不昧此文。[①]

这八备之中，既有对译者宗教信仰、个人品行的要求，也有对梵语、汉语表达的语言技能以及对佛教义理的知识掌握等方面的要求，今天看来，依然有很大的借鉴意义。

三、近现代中国对印度经典的汉译

佛教在印度的衰落及消亡使中印失去了最为核心的交流主题。中国对印度经典的汉译停留在以梵语为主要媒介、以佛教经典为主要对象的时代，自 11 世纪末[②]至 20 世纪初，这一停滞状态持续了数个世纪之久。19 世纪中后期，印度士兵和商人随着欧洲殖民者的战舰再次来到中国，中印之间的交往以一种并不和谐的方式得以恢复。中印孱弱的国力和早已经深藏故纸堆的人文交往传统都不足以阻挡西方诸国强势的物质力量和文化力量，中印人文交往便在这新的格局中，借助西方列强构建起来的“全球化”体系开始复苏。

---

①《释氏要览》卷 2，T54, no. 2127, b21-29。

② 宋神宗元丰五年（1082）废置译经院，佛教经典汉译由此不再。

由于缺乏对印度现代语言和文化的了解，早期对印度经典的译介在语言工具和主题设置两个层面均在一定程度上受制于西方的话语体系。20世纪上半叶中国对泰戈尔作品的译介便是明证。1913年，泰戈尔自己译为英语的诗集《吉檀迦利》以英语文学作品的身份获得诺贝尔文学奖，这在当时的世界文坛引起了轩然大波，对当时正在探索民族出路的中国知识分子来说同样具有很大的震撼力和吸引力。陈独秀在1915年10月15日出版的《青年杂志》上刊载了自己译自《吉檀迦利》的四首《赞歌》，为此后持续了近一个世纪并且至今依然生机勃勃的泰戈尔著作汉译工程拉开了序幕。据刘安武统计，至1949年中华人民共和国成立止，“我国翻译介绍了印度文学作品40种左右（不包括发表在报刊上的散篇）。这40种中占一半的是泰戈尔的作品”。[①] 泰戈尔之所以在中国受到格外关注固然始于西方学术界对他的重视，但他的影响如此之大亦在于他的作品恰好满足了当时中国在文学思想领域的需求。首先，从语言文学来看，泰戈尔的主要创作语言是本土的孟加拉语，而非印度古典梵语。这引起了当时正致力于推广白话文的中国知识分子的广泛关注，并被视为白话文替代古文的成功榜样。[②] 此外，泰戈尔的文学创作，尤其他的散文诗为当时正在摸索之中的汉语诗歌提供了一个重要的参考对象。其次，从思想上来说，泰戈尔的思想与当时作为亚洲国家“先锋”的日本截然相反，为当时正在探索民族出路的中国知识分子提供了另一个标杆。于是，泰戈尔意外地成为中印之间自佛教之后的又一重大交流主题。尽管中国知识分子对其思想和实践的评价并不一致，许多学者依然扎实地以此为契机重启了中国翻译印度经典的进程。当时中国尚未建立起印度现代语言人才培养机制，因此早期

① 刘安武:《汉译印度文学》,《中国翻译》，1991年第6期，第44~46页。

② 胡适向青年听众强调泰戈尔对孟加拉语文学的贡献时说：“泰戈尔为印度最伟大之人物，自十二岁起，即以阪格耳（孟加拉）之方言为诗，求文学革命之成功，历五十年而不改其志。今阪格耳之方言，已经泰氏之努力，而成为世界的文学，其革命的精神，实有足为吾青年取法者，故吾人对于其他方面纵不满足于泰戈尔，而于文学革命一段，亦当取法于泰戈尔。”（载《晨报》，1924年5月11日）

对泰戈尔作品的汉译多转译自英语。凭借译者深厚的文学功底，不少经典译作得以诞生，尤其是冰心、郑振铎等人翻译的泰戈尔诗歌，时至今日依然在中国广为流传。

与泰戈尔一同被引介到中国的还有诸多印度民间故事文学作品。[①]如前文所述，古代翻译印度经典时就有不少印度民间故事被介绍到中国，但多以佛教经典为载体。[②]近现代以来，印度民间文学以非宗教作品的形式被重新介绍过来。这在很大程度上是因为“中国缺少创作儿童文学的传统”[③]，印度丰富的民间文学正好满足了中国读者的需求。与此同时，印度民间文学与中国文学之间的关系也日益进入中国学者的视野，“中印文学比较研究”这一新的研究领域开始初露端倪，其研究领域最广为人知的课题之一便是《西游记》中孙悟空形象与《罗摩衍那》中哈奴曼形象的渊源，当时许多新文化运动的大家都参与其中，鲁迅、叶德均认为孙悟空形象源于本土神话形象“无支祁”，胡适、陈寅恪、郑振铎则认为孙悟空形象源于哈奴曼。[④]

自西方语言转译印度经典的尝试为增进对印度的认知、重燃中国知识界和民众对印度文化的兴趣起到了积极作用，许多掌握西方语言的汉语作家投身其中，其翻译作品受到读者喜爱。然而，转译的不足也显而易见，因此，对印度经典的系统汉译需要建立一支如古代梵汉翻译团队一样的专业人才队伍。

1942 年，出于抗战需要，民国政府在云南呈贡建立了国立东方语文专科学校，设有印度语科，开始培养现代印度语言人才。1946 年，季羡林自德国学成回国，在北京大学创设东语系；1948 年，金克木加盟东语系。1949 年，国立东方语文专科学校并入北京大学东

---

① 参见刘安武：《汉译印度文学》，《中国翻译》，1991 年第 6 期，第 44~46 页。

② 参见薛克翘：《中国印度文化交流史》，北京：昆仑出版社，2008 年，第 261~265 页。

③ 刘安武：《汉译印度文学》，《中国翻译》，1991 年第 6 期，第 44~46 页。

④ 参见鲁迅：《中国小说史略》，《鲁迅全集》第 9 卷，北京：人民文学出版社，1981 年；鲁迅：《中国小说的历史的变迁》，《鲁迅全集》第 9 卷，北京：人民文学出版社，1981 年、胡适：《〈西游记〉考证》，《胡适文存》第 2 集第 4 卷，上海：亚东图书馆，1924 年；陈寅恪：《〈西游记〉玄奘弟子故事之演变》，《金明馆丛稿二编》，上海：上海古籍出版社，1982 年、郑振铎《〈西游记〉的演化》，《郑振铎全集》第 4 卷，石家庄：花山文艺出版社，1998 年；叶德均：《无支祁传说考》，《戏曲小说丛考》，北京：中华书局，1999 年。

语系。东语系开设梵语－巴利语、印地语、乌尔都语三科印度语言专业，并很快培养出第二代印度语言专业队伍。随之，印度经典得以从原文翻译。第一代学者季羡林、金克木领衔的梵语团队翻译了印度大史诗《罗摩衍那》及以迦梨陀娑为代表的印度古典梵语文学作家的许多作品，如《沙恭达罗》《优哩婆湿》《云使》《伐致呵利三百咏》等，并启动了《摩诃婆罗多》等经典作品的翻译；旅居印度的徐梵澄翻译了《五十奥义书》[①] 及奥罗宾多创作、注释的诸多哲学著作。季羡林、金克木的弟子黄宝生等延续师尊开创的传统，完成了《摩诃婆罗多》、奥义书[②]、《摩奴法论》、古典梵语文论、故事文学作品等一系列著作的翻译。与此同时，由第二代学者刘安武领衔的近现代印度语言团队译介了大量的印地语、乌尔都语、孟加拉语等语言的文学作品，其中尤以对印地语 / 乌尔都语作家普列姆昌德和孟加拉语作家泰戈尔的作品的汉译最为突出。[③] 殷洪元对印度现代语言语法著作的翻译以及金鼎汉对中世纪印度教经典《罗摩功行之湖》的翻译也开拓了新的领域。巫白慧等学者陆续将包括"吠檀多"在内的诸多婆罗门教哲学经典译为汉语。[④] 文献资料是学术研究的基础，这一系列经典汉译成果打破了古代中国对古代印度经典汉译中存在的"佛教主导"的局限，增加了现代视角，并以经典文献为契机，首次较为全面系统地介绍了印度文明，奠定了现代中国印度学研究的基础。由这两代学者编订的《印度古代文学史》《梵语文学史》和

---

① 参见徐梵澄译：《五十奥义书》，北京：中国社会科学出版社，1995 年。

② 参见黄宝生译：《奥义书》，北京：商务印书馆，2010 年。

③ 刘安武自印地语译出的普列姆昌德作品（集）有《新婚》（贵阳：贵州人民出版社，1982 年）、《如意树》（上海：上海译文出版社，1983 年）、《普列姆昌德短篇小说选》（北京：人民文学出版社，1984 年）、《割草的女人：普列姆昌德短篇小说新集》（长沙：湖南人民出版社，1985 年）等，加之其他学者的译介，普列姆昌德的重要作品几乎全被译为汉语。此后，刘安武又主持编译出版了 24 卷本《泰戈尔全集》（石家庄：河北教育出版社，2000 年），泰戈尔的主要作品均被收录其中。

④ 其中重要的译著成果包括巫白慧译《圣教论》（乔荼波陀著，北京：商务印书馆，1999 年）、姚卫群译《古印度六派哲学经典》（节译六派哲学经典，北京：商务印书馆，2003 年）、孙晶译《示教千则》（商羯罗著，北京：商务印书馆，2012 年）等。

《印度印地语文学史》等著作成为中国现代印度学研究的必读文献。[1]

由于印度文化的独特之处及其在历史上形成的巨大影响力，以现代学术研究的方式开展的印度经典汉译所产生的影响进一步辐射了包括语言、文学、哲学、历史、考古等多个学科领域，并形成了一些跨学科研究领域：

其一，中印文化比较研究。由胡适等老一辈学者开创的中印文学比较取得了新的进展，其中一部分研究形成了中印文化交流史这一新的学术研究领域；另一部分研究成为东方文学研究领域最重要的组成部分，东南亚、西亚等区域文学研究也受益于印度文学研究的开展和所取得的成就。此外，从具体作品到文艺理论的印度文学译介也从整体上进一步拓展了比较文学研究的视野。

其二，佛教研究。现代中国对印度经典汉译的范围不再局限于传统的汉语系佛教传统经典，在许多领域都取得了新的突破。在佛教文献来源方面，开拓了对巴利语系和藏语系佛教的研究。[2] 由于梵语人才的培养，中国学者得以恢复梵汉对勘的学术传统。[3] 对非佛教宗教思想典籍的译介也使得对佛教的认识跳出了佛教自身的范畴，对其与其他宗教思想之间的互动与联系有了更加全面的认识。

其三，语言学研究。对梵语及相关语言的研究推动了梵汉对音，以及对古汉语句法的研究。一些接受了梵语教育的汉语言学学者结合古代语料，尤其是汉译佛经，对古汉语的语音、句法等做出研究。

---

① 单就印度文学翻译而言，据不完全统计，1950~2005 年，中国翻译印度文学作品（以书记）约 400 余种，其中中印关系交好的 1950~1962 年约有 70 种，关系不好的 1962~1976 年仅有 4 种，关系改善后的 1976~2005 年则有 300 余种。不过，2005 年之后，除黄宝生、薛克翘等少数学者仍笔耕不辍外，其他前辈学人逐渐“离席”，这类汉译工作进入某种冬眠期。

② 相关成果包括郭良鋆译《佛本生故事选》（与黄宝生合译，北京：人民文学出版社，1985 年）、《经集：巴利语佛教经典》（北京：中国社会科学出版社，1998 年），以及段晴等译《汉译巴利三藏·经藏·长部》（上海：中西书局，2012 年）等。

③ 自 2010 年以来，黄宝生主持对勘出版了《入菩提行论》（北京：中国社会科学出版社，2011 年）、《入楞伽经》（北京：中国社会科学出版社，2011 年）、《维摩诘经》（北京：中国社会科学出版社，2011 年）等佛经的梵汉对勘本，叶少勇以梵藏汉三语对勘出版了《中论颂》（上海：中西书局，2011 年）。

四、现状和汉译例解

尽管取得了上述成就，但由于印度文明积累深厚、经典众多，目前亟待翻译的印度经典还有很多。其中，以梵语创作的经典包括四部吠陀本集、梵书、森林书、往世书、《诃利世系》《利论》《牧童歌》等；以南印度语言创作的经典包括桑伽姆文学、《脚镯记》《玛妮梅格莱》《大往世书》《甘班罗摩衍那》等；以波罗克利特语创作的经典包括《波摩传》等；以中世纪北印度地方语言创作的经典包括《地王颂》《赫米尔王颂》《阿底·格兰特》《苏尔诗海》《莲花公主》，以及格比尔、米拉巴伊等人的作品等；以现代印度语言创作的经典包括帕勒登杜、杰辛格尔·普拉萨德、般吉姆·钱德拉·查特吉、萨拉特·钱德拉·查特吉、拉默金德尔·修格尔、默哈德维·沃尔马、阿格叶耶等著名现当代文学家的作品以及迦姆达普拉沙德·古鲁、提兰德尔·沃尔马等人的语言学著作等。此外，20世纪以来，一些印度思想家、政治家、文学家以英语创作的作品也可列入印度现代经典之列，目前中国仅对圣雄甘地、贾瓦哈拉尔·尼赫鲁、辨喜、纳拉扬、安纳德、拉贾·拉奥、奈都夫人等人的个别作品有所译介，大量作品仍然处于有待翻译的名单之中。

这些经典汉译的背后离不开相关学者的努力。进入21世纪以来，中国从事印度经典汉译工作的人员大致有两支队伍：第一支是自20世纪四五十年代以来成型的印度语言专业队伍，其人员构成以高等院校和研究机构从业人员为主，兼有相关外事机构从业人员，他们均接受过系统、专业的印度语言训练。第二支是20世纪初译介包括泰戈尔作品在内印度文学作品的作家和出版业者，随着80年代改革开放以来，越来越多接受过英语教育的人或全职或兼职地参与到印度作品的汉译工作之中。相比第一支队伍，这支队伍的人员构成较为复杂，水平也参差不齐，但在市场经济的推动下，一些能够成为市场热点的著作往往很快就翻译过来，例如两位与印度相关的诺贝尔文学奖得主泰戈尔和奈保尔的作品一版再版，四位印度裔布克奖得主萨尔曼·拉什迪、阿兰达蒂·罗伊、基兰·德塞、阿拉文德·阿迪加的作品也先后译出；此外，由于瑜伽的普及，包括克里希那穆提在内的一些现代宗教家的论著也借由英语转译为汉语。一方面，随着市场化改革的需求，第二支队伍日益蓬勃发展，但其翻译质量往往难以保障。另一方面，由于现行科研体制对从事翻译和研究者的不利状况，第一支队伍也面临着诸多问题。如何在接下来的实践中取长补短，或者说既要尊重市场机制的要求，又要以学术传统克服市场失灵的状况等，这也是需要进一步思考的问题。

应该说，印度经典汉译主要依靠第一支队伍，原文经典翻译比通过其他语言转译更为重要。20 世纪 80 年代以来，这支队伍勤勤恳恳，笔耕不辍，为印度经典汉译做出了巨大贡献，取得了丰硕成果。然而，就现状看，除黄宝生、薛克翘等极少数学人外，这支队伍的第一代和第二代学人已然“离席”，后辈学人虽然已经加入进来，但毕竟年轻，经验不足，加之现行科研体制自身问题的牵制，后续汉译工作亟需动力。好在已有些年轻人在这方面产生了兴趣，其汉译意识很强，对印度梵文原典和中世纪及现当代原典的汉译工作的理解也令人刮目。可以预见，印度经典汉译将会迎来又一个高潮，汉译印度经典的水平也将有新的提升。

从某种角度说，在前文罗列的种种有待翻译的印度经典中，印度中世纪经典尤为重要。中世纪时，随着传统婆罗门教开始融合包括佛教、耆那教等在内的异端信仰与民间的大众化宗教传统，加之伊斯兰教的进入，印度进入了一个新的“百家争鸣”时代。这一时期留下了许多经典之作，它们对后世印度的宗教、社会、文化均产生了重要影响。长期以来，中国对印度中世纪经典的译介几乎一片空白，仅有一部《罗摩功行之湖》和零星的介绍。近年来，笔者组织团队着手翻译印度中世纪经典《苏尔诗海》，并初步总结了以下心得：

第一，经典汉译并非简单的语言转换，除需要精通相关语言外，还需要译者具备与印度文化相关的背景知识，以便能够精准地理解原文含义。例如，在一首描写女子优雅体态的艳情诗中，作者直接以隐喻的修辞手法描述了包括莲花、大象、狮子、湖泊等在内的一系列自然景象和动植物，若不熟悉印度古代文学中一些固定的比喻意象，则很难把握这首诗的含义。[①] 由于审美标准不同，被古代印度诗人视为美丽的"象腿"在当今语境中已经成为足以令女子不悦的比喻。此类审美视角需要辅之以例如《沙恭达罗》中豆扇陀国王对沙恭达罗丰乳肥臀之态的称赞才能理解。

第二，古代中国对古代印度经典汉译的传统在很大程度上为现代翻译经典提供了以资可鉴的便利，譬如许多专有词汇在汉语中已有完全对应的词汇可供选择，省去了译者的诸多麻烦。但是，这也要求译者了解相关传统，并能将其中的一些内容为己所用；同时，还应避免由于古代中国对古代印度经典翻译在视角、理解上的偏差所带来的问题。例如，triguna 这一数论哲学的基本概念已由真谛在《金七十论》中译为"三德"，后来的《薄伽梵歌》等哲学经典的汉译也已沿用，新译经典中便不宜音译为"三古纳"之类的新词。此外，由于受佛教信仰的影响，一些读者在看到"三德"时往往容易将之与佛教中所说的法身德、般若德、解脱德等其他概念联系起来，对此需要给出注释加以说明以免误解。

第三，现代中国对现代印度经典的汉译虽然已经取得了不俗的成绩，但由于时间、人员等条件的限制，在翻译体例、内容理解等方面依然存在不少可改进之处。

笔者以《苏尔诗海》中黑天的名号为例予以说明。黑天是印度教大神毗湿奴最重要的化身之一，梵语经典中通常称之为 Krsna，字面义为"黑"，汉语之所以译为"黑天"，很可能是因为汉译佛经将婆罗门教诸神（deva）译为"天"，固在 Krsna 的汉语译名"黑"之后加上了"天"，大约与 Brahma 被译为"梵天"、Indra 被译为"帝释天"，以及 Sri 被译为"吉祥天"等相当。后世对相关经典文

① 参见姜景奎等：《〈苏尔诗海〉六首译赏》，载《北大南亚东南亚研究》（第一卷），北京：中国青年出版社，2013 年，第 261~262 页。

献的介绍都沿用了这一名称。然而，若实际对照各类经典，可以发现毗湿奴名号繁多。[①]中世纪印度语言继承并发扬了这一传统，在伯勒杰语《苏尔诗海》中，黑天的名号有数十种之多，其中仅字面义为“黑”的常见名号就有四个，分别是 Krsna, Syama, Kanha, Kanhaiya。这四个名号之中只有 Krsna 是标准的梵语词，且使用最少，只用于黑天摄政马图拉之后人们对他的尊称；其他三个均为伯勒杰语词，多用于父母家人、玩伴女友对童年和少年黑天的称呼。因此，汉译中如果仅使用天神意义的“黑天”一名就违背了《苏尔诗海》所描述的黑天的成长情境。为此，结合不同名号的使用情状以及北印度农村生活的实际情况，笔者重新翻译了其他三个名号，即将多用于牧女和同伴对少年黑天称呼的 Syama 译为“黑子”，多用于父母和其他长辈对童年黑天称呼的 Kanha 和 Kanhaiya 分别译为“黑黑”和“黑儿”。此外，还有一些名号或表明黑天世俗身份，或描述黑天体态，或宣扬黑天神迹，笔者也重新进行了翻译，例如：nanda-namdana“难陀子”、madhava“摩图裔”等称呼说明了黑天的家族、家庭身份，kesau“美发者”、srimukha“妙口”等以黑天身体的某一部分代指黑天，giridhara“托山者”、manamohana“迷心者”等以黑天在其神迹故事中的表现代指黑天，等等。

结合以上几方面的思考，《苏尔诗海》汉译实际上兼具深入而系统的研究性质，包括四部分：第一，校对后的原文。到目前为止，印度出版了多个《苏尔诗海》版本，各版本虽大同小异，但仍有差异，笔者团队搜集到影响较大的几个主要版本，并进行核对比较，最后确定一种相对科学的原文进行翻译研究。第二，对译。从经典性和文献性出发，尽可能忠实于原文，在体例选择上尽量保持诗词的形态，在内容上尽量逐字对应，特殊情况则以注释说明。第三，释译。从文献性和思想性出发，尽可能客观地阐明原文所表现的文献内容和宗教思想。该部分为散文体，其中补充了原文省略的内容

① 参见葛维钧：《毗湿奴及其一千名号》（载《南亚研究》，2005 年第 1 期，第 48~53 页）及相关著述。

并清楚地展现出情节的发展、人物的心理变化以及作品的思想内涵。第四，注释。给出有关字词及行文的一些背景知识，例如神话传说故事、民间信仰、生活习俗、哲学思想等，以及翻译中需要说明的其他问题。

试以下述例解说明：

【原文】略①

【对译】

此众得乐自彼时

听闻诃利②你之信，当时即刻便昏厥。
自隐蔽处蛇③出现，欣喜尽情吸空气。
鹿④心本已忘奔跃，复又撒开四蹄跑。
群鸟大会高高坐，鹦鹉⑤言称林中王。
杜鹃⑥偕同自家族，咕咕欢呼唱庆歌。
自山洞中狮子⑦出，尾巴翘到头顶上。
自密林中象王⑧来，周身上下傲慢增。
如若想要施救治，莫亨⑨现今别耽搁。
苏尔言，
如若罗陀⑩再这般，一众敌人大欢喜。

【释译】

黑天离开牛村很久了，养父难陀、养母耶雪达以及全村的牧人牧女都非常思念他，希望他能回来看看。牧女们对黑天的思念尤为

① 由于原文字体涉及较为复杂的排版问题，这里仅呈现该首诗的对译、释译和注释三部分，原文略。本诗为《苏尔诗海》（天城体推广协会版本）第4 760首，参见Dhirendra Varma, *Sursagar Sara Satika*, Sahitya Bhavan Private Ltd., 1986, No. 181, p.334.

② 诃利，原文Hari，"大神"之义，黑天的名号之一。

③ 此处以蛇代指罗陀的发辫，意在形容发辫柔软纤长、乌黑发亮。

④ 此处以鹿的眼睛代指罗陀的眼睛，意在形容眼睛大而有神、灵动美丽。

⑤ 此处以鹦鹉的鼻子代指罗陀的鼻子，意在形容鼻子又挺又尖、美妙可爱。

⑥ 此处以杜鹃的声音代指罗陀的声音，意在形容声音甜美悠扬、清脆嘹亮。

⑦ 此处以狮子的腰代指罗陀的腰，意在形容腰身纤细柔顺、婀娜灵活。

⑧ 此处以大象的腿代指罗陀的腿，意在形容腿脚步态从容、端庄稳重。

⑨ 莫亨，原文mohana，黑天的名号之一。

⑩ 罗陀，原文Radha，黑天最主要的恋人。

强烈，其中又以罗陀最甚。罗陀是黑天的恋人，两人青梅竹马，两小无猜，曾经你欢我爱，形影不离。可是，黑天自离开后就再也没有回来过，甚至连信也没有寄过一封。伤离别，罗陀时刻处于煎熬中。为了教育信奉无形瑜伽之道的乌陀，也为了看望牧区故人，黑天派乌陀来到牛村，表面上让他传授无形瑜伽之道，实则置他于崇尚有形之道的牛村人中间，让他迷途知返。乌陀的到来，打乱了牛村人的生活，一者，牛村人沉浸在思念黑天的离情别绪之中，乌陀破坏了气氛，于表面的宁静之中注入了不宁静。二者，牛村人本以为乌陀会带来黑天给予牛村的好消息，但适得其反，乌陀申明自己是为传授无形的瑜伽之道而来，甚至说是黑天派他来传授的，牛村人对此不解、迷茫。他们崇尚有形，膜拜黑天，难道黑天完全抛弃了他们？他们陷入了更深一层的痛苦之中。三者，对牧区女来说，与黑天离别本就艰难，但心中一直抱有再次见面再次恋爱的期望，乌陀的到来打消了她们的念头，从精神上摧毁了她们。其中，罗陀尤甚，她所遭受的打击要比别人更甚。由此，出现了本诗开头提及的罗陀晕厥以及晕厥之后乌陀“看到”的情况，具体内容是乌陀向黑天口述的：

乌陀对黑天说道：“黑天啊，你的恋人罗陀非常思念你，她忍受离别之苦，渴望与你相见。可是，你却让我去向她传授无形的瑜伽之道。唉，她一听到是你让我去的，当即就昏了过去，倒在地上，不省人事。唉，真是凄凉啊！这边罗陀昏迷不醒，那边动物界却出现了一派喜气景象：黑蛇从洞里出来了，它高兴地尽情享受空气；此前，罗陀的又黑又亮的长发辫曾使它羞于见人，认为自己形体丑陋，不得不躲藏起来。已经忘记奔跑的小鹿出来了，它撒开四蹄，愉悦地到处奔跳；此前，罗陀那明亮有神的大眼睛曾使它羞于见人，认为自己的眼睛丑陋，不敢出来乱逛。鹦鹉出来了，它参加群鸟大会，坐在高高的枝丫上，声称自己是林中之王；此前，罗陀又尖又挺的鼻子曾使它羞于见人，认为自己的鼻子丑陋，躲藏起来。杜鹃鸟出来了，它和同族一起，咕咕叫个不停，欢庆胜利；此前，罗陀那甜美悠扬的声音曾使它感到拘束，认为自己的声音难听，不敢开口。狮子从山洞中出来了，他得意扬扬，悠闲自在，尾巴翘到了头顶上；此前，罗陀纤细柔软的腰肢曾使它羞于见人，认为自己的腰肢粗笨僵硬，不敢示人，躲进山洞。大象从茂密的森林里出来了，它一步一昂头，傲慢自大，目中无人，盛气凛然；此前，罗陀稳重美丽的妙腿曾使它自惭形秽，认为自己的腿丑陋不堪，羞于展露，躲进森林。唉，黑天啊，你快救救罗陀吧，如果再不行动，稍后想要施救就来不及了……”

“此众得乐自彼时”是本诗的标题，意思是罗陀晕倒之时，即是众动物高兴之时，它们羞于与罗陀相比，虽然视罗陀为敌，却不敢直面罗陀，纷纷逃遁躲藏。听说罗陀遭到黑天抛弃，晕厥不醒，它们自然高兴，便迫不及待地恢复了原来的自由生活。“如若罗陀再这般，一众敌人大欢喜”，是诗外音，是苏尔达斯的总结性话语。在这首诗里，苏尔达斯主要展现了罗陀的美，但整首诗中没有出现任何对罗陀的溢美之词，没有提到罗陀的名字，更没有提到她的发辫、眼睛、鼻子、声音、腰肢和腿等，甚至没有提到蛇、鹿、鹦鹉、杜鹃鸟、狮子和大象的相关部位，仅以这些动物对罗陀晕厥不醒后的反应进行阐释，这就给听者和读者留下了巨大的想象空间，似形似景，情景交融。这种手法似乎是印度特有的，其审美视角值得深入研究。

上述例解仅为笔者及笔者团队之于印度中世纪经典汉译的一己之见，希望能开拓印度经典汉译与研究的新视角、新路子，以期印度经典在中国能得到更为深入系统的翻译与研究。

五、中印经典及当代作品互译出版项目

2013 年初，笔者与中国大百科全书出版社社长龚莉女士、副总编辑马汝军先生和社科分社社长滕振微先生合作，提出了“中印经

典和当代作品互译出版项目”的动议。该动议得到相关单位的积极回应。2013年5月李克强总理访印期间，国家新闻出版广电总局和印度外交部签署合作文件，决定启动“中印经典和当代作品互译出版项目”，并写入两国发表的联合声明（第17条）。2014年9月，习近平主席访问印度，该项目再次被写入两国发表的联合声明（第11条）。该项目成为中印两国的重大文化交流项目之一。双方商定，双方各翻译对方的25种图书，以5年为期。2016年5月，国家新闻出版广电总局印发“关于实施《“十三五”国家重点图书、音像、电子出版物出版规划》的通知”，该项目被列入“‘十三五’国家重点图书出版规划”。在此期间，笔者与薛克翘先生商量组织翻译团队事宜。我们掰着指头算，资深的老辈学人几乎都不能相扰，后辈学人又大多刚刚走上工作岗位，有的还在求学，翻译资质存疑。我俩怎一个愁字了得！然，事情得做，学人得培养。我们决定抓住机遇，大胆启用后辈学人，为国家培养出一支新的汉译团队。因此，除薛克翘、刘建、邓兵等少数几位前辈学人外，我们的翻译成员绝大多数在40岁左右，有的还不过30岁。两三年的实践证明，我们的决定完全正确。新生代学人知识全面，学习能力强，执行能力更强。从已完成待出版的成果看，薛克翘先生对审读过的一本书的评价最能说明问题：“字里行间，均见功夫。”译文质量是本项目的重中之重。除薛克翘、刘建和笔者外，我们邀请了黎跃进教授、石海军研究员和邓兵教授作为特约编审，约请了尼赫鲁大学的狄伯杰（B. R. Deepak）教授以及德里大学的阿妮达·夏尔马（Anita Sharma）教授和苏林达尔·古马尔（Surinder Kumar）先生作为印方顾问，对译文质量进行全面把关。译者完成翻译后，译稿首先交予编审审校，如遇大问题时向印方顾问咨询，之后返予译者修改。如有必要，修改稿还需经过编审二次审校，译者再次修改。这以后，稿件才会交予出版社编辑进行审读，发现问题再行修改……我们认为，唯如此，译文质量才能得到保障，译者团队才能得到锻炼。

本项目是中印两国的重大文化交流项目之一。因此，印度方面也有相应团队，负责汉译印的工作，由上文提及的狄伯杰教授领衔，由印度国家图书托拉斯负责实施。需要指出的是，双方翻译的作品并非译者自选，而是由双方专家通过充分沟通磋商确定。汉译作品的选定过程是这样的，笔者先拟定了50多种印度图书，这些书抑或是中世纪以来有重要影响的经典巨著，比如《苏尔诗海》《格比尔双行诗集》和《献牛》等，抑或是印度独立以后获得过印度国家级奖项的作家之名作，如默哈德维·沃尔马、毗什摩·萨赫尼、古勒扎尔的代表作等。而后，笔者请相熟的印度学者从中圈定出30种。之后，国家新闻出版广电总局的相关领导、中国大百科全书出版社的龚莉社长和滕振微先生以及笔者本人专赴印度，与印方专家组进行面对面的交流探讨，最终确定了25种汉译印度图书名录。印度团队的印译中国图书名录的选定过程与此类似。具体的汉译书单如下表：

序号	书名	作者	备注
1	苏尔诗海 *Sursagar*	苏尔达斯 Surdas	诗歌
2	格比尔双行诗集 *Kabir Dohavali*	格比尔达斯 Kabirdas	诗歌
3	献牛 *Godan*	普列姆昌德 Premchand	长篇小说
4	帕勒登杜戏剧 *Bharatendu Natakavali*	帕勒登杜 Bharatendu	戏剧
5	普拉萨德作品集 *Prasad Rachna Sanchayan*	杰辛格尔·普拉萨德 Jaishankar Prasad	戏剧、诗歌、短篇小说
6	鹿眼女 *Mriganayani*	沃林达温拉尔·沃尔马 Vrindavanalal Verma	长篇小说
7	献灯 *Deepdan*	拉默古马尔·沃尔马 Ramkumar Verma	独幕剧
8	灯焰 *Dipshikha*	默哈德维·沃尔马 Mahadevi Verma	诗歌
9	谢克尔传 *Shekhar: Ek Jeevani*	阿格叶耶 Ajneya	长篇小说
10	黑暗 *Tamas*	毗什摩·萨赫尼 Bhisham Sahni	长篇小说
11	肮脏的边区 *Maila Anchal*	帕尼什瓦尔·那特·雷奴 Phanishwar Nath Renu	长篇小说
12	幽闭的黑屋 *Andhere Band Kamare*	莫亨·拉盖什 Mohan Rakesh	长篇小说

序号	书名	作者	备注
13	宫廷曲调 *Raag Darbari*	室利拉尔·修格勒 Shrilal Shukla	长篇小说
14	鸟 *Parinde*	尼尔莫勒·沃尔马 Nirmal Verma	短篇小说
15	班迪 *Aapka Bunti*	曼奴·彭达利 Mannu Bhandari	长篇小说
16	一街五十七巷 *Ek Sadak Sattavan Galiyan*	格姆雷什瓦尔 Kamleshwar	长篇小说
17	被抵押的罗库 *Rehan par Ragghu*	加西纳特·辛格 Kashinath Singh	长篇小说
18	印度与中国 *India and China*	师觉月 P. C. Bagchi	学术著作
19	向导 *Guide*	纳拉扬 R. K. Narayan	长篇小说
20	烟 *Dhuan*	古勒扎尔 Gulzar	短篇小说、诗歌
21	那时候 *Sei Samaya*	苏尼尔·贡戈巴泰 Sunil Gangopadhyaya	长篇小说
22	一个婆罗门的葬礼 *Samskara*	阿南特穆尔蒂 U. R. Ananthamurthy	短篇小说
23	芥民 *Chemmeen*	比莱 T. S. Pillai	短篇小说
24	印地语文学史 *Hindi Sahitya ka Itihas*	罗摩金德尔·修格勒 Ramchandra Shukla	学术著作
25	棋王奇着 *The Chessmaster and His Moves*	拉贾·拉奥 Raja Rao	长篇小说

毫无疑问，这些作品均是印度中世纪以后的经典之作，基本上代表了印度现当代文学水准，尤其反映出印地语文学的概貌。我们以为，通过这些文字，中国读者可以大体了解印度现当代文学的基本情况。

就本项目而言，笔者在这里需要表达由衷谢意：

首先，感谢国家新闻出版广电总局的相关领导，没有他们的认可，本项目不可能正式立项。其次，感谢中国大百科全书的前社长龚莉女士、前副总编辑马汝军先生和前社科分社社长滕振微先生，没有他们的奔走，本项目不可能成立。再次，感谢中国大百科全书出版社社长刘国辉先生，社科学术分社社长郭银星女士、副社长王宇女士以及诸位编辑大德，没有他们的付出，本项目不可能实施。感谢另两位主编薛克翘先生和刘建先生，两位前辈不仅担当主编、审校工作，还是主要译者；他们是榜样，也是力量。十分感谢黎跃进和邓兵两位教授，两位是特邀编审，邓兵教授也是译者，他们认真负责的精神令人起敬。感谢印度尼赫鲁大学的狄伯杰教授以及德里大学的阿妮达·夏尔马教授和苏林达尔·古马尔先生，他们的付出为本项目的实施提供了某种保障。特别感谢石海军研究员，他是特邀编审之一，可惜天不假年，他于2017年5月13日凌晨突然辞世，享年仅55岁，天地恸哭，是中国印度文学研究的一大损失！最后，感谢翻译团队的诸位译者，他们是新时代的精英，是中国印度研究领域的后起之秀，他们的成就由读者面前的文字可见一斑。

祝福诸位，祝福所有为本项目的立项和实施有所付出的先生大德们！

自《浮屠经》以来，汉译印度经典已有两千多年的历史。这一人类历史上少有的浩大文化工程背后既有对科学技术的追求，也有对宗教信仰的热忱；既有统治者的意志，也有普通民众的需求。印度经典汉译一方面极大地丰富了中华文化，另一方面也保存和传播了印度文化；既形成了自己的学术传统，又推动了许多相关领域研究的发展。时至今日，在中印关系具有特殊意义的大背景下，继续推进对印度经典的汉译在两国关系层面有助于加深两国之间的认知和了解，构建更为均衡、更为深厚的国际关系，在学术研究层面也有助于推动相关领域研究的继续发展。

姜景奎

北京燕尚园

2017年12月31日

2019年12月25日修订

目　录

长篇小说

幽闭的黑屋

谨以此部小说献给妮塔，以及将要和她一起长大的孩子们

自　序

序言里要写些什么？小说的简介？自己的观点？但若真要在序言里陈述自己的观点，那写小说还有什么意义呢？

至于小说简介的问题，我前思后想也不知道要说些什么：今日德里掠影？记者马图苏登的自传？哈尔本斯和妮丽玛闹矛盾的故事？

“天空中有颗科·伊·努尔[①]钻石在闪闪发光……”

是那个科·伊·努尔钻石的故事吗？

我自己真说不好。您读完小说以后，心里怎么想都没有什么不妥。但如果您也难以抉择，那就把这个问题交给他人，您也和我一样摆脱干系。

① 科·伊·努尔是一颗超过一百克拉的巨型钻石。此巨钻于十四世纪初见诸印度文献。历史上几经易主，莫卧儿帝国皇帝、波斯国王、阿富汗国王和锡克国王先后都曾拥有过它。锡克王国被灭国之后，东印度公司将其献给英国维多利亚女王。维多利亚女王命人把这颗巨钻重新切割，将主钻连同碎钻一起镶嵌在英王的王冠上。

一

九年时光荏苒，人的相貌通常都会大变，而有些人相貌变化如此之大，与过去竟没有半点相似之处。

九年之后，我又回到了德里，感觉这里对我来说已是一个完全崭新而又陌生的城市。那些过去与我厮混的人，其中一些已经完全认不出来。他们面容依旧，但脸上的神色却是他样。我们有时正面相遇，彼此轻轻嗫嚅出“你好”便擦身离去。即便说“你好”时也是嘴唇微动，没有发出声来。有几次，我觉得自己脸上的神色也在此期间发生了改变，别人可能也和我一样，难以把现在的我与往昔的印象联系起来。

有这样一些人，尽管彼此多次相见，多次深谈，但再次相聚时，我却能明显意识到，彼此之间有一条界线，很细很细，大家都想逾越却总是无能为力。这个界线无所不在、触手可及，我不清楚到底什么地方发生了何种改变。有些人的面容看上去和过去竟无半点差别，我的鬓角已经开始斑白，但有些人的头发却和九年前一样乌黑，发色如此自然，我甚至怀疑他们没有使用染发剂。他们面容依旧光彩，大笑时声音依旧洪亮，所以我不得不去再次思考，染发的事应该是没有的。但仍然有一些片刻，我还是从那些熟悉的脸上感觉到了陌生和疏远。

九年之后，我终于见到了哈尔本斯。他的面容与我相比变化更大，脸颊已经有些松弛，显得比实际年龄更老（一见到他，我脑海中闪过一个念头，是不是我也开始显老了？），头发已经掉了很多，见到他我就想起了丝尔维格林①的广告。那时我刚刚在森提亚宫公交站下了车，想着去喝杯咖啡，便朝咖啡馆的方向走去。听到背后有人叫我，我吃了一惊，转身看到了哈尔本斯，更加惊愕不已，我从未想过现在还能在德里见到他。我九年前离开德里时，他已经去了国外。我常想，他可能会和我的另外一位朋友一样，在国外长期定居。我的这位朋友娶了波兰的一位寡妇，在当地安了家。哈尔本斯出国前也经常说，出了国就再也不回来了。

“哈尔本斯，是你？”我停了下来，打量着他高高的身材。他双手拿着两个包裹，大步朝我走来。他的步伐还是和过去一样轻盈，让我忽略了他面容的变化。我向他伸出手来，但他却没有握住我的手，而是夹起包裹，把胳膊搭到我的肩上，把我拉到他的身边。

“你怎么在这里，马图苏登？”他问道，“我想你现在成了记者，不会再来德里了。整整三年了，这是我第一次在这里见到你。”

我们站在人民大道的十字路口。我一直在等待信号灯变绿。在那之后，我拉着他的胳膊说：“走吧，先过了马路再说。”

他好像不太认同我的提议，但还是和我一道默默过了马路。一穿过马路，他立刻就停了下来，好像刚才的行为对他来说已然逾越

---

① 印度的一种洗发水。

了心理底线。

“九年了，我算是正式回到了德里。”我说道，“九年里我来过几次德里，但都只待了一天时间，算不上回来。”

我觉察到他根本就没有留意我的话，他的眼神越过我的肩膀，似乎寻找着马路另一边的某个东西。

“你什么时候回国的？”我问道，“我一直想，你肯定会在伦敦或巴黎过完下半辈子。出国前你就有这样的想法。”说这句话的时候，我突然想起了他写给妮丽玛的那些信，心中充满了好奇。

“回来已经整整三年了。”他一边张望着川流不息的三轮车和公交车，一边说道，“现在快要第四个年头了。有人告诉我，说你在勒克瑙的一家日报工作，还告诉了我日报的名字。我有几次想要给你写信，但老是偷懒，把事情拖延了下来。你知道我有多懒得写信的。”

我又想起了他刚出国的那些日子，他那时候会说这样的话吗？我的嘴角流露出一丝轻蔑的微笑，说道：“可能是吧，但对妮丽玛就另当别论了。”

他稍稍有些错愕，突然摆了摆手，好像在车流中找到了自己丢失的东西，但肩膀立刻又松弛了下来，脸上则挂上了失望的愁云。

“你在找谁啊？”我问道。

“没有找人，我在看能否找辆三轮车，打车带你去我家。”

他没有询问我的态度，就要贸然带我去他家，这种做法让我深感不快。我心里立刻做了决定，绝对不跟他前去。

“今天有些人来我家吃饭，所以我得早点回家。”他说道，“妮丽玛见到你一定会很高兴的！八九天前我们还说你呢。我告诉她，这个人和吉文·帕尔加奥一样陷入了人生的泥沼。去我家吧，在那里你会看见一个你从没见过的人，看见他你一定会很开心的。”

“没见过的人？”

“就是我的儿子阿荣。他现在快三岁了，他要是和你不生分的话，肯定会追着你玩的。走吧，一起到三轮车站那里，站在这里是打不到车的。”

“我现在没法和你一起去，”我说道，“改天再去吧。或者你告诉我你家的地址，我择日自行前往。去你家我可是一点都不客气的。”说完这句，我自己都有些发窘，这句话不就是客气话吗？

“你改天肯定不会来的！”他有点生气了，“你明后天回去了，到了勒克瑙就写信，说很遗憾不能来见你。或许，你连信都不会写。”

“不会的，现在不会再有这样的事了。”我说道，“我从勒克瑙辞了职以后才来德里的。”

“什么？”他吃了一惊，手中的包裹差点掉了下来。

“你从勒克瑙辞职了？”

“是。”

“什么时候？”

“辞职已经有十来天了。上周二，我入职了《新先驱报》，现在整整一周了。”

“真的？”

“当然是真的，还能有假？”

“妮丽玛听了以后，肯定会非常高兴。”他一只手拿住了两个包裹，另一只手拉住我的胳膊。“现在不管什么情况，你都得和我一起回去。妮丽玛知道你在德里，但没有和我一道回家，她得多不开心啊。”

“不了，现在我真是去不了。”我挣扎着甩开了他的手，说道：“我刚从公交车上下来，想去喝一杯咖啡。我已经和人约好在咖啡馆见面。”

“是哪位高人啊？和他见面有这么重要吗？”

我说道：“你不认识这个人。”我有些生自己的气，为什么不立刻说个名字？说谎的时候，舌头为什么老是打结？这样一来，不仅说谎变得索然无味，别人也能立刻察觉出你说了谎。

“走吧，我和你一起去，”他说道，“一起喝杯咖啡，想办法打发那个人走，然后我带你一道回家。”

他软磨硬泡，我再多的执拗也没用。因为根本就没有和别人见面的事，所以我心想和他一起去也好。但我还得顾全自己的面子，给刚说的话圆个场，所以我改口说道：“好吧，去咖啡馆看一下，已经约好六点见面。如果见不到他，我就和你一起走。反正我按时到了那里，自己也问心无愧。”

在人民大道路边的回廊里，我和他并肩前行。正如九年前的那些日子一样，那时候我们刚刚认识。从第一次见面，他就给我留下不好的印象，我从没想过这辈子还会见他第二次，可是后来我们还是一起喝了好多次咖啡。

我是在孟买第一次遇见哈尔本斯，当时我住在黑马酒店附近的一家三流宾馆三楼的一个小房间里。在孟买生活了两年后，我烦透了当地的生活。在这个大都市里，普通人的生活非常不便。等受够了这一切，除了离开这座城市，实在别无他法。在那两年里，我有了各种各样的生活体验，干过校对工作，睡过路边人行道，那时我已经做好准备离开孟买。有一天晚上，当我因为宾馆的饭菜而生闷气的时候，我的朋友帕拉姆·鲁特拉带着他的一位朋友突然出现在我的眼前。他随便介绍了一下这位朋友："哈尔本斯·库勒尔，和我一起读的硕士。我给他念过几首你的诗。刚才我们一起出来转转，我想让他见一下这些诗的作者。"

我吃不惯冷肉片，将刀叉扔在盘子上，把盘子挪到了一边。服务生过来开始收拾盘子，我问他们爱不爱吃冷肉片，喜欢的话可以给他们叫一份。

"我们吃过了，"帕拉姆说道，"你还饿着肚子，我们一起去其他饭馆吃点东西。你饿着肚子可就没法好好说话，这样一来他就没法欣赏你的诗歌了，所以你还是先吃点东西，让自己恢复状态。"说完话，他哈哈大笑起来。一听到他笑，我就一肚子怨气。他幸灾乐祸的样子就好像是要和别人算旧账似的。

我们到了楼下的一家素食餐馆，在那里聊了一个多小时。从哈尔本斯的口中，我知道他在德里的一所学院教历史课。他一直夸夸其谈，好像他的专业不是历史，而是其他任何一门学科。他从文学谈到了政治，从舞蹈谈到了国外传教士，不知道换了多少个话题，总是以一种权威的口吻夸夸其谈。契诃夫①、陀思妥耶夫斯基②、莱奥纳多·达·芬奇③、毕加索④、乌德辛格尔⑤、尼赫鲁⑥和拉合尔主教⑦，他不停地谈论他们的各种逸事，好像这些人都是他的挚友。他总想在我面前摆出一副煞有介事的样子，让我相信他也是那些名流中的

---

① 契诃夫，俄国著名短篇小说作家。
② 陀思妥耶夫斯基，俄国著名作家。
③ 莱奥纳多·达·芬奇，意大利著名画家、学者。
④ 毕加索，西班牙画家、雕塑家。
⑤ 乌德辛格尔，印度文学评论家。
⑥ 尼赫鲁，印度开国总理，著名的政治家、外交家。
⑦ 拉合尔主教，一度管理英国国教（Anglican Church）的印度教区。1947年，该教区被分为印度、巴基斯坦、缅甸和锡兰教区。

一员。神秘主义、立体画派、迦利故事，这些词在他口中都成了家常词汇，他信口开河，滔滔不绝。我感觉非常难受，他在我面前抖威风有什么用？但我保持克制，强迫自己专心听他讲话。我暗想，他可别因为我不喜欢听讲话，而迁怒于我的诗作。他也评价了我的诗歌，但我感觉他不是在谈我的诗歌，而是在说另一位大有名望的诗人。他告诉了我这位诗人的缺点，想强迫我认同他的观点。我从来没想过，居然有人会以这样严肃的口吻来探讨我的诗歌。当我们离开餐馆时，我拼命克制自己，总算没有打哈欠，暗想聊天终于结束，现在可以回去睡觉了。我们一起走到弗洛拉喷泉，我向他告别。道别的时候，他说等我到了德里，一定要来找他。我立刻就答应了下来，免得再聊了起来。回家的时候，我在印度航空公司办公室外面待了一会，看到了裹着披巾、留着大胡子的诗人伯纳的广告，旁边印着几句他的诗句。读完诗句，终于感觉心里积郁的怒气平顺了一点。回到家我开始努力入睡，每天早上四点的电车发出的铃声和噪音老是把我吵醒，让我一整天大脑神经紧绷，那天也不例外，我依稀记得，凌晨楼下的电车发出铃响的时候，我还没有睡着。

几天后，我离开孟买，去了德里。在孟买时，我早就忘了哈尔本斯和他的“文学及艺术造诣”的事情。到了德里之后，我住在朋友阿尔温德那里。他在一家印地语日报干助理编辑的工作。阿尔温德和他报社的一个同事一同住在屠户街，街上的人们称呼这位职员为塔古尔先生。在屠户街的一条穆斯林居住的小巷里，塔古尔先生在一所房子里租了两个房间，阿尔温德住在前面的房间里，塔古尔和他的妻子带着一个七八岁大的女儿，住在后面的房间里。阿尔温德在这里搭伙，每月食宿一共付七十五卢比。我来了以后，每月另付二十五卢比，塔古尔一道安排我的伙食。我们有时称呼职员的妻子塔古尔夫人，有时也称呼她为嫂子。她满怀爱心地给我们准备做饭，有时候我甚至觉得她给我们准备的饭菜比给塔古尔先生的还要好。阿尔温德白天上班的时候，他就把午餐带到办公室。他值夜班的时候，即便到了十一二点，塔古尔夫人也会热好饭菜给他吃。阿尔温德在吃饭的时候，总和塔古尔夫人开玩笑。“塔古尔夫人，你把有味的东西都留给了塔古尔先生，我们面前老是摆着几张剩下的干饼。”他说道。

“你们哪能吃得了有味的东西，乖乖？”塔古尔夫人笑道，“现在你们还都是孩子。吃了有味的东西，难道不会出毛病吗？”

“塔古尔夫人，你就一辈子把我们当小孩吗？”阿尔温德说道，“我们会长大的，你让我们也尝尝吧！”

“等你们能吃上的时候，就不会再缠着老要了，”塔古尔夫人一直笑着，“你们将来会从锅里捞着吃的，哪天等你们够胆了，也就不用再问塔古尔夫人了。在哪里看到锅，就在哪里大口开吃。”塔古尔夫人说着说着不知觉察到了什么，整了整披巾，遮住了脏围裙上的破洞。

“像这样张着嘴大吃，不会挨鞋底抽吧？”阿尔温德说道。

“要是被抓住了那就准备挨抽吧！那些害怕挨抽的人，就不应该说这样的话，还想要吃有味的东西，对不对，乖乖？”

我随便应承了一下，裹上了毯子。塔古尔夫人又说：“我们这个小先生可真是和圣人一样。即便吃不到干饼，肚子也是饱饱的。我总觉得，他是不是不会觉得饿呢？”

阿尔温德掐了我一下，说道：“可不是嘛，说一下，你为什么总不饿？”

“塔古尔夫人说得很对。”我掀开毯子说道。

“什么说得对啊？”

“我不会觉得饿。今天早上的卷心菜做得特别好吃，但我也才就着菜吃了两张饼而已。”

“去你的！”阿尔温德按住我的头皮，使劲地蹭了几下，说道，“除了卷心菜，你还能想点别的吗？”

我不说话了，暗自思忖：隔壁房间的塔古尔先生可别突然停止打鼾，醒过来听到外面大家在嘟囔些什么。

塔古尔夫人又整了整披巾，眯着眼睛笑着说：“他看上去很老实，实际上并非如此，估计应该尝够了全世界的货色。毕竟他是从孟买来的，听说那里有各种各样的好货。”

阿尔温德一只手往嘴里塞着干饼，另一只手又开始挠我，说道：“塔古尔夫人，你不管我，也关心一下他。他总是说，离开孟买，在德里待了这么几天……”

“你让他自己亲口说，塔古尔夫人还有什么照顾不周的地方？他要是每天敢提要求，我就每天烙酥油小饼。”

“可不是！”阿尔温德在餐盘里的杯子里洗了洗手，擦着嘴说道，“你为什么不说一下呢？托你的福，我们还能吃上小烙饼。你别把嫂子当外人，她可没啥不敢做的。”

“乖乖，你是在说谁呢？”塔古尔夫人收拾好餐盘，准备起身了。“可怜的圣人兄弟肚子现在还饿得咕咕叫，先想想找工作的事吧，等有了工作，全世界有味的东西都会自动飞过来的。现在你就只能靠吃干饼过活了。”

塔古尔夫人关上了自己房间的门，阿尔温德裹上毯子后伸了伸腰，慢慢地说：“塔古尔夫人很有意思吧，是不是？”

“是啊，”我愤愤地说道，“现在让我睡吧。”

“行啊，你先说说自己的心里在想什么？”阿尔温德翻了个身，把头转到了我这边。

“在想找工作的事。”

“去你的！”他用手猛拍了一下我的大腿，“现在哪是想工作的时间？”

“你应该知道，失业的人每时每刻都在想着同一件事。”

“行了，伙计，给你说件事，”他的声音变得低沉而又神秘，“如果再撩拨一下塔古尔夫人，你觉得我能搞定她吗？”

我愤怒地把他推到了一边，说道：“现在你快睡吧，也早点让我睡觉。”

“我觉得只是给点甜头的事了，”他躺平身体说道，“如果能适当地给些甜头，塔古尔夫人肯定会答应的。”

“我困了，你让我睡觉吧。”说完后我翻身转到了另一边。

“这会儿还犯困，真讨厌！”阿尔温德失望地翻了个身，“我都不知道你是这样一个胆小的呆瓜！”

毯子里很快就传来了他的呼噜声，而我一想到马上就要到来的窘境，就久久不能入眠。那段日子，每一天都过得紧巴巴的。我本有望在《伊拉沃迪》月刊编辑部谋得一份月薪一两百卢比的差事，主编先生每天和我一起喝茶聊天，就是不给我准信儿。他可能还吊着其他人的胃口，心里没有想好到底用谁。这家月刊发表过我的一些诗歌，所以他们对我说话时态度比较客气。当我坐在主编对面的椅子上和他聊天的时候，总有种直觉：我肯定能得到这个职位，不是明天就是后天。但当我从编辑部楼梯上下来时，我的心里一下子便被绝望的愁云所笼罩。从孟买回来时，我的口袋里还剩一百二十五个卢比，现在马上要花光了。真不知道，当口袋空空的时候，我将怎样度日。正是这个原因，阿尔温德和塔古尔夫人之间的调笑总是惹得我心头冒火。没有饱暖何以思淫欲，那段时间我觉得这句话非常在理，而让我生气的是阿尔温德为什么会不明白这样的道理。

深夜的时候，老鼠在房间里闹翻了天，有时候在脚边“吱吱”叫，不一会儿就跳上毯子朝我的头跑了过来。阿尔温德睡得香甜，鼾声不断。这个时候，总会传来一些响声，不是隔壁房间里有个金属碗掉下来，发出铮铮的声音，就是塔古尔先生的床又开始嘎吱作响。我躺在那里，好几次都有快要窒息的感觉。我从毯子里伸出头来，大口吸着长气，觉得自己的呼吸似乎都要停止。阿尔温德和塔古尔夫人的嬉笑声和老鼠的叫声一起啮噬着我的大脑。我想，塔古尔夫人真的会是阿尔温德所觊觎的那种人？难道阿尔温德真会对塔古尔夫人心存幻想？塔古尔夫人那满是雀斑的脸和臃肿发福的身材真会挑起阿尔温德心中的欲望？塔古尔先生还在身边，塔古尔夫人怎么会有这样的邪念呢？难道……

想着这一切，我的身体突然打了一个冷战。我想起了自家村里的那个池塘，一群猪拱着嘴待在池塘的泥水里。我常常扔石头驱赶猪群，但往往适得其反，这群猪反而更加拼命地往池塘稀泥里钻，弄得浑身脏兮兮的。那时我经常盼望池塘早点干涸，省得这群猪再钻进去弄得浑身肮脏。在夏季里，我每天都要看看池塘干了多少，有几次甚至顶着大太阳去看。但每次池塘的水干了不到四分之一的样子，就会有一场大雨，池塘又涨满了水。钻到池塘里的猪噘起长嘴，好像对我做着鬼脸，我无可奈何但又心生气恼，向猪群扔了更多的石头。回家的时候，我的衣服上沾满了泥巴。一进门就听见了伯母的责骂，“驴娃子，你就不能不在稀泥里玩吗？挨了多少次打了，老是这个样子。你也是猪群里的一头猪。”在巴掌落下之前，我已经因为害怕挨打，早早地放声哭了起来。

有时候，夜晚的沉寂中会传来的一阵声音，能稍许减轻房间里的憋闷。楼上住着一位叫伊巴德得·阿里的老人，常在半夜弹奏西塔尔琴。伊巴德得·阿里是这座房子的主人，但他却比租客住得还要糟糕。巴基斯坦独立的时候，他离开家和一些人一道去了拉合尔，可能是为了女儿库尔希德，也可能是觉得在印度生活不够安全。伊巴德得·阿里的妻子一年前就过世了，库尔希德是他唯一的亲人。他原本还有一个儿子，但不到四岁就夭折了。印巴分治前，他和库尔希德住在塔古尔夫人现在住的这个房间，其他房间都租给了穆斯林租客。这座房子是他的曾祖父或高祖父为莫卧儿朝廷效力而得到的赏赐。他们一家从那时起就住在这座房子里。伊巴德得·阿里还有一枚勋章，是贾汗吉尔皇帝[①]亲手赏赐给他的祖先伊迪雅兹·阿里的。1947年9月的骚乱中，所有的租客都搬离了这座房子，周围的邻居都给他宽心打气，说只要他们在这里，就没有人敢动他一根毫毛。但伊巴德得·阿里心里还是惴惴不安，一天晚上带上女儿不辞而别离开了这座房子。后来，从巴基斯坦搬来的印度教难民占据了这座房子。伊巴德得·阿里在拉合尔生活了三个月之后，发现无论如何都没法适应那里的生活。正如悄悄离开德里时那样，他在晚上又带着女儿离开了拉合尔，返回了德里。离开的时候，他可能从未料想到，自家的房子里已经没有了自己的容身之地。当他回家后，看到家里的不速之客已经反客为主，成了房子的新主人，他心里一点都想不通，当场就犯了心脏病，无奈地住到了后面巷子里的马吉德·卡萨巴家里。他一次次地向街区的管理员提出申诉，管理员想

① 贾汗吉尔，莫卧儿帝国的第四任皇帝。

尽办法，在楼上给他们腾出了一块地方，他和女儿才一起搬了进去。房子里的印度教难民不停地为难他们，说喝了穆斯林碰触过的水，他们的宗教修行就会荡然无存，所以他们不允许他或他的女儿到院子里的水龙头接水。伊巴德得·阿里无奈地接受了这一无理要求，但他的女儿库尔希德却不肯顺从。她有一次故意不用楼上的水龙头，偏偏到楼下接水，不一会儿，整个房子里响起了一片哭天抢地的哀嚎声。库尔希德年龄也就十五六岁，但她身体发育得很好，看上去有二十岁的样子。她披着花纹披巾，穿着半袖衬衣和宽腿筒裤，昂着头在房子里走来走去，用各种方式不停宣示她才是房子的女主人。塔古尔夫人、戈巴尔妈妈和房子里的其他女眷都很憎恶她。当她们下午坐在门堂里一起筛米或碾调料的时候，库尔希德就会站在门槛上，剥着花生哼着小曲，随手乱扔花生皮。管理员还做出了裁决，这些难民要向伊巴德得·阿里交纳房租，所以在每个月第一天，库尔希德都要拿着铅笔和小本走进每一个房间，宛如一个带着充公财产发还证的士兵一样，说道："请付一下房租。"女眷们这时纷纷诉苦，说家里男人到现在还没拿到工钱，房租收得也太早了一些。当她们还在抱怨的时候，库尔希德一言不发，手叉着腰站在那里，听她们说完以后，还是重复刚才的那句话："今天是一号，请您付一下房租。"有人向她请求延期几天，她一般也能答应，但最多也就给个两三天的宽限。到下月一号，她还会那个样子，拿着铅笔和小本走到所有人面前："大娘，今天是一号，请您付一下房租。"塔古尔夫人和戈巴尔妈妈对"大娘"这个称呼深恶痛绝。戈巴尔妈妈说道："死东西的眼睛里都没有半点羞涩的神情，不知道总是憋着哪门子劲儿。所有人都是她的'大娘'，好像全世界就只有她一个年轻女人了。拿了房租去养自己的野男人，不知道整天在哪里浪荡，不要脸！"

库尔希德对她们的话一点儿都不放在心上。她们再怎么议论，她还是昂首挺胸。当她披着大红大绿的披肩走过门堂时，立刻会引发一阵喧嚣。她穿着鲜亮的衣服，大概想要宣示：自己高高在上，绝非她们中的一员，这些女人和她没有任何可比之处。她的身段更是助长了她的优越感，每天她出门的时候，门堂里站着的人都会自觉地闪到一边。

库尔希德大大方方，举止洒脱，而伊巴德得·阿里却是神态疲倦，沉默寡言。房子外面挂着一块写着他名字的木板，日晒雨淋后已经腐烂。木板上的“伊巴德得”这几个字已经完全褪色，只剩下“阿里”还依稀尚存，但也像被火烧过似的。伊巴德得的个性与木板上的名字相差不大。正如时间让写在木板上的名字逐渐腐烂破败，他的处境也是一样的潦倒落魄。他的背已经佝偻，身上的破长袍也显得宽松晃荡，现在全身只有一样东西显得扎眼，那就是他的刺绣帽子。当他咳得颤颤巍巍时，帽子显得与他的姿态截然不同，好像从别人的头上摘下来戴到了他的头上。他战战兢兢地从人群中走过，好像感觉大家都是手持利刃的刽子手。每当有人从他面前走过，他都要稍稍低头弯腰致意，不知道是习惯使然，还是觉得自己孤立无援。人们老是摆布他来报复库尔希德，“大老爷，闪开路吧，我们的粮食过来了。”听到了这句话，他马上就让路了，有几次甚至返回楼上来腾出路来。

马吉德·卡萨巴和其他几个穆斯林一直在撺掇伊巴德得·阿里，让他给管理员提交申请，把房子全部占过来，还暗示如果印度教徒胆敢有任何形式的捣乱，他们都会介入纠纷。但伊巴德得·阿里没有任何举动，库尔希德对自己父亲的怯懦十分恼火，已经对他发了好几次火。他不发一言地听着女儿的训斥，听完后要么开始做礼拜，要么带上西塔尔琴[①]坐在一边。当心脏病发作的时候，他好几天都不会下楼。库尔希德多数时间都会待在他的身边，只有取药或请马吉德时才会下楼。马吉德来了以后，会在楼上待很长时间，有几次甚至夜深了才走。房子的女眷们对此开始议论纷纷，马吉德为什么要来？在楼上待那么久到底干了什么？他比库尔希德至少要大二十岁，但人们还是认为他之所以来，不是为了伊巴德得·阿里，而是盯上了库尔希德。“不然她为谁裹上红红绿绿的披巾呢？”戈巴尔妈妈说道，“老头子是有眼珠子，但她不会是穿给他看的。这个杂种把取药当幌子，裹上披巾给来的那个野男人看呢。要不是她爸爸喘着气，她早就去妓院了。”

“她现在就在妓院里，”塔古尔夫人饶有兴趣地说道，“不过还是有些差别，这个妓院不在前院，而在后院。可不就是这么回事嘛！”她们俩笑得前仰后合，戈巴尔妈妈拍了拍塔古尔夫人的肚子，说道：“塔古尔夫人，你啊你，真是个浪货！”

“你就是个好东西？”塔古尔夫人立刻回击道，“你的骚事谁不知道啊。”她们俩人笑个不停，好像在相互称赞似的。

当伊巴德得·阿里在沉寂的夜晚弹奏西塔尔琴时，我心中的烦躁和愤懑逐渐开始散去。西塔尔琴的琴音绕梁回转，宛若现世安稳，岁月静好，我的心在一层层的宁静中沉浸下来，一些忧虑的问题也淡出心间。琴音如同细雨一样打湿我的心扉，音律时快时慢，如同风中吹过来的轻盈飘动的雨珠。我的心早已沉浸在琴声之中，飞出了屋子的围墙后开始云游天际。闭上眼睛之后，琴声在眼前的黑幕上形成了宛若闪闪发亮的繁星似的字迹，这些字迹成形后又自然消退，就像一张甜蜜幸福的脸上出现的神情。但是消退之后在空中、

① 西塔尔琴，印度的一种传统民族乐器。

在天上、在心里又留下些许残迹。我慢慢地睁开眼，又闭了起来，睡意逐渐袭上双眸。

我好几次想找时间去伊巴德得·阿里那里，坐下来听他弹琴。但流言可畏，我也不敢贸然而动。但有一次我实在按捺不住，就借口晒太阳，走上了楼梯。伊巴德得·阿里那会儿正在吃饭，库尔希德坐在他的跟前，缝补一件破长袍。看到我以后，他们都很惊讶。因为楼下但凡有人上来，都会扭过脸，从他们房间旁边走过去。伊巴德得·阿里停下手来，怀疑我的手里拿着一把刀。库尔希德把长袍放到了一边，眼睛直勾勾地盯着我，说道，“有事吗？您请讲！”

“我来看看老爷子。”我说道。

“您请吩咐。”老爷子的声音和他的表情一样，又是担忧，又是困惑。

“我经常在夜里听见您弹西塔尔琴，”我说道，“想着有空过来坐一坐，好好听您弹琴。”

老爷子满脸疑惑，目光从我的脸上转到了库尔希德身上。库尔希德说道：“爸爸，他住在我们楼下的房间里。”她转过来对我说：“我爸爸是有了兴致才弹琴的，他已经很久不给别人演奏了。”她的话音平和自然，但却绵里藏针，听了之后好似尖刀扎着我的心。“来吧，请坐！”老爷子吃了一大口，说道，“我现在正吃饭呢，你们不能吃我们做的饭菜，不然我也想请你来品尝一下。”

库尔希德不喜欢他说的这句话，她满眼鄙夷，狠狠地瞪了我一下，对他说道：“爸爸，您吃完饭稍稍休息一下，马上就到吃药的时间了。”她又看了我一眼，说：“哈希姆先生说他吃完饭后要至少休息一小时。他的身体每况愈下，哈希姆先生说他早就不能弹琴了，但他总是听不进去。”

这句话说得不能再直白了！起先，我觉得来他家就不是什么合适的举动，但我还是明知故犯，让自己陷入了窘境。我现在心里满是懊悔，但觉得立刻转身就走也有点不妥，所以迟疑了片刻。我站了起来，环视了装着破破烂烂东西的屋子：那把在晚上发出激荡音乐的西塔尔琴，看上去已经破烂不堪；凉床上的床单满是补丁；挂钩上悬挂的衣服，经过多年洗涤现在都快成了一绺一绺的碎絮；做饭的铝锅不知道经过多少年的烟熏火燎，烧得快要收缩起来；那些让库尔希德昂首挺胸的披肩，不知道放在哪里。她当时仍然昂首挺胸，眼中流露出喷火似的神情。

“好吧，您现在休息吧，”我对伊巴德得说道，“很抱歉给您添麻烦了。”

“您请坐吧，”伊巴德得·阿里急匆匆地吞下了嘴里的食物，“您有兴趣听我弹琴，我就给您……”

“不行，爸爸，您现在不能弹琴，”库尔希德插了一句，“您的身体不允许您弹琴，现在是您休息的时间。”她的眼中显然闪现出一种报复的快感。我觉得再多待一秒都不合适，所以立刻说道：“嗯，是啊，现在是您休息的时间，所以在这个时刻您应该开始休息。”和伊巴德得道别之后，我心里满是被羞辱的痛楚，回到了楼下。可能是因为这件事，库尔希德又嘱咐了伊巴德得一下，后来的好几个晚上都没有听见他再弹奏西塔尔琴。

当我从楼上下来，到了自己房间门口的时候，塔古尔夫人突然站在房间的门槛上，说：“乖乖，你这是去楼上啦？”

“我到楼上去晒了晒太阳。”我回答道，默默地拿起一本书坐在了一边。

“是不是去看谁了？”塔古尔夫人说道，“对别人撒谎，和嫂子都不说实话？”

我没压住心头的怒气，狠狠地合上书，说道：“嫂子，你每时每刻都在想那事。”塔古尔夫人的脸色突然一阵苍白，佯装笑容地对我说：“唉，乖乖，你可想错了。我可从来没有这样说啊。你怎么会和那些人来往呢？难道你是这样的下等人，想去尝一口他们的饭菜？我最近总和别人说，现在是冬天，到楼顶上去晒晒太阳，能让人心里舒服。我们掏了房租，为什么就不能去楼顶晒太阳呢？这是大神给我们的恩赐，可不归伊巴德得管啊？我给戈巴尔妈妈说了，‘戈巴尔妈妈，我们有空也上楼去晒晒太阳？’”

我一言不发，拿起了书。塔古尔夫人朝我走近几步，说道：“乖乖，你可别是错怪了我的意思？不管你要让我对谁起誓，我都会笑着答应的。”

“行了，嫂子，这事到此为止，”我冷冰冰地说道，“我现在想看会儿书。”

“好，好，你坐着看书，我去那边了，”塔古尔夫人说着话走到了一旁，“你嫂子不像你这样有文化，有时会说些蠢话，你可别见怪啊。那个让整个房子蒙羞的下流胚子，我怎么能把她和你扯到一起呢？我要把自己的舌头给切了，它总是不经过大脑就把话说出来了。你不要在意我的这些蠢话。说吧，要不要我给你煮茶喝？”

我摇了摇头，她转身离开了。书本上的一行行文字在我眼前渐渐弯弯曲曲地交缠在一起，库尔希德的那些话和她眼中鄙夷的神情一次次地浮现在我的脑海里。

那一天很快就到了，我的口袋终于变得空空如也。实在没有办法，带着口袋里剩下的六个安那，我最后一次去询问《伊拉沃迪》

的主编，看他是否已经做好了决定。我已经做了决定，见他之后就把手表变卖了，拿上三四十卢比直接回村里。但那天主编帕斯卡尔心情大好，他告诉我下月一号就能来上班，我的手表也无须从我的手腕上摘下来了。当我从《伊拉沃迪》办公室回到家里，与以往日子相比，感觉心里轻松了不少，更希望能和别人坐在一起，开怀大笑一下。那个时候，塔古尔夫人正在炉子上烙晚饭吃的饼，她脏兮兮的披巾已经从肩头垂落，头发散乱，给炉子吹火时她被烟呛得满眼泪水。看到我以后，她挤了挤眼睛，说道："先生，给你煮茶吧？"

"好的，嫂子，今天给我煮杯热热的茶，"我说道，"能做些有咸味的茶点吗？我想吃几块。热茶和咸味茶点！"

塔古尔夫人从炉子边上退了几步，擦了擦眼睛，有点奇怪地看着我。她可能无法理解，平时连烙饼都不敢放开肚皮吃的这样一个艰难度日的失业者，突然要求要喝热茶、吃咸味茶点。她走到我的跟前，不知道为什么，我觉得她矮小的身体不再显得难看，她的表情更像一个小女孩睁大眼睛凝望着面前一个有趣的东西。

"先生，怎么回事啊，今天突然要吃咸味茶点了？"她说道，"今天是不是碰到老情人了？"

"你说对了，嫂子，"我笑着回答，"我等她很久了。"

"是谁啊，还不告诉我们？是你在孟买的老相好吗？"

"不是的，嫂子。不是你想的那么回事。我从下月一号起就开始上班了。"

"真的？"塔古尔夫人一下子笑逐颜开，"那你要吃这世上的什么好东西，我都做给你。一个月开多少工钱？"

"一百六十卢比。"我走到水管前，一边洗脚一边说道，"嫂子，快点煮好茶。我一会儿要出去逛逛。我来德里之后还没有逛过康瑙特市场，今天想去那边逛一圈。”

戈巴尔妈妈吃惊地走出自己的房间，琢磨着这个平时在自己的房间里都不敢高声讲话的人，今天居然在水管处大声嚷嚷。

塔古尔夫人煮好了茶，的确是杯热茶。黄色茶杯和平时一样脏兮兮的，但我今天没有像往常那样一饮而尽，而是开始慢条斯理地小口品茶。塔古尔夫人想着炸豆粉丸子给我吃，但我谢绝了，心里觉得还是快点离开这里，早点出去逛逛。在炉火的映照下，她平时看上去干枯的面容显得容光焕发。我很奇怪，她脸上的皱纹一下子就好像浅了许多，显得年轻多了，就连她脖子上的赘肉也平添了几分魅力。但她眼中洋溢着我无法理解的神情，感觉她离我不是一尺之遥，而是隔了好几尺远。她一直这样专注地看着我，宛若一个小孩盯着天空中行将消失的气球。

我很快喝完了茶。当我准备离开的时候，才发现口袋里连一个派萨[①]都没有了。顷刻间，我外出的计划就泡了汤。塔古尔夫人不知道怎么就猜透了我的心思，知道我因为没有钱而放弃了出游的安排。她走到房门处说道：“先生，难道不去了吗？”

“想想今天还是不出去了，”我说道，“在公交车上颠簸了一整天，现在想坐着看会儿书。过一会儿，阿尔温德也要从办公室里回来了。”

“刚刚还那么兴冲冲地要出去，现在却说坐下来看书？”塔古尔夫人拿出了自己的脏手绢，打开了绳结，“今天出去，尽兴地吃吃喝喝一下，算我请客。你的工作有了着落，嫂子破费一点儿也是应该的。拿着吧，我这里只有两个半卢比。要是有五卢比的话，我今天也会给你的。”

① 派萨，印度货币单位，一派萨等于百分之一个卢比。

我盯着她的脸看了片刻。脑子里又一次回想起了那句话，难道塔古尔夫人真的想要干那事，正如阿尔温德猜测的那样？难怪阿尔温德总说要给她一些甜头，她……可能她正在给我一些甜头呢？我心里想还是不要借她的钱了，口袋空空出去逛逛也好，但康瑙特市场的灯光又开始在我的眼前闪耀，心中实在禁不起诱惑。我有点犹豫地接过她手绢里的钱，说道："我不会白拿的，算我借你的。今天我口袋里一个子儿都没了。等我发工资的那天，我连本带息一并还给你。"

"等你发工资的那天，我还会找你要两个半卢比？"塔古尔夫人抖了抖手绢，把它扎进自己的腰带。"那天我要你给我买纱丽，最少二十卢比的纱丽。我要和你一起去康瑙特市场买回来。"

"好的，不光是纱丽了，你想要啥就买啥。"我沮丧地说完话，离开了房间。出去的时候，我觉得塔古尔夫人脸上的皱纹变得更深了，扎在腰带上的手绢在我眼前抖个不停。想着想着我就开始生气，她给我两个半卢比，并不是出于善意的关心，而是想将来索取二十卢比的纱丽。我心里愤懑地劝诫自己：你真是个傻瓜，事情就诚如阿尔温德所说的那样。

从孟买回来后，这是我第一次进咖啡馆，一进门我就看到了哈尔本斯。在进门的第一张桌子周围坐了七八个人，其中有一个是他，还有另外三个女孩。我躲开哈尔本斯的目光，朝前走了过去，但他一见到我就马上站了起来，好像他在等我似的，然后对坐在左手边的女孩说："看，这就是他。"

但那个女孩并未在意他的话。哈尔本斯旁边空着一把椅子，他拉住我的手让我落座，好像我每天都来这里，和他们聚在一起有好几年似的。坐在对面椅子上的一个男青年翘着兰花指，说着“静物画”相关的某个话题，左边椅子上另一个男青年则是双眼紧闭，不知道是认真听讲还是心中另有所思。坐了一两分钟以后，我觉得坐在他们中间，自己完全是个多余的人。我刚想站起来离开，哈尔本斯叫来了服务员付了账，从椅子上站了起来，丝毫没有顾及“静物画”的话题尚未结束。

“现在走吧。”他的口吻好像一位主席宣布会议结束似的，但没有人对此表示反感，也没人表示反对。我们从咖啡馆走了出去，那个年轻人仍然还和刚才一样滔滔不绝地谈着“静物画”。

走到外面，我已经认识了这些人。其中有一个是哈尔本斯的妻子妮丽玛，她刚刚坐在他的左手边。还有两位是妮丽玛的妹妹——徐克拉和萨罗兹。萨罗兹长得和她的姐妹完全不像，我刚才还以为她是那位大谈“静物画”小伙子的妹妹。那位翘着兰花指的艺术家名叫西瓦·莫亨。后来我才得知，那段日子他的风景画非常有名气，但他并没有挣到多少钱，日子过得紧巴巴的。那位闭目养神的年轻人，有个非常有趣的特点，喜欢穿赭色土布衬衫，搭配白色裤子。他说话又少又慢，好像舌头有点问题。他名叫吉文·帕尔加奥，和西瓦·莫亨一样，也是一名画家，那段时间他十分推崇抽象派画法。除了这两位之外还有另外一个人，妮丽玛和萨罗兹都叫他“舅舅”，但他的年龄看上去比西瓦·莫亨和吉文·帕尔加奥大不了多少。我认识了这些人，这个说法可能并不正确——因为到了咖啡馆，哈尔本斯并没有把我介绍给大家。我对他们的了解，大体通过谈话得知的。我们在咖啡馆外聊了一会儿天。当西瓦·莫亨和吉文·帕尔加奥离开时，我也向哈尔本斯伸出手来告辞。但他抓住了我的手，似乎想把它塞进自己的口袋，说道：“你要去哪里？正是考虑到你来了，我才一早离开咖啡馆。你和我们一道回家吃饭。我已经想了好几天了，想着你大概从孟买快回来了。帕拉姆告诉我，你要很快离开孟买，到德里来找工作。我觉得你可能早就要来了，所以从十一月初我就开始等你了。”

“你预料的没错，”我说道，“我十一月初才到的这里。”

“什么？”他好像一下子从天上掉了下来似的，更加紧紧地握住了我的手，说道，“你十一月初就到了这里，直到今天我才看到你？”

我觉得到了这么久，还没有来找他，真是我的过失。我们一起过了马路，在人行道上朝雷格尔饭店走去。徐克拉和萨罗兹走在我们的后面，和她们的舅舅聊着天。妮丽玛手里挥动着钱包，和我们并排走着。哈尔本斯看着她说：“看吧，这个人来了已经一个月了，今天才第一次见到他。要不是我突然看到了他，他今天很可能就扭过脸出去了。我曾经点评过他的诗歌，他可能对此有所不满。”

“是他啊，你那个孟买的朋友？”妮丽玛说道。哈尔本斯到了这个时候，还没有把我正式介绍给大家。

“你才知道是他啊？我已经给你说了这么多天，说他要从孟买来德里。”哈尔本斯这样说道，好像不知情的过失都是妮丽玛造成的。

“你最近好吗？”妮丽玛不再挥动钱包，她看着我说道，“哈尔本斯的确说了好多天，说您要从孟买回来。但我们听他说得都觉得厌烦了。”她放声大笑，又说道：“您真是个好人，来了以后也不告诉我们。”

“我不知道你们的地址。”我设法掩盖了自己的羞愧。哈尔本斯和我本属一面之缘，回到德里居然说了这么多关于我的话，让我的心里觉得又难受又兴奋。

"在孟买我没有给你名片吗？"哈尔本斯说道。

"你的名片现在不在了。"我说道，"之所以来了这么多天没有见你，是因为我一直在找工作。"

"什么工作？"

"《伊拉沃迪》月刊编辑部的一个职位……"

"你入职了吗？"

"嗯，今天主编说，下月一号就可以来上班了。"

"得办个宴会庆祝一下。走吧，去阿尔卑斯咖啡馆再喝杯咖啡。"哈尔本斯说道。他抓住我的手立刻转头，没有给我任何思考或找借口的机会。

哈尔本斯、妮丽玛和我三个人一起去了阿尔卑斯咖啡馆。塔古尔夫人给的两个半卢比勉强够用。除了这两张纸币又脏又皱之外，我算是避免了难堪局面。当我把钱放在服务员的餐盘里，妮丽玛嘀咕了一句："您是不是在甜食摊位上换了零钱才来的。"我笑了笑，搪塞了过去。

虽然蒙混过关，避免了尴尬，但我心想，如果徐克拉、萨罗兹和她们舅舅一起过来，我将要面临多尴尬的境地。值得庆幸的是，妮丽玛吩咐徐克拉和萨罗兹回家准备饭菜，她们俩那时还不想和舅舅分开，所以舅舅不得不跟她们一起回去了。否则就口袋里的这一点点钱，我真会陷入天大的窘境！当我们从阿尔卑斯咖啡馆出来的时候，气温骤降，一出门我就打了一个寒战。

"您没有穿大衣或外套？"妮丽玛说道，"回去的时候您不觉得冷吗？"

"回去时把我的大衣给他。"哈尔本斯说道。

"你的大衣！"妮丽玛说道，"大衣会垂过他的膝盖的。"她不知道想到了什么，自己又开始大笑起来。

我从没有见过像妮丽玛这样时不时开怀大笑的女孩子。那时候，我自己还因为笑声很大而声名不佳。有几次我放声大笑的时候，周围的人都很吃惊。还有几次在孟买的咖啡馆，经理都给我递了纸条，上面大概写着“请勿喧哗”的字样。但我实在搞不清楚，为什么一个人在大笑时还要恪守文明，压着嗓门发出笑声。我以前住在阿姆利则家里的时候，邻家的孩子总是模仿我的笑声来戏弄我。我自己感觉非常窘迫，但却无能为力，不知道如何才能不发声地笑出来。周围的人每次听到我的笑声而感到惊愕时，我才会想起恪守文明的这件事。

对于妮丽玛的笑声，我只能说——她笑得不像女孩子，更像一个男孩子。她发笑的时候嘴巴完全张开，脖子微微后仰，细细的牙齿全部露出来。她说话时声音很尖，但发笑的时候声音却会有些低沉。不仅是她的笑声，她说话和走路时也流露出一种洒脱，让那些刚认识她的人感到惊讶。她时时刻刻都如此躁动，好像身上一直闪耀着电光似的。当她不说话的时候，她的眉目却在舞动，好像仍然在说着些什么。

到了他家，我才知道他们住在妮丽玛妈妈的房子里。哈尔本斯的妈妈和兄弟姐妹都在德里，但他们住在卡罗尔花园那边的莫德尔小区里。妮丽玛妈妈的家位于哈奴曼路附近，哈尔本斯觉得来往方便，所以他和妮丽玛就住在那里。除了妮丽玛、徐克拉和萨罗兹之外，她们家还有一个八九岁的小妹妹，叫萨莉达。家里全是女孩，没有一个兄弟。妮丽玛的三个妹妹都没有结婚，哈尔本斯在地位显得异常重要。妮丽玛的爸爸长期瘫痪，躺在一个单独的房间里的椅子或床上，来家里走动的客人大多不知道他的存在。我也是几天以后才知道妮丽玛的爸爸仍然在世，而且还住在家里。这样从哪个方面来看，哈尔本斯都是家里的主人。到家以后，还没有见到妮丽玛的妈妈之前，我一直以为这就是哈尔本斯的房子，萨罗兹、徐克拉和萨莉达与他一起住在这个家里。

饭很好吃。吃完饭后，我们坐在外面房间里聊天，那个房间实际只是搭了顶的阳台而已，被用作了餐厅和客厅。阳台的装修颇为简单，但却十分有趣。墙上几处贴着由一些细条组成的抽象图案。正面的墙上摆放着佛陀的石像，佛头后面的墙上还挂着一个彩色的光环。地毯和椅子被布置得井然有序，窗帘和其他物品的颜色也是精心搭配。房间最大的特点就是能让外人有宾至如归的亲切感。正如和一些人能够一见如故，有些地方第一次见到，也能感觉非常熟悉和亲切。

妮丽玛的妈妈和三个女儿吃完饭以后，立刻回到了里面的房间，她们的舅舅哈欠连天，起身告辞了。妮丽玛的妈妈和我们待在一起的时候，很少说话。她一般只说非常简洁的句子，觉得没必要说话时便一言不发，所说的话大多也是摆盘子、拿勺子和擦桌子这些命令。从她的表情上，我发现她可能不喜欢见生人。她似乎已经阅尽了人生的一切，不再期待新的感触。她的沉默让我有了这样的感觉，对她来说，每个初次相逢的人都好像午夜敲门打断她睡眠的不速之客。她好像并不希望走出自己周围那个画地为牢的圈子，也不希望别人走进这个圈子。我感觉不到她对生活的任何满足，仅仅能感觉到她迁就当下际遇的无奈心情。

妮丽玛有一个妹妹，她和她的另外两个妹妹有着截然不同的个性。她就是徐克拉，年龄比萨罗兹小，比萨莉达大一些。我第一次看到她的时候，目光很快就从她的脸上转移到了别人身上。我不止一次有这样的感觉，此后我还有过几次这样的经历。说不清什么原因，她的面容总是能轻而易举地吸引到别人的目光，但却无法让别人的目光长久地在她身上停留。难道这也是她的一种魅力？但是除了她有魅力之外，很可能还有其他的原因——或许是她那天生的自信和对周围世界不屑的冷艳。她的妩媚中夹杂着一丝单纯，好像她对自己的花样年华有着一种深切的感受，但却并不曾领悟年轻的真谛。她脸上流露出充满好奇的表情让她显得更加俏丽。在任何时候，都能从她的眼中读出这样的一种态度：她很少关心外面的世界，而更多关注自己的内心。可是，她却有很多次不是用自己的眼光，而是用别人的眼光来打量自己身上精致的旁遮普服装。一看到别人皱眉，她的眼睛马上就流露出不安的神情。她和我们坐在一起吃饭时，好像对我们充满感恩戴德之情，但一吃完饭，就马上起身去了里屋。

房间里佛陀半身像的不远处，有一个相框，上面悬挂着一块画布，附近的地毯上散落着一些画笔和颜料。“你画画吗？”我问哈尔本斯，“你在孟买可没有说起过。”

“这块画布不是我的，”哈尔本斯回答道，“这是妮丽玛的画布。”

“她的？”我站了起来，走到了画布前面，认真地看了一会儿，又回到了原来的位子，问道，“您什么时候开始画画的？”

“我不会画画，只是胡乱涂抹罢了。”妮丽玛的声音里没有半点矫饰，“他总是追在我的屁股后面逼着我学画画，所以我就开始画了，否则我真是一点儿都不会，也没有任何兴趣。到现在，我也就知道作画时如何搭配使用画笔。看吧，你和哈尔本斯说话时用“你”，对我说话用“您”，这是什么做派？”

她称呼哈尔本斯时使用单数形式[①]，这让我感觉很不舒服。我

① 印地语中单数形式为非敬称。

以前从未见过有妻子这样称呼自己的丈夫。妻子和丈夫之间，使用“您”和复数形式的“他”[①]，显得文雅而又客气，我觉得这样才比较自然。但我还是对她的话表达了赞成，说道：“好吧，我以后不会这么客气了。”

“她的一幅作品现在在孟买展览，还得了一项专业奖。”哈尔本斯这样说道，好像他还想继续再聊这个话题。

“得了奖有什么用？”妮丽玛说道，“我知道自己不是画画的料。”

“但您已经有一两幅作品参展了，”我说道。嘴上虽然那样说，但心里却是这样想的：如果我不喜欢她的画，那我要如何才能接过她的话茬？

“兄弟，你看，我已经跟你说过了，我不喜欢听‘您啊您啊’的，”她说道，“能拿得出手的画，我一定会给你们看的。”

“但您……”

“别说‘您’，说‘你’！”

“好的，你展示几幅作品吧。”

“我手头的确没有像样的作品，”妮丽玛扶着椅子说道，好像心里有些绝望，还有些疲惫，“只有一幅作品能拿得出手，因为以前曾获过奖。但这幅画现在还在孟买，等什么时候送回来了，我一定拿给你看。”

“这只是谦虚，或者……”

“真不是谦虚，”她说道，“我从来都不来虚情假意的。哈尔本斯因为我这个样子，还老是生我的气。”

---

① 印地语中第三人称复数形式为敬称。在印度传统家庭里，妻子对丈夫说话多使用敬称。

哈尔本斯一下子严肃起来。我有点不明不白，谈论这个话题，他本应该是兴高采烈的，但开聊以后，他却是一脸沮丧。那时候，他的表情如此古怪，好像离开了一起聊天的房间，去了别的地方，回来时一路上还碰到了诸多麻烦。

“好吧，今天算了，改天再看吧，”我为辞行做了开场白，“今天已经很晚了。”

“嗯，改天来吧，我把画好的作品拿给你看，”妮丽玛说，“到时候你自己就知道了，我说的话是真是假。但‘哈本’已经铁了心让我成为一名画家，所以不管未来怎样，我先把话放在这里。”

我准备站起身来，十指交叉向前伸了伸手，眼睛朝“哈本”的方向看了过去。不知道“哈本”是“丈夫”[①]的简称还是“哈尔本斯”的缩写。哈尔本斯的脸拉得很长。我按了按手指，发出“咔咔”的响声，从椅子上站了起来。

“好的，我要走啦，”我说道，“今晚和你们聊得很开心。这是我来了以后，第一次才有一种到了德里的感觉。”

“不再多坐一会儿？”妮丽玛问道。

“要是换成你，得在这么冷的天回家，你就会知道再坐一会儿意味着什么，”哈尔本斯毫无由头地发起火来，“这样一个好人，和我们一起待了这么长时间，难道还不够吗？”

我真不知道，自己待了这么久是一件令他快乐还是令他痛苦的事？至少我觉得，我在合适的时间起身告辞了。

我们从大门出去走到了马路上，妮丽玛说道：“从今往后，我们会经常见面，好不好？”

“行了！”哈尔本斯拉长脸说道，“好像所有人都和你一样，每

① 本句中的丈夫是英文单词husband。

天除了去咖啡馆就没有别的事情。”

“改天再聚吧。”我说了一句，打破了尴尬，终于离开了他们。我才朝前走了几步，听见哈尔本斯在后面喊道：“听我的，穿上我的外套。现在可真冷！”

“我觉得不冷。”说完后，我摆摆手走了。

我没有赶上末班公交。那段日子三轮车停运了。我的口袋里只剩下九个安那，这点钱想全程坐双轮马车回去，是远远不够的。看到乘客抠抠搜搜的样子，赶马车的也不想揽这趟活。我不太清楚回家的路。马路上没有几个人，想要问路本来就不容易，而且我觉得拦下一个赶路的人，贸然问路不是一件好事。结果是我没有转到查莫斯佛德路，而是走上了潘查库意扬路。走了很远，当我看到新德里火车站的灯光时，我开始怀疑自己是不是走错了路。问了人以后，我知道自己的确走错了，便从贝耶尔得路绕道朝新德里火车站方向走去。寒气袭来，我的身体瑟瑟发抖，鞋子紧贴在脚上，双脚已经麻木得失去了知觉。

走在路上，看着那些裹着毯子睡在人行道上或商店外面的人，我有些心生妒意。我的双眼充满困倦，心想他们要是能分给我一半毯子，我马上倒头就睡。顾杜卜路显得如此漫长，走着走着，我的膝盖已经麻木，但还是没有到萨德尔广场。当我拖着双腿，终于到了卡特集市的十字路口时，我觉得自己没有从萨德尔再绕到哈尔普尔小区走回去的勇气了，所以我决定抄近路，穿过卡特集市走回去。

我双手交叉着夹在腋下，身体缩成一团，以此来躲避寒意。我的鞋跟撞击着马路，发出“嗒嗒”的声响，感觉有人像士兵一样一路尾随着我。以前好几次当我一个人走在路上，都有这样的感觉，觉得有人远远地跟在我的后面，或者紧贴着我接踵而行，这时候我倒是体会不到孤单。有时候我还觉得不管路上多么寂寥，都会有行走的脚步声，所以任何人无论走在哪条路上都不会感觉形单影只。当脚对道路已经心有所属，那道路为什么不会对脚心生怜爱呢？

我以前有几次途经卡特集市，但是每次都急匆匆离去，好像一个人用手绢堵着鼻子走过一条臭烘烘的小巷子一样。阿姆利则有一个叫肯杰里扬的集市。童年时，我经常和父亲一起去看电影，我们每次都要途经这个地方（我有两个家——一个在德仁达仁附近的村里，另一个在阿姆利则。我的伯父在村里务农，我的父亲在阿姆利则教书）。经过那个集市时，楼上房间里的灯光，以及手风琴和手鼓的声音总是能吸引我们的注意力。但我被告知要低头经过这个集市。有人告诉我，那些对着楼下挤眉弄眼的女人都是妓女。如果敢看她们，就会被她们抓起来关进黑屋子。我家里的女孩子骂人时经常用“妓女”这个词，所以我一直以为妓女就是女妖和女巫这类货色。家里的女孩子骂人时还用“克夫鬼”这个词，所以我想，城市肯定还有一个和烟花巷一样的“克夫鬼”集市，这些“克夫鬼”在那里把自己的丈夫开膛破肚后吃掉。

阿尔温德把卡特集市叫作大床[1]集市。当我第一次和他一起经过这个集市时，他告诉我这里是低级妓女的集市，四个安那或八个安那就能玩一次。每当经过这个集市时，总能勾起我童年的记忆，所以我总是加快脚步离开。但这个时候我却没有加快步伐，反而慢下脚步。一来是因为以前白天急匆匆走过的时候，我并没看到那么多的繁华景象，二来是因为走过了许多条冷清的街道，反而觉得自己到了一个温暖的地方。我还想，自己现在已经成年，大可不必像小

① 印地语kaath（音译，卡特）和khaat（大床）发音十分相似。

孩子那样急匆匆地飞奔过去。我在一家商店外停了下来，想买点烟和槟榔，顺道第一次好好看看这个地方。顷刻之间，我甚至觉得自己好像到了一家证券市场。这里和证券市场一样都是四四方方的，每一边都有许多门口朝外进行交易的小房间，同样人群涌动，还会传来一些相似的声音。我开始幻想，如果这个市场也进行证券交易，那商人们能赚多少利润！今天阿卡得尔查恩的股票价格上涨了，明天穆卡达尔公司的股票也跟着涨了，甚至每个妓女都可以成为一家有限责任公司。到了这个地步以后，自然就没人到市场来找妓女了，只用她们的名字就能进行交易。这样一来不用政府干涉，娼妓行当也会自动消失……

嚼完槟榔以后，我吞下了槟榔汁，吸了一口烟，准备离开那里。一个壮汉突然站到了我的面前。这么冷的天，他下半身居然只穿着围裤，上半身穿着背心和棉布衬衫，衬衫上用黑线缝着假黄金纽扣。之所以觉得是假黄金，是因为我认为穿戴真金纽扣的人不会生活在这个集市上。他的眼睛通红，步履蹒跚，嘴里满是土酒的味道。他站在我的面前微笑，好像我不是一个人，而是一面他用来自我欣赏的镜子。想到这点，我苦笑了一下，他可能没有意识到，我已经向他点头致意，现在就想从他身边走过去。但他不肯让路，还是那样堵住了我。

“怎么回事啊，老兄？”我皱了皱眉头。

“没事的。”他说道，还是那样站在那里。

“我想过去。”我说道。

“好的！”他答道，一边喘气，一边笑了出来，像一头水牛喝完水吐气一样。

“我要去前面的巷子里。”我说道。

“好的！”他说道，还是像刚才那样笑着。

“请让我过去。”我压低嗓门说道，话里带了点劲，让他知道我也不是好惹的人。

“去哪里？”他问道，双手放到了我的肩上。

“我刚下班，”我说道，“就想过来买包烟。”

“好的！”他有些踉踉跄跄，说道，“您是个好人！”

我心想也和他一样，随口说句“好的”，但我没有说出口。我担心说一些话冒犯了他，他可别动了恶念，用那只摇摇摆摆的手打到我的太阳穴上。

“我从康瑙特市场来的。”我想不出其他任何话，只好说了这句。

“好的！”他说道，“那是个好地方。”

“是的，是个好地方。”我说道。

“这里也是个好地方。”他说道。

“是的，这里也是个好地方。”我回答道。

“您什么时候大驾光临的？”他问道。

“我刚刚来的。”我说道。

“好的！”他说道，“刚刚，也就是说……”

“刚刚来就是刚刚才来的。我买了一个槟榔包，刚刚吃完。又买了一根香烟，正在吸着呢。”

“好的！”他说道，“什么香烟啊？”

“金箔牌香烟。”我说道。

“只买了一根，还是多买了几根？”

“没多买，但我可以再买一根。”我想这样子就能摆脱他，也算是一件值得庆幸的事。

“一根不够，”他说道，“我太太和我在一起，她也喜欢金箔牌香烟。”

我又买了两根香烟，他的妻子不知道从哪里冒了出来，和他并排站在一起。我记不清她长什么样子，但只记得她穿着黑色胸衣，紧紧地绷在她的胸前，绿色的纱丽下摆比她的脚踝高了许多，下面露出肮脏的衬裙。她的身体大概非常消瘦，因为她脸上的骨头都向外凸起。她不知道嚼了多少槟榔包，汁液顺着嘴角流了下来，她一直用纱丽的裙角来擦嘴。

“她是我的太太。”当我把香烟递给他时，他这样说道。出于一种礼仪似的下意识反应，我随口说道：“见到你很高兴。”同时，我的另一种意识让我转眼过去，尽快离开那里。经过一番挣扎，但我还是控制住了自己的这两种意识。

“太太，给这位先生打个招呼，”这个壮汉说道，“他可是从康瑙特市场来的。”

他的妻子点着了香烟，一边大笑，一边吸烟。她的笑声如此尖锐，我觉得好像有人要把手指伸进我的双耳，弄碎我的鼓膜似的。她发笑时露出了黑色的牙齿。脸上涂的那些白粉，衬托得她的牙齿更加黑迹斑斑。

“宝贝，怎么不打招呼呢？”那个壮汉说道，“这位先生可是从康瑙特市场来的。”

“每个人都说是从康瑙特市场来的。”他的妻子说道，然后抽了一口烟。

“他真是从康瑙特市场来的，”壮汉又说，“他是个有钱的主儿。”

“我不是有钱人，”我说道，“我的口袋几乎要空了。”

壮汉转过脸看着我，又开始踉踉跄跄地晃动，问道：“你的口袋里没钱了，那你还抽金箔牌香烟啊？”

“我就喜欢金箔烟的味儿，”我说道，“但我的口袋里真的只有一张四安那的毛票了。”

“口袋里只有四安那，还逛了一圈康瑙特市场回来了。”他的妻子笑得前仰后合，朝后退了几步。旁边站了一个肥硕的中年妇女，一直怒视着我们。壮汉的妻子走到她的身边，指着我说道：“那位先生带着四安那，从康瑙特市场过来的。”

“四安那能买几根金箔牌香烟？”壮汉问道。

“四根。”我耐着性子说道，尽管我很想直接给他脸上来一拳。

“去康瑙特市场吧，买上四根金箔香烟，”他说道，“一根自己抽，一根给自己的朋友，另外两根给苏波杰·哈杰德[①]拿过来。”他又抓着我的肩膀，使劲地晃了几下，然后向后退了几步。后退的时候，他的脚下一滑，差点就摔倒了。当他重新站稳的时候，已经离我有些距离。壮汉转身说道：“娘的……从康瑙特市场来的，口袋里就只有一张四安那的毛票，以为卡特市场是他亲姨的店啊，四安那就能找个女人！这儿的人会瞧得上四安那？哈哈！”

我急匆匆地从卡特市场里走了出去，都忘了凛冽的寒意，甚至觉得全身燥热得快要冒火，嗓子干燥得好像针扎一样。当我到了哈尔普尔街区，觉得自己好像打了败仗，受伤回来了。

哈尔普尔街区的所有商店都已经关门，整个街区都在一片沉寂的氛围中睡去了。冬夜的沉寂中时不时传来蛐蛐的鸣叫声，好像轻轻地安抚着街区入睡。我在童年时经常能听到蛐蛐的鸣叫声。当我晚上生了妈妈的气，气呼呼地想要睡觉时，这个声音经常轻抚我，哄我入眠。长大以后，当我有了烦心事，这个声音也能在下意识里解我心忧。我觉得蛐蛐的鸣叫就是夜晚的声音，就是人们心里轻轻

---

① 从上下文语境来看，苏杰德·哈杰德应该是这个壮汉的名字。

哼着的催眠曲——“唧唧，唧唧，唧唧”。经过屠户街自己住的小巷路口时，那个声音又一次萦绕在我的心头，紧张的心情终于在催眠曲中得到了舒缓。

我远远地看到了自己房里提灯发出的亮光。这是我第一次这么晚回家。那天阿尔温德上白班，所以他傍晚就回了家。那些天他总是一早睡觉，他受不了睡觉时被打扰，但是提灯还亮着，所以我觉得他可能还没有入睡。我心想，估计一到家就得应付他的责难。我轻轻地敲了敲房门，没一会儿，门被打开了。阿尔温德裹在毯子里睡得香甜，塔古尔夫人手持提灯站在门边上。

“先生，今天你有点过分！”她打着哈欠说道，“我担心你可别出什么事了。”

“嫂子，今天有些迟了，回来的时候没赶上班车，所以走了回来。”我说道。

“今天冷得手都没法掏出来，”塔古尔夫人说道，“我在门口冻得直哆嗦，不知道你们在外面怎么逛的！”

“真的好冷！我的手脚都冻僵了。”说完后我坐在地板上开始脱鞋。塔古尔夫人把提灯放在门口，睡眼惺忪地说道：“我就说你今天肯定遇到一个老相好的，她把你带回自己家了。”

“你说什么话啊，嫂子？”我脱下鞋扔到角落里，有些愠怒地说道，“我去一个朋友家吃饭了。”

“那么你已经吃过了？”塔古尔夫人的声音一下子尖了起来，眼中的睡意瞬间消失殆尽，“我把饭给你温了这么久，等着你回来吃。等到大半夜，眼皮一直打架，想着睁开眼，可别睡着了。你要是早点说，我吃过饭早就睡了。”

我盯着塔古尔夫人看了一会儿，她的眼中充满了愤怒，熬夜让她脸色更加难看。她的头发像稻草一样乱七八糟地缠绕在一起，一半身体掩在门框的阴影之中，那个时候她看上去不像三十出头的少妇，更像过了四十的老女人。

“嫂子，我也不知道出门会遇上熟人，他强行把我拉到他家。我多次推辞，说去不了，但他怎么着都不行。你要是不给我钱的话，我也不会出门，你也不会等我这么久。”

说到给钱的事，塔古尔夫人脸上的表情一下子就变了。“你回来这么晚，”她说道，“人即便回来得再晚，饭也应该是在自己家里吃的。你的穷嫂子给你做好饭菜等你回家，你回来却说不吃了，这是好事吗？”

“嫂子，我什么时候说过这是好事？但有时真的没办法，你说说该怎么办？”

“好吧，逛得开心吗？”

我觉得塔古尔夫人又在提她那两个半卢比了。我压住了心里的愤怒说道：“没逛成，就到了康瑙特市场。”一提起康瑙特市场，我眼前又出现了那个穿着棉布衬衫的壮汉和他妻子的样子，嗓子里立刻开始刺痛。

“在那里没找点乐子？”

“那里有什么乐子啊，就看到人走来走去的。”

“兄弟，我们去过一次的。那天倒是很热闹。都不用问，人特别多，到处都是人挤人的。”

但我的眼前又出现了卡特市场的景象，壮汉的污言秽语让我额头上的血管嗡嗡作响。我满怀怒气，厌烦地看了她一眼，说道：“好了，嫂子，现在最好睡觉吧，我真的困得不行了。”

“困了就睡吧，但你明早得把隔夜的饭菜吃了。”塔古尔夫人一边说话一边带着提灯回到了自己房间。提灯熄灭了，里间的房门也关上了，我才裹上毯子翻身侧卧，但不管怎么努力入睡，就是没有困意。好不容易入睡之后，我在梦里又去了卡特市场，从市场里门上栅栏的缝隙里，我看到了好几张脸。好几次，那个壮汉踉踉跄跄站到了我的正前方。好几次，我把手伸到口袋里，却发现口袋破了，那张四安那的毛票从口袋的破缝里飘落下来。好几次，那个壮汉在后面不停骂我，我额头上的血管又开始抽搐。

第二天早上，我发起了高烧。

屠户街的那条巷子每天早上都是臭气冲天的，让人感觉窒息。塔古尔夫人有个女儿，经常和其他租客家的七八个男孩子聚在房子门口嬉戏打闹。一早，巷子里都会有卖鱼和卖菜的集市，其他巷子的人也会聚集到商贩的周围，称重和讨价还价的喧哗声响彻天空，让我们感觉自己不是待在家里，而是住在外面的巷子里。一些女人聚在一起拉着家常，楼上楼下都有小孩哭个不停，姑娘们跑到里屋打开龙头哗哗接水，塔古尔夫人、戈巴尔妈妈和拉朱的嫂子噌噌擦着火柴给炉子生火。塔古尔夫人盯着外面的巷子，开始讲她自己的《罗摩衍那》[①]："戈巴尔妈妈！哈奴曼正走过来了，他的头上裹着三角布，好像是摧毁楞伽城后回来时戴着的那块。安伽陀跟在哈奴曼的后面。他很少从拉莫贾尼的摊儿上买东西。这个死鬼买一个卢比的萝卜，居然要和她调笑一个小时。该死的东西，你不要脸，别人还要脸，也不管不顾我们街区的名声。"

"他怎么成了你的死对头了！"戈巴尔妈妈说道，"可怜人儿找

---

①《罗摩衍那》是印度古代两大史诗之一。本小说中罗摩、哈奴曼、安伽陀、首哩薄那迦、阇吒优私、波林、妙项都是《罗摩衍那》中的人物。塔古尔夫人她们聊天时用这些人物来影射屠户街的邻里。

点乐子，碍着你什么了？他家里没有妻儿老小，不在菜摊上沾点腥气，还能干点啥？”

“你总是向着他，”塔古尔夫人说道，“我觉得你有点不清不楚啊？”

“我不清不楚，你说他的事还不是说得津津有味吗？”戈巴尔妈妈笑着说道，“看，阇吒优私也来了，紧跟在首哩薄那迦的后面。”

“那个死鬼从不让她单独出门的，好像她是个仙女。”

“是仙女也不用老跟在屁股后头。这个臭婊子都快四十了，但走路时总把胸脯挺得高高的，好像腰上绑了一个大鼓。我们才刚过三十，就变成老婆子了。”

“你哪是老婆子啊，”塔古尔夫人终于没有憋住心中躁动的那股劲，“一开始磨面，仓库很快就满了[①]。”

“住嘴！”戈巴尔妈妈笑盈盈地喝止了一声，“看看你吧，说自己像老婆子的时候，却扭扭捏捏得像个洋娃娃。有多少女人有了孩子还像你一样涂着眼影啊！”

“是啊，所有人都像你一样涂着红嘴唇。现在闭嘴吧，让我听听阎婆梵的颂诗。”

拉姆加斯老头佝偻着腰，像警察在人群中辨认小偷一样地打量着巷子里的每个人，哼着颂神曲从门廊里走了出去：

> “阎婆梵话儿得体，
> 哈奴曼听得心欢喜。”

“戈巴尔妈妈，我就说他每天捻着念珠唱哈奴曼颂神曲，”拉朱

---

① 此句有性暗示。

嫂子突然小心翼翼地插了一句。

“谁知道他唱的是哈奴曼颂神诗，还是恶魔多罗迦的赞美诗！”她们三个人一下子放声大笑起来。

“我就说嘛，有一天来个罗摩把这个多罗迦给杀了，那就好啦。”

“你为什么不给自己的婆罗多和罗什曼那[①]说一下呢？”戈巴尔妈妈声音一下子低了许多。

“死东西，每次都说婆罗多和罗什曼那，别再说了。他们听到了，心里会怎么想？”塔古尔夫人压低嗓门说道。

“怎么想？会不会想让戈巴尔妈妈看得起他们！你照顾他们俩，按我说，你就留一个在这里，把另一个……”

“你还不闭嘴？”塔古尔夫人一下子发作了，“他们俩谁听到这句话，肯定就要搬出去住了，说不定他们一早就醒了。你可别砸了我们穷人家的饭碗。”

戈巴尔妈妈有点悻悻然，说道：“我也就开个玩笑。”

“你开玩笑，我们的一百卢比就打水漂了。”

“好吧，以后不说他们了。看，那个达拉[②]过来了。谁能说清楚她是波林还是妙项的妻子[③]？所以我说啊，杜尔西达斯[④]肯定在这个街道住过，然后把我们的事儿编排进了《罗摩衍那》。”

“是啊，杜尔西达斯说不定还真在屠户街上住过呢。”

这个时候传来了楼上拉姆拉尔先生和本达·辛格吵架的声音。

---

① 婆罗多和罗什曼那是罗摩的弟弟，对罗摩忠心耿耿。此处戈巴尔妈妈影射在塔古尔夫人家租房生活的阿尔温德和马图苏登。

② 屠户街一个妇女的名字。

③《罗摩衍那》中猴国的王子妙项利用猴王波林外出征战之际，抢走了哥哥波林的王后，波林回国后赶走了妙项。妙项借助罗摩的力量，反攻猴国，杀死波林，又重新夺回了王后。

④ 杜尔西达斯创作的是《罗摩功行之湖》，小说中的这几位妇女文化程度不高，将《罗摩衍那》和《罗摩功行之湖》混为一谈。

“我说哪来的脏水呢？您家里浴室里没有水管，关我们什么事？您让房东装上水管，或者自个儿掏钱装吧！刚刚我家孩子脚下打滑，他要是摔伤了，谁来负这个责？”拉姆拉尔语气生硬地说道。

“先生，您为孩子考虑这么多，那为什么还住在这个破房子里呢？”本达·辛格回了一句，声音又细又尖，“您怎么不租间大房子？这边都是这个穷样。房东没有装水管，我们有什么办法？”

“您有没有办法，大概只有您自己知道吧。我现在就去找警察把事说一下……”

“伙计，想说啥就说啥，谁拦着你啦？装腔作势！”

“我给你说，我要是发了话，警察一定会把你抓起来。”

“咦，伙计，来吧！还怕你让人抓我！”

“我给你说，说话小心一点，不然我在这儿放你的血！”

“来放血啊，谁拦着你啦？还怕你放我的血！”

“好吧，等到傍晚，你就知道咋回事了。”

“知道了又能咋样！”

“你再这样说话，小心我撕烂你的嘴……”

“来撕啊，我还先剁了你的手呢。还怕你撕我的嘴。”

调解的人这会儿到了。

“老兄，打住吧。你们俩都住在同一间房子里，应该好好相处才对啊。”

“房东到现在也没有装水管，她又有什么过错呢？”

“他家的孩子脚下打滑，是个人都会生气的。”

“好了好了，人都有脾气的，这事就此打住。”

这边争吵还没结束，楼下接水的姑娘们又吵了起来……

杂志编辑部里有四名助理编辑。主编巴尔·帕斯卡尔在大屋子里的单间办公，而我们四个助理编辑的办公区域在屋子的另一边。我们四个人中还有一个小主管，他来这里上班已经四年了。我们四个人围着一个长书桌，小主管的座位在书桌头上，临近窗户，而我们三个人按照工资高低依次就坐。小主管兼大助理苏利希的工资是二百卢比，其后是拉克希米·纳拉扬，每个月一百七十五卢比，排在第三的是我，每月一百六十卢比，马诺哈尔·巴特拉坐在最后的椅子上，每月只有一百五十卢比。小主管活最多，除了校对工作之外，他还负责监视我们。当主编房间铃声响起时，他就得起身去听吩咐。他一副瘦骨嶙峋的样子，我们担心他可别跑动太多，弄断了腿。主编想要和我们谈话，就先叫他过去，他回来后像工厂的工头一样，给我们发号施令："三号，去那边，主编先生叫你呢。"有一次巴特拉问他："你为什么像个听差一样，给主编先生跑腿呢？"苏利希听完大怒，把自己的校对工作推给了巴特拉，让他忙活了一周。

"这是我的位子，"他批评巴特拉，"我是主编的助理主管。我要是想整你，你会丢工作的。"

我们不太清楚他是否真有让别人丢工作的本事，但知道他工作的重心就是讨好主编。我们办公室里有个老听差西达拉姆，主编先生想要辞退他，但他从主编父亲在位时，就已经在这里工作，深得主编父亲的喜爱，所以主编不想直接下通知辞退他，而希望他自己主动放弃这份工作。主编按铃把苏利希叫了过去，让他下楼看一下西达拉姆在干什么。

"他在抽土烟卷，"苏利希上楼后打了小报告，"这个人真是白混工资，整天也不干活。"

"你去让他把土烟卷扔了。办公时间不许抽土烟。"

苏利希下楼后又返了回来。

“他把土烟卷扔了吗？”主编问道。

“是的，已经扔了。”

“去吧，你干活吧。傍晚前我要看下个月的样刊。”

苏利希从主编房间里出来，摆出工头的架子，对我们说：“今天傍晚前把下个月的样刊准备好，主编想要看看。”

“主编看样刊有什么用呢？”巴特拉慢吞吞地说道，“所有的稿子都是他定的。”

“这个我也不知道，”我们的“工头”扬着脖子坐在自己的椅子上，“主编想看样刊，所以就应该在傍晚之前全都准备妥当！”

“样刊的配图还不全呢。”有人说道。

“没配全也没关系。”外面的风吹了进来，我们的“工头”关上了窗户，这样一来我们落座的狭窄回廊就像一个黑暗的窄巷。

“准备没配图的样刊吧。”

“这样说，稿子不全的样刊也能行喽。”拉克希米缓缓地说道。

“我不想听这些。你们要是不想干活，我就去给主编打报告。”

这个时候按铃又响了，苏利希起身进到里面隔间，又领受了新的指令：再去看看西达拉姆在干什么。

苏利希下楼后回来说：“他正在看书呢。”

“看书呢？”

“是的，坐在椅子上看书呢，一副老爷做派。”

“你去把他的书拿过来，让他把椅子挪到楼上来。这里不许看书，也不许坐在椅子上。他得站着上班。”

苏利希从房间出来，搓着手去了楼下。

他回来后又进了主编的隔间，主编问道：“现在他在干吗？”

“站着呢。”

此后，主编不再对着西达拉姆发威，让苏利希回到了自己的座位上。

主编在午饭时间吩咐了一下，让苏利希带上自己的午饭去他的单间，他们一起讨论时政问题。那个时候我们便出门去茶摊。拉克希米·纳拉扬从家里带了午饭过来，而巴特拉和我是吃过饭才上班的，所以我们就在茶摊上买点小吃。拉克希米以前曾用那罗延·斯瓦米这个笔名写过一些短篇小说，现在因为家庭琐事缠身，早就不写东西了。

“你看，这个人肯定要死于癌症。”他边吃边说。

“谁啊？”

“巴尔·帕斯卡尔主编。”

“为什么啊？”

“他老是那么烦人，我觉得他的肚子肯定有癌症。”

我俩都笑了，但拉克希米还是一本正经。

“可怜人要是因为这个病撒手人寰，那真是件好事。”他说。

“癌症可是重病啊。”

“他死于癌症，对你有什么好处？”我问道。

“我就能当主编了。你不会以为那个跟屁虫会当主编吧？”

“他死了以后，肯定是他儿子当主编，”巴特拉说道，“他儿子现在上十年级，等主编死的时候他就大学毕业了。他儿子有一次说过，等他大学毕业以后，他爸爸会在十天内教他学会办杂志的所有业务。帕斯卡尔他老丈人家的杂志，外人是不可能当上主编的。”

“那就让主编肚子里的癌症一直待着吧，算是一桩好事。”拉克希米舔了舔手指[①]说道。

“为什么？”

“我一点也不喜欢他儿子，觉得比他爸说话时还要烦人。”

午饭时间就这样其乐融融地度过的。我们都感觉上班的七个小时就像被关在一个黑洞里，还不许闲谈。为了得到这份工作，此前我是如此焦躁不安，但就职后心里却平添了另一种惶恐。当主编房间按铃响起，苏利希起身走了过去，我们三个只能默然相觑。坐在那里，觉得人生一片灰暗，关上窗户以后回廊如此憋闷，即使在寒冬我也开始觉得浑身燥热。

下班后我和巴特拉一起去公交车站。巴特拉总是一副吊儿郎当的样子，穿着合身精美的衣服。我们整天都等着五点钟下班，想快点离开办公室，但真到了时间，下班出门以后，我们又都愁容满面。巴特拉皱着眉头说道：“我要是真有本事的话，肯定就不在这儿干了。这工作真是要了我的命。再干个十年，能有什么用？也就是从一百六十卢比涨到一百七十五卢比，真是够了！”

“要找好工作就得有好人缘啊。”我说道。

“人缘有用吗？”他说，“我认识这么多人，但有人帮我吗？想有好工作就得要手腕，要不就得有个好爸爸。”

“你的意思是帕斯卡尔？”

我们都大笑了起来。巴特拉边走边说：“说实话，也就是有了你，我才在这里继续干活。你要是不干了，我肯定哪天就辞职走人了。”

我也说了同样的话，表达了同样的意思，握手分别之后，我们各自排队去坐公交车。

① 印度人通常用手抓饭吃。

哈尔本斯经常很晚从学院来咖啡馆，可能是他下午有课的缘故。当我到了咖啡馆，一般只会见到妮丽玛、徐克拉、吉文·帕尔加奥和西瓦·莫亨坐在那里。妮丽玛总是对我说："来吧，诗人，喝杯咖啡？"

"你为什么称呼他诗人？"西瓦·莫亨说道，"这就好像我对你说，'来吧，画家，喝杯咖啡'，感觉多不好啊！"

"你感觉不好，但我觉得挺好，"妮丽玛笑着说道，"我们称呼教授为教授，为什么不能称呼诗人为诗人，画家为画家呢？这是不是意味着你们认为自己的工作比别人的工作要低等一些呢？"

"这和低不低等没有关系，只是感觉好不好的问题，"西瓦·莫亨与她争执起来，"诗人和画家，这些词听上去都不好。"

"因为诗人和画家都不是什么好人，"妮丽玛笑着说，"没有正经人干这些职业，干这些职业的人都是谁呢？乞丐和流氓。"她突然转身拍了拍吉文·帕尔加奥的肩膀，说道："我不是说你啊，帕尔加奥！你可是个很好的人儿，不知道你怎么陷入这个行当的！你本该当个大工厂经理的。"帕尔加奥被她这么一拍，多少有些不自然，脸红了起来，一会儿低头盯着自己修长的手指，一会儿看着自己的裤腿。

"我从不自称画家，"他说道，"我现在仅仅在创作实践而已。"他的脸更红了。

他有时也会有寥寥数语。当别人说话的时候，他就双手交叉托着下巴盯着对面的墙，或者偷偷地瞅着徐克拉。他有时还会对徐克拉说几句悄悄话，但徐克拉却面向大家大声回答。咖啡馆的人都在议论，说徐克拉和吉文·帕尔加奥快要结婚了。去咖啡馆的女孩子并不多，而去咖啡馆的女孩里，数徐克拉最引人注目。许多人之所以想与哈尔本斯和妮丽玛套近乎，就是想加入他们的圈子，所以走路经过时一般都会打个招呼，与妮丽玛和徐克拉攀谈一小会儿。不知道徐克拉和妮丽玛到底明不明白是怎么回事，但当我坐到别的圈子里时，发现其他人都在兴高采烈地谈论她们。在那段时间，她们一家及其周围的圈子成了咖啡馆人们关注的焦点。人们谈论她们，打听她们生活中的每一件琐事，好像她们是公众人物。也许这一切都是徐克拉的缘故吧。

“听说徐克拉要和吉文·帕尔加奥结婚了，”胖子帕德尔森有一次对我说，“我认为吉文·帕尔加奥不配和徐克拉结婚。”

“为什么？”我问道。

他扫了帕尔加奥一眼，说道：“帕尔加奥长得不错，但他到咖啡馆不穿西式服装，却穿着印式长衫和笼裤。”

“这就是他的百变形象。他本来就是一个内秀之人。”

“可以说他是一个内秀的人，还可以说这个人不是……”

“你说的都对。”

“那你惦记什么啊？惦记你该惦记的人吧。”

“老兄，难道有人会不惦记她啊？你也就是说说而已……”

但我和别人闲聊的机会不多，多数时候去了还是和哈尔本斯他们坐在一起。我觉得西瓦·莫亨的个性有点迷人。我一言不发坐在那里，满心欢喜地听他说话。西瓦·莫亨个子不高，身形消瘦，讲印地语时带着一口浓浓的两河河间地区[①]口音。聊天时一提到艺术，尤其是绘画艺术的某一方面，他立刻就会亢奋起来，眼中闪射着光芒，手不停挥舞，好像不是用嘴说话，而是用手作画似的。我默默地看着他的手指在空中“作画”，他十分激动地说道：“我无法理解为

① 两河河间地区指恒河和亚穆纳河流域之间的地区。

创作而去创作。如果创作不是由我们的灵感激发的，那它就毫无意义。如果有了灵感，就不会出现有意识地去搞创作这样的问题。我们的创作会根据我们的灵感而自发成形。那些为创作而创作的人，他们的艺术与砌台阶工匠的那种艺术又有什么区别呢？如果勾线和上色就可以被称为创作，那这样的创作对我来说没有意义。有时候突发奇想画上几笔，我们还引以为荣地认为自己搞了新的创作。真实的艺术产生于艺术家的内心深处。我们要通过艺术来表达心灵的真谛，而不是用颜色和线条来产生奇观。那些没有艺术家灵魂的艺术作品，在我看来就是一种门面货，或者是一个消遣的尝试而已。真实的艺术要表达生活的现实与我们的心灵之间的联系。如果心灵与现实没有联系，那这个艺术品再吸引人，都是毫无意义的。”

“无聊！无聊！无聊！”妮丽玛插了一句。“你总是长篇大论？帕尔加奥和你一样画画，你看看他，像个木偶，一言不发地坐在那里。”帕尔加奥一直微笑，脸却红到了耳根。

“姐姐，您为什么总拿可怜的帕尔加奥开涮呢？”徐克拉向着他说了一句，帕尔加奥抬起了低着的头，用舌头舔了舔发干的嘴唇，又微笑了起来。

“可怜的帕尔加奥！他怎么‘可怜’啦？”妮丽玛说道。西瓦·莫亨这个时候略显疲倦，靠着椅背，好像现在谈论的事不属于他熟知的领域，而是一个和他毫不相关的话题。但是一有机会，他就会用手肘支撑身体向前微倾，又继续开讲：“你看，艺术家面前摆着的一个水罐和打水的人面前摆着的一个水罐，艺术家面前放着的一束气球和小贩面前放着的一束气球，艺术家面前长着的一棵树和园丁面前长着的一棵树，都是不一样的。其他人并不具备艺术家审视这些东西的视角，为什么呢？因为这些人和这些物品没有灵魂上的联系，对他们来说这些物品就是一堆麻烦。当艺术家给这些物品绘画时，他不仅仅画出形状和颜色，更赋予它们别的东西，这就是艺术家的风格和灵感。”

吉文·帕尔加奥皱着眉头看着他，有时插一两句话：“我不这么认为，那些对物品的临摹，里面怎么会有艺术家的灵感？物品就是物品，它本身要比绘画更加生动。”帕尔加奥的声音中好像有点为自己辩护的味道。“画布上的树怎么可能比现实中枝繁叶茂的树更生机盎然呢？艺术家可以用抽象形象表达自己的灵感，那些形象来源于现实，是艺术家内心世界的一种感知。艺术家进行创作，赋予这种抽象的感知一种外在形式。实际上，这并不是创作作品线条，而是把握艺术与真谛之间的平衡而进行创作，这比我们的直接感触要更加深刻。”

“你们现在说够了吗？”妮丽玛又来了一句，“给我点一杯热咖啡。”

“算了吧，你的抽象派艺术。”西瓦·莫亨带着他的两河河间口音开始责难帕尔加奥，“如果要更深入讨论抽象派艺术，也可以说这些现实艺术作为一种知觉感受，应该尘封于艺术家的内心，为何要赋予它外部形状，并把它们表达出来呢？没有任何一种具体形状能够完全表达抽象知觉的所有内涵，把抽象知觉赋予外部形状这种观念本身就是错误的。如果你的内心有一种抽象知觉，你应该闭上眼睛静坐体会。而问题在于这一点，要么在主动创作中实现艺术的意义，要么不使用思想和意识，让有意义的创作按照艺术家的灵感自然产生。创作是有意识而成的，还是下意识而成的？我只能说，有意义的创作是在下意识的作用下自然而然成形的。艺术家的灵魂中应该有一种真诚，他没必要说非要按照这种或那种方式来表达自己的知觉。艺术不会在形式中得以表达，但形式却能表达艺术……”

“姐姐，这些人说得有完没完啊？”徐克拉终于生气了，“我都不明白他们为何要在那个话题上绕来绕去。有心的话就好好画画，让我们在这里好好喝咖啡。白白地浪费脑力，还把我们烦得不行。”

“我也不喜欢这些话。”帕尔加奥突然高声说道。碰了这样的钉子，西瓦·莫亨颇为沮丧。但只要轮到他说话，他还是说个不停，甚至嗓子已经开始沙哑得不能说话，他还想要重开话题：“你看……”

哈尔本斯满面倦容地过来了，好像是为了恪守约定而被迫放下了好几项重要工作后才来的。他发了话，十分钟后离开咖啡馆。我们一个个喝完杯中的咖啡，陆续朝外面走去。到了外面，他抓住我的一只手，执拗地邀请我去他家。我一直觉得奇怪，他为什么单单要把我拉到身边呢。我拒绝了他的邀请。因为坐在咖啡馆里，我觉得自己已经忘记了和他们之间生活上的差距，但到了他家，即使环境再亲切，这种差距也会清楚地映入我的眼帘。我觉得他家的地毯和墙壁都不是我生活的一部分——那里所感受到的亲切感中不免夹杂几分疏离。在他家说话的时候，我感觉不到在咖啡馆里的那种洒脱。待在那里，我几乎所有的时间都在想着自己的蜗居。虽然这种感觉已经逐渐有所消减，但并没有完全消失。

一个周六，当我们从咖啡馆出来，哈尔本斯对我说有要事与我商量，所以请我周日下午去他家吃饭，说我们可以一起舒服自在地聊聊天，他要求我十二点钟要到他那里。我十一点出了门，快十二点时，到了他位于哈奴曼路的家。我按了门铃，妮丽玛开了门。看到我，她吃了一惊。“呀，我都忘记了你要来呢，”她说道，“哈尔本斯走的时候告诉我今天你要来，但我完全忘记了。我从早起到现在还没有洗漱呢。你看看，我是什么样子？你别介意。”

她还穿着条纹状的睡衣睡裤，显得身形娇小瘦弱，嘴里叼着吸了一半的香烟，手里拿着画笔。

“我马上就来啊。”她说完后进去了。不到一分钟她还是穿着睡衣出来了。“我想要是现在换衣服，你一个人坐着肯定很无聊。他们校长把哈尔本斯叫走了，所以他可能晚点回来。他对我吩咐过，要陪你多聊会儿天，可别让你走了。说吧，你想聊些什么？”她一弯腰坐在椅子上，说：“你不会介意我吸烟吧？如果介意的话，我就把烟熄了！我在家有时候吸一两根烟。哈尔本斯对我的这个习惯很不满。”

“你美美地吸吧，我为什么会介意呢？”我说道，“今天是第一次看到，所以多少有些吃惊。现在你要是把烟熄了，我反而觉得不好。”

“我不会让你感觉不好的。”她说完话，又深深地吸了一口，“你对哈尔本斯做了什么好事？他最近总是称赞你。”

“听到有人称赞我，我也很高兴。”我说道。

“事情实际上是这样子的，”她弹了弹烟灰，神秘兮兮地说，“最近他对西瓦·莫亨和帕尔加奥都很不满，但他总得找个人来称赞吧，正巧遇到了你。”她又大笑起来。

尽管我知道哈尔本斯不喜欢她这样的性情，但我还是很欣赏她个性中的这种直率。当她这样讲话时，哈尔本斯都会有点生气，从喉咙里发出难以名状的哼哼声。

“今天一早就画画啊？”我问道。

“画布已经固定在画框上很多天了。我想，看看能画点什么呢？”

“你说过的，我哪天再来，你就要展示自己的画作。”

“我的画作中有几幅还是值得一看，一定会展示给你看的，”她把脚放在藤椅上说道，“真的，我不跟你撒谎。说一些无用的客气话也不是我的习惯。我喜欢开门见山地说敞亮话。我的画没有一幅能拿出手给别人看的。我也是为了应付哈尔本斯才开始画画的，否则我对画画真是一点兴趣都没有。一开始调色我就觉得头疼，所以我的草图好几天就这样待着。西瓦·莫亨老是烦我，让我放弃画画的爱好，直接到市场上买几幅现成品挂在家里墙上。我们认识的人里，一个比一个烦人。”

她一直说着话，放在藤椅上的脚也一直晃个不停，好像她在哼着一个曲子，而她的脚负责打节拍。她的脚小巧干净，好像都没怎么走过路似的。

“停了六七周以后，今天是我第一次拿画笔，”她说。“一个人待着打发时间真不容易。徐克拉、萨罗兹和萨莉达跟着我妈妈去了顾杜卜塔，我一个人闲待着，想着要干点什么才好呢！真好，你来了。”

“我来了以后，你画画又得停下来了。”

“这幅画还能画完？我画了几笔就停了下来。我跟你说过，我对画画没有一点兴趣。”

“如果没有兴趣，为什么还要画呢？没有兴趣，谁也没法干成任何事。”

“但我也不能老是闲着啊。我想要做的事，哈尔本斯又不允许我去做，我也就只能通过画画来散散心。不管时代给我们这些人平添了多少新色彩，我们的习俗现在还是那个样子。”

“你想做什么？”

“我想去迈索尔一段时间，去学习婆罗多舞[①]，但哈尔本斯不同意我去。他还让我放弃了我的卡塔克舞[②]。”

“我都不知道你会跳卡塔克舞。”我说道。但令我吃惊的是，她听了我的话以后，一下子沮丧起来。

“你不知道我一直在学卡塔克舞？”

“不知道啊，”我有点惊慌，“以前真不知道。”

“我以为你知道呢。哈尔本斯没跟你说过？”

“没有。可能没谈起过这个话题。”

“不是的，不是没有谈起这个事情，而是他就是不想告诉任何人。”

“为什么？”

“因为到现在他也不支持我跳舞。我在萨布罗剧场演出以后，他的态度就变了。尽管我已经按照他的意愿开始学习绘画，但自从那次演出以后，他对绘画的热情一下子高涨了起来，逼我放弃舞蹈，学习绘画。”

“为什么？”我觉得这个词已经被自己重复了很多次。

“那些旧习俗呗！有人跟他说三道四了。”

和她说话的时候，我想起了自己父亲所写的一本书，书名叫《艺伎研究》，这本书还被翻译成英文版《印度舞女史》。正如我后来所知道的那样，这本书搜集了从吠陀时代[③]到现代的名伎的历史资料。书籍用铜版纸印刷，红色丝质封皮很吸引童年的我。这本书一直摆在我家里屋柜子上层格子的几本书中间。之所以摆这么高，可

---

① 婆罗多舞是印度古典舞派之一，起源于印度南方。

② 卡塔克舞是印度古典舞派之一，盛行于印度北部地区。

③ 吠陀时代是指印度河早期文明衰亡后，雅利安人入侵定居印度的历史时期。这一时期的史料大多保存于印度古代典籍吠陀经中。

能就是不想让我够得着。但是封皮如此吸引人，有一回家里没人，我搬了凉床把它拿了下来。翻开书页我才知道里面有好几张彩色图片，其中有一张我以前在其他地方也看过——在众友仙人面前身披轻纱、裸体舞蹈的弥那伽仙女[①]的图片。其余图片都是勒克瑙和阿格拉一些舞女的照片，每张照片下面都有舞女和她所在城市的名字。我至今还记着两个名字——阿格拉的查哈拉巴伊和勒克瑙的贾汉阿拉。我很快就看完书，把它放回原处。我拿着书的时候，都会紧张得发抖，好像有人看见我偷盗一样。后来每当有机会的时候，我都会把书取下来，开始看书中的图片。我最喜欢阿格拉的查哈拉巴伊的图片，或许是因为与我玩耍的邻家女孩普尔和她长得很像的缘故吧。我经常幻想普尔长大了以后，如果变得和阿格拉的查哈拉巴伊一样漂亮，我就娶她过门。

父亲逝世之后，那本书也不见了踪影。后来我才知道，那本书付梓后并未发行，因为被认为是一本淫秽书籍。父亲也因此不得不承受骂名，身为教师却写出这样的淫书。经过一段时间的打听，我才知道因为印刷这本书的缘故，父亲和自己的朋友起了争执，自己垫资出版了此书，所以家里只有一本样书。其他书到了何方，我至今也不得而知。

我还记得童年的那个时候，父亲带着我去看过好几次舞蹈演出。可能是他的几个朋友组建了一个社团，每两三个月都要邀请著名舞女举办个人演出，演出地点并不固定。总共会有三四十人去看演出。我那个时候才勉强八九岁的样子，说不清父亲为什么要带我去。可

---

① 众友仙人和弥那伽仙女是印度神话中两个重要人物，先后出现在《罗摩衍那》《摩诃婆罗多》和多部《往事书》之中。众友仙人想通过苦行来获取巨大的法力，为了破坏他的修行，神王因陀罗派弥那迦仙女去诱惑他。正是因为这段姻缘，他们生下了一个女儿，即著名的沙恭达罗。

能他希望我心中对这样的事情不要再有羞怯的感觉，也可能他想要给自己的朋友留下印象，让他们见识一下他自己怎样与儿子平等相待；还有可能当演出结束散场的时候，他带着我一起出来，别人就没法指责他们。在那段日子里，我无论如何也不会想到这样的事情，这些舞蹈演出会与集市上的妓院有联系。对于这些演出，我只记得舞蹈开始以后，我就会开始犯困。当掌声响起的时候，我突然会一下子醒过来。

“我都不知道你曾在萨布罗剧场演出过舞蹈。”我对妮丽玛说，“什么时候的事呢？”

“第一次在咖啡馆见你之前三四周的事儿，那天是十一月三日。”

“十一月三日我已经到德里了，”我说，“如果我知道的话，我肯定会去看的。”与此同时，我心想即使知道这件事，我真的会去看吗？那时候我还不认识他们，我自己又是那样的处境，还会想去买票看演出吗？

“我们不知道你在这里，不然哈尔本斯还不把你抓过来？”她说，“舞蹈演出前他对这件事还是满怀热忱，后来他的热忱就消失殆尽了。从那个时候起他就纠缠我，只允许我画画。与西瓦·莫亨和帕尔加奥的交情也就是从那件事情以后加深的，尽管他现在说，这俩人把他烦得不行。此前我也多少画过一点东西，他总是不屑一顾。帕尔加奥培养了我画画的兴趣，而哈尔本斯那个时候并不喜欢这个人。我在拉合尔的时候就认识了帕尔加奥，当我读书的时候，帕尔加奥就对我有意思，想和我结婚。”不知道是想起了过去，还是因为自己刚说出的话，她的脸上流露出一丝忧郁。“帕尔加奥人不坏，”她说，“但哈尔本斯就是瞧不上他。”

“那哈尔本斯为什么又瞧不上西瓦·莫亨呢？”

“因为他总爱争论。”

这个时候大门开了，院子里传来了脚步声。

“哈尔本斯回来了。”妮丽玛说着话站了起来，打开了房门。

哈尔本斯弯下他那高大的身躯走进了房间。他穿着灰色的西服，腋下夹着几本书。他的脸色显得非常疲倦，或许刚刚和人发生过口角。他进来把书放在桌子上，看着我说道：“你在这儿？”

“是啊，”我说道，“你真是一个好人，把我叫过来，你自己却出去了。”

“我给妮丽玛说了，我会尽快赶回来。你喝咖啡了吗？”

“喔！”妮丽玛拍了一下手说道，“我忘记问他喝咖啡的事了。实在抱歉！”

“我的朋友的事情，你总会忘记的，”哈尔本斯无缘无故地愠怒地说道，“要是帕尔加奥或西瓦·莫亨来了，你现在已经让他们喝过两遍咖啡了吧？”

“我说过，我忘记了，”妮丽玛高声答道，“你在外面受了气，却要把气撒在我的身上？我马上就准备好咖啡端过来。”

妮丽玛走了进去，哈尔本斯坐在邻近我的椅子上，一边脱鞋一边说道：“女人就是自私。现在她能用得上西瓦·莫亨和帕尔加奥，就对他们礼遇有加，想着这俩人能把她变成一个画家。但我说，这俩人首先自己得成个腕儿。”

“但是妮丽玛说她对绘画没有半点兴趣。”我突然说道，说完以后，我想自己本不该说这句话的。哈尔本斯的眼神突变，好像做贼时被我抓住了现行，比刚才显得更加愤怒。

“她把所有的话都给你说了！”他说道，“我知道趁我不在的时候，她都要把这些话说给那些来见我的人。我一点也不喜欢她这种心思。”

“但她也就是聊天时说到了，否则……”

“你不知道，”他说道，“我更了解她。”他脱下袜子，把鞋放到了一边，光着脚走到了身后的录音机处。我以前在他家没有见过录音机，刚刚我也没有注意到它。他拿出几盘磁带选了选，放了一盘进去。我说：“录音机什么时候放在这里的？我今天第一次看到。”

“昨天送来的，”他漫不经心地回答道，“我们有一个叫苏尔吉德的朋友。有人送了他一台录音机。他没地方放，所以放在这里了。我没拦住他，尽管我知道放在我家的话就又多了一件让我头疼的东西。从今往后，每次我看书的时候，那些女孩肯定要放歌曲来打扰我。”

听到苏尔吉德的名字，我稍稍有些吃惊。我在拉合尔的时候认识一个苏尔吉德。虽然和他交流不多，但根据所了解到的情况，我对他绝对没有好印象。一来听说他是个大酒鬼，二来听说他老是去逛红灯区。闲谈时，我没有见过比他更能吹牛的人了。那段时间，拉合尔一片混乱，要是哪天出了什么乱子，第二天他和别人坐在一起闲聊的时候就说个不停，好像他就是那事的主谋。有一天拉杰加赫发生了袭击事件，他第二天说道：“我和三个伙计坐在最前面的吉普车里。我早就给所有人说了，从上面那条街道过来，就不会留下踪迹，所以我们通过中间的巷子开了过去。所有的武器都在我们的吉普车里，我在巷子拐角处，向街道扔了第一颗炸弹。那一颗炸弹就让整个街区陷入了恐慌。后来，我们又开枪又扔炸弹，把那个街区整了个稀巴烂……”

他走了以后，人们开始议论：“问问他，看他有没有见过炸弹的样子？还扔炸弹呢！”

到了德里几天后，我又突然遇见了他。他告诉我，吉比路[1]来了一个叫米娜卡奇的舞女，在整个城市里都引起了轰动。“长得那叫一个漂亮啊！”他说道，“亲爱的，你自己号称是个诗人，那得体验一下生活，跟我去一趟那里。城市里的富商和官员都蜂拥到了她家，但这个巴基斯坦女人至今不让任何人靠近自己。许多人都想讨好她，但她谁都不理。她对我说，苏尔吉德，我很讨厌这些人，他们认为每个跳舞卖唱的女孩子都干那个行当。她对我说，让我哪天带她走呢。她很信赖我，老是说，苏尔吉德，我要是有一个算得上真心的朋友，那就是你。我有次想给她一百卢比，她不肯要，反而说，我怎么能拿自己最亲近的人的钱，我不会要你的钱的。她甚至还对我说，要是有了什么需要，就可以找她来帮忙。我说我自己活了半辈子，别说妓院了，就是在体面人家都没见过这么好的女人。米娜卡奇是她的艺名，她的真名叫娜丽恩德尔·考尔。今天你要去她的里屋，还能看到摆着一本《阿底格兰特》[2]的神龛。她每天早起都要诵读祖师书。我想说我的心里从来没有这样子敬重过一个女人，她真是块瑰宝！”

“这个苏尔吉德是不是以前在拉合尔待过，现在在一家周刊工作？”我问哈尔本斯。

“你认识他啊？”哈尔本斯放好磁带，回到了我的身边。

“和他不熟，只见过几回面。”

“就是他。他的一个德国朋友带了一台录音机。苏尔吉德住在一家旅馆里，所以他没法带到那里。说是找到了住处，就把录音机取走。”

---

① 吉比路（G. B. Road）是德里最大的红灯区。G. B. Road 是Garstin Bastion Road的简称，此路于一九六六年改为Swami Shradhanand Marg。

② 娜丽恩德尔·考尔是锡克教徒，《阿底格兰特》是印度锡克教的圣典。

舒缓的音乐开始奏响，都不知道是哪个国家的音乐。这些音乐对我来说完全陌生，但不知道音乐中有些什么东西，与我的心灵产生了共鸣——音乐的曲调和节奏充盈了我的全身。窗户外门廊角落里的蜘蛛网似乎也随着曲调开始摆动。天空中的一片羽毛，也不知道是哪种鸟的，打着圈向着地面落下。一片接着一片，接二连三地落下。所有的羽毛完全相同，一样圆润，一样纤细，一样雪白。我觉得音乐的波涛在空中弥漫开来，音乐和空气随着曲调共舞。曲调充盈了整个房间和屋外，还充盈了我的全身。突然音乐停了下来，另一首曲子开始奏响。但天空中那些纤细的羽毛仍然一直飘舞。

妮丽玛手持咖啡托盘，把它放在中间的桌子上，对着哈尔本斯说道："你真是一个奇怪的人！昨天晚上还生气说录音机为什么要放在这里，现在你自己却开始津津有味地听音乐了！"

"你闭嘴！"哈尔本斯说了她一句，又闭上了眼睛。

"我们结婚三年了，"妮丽玛说道，"但是我到现在还不明白你。"

"我说了你闭嘴。你永远不会明白我的。"他睁开眼睛，起身去拿咖啡了。

"我也是这样感觉的。没有人能明白你。"妮丽玛有点生气，把勺子使劲戳进咖啡杯里。

"你不明白，所以别人也就不明白！啊哈！"

"你问问别人吧。"

"我有什么必要问呢？"

"你总是说些奇奇怪怪的话！"

"啊哈！"

"我不喜欢你说的这些话。"

"啊哈！"

“现在这句‘啊哈’是什么意思？”

“你为什么不在嘴上装把锁？”

“你有本事就给全世界人的嘴上装上锁！”

“啊哈！”

“啊哈！”妮丽玛对着他撇了撇嘴，把咖啡递到了我跟前。

咖啡很烫。我小口嘬着咖啡，对哈尔本斯说：“你说有事让我过来，到现在还不说事。”

“没什么要紧事。”哈尔本斯一下子有些慌乱，喝了几口咖啡掩盖住了自己的情绪，“我就是想和你坐下聊聊天。傍晚人很多，你又着急回去，所以没有机会和你好好聊聊。”

“但你说有要事和我谈谈呢？”

哈尔本斯放下咖啡杯，把一根烟叼在嘴上，边点火边说道：“没什么要紧的事。”

“要紧事没有，不要紧的事总有吧，总是有些事吧？”我有点生气了，大老远地叫我过来，自己却出了门，现在回来了却说没有什么要紧事。

“真没有什么事。我就想和你坐下聊聊天。”

妮丽玛猜想我心里已经暗自生气。她对哈尔本斯说道：“我不喜欢你说的这些话。把别人叫到家里，至少要说清楚有什么事吧。”

“我对你说过闭嘴了。”哈尔本斯又骂了一句。

“有个东西，他想问一下你的意见，”妮丽玛看着我说，“很久以来，他想写一本长篇小说，已经写了五六十页了。”

“啊哈！”哈尔本斯又生气了。

“现在你说‘啊哈’算怎么回事？你昨晚不是说了吗？因为这个事要把马图苏登叫过来。”

“没有你不知道的事吧？”哈尔本斯说道，“我都不知道自己写了多少页，你就这么清楚，说我写了五六十页。”

“看你的书稿也就最多五六十页的样子。”

“连我的书稿你都知道？”

“好吧，我不知道！”妮丽玛说着话，生气地站了起来，“你想干啥就干啥，不想干就拉倒。”她端着咖啡杯离开了。

我俩默默地坐了片刻。哈尔本斯想要和我说些什么，我也说不清此时自己是什么想法。但这件事在我心中久久不能释怀，他竟然因为这样的儿戏叫我过来，对此我能给他什么建议？我自己也三四次动手想写一部长篇小说，但每次都是半途而废。我所写的那二三十首诗，也都是一些无足轻重的东西。那段时间我一直想着从杂志社离职，找一份教书的工作。坐在我面前的这个人却想着让我给他写的东西提一点意见。然而在此之前，他在孟买还对我的诗作大放厥词。

“我都不知道你正写书呢。”我没话找话地说了一句。

“我很久以来就想写一个东西呢，但是……”他绝望地耸了耸肩，“现在我什么都写不了。”

“我也是什么都写不了，”我说道，“我所写的那些东西，都没有什么用处。”

“我说不清楚，”他又是那样地耸了一下肩，“我一点都不明白我想要什么。我很强烈地感受到了一样东西……但当我想要书写的时候，我却什么都写不了。用印地语开始写作的时候，我觉得应该使用英语。用英语开始写作的时候，却发现自己并不懂地道的英语。我感觉到一种奇怪的无力感，好像自己被困在一身铠甲之中，百般努力却无法摆脱束缚。我不知道我是想要写作，还是想要干些别的。”

“这个我也说不好，”我说道，“你写的那些东西，我一定要读一下。”说完这句话，我有些生自己的气了，现在他要是真的把自己的书稿摆在我的面前，我怎么读得了这么多页东西。

听到我要读他的书稿，哈尔本斯有点慌乱，说道：“不，不，现在还不能让你读，以后一定会让你读的，现在我一点都不自信……当我觉得能拿出手给别人阅读时，我一定会让你读的。但今天不行，今天叫你过来只是为了闲聊……”

我舒了一口气，至少现在不用读这么多页东西了。这些话说得如此慌乱，他的耳根都红了。他脸上的表情给人这样的一种感觉，好像他的手里丢了什么东西，这是他在表达对失物的惋惜之情。但后来我们谁也没有再提起书稿的事情。此后，任何话题都聊得不投机。我坐在那里一边听着录音机放出的音乐，一边和他前言不搭后语地聊着天……

我们每天照常碰面，每隔两三天我都要先去咖啡馆，然后再回家。有几天，我甚至觉得这样的生活节奏已经如此顺理成章，哪天我没有去咖啡馆和他们见面聊天，就感觉没有完成当天的重要工作。奇怪的是苏尔吉德从不在咖啡馆和他们坐在一起，而是时不时去家里和哈尔本斯会面。他每次到那里都是行色匆匆，感觉这个家对他很是陌生，他得快点从那里离开。在外面见到我时，他不像以前见面时那样口无遮拦地聊天，我和他说到哈尔本斯和妮丽玛等人的情况时，感觉他好像了解并不多。他就这么和大家聊天，好像并不急着要和大家热络起来。但我每次在哈尔本斯家见到他时，他总是带着一样东西，送完东西后，似乎都有一种如释重负的感觉。

“比吉，这是十二盎司羊毛，”他对妮丽玛的妈妈说道，“如果还有需要，请尽管说，我再带给你。徐克拉和萨罗兹说她们各自需要六盎司羊毛来织袜子。我告诉她们自己能在军需仓库拿到便宜货。她们还需要多少，请尽管说。我和一个少校交情不错。好了，那我先走了啊……”

他起身离开了。

吉文·帕尔加奥那段日子非常失落沮丧。在咖啡馆里，他总是若有所失地看着徐克拉和萨罗兹，徐克拉似乎对他并无好感，好几次故意当面给他难堪，当他轻声对她说话时，她中途就和别的人聊了起来。有时候我们从咖啡馆出来，去康瑙特市场闲逛时，她就故意不和帕尔加奥走在一起，总是拦着我和西瓦·莫亨，说道：“你和我一起走吧，我得去商店买个东西，让这些人先走。”

这些时候，帕尔加奥总是觉得我们和徐克拉一起走在后面，似乎对他有些排斥，便低着头黯然前行。好几次他都没有留意周围的人在哪里，一个人走在了最前面。看到他这样的失魂落魄，妮丽玛看不过去，在人群里找到他，拍了拍他的肩膀说道：“你怎么了，帕尔加奥？你不会吸鸦片了吧？”

帕尔加奥吃了一惊，脸红到了耳根，说道：“没有，我想事呢。”

“这是你想事的地方？”妮丽玛说道，“你整个晚上就不能笑一次？你这个人怎么了？”

这个时候我们也到了他们身边，徐克拉故意说给帕尔加奥听：“姐姐，你看多美的丝带，西瓦·莫亨买给我的。”

帕尔加奥看都没看她手上的东西，径直走开了。妮丽玛笑着说：“可怜的帕尔加奥！这个姑娘故意气你呢。”

“为什么？我怎么气他了？”徐克拉这样子说话，显得她和此事毫无关系，“我气他是什么意思啊？”

“不是你，那还有谁？那个可怜人因为你的只言片语就如此痛苦不堪。”

“有的人就是喜欢痛苦，我又能做什么呢？”说完这句话，徐克拉独自离开了，有那么一会儿，所有人都陷入了沉默。

“徐克拉的事儿我真不明白，”妮丽玛又对我说，“要么就清清楚楚拒绝人家，说我不想和你结婚，要么就好好和人家说话。那个可怜人如此敏感，她的一两句话就能让他眼泪汪汪。好几天他都没有画画了。最近他的艺术才华都耗在为那姑娘牵肠挂肚上了。”

“他们俩已经订过婚了？”我问道。

“没有订婚，也就是相互认识。帕尔加奥问过我一次，我也问了徐克拉，那时候她点头答应了。那段时间哈尔本斯对帕尔加奥评价不错。但当哈尔本斯对帕尔加奥开始生气的时候，徐克拉的态度也就变了。事情实际上是这样的……”她停了片刻，若有所思地说道，“事情实际上是这样的，徐克拉对哈尔本斯言听计从，哈尔本斯也很宠爱徐克拉，她从来不把别人当回事。我常跟哈尔本斯说，你这样会毁了这个女孩子的一生，但他马上反唇相讥。这个女孩子会按照哈尔本斯的想法找人结婚的。如果哈尔本斯对她说，你这辈子别结婚吧，她肯定会当个老姑娘。”

我想起了苏尔吉德说过的一句话，和妮丽玛说的话十分相似。“我觉得吧，”他曾说过，“这个姑娘对自己的姐夫有种特别的依恋，她把他当作自己的完美偶像。如果哈尔本斯爱上了鸽子，那这姑娘就要在家里养鸽子了。”

“我们认识的人都在谈论这个事，”我对妮丽玛说道，“徐克拉很快就要和帕尔加奥结婚了。”

“我知道人们是这样想的，”妮丽玛说道，“但也得哈尔本斯同意他们结婚才行。最近他一听到帕尔加奥的名字就火冒三丈。”

我们的熟人圈子里很快又开始议论另一件事了，说帕尔加奥和徐克拉结婚的事已经泡汤。不知道为什么，很多人都是一副幸灾乐祸的样子，人们还纷纷猜想谁是帕尔加奥后面的候选人。

“现在谁占了帕尔加奥的位子？”帕德尔森有一天问我。

“我怎么说呢？”我说道，“这都是人家的私事。”

“但我听说因为你的缘故，帕尔加奥才和她断了来往。”

“因为我的缘故？”

“不是因为你，就是因为西瓦·莫亨了，最近她经常和你们俩窃窃私语。”

“可能吧，”我说道，“你问过我了，现在你再问问西瓦·莫亨。”

“伙计，姑娘很不错啊。”

“这还用说！”

“谁要是能和她结婚，肯定会幸福一辈子的。”

“这还用说！”

“你认为我开玩笑吧？”

“没有的。你是怎么想的啊？”

“这样子的。我们希望她不管和谁结婚，她都能常来咖啡馆，她都永远那样漂亮。”

我笑了一下，说道：“对你有什么好处呢？”

“没什么好处，”他说道，“我就随便说说而已。”

西瓦·莫亨那段日子因为自己的事情非常苦闷。他的画卖得不好，为了维持生活，他去了一家美术学校工作。美术学校校长与他不和，想让他辞职。但他除了在那里上班，没有其他可以养家糊口、购买颜料的法子。霍希亚尔普尔附近有一块他家祖传的土地，他想着要么搬到霍希亚尔普尔去住，要么把土地变卖了，把母亲和兄弟姐妹接到德里来。

“但是我有些担心，”他有一次说道，“如果把他们接到德里，我就得忍受家庭的琐事。要是有人操心我为什么不结婚？对我来说那就真成了一块烫手的山芋，吞不得也扔不得。”

“那你为什么不结婚呢？”我问道。

“结婚？”他如此吃惊，好像我问了一个前所未闻的问题。“我和婚姻？这是不可能的事！我是一个软弱的人，我的妻子要是有一天斥责我，让我放弃画画的营生，找个正经的政府部门的工作，那我当天就得默默地填写申请表格了。我没法和别人争辩这些事。我怎么向她解释那些画布上的花盆和猴子里有我的灵魂？她会说花盆是花盆，猴子是猴子，而男人的职责就是在政府部门做事。”

“你为自己还想了其他门路吗？”

“都要饿死的人了还有什么门路啊？”他像个孩子一样笑了，“这些花盆和猴子能给我饭吃吗？等我死了以后，那些艺术品商才有可能卖掉它们挣到钱。”

哈尔本斯是因为什么事而生西瓦·莫亨的气，我也并不清楚。我觉得西瓦·莫亨说话单纯朴实，心里对他充满好感。有几次我都没有听他讲话，而是把注意力转移到他脸上的表情和激情挥舞的手上。他生活中的全部激情好像都集中到了他的手指之上，似乎他的眼神和手势比他的嘴巴能说出更多的语言。有几次，他说话如此简单直白，而他的眼神却严肃深刻。我看到他的眼睛深处好像蕴藏着翻滚的岩浆，在他那严肃的外表下产生大地的震动，他的眼睛中有一种温柔，也有一种躁动。我觉得我无法用语言来形容他的眼神。

每次我看到他的眼睛，就好像自己来到一个山谷，看到从高处有一条大瀑布从天而降，声音响彻四周。但那里还有一种深沉的寂静与平和，凡是到了那里的人都会仰望空中盘旋的苍鹰，一连几个小时都忘记了自己的存在。

哈尔本斯越是与帕尔加奥和西瓦·莫亨疏远，便越是和我热络亲近。他给我这样一种感觉，好像他因为某件事而依赖于我。那次谈论过他的小说之后，我们很久没有再提起过它。有一次我问了他，他才说了一些情况，本来他想以自己朋友拉美什·肯纳的生活为原型写一点东西，但他感觉文笔功力不够，也就只能放弃写作的念头。拉美什·肯纳在过去几年里，曾经痴狂地想要得到一个女孩的芳心，但当他和那个女孩结了婚，他却一心想着逃避她。“我想着以这个题材写点东西，”哈尔本斯说道，“但我什么都写不了。我想了好几种方式来开头，但不管哪种方式，我都觉得不妥。若有人告诉我如何开篇，我觉得自己就能够写完这本小说。至于小说的语言，我可以以后再找人来修改。对我来说这真是一个大悲剧，印地语、乌尔都语和英语我都不精通，没有一门语言能够用得得心应手。”

有一次他给我看了他的手稿。手稿有两三摞，每摞也就是五十来页，夹杂着印地语和英语。有几处句子还不完整，好像一本个人日记里的随意标记。从这几十页手稿中，都看不出小说开头在哪里，也不知道是否有顺序。“我还有两摞手稿，”他说道，“我有空再找给你看。我可能放在莫德尔小区家里的行李中了。我哪天去了，一定找到带回来。”

看到这样的手稿，我是没法给出任何意见的，所以我没有任何评论，仅仅说了一句，要是什么时候找到了其他手稿，我就给点建议。他对此很是心满意足，可能他觉得我没有像妮丽玛那样，对他的手稿冷嘲热讽，而是严肃地探讨这个问题。当他把所有手稿集中到了一起，立刻说道："我觉得身上的担子卸下来了。走吧，我们去喝杯咖啡。"

这个话题也就提了一两次而已，所以他不可能因为这个原因而对我心生依赖，但原因到底是什么，我百思不得其解。可能是他自己体会到了这种需求——还有这样一个人，不是因为妮丽玛和徐克拉的缘故，而是自己主动愿意和他坐在一起聊天，并且还把他很当回事。因为妮丽玛对他的每件事都是冷嘲热讽，他的这种心理渴求才变得更加强烈。哈尔本斯以为我能满足他的这种心理渴求，但我扪心自问，是不是由于哈尔本斯的缘故，我才和这些人聚在一起聊天，我也不能给出一个准确明晰的答复。毫无疑问，哈尔本斯是这个圈子中最重要的人物。妮丽玛和徐克拉是他的亲属，所以才会和我有来往。哈尔本斯生那些人的气，不是没有道理的，他们没有把他当作一个独立的个体，而将其视为与妮丽玛和徐克拉有关系的一个附庸。难道我不也是这些人中的一员吗？难道我不也是出于其他的原因和他待在一起吗？我不想再去思考这个问题，但它却一直萦绕在我的心头。难道真的是……

星期天到了，天空一早就笼罩在大雾之中。从早到晚，我就干了几件事，大概一个正常人在这样的天气里也都会这样做：起床很晚，没有洗漱，在床上一直躺着，在床上吃了早饭，此后和阿尔温德闲聊了很久。我一点儿也不想出门，但阿尔温德两点钟上班以后，时间开始变得很漫长（根据爱因斯坦的相对论）。我翻看一本小说到了四点，实在闷得发慌就出门了。曾几何时，星期天下午的康瑙特市场有过今天下午这般的冷清，因为大雾，没有几个人出门逛街，商铺也关门了。康瑙特市场就像一个大体育场一样，比赛结束之后，就成了那些拾荒者的容身之地。那个时候，难民们还没有从康瑙特市场撤摊，坐在那里望着变幻的天色发呆。他们把自己的东西摆得乱糟糟的，使那里好像一个出售针头线脑这些妇女用品的市场一样。经过那些摊位时，我突然看到了哈尔本斯。他俯身在一个书摊挑书。我走到他的旁边，好一阵子他都没有注意到我。最后我拍了拍他的肩膀，他吃惊地望向我这边，站直了身体，说道："呀，是你？"

"你怎么这个时候一个人出来了？"我问道。

"这样子的……在家里待烦了。想着出来挑几本书。"

"走吧，去你家里坐坐。我在家里也待烦了，一整天都无所事事。"

"别，别去我家，"他把手里的几本书还了回去，"去别的地方吧。"

"还能去哪里？"

"去哪里都行。"

"我说去你家，那是因为在大雾天没法待在外面。在你家能听录音机，还能……"

"让录音机去见鬼吧！天天都听，我烦得受不了了，"他说道，"我们为什么不能在外面坐坐？这样的天气坐在外面感觉更好，我现在才不想回家呢。"他抓着我的手，拉着我朝出租车停车点走去，边走边说："碰上你真是个好事。我这会儿觉得好孤单。"

"为什么？"

"我没法给你说。我从家里出来的时候，感觉自己无家可归，也没有亲人，就我自己孤零零一个人。我觉得自己的心理出了毛病。"

"你的意思是你现在有心理问题？"

“你要是说我有心理问题，也可以说我还有别的问题。我觉得自己现在慢慢变得有些心理失控，似乎某个东西一直把我往外推，我觉得自己……”

我等着他说完整个句子，但他没有说完，就开始朝出租车窗外看了。当我们下了车，到了印度门附近的草坪上，他还是那样一言不发。

“我觉得你很沮丧。”看他很久都没有说句话，我随口说了一下。

他躺在草坪上，可能早已忘记我还在他的身边。他有些吃惊地看了看我，说道：“如果事情仅仅到了让人沮丧的程度，那该多好啊！”

“发生什么大事了，让你这样的沮丧？”

他沉默了片刻，望着大雾弥漫的天空，眼睛好像在寻找着什么，又说道：“我想告诉你一件事，我很快就要离开这里去外面了。”

“你的意思是你要离开德里，去别的地方找工作？”

“我的意思是离开印度。”

我有些吃惊，盯着他的脸望了片刻，想了解他的真实意图，“你想出国去读博士，还是……”他以前聊天的时候，曾经说过他想去英国。

“不是的，我的意思就只是想出国。”

“那你的意思是想出国旅游，还是……”

“会有人这样出国旅游吗？我也没有那么多钱出国游玩。”

我不是很了解他的经济状况，但从日常生活来看，他们家花销应该很大。

“那你有些什么打算呢？”我说道。

“没什么打算，”他缓缓地垂下头说道，“我就只想出去。”

“你是单独出国呢，还是带上妮丽玛？”

“我一个人出去，之所以要出国就是想离开家里人。”

“但到底为了什么呢？”我的眼前又浮现出了妮丽玛笑盈盈的脸，“多奇怪的事啊，你没有任何缘由，一个人就出国了。”

“不管有多奇怪，这事都定了，我要离开这里，就自己一个人出去。我现在想一个人待着，希望能够重新开始我的人生。”

“什么意思？”我真是难以置信，他所说的话居然是这个意思。

“怎么了？我难道就不能重新开始我的人生？”

“但是怎么突然有了这样的事？昨天不还是都好好的吗？”

“表面上是这样的，”他有点生气地说，“但不知什么时候起，我的心里早就开始痛苦挣扎了。我给你看过我的手稿吧？”

我有点警觉，他可别说着说着，又绕到他的小说上去。

“嗯嗯……”

“我跟你说过，我的小说写的是一个人内心挣扎的故事。”

“哦，我想起来了。拉美什·肯纳苦苦追求上了一个女孩，但他和那个女孩结婚以后，却急切地想要摆脱她。”

“我只是用了拉美什·肯纳的名字，”他说道，“实际上我想写我自己的故事。”

我的心里有种情绪突然开始激荡，我默默地看着他的脸。他还是用那种探寻的目光默然地看着大雾深处。我已经和他待了很多天，还去过他家几次，但看到他和妮丽玛的生活，我一直有这样的感觉，认为他们俩像两个好朋友一样生活，生活得幸福美满。我常常想，生活中的幸福婚姻应该就是他们那个样子。

“但我想都没有想到过……”

他还没等我把话说完，立刻插话说道：“我们每个人都这样评价别人的生活。但事实是这样的，从今天算起，一年半以前的时候，我就应该下定决心离开这里了。”

“但你真的认为情况有这么严重吗，或者……”

他耸了耸肩，失神地又看了一会儿雾蒙蒙的云朵。我用手肘支撑着上身，也开始看那些云朵。那些云朵似乎有它们自己完整的世界，颜色有深有浅，沉默寡言而又充满沮丧，时刻变化着自己的形状，就好像沉浸于自己的忧伤之中。云朵里似乎有一种无边无际的深邃。我在云雾深处看到了各种各样的画面，好像在童年的时候，我坐在教室黑板前面，心里想着大象和骏马，却不知道画出了什么样的物件。

我们在那里坐了很久。我手里搓着草叶，哈尔本斯趴在草地上，撑着胳膊和我聊天。他生活中哪个方面已经一团糟糕，听完他的话我才知晓。他严肃地说出的那些话，我听起来却觉得流于表面，十分肤浅。但是他的内心可能却是别样，好像在水面以下深处游动的鱼群一样，从水面看去并不能感觉到它们的存在。他所说的那些话貌似稀松平常，但从他说话的方式里，我却感受到了他内心深处所流露出的焦躁。他真正想要说的话，用语言是无法表达的，即使用书写的方式来表达也是困难重重。

他所说的那些话，是昨天晚上他在家里和妮丽玛争吵的内容。他们有好几天都没有与吉文·帕尔加奥见面了。昨天晚上他们吃饭的时候，帕尔加奥到了他家，执意要和他一起出去喝咖啡。哈尔本斯在大冷天不愿意出门，但帕尔加奥十分执拗，一定要和他说个要紧的事。妮丽玛说帕尔加奥在这么个大冷天来找他说话，就不应该让这个可怜人失望而归。当他和帕尔加奥一起出门，他才注意到自己光脚穿着拖鞋，但他并没有返回家去穿鞋袜。他本来心里就憋着气，于是更加恼火了。帕尔加奥带着他去了伏尔加咖啡馆。到了那里，帕尔加奥总是说一些不着边际的话，当哈尔本斯心烦意乱想要起身离开的时候，帕尔加奥才犹豫不决地说出了本意，他想要哈尔本斯同意他和徐克拉的婚事。

听他提起这个话题，哈尔本斯有些激动，又坐了下去。“我跟他说了，你说这样的话难道不觉得羞耻吗？你知道徐克拉现在才多大？她现在也就勉强十七岁，你想让她在这么小的年龄就和你结婚？我都不知道你是一个这样卑鄙自私的人！你这些日子也就是为了这个目的，才假装是我的朋友吧？”

“但是……”我刚准备说话，哈尔本斯就立刻打断了我。“我跟他说了，从今天起我不想再和你来往。你从今天起不要再来我家，在外面我们也不要再见面。我实在受不了有人和我坐在一起谈论艺术，实际上却瞄上了我们家的女孩子。”

“他们的事难道没有定下来吗？或是……”

“谁跟你说过这事已经定下来吗？”他又激动地说道，“你认为我能容忍这个姑娘在这么小的年龄就要结婚生子？我都不知道他是怎么想的。起先我想把徐克拉送到莫里斯学院去学音乐。”

一方面他自己要出国，另一方面却要把徐克拉送到莫里斯学院学音乐，他自己一点没注意到这两件事是多么的不协调。他满脸通红，好像坐在他对面的人就是吉文·帕尔加奥，他在大声地训斥他。

“好吧，这是你和徐克拉要考虑的事，”我说道，“但你为什么因为这个事决意要出国呢？”

“话还没有说完呢，”他说道，“今天萨维德丽因为这个事，在家里大吵大闹了一次。”妮丽玛的原名是萨维德丽，她后来给自己起了“妮丽玛”这个新名字。当哈尔本斯激动起来，他还是好几次说出了她的原名。

他告诉我早上的事情的原委。他前一天晚上并没有告诉妮丽玛，他和帕尔加奥谈了些什么。早餐时间他告诉妮丽玛，说他已经禁止帕尔加奥再来他家，所以他不在的时候帕尔加奥也不能来。妮丽玛一下子勃然大怒，跟他说这是她父亲的家，他有什么资格阻拦别人到这个家来？妮丽玛还告诉他，他没有任何权力来决定徐克拉的未来。有权决定的人也只能是徐克拉她自己和她们的父母。哈尔本斯早餐吃了一半就起身离开了，发誓他要离开这个家，以后不会再踏进门来。从那时起，到遇到我之前，他都一直在外游荡。这个晚上他不想回到妮丽玛的家里，也不想回莫德尔小区他妈妈的家里。

“我一直在想，要是遇见了你，就和你一起去你家，出国之前就一直住在你家里。我得筹钱准备出国，从明天起我就要跑这个事了。拉美什·肯纳大概能帮我筹个一两千卢比。我的护照已经办好了，现在不用担心这个事。我今天才认识到，我生活的那个家不是我的家，而我原本以为是我妻子的人，她也不是我的妻子。我现在真后悔为他们所做的一切。我父亲过世之后，我得到了一万卢比的遗产，在一年多里全花在这些人身上了。她每月练习跳舞就得三百卢比。有过这样一大笔钱，但我没给自己买过任何东西。我一个月的工资在四天内就花完了，这个要算在谁的头上？是为了她们那些人还是为了别人？好吧，我在她家没有地位，我也不想和那个家庭再有关系。”

他那个时候满腹牢骚。如果没有遇到我，他可能也会对着空气一直讲话。有一阵子，我不再听他讲话，而是看着附近玩耍的孩子。他们把球抛在空中，欢呼雀跃地追抢着球，都不知道在这个雾气弥漫的昏暗傍晚，他们是怎么看得清球的。每次我都感觉小球已经在雾气中隐隐消失，但不知道孩子们又从哪里抓到了它，片刻之后又把球抛到了空中。顷刻之间，马路上的路灯亮了起来，在昏暗中消失的人又出现了。下一刻，印度门前喷泉的灯光开始闪烁，反衬得我们周围的环境更加昏暗。

我在想着怎么把哈尔本斯带回家。此前我从未向他们说起，我住在哪里，住在谁家。难道还真的要把他带到屠户街的家里与我同住，让他听听塔古尔夫人和戈巴尔妈妈的“罗摩衍那”，他会不会嫌弃那里？

“你要是想走，就跟着我，”我说道，“我和我的一个朋友合住在屠户街的一个小巷子里。我们晚上都睡在地上，因为房间里摆不下两张床。你要是能受得了，我这边没问题，你想住多久就住多久。”

哈尔本斯一直盯着我看，好像撤去面纱之后，我显露出了另一副尊容，他默默地想了片刻，说道：“其实我可以住在拉美什那里，我只是受不了他的妻子。那个女人不知道是怎么想的，她一刻都停不下来，老是说她结婚之前有多漂亮，有多少人想要和她结婚。”

“你自己做决定吧，”我说道，“想和我一起走的话，那现在就走吧。”

“好的，我想好了告诉你。”他说完，又躺在了草地上。他香烟的烟雾在昏暗的雾气中慢慢升腾，逐渐消失。我默默地坐在那里，看着街道上过往的汽车。

虽然哈尔本斯那天一本正经说了这么多话，但我真没有料到他已经下定决心要出国。从印度门回来那天，我们见到了妮丽玛，她好说歹说把他劝回了家。吉文·帕尔加奥从此就和我们没有了来往。徐克拉第二天亲口告诉他，说不想和他结婚，所以请他以后不要再来她家。那一天，帕尔加奥在徐克拉面前泪流满面地坐了两个小时，此后我再也没和他见过面，不知道他是否已经离开了德里。我们也无从得知，他是因为又沉浸到了抽象艺术的世界里，还是因为这个打击，才一直暗自啜泣。两年之后，我在勒克瑙火车站又一次遇见了他，他带着新婚妻子，后面还跟着一个背着大包的跟班。他的着装完全变了，不再穿印式长衫和笼裤，而是穿起了大衣和长裤。见到他之后，我才知道，他在一个政府部门谋到了一份艺术设计的差事。那天如果不是我主动认出他并打了招呼，他很可能就像一个陌生人一样和我擦肩而过，我能清楚地看到他的脸上并没有与我相逢后的喜悦。

在印度门附近聊天之后又过去了几天，哈尔本斯再也没有提起这回事，我想他也就是一时的冲动，现在已经平静下来。生活还是那个老样子——家、办公室、咖啡馆和聊天。我们都差不多忘记了帕尔加奥，只有妮丽玛还时不时提他一下。“可怜的帕尔加奥！”她说道，“我们没有好好对待他！”我们都沉默不语，哈尔本斯眉头紧皱，徐克拉转过脸看着别的地方。整个过程就像泉水中投入了一小块石头，顿生涟漪，但涟漪却很快被水流冲走。就好像是帕尔加奥的处境难堪，在我们面前摔破了头，但我们却不管不顾，偷偷地把他留在原地，自己朝前走了。正因为一切照旧的缘故，当有一天妮丽玛对我说，哈尔本斯十几天后就要出国了，我真是难以置信。

“去哪里啊？”我装作开玩笑地随口一问。

“马上要去伦敦。”她撇了撇嘴说道。

“这几天？在大冬天？”

妮丽玛默默地点了点头，开始盯着自己的指甲看。

“他要去多久？”

“这个你问他，”她说道，“他跟我说现在要出去一两年时间，有可能在那里读个博士。”

“但他对我说……”我一开口就停了下来。

“他给你说了什么？”妮丽玛的眼睛急切地盯着我。这个时候，我得努力扯个谎了。

“他说现在没有出去的打算。”

“他什么时候说的这句话？”

“很多天了。”

“我跟你说的是今天的事。他今天真的做了这个决定，二月初就要离开这里。”

“那你呢？”

“我待在这里啊。”

“但是……”

“但是什么？”

“但现在不是离家的时候。如果他真要读博士，也应该先申请入学，六七月份再离开印度。”

“他好像也说过类似的话。说是先去找份工作，等攒够钱了，就再申请入学。”

“那他得辞了工作吧？”

“他已经交了辞呈。”

“已经交了？”

“是的，今天早上他递交了辞呈。”

“没有任何预先请示就交了辞呈？”

“他说已经征得了校长的同意，校长早就愿意接受他的辞职。他已经预定了二月三号的船票。”

“这么快？他都安排好了吗？”

“他找拉美什借了一千卢比，可能还能从学院拿到自己的公积金。”

妮丽玛说话时努力装得事不关己，好像不是谈论哈尔本斯而是别人的出行。我想看看她的脸上是否流露出一丝痛苦或愤怒的神情，但我并没有看到。她就那样泛泛而谈，好像在讲述早上读过的报纸上的某条新闻。

“但他怎么就突然做了这样一个决定？”这个时候，我还是不想让她清楚地知道，我对此事已经有所了解。

她默默地思索了片刻——我以前从来没有见过她这样子想事情。她双手十指交叉，又说道：“说实话，我感觉他是由于我的缘故，才离开这里的。他可能觉得待在印度，自己的想法实现不了。但我也在想，如果真是这样，他觉得是我妨碍了他的人生，那我们何苦继续待在一起呢？他远离我一段时间，心里自然也就想通了。我也想看看，这段时间我自己一个人怎么过！我想去南印度，到那里学习舞蹈。比吉说她给我提供去那里的开销。我已经决定了，这一次绝不会阻拦他。”

这是我第一次看到妮丽玛的表情如此沉重，流露出一丝痛苦或焦躁。但她很快调整了情绪，说道：“哈尔本斯走了以后，你还会和我们经常见面吧？”

“是的，为什么会不见面呢？”

“哈尔本斯要是问你，你就建议他一定要出国，”她说道，“他最近对你言听计从。你要是不让他出去，他可能就真不去了，但他将来肯定会整天埋怨。我早就看清楚了，他出去一段时间，对我们所有人都有好处。”

"妮丽玛，但事情是这样的……"

"苏登，我告诉你一件事，"她说道，"不管他嘴上怎么说，但一旦离开了我，他就会受不了。我很清楚这一点。但这一次，我还是想就让他试上几天，不然他一辈子都要抱怨。因为我，他这个干不了，那个也干不成。另外，我一点也不喜欢他干涉徐克拉的终身大事。我今天还在想呢，徐克拉本应该和帕尔加奥结婚的。即使现在结不了婚，两年后总可以的。"

"但徐克拉亲口拒绝了帕尔加奥。她自己都不喜欢他，那……"

"她喜欢什么，不喜欢什么，自己并不清楚。萨罗兹想要嫁给一个修理工，那个人没钱没长相，也没什么文化。我们都不赞成，但哈尔本斯支持她，说她喜欢哪个人，就应该嫁给他。但到了徐克拉的事上……我不知道他为什么要横加干涉？有时候我觉得他可别……"

我心里一阵翻腾，但很快就控制住了自己的情绪。"你真是这样想的？"我问道。

"我说不好，"她说道，"我有时候真有这样的感觉……"

"我觉得这仅仅是你的揣测。"

"可能是这样吧，"妮丽玛默默思考了片刻，"徐克拉现在真是个孩子。对她来说，哈尔本斯就是她的全世界。哈尔本斯觉得好的，她也觉得好；哈尔本斯认为是糟糕的，她也会觉得糟糕。我常说，她对哈尔本斯这么依恋，结婚以后到了别人家，怎么才能过得幸福呢？"

她拼命地想要挤出笑容，但一点都没笑出来。她想用笑容来掩饰自己内心的某种情绪，但却事与愿违。她甚至都不愿意隐藏，也隐藏不了自己的任何情绪。她心里想到的话，随口就会说出来，隐藏情绪对她来说真是一件天大的难事。

我们向哈尔本斯告别的那天，天空一直细雨绵绵。到达火车站之前，哈尔本斯带我去一个酒吧喝威士忌。那里放着爵士乐，声音很大，我们坐着的位置，有点听不清楚对方说的话。我们俩默默地喝完了各自的酒。当第二杯喝到一半的时候，我们俩眼睛开始通红，哈尔本斯说道："你看，人这一辈子都做了什么决定啊！"

我听错了，以为他说着一辈子要有多大的热情[①]。"干什么事的热情？"我问道。

"我今天要离开这里，"他说道，"可能永远要离开了，这么轻而易举就做出了这么大的决定！"

"你真的认为自己就这么轻而易举地做出了决定？"我反问道。

"非常容易，"他说道，"当我还没做决定时，内心非常纠结。现在一点也不纠结了。"

"如果你心里真的不用纠结，那我真替你高兴。"

"你高兴吗？"他说道，"我知道你会高兴的。"

我自己一点都没有摸清头绪。"你说什么事呢？"我说道。

"我在说你高兴的事，"他说道，"我知道你会高兴的。"

"因为什么事高兴啊？"我又想要理清头绪。

"我走了你高兴啊，还有什么事？"他喝完了杯中最后一口酒，突然站了起来，"走吧……"

当我们没上出租车之前，我一直感觉莫名其妙，还是没有理清他说话的意思，但我已经体会到喝完酒后全身轻飘飘的感觉了。当我领会了他的意思，不仅仅是心里，全身开始有一种沉甸甸的感觉。

---

① 热情（hausala）和决定（faisala）发音很像。

难道妮丽玛担心的那个事是真的？哈尔本斯不仅对吉文·帕尔加奥心生妒意，就连我也不放过？难道他嫉妒每个接近徐克拉的人？

“你怎么能这样说，因为你要走，我高兴呢？”我抓住了他的手。我想在他走之前，给他留下善良单纯的印象。“你怎么能想到这样的话呢？”

他用充满审判意味的目光打量了我一下，耸了耸肩。“我走了就再也不回来了，”他说道，“今天我要永远地告别这座城市。从今天起，这座城市和她的喜悦不再和我相关。”

“你的意思是不是自己不想走，但却不得不走啊？”

他撇了撇嘴，又耸了一下肩，开始看出租车计价器。

“如果你真是这样想的，那为什么不留下来呢？”

他又瞪了我一眼，嘴里轻轻地哼了一声，又像刚才那样盯着出租车计价器看了。

“真的，现在又没什么损失，”我说道，“你现在还能退船票，还……”

“票没法退，”他说，“我就没买回程的票。”

“但我就是想让你知道，其实你自己并不想走。”

“你比我还了解我自己啊？”他说道，“我知道我一辈子能选择什么，应该选择什么。我也知道我周边的世界里我需要谁，我不需要谁。我什么都知道，知道得一清二楚。我了解每个人，了解得一清二楚。”

窗外的冷风夹着细雨刮个不停。当我摇上了车窗玻璃时，出租车已经到了哈奴曼路。

此后，哈尔本斯再没和我说话。只有三个人到车站给他送行——妮丽玛、徐克拉和我。哈尔本斯不让其他人来，说是这样糟糕的天气谁都没必要来车站。他已经在家里见过了自己的妈妈和兄弟姐妹，不让他们来车站送行。这可能就是他的固执，不希望在告别的时候看到身边有一大群人。火车开动之前，尽管他被我们三个围着，但却好像和大家并不热络，孑然一身地站在那里，和谁也不多说话。火车晚点了十分钟，他显得非常焦躁不安，一会儿看看表，一会儿又看看信号灯，还俯身下去重新系了鞋带。他一次次看着喷着蒸汽的火车机车，好像觉得就是它导致列车晚点了。最终当车站工作人员吹响了哨子，他又对着我们笑了一下，默默地上了火车，站到了车门附近。他从门口张望着火车机车，好像都想不起来还有人来给他送行。

“走的时候也不好好道个别？”妮丽玛的语调中充满了幽怨，她一脸严肃地盯着哈尔本斯看了半天。

他惆怅地从火车上下来了，先和我握了手，又和妮丽玛握了手，把她拥入了自己怀中，还依样抱了抱徐克拉。

火车的汽笛声响彻了整个车站。哈尔本斯一下子推开了徐克拉，很快就站到了车门附近。火车机车响了两声以后，排出了大团蒸汽，车轮开始在铁轨上滑动，一阵子晃动之后，火车开动了。不知道为什么，在火车开动之前，我始终希望哈尔本斯别走；当火车开动之后，又希望哈尔本斯突然改变主意跳下车来。但哈尔本斯依然站在那里，火车越开越快，没一会儿，站台已经空荡荡了。

火车离开站台以后，妮丽玛走在我和徐克拉的前面，朝车站门口走去。我看了看她，担心她的眼中饱含泪水，但我看到她眼角一点泪花都没有，脸上表情也没什么变化。她可能并不喜欢外露自己的情感。突然传来了一阵呜咽似的声音，我吃惊地看了看她，妮丽玛还是神情自然地大步走着，和刚才并无区别。我的目光转到了徐克拉身上，看到她眼睑湿润，嘴唇还微微抖个不停。我并不喜欢妮丽玛此时的冷静。难道她真的对哈尔本斯的离开不为所动，或者她的冷静是一种伪装——仅仅是一种熟练的伪装？也可能她希望展示她自己在任何情况下都不会慌乱，一切都在自己的掌握之中？她可能不希望表现出软弱，而失去自己能够吸引哈尔本斯的那份自信，她已经在我面前公开宣布过了。难道她知道哈尔本斯已经下定决心不再回来，或者她对自己的魅力很有信心，可以对这个情况不予理睬？或者她就根本不想理会这点，而是想要自力更生地过好日子？她稳健的步伐、高扬的脖颈以及炯炯的目光，这一切都和此情此景不搭。难道她没有每个女人所具有的那种软弱？

我们刚走出车站，就看到从车站对面出租车候车处走来一个熟悉的身影。我大吃一惊，但妮丽玛和徐克拉看见他却并未惊讶。苏尔吉德站在那里，等着我们出站。

他很快走到我们跟前，新理的头发被雨水打湿了。他有点惶恐地说道："火车走了？"

"是，"妮丽玛说道，"火车晚点了十分钟。"

"我不知道火车的确切时间，"他匆匆忙忙地解释道，"我估摸了一下时间，就坐出租车过来了。有一个茶会，从那里出来耽误了不少时间。我跟他们说，我的一位朋友要出国，所以我得快点离开。但你们知道这些茶会的，人们告个别就得用个把小时。"

"好吧，现在火车已经走了。"妮丽玛好像为了打住他的啰嗦，说了这句话。

"我很后悔，尽管这么着急赶了过来，但还是迟到了。"他说道，"好的，你们现在有什么安排？要直接回家吗？"

他的手不停挥舞，说话时略显结巴。我从未在他那宽阔的脸上见过这样的仓皇。他好像有点手足无措，自己都不清楚自己应该干些什么。

“是的，我们得回家，还能去哪里啊？”妮丽玛说道。

“你呢？”苏尔吉德问道，似乎表明他还是知道我的存在，“你是和我们一起走呢，或者……”

“我住在萨德尔那边，所以我得单独走了。”我说道。

“好的！”他立刻伸手过来。

妮丽玛边走边对我说：“听着！哈尔本斯走了，但并不意味着你就不用来见我们了。”

“这怎么可能呢？”我有气无力地答道。

“好的！”苏尔吉德和我握了握手，朝出租车候车处走了过去。徐克拉没有和任何人说话。她先是呆呆地站着，当说到要走的时候，就默默地走了。我站在原地，当他们已经打上车离开了，我还在那里淋了一会儿雨。雨滴无声无息，不带来半点痛楚，把我从外而内淋了个透。我不知道自己站在风雨中在寻找什么。有几个人陆陆续续从我身边走过，火车上又下来了一群人，穿过车站院子走了过去，但我觉得四周空无一人，那些闪烁的灯光和嘶鸣的机车并不存在。我停了下来，内心世界和外在世界似乎也静止下来。周围的一切，好像一个门框里看到的风景，并不会跃出这个门框。每样东西都有自己的速度，但却被束缚在这个门框之内。我淋着雨，努力地思考着自己到底在想些什么。我是不是体会到了自己所需要的某样东西？我是不是觉得饿了？或者，我自己觉得冷了，想着避开这样的寒冷？这到底是怎样的一种体会——麻木或焦虑？这是什么样的焦虑？一个沉重压抑而又满是负担的世界疾速地从我的身边掠过，但我的内心却体会到一种缺憾和空虚。这种缺憾是什么？这种空虚在哪里？

这种空虚感不断地扩张，慢慢变得如此强烈，笼罩了我的整个内心，终于压垮了我的心理平衡。

此后，我好几次傍晚出门去咖啡馆，但都没有见到妮丽玛和徐克拉。她们可能已经不再去那里，也有可能她们每次去的时候，我却没有去。没有她们的邀请或事先的预约，贸然到访她家，我觉得并不妥当。哈尔本斯走了以后，我感觉每天傍晚十分孤单，令人沮丧。当初哈尔本斯在德里的时候，我每天傍晚都和他一起度过，对此我心里颇感厌烦，觉得白白地浪费了自己的时间。但现在我才意识到这些傍晚对我来说就是生命的一切，我住在屠户街那个肮脏的巷子里，每天在巴尔·帕斯卡尔的办公室上班，一切付出就是为了傍晚时分能和那个人坐在一起聊天。现在，当生活的秩序已经改变，我却无法度过只属于自己的傍晚，每个傍晚我都会迷失在空虚的包围之中。

我对办公室的工作也变得心不在焉。那些由我来校对的小说和文章，我想把它们全都撕掉，或是给这些蓝色文字周围打上红色四角边框，删除不用。每次校对的时候，我都看不出任何问题，甚至有几次别人已经用文字标明了错误，我都发现不了。我回信时十分直截了当，字数寥寥："来稿收讫。已阅。尚佳。但达不到杂志要求的来稿水平。退稿。"但杂志所要求的来稿水平到底是什么样，我上岗多日仍然不太清楚。什么样的稿子能刊发，什么样的不行，只有巴尔·帕斯卡尔自己才能决定，他的意见左右着用稿要求。有几次我们不得不按照他的意见，采用一些非常低劣的来稿，还给他们回信："文章很深刻，会让读者耳目一新。预计三月刊登稿。"还有几次，回信退稿两天以后，我又看到稿子的影印件，心里十分吃惊，不知道是谁回的录用信。至少有一次，我印象非常深刻，已经退稿的稿件又出现在了案头，而我之前早已这样回了信："文章的水平很高，但我们杂志刊发不了。非常遗憾。退稿。"

我觉察到巴尔·帕斯卡尔看我的目光也发生了变化。虽然尽了力，但我还是控制不了自己。到了办公室，还没有开始工作，我就已经开始觉得疲劳。一坐到办公桌前，眼前就开始出现一些飘浮的暗球。我晃了晃脑袋，想要把这些暗球从眼前赶走，却发现自己面前已经摆上了一张纸条："三校的稿子在哪里？请快点送进去。"我开始打开自己的两个抽屉，四处翻寻，却发现三校的稿子早已不见踪影。找完了整个抽屉却没有发现校对稿，我有些绝望，开始四处张望。那些在空中浮动的暗球又飘到了我的眼前，我伸手去抓那些暗球，好像它们不是虚幻的暗球而是棉花球。当那些暗球最终消失之后，我低头在旁边的书稿堆里，看到了三校的稿子。苏利希看我的目光也随着巴尔·帕斯卡尔发生了变化。他的眼神好像牲口一样，看到绿色，眼神随之变绿；看到红色，眼神也就随之变红。苏利希的眼睛总是盯着单间那边巴尔·帕斯卡尔的眼神，并随之改变他自己的眼神，一会儿变红，一会儿又变绿。

"马图苏登先生，你的校样准备好了吗？"他用工头的语气问道。当我刚来的时候，他认为帕斯卡尔先生很欣赏我，对我的诗作赞赏有加，所以他和我说话时还比较客气。苏利希低沉的声音和他那竹竿似的身形完全不合拍，所以听他说话时，我心里总有这样的冲动，一把抓住他那稀稀拉拉的头发，撕开他的领带，连推带搡把他赶到走廊外面去。

午餐时间，拉克希米·纳拉扬、巴特拉和我坐在一起，每天重复那些亘古不变的话题。但现在听完这些话，我却高兴不起来，巴尔·帕斯卡尔肚子里是否有癌症，他死了谁来当主编，我已经完全失去了兴趣。巴特拉每天都说，这份工作让他不开心，在这里没有什么晋升的空间。他总是弯起拇指和食指，小心地弹去落在大衣上的灰尘。我要是哪天把工作干得乱七八糟，他就特别高兴，对我说："你在德里就自己一个人，得要好好学会待人接物，应该和他们搞好关系。"我没有任何反对他这话的理由，因为我一直虚与委蛇应付他们。我怎么向别人解释那些暗球的事？我经常说自己很快就要辞职不干了，听到这话，巴特拉笑了起来，说道："你要是辞职，我也马上就走。我是因为你的缘故才待在这里的。你要是走了，我马上辞职离开。"

我知道自己被迫离职的那一天不远了。那些暗球的颜色一天天地变得越来越深，而我却一点办法都没有。离开办公室回家的时候，那些暗球在我的眼前身后转个不停。不管在公路上还是公交车里，或是在咖啡馆里，这些暗球如影随形。有一天在咖啡馆，我见到了妮丽玛和徐克拉。我走上前在她们的卡座处停了下来。这么多天以后，我终于见到了她们，难以置信她们居然真在那里，但眼前的暗球却遮住了她们的面容。

"苏登！"妮丽玛一见到我就喊了出来，"你现在还在德里吗？"

"我还能去哪里？"我说道，"我在德里工作，也就住在德里啦。"

"从那天以后就再没见过你。"

"我每天都来这里，但从没有见过你们。"

"服务生，账单！"苏尔吉德喊道。他看了看妮丽玛，说道："演出六点开始。如果我们现在不走，就要迟到了。"

我还站在卡座的外面。我想无论如何要解释一下，说自己很忙，然后再离开那里，但却想不起任何语言。妮丽玛手里拿着钱包，说道："哈尔本斯走了，所以我们很少来这里了。你有空来我家吧？"

"看吧，哪天要是有空，就一定过去。"我说道。话音里能带出多少失望的情绪，我全都带了出来。

"哈尔本斯每封信里都要提到你，"妮丽玛说道，"他已经写了五六封信了，想要你的住址。但我不知道你的住址，你把地址写到我的小本上吧。"

"我的办公室地址也可以收信的。"我说道。心里暗想，要故意流露出一些这样的冷漠，从而获得报复苏尔吉德的快意。"我还是给你我家的住址吧。"我在她的小本上写下了我在屠户街的地址。

"我把地址发给哈尔本斯，"妮丽玛边走边说，"你哪天来我家，我们可以一起聊聊天。"

苏尔吉德手中拿着一个大信封。他完全忽视了我，走在她俩前面出了门。徐克拉走了几步，又看了我一次，轻声说道："再见！"她们出了门以后，我坐在角落的一张椅子上。服务生过来询问是否需要咖啡，我说道："不要！"但我突然意识到，我到这里来就是为了喝咖啡，否则还来这里干什么。我又说："好的，来杯热咖啡！"

当我从咖啡馆回家时，眼前暗球的颜色又深了许多。在森提亚宫十字路口附近，我差一点被卷到公交车轮之下。在康瑙特市场，我撞上了一个人，但他没有瞪我，反而向我道歉。路过难民的摊位时，我把摆在地上的一个女孩子玩的玩具踩到了脚下，但是人潮拥挤，那个难民也不知道是谁踩坏了他的玩具，只能哀叹自己时运不济。我的好运也没那么长久，到家前我一脚踩进巷子里的泥坑里，把一条裤腿弄得湿漉漉的。

夜里，我裹着毯子躺在漆黑的房间里，想着如何才能摆脱那些暗球。那些暗球是什么时候出现的呢？是不是从我进入咖啡馆的第一天起，当我看到吉文·帕尔加奥一次次瞄着眼偷看徐克拉时，就已经出现了呢？“她真美！”当他说这句话的时候，我当时并没有感觉那么真切，而现在的感受却如此深刻。她的脸上真的能散发出美丽夺目的光芒吗？是不是这些光芒已经充溢了我的整个内心？但是想到这点，我的内心一下子绝望起来，我不是唯一被她的美貌所折服的人。我心中开始出现一种无力感，我和几个人排成一队，这个队伍里有吉文·帕尔加奥、我和苏尔吉德，还有哈尔本斯吗？

我已经下定决心要辞职离开德里。不离开德里，我不大可能从这些暗球中解脱出来。尽管我的前途未卜，回到村子以后只会有更多的麻烦，但这是我能够让自己的心理恢复健康的唯一方法。我手头那点财力，不会让我在追求徐克拉的长队里胜出的，我的心里连幻想的勇气都没有。我不希望自己沦为吉文·帕尔加奥的样子。一想到这个事，我就觉得充满讽刺，我无法预料要是自己经历了这样的事，将如何再在镜子里去审视自己的面容。吉文·帕尔加奥在这件事之后放弃了绘画生涯，成为了一名工艺设计师，我想我肯定会步他的后尘，让自己陷入无端的臆想之中，所以我决定在德里的时候，一定要离她们远远的。我不仅没有应妮丽玛的邀请去她家，而且傍晚时分也不再去新德里咖啡馆闲逛。我不想等我到了那里，苏尔吉德又是那副嘴脸，说看演出要迟了；妮丽玛马上起身离开，却说下次有机会再见面；徐克拉好像抚摸路边树木叶子似的，边走边说“再见”。这样的情景如同帕尔加奥的眼泪一样，让我无法忍受。当妮丽玛告诉我，帕尔加奥坐在徐克拉对面抹着眼泪，我心里曾暗自嘲笑他的样子："就应该这样子对待这个娘娘腔。"他可是个大男人，却坐在一个女孩子面前哭哭啼啼的。但现在想到他的事情我却满是同情，感觉自己心里堵得慌。我甚至心里还开始有点敬佩帕尔加奥，至少他有勇气把自己的心里话说出来，在某种程度上他也算得偿所愿。如果哈尔本斯不横加干涉，那他很有可能已经在1952年的冬天迎娶了徐克拉，今年已经从山区[①]寄来了蜜月照片？另一方面，和那些人在一起，我得戴上一副假面具，故作清高，曲意奉承，时刻都处于痛苦之中。难道我还能继续把欺骗自我视为自己的涵养吗？

那些晚上，我觉得自己的房间氛围变得无比压抑，无比令人沮丧。生活已然贫穷困顿，现在又有了新的缺憾，让生活的困顿显得愈发沉重。我每月只有一百六十卢比的工资，其中八十卢比还要寄给自己的寡妇母亲和兄弟姐妹，在这样的情况下，除了感觉心慌意乱，还能再干些什么？我受不了自己没有勇气，但这个勇气只会让我成为别人的笑柄。伊巴德得·阿里在晚上开始弹奏西塔尔琴，听到琴声我的心情却没有半点平复，反而更加沮丧，睡意全无，空虚感愈发强烈。我睁着眼睛躺在那里，死死地盯着屋顶，直到巷子里早起的人们开始走动，我才稍稍合了一下眼。但我睡得并不踏实，一直在做同一个梦。这个梦最近每个晚上都做，有几个晚上甚至会梦到好几次。在梦里，我看到一台巨大的火车机车连着好几个车厢，脱离铁轨一直奔驰，穿过茂密的森林，途经长长的隧道，从一个站台到了另一个站台，但就是回不到铁轨上。我一直感觉它马上就要翻车，所有的一切都摔得粉碎，但不知为何它快要翻车的时候又恢复了平衡，还是照样脱轨行驶。我很希望铁轨能够主动凑上去，有

① 印度北部山区有诸多旅游胜地，新婚夫妇经常去那里度蜜月。

好几次，车厢都接近了铁轨，但却并没有上去，继续在下面行驶。我发现自己就坐在机车上面，身体被火车机车的炉火所炙烤。火车的速度也让我觉得危险，每次拐弯我都胆战心惊，但却无能为力。

我被这个梦弄得心烦意乱，晚上好几次惊醒。我告诉自己此刻我就待在房间里，并没有坐在脱轨的火车上。那时，我会看一下熟睡的阿尔温德，心里开始生闷气，他怎么就不会做这个梦呢？我还嫉妒阿尔温德，他的生活中为什么没有和我一样多的难题，为什么他每天都能睡得这么香甜？我不光嫉妒阿尔温德，我还嫉妒每一个头碰到枕头就能入睡的人，他们不用听到晚上整点的钟声。我还能听到夜里驶过的火车发出的汽笛的嘶鸣声和车厢的哐当声，心里十分担心它可别就是梦里的那趟火车。想到这里我还安抚自己一下，这不是那趟火车，心里却又涌起了别样的失望。世界上的火车都安安稳稳地在铁轨上行驶，而我梦里的火车为什么老是要脱轨！

时间一天天过去。办公室的工作越来越多，或许是因为我老是无法按时完成工作，所以工作才会越攒越多。我的这种心理状态让我觉得每天的生活都了无生趣，我都感觉不到时间是越过越慢，还是越过越快。逝者如斯夫，我只是感觉不到罢了。我觉得每个月的三十天和一天没有区别，一天和三十天也没有区别，因为每天生活都如此相似。如果有改变，那也就是那台脱轨失控还停不下来的火车。我甚至希望它早点翻车摔个粉碎，自然也就没了麻烦，但我的愿望并没有实现。最后情况变得如此糟糕，我开始要依赖安眠药入睡了。

白天变得炎热起来。在屠户街的晚风中，不知道从哪里飘来夜来香的香气。春天夜里升腾的那些香气在我人生每个阶段的内心里都留下了不同的印象。随着年龄的增长，人的容颜会发生改变，内心与外部世界的关系也会变化，但是那些让你心生感触的东西，还会让你的内心再次泛起别样的波澜。不知道随着年龄的增长，心将去向何方，会变成什么样子，心中以前的那些感触，已经十分遥远，好像它们在我们的生活中并不存在，而是别人生活的一部分似的，也仅仅就在镜子里露过一面。这些感触又像那种残存的印象：行驶的火车已经开出了几百公里，被抛在后面的是由黑暗所笼罩的城市，它依稀尚存于人的脑海之中。童年时，夜来香的香气总让我心里充满了惊喜——从远处山区工人营地里传来的竹笛声让我的心底变得柔软起来，内心里不知道什么样的嫩芽开始急切地向外探出头来。在那个充满惊喜的年龄里，我觉得香气充盈的天空就是我的伙伴，而天上闪闪发光的星星是它向我发出的讯息。天空向下低悬，云朵好似野兽，又好似恶魔，在眼前时隐时现。当读大学的时候，夜来香的香气在那段日子里对我又有了别的意义。在羽毛球场附近，猎鸟人经常在此，猎取歇脚的鸟儿，日落时分的这种香气为我的心里平添了一种奇特的欢乐和激动。我觉得世界上的所有一切都是自然而然存在的——日出日落，空气流动。当充满花香的四周回荡起一阵“啪啪”的枪响，猎鸟人就会在前面路上捉住鸟儿。现在这阵香气不知道越过了多少大街小巷传到了屠户街的这个房间里，轻而易举地使我的心里怅然若失——心里不知道累积了多少层湿漉漉的沉淀，一种无能为力的沉重感压抑并不断摧残我的心灵。阿尔温德却告诉我，这段时间有了流感，我们要小心为好。

那天是星期天，和以往的星期天一样，我起床后没有洗漱。外面巷子里菜贩子已经开始吆喝，顾客和他们讨价还价。过道里飘来的油烟充满了整个房间。这时候，我看到一个精心打扮过的身影站在了房门口，我当时没有认出来。我想她应该是塔古尔夫人口中所说的《罗摩衍那》中的优哩婆湿或玛德威[①]吧。但她却向别人问起了我的名字，我吃了一惊。我从来没有想到，竟是妮丽玛一路找到了我这里。我羞得不行，因为自己还穿着破了三个洞的贴身背心，而它在穿了三四天以后已经肮脏不堪。我心里十分懊悔，为什么想到要洗澡，当时却没有去，非要拖延到第二天呢？我至少也得穿上衬衣，好把我的背心遮掩起来。

“马图苏登住在这里吗？”妮丽玛起先没有认出我来，好像问一个陌生人似的问我。她过了好一阵子才确信，这个站在她面前穿着背心的男人就是她要找的马图苏登。

“妮丽玛，是你吗？”我竭力掩盖自己的慌张，故作大方地问道，“你怎么来的这里？”但在她回答之前，看到她手里拿着的、已经翻开的蓝色笔记本，我就知道了问题的答案。

“你住在这里？”她没有踩在门槛上，而是直接跨了过来，“哎呀！你怎么住在这样的地方？”

“我是穷鬼啊。”我竭力掩饰自己的羞赧，一只手取下了挂在身边衣钩上的衣服，开始穿了起来。

“我从来就没有想过，你居然住在这样的地方，”她说道，“我还以为屠户街是什么好地方呢。真是糟糕透了！人怎么能住在这样的地方？”

“怎么就不能住人？”我微笑了一下，“你没看到这里住了多少人？从居住角度来看，这样的地方很受欢迎，一个八英尺宽十英尺

① 这两个角色都是《罗摩衍那》中的绝色美女。

长的房间里就能住上整整一家。”

“真是糟糕透了！”她说话时打了一个哆嗦，或许她只是假装打了哆嗦。我看了看走廊那边，塔古尔夫人、戈巴尔妈妈和其他小女孩们都向房间这边张望。看到我转眼过来，她们都退到了大门附近，就只有塔古尔夫人还站在原地。

“先生，我给你们煮点茶吧？”塔古尔夫人进房间时，仔仔细细地打量了一下妮丽玛的面容。

“嫂子，不用了。”我说道。慌乱之中，我伸手撞到了放在箱子上的提灯，它掉了下去摔了个粉碎。“啊！”我说道，“嫂子，我把你的提灯摔碎了！”我俯身下去，开始收拾碎玻璃片。

“都摔碎了，那还能怎么办？”塔古尔夫人突然厉声说道，“值整整六安那呢！唉，让他再去买一个吧。”塔古尔夫人之所以这么说，是因为她说的那个“他”正好从走廊经过，他的眼睛转向右方，好像从站成一排等待检阅的士兵面前走过似的。塔古尔夫人说的“他”穿过走廊到了巷子里。塔古尔夫人蹲下来开始收拾碎玻璃，她抓住我的手，说道：“先生，怎么有劳您亲自动手收拾玻璃呢？你住手吧，我来收拾好了。你的主人来了（不知道塔古尔夫人为什么把客人说成了主人），你和她聊天吧。”

“你快点收拾，然后我们一起走，”妮丽玛有点焦躁地说道，“我有话要对你说。”

“一分钟就好。”说完后，我取出压在书下面的叠好的毛巾，朝里屋水管跑去。当我收拾妥当，发现回廊里已经挤满了这个房子的租客和一些街坊邻居，她们都惊奇地看着妮丽玛，不知道低声说些什么。我以前可能从来没有像那天收拾得那么快过，但我又觉得收拾打扮费了很长时间。周围的每样东西都让我很生气。匆忙之中，我顾不上涂抹头油，就开始梳理我那干枯的头发。想要头油的话就又得找塔古尔夫人，我知道她盛头油的瓶子已经积了几个月的污垢，早已肮脏不堪。梳子的一边已经断裂，但我把整个梳子握在手里也能凑合着用。镜子裂开了三条口子，没法正常使用。当我收拾完毕，发现塔古尔夫人已经煮好了加了花瓣的热茶，放在碟子里端了上来。我很费劲地给她解释了一下，现在我们不喝茶。我们离开的时候，塔古尔夫人把我叫到自己的房间里，非常小声地问道："先生，她是你在孟买的老相好吧？"

"不是的，嫂子，他是我这边一个朋友的妻子。"我说道，准备起身离开了。

"你要出去吗？"塔古尔夫人抓住了我的手，把我拦了下来。"身上得带些钱吧？"她匆忙打开了自己的手帕，"我这里有四五个卢比，你拿着用吧。"

"不了，嫂子，我身上有钱。"我匆忙说了一句，就走了出去。

当我们到了巷子里，回廊里的那群人又跟着出来围观。站在摊位附近的那些人也转眼看着我们。妮丽玛穿着精致的衣服，发型颇有风格，她脸上的妆容在那个环境里显得独特而又怪异。她耳朵上的金耳环，显得比平时大了许多。妮丽玛边走边跟我说："早知道要来这样的地方，我永远都不会来的。当你在洗澡的时候，你知道有一个胖女人问我什么吗？她问我，你们是什么关系？"

我忍俊不禁笑了出来，问道："那你怎么说的？"

"我说你是我的朋友，还能说什么？"

我觉得问她的女人应该是戈巴尔妈妈。当我后来发烧的时候，独自在房间里躺了一整天，戈巴尔妈妈突然出现在我的身边，直勾勾地盯着我说："先生，你那个德里的朋友怎么没来探望，给你捏捏头啊？”停顿了一下又说道，“我给你捏捏？”我很是受宠若惊，赶紧谢绝了她。

“这么多的女人和孩子站在回廊里，她们不会都住在这个房子里吧？”妮丽玛问道。

“怎么不会呢，她们的爸爸和兄弟们也都住在这里。”

“这么多人住在一个房子里？”

她这样发问让我心生不快。难道她真的离这样的生活如此遥远，所以对此一无所知，或者她仅仅明知故问而已？

“我在这里连十分钟都待不了。”她说完后又打了一个哆嗦。

我们穿过了摊位旁的人群，走到了巷子的拐角处。当我们拐向哈尔普尔小区的时候，坐在拐角处买槟榔包的萨马杜一边往槟榔叶上抹着槟榔膏，一边对法兹尔角力士（尽管法兹尔瘦得皮包骨头，但他出身角力士家族，所以大家都叫他角力士）说：“角力士，这女人一看就是从新德里来的。我们街区的这些女人都跟母牛似的。可母牛还能挤奶，她们呢……”

哈尔普尔的巷子稍微要宽一些，到了那里，妮丽玛终于舒了一口气，耸了耸肩，好像刚从一个深井里爬了出来一样，说道：“哎！”

当我们走到马路边，她看着自己凉鞋上的泥巴，半晌都没有回过神来。

回到家里后，妮丽玛先是煮好了茶，喝完一杯后，好像想要把屠户街小巷的记忆尽快赶出脑海，说道：“我今天去你那里，是因为我有个麻烦，到现在也决定不下来我应该怎么做。我跟你说过，让你来这里一下，但你从没有来过。”

“最近办公室的活儿多了起来，”我说道，“我经常很晚才离开办公室。”这话倒是不假。昨天是星期六，但我还是晚上六点钟才从办公室出来，到现在还有一份半稿子，明天得去校对。

“哈尔本斯写信让我离开这里，但我还拿不定主意。”她说道。

“他写信让你去他那里？”我有些吃惊，哈尔本斯信誓旦旦说的那些话，怎么这么快就变卦了呢？

“可我这边已经做好了去迈索尔的准备。如果我现在不去，那就永远都去不了。我知道哈尔本斯去了那里会非常孤单，但你也知道我没有主动拦他。我想着分开一段时间，他的头脑能冷静一点，我也能乘机学完我的婆罗多舞。我得到了一个良机，可以跟一位大师学习舞蹈，我可不想错失这个机会。”

“你去迈索尔准备待多久？”

“至少六个月吧。对我来说，这个机会非常珍贵。我的生命里不会再有这样的良机了。我也可以放弃一切去他那里，但我不能确信，在那里是否快乐如意。我真是一点信心都没有。”

“但你早就应该想一下的。”

“我前思后想也拿不定主意。哈尔本斯走了以后，没有人再能帮我出主意了。当哈尔本斯在这里的时候，感觉周围有很多自己人。他走了以后，这些人也都生疏了起来。西瓦·莫亨去了孟买，而你，从来就见不到人。”

“最近我工作真的很忙，不然……”

“借口总是有的！但我没有想到哈尔本斯走了以后，我会这么的孤单，也就和一个人经常来往，就是苏尔吉德……”

听到苏尔吉德的名字，我的心猛然一沉，心里暗想，眼前那些暗球可别再飞舞起来。

“你怎么不找苏尔吉德拿主意呢？”我感觉如鲠在喉，生硬地问了一句。

“我还能找他拿主意？他那人也就那样……”

“为什么？”我的心跳开始加速，身体不由自主地从椅子上微微向前倾了一下。

“我不是很喜欢那个人。”

“但他……”

“他就那个样子，我不是很喜欢他。但哈尔本斯跟他说了，说自己走了以后，他要经常照顾我们。”

“是吗？据我了解，那个人……”我打住不再说了，觉得自己不应该就这个事说三道四。

“我觉这个人品德不良，”妮丽玛说道，“但因为徐克拉，我也就忍了。徐克拉对哈尔本斯的话唯命是从，所以她觉得世间的好人非苏尔吉德莫属。”

“但你为什么觉得他人品不行呢？”

“我？”她长吸了一口气说道，“没什么特殊原因。我就是觉得他人品不行。如果不是碍于徐克拉的面子，我不会让他常来我家的。徐克拉以前提了一句，他就把录音机放在我家了，还经常给她买一些小东西，哈尔本斯认为他人不错，原因大概就是这个了。”

“但哈尔本斯说录音机是……”

“你别听哈尔本斯的话。他给所有人都说苏尔吉德强行把录音机留在这里，但事实是徐克拉发了话以后，他才这样做的。徐克拉看上去长大了，但她的心智却和自己的年龄严重不符，就像小孩子见了玩具什么都不顾了，她也是被这些小东西迷了眼。现在如果谁给她棒棒糖吃，她肯定会乐不可支。”

她说着说着突然停了下来，盯着我的脸看了片刻，说道：“呀，你怎么啦？脸怎么变得这么蜡黄？你没事吧？”

“我想再喝一杯茶。”我努力控制住了自己的情绪。

“我给你端茶，顺道把哈尔本斯的信拿给你看，”她起身说道，“你给我点建议，看我该怎么做？”

过了一会儿，她煮好了第二壶茶，放在我的面前，把哈尔本斯的一沓信也塞到了我的手里。（这些信现在还保存在妮丽玛那里，经过她的许可，我才把信摘引到这里的。起先我还想略去信件的一些内容，但后来想想也就作罢了。）

“你读吧，把所有的信都读一下，”她说道，“没什么好遮遮掩掩的！都是丈夫写给妻子的话……”

我一封封地读了起来。读信的时候，我忘记了其他的事情，摆在眼前的热茶慢慢变凉了。这些信是按照日期排序的，内容如下：

第一封

S. S.卡尔塔兹号邮轮上

1951年2月3日

亲爱的妮丽玛：

邮轮从孟买港开出已经几个小时了，现在已经是晚上。刚才我就着啤酒吃了冷肉，这是我第一次吃冷肉。当我拿着刀叉切肉的时候，我想起了马图苏登。我们在孟买初次见面时，他的面前也摆了这样的一盘子冷肉。今天我故意点了冷肉来吃，想从现在开始就入乡随俗。吃完饭后感觉有些眩晕，我经常阅读旅行方面的一些书籍，所以知道自己可能晕船了。邮轮摇晃了两个小时，很多人都进了客舱，但我还坐在甲板上给你写信。现在身边总共也就只有四五个人。我一点都不想进到客舱，因为我觉得进去之后可能会更加眩晕。我喜欢四周空气流通的环境，所以还坐在原地。

在旅行的第一天，我为什么要给你写信呢？你可能觉得我有些想家，但并非如此。我很高兴，自己终于摆脱了那些长期以来的痛苦和纠结。我觉得宽广的大海就是自由的象征，现在我终于体会到了这样的舒心和自由，今天我能毫无障碍写下这么多行字，便是最好的证据。以前我写三四行文字，便卡在某个字词上写不下去。但我今天文笔流畅，写出了前所未有的长信——甚至向你求爱时我也写不了这么多。那时你总是要求我，让我给你写长长的情书。我很高兴能够远离那个环境，即便不知道会离开多久。我希望印度的海岸线能够快点从我的视野里消失，越快越好，让我尽快体会到完全疏离故土的感觉。天黑之前，我还能看到海岸线，但不知道现在海岸是否已经从海平线上消失。我的心里还有依稀的印象，或许明早海岸线仍然会在我的视线之中。

今天一天就这样过去了——没有做事，没有看书，也没有思考，整个身心都处于一种无所事事的奇怪状态。当天还没黑的时候，我就在等着天黑，而现在呢？我不知道自己是在等待黎明还是等待深夜。我只知道自己在享受独处，在这个时候，不希望有任何东西打扰到我的清净。

但还是有一个事情，时刻干扰着我内心的宁静——那就是我离开的时候，为什么没有把话给你说清楚呢？你满怀热忱到车站给我送行，一路上，我的心里都隐隐刺痛。我应该把所有的实情都告诉你，然后再行离开。我告诉了马图苏登，却没有告诉你，我连给你说这件事的勇气都没有。现在我坐在甲板上外出旅行，我却觉得很有必要跟你说个清楚。当我离开德里的时候，心里就有了这个想法：以后我再也不回来了。可能别人比你还要清楚。

很久以来，我觉得我俩生活在一起并不会幸福。但这个国家的社会习俗却使我们勉为其难地生活在一起。在这个甲板和这片辽阔的大海上，今天我感觉到自己已经摆脱了习俗的束缚。你知道了我的想法以后，肯定会很痛苦的，这点我是知道的，但你得用一段时间来接受现实。你会体会到，分开生活，我俩才能有各自的发展。强扭的瓜不甜，你是能够理解这点的。这句话我以前没有跟你说过，但今天我要说个清楚……

海风很凉，我还是头晕目眩。我想去躺一会儿，本来还有一些话想写给你的，现在就此落笔。

向徐克拉和所有人问好。我暂时不会给其他人写信，也觉得没有写信的必要。

祝好，

你的，

哈尔本斯

附：我已经跟拉美什和苏尔吉德说过了，你们要是有什么需要，都可以找他们。马图苏登不太能帮上忙。前几天和他打交道时，感觉他有点奇怪，不知道是什么原因。

第二封

S. S.卡尔塔兹号邮轮上

1951年2月4日

妮丽玛：

昨晚给你的信，你读了以后不要太难过。到了亚丁我再给你写信。

祝好，

哈尔本斯

附：昨晚我一直头晕目眩，还吐了两次，感觉冷肉确实不合我的胃口。

第三封

S. S.卡尔塔兹号邮轮上

1951年2月9日

妮丽玛：

我知道的，你不会这么快就能收到前一封信，但我还是期待着你的回信。连续两天的晕船让我狼狈不堪，几乎所有时间都待在客舱里。躺在那里，我想起了契诃夫小说中的主人公古塞夫[①]，我给你读过这篇短篇小说。如果让我写小说的话，我会按照自己的心理状态写出一个同样的故事。我一次又一次感觉到船要沉入大海，我们不是在海面上航行，而是朝大海深处驶去，片刻之后就会到达大鱼

①《古塞夫》是契诃夫的短篇小说名篇，讲述了古塞夫死后被抛尸大海的故事。

和海蛇盘踞的海底地狱，它们蜂拥而上，把我们撕成碎片。大海深处的世界真是非常的恐怖和残酷。

我改变了自己的食谱，现在只是喝汤，吃鱼肉和米饭。前几天的眩晕让我吃东西时索然无味。可能改变自己的饮食习惯并不像改变其他习惯那么简单。

我今天想了一整天，当你收到我的第一封信，会有什么样的感受，你的脸上会流露出什么表情，你很有可能会哭。写完信以后，我自己心乱如麻，但我又想，应该把话给你说清楚再走的。可能把话说清楚了，我们会想出对我们俩都有好处的好法子。但我现在离你如此遥远，不可能再回去和你说话。如果我们不是夫妻，而是两个朋友，能够像朋友一样一道旅行，那该多好啊！那两天我孤零零地躺在客舱里，幻想着一位相识已久的人与我同行，聊一聊过去的事儿，甚至和我一起前往大海的深处。但我选择一个人出来，就得一个人孤零零地待着。我已经走上了新的道路，现在是不能回头的。

在船上没有和别人聊天，我也没有聊天的心思。我想，认识了一个陌生人又能如何！我很快就厌烦了这种交际，甚至还急于摆脱这样的交际。你说得很对，我不会搞社会交际这样的事情。那些和我不交心的人，我甚至不想和他的世界有半点交集。

顺便说一下，一早一晚，我都会和一位年长的阿姨一起聊天。我俩都是喝汤、吃米饭。她带着一个二十出头的女儿，要去伦敦治疗精神病。她们可能要在伦敦待两三个月。她说自己女儿有一段时间是正常的，但是一旦发作，就开始尖叫，乱扔东西，甚至会把自己的饭菜端起来扔掉。这个女孩子最近整天站在甲板上，看着大海的波浪。她穿上白色的衣服以后，完全就像个蜡像。船上经常有人在议论她。

我最近抽烟很多——一来是船上香烟很便宜，二来是我确实寂寞难耐。现在太阳已经落山。寄出了信，我就去甲板。到那里和那位阿姨聊一会儿天，她的名字叫查瓦拉夫人，但我一直称呼她阿姨。她的面容和你的妈妈比吉长得很像。

我想，到了赛义德港应该能收到你的回信，不知道回信里你会写些什么呢？

徐克拉对未来有什么打算？她收到莫里斯学院的入学通知了吗？代我向她问好。拉美什最近怎么样？马图苏登呢？

祝好，

哈尔本斯

第四封

S. S. 卡尔塔兹号邮轮上

1951年2月14日

亲爱的妮丽玛：

在赛义德港没有收到你的来信，我甚是担心。我怕我的信引起你的反感，你也知道我离家时是什么样的心境。在那种心境下，你就不要按字面去理解我所写的文字了。这段时间，我独自理性地通盘考虑了一下，得出了这样的结论：如果我们一起出国，就能用一种新的方式打开生活的新篇章。德里的生活环境是我们生活的重大阻碍。我今天提个建议，希望能让你高兴起来：你想办法，筹钱也来伦敦，我们在国外一起过日子。就这几天，我已经受够了孤单，别说两三年了，在伦敦独自待一个月我都受不了。你来了以后，一切都会井然有序，我们将忘记在德里的生活，更不会想起我们生活中还曾有过关系如此紧张的时期。我想比吉会为你筹够出国的费用，听我的话，快来吧！

在赛义德港，我见到了一场噩梦似的场景，让我现在还心有余悸。是的，真是一场噩梦！我在船上听到了许多关于赛义德港的传言。赛义德港被称为世界藏污纳垢的臭水沟，这里是全世界流氓、骗子和强盗的老巢。据说，只要花钱，就能买到任何国家和种族的女人。船长让我们进城时小心为好，城里经常有旅客在光天化日下被夺财害命，但这反而让我更加兴奋，想去探个究竟。那个时候天色已晚，我揣上两个英镑，和熟悉当地情况的人一道进了城。很不起眼的一座城市，怎么也不会和杀人越货联系在一起。回程的时候我问了问同伴，这里有没有剧院，能看当地舞蹈或其他演出？同伴神秘兮兮地看了看我，把我带到了一个地方。那里看环境好像是一个不入流的剧场，四处弥漫着酒气和烟味。此前一切还算正常，但当幕布升起，所看到的一切却让我毛骨悚然。演员就只有两个人——一个身材魁梧的黑人和一个十岁出头的中国或日本女孩，所谓的演出就是黑人强奸那个女孩子……看完这样的演出，我心里真想大喊一声，但又想起了船长的话，终于没有喊出声来。说实话，从那刻起，一想到那个场景，我就感觉汗毛直立。要不是亲眼所见，真是难以相信这样的表演居然也能登上舞台，人们还看得津津有味。看完演出后的几个小时，我的思维已经麻木。我感觉难以置信，自己居然看了这样的演出，我更愿意相信它是一场噩梦。这场噩梦使我现在难以入睡。阿姨家那个蜡像一样的女孩子到现在仍然手扶栏杆看着大海的波涛。今天我给了她一束鲜花当作礼物。她从我手中接过鲜花，直接扔进了大海。我想，她不会和我一样，做了一个噩梦吧。

我预计19号到达伦敦。你来吧，一定要来。我焦躁不安地独自离开了家，现在想到丢下你一个人生活，我又焦躁不安起来。希望你回信时能有确切的答复。

请代我向徐克拉、萨罗兹、萨莉达和岳父岳母问好。有空去莫德尔小区见一下妈妈和拉妮，告诉她们，等我到了伦敦，就给她们写信。

深深爱你的，

哈尔本斯

附：你去找一下校长，让他快点把我的公积金取出来，问问拉美什换汇的事情。要是见到马图苏登，告诉他，说我在赛义德港的时候非常想念他。要是有他的地址，今天我就已经给他写信了。问了他的地址，来信时告诉我。

第五封

马赛

1951年2月16日

亲爱的妮丽玛：

给你写信时我的心情真是糟透了。我更没预料到，你竟然如此简短地回了信。我觉得自己是个傻瓜，真没想到，你居然认为参加婆罗多舞训练要比和我一起生活还重要得多。我是何方神圣，能对你的生活指手画脚！我离开德里也真是美事一桩！

我这辈子对任何人不再抱有希望——对你，对任何人！现在是什么样子，希望将来就这样混下去吧。

倒霉的，

哈尔本斯

第六封

伦敦米尔山邦斯街31号，

N–W–7

1951年2月26日

妮丽玛：

你如此耐心细致地给我回了信，我也同样细致地读了你的信。说实话，我早就预料到你会把这一切写出来。来到这个雾霾笼罩的新城市，我体会不到半点离家时所期待的激动，觉得这座城市的每样东西都没有头绪，好似机械一样自行运转。

我现在的心理状态非常奇怪。一方面看到了我们共同生活所遇到的痛苦和烦恼，另一方面又体会了那种侵蚀人心的孤独——在人潮拥挤的世界中的孤独。我的大脑一片空白，神经变得麻木起来。我所暂居的住所，是查瓦拉夫人早就预订好的。她说我在没有安顿好之前，都可以住在她那里，可能是因为我给她女儿送了花，她才这样帮我的。她每天都要问我，哈尔本斯，你的妻子什么时候才来啊。我在船上曾经告诉过她，你有事不得不留在家里，但很快就能来相聚。她的女儿喝茶时默默地盯着我看。我觉得在这个世界上，她和我一样孤单寂寞。坐在窗口，我看到了映入她眼中的那片笼罩整个伦敦的雾霾。

我得快点离开这个住处，安顿好自己的住所，这个家的氛围让我愈发感觉到沉甸甸的孤独和寂寞。

我忘记带手套了。在伦敦，羊毛手套是必需品，想着今天出去买一副，但身上已经快没英镑了，不知道现在能否再换一些外汇。我已经收到校长的回信，他把支票给了你。我永远都难以忘怀他的恩情。

还要给别人写信吗？我另给妈妈和拉妮写点东西吧。

深深的失望，

你的，

哈尔本斯

第七封

伦敦米尔山邦斯街31号，

N–W–7

1951年3月1日

妮丽玛：

今天是三月一号。每个月的一号感觉都像是一个新的开端。一整天都在期待的心情中度过，但临近傍晚时分，心情却沮丧起来，原来这一天也是如此稀松平常，与以往没有任何区别，也没有出现任何新的开端。我逛了好几天来买手套，终于在月初的兴头上买了下来，花了我整整一个英镑的现金。阿姨说她可以借给我一二十英镑，等我的外汇到手之后，再还给她。阿姨是一个善良有风度的女士，以前我从来没有和这样的好人打过交道。

到家以后，收到了你的来信，买新手套的好心情一下子就泡了汤。你在信中写到，手套已经寄出，这本来是件好事，但要是早点收到信，我也不会白白浪费那一个英镑。现在知道没法换汇，我心里十分焦躁。当我在德里的时候，拉美什曾经打了保票，好像这事易如反掌。我觉得这些口头交情的朋友，不一定能靠得住。如果我早知道换汇这么困难，那我为什么如此急匆匆地离开德里？我觉得他好像有意骗我似的。

好吧，你想去迈索尔，那就去吧。我也没什么好说的！你在信中所写的一切，全都有理有据。我至今还没有找到工作，我也没有试着去找工作。我的心情如此倦怠，都懒得出门去找住所。要不是查瓦拉阿姨一家也在这里，我都不知道现在该怎么度日。

从现实角度来想一想，你的话没有任何错误。我俩真的难以负担在这里一起生活的开销。你的话完全正确。但我不太想过于务实地面对生活中的困难。如果我要是很现实的话，我们的生活完全将会是另一个样子。

我不知道为什么自己每时每刻都在一种浑浑噩噩的状态之中，没有心思和力气做任何工作，笼罩在过去、现在和未来的孤独感像猛虎一样向我扑来。有没有你，我的人生都已然苍白无力。

巴拉[①]读书很多。我昨天从她手里接过了一本书，这可能是最好的一本探讨情感的书。我昨晚一直读它，书中有一句话出现了很多次：“爱情的稳固和长久不仅需要相爱的人有一颗博大的心，还需要

① 巴拉是查瓦拉夫人的女儿。

博大的智慧。”这句话非常适用于我，因为我在这两方面都有一定的欠缺。

巴拉家吃饭的时间到了。我们每天都是在这个时间吃饭，饭后洗澡睡觉。

来自远方的，

你的，

哈尔本斯

第八封

伦敦米尔山邦斯街31号，

N–W–7

1951年3月13日

亲爱的萨维[①]：

可能你会有点吃惊，我为什么又称呼你的原名。但是你的原名，我曾经一度觉得有点厌烦，现在却觉得如此亲切。这样称呼你，感觉你我之间的距离近了许多。最近我变得越来越迷信，甚至在写信的时候，想着十三号写信可别带来什么厄运。

第一件事是我想到了解决换汇难题的一个法子。阿姨借给了我八十英镑，告诉我可以用卢比把钱还给她在德里的大女儿，所以你先从我的支票中取出一千零六十四卢比，送到她那里。她的地址是：

① 萨维是萨维德丽的简称。

R. C.卡普尔夫人，

12–D，巴拉赫肯帕路，

新德里

第二件事是我已经离开了阿姨的住所，搬到外面的一个小房子里了。来信还是寄原来的地址吧，因为这个房子虽然在伦敦已经相当便宜，但对囊中羞涩的我来说仍然太贵。我很可能又快要换地方，搬到更加便宜的住所去。

第三件事是我已经在当地一家邮局上班三天，日薪是每天一个英镑，希望能在四月初从高级专员公署[①]得到一份拿月薪的工作。

在信中你写到去迈索尔的事，我一点都没看懂。你信里的英语语法和单词拼写错误百出，读得我一头雾水。你听从我的建议吧，把练习婆罗多舞的事往后推一推，先找本语法书好好学习一下英语句法。如果你要来英国，大家看到你的英语是这个样子，该说些什么？

我心里所泛起的那些希望，当回想起过去的日子就会立刻破碎，心灵与现实的矛盾让我不敢去思考未来。最糟的事情是我现在总是一副萎靡不振的样子，在德里时也没有过这样的状态。可能是我出生的星座给我带来了困难和阻碍。（又迷信了！）在这种情况下，人只能做做白日梦，而我就是这样干的。但我还是认为我们的人生除了相互扶持一直走下去，已经别无他选。

我本想两天前给你写信的，但转念一想，我还是去咨询一下巴拉的心理医生。我昨天和阿姨一起去了他那里。我觉得这个人真的很好，他告诉我，我的心理在哪些方面有什么样的缺陷，但和你吵架算不上是问题。如果你像他那样该多好啊！不管怎么说，听心理

① 高级专员公署是英联邦国家之间的外交互派机构，相当于大使馆。

医生说了那么多，我觉得我俩这辈子除了一起过下去，也没有更佳的选择。但你我都需要做出巨大的改变，不仅仅是我要改变，你也得改变自己——我很高兴，说这些话的责任不是由我来承担，而是由心理医生负责。

今天我的迷信思想又作祟了，我觉得这个事情有点奇怪——为什么徐克拉和你的生日在同一个月的十八号和二十八号呢？难道八这个数字和我们的生活有深刻的关系，是因为我的生日在八号吗？好吧，我知道自己又在说废话了。你可能会在徐克拉生日那天收到我的信。请向她问好。这可能是她的悲剧，和我一起打了三年交道，过去和现在都没能为她做点什么。

其他人都怎么样啊？你最近见谁了呢？

祝好，

你的，

哈尔本斯

附：手套包裹已经收讫。

第九封

1951年3月24日

萨维：

昨天我就收到你的信了。我最近一直四处奔波找工作，一番辛苦之后，最终却还得屈就于印度高级专员公署的这个职位。你写信说德里天气变了，但看一看伦敦的严寒，让我说什么好呢！昨晚这里还下了雪。生活在伦敦，我早已忘记大太阳为何物，早就忘记了那些日落时分，微风带着花香吹来，醉人心脾。这里只有冰雪、大雾和烟霾，让人感觉这个城市就是由浓密的烟雾形成的。

前天发生了一件让我颇感困惑的事。阿姨打电话叫我去她家，说巴拉晚上从心理医生那里回来后就大哭不止，不吃不喝，一直流泪尖叫。这则消息听起来好像是战争爆发的新闻一样，但到了她家，我却发现她正坐着读书，和以前一样安静。我问她身体状况如何，她微笑着点头回应。我感觉似乎一场神秘的戏剧就在我的眼前上演。或许那位心理学家能帮我打开心结，但我已经无力负担费用，现在每分钱都得要精打细算。有一天去酒吧喝了一杯威士忌，我都觉得有些心理包袱。

你自己有什么打算，就放手去做吧。从现在开始，我不会对你再说三道四，我也没有横加干涉的权力。你写信用印地语吧，你的英语读起来真是太让人头疼了。

祝好，

哈尔本斯

第十封

1951年4月1日

萨维：

今天又是一号，四月一日，愚人节。今天我开始在印度高级专员公署办公室上班了。今天一整天，在心里我都对自己说着同一句话：“哈尔本斯，你真是一个傻瓜，放弃了家庭和体面的工作，跑到国外去干份文员的工作。”今天我又借酒消愁。当我坐下来给你写信时，感到自己已然敞开心扉，准备写一封长信，向你诉说我的心声。

你的话真是让我大吃一惊。你写道，我给徐克拉的生日送上了祝福，生日当天她从邮局收到了信；而你的生日我不仅没有送去祝福，就连写的信也是另一天才收到的。这件事让我真的十分内疚。我不知道为什么会这个样子？我那时给你写信的时候，也希望你生日的当天能够收到祝福，但写着写着居然忘了亲笔送上祝福。当时已然忘记，现在再去解释也苍白无力。难道你希望我再去找心理医生咨询，探究是什么原因吗？我真的非常遗憾，也能理解你当天痛苦的心情，希望你能够原谅这件事。

过去两年多里，你第一次写到了这句话，我已经期待很久了，想听你亲口说出来。你认为你是我的朋友，也是最关心我的人。至今我并不太把友谊当回事，因为我没有一个能称得上知己的朋友。如果你真的认为你自己是我的知心朋友，那我们之间就不应该有任何的隔阂。你写道爱情是一种相互给予的认可，但爱情仅仅是这样吗？我们会认可自己的敌人，也会认可自然界的野兽。我认为爱情要比认可有更多的含义，爱情不会止于认可，认可仅仅是它的开端。我认为，爱情是两个灵魂之间为了双方更加完美而奋斗不息的一个代名词，如果两个灵魂之间没有合拍，会让爱情出现一丝腐臭的味道。爱情需要双方不断的成长，所以两人面前需要一片空旷的空间，而我想向你阐明这点：当有事物阻碍我的成长空间和内心冲动时，会让我的心里产生一种腐朽的感觉，让我的内心感觉没有力气去爱，让我感觉正一步步堕入地狱。对我来说，朋友是能帮我获得成长空间的人，但他思想中的同情对我来说是远远不够的。这种同情是我拒绝接受的、一种心理上的附庸状态。爱情中没有附庸，爱情是内心冲动和共同成长的结合。爱情中不能有相互逃离的非分之想，而要有使爱情保持长青，同时又能促使双方共同成长的持久愿望。除此之外，所有的爱情对我来说都是谎言。我觉得今天自己第一次准确地说出了心里话，我曾对自己所有的想法都心生疑惑，唯独对此深信不疑。家庭、孩子、亲属、社会等级，这一切都是微不足道的事情。当爱情这个脊梁不复存在时，所有的一切就只是一副虚假的皮囊。

我现在感觉十分的孤独，为什么呢？孤独的原因并不是因为我和你相聚五千英里的距离，也不是因为没有肉体的交融。当你没有真正地成为我的朋友，某个人也不会把我当朋友，这种孤独感多少年来像虫子一样吞噬我的内心，并且还将继续吞噬下去。是的，我经过多番考虑才把某个人的事写出来，至于那个人是谁，我可能也说不出问题的答案。

我心中有一种空虚的感觉，慢慢地不断积蓄增长，把我心灵中所有柔软的触角都销蚀殆尽。日常生活压力如此之大，让我这样一个空虚的人无力编织梦想存活下去。也许这就是我个性中的孤独和空虚，需要你和我一道分担。但当你并不是因为迫不得已，而是兴高采烈地帮我分担的时候，所有的一切都随之改变。我希望能拥有这样子的友谊，能够满心欢喜地分享自己的希望与绝望、心愿与疑惑。我还希望，我的个性与别人的存在就像两颗原子运行一样并行不悖。

在这一生里，我在心中不停地树立着理想。这些理想或者被他人毁灭，或者因为自己的愚蠢而自行破灭。在这些理想的废墟上，需要极大的耐心和勇气才能建起新的建筑。对此我已经十分疲劳，深感厌倦，内心也是暗暗神伤。我有时候想着写信让你来这里，但这能解决问题吗？我的孤单和绝望或许是一个不可救药的心理疾病。

对于不同的人来说，友谊有不同的含义。对我来说，友谊的含义就是相互坦诚、情感依赖和心理尊重——这三者缺一不可。如果缺少了一项，其他两项都会不复存在。除此之外，友谊的其他含义只是一种藻饰而已。如果你的内心不能使这三者协调共存，那我不会对生活中的任何东西再抱有兴趣——包括你和我自己。虚假的梦想只会让我的灵魂更加锈迹斑斑。今天是四月一号，反思自己和自己的愚蠢个性，我觉得我的生活中要是有种哲学，那充其量也就是悲观的人道主义哲学。尽管我的研究方向和社会观念与此背道而驰，但现在我觉得悲观主义和人道主义宛若我心中天平的两端，悲观主义这一端不断变得沉重而下坠。悲观主义会给别人带来伤害，而我不希望因为自己的缘故，而使别人遭受伤害。

在写信的时候，我感觉正在给你带来伤害。我的思维是局限的，我所说的话都是围绕一个中心的。这个中心就是我内心的不安，它产生于一种匮乏、一种渴望和一种探寻。难道我的匮乏不会被填满？我的渴望从没有根基？我的探寻将不会有任何结果？我不这样认为。我只是在体会自己内心的苦楚，并把苦楚散播开来。或许这就是我人生的走向，我的毕生也难逃这样的诅咒。我只会自我检讨徒增烦扰，却不能有所创造。总是有一些黑色线条与我如影随形，我无法摆脱开来。我的命运中可能不会有什么大灾大难。我只会站在自己理想的废墟上，等待它们进一步塌陷崩溃。

你为我做了许多事，我会为此而献上赞美，但这样的赞美和向餐桌附近端盘子的服务员所表达的感谢是一样的。我觉得这种充满感谢的赞美十分老套。我想看到你的内心，你的内心是如此之美，让我不用语言就能由衷地表达出我心中的赞美。我想看到你我心心相知，你的全部真心让我惊喜，然后我们身心交融。我想看到你内心对美好的感触，它能够唤醒我，让我充满热情地去对抗生活中残忍、严酷和兽性的力量。我隐隐觉察到了，自己心中的激情会撞上那堵黑色的围墙一去不复返。或许你觉得我像一个懦夫一样废话连篇，像受惊的狗一样对着天空狂吠。但我心中是有痛楚的，很深的痛楚，今天我要努力把这些痛楚表达出来。

你可能会问我到底想要向你说些什么。说实话，我自己并不知道答案。我只知道今天自己的眼中流露出一种轻蔑，我希望你能帮我将其消除，你能按照我的期许来塑造我的意识，把我带上一条平坦而又宽阔的大道。如果你真的对舞蹈有那么浓的兴趣，你也认为你能在这项艺术上取得大的造诣，你就能将舞蹈真正转变为美的艺术。对我来说，这也是值得效仿的一条道路，即便我自己并没有走上这条道路的意愿。

信已经写得很长了，我内心的不安仍然未曾消减。我今晚吃了安眠药，为了能好好入睡。有一件事忘了告诉你，巴拉已经不去看心理医生了，她甚至一听到去看医生就开始哭泣。阿姨再三执拗，她还是不肯出门。我想，是不是对痛苦的解析反而会加深痛苦呢？

你把自己的计划写信告诉我吧！我不会再指手画脚的。

请代我向那些需要我的致意的人致以问候。尽管我的致意只是一种恶咒，会使别人的快乐蒙受玷污。

爱你，你的，

哈尔本斯

第十一封

1951年4月3日

萨维：

你昨天的信让我非常担心。在前天的信里，我可能写了太多的废话。你读了信可别沮丧，如果实在难以忍受，你可以把信给撕了。你的立场完全正确，诚如我的或别人的立场一样正确。生活中最戏谑的事是每个人的立场都是对的，实际争斗的双方并不是总有对错，只是意见不同罢了。我对你没有任何怨言。

你写到苏尔吉德的那些事，让我心里很是不安。你不管怎样都要离开那里。如果可能的话，把徐克拉也一起带走。我要是有能力，是不会让你们在那里再多待一天的。你和比吉商量一下，快点拿定主意。你把情况向她说明白，她肯定会有所安排的。我向你保证，等你到了这里，我不会再让你痛苦的，尽管此前我已经让你痛不欲生。你无论如何都要想办法过来团聚。我会想办法安排好三个人的住所，如果暂时还没安排妥当，你可以先到阿姨那里寄宿一段时间。最近我十分痛苦沮丧。巴拉到现在还没有好好吃东西。你们到来之后，她可能会得到些许宽慰吧。我今天就去她家和她聊天。

请来信告知你到来的日期。我现在度日如年，十分期待你的回复。

非常非常爱你的，

哈尔本斯

我把那扎信放在中间的桌子上。我读这些信的时候，妮丽玛就睁大眼睛一直盯着我的脸看，好像要从我的神情中读出点什么来。

她的眼神充满急切，但急切中又流露出一丝疑惑，疑惑中又夹杂着一种淡漠……

“怎么办？”她说道。

读信的时候，我就想了许多，感觉有些昏头涨脑。我不清楚能对她说些什么。我朝窗口凝望了片刻，某一天曾有轻盈洁白的羽毛从那里飘舞落下。但这个时候却并未见羽毛飘落，只有阳光投射过的灰尘映入眼帘。

“你什么想法，我应不应该去呢？”她问道，好像一切都取决于我的回答。

“我认为你应该去，”我说道，“如果能筹到钱，就应该不会再有任何麻烦。”

“钱会筹到的，”她说道，“比吉给我去迈索尔的钱，可以用作去伦敦旅途的开销。但问题是我想先去迈索尔。”

“这些钱也就能够你俩去伦敦的路费，但在伦敦的花销呢？”我一直想打消自己心中的疑惑，妮丽玛是独自去伦敦呢，还是……

“你俩的意思是指我和徐克拉吗？”她说道，“徐克拉怎么能在那里生活？在任何情况下，她都得和比吉住在一起。即便我去了伦敦，也是因为哈尔本斯的缘故，比吉怎么可能让徐克拉走呢？她现在还在读书，马上就要谈婚论嫁。在伦敦我们连自己的开销都负担不起，还怎么供她读书呢？放弃了学业去伦敦，也就只为了和我们生活在一起，这一点都说不通。哈尔本斯是发了疯，才会想到这样的事。”

我又看了一眼那扎信，好像那扎信的位置那里就坐着哈尔本斯本人，在我的面前苦苦哀求，他无论如何都想把徐克拉和妮丽玛叫到伦敦，一起生活四五年，以便……

“你的茶都凉了，”妮丽玛说道，“你帮我好好想想，再给个建议。我这会儿去给你煮茶。”

说不清楚，她是因为我或是自己的缘故又起身离开了。我又拿起了那扎信，一页页地翻了起来，好像考试之前学生匆匆翻阅自己的课本一样。我很吃惊，所有的信居然都是哈尔本斯自己写的，我见过他那些乱七八糟夹杂着英语和印地语的手稿。那个笔下的句子如此杂乱无章的作者是怎么写出这些信的？他的手稿里的每个句子上都可以用红色铅笔标出大大的问号，而这些信……难道是别人代笔写的？难道是哈尔本斯在惶恐不安中下意识地写了这些信？如果他用自己的措辞来写作的话，这些信肯定和小说手稿一样凌乱。如果这些信不是私人信件，我可能会想，他可别是从别人的手稿中抄袭了这些话。“有没有你，我的人生都已然苍白无力。”“这里只有冰雪、大雾和烟霾，让人感觉这个城市就是由浓密的烟雾形成的。”“我心中有一种空虚的感觉，慢慢地不断积蓄增长，把我心灵中所有柔软的触角都销蚀殆尽。”“我只会自我检讨徒增烦扰，却不能有所创造。”“如果你真的对舞蹈有那么浓的兴趣，你也认为你能在这项艺术上取得大的造诣，你就能将舞蹈真正转变为美的艺术。对我来说，这也是值得效仿的一条道路，即便我自己并没有走上这条道路的意愿。”这是哈尔本斯的语言吗？

妮丽玛端上了茶，把那扎信放了起来，双手十指交叉，若有所思地坐在那里。她扭动腰身，又坐了下去，说道：“我想今天就给他个答复，我想去迈索尔，这一两天就要动身。这样的话，我在冬天就能回到德里，搞几场表演。”

“你说吧，你心里是怎么想的？”

“我要是能想清楚做了决定，那为什么要大老远把你叫过来呢？”她把茶倒进杯子，开始搅拌里面的白糖。“我想知道，你认为怎么做才是对的。除了自己之外，我还得考虑徐克拉的事，她孤身一人被抛在德里，所以我想自己内心的想法可能是不对的。”

“你说说，你内心是什么想法？”我怎么才能向她说清楚，我真正感兴趣的是另一个问题，我有自己的盘算，而并不是简单地替她着想。

“喝茶吧。”她说道。

我早已忘记喝茶的事，听她提醒才拿起了茶杯。

“我内心有什么想法？”她停顿了片刻说道，“我的内心告诉我，应该去他那里，但在伦敦很可能会过得非常痛苦。”

“我觉得也是。”我说道。我想，说完这句就能结束这个话题，我开始考虑另一个问题。

“你真的认为我应该离开德里？”谈话场景回到了妮丽玛给我读信之前的时候。

“为什么不呢，这有什么问题？你也发话了。”

“我是想到哈尔本斯这么孤单可怜，才这样说的。但你也不能否认，对我来说去迈索尔学习是一个难得的良机。”

“是的，的确如此。”我一次次逼迫自己重回这个话题，而思绪却渐渐游弋，驶向了那条让我苦不堪言的崎岖小道。

“哈尔本斯在4月1号的来信中写到，我要是好好提高自己的艺术造诣，他会十分高兴的。我先去迈索尔待六个月，再去他那里，这样不是更好吗？”

“但让他一个人在伦敦待这么久？从他最后一封来信可以看出，他在那边非常焦躁不安。”

“你就别提那封信了！那封信是他惶恐之下的急就章。我写信提到了苏尔吉德干的某件事，不知道他是作何猜想。我再给他写封信，告诉他没有那事，他的头脑又会恢复正常。”她把手中的茶杯放了下来，免得激动时溢出茶来，干笑了一声，说道：“我担心我去了那里，他心里又开始想起那些抱怨的话，说自己的清净又被打扰得乱七八糟，所以我还是躲他几天为好。”停顿了片刻她又说道：“说实话，如果确信我现在马上赶了过去，他就能得到幸福，我今天就会立刻动身。但我很清楚，情况并非如此。”

“他的意思是这样的，你按照自己的想法去迈索尔，这没什么问题的。”

“我说了的，他走了以后，就应该独自生活一段时间。他很久以来就向往这样的生活。我希望他受够了这样的生活之后，我再离开德里赶过去。正好这段时间我可以学完舞蹈。”

“在这段时间，他或许心生倦意，从那边回来了。”

“不，他不会回来的，他心意已决。如果真是回来了，那就更好了。”

我和她说着话，但脑子不停地回想着一句话：“我写信提到了苏尔吉德干的某件事。”我想知道她到底写了苏尔吉德的什么事，让哈尔本斯一下子惊慌失措。在痛楚的小路上游荡着的我的心灵听到这个句子，突然在某处停了下来，它感觉前面的树丛中有一处漂亮的山谷，这条碎石小路就通向山谷里一个水晶般的湖泊的岸边，然后消失，不见踪迹……

“你写苏尔吉德的什么事了？”我故意慢条斯理地问道，希望我的声音里不要流露出半点端倪。

“没什么要紧事，”她说道，“他有一天对我说了一句轻浮的话，后来他向我道歉了。”

“所以你说你不喜欢这个人？”

“是的。他说话总是很轻浮的样子，我一点也不喜欢。我讨厌他说话轻浮的习惯，别人却可能喜欢他这个样子，徐克拉便是如此。她爱听他的那些俏皮话，总是笑得前仰后合。今天苏尔吉德拿着电影票来了我家。我出言劝阻，但徐克拉还是固执己见，带上了比吉、萨罗兹和萨莉达，跟着苏尔吉德一道出去了。”

我在椅子上微微后仰。我的心灵所见到的一切都发生了改变，树丛中远方的湖泊突然消失不见，而脚下的小路变得更加坎坷，让人无法忍受。

“你怎么了？身体不舒服吗？”妮丽玛问道。

“不是的，身体没问题，”我说道，“只是晚上没有睡好，所以有些昏昏沉沉的。”

“你吃片药吧？最近应该小心流感……”

说到流感，我想起了阿尔温德和自己的破屋，眼皮觉得没有那么沉重了。

“不，不用服药，”我说道，“现在只是犯困，晚上睡得还行。”

“我还是给你一片药吧。”她还是那样扭动着腰身站了起来，进了里屋。我默默地闭上眼睛坐了片刻，听到外面走廊穿来一阵脚步声，我睁开了眼睛。徐克拉一行人看完电影回来了。萨莉达走在最前面，苏尔吉德跟在最后。我一点都不想见到苏尔吉德，但那时除了继续坐在原地，又还能干点什么？苏尔吉德看见我以后，在门帘处停下脚步。

“你好！”苏尔吉德说道，“你怎么在这儿？”说完他又把我晾在一边，对比吉说道：“比吉，我现在要走了。有一位澳大利亚记者过来了，我得和他一起在查姆福特俱乐部吃饭。如果可能的话，我傍晚把治牙疼的药给您送过来。如果时间来不及，我就明天再送来。”还没等比吉作答，他向所有人摆了摆手，从门口出去了。

“你好啊！”徐克拉从我身边走过时咕哝了一句。她手里拿着报纸，兴高采烈地进了里屋。萨罗兹和萨莉达早就离开了。比吉边走边问：“你什么时候来的？妮丽玛给你端茶了吧？”我点头回答，她感觉尽到了待客之道，也进了里屋。我一个人待在那里，心想默默起身早点离开，这时候，妮丽玛从里屋走了出来。

“这是你的药片，”她说道，“比吉放的东西，我从来就找不到，还是萨罗兹来了以后找出来的。”

茶杯里还剩一口茶，我匆忙把药片放进嘴里，就着这点茶水服了药，立刻起身准备离开。

“你要走吗？”妮丽玛有些吃惊地说道。

“嗯，我想起了一件事，”我说道，“一点钟我得去见一个人。”

“我们什么时候再见面？我还要和你谈事呢。”

“我明后天抽空再来。”

“你傍晚不能来吗？和你商量好了，我就给哈尔本斯写信。”

“争取吧，如果能来的话。”

“别啊，别说什么争取的话，你一定要来的。我还有另一件要事和你商量……你也是这样的看法吧，我应该先去迈索尔待六个月，再去哈尔本斯那里？”

“是的，就是这样的。”

“你傍晚一定要来的，等你来了，我给他写信。”

“好的！”

“好吧，可别忘了！”

我刚到门口，她帮我掀开了门帘。

“不会忘的。”

“傍晚我们一起喝咖啡，好吧？”

“好的！”

“你几点来啊？六点钟之前？”

“嗯，六点前到。”

“好的……”

我出了门，她把门帘放了下来。

但我六点钟并没有去见她。夜幕降临时分，我已经逛完了整个德里，至于到了哪里，我却没有记清。我坐上公交车，在城市里随意游荡。回程的时候，我碰上哪路公交，就一直坐到终点站才下车。碰上什么饭店或小摊，即便不饿，我也进去吃一点东西。我依稀记得自己那天在拉杰卡特待了一阵子，先是站在杰姆纳桥上看着流经沙洲的涓涓细流，然后又转过头来看着经过桥面川流不息的滚滚车流。我在印度门前的草坪上躺了一会儿，心想，在回家之前就得拿定主意，但总是有一些羁绊让我难以做出抉择。我从印度门起身离开时，我没有发现手掌中扎着一截草杆。在路上，我吃惊地发现了它，都不知道它什么时候折断了，草杆还扎进了我的手掌。

心里没有拿定主意之前，我还不想回家。虽然我已经对食物失去了兴趣，但我还想再吃一些东西，不想自己闲得无所事事。我知道自己不情愿地、甚至某种程度上都不知情地登上了一个山顶，我待在那里却不敢久留，甚至连看一眼深渊的勇气都没有。我一直在外面闲逛，当我逛得已经精疲力竭时，我到了哈尔本斯临行那天我俩一起坐过的酒吧，进去喝了两杯威士忌，我不想再待在里面，就从酒吧出来了。

如何答复妮丽玛的“怎么办”，我自己也不知道如何是好。我的心灵还在那条小路上游荡，它把我带到了一片深不见底的沼泽地，在那里我除了慌乱还是慌乱。难道这种慌乱就像传染病一样，从哈尔本斯的信里传染给我？或许那些信只是促使它显现出来，而它原本很久以来就已经存在于我的身体里了？

那时，哈尔本斯成了我最同情的一个人，也成了让我最愤怒的一个人。如果他那时在德里的话，我就拉住他的胳膊狠命撕扯一番，这样反而会让我的内心得到平静。他为什么在孟买要来见我？如果我和他不曾相识，此时我也不会体验到这样的无能为力和痛苦绝望。

我把手插入了衣兜，发现自己非但没有扔掉那截草杆，而且还把它放进了衣兜里。我取出草杆，扔到了人行道上。我原本朝着哈努曼路的方向前行，但却不由自主地走上了查姆福特路。那个时候，我还能叫上马车，但不知道为什么，我就是宁愿步行。我感觉这个夜晚好似那个寒冷的冬夜，在迷路后我从查姆福特路步行回家的那个夜晚；我感觉它犹如预言未来的一场梦，我这时候才有了真切的体会；我想起回家的路要途经卡特市场，路过的时候我还要再面对那个壮汉，还要给他的老婆买烟，最后还要听他们的辱骂，生了一肚子气才能回家。车夫喊着“一个人两个安那”，朝萨德尔方向赶着马车过去了，但我固执地想要步行回去。我还十分困惑地思前想后，今夜为什么不像以前那个晚上又冷又黑？为什么街上没有像那晚一样冷清凄凉？为什么我自己没有和那晚一样使劲跺着脚走路呢？

当我走到卡特市场路口，威士忌的酒劲涌了上来，我心里拿定了主意，回到屠户街那个家之前，我先要找个地方，倒一倒自己心里的苦水，让自己的内心和大脑得到片刻的麻木，忘记心里的刺痛和岩浆一般翻滚的燥热。我想，那个系着假金纽扣的壮汉要是再出现在我的眼前，我就立刻伸出手来，像欢迎一位老朋友一样，对他说，今天我不是从康瑙特市场来的，我是从屠户街来的，我的口袋里没有四安那的小钱，但有两张五卢比的纸币，我要当着你的面把钱撕碎扔在地上。

但到了卡特市场，我并没有见到那名壮汉，心里有点失望。市场里也没有像那晚一样闪烁着暧昧的灯光，这让我更加失望。那些像在股票市场里做交易的顾客们没有了踪影，那些花枝招展的女人们也没有站在阁窗里搔首弄姿。一些房子的门廊里透出了微弱的灯光，但这样的灯光并不足以吸引人们走进屋子。我的额头上有汗流了下来，这个市场到底是怎么了？

我呆呆地在市场的空地上站了许久，发现多数大门是从里面关上的。

在黑暗中，我突然看到附近有土烟的光亮，我的注意力立刻被吸引过去。我走到抽土烟那人的跟前，问道："今天这个市场关门了？"

他缓缓地摇了摇头："今天有人发丧，市场关门了。一个姑娘病了好多天，今天终于走了。"

我膝盖随之一软。市场关门还和死了人有关系，这件事实在是说不通的。我悄悄地从那人身边离开。当我离开巷子走到了马路上，觉得嗓子干得像针扎一样，好像已经忘记了自己的痛苦和不安，脑海中又想起了市场昔日的场景。那些房子里的提灯发出了微弱的灯光，好像女孩的死亡把这些烟花人家变成了普通人家。在昏暗灯光的映衬下，市场空地上似乎站着一个孤单的黑影！我一次次对自己说，那个黑影不是我，我绝对不是那个黑影。我想让自己确信，自己那天并没有路过市场空地，我这辈子只来过一次这里。当我在这里遇见了那名壮汉，生了一肚子闷气离开以后，我就再也没有来过这里，从没有来过——如果有人来过，那个人绝不是我，我还看见他从巷子里走过……

我买了一安那的甘蔗，嚼着甘蔗滋润我干哑的喉咙，终于走到了屠户街的小巷里。

我们房子里的提灯发出微弱的光芒。敲了敲门，塔古尔夫人手持提灯打开了门。她边开门边说："你今晚回来得真晚。"她还说阿尔温德当天得值两个班，要到凌晨五点才回来。塔古尔先生已经吃过饭，把凉床摆到外面的走廊里睡觉了。而塔古尔夫人为了等我回来，到现在还没睡觉，但她已经是一副睡眼惺忪的样子。

"去哪里了？"塔古尔夫人竭力睁开自己的眼睛，"我早就知道，你今天会迟一点回来。"

我闭口不言，把手里的甘蔗递给了她。

"从哪里买的甘蔗？"塔古尔夫人笑着说道，"直到今天，你总算嚼上了有甜味的东西。"

我想着可别让她闻到我的一口酒气，所以我不想多说话。即便不得不说话时，我也尽力不张大嘴，所以我就随便说了一句："从那边买的。"

"哦，和我说说呗，你的那个人今天请客了吧？"塔古尔夫人一边嚼着甘蔗，一边说道。

"谁啊？"我用手遮住嘴巴说道，想着她为何说请客的事。

"现在别装了，"塔古尔夫人乐滋滋地说道，"就是早上接走你的那个人啊。先生，我们把你当自己人，你却这么生分。你在德里还有几个这样的人啊？"

我都忘了，妮丽玛早上来过这里，我和她一道离开的家。顷刻间，我觉得自己的人生已经翻过了一个分水岭，难以置信这一切就发生在从早到晚这一天的时间里。

“嫂子，她是我一个朋友的妻子，”我说道，“她有点事，所以来找我了。”尽管我一点也不饿，但我还是说道：“把留的饭给我吧。”

“她可说，你是她的朋友哦！”塔古尔夫人把嘴里的甘蔗渣吐到了巷子里，随手关上了门。“现在你别瞒着我们了，我们也不会再细问这事的。”

“嫂子，她真是我朋友的妻子，我……”我的大脑中突然激荡起一种冲动，我盯着塔古尔夫人看了看，她这个时候怎么这样迷人啊？

“你把饭给我吧。”我说道。

“我今天没有给你做饭，”塔古尔夫人说道，“我想你跟着自己朋友出去，肯定吃了饭才回来的。我一直坐在这里等你，想着你的朋友送你回来的时候，家里可别是黑灯瞎火的。你应该早点说一下，我早上一起床就开始收拾你的屋子，我怎么会知道她要来呢？那个时候我还穿着脏衣服，真是臊死我了。现在我穿上了你新买的纱丽，想着她会和你一起回来。”

我没有注意到塔古尔夫人穿上了新纱丽。拿到第一个月工资后，我买了一条六个卢比的纱丽给她，但她收下以后，一直把它锁在大箱子里。塔古尔夫人的话让今天发生的事在我的脑海中又变得栩栩如生，顿时我又开始头晕目眩，如岩浆一般翻腾的躁动、饥饿和痛苦又开始让我的内心煎熬起来。我呆呆地一声不吭地看了塔古尔夫人半晌。提灯的光芒让她的笑脸显得年轻了许多，脸上的皱纹不知道消失去了哪里。她看起来显得年轻多了。我又开始口干舌燥了，额头暴起的青筋开始抽搐起来。

“真的没有饭吗？”我说道。

“你是不是真的饿了？”塔古尔夫人向前迈了一步，好像想要掂量一下，看我到底饿成了什么样子。她的脸上流露出一丝内疚，说道：“我真的没有想到，你居然没吃饭就回来了。”

“如果没做饭，那就算了，”我说道，“我也不是太饿。”

“要是真饿了，我马上给你做饭。”

塔古尔夫人站得离我很近，我的太阳穴一阵阵地跳动，眼睛快要冒出火来，心脏也是怦怦跳个不停。我心里大为惊奇，塔古尔夫人竟然如此娇小、纯洁、美丽，我以前怎么没有感觉到呢？突然我的脚下一滑，顺势把手搭在了她的肩上。“现在就算了吧，”我说道，“不用麻烦再动锅灶了。”

但还没等我的手在她的肩上搭住，塔古尔夫人忽地一甩肩膀，往后退了好几步。她气得两眼通红，冷冰冰地说道：“我早就知道你今天喝高了！”

我手足无措地站在那里看着她，她说道：“现在去睡吧，时候不早了。”她进了屋子，从里面关紧了门。我呆呆地站在那里，犹如一尊石像一般，都不知道站了多久。那个时候我已经完全忘记了时间，只记得睡在外面的塔古尔喊了一声：“萨尔斯维蒂，给我倒杯水。”塔古尔夫人从里面应了一声：“端过来了”，然后是一阵寂静，接着里屋的门打开了，塔古尔的女儿妮玛抹着睡眼，手持提灯从我旁边走了过去。

第二天我就递交了辞呈。离开德里之前，我没有再去哈努曼路。我离开德里的当天，巴特拉顶替了我的位子，拿上了一百六十卢比的月薪。四年以后，我有一天又来到德里，去见了一下杂志编辑部的同事们。巴特拉已经坐在一百七十五卢比月薪的位子上，因为拉克希米·那拉扬已经放弃了当主编的美梦，辞职离开了那里。

但这一次我回来以后，并没有勇气去塔古尔家里，和他们见上一面。

二

九年之后，我和哈尔本斯面对面坐在一起，咖啡杯中腾起的热气在我们的眼前形成了一道隔帘。

我在这九年里见证了许多变化，有外面世界的改变，也有自己内心的调整。离开德里以后，我回到乡下老家待了六个月，后来从勒克瑙的一位出版商那里谋到了一份校对的差事。我记得去勒克瑙的时候，我心里还惦记着一件事，莫里斯学院就在勒克瑙，如果有可能……在出版商那里工作了四年之后，我在当地一家英文日报社干起了助理编辑的工作。在日报社干了四年零一个季度，我终于得到了晋升的机会，拿到了每月两百卢比的薪酬，又返回德里工作。

在日报社一个人工作时所能学到的东西，是其他地方都无法学到的。办日报就得时刻紧盯瞬息万变的生活，分析生活的每个动态，寻根问底，有时还要探寻弦外之音，对于这样的工作来说，幻想中的世界显得苍白而又陌生。工作中要用客观的方法来看待客观的生活，不会妄加评论。在日报社度过的四年里，我差不多放弃了写诗的爱好，学会了讲“故事”。尽管我们的行话里“故事”的意义另有所指，但我还是觉得“故事”就是生活中一种确定的合理性和事件序列，且必须要以事实为依据。我认为这个意义无疑更加合理，更加完整，因为我想不出除了“故事”，还有什么能具有如此强的现实性了。

即便有些阴影还时不时萦绕在我的心头，但我的内心在很大程度上已经摆脱了这些阴影。我开始厌恶那些冲动酿成的事情，难道冲动是心灵的一种病态？我自己在那种心理状态下离开了德里，我现在每当看到别人有那样的心理状态，心里就会暗笑，只想用一个词来做评判——幼稚。我常想男女之间的相互吸引到底是什么东西，其实也就只有那个事儿！但那个事对我来说没有任何意义，因为我觉得它没什么“特殊性”。如果一件事没什么特殊性，那它还有什么重要性呢？没有“特殊性”的事件就成不了“故事”。我早已不相信普通爱情的意义，它仅仅是一种生物天性，是用来满足肉体和心理的一种自然需求，没有任何“特殊性”值得称道。只有当爱情在国际社会，或者至少在国内层面上产生一些轰动效应，它才会成为一些重要事件的引子，才有可能成为具有现实意义的“故事”，例如玛格丽特公主或日本太子的爱情故事。否则爱情只是一种没有意义的轮回，如果其中能有点“绯闻价值”，那就另当别论，要是连“绯闻价值”都没有，还能有什么价值呢？

在获得真知的过程中，我的两鬓变得有些斑白，眼镜度数大幅增加，手指被“四塔”牌香烟熏得乌黑，这样的我终于成了勒克瑙资深记者中的一员。

“怎么样？”哈尔本斯从雾气的那边看着我问道。

“什么意思？”我从雾气的这边看着他回答道。

“你要见的那个人，他到现在还没有来。”

“是啊，到现在还没来。”

“要不走吧？”

“不，再等一会儿吧。”

我们默默地坐了片刻。几年后的相聚，想要消除两人之间的隔膜，还是需要一点时间的。1951年1月29号晚上，我送他坐上了台拉登特快[①]。1959年10月13日的白天，我坐在他的对面，需要跨越这漫长的时间间隔与他拉近彼此的距离。这几年里，他以及与他相关的人的生活有了什么改变，对此我是一无所知。五年前，我在德里待过一天，看到了徐克拉和苏尔吉德在康瑙特市场逛街。那天，我第一次看到她化了妆，还穿上了纱丽，但我觉得她的肤色和过去相比显得有些发黑。虽然她的面容依旧迷人，但却失去了稚气，感觉不像以前那个女孩，更像一位已婚妇女。那天帕德尔森在咖啡馆里没由头地说了一句：“苏尔吉德最近老是和你的心上人一起闲逛，有时候带她去麦德罗坐一坐，有时候一起去顶峰宫[②]，感觉他最近一直在教她享受真正的生活。”

我微微皱了一下眉头，默默地听帕德尔森说话。他为什么要徒劳无益地向我谈论那些人的事情，让我感觉很不痛快。难道我对这些人还有兴趣？苏尔吉德带她体验生活，和我又有什么关系？我一个人在人世上过自己的日子，这些人的过往对我没有任何意义。作为一名记者，我还不够“资深”，所以我对“绯闻价值”也没什么兴趣。我就来德里闲逛一天，苏尔吉德干了什么，徐克拉怎么样过自己的生活，哈尔本斯和妮丽玛这段时间在哪里，这些事与我何干！

① 印度火车车次。
② 麦德罗和顶峰宫都是德里的饭店。

但帕德尔森似乎痴迷于这些人的闲事，和我坐在一起聊天，似乎想不出其他话题。我和他坐在一起的时候，他就一直谈论他们的事。“你知道吗，妮丽玛也去了伦敦？”他问道。

“不知道，我对他们的情况一无所知。”

“我印象中，她已经去了两年多时间了。临行之前我们还见过面，说他们以后就住在那里，因为哈尔本斯不想再回来了。”

“他们觉得怎样合适，就怎样去做。”我希望他能明白我的意思，我对这些人的事情已经完全没有兴趣。他给我提供的这些信息，对我来说毫无意义。

“我觉得哈尔本斯犯了个错。”他还是不肯放弃这个话题。

“是吧？”

“他离开的时候，把妮丽玛和徐克拉交给苏尔吉德这样的人照顾，这事真不靠谱。”

“他应该比我们更关心自己家人的事吧。”

“哈尔本斯太直率了，这是他最大的弱点。他总是轻易相信别人，某种程度上也是一种美德，但如今的这个世道……”

“如今的世道怎么了？他也是这个世道的人。”

“但是他做得不对。你可能还不知道，苏尔吉德已经结了两次婚，他的第二任妻子现在还在他父亲的家里。”

“有可能吧，”我说道，“他和我们有什么关系！”但说这句话时，我的冷漠中激荡着一种不安，难道……但我很快就控制住自己的情绪。我不希望这些阴影再度萦绕在我的心头，我可是挣扎了几年才摆脱困扰的。

“我认为哈尔本斯大概是不知道这件事的。”帕德尔森说道。

“他知不知道，又和我们有什么关系，想这些事只会让我们白白地心烦意乱！”我有点生气地说道，“我马上就要离开这里了，得去赶九点钟的勒克瑙特快（列车）。”

分离多久，相聚多远，每个人心里的感触并不相同。至少对我来说，过去的九年显得十分短暂，可能是因为我那几年日子过得非常单调，自己好似车轴里伸出来的辐条一样，每天的生活都是按部就班进行的。我年龄变得大了一点，感觉自己更成熟了一些，但我的生活又有什么改变呢？一切都已然发生，难道失去的还会比收获的更多一些？

“你现在还是那个样子。”哈尔本斯说道。这句话让我感觉到，几年的分隔显得愈发短暂。

“我觉得自己还是比以前变了许多。”

“完全没什么变化。我都没有感觉到我们是在九年之后又见了面。”

“我感觉我们都变化了许多。”

他可能不想听这句话，脸沉了下来，所以我改口说道：“你现在比以前看起来更健康了，看样子你很适合伦敦的气候。”听完这句话，他立刻有了回应，拉下来的脸色变得舒缓了一些。

“那地方很冷，”他说道，“和这边的气候完全不一样。”

我想起了吃冷肉的事。

“你在那里待了多久？”

“差不多六年。”

“我听说妮丽玛后来也到了你身边。”

“是的，我去了一年后，她也到了那里。”

“你应该已经写完你的博士论文了吧？”

哈尔本斯突然扭过脸看向朝我们桌子走来的服务员，说道：“快点把账单拿过来。”

“不用，先别拿账单，”我对服务员说道，“给每人再各上一杯热咖啡和一杯水。快点！”我又问哈尔本斯：“你论文的题目是什么？”

“兵变[①]以后的印度。”

“你用了六年时间来做这个题目。”

“不，我还在那里干别的工作。”

“别的工作——什么意思？”

“意思就是我一直在上班。”

“写论文的同时，还是写完论文以后？”

“不是的，一边写论文，一边工作。我没有完成论文，你知道我也不是为了这个原因而出国的。我上了大学，学习了一阵子，但是没能完成学业。”

“现在你要在德里完成学业吗？”

“看看吧，现在工作上的事情很多，都没什么时间干其他事，想着……”

他用双手捂着眼睛，感觉我的发问已经让他甚为不快，所以我换了一个话题：“妮丽玛去伦敦之前学完婆罗多舞了吗？”

“嗯，她学完了舞蹈以后才去的。她在好几个地方进行了演出——不光是伦敦，还有马德里、巴黎和波恩等城市。她在乌玛得德巡演团待了很久。巡演团的合伙人优哩婆湿离开巡演团之后，她和这个团队一道在整个欧洲演出了一圈。

“是吗？”我的心里有点妒忌了，才知道这些老朋友们阅历如此丰富，而我却只是干了这么久的文案工作。“这真是一件大快人心的事。”我说。

---

① 兵变指的是1857年的印度民族大起义。

哈尔本斯大口大口地吸了好一阵子香烟。

“你大概和她一起游历了整个欧洲吧？”我带着嫉妒的语气问道。

“第一次我没有和她一起去，”他说道，“但第二次去了。第一次的时候，我工作忙，只能留在伦敦，那段时间写论文忙得热火朝天，我每天都得去见自己的导师。”

“你觉得妮丽玛的演出怎么样？很成功吧？”

“嗯，非常成功。”

“回到德里后，她办过演出吗？”

“没有，到现在还没演出过……”他稍作停顿说道，“但她一直想要办一场演出。我害怕麻烦。你知道办一场演出要费多少周章，不然早就办了，她老早就提这个事了。”

“按照我的看法，她从欧洲一回来，就应该办一两场演出的。”

哈尔本斯一言不发，大口吸着烟，他很快就抽完三四根烟。

“你抽烟很多啊。”我说道。

“是的，”他回答道，“现在比以前抽得多了。你现在走不走？”

我觉得再挽留他也是不妥，所以我主动付了账，和他一道起身离开。“我现在本可以已经到家了。”他一边起身一边说道。

我们走到了外面，服务员从后面飞快地追了出来，说道：“先生，您的包裹！”哈尔本斯有点慌乱地从服务员手中取过自己的两个包裹。

“记性真不如以前了。”我说道。

哈尔本斯对此不置可否，拿着两个包裹默默地走在人行道上。走了一会儿，他突然若有所思地对我说道：“最近有没有人给你讲一些我的传闻？”

“什么传闻？”我问道。

“就那事呗，所有的人都爱谈论的那种事。”

“我真不明白你的意思。”我说道。

“我的意思是……人们总会在背后说别人的一些闲话。这里有一位西丽瓦斯德沃小姐，苏希玛·西丽瓦斯德沃。最近有人说一些我和她之间的风言风语，我都忘了是谁几天前告诉了我这件事。”

“西丽瓦斯德沃小姐是谁？”

“她是一位女记者。这一两年里声名鹊起，现在就职于《国家明星》杂志。你现在还不认识她？”

“不认识，没人介绍我们认识，我也没听说你们之间的事。我现在见的人并不多。”

“人们总是说这样的闲话，你知道如今的世道的。”

“但别人的闲话与我们有何相干？”

“是不相干，但听了以后会让人心烦。”

“别心烦了，这样的话还是少听为好。”

“嗯，但是……还有一个事，我自己一点都不喜欢那个女孩子的举止，听说她名声也不好。”

“你是说她的品行吗？”

“不光是品行，她其他方面的名声也是如此。”

“其他方面？也就是说……”

“她的各个方面都有人说三道四的。”

“算了吧，和我们有何相干？”

“你真的没听到过关于她的流言蜚语？”

“没有，以前从没听过，现在从你这里听到了。”

“也有几个人对她称赞有加。前段日子，她常去苏尔吉德那里。

你知道吧，徐克拉已经嫁给苏尔吉德了？”

“是吗？我不知道。”不知道心里遭受了什么打击，我的脚下打了一个趔趄，好长时间都吸不上气来，一句话都说不出口。往三轮车停车站走的时候，哈尔本斯还是说个不停：“我回国之前，他们就结婚了。和苏尔吉德结婚这件事是徐克拉一生里最大的错误。如果你要是问我，我觉得她的姐姐错误更大，她明明知道苏尔吉德是个什么样的人，却还是那样信任他，还把自己的妹妹托付给他。”

可能是我没有回话，所以他沉默了片刻。但过了一会儿，尽管我还是一言不发，他又开始说了：“我在伦敦就告诉妮丽玛，我们走了以后，肯定会有这样的事。她在伦敦写了长长的信给徐克拉，试图劝阻她。但你也看到了，这里没有人告诉我们任何情况，一切犹如一场阴谋一样悄悄发生。不管是比吉，还是萨罗兹，没人写信告诉我们。现在他们却说，徐克拉已经发誓要说服我们，说是等哈尔本斯姐夫回来以后，要博得他的许可，重新结一次婚。生米已经煮成了熟饭，所谓真正的婚姻又将是……”

我还是一言不发，哈尔本斯问道：“你在想别的事吗？”

“啊……没有，”我说道，“我正在听你说话。”

“不，你在想别的事情。”

“没有的，我正在听你说话。”

他严肃地盯着我看了一会儿，似乎此前嘴里还嘟囔了几句。一辆三轮车开了过来，我拉着他的手一起坐了上去。

独家新闻！

勒克瑙的资深记者在德里的大街上四处碰壁……

艾森豪威尔总统[1]的来访让首都德里淹没在一片喧嚣之中——当天所有人的生活都变得乱七八糟。我们这些搞新闻的人比平时忙了好几倍。我想要给自己的报纸找到一条独家新闻——这条独家新闻能够震惊所有人，并且能在主编那里树立我的威信，让他明白我绝非办公室里一些同事所认为的入行新手，而是一个经验丰富的资深记者。但在拥挤的人群中，我到哪里才能找到这样的独家新闻呢！这群人只知道挤来挤去，只能打听到一些无关紧要的消息，例如，某地人群拥挤到了失控的地步，尼赫鲁亲自下车拿着棍子驱赶人群；又如，某地一名警官倒在了车轮之下，还受了伤。在成千上万人组成的大潮里，我想，只有努力搜寻挖掘，总会有所收获。在熙熙攘攘的人流中，我被挤来挤去，搜寻着所有可能提供独家新闻的地方。艾森豪威尔总统的来访会对国内和国际政治产生什么影响？他和潘迪特·尼赫鲁会就哪些领域展开会谈？艾森豪威尔总统会不会宣布，美国将不以外债的方式，而以“援助”的方式把小麦提供给印度？贝克尔大使会不会建议艾森豪威尔总统给印度一些额外的援助？艾森豪威尔总统访问印度期间，苏联大使馆会不会就苏印关系发表重要声明？苏联方面在此期间，会不会发射新的卫星？艾森豪威尔总统与潘迪特·尼赫鲁所发表的联合声明将涉及哪些方面？其中会不会有印度改变对外政策的讯号？潘迪特·尼赫鲁会不会在1960年至1961年间访问美国？艾森豪威尔总统会不会调停印巴两国的外交争端？阿尤布总统这段时间会不会对克什米尔问题发表新的声明？中印两国的边境争端对艾森豪威尔总统的来访有何影响？中国大使馆对此会不会发表声明？中国总理周恩来对边境争端会不会发表声明？或者会不会宣布近期将要访问印度？艾森豪威尔在印度人民院

① 艾森豪威尔，美国第34任总统。

将发表什么样的演讲？他会在拉姆里拉广场的群众欢迎集会上讲些什么？艾森豪威尔总统的来访会对印度的石油和钢铁政策产生哪些影响？

在人群中一路跌跌撞撞，直到晚上一点钟回家之前，我打了好几通电话，还去了几个大使馆和若干人民院议员办公室，但还是没有拿到什么像样的独家新闻，可以让我骄傲地摆在主编的面前。苏尔吉德一两年前在《新起点时报》开始就职，他也为自己的报纸做着和我同样的努力。我想在这一领域一举击败他，我早就听说他对我的非议，他对别的记者说过，马图苏登是来自勒克瑙的一个地方记者，他怎么可能把得准首都的脉搏，让他在这里吃上一两年亏，他才会明白德里是什么地方，这里生活的重心是什么。我不仅想要给我们主编一个惊喜，更想回击苏尔吉德的挑衅。我想要找到一条独家新闻，不仅让我办公室的同事震惊，更要让德里所有的记者大吃一惊。我想让他们知道，虽然我来德里只有区区几周时间，但我比他们更能把得准首都的脉搏。

但到了第二天傍晚，我还是一无所获。我早起坐上了出租车，四处游荡，早已疲惫不堪。我一次又一次去了大使馆和人民院议员那里，几乎没有见到什么人，因为他们也忙于自己的工作。有几个地方甚至跑了三四遍，才拿到了一两条平常的新闻，根本不具备我心中独家新闻的价值。我打电话给一些重要人士，想要预约采访，但他们工作繁忙，两三天后才有空。我在人民院的回廊里也没有拿到爆料。傍晚时分，一天的挫败让我失望不已，想着喝杯咖啡，便走进了一家咖啡馆。

咖啡馆和往常一样人声鼎沸，但我还是感觉像从湍急的水流中来到了河岸边的静水里一样。这里和往常一样烟雾缭绕，笑声此起彼伏，人们四处扎堆聊天消遣，犹如一个富翁家里正在举办宴会的客厅，客厅楼下正走过一支忙于生计的商队，但这些富翁公子们却心无旁骛地忙着逗弄手中鹌鹑的小嘴，盯着对方手中纸牌的花色。

苏尔吉德和八九个同伴每天都一起围坐在咖啡馆正中的一张桌子周围。他的笑声与其他人不同，听上去很是特别，响彻整个咖啡馆。他看上去不操心给自家报纸寻找独家新闻，这点让我非常惊奇。或者他已经完成了工作，现在无忧无虑地在这里聊天大笑。他比我五年前见他时胖了很多，而且容光焕发，好像刚刚收拾打扮了一样。

“你好，苏登！”他一看到我，就老远地打了招呼。到德里以后，我和他见过两次面，但他从没有这样亲切地叫过我。我走到他的桌子跟前，他起身和我握手，问道：“今天的独家新闻是什么？”

我有点慌乱，不知如何作答。“到现在还没拿到呢。”我说道。

“你办公室里的一个人告诉我，你从昨天起就开始搜寻独家新闻了，所以我想你肯定带着炸弹一样的爆料过来了。现在谁都知道你的兜里有爆料，拿出来吧，让我看看你的兜。”他开心地大笑起来。

“我的兜是空的，你先说说你的兜里有什么？”

“我的一个兜里有半瓶酒，另一个兜里有三张五卢比的钞票，”他说道，“想要的话，你把这两样东西都拿走，我来换你的爆料。”

“那你亏大了，”我说道，“我的一个兜里有一包‘四塔’牌香烟和一盒火柴，另一个兜里就只有一点零钱。”

“如果你说了实话，我还真是同情你，”他说道，“我的兜里威士忌酒瓶下面还有一个炮仗一样的小料。我的确是拿不到炸弹一样的爆料，但我还是从别人的兜里翻出了这样一个小料。”

“是什么大新闻吧？”

“说不准。但我晚上会给这个炮仗装上引线，喝完酒再睡一个晚上。早起我会问别人，这个炮仗是炸响了呢，还是哑炮一个，一点声响都没有？”

“你运气真好。”我说道。

“这点毋庸置疑，”他说道，“其他人坐在河边布置鱼钩来抓鱼，但仁慈的主却把收拾干净的鱼儿送到了我的家门口。”

“这次的鱼儿够味吧？”

“人们咬一口就知道鱼儿的味道了。我就念诵着罗摩大神的名号，给鱼儿上面挤一点柠檬汁就好了。明早的头条肯定是我的。‘来自特别渠道！’哈哈哈！”他又一次抓住我的手，使劲晃了一下，又坐回了自己的位置。“喝咖啡吗？”他问道。

“不了，我得坐在那边。打电话约了人，他可能马上就要过来了。”

“重要人士吗？”

我摇了摇头。

“你肯定是兜里带着爆料才过来闲逛的，但是还想看看别人兜里有没有料，德里的人现在就是这个样子。”

还没有等他笑完，我已经坐到了角落里的一张桌子上了。那时候我非常嫉妒他。我顶着大太阳四处奔波了一整天，还是一无所获，他坐在咖啡馆里，不知道从哪里就找到了爆料。我想他明天见到别人，肯定要骄傲地说，你看看那个勒克瑙来的地方记者，忙了一整天却没有成事，我看……我坐在那里抽完了半包“四塔”香烟，满心酸楚地起身离开了咖啡馆，给主编打了电话后就回家了。第二天早上，我打开《新起点时报》，头条新闻是这样的：

尼赫鲁和艾森豪威尔就中国问题展开对话
艾森豪威尔总统建议给予印度军事援助
来自本报特别代表

新德里，10月10日。今天尼赫鲁总理和艾森豪威尔总统就国际和国内问题展开了商讨。会谈内容现在仍然没有公布，但依据可靠消息来源，可以确信地发布这些内容：鉴于中印军事冲突的局面，艾森豪威尔将会建议印度接受军事援助。但根据人民院里的商讨情况，估计尼赫鲁总理不会接受此建议。艾森豪威尔总统依据五点原因给出了此建议，然后详细列出了五点原因。

在这则新闻的最后，消息来源人士还发表了自己的评论，认为尼赫鲁总理出于印度的国家利益考虑，应该做出如此的决策……

我心里真想大笑一声，但我觉得自己的笑声真是孤单而又落寞。如果臆测都能算作新闻，那我岂不是早能给主编半打这样的独家新闻了？其中有一半肯定是正确的。每条独家新闻后面还附上评论，尼赫鲁总理应该……

但又想了一下，我的心里开始有点悲凉，这仅仅是来自我愤怒内心的个人之见，事实上到现在我确实还没有把握住首都的脉搏。

西姆拉的刺骨寒风吹到了首都德里。

这个日子终于到了，在首都也能听到来自山区寒风的凛冽风声。但谁都没有闲暇去听风声，首都的生活节奏如此之快，能干完当天的活已经实属不易。从我的记者行程日志就能看得出来，从第一行到最后一行，一切都显得忙碌而又凌乱。一早，在帝国宾馆陪一对来自新西兰的夫妇吃早餐；十点钟去见木偶剧团的演员；十一点半到办公室汇报工作；一点半和苏巴斯瓦米一起吃午饭，讨论泰米尔邦的抗议国语运动；三点到四点半回办公室，看一下上级布置的新闻稿；五点钟参加大学学会；晚上七点参加罗马尼亚大使馆的招待晚宴；晚上九点去副部长家里拜访；晚上十一点和来德里旅游的客人一起吃饭。然后又是一个早晨……

生活节奏如此之快，让我无暇去听燕子的呢喃，或者躺在草坪上晒晒太阳，甚至多年来都再没有心思仰望头顶飘过的朵朵白云。生活的每一刻都好像在奔跑，还没到终点又开始了新的征程。逝者如斯夫，不舍昼夜，自己全然不知身处旅途的何处。每时每刻都在焦虑，生怕自己会落在时间的后面。在这样的节奏中，即便获得片刻的喘息，反而会感觉非常别扭。国际舞台上风起云涌，每个事件都会显露出或深或浅的影响，心里时刻都有一个问号，不知道明天世界上又会在哪里发生什么事件！还有哪些风云人物会发表演讲，让你得重头梳理和领会每个事件的背景和意义，好像一个人在天上快速飞行，最终又飞回到出发的起点，但在没有到达起点之前，仍然得向前飞行，一刻不停地向前飞行。

在这样的处境下，一个人怎么去思考燕子何时从山间飞来，又何时准备飞回去；竹子何时开花，又何时凋谢？在这样的处境下，一个人又如何恪守去拜访朋友的义务？

哈尔本斯经常抱怨去了一次他家就再也不来了，就连去的那次也是他强行把我带过去的。他给我办公室打过两次电话，妮丽玛也打了一次电话，但我都没有去成。有一次约好了吃饭，还有一次约好去康瑙特市场见面，都爽约了。哈尔本斯打电话的那天，他非常生气，说我要是当晚再不去他家，他以后就不会再见我，也不会和我说话，再也不想看见我这张脸了。我当天日程里写着晚上九点的安排——在记者俱乐部与本地记者共进晚餐。我划掉了这行，写上了另一行字——去哈尔本斯家和他拉家常。哈尔本斯在电话上说：

“你尽可能快点到。六点钟以后我就待在家里。不管今天有什么事，你都必须过来。不管狂风暴雨，你必须六点到我家。就这样吧！”

我一边写着日程，一边心里暗暗揣测，晚上我们会聊点什么。当他第一次带我去他家，我便得到了一个窥探他内心世界的机会。此后我那么久都没有去他家，一来是因为我工作忙碌，更主要是我内心深处本来就不想去他家。那天晚上，他把我一直留到了晚上十一点钟。如果不是我找机会离开，可能还要再聊两个小时。他口若悬河，从伦敦讲到了新德里，但我觉得他谈话的中心就只有一个，那便是苏尔吉德。他说话时，总要时不时提起他，好像赶路的人脚底扎了刺，不得不留意它一样。

“我恨死这个人了，”他一直这样说道，“要是有可能，我一辈子都不想再看到他。我跟这个女人（指的是妮丽玛）说了多少次，我们搬家离开这里，但她就是不听我的话。她只顾着自己高兴，从来不管不顾我的心情。”

等我到了国防部小区，才发现他和苏尔吉德是一墙之隔的邻居。他家门牌号是D.31，苏尔吉德家是D.32，两家相邻，所以妮丽玛和徐克拉经常走动，而哈尔本斯对此深恶痛绝。我一点都不明白，苏尔吉德和徐克拉四个月前已经入住国防部小区，哈尔本斯在这种情况下为什么要继续住在那里。

“我不想看到那个女孩（这里指的是徐克拉）早晚都在我家走动。我不喜欢他们，一点也不想和他们见面。不知道这个女人为什么连这件小事都不明白。”

“但你现在为什么如此生苏尔吉德的气呢？”我语带讥讽地说道，“我可能不如你了解苏尔吉德，但我知道他是一个笑容满面、和蔼可亲的人，还有……我认为他是一个绝顶聪明的人。他作为一名记者到底如何，这点我不好评价。但我知道，从某种程度上来说，他应该是一个相当成功的人。”假如哈尔本斯说一些关于苏尔吉德的好话，我可能会反驳他，把自己心里的怒气全撒出来。但哈尔本斯所说的那些话，却都是我心里想要说的话。我说话的时候连自己都吃了一惊，那个人让我这几年窝了一肚子火，正是因为他，我九年前才离开了德里，现在我竟能说出如此为他辩护的话。

“聪明！去他的！”哈尔本斯伸手端起了威士忌酒杯，掩饰住了自己内心的不安，说道：“他就是烂泥里的一条蛆，我对他只有这样的评价。全世界我最憎恶的人非他莫属。”

“但去欧洲之前，你对他可不是这样的看法。”

“那时候我一点也不了解他！我完完全全把他当成了好人。”

“你怎么能说你不了解他？你可是把一个重大责任委托给了他。”说这句话的时候，我想起了妮丽玛九年前说过的那句话，不知道哈尔本斯为什么把照顾她们的责任委托给了这种人。哈尔本斯已经表明了自己对苏尔吉德的态度，当我还想继续刨根问底时，他转移了话题。

“我要是知道，他在我背后干了这样的坏事，当初我怎么会这样做？”他说完把酒杯里的最后一点酒一饮而尽，然后目不转睛地盯着我，好像抓到了我的什么罪证。

“算了吧，过去的就让他过去吧，”我说道，“现在你这样抱怨又有什么意义？无论如何，你都应该坦然接受。”

“我怎么能接受？”他有些激动地说道，“藏在我身后的那个人已经毁了这个女孩子的一生，你让我如何能原谅他？”

“那个女孩子喜欢他，心甘情愿和他结了婚，我一点都没看出来，谁毁了谁的一生或谁的一生被谁毁了。”

“你不知道的，”哈尔本斯在空中挥动着双手，“你一点都不知道。那个女孩子是迫不得已才结婚的，因为……”

“因为什么……”

“因为她已经别无选择！你知道的，徐克拉是个正统的印度教徒，她知道自己已经不配嫁给别人了。他们已经相处到了那种程度，对她来说他就是唯一的选择。那个人就是诱骗她，让她陷入自己的罗网。现在其他人都笑话我，我不会原谅他的。我要是在这里，这个婚肯定结不成。我曾劝过她，这些虚假的仪式不具有任何意义。她即便终身不嫁，我也不会让她和这种人结婚。”

他喝高了，情绪越来越激动，有点快要失控的感觉。我担心他可别开始骂骂咧咧。

我的心也有些迷乱，但好歹控制住了自己，说道：“看吧，你别因为这个事情失去理智。你难道不知道吗，你的这些话会毁了那个女孩子的一生？你应该明白，你现在需要敞开心扉接受这个事实，这样才对这个女孩子有好处。你不能原谅他，但为了这个女孩子着想，你应该原谅他，还应该按照对待朋友那样和他相处，这是你的责任。”

“对待朋友那样来对待他？”他一边往杯中倒威士忌，一边说道，“永远不会的，他是个混蛋！我会一直恨他。他就是地狱里的一条狗，他就是阴沟里蠕动的一条蛆。你以为我这辈子还会愿意和他再坐到一起？绝不！”

说着说着，他的嘴角冒出了一些白沫似的东西。他取出手绢擦了擦嘴，说道：“我要惩罚他和徐克拉，让他们一辈子都记住这个教训。你认为我就会这样子原谅他们？”

醉意逐渐涌了上来，眼前的墙壁慢慢变成了圆形。哈尔本斯所说的每一句话，我心里都想去反驳。他说苏尔吉德的那些坏话，我想原原本本奉还给他。心中压抑的一种反感涌上了心头，我说道："你惩罚苏尔吉德就行了，但你为什么要惩罚徐克拉呢？她怎么惹你了？"

"她没干惹我的事？"他把手中的玻璃杯翻过来放在桌子上。"她没有惹我，那谁惹我了？苏尔吉德今天还敢自称是我的亲戚，到底是什么原因？所以，今天我也同样憎恨这个女孩子。"

墙壁变成圆形之后，又朝我的头顶压了过来，我的大脑一阵阵眩晕，好像泛滥着炽热的岩浆。我也和哈尔本斯一样，把杯子翻过来放在桌面上。

"我觉得那个女孩子是无辜的，"我说道，"不是她把那个人拉入了你的生活，而是你把那个人拉进了她的生活。他现在是她的丈夫，但起先他是你的朋友，是你第一次把他带进了你家，还把照顾妮丽玛和徐克拉的责任托付给他。那段日子，他是你的一个朋友和知心人。既然你认为他最够朋友，那他娶了徐克拉，你又为什么觉得他成了罪人？你自己没有识人的慧眼，那个女孩子怎么能认得清楚？你是一个三十岁的男人，而她仅仅是一个十七岁的女孩子。你发了话，她就和吉文·帕尔加奥断了关系。你觉得自己有多懂得识人吗？你觉得帕尔加奥是个小人物，他个性直率而又沉默寡言。你觉得苏尔吉德是个好人，但你知不知道，他每天盘桓于烟花柳巷，把第一任妻子遗弃在拉合尔，把第二任妻子遗弃在贾朗特尔。"激动的心情像岩浆一样不断翻腾，我本来还要再多说一点，但牙齿突然咬到了舌头，我便停了下来。我感觉提到帕尔加奥的事只是打了一个幌子，我实际上是借刚才的一番话来宣泄自己的不满。

"我不知道他去找妓女，"他痛心地说道，"没有人告诉我他的劣迹。”

“也没有人告诉你，他把一个妻子扔在拉合尔，另一个扔在贾朗特尔？”

“我只知道他离过婚。”他如同被告回答律师质问一样答道。

“你知道这件事，那你还……”我觉得墙快要倒了，随时就能砸到我的头上。我没料到自己所使用的最为锋利的武器，却被证明是如此鲁钝。我失神而又愤懑地看着他。我俩的情绪都有些激动，但他看到我的神情之后，顿时愁容满面，脸上失去了光彩。

“我想他是一个负责任的人，所以……”他不再说话，放眼四望，手也开始四处摸索，不知道想要寻找什么——烟盒或是威士忌酒杯？但这两样东西都摆在他的眼前。

“所以……”我似乎明白了什么，心中充满愤怒，想着拿起杯子，要么摔在地上，要么砸到他的脸上。

“我从来没有想到，他会趁我不在伺机占便宜，”他说道，“但我还是对徐克拉意见最大，她为什么就不能等到我回国，至少也应该写封信询问一下我的意见再结婚。如果她的心里对我还有半点尊重，她为什么一声不吭就做了这样的决定？她犯下了这样的错误，我永远都不能原谅她。”

“你眼中只有她犯下的那个错误，但一点都没看到你犯下了更大更重的罪过？”

他摇摇晃晃抬起头，盯着我看了片刻，好像恺撒被布鲁图[①]的匕首刺伤之后，死死地盯着他看一样。他从没预料到，我居然会说出这样不近人情的话来。

“你至少应该认同我的这个观点，他们结婚这件事本不该发生

① 恺撒和布鲁图都是古罗马帝国的历史人物。

的。”他最终憋出了这样一句话。

“我认为覆水难收，事情本该如此。”

他微微抬起了头，又晃动了一下身体。“你怎么会这样对我？”他说道，“我真没想到，连你都会说这样的话。”

我头脑中像岩浆一般翻腾的激情逐渐平静下来，心里有点懊悔，我为什么要放纵自己的情绪。毕竟这是他们的私事，而我是一个外人，有什么权力乱发评论？想到这点，我的内心立刻不安起来，想要马上起身离开。妮丽玛回家了，正好给了我一个离开的借口。她从隔壁房间揉着眼睛走了进来，用手捂着嘴打着哈欠，说道：“你们要聊个通宵吗？我都睡了一小时了。”

“你去睡吧，”哈尔本斯强压着怒火说道，“我们九年后才见面，聊到明天早上也不是没有可能。”

我趁机站了起来。虽然哈尔本斯多次劝阻，让我留下来，可能他还有许多心里话没有来得及说。但我一旦起身准备离开，就不会再坐下了。哈尔本斯穿着睡衣把我送到了公交站台。我上了公交车以后，他又一直请我快点确定日期再来他家。当公交车到了印度门附近，我突然想起他和西丽瓦斯德沃小姐的事。我觉得十分遗憾，居然没有问他这个事。我和他聊天的时候，尽量克制自己，保持个人风度，却忘记了自己作为一名记者的职责所在。当我放弃了去记者俱乐部与同僚聚餐决定去他家的时候，我对这件事又提起了兴趣。他想如何评价西丽瓦斯德沃小姐？我在记者俱乐部认识了她，还和她聊过一两次天。她除了肤色有点黝黑，看上去还是一个很有魅力的女孩子，举止得体，言谈率真，自信满满。她的手插在大衣兜里，大笑时微微后仰，显得自然大方，内心阳光开朗。她站在人群里，很快就能和周围打成一片，好像她和大家属于同一个圈子。我和她见了两次面以后，她给我留下了这样的印象，好像我们已经相识多年。我见她次数越多，越觉得哈尔本斯说的话毫无根据。

傍晚，当我离开办公室，准备去哈尔本斯家里的时候，心里一遍遍地掂量着这件事：哈尔本斯所说的那些话，到底有什么根据！

刚踏进大门，从脚下吹来的一阵冷风，让我打了一个寒战。外面屋子亮着灯，但整个家里一片沉寂，好像没有人似的。我走进了回廊，敲了敲门，等了片刻之后，哈尔本斯家的仆人邦吉打开了门。妮丽玛坐在大厅里，埋头看着一本杂志。哈尔本斯伸着腿坐在椅子上，翻看着一本书。他家的小儿子阿荣拿着铅笔在吸水纸上画着线条。他们三人都沉默不言，让人感觉这个屋子不是一个住人的屋子，而是一副套画，而我的到来，仅仅是为套画添上了一个多余的人。我在门口停留了片刻，妮丽玛看了我一眼，又低头看杂志了，哈尔本斯放下了手中的书，阿荣一点也没留意到我，继续在纸上涂涂画画。

“你们在比赛沉默吗？”我经过妮丽玛身边，在客厅落座时说道。

“你来得太迟了，”哈尔本斯说道，然后又是一阵沉默。我看妮丽玛和阿荣的着装，他们似乎准备出门。我感觉有点尴尬，主动开口打破沉默，说道：“你们要去哪里？我感觉自己来得好像不是时候。”

“怎么不是时候？”哈尔本斯说道，“是我请你过来的。”

“这倒不假，但你们这样子不说话，好像……”

“不，不是这样子的。我们一直在等你。”

“我感觉你们就要出门了。”

“我不出去，她可能要出去吧。”哈尔本斯阴阳怪气地说了“可能”这个词，妮丽玛一下子满脸通红，把杂志摔在一边，晃动着身体站了起来。

“是，我要出门了，”她说道，“阿荣也要和我一起去。你的朋友来了，你和他坐着聊天吧。”

当我第一次到他家的时候，我就觉得妮丽玛对我有些别扭。她表现得举止过于得体，言语过于温柔，却让我感觉有些矫揉造作，好像这是她从国外学来的一门艺术。她想要用自己过分的殷勤来遮掩目光深处的冷淡。我想她是不是还没有忘记九年前的那件事，我说好了傍晚去她家，最后却没有去，但事情已经过去了这么多年，她应该已经忘记了。

“你们想去哪里，就快去吧，”我说道，“我还得去记者俱乐部和同僚一起聚餐，真没必要因为我影响了你们的安排。”

“我们没有任何安排，”哈尔本斯手里拿着书，说道，“隔壁有一个宴会，她想去一下。”

我坐车路过时，发现苏尔吉德家门口装饰了一些东西，外面还停着两三辆车。

“苏尔吉德家里有什么宴会吗？”

“今天是徐克拉的女儿一周岁生日，”妮丽玛说道，“我老早就说了，我们去他家待一会儿，等你来之前，我们就返回家里。徐克拉不知道说了多少次，请姐夫今天一定要过来一趟。我梳洗完毕，已经坐了一个小时，但我家这位先生却一动不动，说是和自己的朋友已经约好了时间，所以没法出门。阿荣早就穿好衣服等着了，跟他说了七点钟睡觉，现在也没法睡觉。”

“我认为你们应该去参加宴会，”我说道，“你们去那里待上半小时，我随便看本书就行了。”

“哼！我会去他家？”哈尔本斯说道。

“你自己不去，但你得让我和孩子去。”妮丽玛有点尖叫似的说道。

“你叫什么叫！”哈尔本斯骂道。

“你为什么不许我和孩子去呢？”

哈尔本斯看了看我，然后大发慈悲似的说道：“好吧，你去吧，带上孩子去吧，别再让我头疼了！”

妮丽玛怒气冲冲地想要说点什么，但忍了下来，对阿荣说道：“起来吧，阿荣，我们一起去姨妈家。你的碧努妹妹正等你呢。”

“爸爸，我能走吗？”这么小的孩子却知道审时度势，让我大吃一惊。

“去吧，孩子，”哈尔本斯说道，“困了的话就早点回来。”

阿荣手里拿着吸水纸。妮丽玛对我说道：“好的，我先走了，你可别走啊。”她带着阿荣离开了家里。

“怎么样？”她们离开以后，哈尔本斯问我，“我想你今天肯定得裹着毯子和我见面呢。”

“为什么？”

“打电话的时候，我听到了你的声音，感觉你生病了。”

“不是每个病人都是裹着毯子的。”

“至少我的判断是正确的。”

他脸上的表情有点痛苦，说道：“苏登，我今天想和你严肃地谈一谈。”

“我今天是专门来听你说话的。今天你要是想要深聊，我陪你坐到天亮都行，只是早上十点我得去办公室。”

“你今天没有吃饭吧。”

“我想过来一起吃。”

“要是聊得晚一些，你就住在这里。”

“看情况吧。”

哈尔本斯摸了一下脑袋，站起来喊了一声邦吉。枯瘦的邦吉面带惧色，站在了我们的面前。

“听着，这位先生在家吃饭，你把他的卧具摆放在我的书房里。”邦吉眨眨眼睛，领命离开了。

“现在呢？”他好像又无话可说了。

“你今天想说什么就说什么，我就是来听你说话的。”

“你知道你是唯一一个我可以说心里话的人。”

我点了点头。

“我现在正在经历这辈子最大的危机。”

风吹动着窗帘，我的身体突然打了个冷战。

“我最近和你所说的西丽瓦斯德沃小姐见了一两面。”我说道。

“好啊！”他有点慌乱了。

“有人在记者俱乐部介绍我们认识了。”

“你觉得她人怎么样？”

“我觉得人不错，长得挺好看，说话时善解人意。”

“哼！哼！”他耸了耸肩。

“为什么？”

“她是个蠢货。你还说她说话时善解人意！”

我不说话了，试图让他平息怒火。这个人到底想干什么？难道全世界就没有一个能让他真心实意来称赞的人？他轻轻地咬了咬下嘴唇，额头上出现了一丝皱纹。

“我就见了她两次，”我说道，“你可能更了解她。”

“她不仅愚蠢，还没有教养。”他说道。

“我相信你的判断，我真不太了解她。我就喜欢她的眼睛，还有她嘴唇微微一动打招呼的方式。”

“她这两样我都不喜欢，”他说道，“她非常自以为是。”

“我也是这样想的，但你那天说她的那句话……”

“没什么，随便说说。”

“还有一些事吧……”

他只是耸了耸肩膀，又摆了摆手。

“我觉得她是个直爽的女孩，很容易相处的。”

“是的。我跟你说过，好几个人都对她称赞有加。”

“我可从没有听别人说过这样的话。”

“算了吧，你这话就此打住。”他按捺住自己心里的怒火说道。

他的眼睛盯着窗户上的窗帘，出神地看着什么东西。“我想要和你说一些事。”他说完后就沉默不语，好像有什么东西卡在喉咙里。

我脱下自己的鞋子，盘着腿坐了起来。我离开办公室时心情还算轻松愉快，但看到哈尔本斯的情绪是这个样子，我的心情也变得糟糕起来。从哈尔本斯的脸上，能够清清楚楚觉察到他内心的彷徨。

他盯着窗帘上的条纹看了一会儿，然后转过脸来看着我，说道：“我很多天前就想和你一起坐坐。你不知道这些年来，我的内心一直处于煎熬之中。有几次，我觉得唯一解脱的办法就是结束自己的生命。”

“现在别再说这些没用的话了，”我说道，“我一直想找个话题，让你开心起来。你心里有什么事，都要敞开心扉告诉我。说不准我还能给你一些建议，或者给你一些帮助，但……”

“看吧，苏登，”他的眼眶有点湿润了，垂下眼帘说道，“我觉得自己中了魔咒。我已经好几年没能交到新朋友了。在伦敦待了那么多年，回国也这么多日子了，我非但没找到新朋友，就连认识的人也没有几个。我感觉自己与外部世界断了联系，自己一个人孤零零地过活。每一个新人对我来说，都是来自一个完全陌生世界的人，我也不想和他分享内心的任何东西。老朋友也就只有你了，所以我才这么急切地等着和你相见。我感觉在那段日子里，只有你一个人是为了和我交朋友，而非为了其他什么人，才来到我身边的，所以我心里可能对你期望过高，甚至超过了对一个朋友应有的期望。我本来想和你推心置腹，但我天性敏感多疑，所以并没有这样做。你当时要是阻拦我，不让我出去，我的境况也不至于像现在这样糟糕。

“我自己当时也是这个样子，”我说道，“我当时也没有把心里话完全都告诉你。如果全都说了，那可能……”

“人可能只有在一个特定的年龄段里才能交到朋友，”他没有理会我的话，还是沉醉于自己的世界里，“对我来说，这个年龄段早在出国之前就过去了。我不知道自己是否真的已经不再年轻，但即便心里有意愿，也已经没有可能再重新开始自己的人生了。如果我早知道一切会是这个样子，我绝对不会出国。在国外的六年里，我遭受了多大的痛苦和折磨，可能都没法跟你说清楚。如果时光能够倒流，我还想回到过去的那段时光，我也再不会做出抛弃一切，离开印度的决定。”

我搓了搓手，把一个垫子从身后放到自己的怀里，胳膊撑在垫子上，两只手托着脸。我又想起了他以前写给妮丽玛的那些信，但觉得现在再提起这些信有些不妥。那些信让他的形象在我的脑海里逐渐变化，不再是一个遭人嘲笑和讥讽的角色，而成了令人同情和尊敬的对象。我心里已经把他的面容与一种躁动的心绪联系起来，从他拉得好长的脸上，我看出了一些不同寻常的东西。他的手稿里那些杂乱而又不完整的页面似乎有了一种意义。我开始思考，难道不应该想办法填满他手稿里的那些空白的括号！

“算了吧，再说过去的事情都没有意义，”我说道，“但我还是想要搞明白你现在的心理状态。这段时间你如此疲惫不堪，垂头丧气，好像一个人对生活失去了掌控。”

他舔了舔自己发干的嘴唇，伸出双手交叉起来，盯着手指看了半天。他可能心里已经做了决定，随后又分开了交叉的双手。

“我一开始就想把所有的事都告诉你，”他说道，“你要是能给我一个建议，我也许会从这片沼泽地里脱身。否则我觉得自己永远都将陷于迷失之中，我的过去、现在和未来都将陷入沼泽。我越是想要挣扎摆脱，反而陷得越深。”

他站起来关上了屋子正中的大灯，打开了角落的台灯，整个屋子的氛围变得有点阴郁，还有点神秘。他拉好了窗帘，完完全全遮住了窗户。他走过来，张开腿坐在一个三角凳上。“你知道我1月29号离开这里的……”他点燃香烟后吹灭了火柴，“我2月19号到达的伦敦。”

“我知道的，妮丽玛给我说过。”

“刚到伦敦，我的心里就开始出现了一种矛盾。时间一天天地过去，这种矛盾逐渐加剧。妮丽玛到达伦敦之前，我想尽办法控制住了自己。但她来了以后……”他突然停了下来。台灯的灯光没有照到他的脸上，他默默地吸了几大口烟，说道：“她来了以后发生的一切，没有给我的生活带来一缕亮光。从那个时候起到现在，我的内心在黑暗里不停地游荡，看不到任何光明的道路。我感觉自己被关进了一间禁闭室，我将被终身拘禁，在里面痛苦挣扎。”

我从身后又取了一个垫子，放在刚才那个垫子上面，舒服地撑起了我的胳膊。哈尔本斯伤神地看着前方。台灯灯罩上的五彩油布发出的光芒在我的眼前投影出这样一个陌生国度——如同梦中的画面一样，梦将心里的无形事物赋予色彩和形状，尽管其与现实中的事物有区别，却与心中的形象保持一致。他开始讲起了他们在伦敦生活时的事情。我的心中出现了一座小山，一条蜿蜒的小路通向了山顶的一个小房子。女房东住在一楼的两间屋子里，二楼的两间屋子租给了他们。他们在自己的屋子里做饭。当炒洋葱的味道从二楼飘到一楼，女房东便吃力地挪动着腰胯上到二楼，用一根手指敲着他们的房门。她每天都在抗议炒洋葱的味道，而他们每天都要保证以后不再炒洋葱了。但不出一两天，他们又厌烦了蒸煮的英国饭菜，想着再吃一顿印度餐，大不了再听一遍女房东的抱怨，再信誓旦旦地保证以后不再做炒洋葱这样的印度餐了。那时候，他们经济状况十分窘迫，哈尔本斯辞掉了印度高级专员公署的职位，他们仅仅依靠妮丽玛当保姆的收入勉强度日。有一次，在一场印度高级专员公署举办的节日舞蹈演出之后，妮丽玛获得了英国广播公司提供的零星演出机会，哈尔本斯也时不时获邀参加一些与印度相关的访谈节目。妮丽玛十分厌恶保姆工作，但她实在没有办法。那段时间，哈尔本斯想沉下心来准备自己的学位论文。妮丽玛外出工作的时候，他就起身去大学。傍晚时分，两个人经过一天的忙碌，疲惫地回到家里，总是会因为某个原因大吵一架。吵架以后，晚餐就泡了汤。哈尔本斯有时候吃上几片面包，抽几根烟凑合一顿，黑咖啡也成了他充饥的佳品。为了节省开支，他尽量不和朋友们往来，但还是有几个朋友经常来他家吃印度餐。朋友们来了他们殷勤款待，但走了以后又是一场大吵。哈尔本斯扛着一大包湿衣服去洗衣房烘干，在那里排两个小时的队终于轮上他，烘干衣服打好包走上半英里。到了山脚下，他先抽一根烟，然后开始爬山，等到了家，才发现妮丽玛没有煮咖啡。他放下包裹，呆呆地看着窗外的浓雾，有时候还得打开煤气自己煮咖啡。

“喂，给你说一下，我要回去了，”妮丽玛怒气冲冲地说道，“我受够了这样的生活，你把我叫过来，就是要过这样的日子？这就是你写信时长篇大论的‘清净’的生活吗？”哈尔本斯心里不知道已经积淀了多久的忧愁和酸楚，终于从眼中流露出来。

“我也不想让你过这样的日子。”他说道。

“你以为我想过这样的日子，还不全是为了你？我之所以迟了一年才过来，是因为我清楚地知道，我俩在这里会有什么样的难处。但你虚情假意地给我承诺，把我叫到这里，现在却让我干保姆的工作，可你却总发懒，只知道靠着窗户看着外面的天空发呆！我真受不了这样的生活！”

“实在受不了的话，你心里怎么想的，就怎么去干。”他说道。

“你要是受不了我，我当然会按照我的心愿行事的。我不会一个人偷着哭，也不允许别人怪罪我。”

“我可没有怪罪你！我对你问心无愧。”

“但我想知道，你为什么写那么长的信叫我过来？难道你以前不知道这边是这个样子吗？”

“我以为你已经学会了自控，没想到你过来以后，会让我这样头疼。”

“是啊，我让你头疼了。给你挣钱养家不说，回家还要干家务，就这样你还敢说我让你头疼了？”

“你是不是觉得干家务事丢脸了？这里所有的家庭主妇都是自己亲手干家务的。”

“她们的丈夫都坐在家里，抽着烟写论文，她们还要外出干保姆的活挣钱养着他们？”

“哼！你挣钱养我？我吃面包的钱可是我从英国广播公司那里赚来了。”

“所有钱都是你赚的？如果还有别人赚钱，说这话的人肯定要害臊死了。”

“我告诉你，你说话可别闪了舌头，否则小心我扇你耳光！”

“什么？”妮丽玛把手里的东西一把扔了出去，站了起来，“你试着碰我一个手指头，我不想再看到你的嘴脸……”

“我说过了，你离我远点，让我安安静静待一会儿。”

“你除了一声不吭地坐着，还能干点什么？”

“如果你想听，我会把那句话说出口的。”

“说吧，你能说点什么？”

“我说你不要浪费时间了，闭上嘴乖乖走开。”

“让我闭嘴？你把我叫到国外，却这样对待我。”

“全世界最蠢的女人非你莫属。”

“那你呢？全世界最聪明的男人？”

“我是全世界最蠢的男人。如果不是的话，也就不会和你结婚了。”

“那你怎么还缠着我？我今天已经准备和你决裂了。”

“我说过了，你这会儿走开吧！”

“好吧，我走，我走了，你就眼巴巴地等着我回来吧。”

“嗯，我就眼巴巴地看着，现在你快到隔壁房间去！”

她气呼呼地随手摔了一件东西，跺着脚去了隔壁房间。他坐在那里，看着雾气好像凝结在窗户玻璃上，变成水滴了下来。他十分懊恼，自己已经对生活绝望透顶，才离家出走的，但为什么又把那个女人叫到这里来？难道他以前并不知道，她到了这里，一切会变成这个样子吗？但他又如此恳切地发出邀请，又如此急切地等待她的到来！妮丽玛在一两封信里暗示苏尔吉德有点行为不端，他以为苏尔吉德想趁她孤身一人，借帮忙之机占些便宜。“在你去迈索尔之前我就有这样的感觉，现在更加印证了我的感觉，”他在信里写道，“你和徐克拉对那个人愈发尊重，他在我心里就愈发下流渺小。他以为送送东西，说些甜言蜜语，就能把任何女孩勾引上手。”当他看到妮丽玛后来写的信，更是气得浑身发抖，心想要么立刻飞到德里，要么马上把徐克拉和妮丽玛叫到自己身边。但徐克拉不可能到伦敦来，所以他给妮丽玛写信说，让她过来以后，就想办法不让苏尔吉德再来她家。妮丽玛过来以后，还特意向比吉嘱咐过，让她禁止徐克拉单独跟苏尔吉德出去闲逛。哈尔本斯对此安排颇为满意，但……

他坐在那里，看着窗外的雾气，雾气在白天显得微白发亮，在夜里却是浓密阴郁。他的心情如同雾气一样，有时微白发亮，飘来飘去，不断累积后显得浓密阴郁。

虽然他讲述的那些事都已经过去了许多年，但我的眼前仿佛还是出现了那个清晰的画面：在伦敦一个宅子里的窗户前面，端坐着一个抽烟的男人。这个画面如此清晰，我都忘了自己还在国防部小区的哈尔本斯家里。我看到画面中的那个人神情沮丧，心情阴郁得好似窗外的雾气。妮丽玛穿着湿淋淋的雨衣，进门以后，一边脱着雨衣，一边说她在印度高级专员公署遇到了著名的舞蹈家乌玛德得。“乌玛德得的舞伴优哩婆湿和他散了伙，回了印度，他想让我来顶替优哩婆湿去欧洲巡演。”

“但你不能去，你怎么能去呢？”哈尔本斯看着她，严肃地说道。

“我为什么不能去？”妮丽玛双臂叉在腰间，站得笔直，“也就是两三周时间。我借机摆脱一下在伦敦的苦闷生活，还能赚到在伦敦当两个月保姆都赚不到的钱。对我来说，这是一个好的开始，我不会让这个机会从手头溜走。”

哈尔本斯目光呆滞地看着她，又说道：“但我一个人没法在这里待这么长时间。”

“你一个人待几天难道不是一件好事？很长一段时间了，你几乎每天都要说，让我离你远点，你想自己一个人待几天。现在你就一个人待着，好好准备撰写论文。”

“但我不想你这样子跟着乌玛德得的巡演团外出，我觉得这件事有些不妥。”

“哼，你凭什么觉得不妥！”妮丽玛的声音一下子尖了起来，“我待在这里当保姆，每天给别人家的孩子洗脸擦鼻涕，你就觉得妥了。我受够了这样的生活，我再也干不下去了。我已经对乌玛德得说了，我要和他一起去，现在我不可能食言。”

“妮丽玛！”他从椅子上站了起来，“你不知道自己即将踏足什么样的生活，到现在，我从不认为你想要过这样的生活。”

“我很清楚我要过什么样的生活。你还想让我过什么样的生活？我练习了两年的卡塔克舞和半年的婆罗多舞，不是为了给英国的小孩子来穿衣服换尿垫的。如果你非要强行阻拦我，现在我就把话撂在这里，我走了以后，再也不会回到你的身边。”

他默默地看着她，咽了一口吐沫后，坐了回去。

“你心里怎么想的，就怎样去做，我不会用任何东西来阻拦你。”

“你最好也别阻拦我，因为你根本就阻拦不了我。”

“行了吧，我现在不想再听这个事。”

“我也不想再说这件事。”

“你什么时候走？”

“后天。”

“什么时候回来？”

“现在还说不好。乌玛德得说过，我们总共巡演将近二十天，但也有可能会多个两三天时间。”

“我得知道你什么时候在哪个地方？”

“我每两三天给你写一封信。”

“你再好好想想，过上这样的生活，你以后会后悔的。”

“我已经说过了，我们不再提这件事，并且我已经向乌玛德得许过诺了。”

“好吧，你向我发个誓！”

“说吧。”

“你发誓这次巡演以后，不会答应再和他出去。”

妮丽玛沉吟了片刻，垂下眼睑说道：“好的，不会答应的。”

“你向我发个誓！”

“我已经说过了不会答应他的。”

“你不会忘了你的话吧？”

“你现在可以闭嘴了吧？”

“好吧，我亲自和你一起去找乌玛德得。他给你多少报酬？”

“每天两个畿尼[1]。”

“你为了两个畿尼……”

“看看，你又来了吧。你让我发了誓言，自己说过的话却不算话。”

“好吧，你这次已经许了诺，那就去吧，但下一次我不会允许你再去的。”

她从他的身边走过去，走进厨房里开煤气做饭。

“妮丽玛，”他从后面用胳膊抱住了她，“你错怪我了，我不反对你登台演出，但我不希望你和这样的人有来往。我希望你好好提高一下自己的艺术水平，再上台表演。但你不能进行职业巡演，这都是不入流的演员混饭吃的法子。我想你应该再练习几年。我希望你的演出能成为让我骄傲的事。你现在的程度还远远不够，我可以说你只是入了门。我待在这里，一心想回印度，但我得完成我的论文。我可能没有办法获取这么多的资源，让你能够无忧无虑地练习舞蹈。你对自己的舞蹈造诣感到心满意足，但我却不以为然。除此以外，我还希望你的所学能够与众不同。”

“我只知道，你对我的任何事从来都没有满意过。”

“萨维，你错怪我了。如果有一天，我的心愿都能实现，你会明白我说的都是真实的。”

“我知道那一天永远都不会来。”

“如果我们一起努力，为什么会来不了呢？我们努力要争取这一天早日到来，但现在最要紧的事是我自己的学业。你现在所做的一切，你要好好考虑一下。你最好留在这里，帮助我完成学业。”

“我还能帮你什么？”妮丽玛问道。哈尔本斯的胳膊并没有松开

① 畿尼是英国旧时货币名。

她的身体，反而抱得更紧。“但你有没有想过我的付出？”

“你这么说，对我很不公平。”

“我是可能说得有点过分，但我觉得不管我做什么，你都在压制我。”

两天以后，妮丽玛坐上了登船专列。哈尔本斯送行后，回到了家里，上楼时遇到了女房东。

“你的妻子今天出门了？”她问道，“她说自己要去马德里和巴黎。”

“是的，”哈尔本斯漫不经心地回答道，“她去那里进行舞蹈演出。”

“舞蹈演出？”她有点惊讶地问道，“她没有告诉我。你没有和她一起去？”

“我工作忙，走不开。”他一边望着楼梯，一边数着还要再爬多少台阶，才能到自己的房间。

“她是一个好演员吗？”女房东半信半疑地问道。

“她是一个优秀的印度舞蹈艺术家。”他骄傲地说道，尽力掩饰心中腾起的怒火。

“她出去多久？”

“差不多二十天，最多二十一天吧。”

“这段时间你一定很孤单。”

“我这段时间要忙工作。”

“我有一句话要和你说……”

“嗯，说吧。”

“我一点都受不了洋葱的味道。我的儿子也是深恶痛绝。劳烦你以后不要在房间里炒洋葱了。”

“现在你不会再有抱怨的机会了。”

“我不是说印度菜很糟糕，但……”

“至少未来二十天你不会再抱怨了。”

“不光是这二十天，以后我也不想再抱怨这个事，我实在受不了洋葱的味道。”

哈尔本斯爬完楼梯进了自己的房间。一包洗过的湿漉漉的衣服还放在原地，等着他拿去烘干。妮丽玛临行前一阵匆忙，地上还散放着几件东西。他开始收拾，没一会儿肚子饿了，他拿出了一块隔夜的面包吃了起来。这二十天里不会再闻到炒洋葱的味道，只能吃面包喝咖啡将就了……

“爸爸，我把碧努从她家里带过来了，”阿荣突然掀开门帘，走进屋子。他一进门，我眼前那个闪烁着白光的陌生国度一下子消失了。我从手臂下取出了垫子，放在身后，看了看手表，大概七点半了。我们花了一个多小时，回顾了他漫长的人生旅程。人生就是这样，有几个月都无所事事，虚度光阴，而有那么一阵子，却是忙碌而又充实。

徐克拉的保姆抱着小女孩，跟在阿荣的身后。保姆穿着新衣，显得十分喜庆。小女孩满眼惊恐，好像遇到了什么怪事。

“爸爸，今天是她的生日，”阿荣说道，“我带她来和你玩玩。姨妈说了，让你爸爸逗逗孩子。”

哈尔本斯从椅子上站了起来，边走边说：“我马上回来，觉得肚子有点胀。”

“但是你逗逗孩子再走吧。”我说道。

“哼！”他都没有正眼瞧孩子一下，直接进了里屋。

“爸爸！”阿荣的想法没有实现，都快哭了。

“我马上回来，孩子，”哈尔本斯在另一间屋子里答道，“你去把你妈妈叫回来。”

阿荣领受了新任务，马上就忘了刚才的事。“我把妈妈找回来，”他说着话，立马跑进了外面的回廊。保姆手足无措地站在那里。我站起来摸了摸小女孩的脸蛋，亲了她一下。小女孩还是非常惊慌，保姆把她的脸搭在自己的肩头，抱着她回去了。

我打开了屋子中间的电灯，开始欣赏屋子的陈设。屋子装修得很别致，但不知道为什么我总有一种感觉，觉得屋子的摆设超过了生活中的需求，许多物件还承担了自身功能之外的用途。客厅里摆了两个书橱。我翻了翻里面摆放的书籍，发现这些书都是精心挑选出来的，摆放的时候也费了一番心思。书籍中间还放着各种各样的花瓶和布艺娃娃。一边的客厅墙上装着木质横板，上面放着几个洋娃娃；另一边墙上挂着一张鹿皮，上面贴着凡高名画《吊桥》的手绘草图。两个敞开的博古柜上放着各种各样的古董。每样东西的挑选和摆放都是别有心意，但却给人心里留下这样的感觉，觉得这个屋子里本不该放这么多的东西，如此纷繁的陈设让人心中涌出一种难以名状的梗塞，连大口呼吸都变得困难起来。这个房间应该留出一点不放东西的空间来，这点空间应该是空荡荡的，不需要考虑如何加以利用。我环视了整个房间一圈，觉得它不像一个住家的客厅，更像是一个收藏家罗列奇珍异品的仓库，或是一个艺术商的展览室。从房间的氛围里不能感觉到它的实用性，反而觉得每样东西都是多余的，如果将这些陈列从房间里撤走，心里反而多了一丝敞亮。

我就这样随意地看完了房间里的摆设，然后走到了一个书架前面，取下了一本蓝色丝质封面的铜版纸大书，这本书的内容是关于现当代绘画艺术的。打开封面，哈尔本斯写在第一页上的一行字映入了我的眼帘：“送给心爱的萨维德丽，哈尔本斯。1947年7月11日。”我欣赏了书中毕加索和其他画家的一些作品。片刻之后，我又取出了另一本书，这本书是介绍阿莫里达·谢尔吉尔[①]的生平和她的绘画作品的。这本书购于1947年8月，扉页上写着：“亲爱的萨维德丽，艺术的最大真谛莫过于理解，希望你能吸收这一真谛。你的哈尔本斯。”还有一本里面有许多硬质画片的大书，扉页上写着：“我知道自己没有成为一名艺术家的潜质，而你却有，我希望自己能够助你一臂之力，将你的潜质激发出来，并让你能够有所成就。这样一来，我也会心生荣耀，因为是我亲手塑造了你。你的哈尔本斯。”除了绘画的书籍之外，还有一些舞蹈方面的书籍，都是哈尔本斯当作礼物赠与萨维德丽的。看完这个书架，我来到了另一个书架，里面有一些小说，还有一些与历史、政治和地理知识相关的书籍。我正在翻看图书的时候，听见从外面传来了几个人的声音。不一会儿，妮丽玛抱着阿荣走进了房间。她的脸色通红，不知道是因为心情高兴还是情绪激动。

“你在这里！”她说道。

“是啊，我们刚才一起聊天来着。”

“哈尔本斯去哪里了？”

“出去了，马上就回来。”

这个时候，哈尔本斯从外面走了进来，一进门就对妮丽玛说：“看看，孩子睡觉的时间又过了，你早就该回来哄他睡觉了。”

“你真不害臊。”妮丽玛说道。

“你这又是怎么回事？”哈尔本斯突然暴怒起来。

① 阿莫里达·谢尔吉尔，印度当代画家。

“那么个小孩子惹着你了？她过生日，你就不能逗逗她？”

“我给你说了多少次，你少管我的事！”他坐回到自己的那把椅子上。

“你连一个小孩子都嫉妒？”妮丽玛说道。

“我给你说，你赶紧闭嘴，快去哄孩子睡觉。”

“你就是一个虐待狂，仅此而已！”

“我跟你说过……”

“你说的话我都听了，我指望你做点什么又怎么了？”

“我让你去哄孩子睡觉。”

“去你的！”妮丽玛抓着阿荣的胳膊，拉着他去了隔壁房间。阿荣手里拿着气球，转过脸来看着哈尔本斯。他可能急切地想告诉爸爸一句话，但听着这俩人的吵架，原来的想法只能埋在心里了。

“我受够了这样的生活。”妮丽玛走了以后，哈尔本斯一手扶着头，说了这句话。他保持那个姿势不动，坐了很长时间，然后起身去了隔壁房间。他和妮丽玛说话的声音清楚地传了过来。“苏登晚上住在咱家，我们晚上多聊一会儿，你吃完饭就睡觉吧。”

“好的。”

“给邦吉吩咐一下，给他准备一下睡衣睡裤。”

“我会的。”

“我们什么时候吃饭？”

“随时都能吃的。我去吩咐让邦吉做一下。我自己就去那边吃了。”

“你别在那边吃饭，来和我们一起吃吧。”

“我早就跟他们说好了，好几个人等着我一起吃饭。再怎么说，我也是她的姐姐。”

“她是你的亲人，我什么都算不上的。”

“我什么时候说过你不是我的亲人！但是你是我的亲人，这并不意味着别人对我一点都不重要。”

“那你已经拿定主意了？”

“这还有什么可说的？”

“要是我说不许你去呢？”

“你知道的，你没有任何权力这样对我说话，我们早在伦敦就商量好了。”

“难道我们商量的结果就是你不再听我的话？”

“应该听的话还是要听的。”

“家里来了客人，难道你不应该陪他一起吃个饭？”

“你知道今天是我妹妹女儿的生日，所以你故意今天把客人请到家里。”

“我没有想到你会这样让我难堪？”

“我也没想到你会故意拆我的台。我去那边吃饭了。”

“你……好吧，行了，”哈尔本斯说着话从房间里走了出来。我翻着手里的长篇小说，假装一直在读书，没有听到他们刚才说的话。

“我们出去散会儿步？”哈尔本斯走过来问道。

“好的，为什么不呢？”我心想，无论如何都要收回刚才说的那句话，晚上不能在他家留宿，吃完饭以后，要想方设法离开他家。但当我看到了哈尔本斯的脸色，我心里却没有了拒绝他的勇气。

当我们散完步回来后，妮丽玛已经不在家里了。我们在外面没有说一句话，吃饭的时候也是沉默不语。在马路上散步时，我有些着凉，开始打喷嚏。吃完饭，我换上了睡衣，裹着毯子坐在床上。

哈尔本斯穿上睡衣，点上一支烟，说道：“我想咱们就坐在这里聊天吧？”

“嗯，好的。”我摆好枕头，平躺在床上。

“关灯吧？”他问道。

“关吧。”

“熄了灯聊天感觉会更好一点。”话还没有说完，他就已经熄了灯，上床坐了下来。黑暗中，我们的香烟一闪一闪地发出微弱的暗光。

“我给你说到哪里了？”他问道。

“你说把妮丽玛送上了登船专列。”

“噢！”他长叹了一口气。房间里又黑又冷，让人的心头倍感压抑。我的心又重新回到那个陌生国度，看到了过去的那片昏暗场景。妮丽玛曾说过，离开伦敦二十天就回来，但现在已经二十四天了，她还没有回来。此间，哈尔本斯只收到两封她的来信，他经常去印度高级专员公署打听巡演团的演出地址，已经给她写了六七封信。妮丽玛的第二封信的语气非常冷淡粗鲁。哈尔本斯焦急地等她回来，或者想着至少能收到她的第三封回信。不知道为什么，他的心总是被一种不可名状的焦虑所困扰，根本就没法沉下心来写自己的论文。

第二十五天的时候，他从印度高级专员公署得知，乌玛德得巡演团将于当天回到伦敦。他赶紧回家，等了很久，然后又去了高级专员公署办公室，得知巡演团已经回来了。巡演团的演员们没有从演出组织者手里拿到报酬，乌玛德得非常担忧。到了高级专员公署办公室，乌玛德得自己想办法给舞蹈家和音乐家发了一点钱。哈尔本斯到了那里，才知道妮丽玛没有和他们一起回来，她与一个名叫萨尔达尔的鼓手和一个缅甸舞蹈家一起留在了巴黎。乌玛德得忧心忡忡地告诉他，妮丽玛和他们一起到了车站，但不知道为何改变了主意又从车站返了回去。哈尔本斯一下子就焦躁起来，在巴黎妮丽玛并没有拿到报酬，这让他更加忧心忡忡。他失魂落魄地往家走。他曾告诉过女房东，妮丽玛将于当天回家。等他到了房子的大门口，女房东就站在回廊里。她一看到哈尔本斯，就立刻问道："你的妻子怎么还没有回来？"

"她有别的工作，要在巴黎多待几天，"哈尔本斯说道，"她明晚就坐车回来。"

"说实话，她是不是抛弃你离家出走了？"女房东笑着说道，"没有她，你就像个孩子一样焦躁不安。"

"她明天就回来了。"哈尔本斯不想再说下去，直接上了楼。但他心里非常焦躁，坐立不安，没法好好看书，也没法坦然入睡。他闷坐了片刻后，又出了家门。他已经很久没有去查瓦拉阿姨家了。妮丽玛不喜欢她和她的女儿，所以在妮丽玛来了伦敦以后，他就很少去她家了。哈尔本斯打了电话，她们都在家里。他到了以后，看到巴拉已经做好了布丁。巴拉现在比以前正常多了，已经能和正常人一样生活起居。哈尔本斯在她家聊了很久，巴拉的眼神也有了很大的改观。查瓦拉夫人告诉他，巴拉已经连续三个月没有任何尖叫或疯喊了。巴拉那天非常亲切地和他聊着天，话语中流露出一种天真无邪的感觉。哈尔本斯心想，能待在那里和她彻夜聊天就好了。巴拉问了他各种各样关于妮丽玛的问题。当她知道妮丽玛当天并没有回来时，她突然吃惊地问道："为什么？她为什么没有回来呢？"

"我怎么说好呢？"哈尔本斯回答道，"她想回来的时候就回来了。"

"那她什么时候回来呢？"

“坐明晚的火车吧！”

“你会去车站接她吗？”

他点了点头。巴拉沉默了半晌，又说道：“多奇怪的事儿！”

“怎么了？”他有点吃惊。

“她一个人留在那里，也不给你写信。”

“明天就知道了。”他心不在焉地说道。这句话让他感觉非常揪心，难受得再也坐不下去了，他突然站了起来，告辞离开了。

“你是不是着凉了？”哈尔本斯突然停了下来，问了我一句，大概是因为他说话的时候，我打了一两次喷嚏。我感觉自己有些低烧，头昏昏沉沉的，胳膊也是无力的。

“不，没有着凉，”我说道，“可能回来的路上被风吹了一下，就成了这个样子。不过，我感冒之后一般会好得很快。”

“我给你几片阿司匹林？”

“不，不用了，你继续讲吧。”

“你快躺下，把头靠在枕头上。”

“我没事，你接着说吧。”

我把毯子裹得更紧了一点，头枕在枕头上，躺了下去。哈尔本斯蜷起了腿，弹了一下烟灰。

“第二天你一定去车站接她了吧。”我说道。

烟头在黑暗中微微发亮。“嗯，列车还没到站，我一早就赶到了车站。”他说道。

“然后呢？”黑暗中我的眼前出现了一座车站的铁轨。我的腰椎又痛了起来，我伸出一只手搁在了腰间。

帕丁顿火车站。列车晚点了半个小时。哈尔本斯焦躁地从站台的一边走到另一边。他感到身体冰凉，手脚麻木，便把手插进了上衣口袋里。他觉得信号灯像一双猩红的眼睛，狠狠地瞪着他。信号灯照耀下的铁轨犹如着火的木棒，泛着红铜一般的光芒，在黑暗中留下了两道深深的印记。站台上非常冷清，离他不远的前方，站着另一个人，嘴里叼着雪茄；差不多同样远的另一边，还站着一名妇女，头巾包裹得严严实实，就只露出眼睛和鼻子。车站栅栏处有几个醉鬼在高声喧哗，抽雪茄的人撇撇嘴，一遍又一遍地看着自己的手表。

哈尔本斯在站台上走来走去。他出门没有戴手套，手插在上衣口袋里，冻得瑟瑟发抖。他一会儿看看冷清的铁轨，一会儿望望寂寥的天空。登船专列好像消失于天际之中。他出神地望着，火车到底有没有在天上，是在天上的何处……

突然着火的木棒好像烧成了灰烬。信号灯变了颜色，一团宛若火炬的光芒从铁轨上缓缓驶了过来，他的心开始猛烈跳动。火车一进站台，他就跟着跑了起来。火车终于停了下来，车厢门打开了，旅客开始下车。他沿着火车飞快地走了两个来回，突然看见鼓手萨尔达尔，他胳膊下面夹着自己的手鼓，朝站台外面走去。哈尔本斯飞奔到了他的跟前，问道："萨尔达尔先生，您从巴黎回来了？"

"是的，先生，"萨尔达尔十分恭敬地说道，"您找我有事？"

"您是跟着乌玛德得巡演团出去的？"

"是的，我是跟着这个见鬼的巡演团出去的。"萨尔达尔的咒骂声在寒夜里显得十分刺耳。

"您知道妮丽玛在不在这趟车上吗？"

萨尔达尔认真地盯着他的脸，摇了摇头说道："没有，妮丽玛女士现在还在巴黎。”

“您什么时候见的她？”

“今天临走时还见了她。我问她，要不要和我一起走。”

“她说今天不走吗？”

“是的，她说今天不走。”

“那她有没有说哪天才走呢？”

“她没有说，我也没有问。”

他本来还想问那个缅甸艺术家是不是和妮丽玛待在一起，但话到嘴边，舌头却打了结。

萨尔达尔还是认真地盯着他的脸，问道：“先生，您是她的丈夫？”

哈尔本斯点了点头。

“她可能明天就要回来吧，”萨尔达尔说道，“您就别牵肠挂肚了，她在那边挺好的。”萨尔达尔鞠躬致意后离开了。哈尔本斯若有所失地站了一会，然后离开了站台。一出站，他就看到了巴拉。她裹着厚厚的大衣，一见到哈尔本斯，她马上就笑了起来。

“你好！”她说道。

“巴拉，你怎么来这里了？”哈尔本斯惊讶地问道。见到巴拉以后，他一点都不高兴，这时候他只想一个人待一会儿。

“我在家里觉得不开心，所以就出门逛逛。”巴拉说道。“我跟妈妈说了，要到车站来见你们，和你们一起喝完咖啡就回去。您的夫人在哪里？”

一阵冷风袭来，哈尔本斯身上的汗毛都立了起来。他悻悻地说道：“她没有乘这趟车回来。”

“她没回来？”

“她可能坐明天的火车回来。”

“但她今天本应该回来的。”

哈尔本斯耸了耸肩，不再说话了。他的手已经冻得麻木，心想本该戴上手套来车站的。“我送你回家？”他问巴拉。

巴拉把肩膀缩了回去，思索了片刻，说道：“你不请我喝咖啡？”

“为什么不呢！我们就在这里喝咖啡吧。”

喝咖啡时，巴拉说个不停，而哈尔本斯几乎没说什么话。他在听她讲话——好像一个人站在茂密的丛林里，听着远方教堂传来的钟声。巴拉告诉他，她的治疗将在这个冬天结束，然后她和妈妈一道返回印度。“回去以后，我就不住在德里了，我觉得我没法融入德里的生活。”巴拉说话的时候，声音明显有些颤抖。

哈尔本斯觉得巴拉的话里似乎隐藏着某个秘密，但他并没有表达出任何想了解的兴趣。巴拉不说话了，他感觉教堂的钟声逐渐远去消失，而周围的丛林却显得愈发浓密。他自己不想说话，但却想听巴拉继续讲话。“回印度后，等你结了婚，谁能猜到你会住在哪座城市呢？”

“我？结婚？”巴拉突然异乎寻常地严肃了起来，从她的声音里似乎能感觉到她听到了某句让她倍感羞辱的话。“永远不会，我这辈子不会结婚的。”

哈尔本斯实在想不出怎么回应，所以只好继续保持沉默。巴拉沉默了片刻，问道：“你为什么要问这个问题？”

“就是随便问问。”

“可我想知道，你为什么要问这个问题？”

“我就只是问了一下，没有什么特别的原因。”

“我惹你不高兴了？”

“没有。”

“你到现在还在想你妻子的事？”

“没……是的……可能吧。”

“她本该今天回来的，从你脸上的表情，就能看出你非常失望。”

“可能是这样吧。”

“我就不劳烦你送我回家了。”

“你一个人回家？”

“为什么不行呢？我就是一个人来的。我还想着送你回家呢，你心情很失落的样子。”

“你和我一起走？那你回家就很晚了。”

“妈妈知道我和你在一起，所以她不会担心的。”

他们在山脚处下了公交车。巴拉跟着他走到了山顶，离家还有十码的时候，她停了下来，说道：“我就不跟着你上去啦，不然就太晚了，我想现在就回去了。”

“你想怎么办就怎么办吧，”哈尔本斯想不出自己能说些什么，“有点晚了，所以你最好现在就回去。”

她停顿了片刻，把手插进口袋，说道：“你回去后好好睡觉，别再难过了。”

他像个听话的孩子一样点了点头。巴拉边走边说：“说吧，我能帮你做点什么？”

“我现在回去睡觉了，明天再去车站看看。”他努力想让自己的语调显得自然，但说话的时候还是走了音。

“好的，你好好睡一觉！”巴拉轻轻地晃了晃他外套的衣袖。

“好的，晚安！”他回答道。巴拉向山下走了几步后停了下来，接着又朝山下走去。他按响了门铃，女房东打开了房门。

“你回来了？”她问道。

“嗯。”说完他想一声不吭地直接从她身边走开。

“你的妻子没有回来？”

“没有。”

“你去车站接她了？”

“我刚从那里回来。”

“我一直站在窗口看着，本以为你的妻子和你一道回来了。”

“她没有回来，和我在一起的是查瓦拉小姐，她送我到了山顶。”

“我明白了，你的妻子没有给你任何消息。”

“有可能明天回来吧。”

“但你没有任何确切的消息。”

“是的。”

他爬上楼梯到了自己的房间，满身疲惫地坐在了椅子上。他竭尽全力不让眼泪流下来，但他实在控制不住自己，双手掩面，大滴大滴的眼泪流进了衣领之中。

他就这样呆坐了很久，突然听到楼下传来了一阵脚步声。他的心脏几乎就要骤停。难道是妮丽玛回来了？但仔细一听，原来传来的是女房东的脚步声。她弯着手指敲了敲门，他擦干眼泪开了门。女房东说道：“有一封你的电报。”

他接过了电报。女房东就站在他的身边。他打开电报读了起来，电报上写道：“速寄十英镑，欲购机票。妮丽玛。”旁边就是巴黎宾馆的地址。女房东问道：“你妻子的电报？”

他点了点头。

“什么时候回来？”

“可能明天吧。”

“到现在还说可能？你是为了她泪流满面吧？”

“我头好痛。”他想关门送客了。

“我相信她明天能够回来，你现在的状态真糟糕。”女房东说完话就走了。哈尔本斯也关上了门。

“然后呢？”我已经在发烧了，眼睛几乎都睁不开了，背上的脊椎骨也是阵阵作痛，但我不想告诉他实情，以免干扰他说话的兴致。

“我手头只有三个英镑和几个先令。我本来还想等妮丽玛回来以后，我能把手头的欠款还一下。我已经欠查瓦拉阿姨不少钱了，所以没法再张口向她借钱。第二天早晨，我把手头的三个英镑汇给了她，还给她发了信息，告诉她坐当晚的火车快点回来。回家的时候，女房东又问了我同样的问题。我那个时候情绪完全失控，不知道对她说了什么狠话。她一下子板着脸，从我面前离开了。我从房间取出椅子摆在阳台上，没有开灯就坐在那里……”

没有大雨但却湿漉漉的夜晚。绵绵的细雨，和他离开德里的那天一模一样。阴云密布的天空显得凝重，满天飞舞着的银针似的细雨洒满了整个世界，充满了全部视域。生活中一切的躁动都根源于内心，意识里的漩涡变成了痛苦纠结。

他放眼远方，却什么都没有看到。但远方却并非没有景致。外面是一片漆黑，但漆黑并非是一片没有生命的混沌，里面有意识，有躁动，有形状。周围一片沉寂，但绝非无声无息，而是声音停顿后的片刻孤寂。所有一切都停滞到了一个地方，但停滞绝非永远的停止，而是宛若流水在此停滞回旋。过去和未来交汇于现在的这个点上，这个点则成了痛苦的焦点。所有一切都处于静止之中，但这样的静止好似用相机镜头抓拍的爆炸瞬间，静止给了爆炸一种永恒的感觉。在空中翻腾的岩浆和飘在天上的浓烟都静止不动，电光石火也在刹那间凝滞。瞬间和永恒都凝聚于此刻。痛苦、悲伤、希望，所有这一切都变成了一种情感。贪婪、不满、乞怜，也全都是它的一部分。探寻、渴求、焦虑、爱恋、等待、疑惑，所有情感汇聚于这个漩涡之中。爱慕、激情、欢乐、妒忌也被搅了进来。在这个漩涡里，所有的一切都不会流逝，只会改变外形。同一种情感在不同的角色里有着不同的出演。情感是“痛苦”的时候，但其名称却非痛苦，而是另有其名。情感名不副实，总是另有所指。这是一种迫不得已的状态。情感来到了“痛苦”的土地上，就变成了痛苦。这种迫不得已才是所有的一切。这种情感现在就落在痛苦的土地上，无形无色，被天际所包围，像细雨一样无声地飘落。细雨让人的身体直打哆嗦，让人心里好似针扎。痛苦以希望的形式出现，又会变成一个问号。为什么？

他都无法思考，变得完全僵硬起来。这种僵硬在眼里，在心底，甚至在穿着的衣服上凸显出来。天空阴云密布，却没有下大雨。为什么？

一间小小的屋子，他躺在吊床里，伸手想要抓住房顶的椽木，却根本都够不到。为什么？

西姆拉的雪山顶峰。他向下滑去，原本兴高采烈，但心情却很快失落了起来。萨维德丽在高处咧着嘴笑，看上去似乎饱经风霜。为什么？

远离海岸的层层海浪，卷起小岛一般大小的泡沫。狂风大作，一个趴在轮船烟囱上的人。寡淡无味的奥姆雷特饼。一个失落的人思念着家，幻想着即将到来的明天。为什么？

应该发生的事却没有发生，离了它一切都不完整。不管它是何物，总是有所缺憾。它消失于黑暗里，消失于天空中，它消失于彼此之间。它本应该被点燃，但却从未燃烧。它是一种清净的生活，痛苦的点滴与它休戚相关。他想要营造一种清净的生活，离开这样的生活，所有一切都将不完整。这样的生活早该被营造出来。他有能力，但却没有做成。为什么?

铁轨好像着了火似的。空荡荡的火车在铁轨上跑来跑去，来到痛苦的焦点却停了下来。裹着头巾的妇女睁大眼睛望着这一切。理所当然要发生的事却并没有发生。为什么?

黑暗中有些东西崩塌断裂，有些残存下来，有些四散开来，有些则脱手而去，有些到了手边却滑落下去。双手在黑暗中挥动，心在黑暗中彷徨。他没有得到什么，也不能得到什么。他的心有些倦怠，似乎什么也看不清，只有一番假象呈现在眼前。但痛苦的点滴又重新泛起，告诉他这不是幻象，而是真实的永恒。信号灯变了颜色。火车开动了，但里面却空荡荡的。在大衣口袋里冻得发抖的双手想要躲在手套里取暖。为什么?

细雨下个不停，好似银针刺穿过黑暗。阳台上湿漉漉的地面反射出光芒来，乌云低垂密布，但一切却是空荡荡的。为什么?

两点钟的钟声响起。时间已经流逝，但那一刻却似乎凝滞。钟声好像博物馆里的陈设一样古旧，一样没有意义。时间停滞下来，清净的生活却遗失在他的怀抱里。手在挥舞，心在游荡，清净的生活本不该遗失。他现在在哪里能寻找到……

楼下门铃响了。他吃惊地站了起来，打开了房间的电灯。坐在阳台上，他的头发被雨淋湿了。他走下楼打开房门。“是你?”猛然间，时间又开始向前运行了。

妮丽玛进了门，她的眼睛里闪烁着一种无助。

“你这个时候……”哈尔本斯感到难以置信，妮丽玛居然真的回来了。

“我坐飞机回来的。”妮丽玛说完话，便咚咚地走上了楼梯。

“你哪来的买机票的钱？”

“是没钱，但还是想办法回来了。”

“你的行李呢？”

“在机场呢，没随身带上，明天再去取。”

他走进房间，想把她拉到自己身边，但她左右躲闪，不让他靠近。“我觉浑身冷，去煮咖啡了。”她说道。

“你知道我身上没有钱的。”哈尔本斯低头说道，好像自己是一个罪孽深重的人。“我手头只有三个英镑，都寄给了你。你为什么不坐火车呢？”

“火车出发的时刻我还没拿定主意，自己到底要不要回来。要不是突然有了一张机票，可能……”

“可能什么？”

她一言不发，动手点燃了煤气。

“可能什么？”

“可能就不回来。”妮丽玛尖声说道，把水壶重重地放在煤气炉上。哈尔本斯看了看摆在阳台的椅子，打了个寒战，走到了煤气炉旁边。

“萨维德丽！”

“我给你说了多少次，不要再叫这个名字。”

“哪个名字觉得顺口，我就叫哪个名字。你刚说了什么？你知道吗，我等你等得这样的寝食难安？”

“我知道的。”

“那你还能讲出这样的话？”

“那有什么不能，刚刚想到了而已。”

“妮丽玛！”他突然强行揽她入怀，把自己冰冷的嘴唇贴到了她冰冷的嘴唇上，但他感觉自己好像拥抱了一尊冰冷的雕像。

“你会抛弃我，离我而去吗？”

她闭上了眼睛：“你让我想一想。”

“但是为什么？你为什么还要想想？”

“因为我想自己一个人过活。你知道我们中间有个东西，让你我总是争吵不休。我们虽然尽了力，但还是无济于事。”

“我现在不想听这些话了。现在是半夜两点半，不是说这些话的时候。你快去煮咖啡吧，然后我们一起睡觉，把话留到明天早上再说。”他的嘴唇从妮丽玛的脸颊移到了鬓角，一路向下朝脖子亲了过去。

“我知道你仅仅想着这个事时才需要我，也只有这个时候，我才能感受到自己的存在。”妮丽玛扭了扭脖子，避开了他的双唇。

“仅仅因为哪个事？”

“你刚刚说过的，我们一起上床睡觉。”

“你不能这样对我。”

“我是怎么样对你？”

“你真的到现在还不懂我。”

“我不懂你吗？”

“你喝咖啡吧，其他事我们明早再聊。”

“你睡吧，我喝完咖啡就睡。”

他又一次把她拉入怀里，水壶里的水沸腾了起来。

片刻之后，他无力地躺在床上，问道：“你今天怎么这样冷冰冰的？”

她翻了一个身，说道：“我也不知道。”

“你以前从来没有像今天这样对我如此冷淡过！”

“这种事你倒是知道得很多。”

他把胳膊伸到了妮丽玛的脖子下面，脸转向她，说道：“萨维！”

妮丽玛身体紧绷，双目紧闭。

“萨维，你为什么要抛弃我待在那里？”

妮丽玛睁开了眼睛，但眼中仍是悲痛的神情。

“我希望我一直待在那里，但实在受不了。”

“但你为什么会这样想呢？”

突然间，两人之间的坚冰开始消融。妮丽玛身体不再僵硬，嘴唇开始微微发抖，眼中充满了泪水。她抽泣着钻进哈尔本斯的怀里，说道：“本斯，离开你，我一个人没法过活。”

哈尔本斯轻轻拍着她的背部，他们的身体越贴越近。

“但你为什么要这样想？”

“你逼我的。”

“我……”

“还不是你？我如果想要和你分开生活，那我千里迢迢赶到这里干什么？你难道不知道，是你让我真真切切地感受到了，你其实一点也不需要我？结婚以后，你总是给我这样的感觉。我觉得，如果你总是因为我而饱受困扰，那我不在的话，你可能……”

“别说了！我现在不想听这些。”

“我刚刚就不想说话，本斯！是你一次又一次叫我回来的。我在外面的时候，就想着你这段日子肯定非常高兴，能够舒心地干自己的工作。巴拉或其他朋友会来拜访你，你和她们在一起相谈甚欢。我也能获得一些安宁，或许还会有些痛苦和嫉妒。我想，你肯定会对那些人说我的坏话，说我让你生活得很痛苦。”

“你绝对是在说疯话。”他抚摸着她的头发，好像想要把这些想法从她的脑子里驱赶出去。

“真的，我是完全疯了，”她将身体更紧地贴住了他，“早在离开这里之前，我就有了这样的想法。当你还没离开德里时，我的心里就有了这样疯狂的念头。我离开德里的时候，心里一直在想，如果你的生活里没有了我，你会多么幸福。我成了你生活道路上的一个障碍。要是没了我，你不会这样痛苦。你会和别人一起过上幸福的生活……可能会和巴拉，或者徐克拉这样的女孩子一道生活……”

“你说的这都是什么废话？”哈尔本斯感觉自己手足无措。“你为什么要提徐克拉的名字？你连自己的亲妹妹都不顾及？我是喜欢她，但……但……也就是对自家人的那种喜欢，”

“本斯，我知道的，我什么都知道，”妮丽玛情不自禁地抱紧了他，“我本质上不是你心里所钟爱的那种女孩子，所以你的内心一直在彷徨。即便你可能不承认，但你肯定爱过恨过几个姑娘，只是没有走到一起而已。我全都知道，对你也深表同情。我知道你心里有大的志向，但由于我的缘故而没有实现。我对此非常遗憾，但我也无法改变自己。你自己亲手在我的内心种下的某样东西，如今它已经长大，完全笼罩住我的内心，你现在却希望我能摆脱它，我真的无能为力。你把我引上了这条路，我的心已经在这条路上前行了很远，不可能再为了你或者听了你的说教就轻易回头。我想离你远一些，这样可能对你我都好。”

哈尔本斯的身体变得疲软无力，他的手从妮丽玛的头发里撤了回来。妮丽玛继续说话："我想要留在巴黎，在那里学习西方舞蹈，并融入当地的生活。但我发现自己根本做不到，因为离开了你，我就活不下去。"

"听你说的这些话，我觉得你到现在还不懂我。"哈尔本斯有气无力地说道，"你怎么会这样想，我会把你从自己要走的道路上拉回来？这和我的本意完全相反。"

"我也不清楚你想要干什么，"妮丽玛继续说道，"我只知道你想要的东西，我的内心里都没有。你情绪消沉，我也觉得难受。我希望看到你快乐起来，因为我想自己也能够时时刻刻心情舒畅。无论是自己情绪消沉，还是看到别人如此，我都会本能地惶惶不安。"

"你想待在巴黎一个人生活？"他想了解这番话所隐藏的真相。这时，他又想起了那个缅甸艺术家，心里暗暗琢磨，可别说起这个人的事，否则又激怒了妮丽玛。

妮丽玛沉默了片刻，又说道："我想把所有的真相都告诉你。我想要找出一个办法，让我不再依赖你，不再依赖你的金钱、你的房子和你的情感。你知道巡演团里有一个艺术家和我一道待在巴黎，实际上是我想把他留在我的身边。"

哈尔本斯一下子从妮丽玛的怀抱里挣脱出来。他把头枕在胳膊肘上，脸上流露出一副法官审讯犯人似的神情。

"你想知道吗，我全部告诉你？"妮丽玛问道。

"我希望你一五一十地把所有情况都说清楚。"他说道。

"我跟你说了，是我把他留了下来。他每个方面都很平庸。你要是见了他，可能会说，你怎么会和那样愚蠢的人搭得上话。他毫无疑问是个蠢货，但我却欣赏他的率真。他听从我的每一条命令，好像是我购买的一个奴隶。他的顺从让我感觉良好，觉得他很尊重我。”

“你和他一起……”哈尔本斯紧紧咬住了下嘴唇。

“我跟你说了，我会把所有实情告诉你，不会对你有所隐瞒的。”妮丽玛也把头放在胳膊肘上，像个被告一样面朝着他说：“我希望我的内心能够摆脱你，也给你自由。我想欺骗你一次，给我一个离开你的理由，但我却做不到，有了这样的想法也做不出来。”她想把自己的脸贴在哈尔本斯的胸膛上，但却没能如愿，哈尔本斯已经翻身坐了起来。

“你为什么要坐起来？”她问道，“你不相信我的话？”

“我就是想坐起来，你说你的。”哈尔本斯说道。

“我觉得你不相信我说的话。”

“这是你的个人感觉，你继续说！”

“我把所有的事都告诉你了。我和他一起去了好几个地方，逛了卢浮宫和塞纳河畔。我想让自己彻底疯狂一次。但我感觉自己根本不能随心所欲放纵自己。最后，当他以为对我的非分之想能够得逞时，我马上就离他远远的，然后给你发了电报，让你给我寄十个英镑。我知道你身上没有钱，可我还故意发给你这样的电报。我想看看，你到底是多么需要我，能否为我忍受这么多的麻烦。当我收到你寄来的三英镑的汇款单，我又一次心碎了。我再次做了决定，一定不能回到你的身边，但不知道什么东西却一路牵着我的心，把我带到了机场。我在机场拿到了一张机票，好像有人专门给我预订似的。当我坐在机场大厅，才发现自己离开你根本就活不下去。本斯，已经很晚了。别这样坐着了，让我感觉很不好。”

但哈尔本斯没有躺下，反而下床站了起来。寒意袭来，他的牙齿抖个不停。

“你去哪里呢？”妮丽玛问道。

“马上回来。”他说完这句话，向后退了几步，朝着阳台走去。外面细雨纷纷，天色昏暗，他把淋湿的椅子从阳台拖进了屋里，擦干后坐了上去。

“本斯！”

“你睡吧，我现在还不困，过会儿再睡。”

“这么冷的天，你为什么坐在那里？”

妮丽玛起床走到他的身边，说道：“本斯，我想知道一件事。”

“说吧。”

“你如果想让我留在巴黎，那也行，我现在就……”

“你现在也为我做一件事？”

“说吧。”

“你现在打住这句话，快去睡觉。”

妮丽玛坐在他的脚下，把脸放到他的膝盖上。

“本斯，我明天早上就离开这里。”片刻之后，她终于和哈尔本斯迷茫地四目相对，说道：“你说话啊，你想让我走吗？”

哈尔本斯的眼睛闭上又睁开，说道：“你就想着要走……”

“我如果想着要走，那还回来干什么？”

哈尔本斯眼中又是一阵迷茫。

“你想要……”妮丽玛问道。

哈尔本斯双手掩面，说道：“你没有告诉我全部实情。”

“我把所有实情都一五一十地告诉了你。”

“全部实情？”

“我要是不想说，也可以不说。但要是不告诉你，我的心里就过意不去。我没法对你有所隐瞒。我跟你说过，所以你现在……”

“你把所有实情都告诉我了？”

她痛苦地从他的身边站了起来，说道：“我早就该知道你不会相信我。”

哈尔本斯盯着妮丽玛，好像她马上就要抛弃他，再次离家出走了。他对她说：“你坐着吧，为什么要站起来？”

“你刚刚说了，现在想一个人待着。”

“我现在想和你说话，你坐下来。”

妮丽玛又是那样扭着腰坐了下去。黑暗中她的面容有些模糊，哈尔本斯只能看到她的眼睛。他仔细地盯着那双眼睛，好像在观察一台显微镜下两个生物的每个细小的活动。“你把实情明明白白告诉我，我才能彻底忘了这件事。”

“我已经明明白白告诉你所有实情了。”

“你刚刚说过那句话，当他以为对你的非分之想能够得逞时，你就马上离他远远的。他是怎样知道自己能够得逞的？你是不是把他推到一边了呢？”

后来的五天五夜，哈尔本斯好像实验室里的机器检测一样，不停地盘问妮丽玛。她和那个人关系到了什么程度？他会不会娶她？她回来后还会不会再去找他？他们在巴黎的三天都住在哪里？三天的出行安排是什么样的？每天的早晨、中午和傍晚都待在哪里？他们每时每刻都有什么花销？三天里有多少时间她一个人独处，有多少时间和那个人待在一起？那个人有没有和她一起去机场？没有去机场，那他是不是在巴黎等着她？她回来的真实原因到底是什么？是不是囿于社会压力，还是想念自己的母亲和妹妹，还是仅仅因为自己的丈夫？她心里是出于什么情感才回来的？是怜悯同情还是家庭责任，或者是其他情感？如果哈尔本斯允许她离开，她会是什么样的感觉？是幸福还是痛苦？是不是仅仅缺少安全感？假若她有足够的资本，她会不会喜欢独自生活？她能明白自己心中的情感吗？她喜欢家庭生活吗？她心里有没有像吉普赛人一样自由自在生活的意愿？她是不是仅仅把自己的丈夫当作一个工具？未来和他待在一起是不是觉得心满意足？她的心还会不会再涌起一阵阵想要离开他的冲动？她还能在当时的光景下过日子吗？她想要他们在英国度过余生，还是想要尽快返回印度？如果他阻拦她练习舞蹈，她会有什么感受？她认为自己的生活里最重要的事情是什么？她还相信他和他的能力吗？她还能在心里依赖他吗？

妮丽玛回答道，她不仅仅想从他身上获得安全感，更想得到家庭和爱情。她是在巴黎待了三天，但她却一丁点都没有背叛他。她没有给那位缅甸艺术家任何会让自己悔恨的可乘之机。她心里一直都在斗争，想着自己未来是否要独自生活，所以她执意把那个人留在自己身边。他们一起好好地逛了一下巴黎，她希望自己能体会到旅游中真正的快乐，但却感觉心里像被针扎似的隐隐作痛。她很快就明白自己离开哈尔本斯就没法活下去。

“本斯，我希望永远永远只待在你的身边，”她又重复了一遍，“但我不想只是满足于吃喝闲逛，我还想要有所成就。我不知道自己是否能成为一名优秀的舞蹈艺术家，但我想要试一试。我会尽我自己最大的努力去尝试。当我在迈索尔的时候，我夜以继日忘我地练习舞蹈，直到累得动不了的时候，我才觉得这一天过得有意义。在遇到你之前，我的心里从来没有过这样宏大的愿望，是你唤醒了我心中的远大志向。我已经在这条道路上走了如此之远，现在已经无法回头，再成为你所期望的贤妻良母。我愿意为你付出所有，但我无法从这条路上回头。我心里已经没有再默默地等上几年的耐心。

每当一年过去，我都觉得自己老了许多，但还是一事无成。现在不去做的事，也许永远都不能去做了。我没有十八九岁姑娘那样的大把时间。你要是阻止我，我都不知道自己在苦闷之下，会有什么样的冲动。你带着我走上了这条路，那你就继续带着我前行吧。我离开你活不下去，你也不要离开我。”

宛若实验室一样的检测结束以后，哈尔本斯好几天都在想着这件事情，他觉得自己可能对生活的索取超过了自己应得的限度。妮丽玛已然在这条道路上前行，而他自己所寻找的道路还在一片迷茫之中。妮丽玛的理想已然非常清楚，而他的愿望却仍是模糊不定。他牺牲一个明晰的理想，来实现一个模糊不定的愿望，这样的做法合适吗？难道他没有意识到，自己的愿望不切实际？他不是从很久之前就产生了帮助妮丽玛来实现她的理想的想法？如果他不在妮丽玛的道路上设置障碍，而是尽量去帮助她，难道他就不能感到心满意足、有所成就？为了实现自己的愿望而去牺牲妮丽玛的理想，这样的想法本身是不是就很自私？妮丽玛翘首企盼的东西，他为什么就不能有所期望呢？难道他就不能为了妮丽玛而牺牲自己那模糊不定的理想？

直到太阳的光芒穿透了雾气洒满山坡的那天，他终于下定决心，无论未来怎样，他都要帮妮丽玛一把。他愿意舍弃自己的事业而让她的前途熠熠生辉。

从此以后，生活翻开了新的篇章。妮丽玛正式加入了乌玛得德巡演团，哈尔本斯则成为了巡演团欧洲演出的经纪人。巴黎，马德里，又回到了巴黎，从巴黎去了波恩，从波恩去了日内瓦，又回到波恩，从波恩又去了西柏林……

剧院、主办方和组织者，其实是艺术世界的幕后操盘手。他今天和主办方吵架，明天和剧场经理撕扯。语言不通还能争执不休。婆罗多舞在欧洲人看来不是艺术，而是像爬绳子一样的杂耍，他们对印度的印象也就仅限于大象、舞蛇和杂耍，印度的舞蹈艺术也被视为诸如此类的一项。表情、表演、姿势，一切都被视为儿戏，卡塔克舞也不过是木偶人的游戏，而演出最重要的事情就是做好宣传。新的主办方总觉得他们没有名气。在日内瓦，他就和主办方吵了一架，到了波恩，才发现主办方已经从剧院拿走了定金。巡演团没有拿到钱，但每个演员都要求拿到自己的报酬。剧院经理已经付了定金，也想让演出如期举行，可巡演团的演员拿不到报酬，不肯登台表演。哈尔本斯给主办方发了电报，但没有回音。他还和剧院经理吵了一架，甚至推搡了起来。经理最后总算答应演出完后会给他们一些钱。演出如期上演，但剧团名气不大，票没有卖出去多少。演出结束后，经理要赖不认账，哈尔本斯又和他吵了一架。最后巡演团的所有人不得不两手空空、饥肠辘辘地离开西柏林。巡演团的每个人都在责怪哈尔本斯，说他安排不周，导致事情到了这步田地。还有人说他和主办方合谋私吞了定金。乌玛得德神色恍惚，躺在卡车里。这是他在欧洲巡演以来所遭遇的最大的挫败，妮丽玛在旁边给他宽心解闷。

乌玛得德对哈尔本斯也憋了一肚子气，他是怎么选的主办方，居然导致演出定金被人卷走了？他是不是不具备组织演出的职业素养？乌玛得德一遍遍地念叨以前的经纪人，他辞退了这个人，把重任交付给了哈尔本斯。哈尔本斯好像一个打了败仗的将军，低着头坐在一边。他的心中有别人无法理解的一种隐痛。他想丢下这伙同伴一个人逃出去，躲开这让人窒息的场景。难道这样的人也配叫艺术家？难道他们没有在艺术的幌子下隐藏各自的私心？难道追求艺术不能让人的心扉变得敞亮起来？难道这样的思想觉悟就是所谓的艺术家气息？难道这样的观念就是所谓的艺术家美学理念？所有人只顾一己私利，他们陷入私欲的泥淖之中，难道就不能体察一下实情？难道他为这些人揽下的麻烦还算少吗？难道他没有和那么多卑鄙小人激烈争论过吗？自己遭受了这么多的不白之冤！难道这就是自己的宏大理想，放弃了一切，和这些人一起在异国他乡漂泊游荡？他把妮丽玛当作实现自己理想的途径，藏起自己心中所有的不满，贸然闯进一个陌生的世界，眼前遭受的这一切难道就是他的收获？他感觉自己陷入了一张大网，而这张大网肮脏不堪。难道他就不能在一瞬间再做出一个决定，让自己摆脱这张大网？

还有一件事让他心如刀绞，当天是他的生日，哈尔本斯一遍遍地看着妮丽玛的脸。难道妮丽玛丝毫没有想起今天是什么日子？难道她没有半点体会到他心里的愤懑？当他转过脸看着她的时候，分明从她的眼神中看到了一种愤怒和责怪。她眼睛里流露出一种居高临下的神情，让他感觉自己十分渺小。哈尔本斯感觉这个身边人一下子成了陌生人。他本想在妮丽玛的眼中寻找一种温情。为了这样的温情，他才放弃了在伦敦的职位，和巡演团一起走南闯北。但这种温情又在何处？现在这个人还是当天的那个妮丽玛吗？那天，她把头紧紧贴着他的膝盖，口口声声地说道，和他在一起是她这辈子最重要的事。

卡车来到西柏林的边界。进城之前他们得歇歇脚，此后的所有行程都有赖在西柏林的演出了。卡车上还有一点食物，他们分着吃了。还剩一瓶朗姆酒，乌玛得德想要打开瓶盖，哈尔本斯从他手里接过了瓶子。

“妮丽玛，你知道今天是我的生日吗？”他把瓶子递到了妮丽玛的身边，“你不喝上一口酒来祝贺我的生日？”

妮丽玛有点吃惊，从他手里接过了瓶子，说道：“咦，的确是你的生日！我都不记得了。今天是3月8号。好吧，是值得庆贺……”她用嘴咬开了瓶盖，喝了一口酒，呛得直摇头，然后把酒瓶递给了乌玛得德。乌玛得德咕咚咕咚喝了几口酒，有些疑惑地把酒瓶还给了妮丽玛。妮丽玛又喝了一口酒，把酒瓶递给了哈尔本斯，摇着头说道：“真辣！”哈尔本斯表情凝重，一口酒都没有喝，他把酒瓶放了下来，说道：“我今天就要回伦敦。”

“什么？”妮丽玛大吃一惊，“你今天为什么回伦敦啊？”

“你还记得我的朋友莫尔霍德拉吗，他就在柏林，我找他借点钱，今天就回去。”

乌玛得德两眼通红，看着他说道：“你不能这样干！”

“我可以这样干，马上就要这样干，”哈尔本斯一字一顿地说道，“我今天就要回去，妮丽玛也要和我一起回去。”

“本斯，你别说没用的话了！”妮丽玛生气地说道，“你知道我们不能在这样的处境下离开大家的。”

“我现在只知道，我今天一定要回去，”他依然一字一顿地说道，“你不回去，我一个人回去。不过你得再好好想想，以后我不会去找你了。”

乌玛得德后退了几步，和几个艺术家一起窃窃私语。哈尔本斯抓住了妮丽玛的胳膊，问道：“你和我一起去找莫尔霍德拉，去不去？”

“你怎么能说出这些不合时宜的废话！”妮丽玛扭动胳膊，想要挣脱他的束缚。

哈尔本斯把她抓得更紧了一些，说道："这不是不合时宜的废话。我今天说的话绝对恰如其分。我们今天不能跟着他们走，先去莫尔霍德拉那里，然后再返回伦敦。从今天起，我们和这些人不再有任何关系。我不想再听到任何一句你为这些人辩护的话。今天我已经不是那个和你一起离开伦敦的哈尔本斯，已经完完全全变了一个人。如果他们还有人敢对我说三道四，我一定会打得他脑浆迸出。"

"我都不知道你会这样子来庆祝自己的生日。"妮丽玛凶狠地看着他说道。艺术家们已经停止了窃窃私语，呆若木鸡地看着他们。

"那又如何？"他的话里一副不容置疑的腔调。

"如何什么？"

"你也看到了，我今天这样子来庆祝自己的生日。可你想一想，你是怎样庆祝这个日子的？"

妮丽玛的绝望变成了一种投降似的无助，声音一下子柔软了起来，说道："你听我说句话。"

"我现在不想听你说任何话。"

"今天不行的，如果我们想要……"

"我不想听你说这句话。你现在马上做出决定。"

"你这么执拗，我还能说什么！但这样行不行呢？你今天先走，我……"

"我和你说清楚了，你要么今天走，要么就永远别回来。"

"你觉得自己执拗成这个样子是什么好事吗？"

"时至今日，我可是一直都在做好事，今天也不例外。我还要和你说一件事，从今以后我不想再看到你喝酒，在外面养成的这些恶习，从今往后你都要改了……"

"你也有这样的恶习。"

“我也一定会改。我再也不想看到你这个样子，我很讨厌你现在的样子。”

国防部小区32号的欢声笑语沿着马路边传进了31号的院子里。“不，不，不可能这样子的，你觉得我是这样的傻瓜吗？你想要的话，就列好单子找我来取，”妮丽玛对某人说道，“你想要的话，我都可以立个字据。”

“不用了，姐姐，哪有立字据的必要！”这是徐克拉的声音，“你自己会明白的。好了，再见！”

“再见！”妮丽玛穿过回廊走进屋里，说道：“难道你们都睡着了？”

哈尔本斯站起来打开了灯。灯光亮起，那个场景逐渐消散，西柏林边界上的卡车和围在四周的人群都不见了踪影，眼前装满书的大书柜、餐桌、床和摆在三脚架上面活像一张笑脸的装饰盘以及笑盈盈的妮丽玛却变得真切起来。哈尔本斯背对着我，穿着睡衣的他显得十分高大。这时的我感觉好像一顿美餐才吃了一半，餐盘却被人拿走了，于是也翻身起了床。夜谈被打断了，可是我却意犹未尽。我一直在听哈尔本斯说话，都忘记了自己感冒后眼皮沉重、腰酸背痛。我想什么时候才能再有机会重拾这个话题？当天我们谈话时的心理状态和四周昏暗的环境营造出一种亲密和相互信任的氛围，在这种氛围下才会敞开心扉，畅所欲言，环境和心情缺一不可。可这样的环境也许容易找回——一个寂静黑暗的房间，但要重拾这样的心情谈何容易？

“你们刚才一直在聊天吗？”妮丽玛十指交叉，伸出胳膊摆成一个圆环，站在我们中间说，“我想你们肯定睡着了，都不知道在做什么美梦呢！可能记者从不会做梦，是不是，记者先生？”

我怎么能说出口，自己刚刚做了一个梦，在梦里周游了那些陌生的国度，见到了一些陌生人。即便现在我看到妮丽玛站在面前，可心里还是充满好奇，她到底是跟着哈尔本斯离开了西柏林，还是留在了那里。

“我们在谈论过去的一些事情，”我说道，“好多年没有这样坐在一起，好好聊一聊了，所以不会就这么睡着了。你的话也是有道理的，记者的确不会做梦，至少在清醒的时候很少做梦，总不会睁着眼睛做白日梦。”

“你俩谁在说过去的事情，是他还是你？”妮丽玛问道。

“是我在说过去的事，你有什么意见吗？”哈尔本斯生气地说道。

“你背后骂我，对别人说我的坏话，我就不能有意见？”妮丽玛这样子说道，好像完全不管不顾世界上的其他人。她有点踉踉跄跄地走到我的身边，说道：“今天我的丈夫告诉你我有多坏了吧！可怜虫总是因为我而变得气急败坏的！”

“你今天是不是又喝酒了？你还害不害臊！”哈尔本斯的眼睛气得通红。

“我喝不喝酒和你有什么关系？”妮丽玛漫不经心地抬起头说道，“我妹妹女儿的生日，我是宾客，她好吃好喝招待客人，我就吃了喝了，有什么可害臊的？但你爱怎么说就怎么说，反正你永远是法官，我永远是犯罪嫌疑人，你永远都把我放在你对面的被告席上。可你要知道，我一点都不喜欢你说话的方式，你也没有权力对我这样子指手画脚。”

我担心哈尔本斯可别在盛怒之下干出什么出格的事情，但他还是尽力控制住了自己的情绪，说道：“听着，你快去换身衣服，赶紧睡觉。”

“我困了自然会去睡觉的，”妮丽玛坐在椅子上说道，“睡觉的时候自然会换衣服，绝不会倒头就睡，这点素质我还是有的。”她背靠着椅子，眯着眼冷笑了一下，“你认为你现在所做的这些事，这算是有素质？背后说我的坏话，这算是有素质？我们三个人当中谁又称得上有素质呢？这位记者先生的行为算是有素质吗？你问问他，我请他傍晚见个面，他为什么消失了九年后才出现？”

“你现在闭上嘴，去别的屋子里睡觉。”哈尔本斯走到她的跟前，抓住了她的肩膀，把她提了起来。

“我闭嘴了，”她吐了吐舌头，双唇紧闭，朝着门口走去，一边走一边唠叨，“我马上离开这里。你待在这里想说什么坏话就说吧，这就是你的素质！但我给你说，你的素质让我感觉恶心。你就装吧！再见，记者先生……”她向我招了招手，径直向卧室走去。

“你看到了吧？”哈尔本斯绝望地说道，无力地跌坐在椅子上。我们默默地坐了一会儿，他突然站了起来，说道：“我想你还是快点睡吧，我关灯了。”

“好主意，我想也应该睡觉了，我的眼皮都快抬不起来了。”我说道。

“你还需要什么东西吗？”他把手放到了电灯开关上问道。

“没有了。”

“有需要就说，水壶在外面的阳台上，厕所在那边。”他关了灯走了出去。我想他是不是去隔壁房间又和妮丽玛争吵，但他走后，一点声音都没有，屋里一片沉寂。我背上的骨头开始剧痛，我辗转反侧了好久，总算睡着了。

早晨醒来发现不在自己家里，而在别人家中，这让我的心里总有一种空荡荡的感觉。自己家里虽然有诸多不便，每天早上都想要抱怨，但却早已习惯了这一切，反而觉得别人家里的便利设施不够亲切自然，于是乎也就成了某种不便。早上一睁眼，我就看到邦吉端着茶走了过来，把茶杯放在闪着光泽的柚木三脚凳上，一股酸楚立刻占据了我的内心，让我觉得与周围的环境格格不入，心中燃起一丝气恼：自己过的是什么样的日子，早上躺在床上连一杯茶都喝不到，自家屋子里也就只有一张床、一张桌子和几把椅子，一个朋友说我的房间简陋得像个船舱。而我现在睡在一间宽敞的屋子里，屋子里并没有四处散落的书籍，映入我眼帘的是一个把书摆得整整齐齐的大柜子。每天早上，在我家总能听到楼下苏打水公司的卡车摁喇叭的声音，汽车的发动机发动的声音从楼下传来，感觉它就要从我的身上开过去似的。今早没有听到卡车的声音，却听到隔壁房间传来的小鼓的咚咚声和脚铃的叮当声。我端起茶杯举到嘴边，感觉自己已经好久没有睡得这么畅快了。阳光透过窗帘洒满在餐桌上，桌上还摆着用过的餐具，他们肯定已经吃完早餐了。

邦吉把我醒来的消息传到了隔壁房间，脚铃的叮当声一下子停了下来，然后就听到妮丽玛和一个陌生人聊天的声音，那个陌生人一会儿之后就离开了。他大概就是鼓手吧。鼓手走了以后，妮丽玛戴着脚铃走进了我的房间。

“你醒了！”她一边在我身边的椅子上落座，一边说道。

“嗯，醒啦。”

“晚上睡得还好吗？”

“睡得不好，我的脊椎疼了整整一个晚上。”

“哈尔本斯本来想要叫醒你，我拦住了他，我想等你自己醒来，再端早茶给你。”

“哈尔本斯走了？”我有点羞愧，居然睡了这么久，哈尔本斯都去上班了。

“他已经走了一个半小时了。”妮丽玛摘下了脚铃，“他十点钟就得到办公室，所以九点钟从家里出发，阿荣也去了幼儿园。”

我不太清楚哈尔本斯在什么部门上班，只记得他的工作部门负责管理一些机密档案。他告诉我得到了一份临时职位，但一直担心这个职位很快就要被撤销。他的工作大概与档案查询相关吧。

“我本该早点起床的，”我对妮丽玛说道，“今天早上我得去一个地方跑一些新闻，十点半到办公室去写报道。”说话的时候，我的脊椎又开始疼了起来。

“十点半？现在都十点钟了。”妮丽玛笑了起来。

“腰酸背痛，浑身疲乏，好像还有点发烧，所以我才睡了这么久，”我说道，“看来今天我得请假不上班了，只是我们主编早就对我有意见了。”

“我现在就打电话给你们办公室，”妮丽玛说道，“或者我让邦吉送个请假条过去。如果身体不好，你就应该请假休息，否则你会说，在哈尔本斯家住了一宿就生病了。”

我默默地同意了她的建议，这个时候真没有起床洗漱然后马上去上班的勇气。

“我打电话吧？”妮丽玛问道。

“嗯，你打吧，就说我今天身体不舒服，所以去不了办公室。”我说道。

妮丽玛一下子站了起来，说道：“好的，你舒舒服服地躺着吧。

我马上给你拿一片药，我家里备有一个小药箱。如果过一会儿你感觉好一点了，我们就一起去欧卡拉逛逛。你去过欧卡拉吗？”

我摇了摇头，说道：“没有，还没去过，听说是个不错的地方。”

“嗯，那个地方很好玩，”她边走边说，“我马上把药拿给你。你命里有这个福气，能吃上我亲手递给你的药。”她走了几步后停了下来，又说：“我给哈尔本斯打电话，告诉他今天你就待在这里，所以他要是能来的话，就中午赶回家一起吃午饭。”

到了德里以后，这还是头一遭，我一整天都没有工作，就仅仅是吃饭、聊天和闲逛。这一天对我来说十分特别，我甚至都可以说这辈子很少有这样充实的一天。尽管这一整天我什么都没干，但却了解到了多少天、多少个月、甚至多少年都不可能获知的事情。有些日子虽然总是有大事发生，但这些事对我们来说却没有意义——诸如国际舞台上的斗争、报纸的头条、政要的会面和召开的会议。说起来，我们忙得连喘息的时间都没有，但实际上我们并没有过自己的日子，仅仅只是过了一天的时间，沿着那个中轴又转了一圈。一个没有意义、也没有发生任何大事的一天反而让人生有了一些收获，这让我心里喜不自胜。生活中很久以来累积的压力在一天里得以释放，好像这么多天的努力终于换来了这一天的结果。这样看来，这一天应该从哈尔本斯关上灯讲述伦敦的生活开始算起。我心里还没有理清这些事情的头绪，别样的愁绪又笼上心头。到了傍晚，我才体会到，想要平复好自己的心绪竟然如此困难。昨晚当我坐车去国防部小区的时候，哪里会料到在未来的二十四小时里，我竟然会有这样的机会，能够窥视到别人生活里的这么多波折？

我躺在床上，喝着妮丽玛亲手做的热可可。这时候，我听到徐克拉喊着妮丽玛的名字走进门来。妮丽玛洗完澡出来了，湿漉漉的头发上裹着毛巾来吸水。徐克拉径直走进我所在的屋子，看到我以后，突然停了下来："呀，是您？"她礼貌地寒暄了几句，想要出去的时候，妮丽玛披头散发地走进来拦住了她，问道："你还认识苏登吗？"

"怎么会不认识？"徐克拉匆忙答道，"姐夫去伦敦之前经常见面，但后来就突然消失了。"

"他现在在《新先驱报》上班。"

"我知道的，你以前说起过，苏尔吉德有一天也说过一次。"徐克拉说道，然后又扭过头对我说："您以前写过很多诗，现在大概完全放弃了吧？"

"我现在主要写政要专访和会议报道。"

"姐夫现在也是这样的，他总是忙办公室的工作，都没有时间干别的事了。几年前他写的手稿还原封不动地放在那里，他现在什么都不写了。"

听她说起哈尔本斯的手稿，我有些吃惊，她还真相信哈尔本斯能写出一些东西。

"工作以后，大家都会变成这个样子，人会随着环境的变化而改变的。"

"我想自己要是懂写作，就写一部小说。"徐克拉摸着书桌上一沓纸说道。她的身材比以前丰满了一些，俨然一副家庭主妇的姿态。她的脸庞和眉目依旧光彩靓丽，但和过去相比有了一些变化，脸上的线条不如过去那样分明，显得圆润了许多。圆润的脸庞让她平添了另一种神韵，显得更加温柔可亲。过去，她的美貌让人感到惊艳，现在却是温暖可人。她说道："我读过一本书，说每个人至少都要写一本小说，当他把自己人生的经历写出来，自然而然就成一本书了，是不是啊？”

“我现在已经远离诗歌的世界了。”我说道。她这样亲密而又洒脱地说话，让我感觉耳目一新，过去的时候，她说完“好的”“您请讲”后就不再多说了。

“我能写什么啊，也就随便说说而已！”她突然话锋一转，说道：“姐姐，有事你就说，不然我就回去了，家里还有很多事呢。”

“你自己找活吧，每天非要问了我才干活？”妮丽玛说道。妮丽玛冷冷地笑了一声，对我说道：“她的姐夫哈尔本斯老是生我的气，说我没有给他的衬衣钉扣子，所以她现在把这些琐事全都揽了下来，哈尔本斯不在的时候，她过来把所有的活都干了。她的姐夫要是遇到什么麻烦生了气，她心疼得一点都受不了。要我说，自己衬衣的纽扣掉了，就应该自己拿上针线缝好。”

“好像他闲着没事似的！”徐克拉把手按在妮丽玛的披肩上，“可怜的人在办公室耗费一整天的脑力，回到家还得自己钉纽扣。你不想做，就别找借口！拿过来吧，如果还有其他要干的活，我干完再走。”徐克拉突然看到摆在我床下的拖鞋，有点惊讶地说道：“姐姐，这双拖鞋……”

妮丽玛又笑了起来，说道：“怎么了？这双拖鞋只能让你的姐夫哈尔本斯穿，其他人就不能碰了？连来访的客人都不让穿？”妮丽玛看到我脸上尴尬的表情，又说道：“事情是这样的，去年哈尔本斯过生日的时候，她买了这双拖鞋和一条领带送给他，尽管哈尔本斯到现在还不知情。哈尔本斯对徐克拉十分冷淡，不喜欢和她说话。有时候她一不小心在他眼前出现一下，他就不停地说一些难听的话，让我自己都觉得受不了。但这个女孩子倒好，不能容忍他受一点点委屈，疯狂地替他干活。她看到哈尔本斯的拖鞋坏了，就买了这双给他，亲自刷得干干净净，所以，她怎么受得了这双鞋穿在别人的脚上呢？”

“姐姐！我现在回自己家了，一会儿再过来。”徐克拉生气地说着话，准备要离开了。

“你看一下哈尔本斯的长衫，傍晚的时候要是还没有补好，他肯定要把我吃了。前天补好的两件长衫，他穿了一件，另一件苏登现在穿着。”

“我让玛依去取长衫。”徐克拉从屋子里走了出去，沿着院子里的台阶向下边走边说：“要是还有要取的东西，我让她一起取走，这会儿家里有好多事情。”说完这句话，徐克拉快步走出了院子。

“我一点不明白这个女孩子的心思，”妮丽玛搓着自己湿漉漉的头发说道，“好几次我想，哈尔本斯要是不和我结婚，娶了这个女孩子就好了。”

盛可可的空杯子还在我的手里，我放下杯子，站了起来，说道：“我感觉现在好多了。”吃了药片，喝完那杯可可，我感觉自己精力恢复了许多，可心里开始懊恼起来，为什么要请假不去办公室呢？身体虽然康复起来，但心情却有些不太畅快。

“你身体怎么样了？”妮丽玛问道。

“比刚才好多了。”

“好的。你现在准备一下，我去做三明治，然后我们一起去欧卡拉。我给哈尔本斯打了电话，他说中午回不来，傍晚才能回家。我们赶在他到家之前回来就行了。”

妮丽玛站在欧卡拉的桥上，看着在水中飘荡的小船，说道：“每次我来到这里，都会想起在塞纳河边度过的黄昏时光。尽管这两个地方有着千差万别，但不知道为何每次来到这里我都会想起那里。”

“你来过很多次了吧？”我问道。

“没有，不是很多次，”她说道，“待在家里感到烦闷的时候，我都会来这里。来到这里能看到许多情侣散步聊天，我会感觉自己年轻了不少，待在家里，我的心会变得越来越苍老。来到这里，我会觉得自己还是一个年轻人，还有大把的时光，只是不知道现在能干些什么。当心情沉重的时候，我都会想来这里透透风。”

我们一起散步散了很久。一月的白色日光在水面上照耀，春天的风轻轻地触摸着我们。草叶上、长椅上、大树下一片生机盎然。从右手边矮矮的灌木丛那边走来几个人，其中两个女孩头戴面纱，面纱下露出的眼睛急切地打量着周围的一切。妮丽玛看到她们，停了下来，笑着说道：“的确，人生是多么美好啊！”

她的这句话让那几个女孩子咯咯地笑了起来，频频扭头盯着我们看。穿过小桥，回头望去，小桥、一汪清水、荡漾在水中的小船以及左边高耸的土丘，在日光的照射下与天空交相辉映。几只苍鹰在空中盘旋，好像在水天一色的幕布上舞动。当一只苍鹰从空中落到土丘之上，人的心弦似乎会随之一颤。从蓝蓝的天空到黄色的土丘，降落的苍鹰好像连接两个世界的纽带一样。一只只苍鹰越过土丘，越飞越远，行至天际后又贴着水面飞了回来。水天一色，飞翔的苍鹰好似在玻璃瓶中游泳的鱼儿一样……

我们在那里喝了茶。妮丽玛喝茶的时候没有拿出三明治，说是等回去的路上再吃。她说：“我想问你一件事，但是和他们在一起，我没法说出来。”

回家的时候，我们在路上一起走了很远。离贾米亚寺还有一段距离的时候，她停了下来，我们一起拐上了一条通往土丘的小路。

在那个路口，两根纤细的竹竿上钉着一块蓝色路牌，写着："通往觉嘎巴伊村的萨西拉姆路。"

"走吧，一起走一走萨西拉姆路[①]，"妮丽玛戏谑地说道，"看一看这条路把我们带往何方？"

但她很快就从萨西拉姆路走上了一个土丘，土丘不远处有一座破旧的、快要倒塌的砖台，好像是刚从土地里发掘出的废墟。它的一边是贾米亚寺宏伟的建筑，另一边是陵园的几处墓堂。

"走吧，到砖台上坐一会儿。"她说道。刚准备坐下去的时候，她却直起身停了下来，砖台上到处都是饼干碎屑、松子壳，还有一个黏糊糊的东西。我掏出手绢想把砖台擦干净，妮丽玛说了一句："不用了，别坐在这里了，我们找其他地方坐一坐。这些人真把欧卡拉的美景给糟蹋了。"

我们从那里去了别处，满眼的美景让我的心头为之荡漾。一边是连绵起伏的土丘，另一边是贾米亚寺的建筑，前面是壮美的陵园——这里真是一个能激起人心中渴望爱情洪流的胜地。

坐在欧卡拉胜地的土丘之上，妮丽玛咬住番茄三明治，说道："问你一件事，你能如实回答吗？"这句话好像一直就在她的嘴皮底下，发问的时机也是一推再推。

"嗯，问吧。"

"哈尔本斯晚上都给你说了些什么？"

"为什么要问呢？"

"我觉得他总因为我而痛苦不堪，现在他想要摆脱我。"

"你怎么能这样说呢？"

"我知道的。他给我说了好几次。昨天他和我吵了一整天，所以

① Sahi ram marg在文中是双关用法，本义为"正确的罗摩之道"，译文采用了音译。

打电话把你叫来了。我知道他肯定和你谈了不少事情，所以我想知道他心里到底是怎么想的。如果他真想要让我离开他，我也不会再烦扰他。吵吵嚷嚷的日子不算短了，我一个人也能勉强度日，不想再成为他的负担。”她说着说着，眼泪夺眶而出。她把三明治塞进嘴里，想要快点吞下去。

我不知道自己该怎么对她说，把所有的话一五一十地告诉她，必然会有大麻烦。她可能会对哈尔本斯心生厌恶。我的目光盯着一只在干草中啄来啄去的乌鸦，它的翅膀不停地扑棱，好像和地上的什么东西有着深仇大恨似的。

“他告诉了我你们在伦敦时的一些事，告诉我你们怎样艰难度日，后来又怎样随着乌玛得德巡演团周游欧洲。”我说道。

“他把所有的事都告诉了你？”

“什么所有的事？”

“所有的事……比如我第一次随着乌玛得德去了西班牙，又独自在巴黎待了三天。”

我心里飞快地做出了一个决定，这个时候我不能撒谎，我说道：“是的，他告诉了我。”

“看来他把所有的事都告诉你了。他有没有告诉你，他在西柏林城外过生日的事？”

“嗯，告诉我了。”

她突然变得非常严肃，说道：“这就是他的不对了。”

“他非常苦恼，所以就一下子全说了，你不应该这样想的……”

“我想不想有什么用？他心里早就拿定了主意。”她说道。

“什么主意？他从没告诉我他有什么主意。”我说道。

“他没有给你说，他想要永远离开我，和别人在一起……”

“和谁在一起？他没有和我提起过别的什么人，也没有说他自己有这样的想法。”

“你说的都是真话，他真的没有说过？”

“我说的都是真话。”

她看着我，凝思了片刻，转眼望着另一边，说道：“他可能没有说吧，但我感觉他很快就要干些什么了。”

“你是怎么感觉到的？”

她说：“也就是这样的感觉，实际上我一点都不懂他，他可能认为我……”

我默默地看着她。

“他可能认为我对他不忠，巴黎的事成了他的心结。我一次次想博得他的信任，但他总是不信我，而他自己所猜疑的事情完全都不是事实。”

话题有些微妙了，我也不好多说。我对着乌鸦拍了一下手掌。她感觉我没有在用心听她说话，还有心思驱赶乌鸦。

“我希望他可别因为一件捕风捉影的事而做出抉择。要是他觉得自己的抉择是对的，我也能接受一个人度过余生，但我绝不能忍受这种莫须有的骂名……”

“但是他没有说任何话，我也没看出他心里有这样的想法。”我还是盯着乌鸦在看。

“但他给我说了好多次。”她的牙齿紧紧地咬着嘴唇，双目紧闭，沉思了半晌，“我至今也没把所有实情都告诉他，因为我怕说了以后，不仅不能打消他的疑虑，反而会让他更加疑心重重。我这辈子不怕面对任何困难，但这样的疑神疑鬼却好似一把利刃让我伤痕累累，还时时刻刻刺痛我的内心。现在的处境让我感觉百爪挠心，对他的耐心也慢慢消失。如果他觉得你够朋友，能把他的心里话告诉你，那我一样也能告诉你我的处境。你和我的交情不比你和他的交情浅，至少我觉得过去我们见面的那段日子是这样的。如果那个时间你不是突然消失的话，事情很可能不会到现在的这步田地。你不知道那个傍晚你没有来，对我来说意味着什么，所有的情况都发生了改变，当然这是另一回事。我现在还想说一件别的事，但在此之前，我想知道我能否把你当我的朋友，能否希望你给我一些帮助？”

“如果能帮得上的忙，我一定会帮的。”我说道，“但你所说的过去那件事，我想知道为什么我没有来，事情就大变样了呢？”我希望自己的语言和神态中没有流露出太多想要刨根问底的热忱。但那个黄昏又重回了我的心头，离开德里的那天，我坐上公交一直游荡到深夜……

“你现在就打住吧。那都是过去的事情了，再提也没什么用。现在我们比那个时候大了九岁，人生也迈过了几个阶段。你最近第一次来我家的时候，我心里对你充满了怨气，所以不想好好和你说话。昨晚我也是对你憋了一肚子气，哈尔本斯拿你的到访当借口，不想去徐克拉家里。但今早给你药片的时候，我觉得今天我们应该像过去那样好好说话。也许那天你没有来是有什么特殊缘由吧。”

“你先告诉我事情的原委，我再告诉你，我没有来的原因。”我不想转移话题，想要刨根问底的意愿已经如此强烈，九年来养成的克制在她的面前荡然无存。

“我想听听你的原因，”她有些沮丧地说道，“我本想向你倾诉，让自己心情变得舒畅起来。你得向我发誓不把这件事告诉别人，即使告诉哈尔本斯也不行。我的意思是你要想说的话，就得先征得我的同意。”

“我发誓不经过你的同意，不会告诉任何人。”我说道。我艰难地把自己的内心从九年前的那个黄昏中摆脱了出来，但心里又闪过了一个念头，即使那个黄昏我去见了妮丽玛又能如何，难道第二天我就不去递交辞呈了？

“你是像一个朋友一样向我发誓吗？”

我点了点头。我想过要违背对她立下的誓言吗？今天如果没有她的许可，我能把这些事写出来吗？

“我只想告诉你，我为什么在巴黎单独待了三天，以及我是怎样度过这三天的。”

我的心情变得十分急切。获得窥探别人生活的机会，谁不会急不可耐啊！我们心中都有一个有着这样的习惯的孩子，想在别人家高窗的窗口搭上梯子，看一看里面在干什么。

“我们从西班牙到了巴黎，巡演团的所有人准备返回伦敦。”妮丽玛拢了拢脚，一只手撑在后面。我也摆出聆听的姿态，一只手托着脸，胳膊肘撑在土台上。乌鸦早就飞得无影无踪，放眼望去，远处除了贾米亚寺、陵园和村庄之外，只能看到高低起伏的山丘和土坑。大地被岁月的蛀虫撕咬吞噬，变得千疮百孔，好像一个麻风病人躺在太阳底下，在风中喘息呻吟。一阵阵的大风卷起沙尘，却飞得一点也不高。离我们二十英尺有一条公路，一辆公交车和两三辆小汽车正匆匆驶过。一个十六七岁的男孩子手里拿着一根树枝，妒忌地盯着我们。土丘上洒满的阳光犹如熔化的硫磺。我开始口渴，嘴唇也干了起来。

“我跟着他们去了车站，那个时候我还没下定决心留在巴黎。”

旋风卷着沙尘升了起来，沙尘迷了我的眼睛，眼泪流了下来，我开始用手擦拭眼泪。

登船专列已经准备启程。乌玛得德正在清点人数，还有两个人没有来——一个是缅甸艺术家吴巴努，另一个是鼓手拉卡·辛格。他们都要在巴黎再逛一天，所以现在还待在宾馆里，第二天回伦敦。

妮丽玛站在月台上，箱子就放在身边，她在想一会儿谁最先上车，谁最后上车。不知道什么原因，她想最后一个登车。大家都开始登车了，她却驻足不前。所有人都陆续上了车，站台上就剩下妮丽玛和乌玛得德了。乌玛得德看着妮丽玛，想等她上车以后，他再登车。

"火车马上要出发了，"他说道，"你为什么还不上车？心里对巴黎还恋恋不舍？"

她摇了摇头，说道："是的，不想回去。"乌玛得德要是不问，她可能都不会有所表态。如果他仅仅说，你快点上车，她可能就一声不吭地坐上火车了。

"巴黎就是这样的地方，谁来了以后都会难以割舍。但我们不能待在这里。来吧，把你的箱子给我。"

"想待为什么不能待呢？"她说道，"人有了想法，为什么不能去做呢？"

"你是一个有激情的女孩子！"乌玛得德总是称呼她为女孩子，"来吧，把箱子给我。火车马上要出发了。"

她提起箱子，又放在地上，说道："但我今天不想回去。"

乌玛得德笑了一下，说道："现在别这么任性，你知道无论如何，你都要回去的。你的丈夫在等你，他要是知道你没有和我们一起回来，一个人留在巴黎，可怜的人还不得去自杀啊？"

"不会的，不会有这样的事，他为什么要自杀？他开心都来不及……”

“为什么，他为什么会开心？”

火车机车喷出蒸汽，汽笛声随之响起。乘务员来到车厢门口，告诉他们现在不能再耽误时间，马上要进到车厢里。蒸汽机排出的蒸汽好似空中挥舞的手臂。妮丽玛苦笑了一下，说道：“我也就这样说说。那个可怜的人肯定会非常担心，但他也该这样担心一下了。”

“现在别说这些，快把箱子给我。”

她不能告诉乌玛得德自己心里的感受，也不能告诉其他人。她冷冷地说了一句：“你上车吧，我不坐今天这趟车了。”

乌玛得德睁大了眼睛，妮丽玛的话让他难以置信：“你不坐这趟车回去？列车马上要出发了，你这样任性可一点都不好。如果你真的想留下来，那……”

“我真的想留下来。”她说道，“你上车吧，明天我和拉卡·辛格一起回去。”

“为什么？”

乘务员又催了一次。火车机车再次排出蒸汽，汽笛声嘟嘟作响。火车车厢猛然一阵抖动，随后开了起来。乌玛得德还有些犹豫，问道：“你真的不走？”

“是的，我真的不走。”

乌玛得德一阵小跑登上了车。她挥了挥手，好像来车站是为了送别他们。

“你丈夫问起来，我怎么对他说？”乌玛得德在已经开动的火车车厢门口问道。

“就说我今天没有和你们一起回来，可能明天回来吧。”

火车渐行渐远，驶出了站台，她深吸了一口气，把箱子提了起来。

到了车站栅栏处，她坐了下来，心中满是疑惑：为什么要留下来？难道真是巴黎的魅力让她恋恋不舍，或者是其他原因？毋庸置疑，巴黎的确是一座充满魅力的城市，她也想好好游览一下。但她留下来的原因仅仅是这个吗？为什么她到了车站以后，却没有了上车的心思？她真的只想再停留一天，明天就回去吗？

栅栏处挤满了人，一片人声鼎沸，坐在那里她感觉不到这世间还有半点愁云。她面前有一对身穿大衣的情侣互相搂着脖子拥坐在一起，女孩说着话，男孩低下头来亲吻着她的嘴唇。在男孩的眼中，世界除了这个女孩已经别无他物。他俩爱得自由自在、无忧无虑。他们的存在好似一种旋律，他们自己随着旋律而舞动。角落里有一位老妇人，她端着红酒，一口一口地咬着一块圆面包，陶醉在自己的孤独之中，就连她的存在也有自己的旋律。放眼四望，周围的人群也如出一辙，他们喜气洋洋、自我陶醉。众生在各自的位置上随着旋律舞动。妮丽玛想起了昨晚在埃菲尔铁塔见到的情侣，想起了小巷子里聚在一起载歌载舞的人群，想起了经过塞纳河大桥的车流，每天的生活就好像一个节日，人们随着车流庆祝节日……

她的眼前又出现了伦敦那个阴郁的家的画面，他们的生活每天过得如同发丧一般。哈尔本斯也不知道是怎么回事，每时每刻都阴着脸。他说话时通常都是一个词，只有吵架的时候才会多说几个词。每天的三分之二时间都在生气埋怨，另外的三分之一时间迫于生活而疲于奔命。某一天总算有了开心的事，没到晚上就总有别的什么烦心事来搅局。每天的生活都度日如年，当保姆带孩子真让她心烦意乱！这样烦躁的生活里，他们到底在寻找什么，又有什么收获呢？哈尔本斯的个性让她痛苦不已，而哈尔本斯也受够了她，可他们还得一起过日子，也不知道何时才能解脱。哈尔本斯希望她和自己一样严谨本分，而她却希望他们每天都欢声笑语、充满激情。他们好像绑在一起但却方向相反的两颗星星，既不能摆脱相互的束缚，也不能改变各自的方向，这是他们的宿命……

如同中了一个邪恶的诅咒，他们这样已经在一起生活了好几年。难道她不能做出大胆的尝试，来摆脱她和哈尔本斯之间的这种状态？难道她就要隐姓埋名在一个陌生的国度里和一群陌生人一起度过自己的余生？难道她就不能过上舒心的生活？难道她非得要回到哈尔本斯的身边？就算哈尔本斯将会遭受打击，难道他就会一蹶不振？难道他就不能很快重塑自己的人生？妮丽玛感觉到一阵轻松自由！在国外生活必然会遇到经济上的困难，难道她就不能找份工作来维持生计？她在巴黎跳舞演出就不能养活自己吗？

走出车站栅栏，她差不多下定了决心。现在她还不想回去，她要完全自由自在地独自过活。她受不了和哈尔本斯一起生活的刻板和阴郁。如果她单独过活，她还会寻找某种情感寄托，她早就摆脱了那些陈旧思想的束缚。她决定一到宾馆就给哈尔本斯写信。

她到了宾馆以后，发现鼓手拉卡·辛格已经不在那里了，缅甸艺术家吴巴努正准备外出，看见她回来吃了一惊。

“妮丽玛，你怎么回来了？”

“嗯，我今天没有上火车。”她笑着答道。

“所有人都回去了，就剩下了你！”

“是的，所有人都走了，只有我留了下来。”

“怎么回事？”

“我自愿的，想着在巴黎再待几天。你要出门逛吗？”

“是的，你也一起去？”

“你等我十分钟，我收拾一下一起走。十分钟就够了！”

“你尽管去吧。我在外面大厅等你。”

妮丽玛很快就收拾妥当。她感觉和吴巴努一起出门，好像开始了一段新的生活，身心都有一种陶醉的感觉。她都忘了给哈尔本斯写信，或许是故意忘了写信这回事？

他们一起在卢浮宫逛了几个小时，看了雕塑、旧式武器和前几个世纪的各种服饰。

她挽着吴巴努的胳膊，逛了一个又一个展厅。她亲切地叫他“吴巴”，在他身边开怀大笑。她拉着吴巴努四处闲逛，好像用绳子牵着他一样。吴巴努总是说一些不着边际的蠢话。妮丽玛在哪里笑出声来，他也就跟着傻笑。妮丽玛看了什么东西觉得惊奇，他也就跟着惊奇。妮丽玛好几次故意批评或称赞某样东西，他也跟着批评或称赞。妮丽玛责怪了他几次：“你每次都随声附和，就没有一点自己的见解吗？”

他说道：“我为什么要有自己的见解，我觉得每样东西都很好。”

“那为什么我说你看那座雕塑多不吉利的时候，你也跟着撇嘴？”

吴巴努苦笑了一下，说道：“我也觉得那座雕塑不好。”

当他们又走进一座展馆，看到了一张犀牛皮，妮丽玛问道：“这张犀牛皮我一点都不喜欢，感觉好粗野。”

吴巴努沉思了片刻，说道：“我也觉得不好，但这东西就是这个样子。仰光的博物馆里有很多兽皮。我家里也有好几张，我爸爸是个出色的猎人。”

“你家里有犀牛皮？”

“没有，没有犀牛皮。”

“你见过犀牛吗？”

“没有。”

“那你说犀牛皮不好看？犀牛皮有它的特点，狮子皮和豹子皮可比不上。”

“你觉得犀牛皮很好吗？”

“犀牛皮就是兽皮，有什么好不好的？”

吴巴努笑得露出了牙齿，说道：“你说话真好听。”

“为什么？”

“你说的每一句话都好听。”

“是因为我是女人吗，并且还是个年轻女人？”

“不，我真心这样想的，你说的每句话都让我很开心。”

“去你的！”她的心里笼上了一层阴云，但她还是拉着他的手，一起去了另一边。

出了卢浮宫，他们在街边餐馆吃了饭。吴巴努想把口袋里所有的钱都花给她。他们喝了红酒，吃了香肠三明治，沿着塞纳河岸逛了起来。天色渐暗，但她觉得这是生命的清晨。塞纳河上驶过的客船和货船发出的汽笛声撕破了夜空的宁静。她挽着吴巴努的胳膊，从街边商店走过。旧书、裸体雕塑、五颜六色的花束、沿街作画的画家、伴着口琴唱着塞纳河颂歌的市民，每隔几步就有拥抱在一起的情侣，好像在俯视他们的尖顶教堂……吴巴努盯着抱在一起的情侣，好像看着博物馆橱窗里的展品一样。

“你为什么色迷迷地看着他们？”妮丽玛捏着他的手指问道。

“真是不一样的生活。”他说道。

“你觉得这样的生活很好吗？”

“我不知道啊。”

“你有女朋友吗？”

“女朋友？哪有啊？”

“她不在仰光？”

吴巴努突然严肃了起来，不再说话了。

“你应该有妻子吧，结婚了没有？”妮丽玛问道。

“我十五岁的时候就结婚了。”吴巴努皱了皱眉头。

他们沉默了半晌，妮丽玛又问道：“你在这里不觉得孤单吗？”

“觉得孤单。”他说道。

“你想家了吧？”

他又沉默不语了。

“你离开妻子已经多少天了？”妮丽玛又问道。

“很多天了。”

“你难道不想她？”

他又不说话了。

“到外面认识其他女孩子了？”她问道。

“没有。”

“没试着认识一个？”

“你为什么问这些？”吴巴努瞄着她的眼睛，想要看出点什么来。

“随便问一下。”

“你是第一个和我这样说话的女孩。”

“你觉得我是个女孩？”

“我知道你结婚了，我在伦敦见过你的丈夫，但我觉得你还是像个女孩子。”

“你知道我多少岁了？”

“你的年龄？二十出头吧。”

她不说话了。吴巴努问道：“年龄要更大一点？”

“和你猜的差不多。”

“看到你，我根本就没想到你已经结婚了。”

“真的？”妮丽玛拉着他的手晃了起来。这是一个新的开端，她在巴黎已经摆脱了所有的束缚。她不想有任何东西再束缚自己的手脚，无论是什么思想、什么感情、什么情绪，她都想统统抛开。她已经远离了约束她的社会习俗，多年来她一直被困在里面，难以脱身。

“今天所有的人都回伦敦了，你为什么没有一起去？”她问吴巴努，“你为什么留在巴黎？”

“我想这辈子可能不会再来了，所以想多逛逛。你怎么去了车站又回来了？”

她没有回答，觉得自己无法作答。难道她要告诉他自己留下来的原因？她自己清楚为什么留下来吗？

“你明天回去吗？”

她还是没有作答，反而问起了他：“你明天不回去吧？”

“想着明天回去，但是……”

“但是什么？”

“有可能不回去吧。”

“为什么？”

“你留下来，我也就留下来。”

“我留下来，你就留下来？如果我一辈子留在巴黎呢？”

吴巴努神秘兮兮地看着她，说道：“那我也就一辈子留在巴黎。”

“真的留下来，或者只是……”

“真的会留下来，不然你试试看。”

“那你和我在一起，我说去哪里，你就去哪里；我说怎么做，你就怎样做？”

“你说的我全都照办。”

“你真是个孩子，所以我觉得你真的特别好。”妮丽玛拉着他的胳膊，轻轻拍着说道。

吴巴努想要把她揽进怀里，但她却从他的臂弯里挣扎了出去。她觉得好像心里一块柔软的地方，被人用脚踩了一下，说道：“听好了！在我没有许可之前，你不能再有过分的举动。”吴巴努有点惊慌失措了。

“行，你不允许的话，我就不会再碰你，”他说道，“如果你觉得难受，我可以向你道歉。”

“不用了，没有道歉的必要，我没有感觉到难受。”

他们默默地走了一会儿，两个人都很严肃，端着架子想着什么。“你带我去剧院吧？”妮丽玛最终打破了沉默。

“为什么不呢？我还有很多的钱。”吴巴努说道。

妮丽玛拉着他的手。吴巴努开始有点抗拒，但后来还是任由妮丽玛拉着自己的手。妮丽玛牵着他的手，把他拉到了自己身边。

晚上从剧院出来时，他们浑身疲倦地回了宾馆。吴巴努兴高采烈，一直拉着妮丽玛的手。鼓手拉卡·辛格也回来了，看到妮丽玛吃了一惊。最先他们十六个人住三个房间，两个房间住男的，一个房间住女的。现在他们只有一间房了，难道妮丽玛也要和他们住在一起？

妮丽玛不想住单独的房间，她担心自己住在单独的房间里，心情会再度抑郁起来。她留在巴黎可不想让自己心情阴郁，她是快乐的，还想继续快乐下去。她觉得巴黎就是一座巨大的博物馆，她浏览着各种各样的雕塑、花园和剧院，还有优美的塞纳河，这些都是这座博物馆的不同展厅。吴巴努是博物馆的一座雕塑，偌大的博物馆就她一个参观者。当她和别人在一起时，她就身在博物馆。当她一个人独处时，她就离开了博物馆。她不想从博物馆出来，每个空房间对她来说都是哈尔本斯的家，她可不想回到哈尔本斯的家里。

"我一个人需要单独的房间干什么？"她说道，"我们就不能夜里不睡觉？坐在阳台上聊天打扑克。"她想起了在德里的时候，有人说是要打扑克，她一点也不喜欢："打扑克？我从来就没有想过。我觉得打扑克的人都很无聊空虚，和他们根本没法呆在一起。我觉得他们都是游手好闲的人，没有任何谋生的手段。"

但这个时候，她感觉从辛格口袋里掏出的破旧扑克却是一个好东西。她感觉自己跟上了生活的新节奏——大笑、闲逛、嬉戏……她没有想更多的事。她也没有想，如果自己单独住一间房，谁来支付费用。她也没有想，坐在阳台上玩扑克看夜景是能打发一个夜晚，但每个夜晚却不能都这样度过。她是没有想过，但更不想去想。她知道，典当了金手镯能解决一时之需，当她拎起箱子准备上火车的时候，就低头看了一眼手镯，除了典当手镯，她还会跳舞。如果找不到跳舞的工作，那她……她不想盘算得太长远。她已经过了完美的一天，心情非常愉快。她想保持这样愉快的状态，所以做什么她都愿意，玩扑克也行。

从阳台上能看到远处的灯光，灯光更远处是笼罩在黑暗中的天空，灯光的这一侧是她自己的世界，另一侧是哈尔本斯的世界。她想留在自己的世界里，不想再回到哈尔本斯的世界。

拉卡·辛格已经困得睁不开眼睛，但他并不想睡。他心里有一颗疑惑的种子让他无法入睡。他想，要是他和吴巴努睡觉了，那妮丽玛也就得睡觉。他总是出错牌，该发“王”的时候却出了“奴”。吴巴努眼中一点倦意都没有。最后妮丽玛放下了扑克，说现在大家聊天吧。拉卡·辛格想着明天的事，他还得赶火车去伦敦。到了伦敦，还要找乌玛得德讨工钱。他的口袋马上就要空空如洗，所以他问大家明天要不要一起回伦敦。

“我们现在还要再待几天，”妮丽玛直接代替吴巴努做了决定。拉卡·辛格心里更加疑惑。他抚摸着自己的胡子坐了一会，起身去睡觉了，不一会就打起了呼噜。

吴巴努凝望着妮丽玛。妮丽玛看着远处灯火形成的光幕以及更远处无尽的黑暗。灯火的光幕是一个安全的港湾，远处的黑暗是茂密的丛林，是下贱的猎人[①]生活的处所。她畏惧黑暗，不想成为黑暗的牺牲品。她想把阳台变成自己的家，想把这一刻变成永恒的生活。她想永远保持这一刻的状态。她把生活中被偷走的那些时光视为自己前行的资本，她能依赖这些资本过几年日子吗?

吴巴努眼中充满了欲望，脸上的神情显得非常愚蠢，但妮丽玛却很喜欢这样的神情。她暗暗做了对比，哈尔本斯总是一副患得患失的神情，时刻好像准备去战斗。对他来说，幸福不是简单的幸福，仅仅是一种用来分析和评判的对象。他不愿接受生活中任一时刻的幸福，总是不停地思考和剖析，最后却从幸福中刨出了痛苦，幸福一去不复返。哈尔本斯就不能完完整整、无拘无束地体会任何一种幸福，连肉欲的幸福都不行。

“你现在真漂亮。”吴巴努说道。拉卡·辛格的呼噜声此起彼伏，吴巴努的语言变得轻佻了起来。他不是那种目光灼灼的人，他把自

---

① 猎人是古代印度贱民种姓的职业。

己裹进毯子里，忘情地欣赏妮丽玛的美貌。

妮丽玛想起了那张犀牛皮。难道犀牛也会把自己的幸福这样子裹起来吗？当犀牛死了以后，它的皮被陈列进博物馆，上面还打着灯光。但灯火能照到犀牛皮的内部吗，里面是不是一片黑暗？

她想把犀牛皮赶出自己的记忆，忘记黑暗的事情。她想要活下去，不知道自己为什么还会时不时想念一下哈尔本斯。每当她想要努力摆脱哈尔本斯的影响时，这样的影响反而显得更加强大，更加让她揪心。

“要是困了的话，你也睡吧。”她对吴巴努说道。

“你要是醒着，那我也不睡。”他说道。

“我今晚不睡觉。”

“那我也不睡。”

“你今天为什么这样子对我啊？”妮丽玛问道。

“前段日子我们在一起演出，真没想到我们现在会好成了这样！”吴巴努笑着说道。

“你现在心里在想什么？”

“我心里什么都没想。”吴巴努说道。他从椅子上溜了下来，把头放在妮丽玛的膝盖上，下巴压着她柔软的肉体。妮丽玛并没有推开他。

“什么都没想，那你这是在干什么？”她问道。

“为了你我什么都愿意去做。”吴巴努结结巴巴地说道。

“什么都会做？”

“你吩咐一下，我愿意为你赴汤蹈火。”

妮丽玛的目光又一次闪过了那片黑暗，浑身开始颤抖起来。难道吴巴努在黑暗中没有看到些什么？

“要是你的妻子看到你这个样子，那……？”她抓住他的肩膀把他推开了。

“我的妻子已经死了。”吴巴努的表情完全像个孩子一样。

妮丽玛把手温柔地放在他的头上，说道：“你那个时候可没说你的妻子已经死了。”

吴巴努一言不发，看着远处黑暗的天空。

“你想她了吗？”

“没有，我早就把她忘了。”

“为什么？”

吴巴努转眼盯着她的脸庞，说道：“她不正派。”

妮丽玛从头到脚打了一个寒战。她自己想要移开目光，不去看眼前的黑暗，却发现实在无能为力。黑暗好像愤怒地瞪着她。吴巴努又想把头伸进她的怀里，但她设法躲开了他。

“你也讨厌我了？”吴巴努像个孩子一样问道。

“不，我不讨厌你。但我希望你好好地坐在椅子上，像刚才那样子说话。”

吴巴努看着她，一动不动坐了一会，站起来坐到了椅子上。

沉默了一会，妮丽玛问道“你怎么知道自己妻子不正派的？”

“我当然知道。”

“她去世多久了？”

“已经很久了。”

“她死了以后，你才离开了仰光？”

吴巴努点了点头，他的表情非常严肃，有点像哈尔本斯了。

“她是怎么死的？”

“死于一起事故。”

“什么事故？”

“她的头部受了伤。”

“有东西砸到她的头上了？”

吴巴努点了点头，但这仅仅是敷衍了事，并非真心回应。他现在已经不愿意再和妮丽玛目光交汇，而是从阳台上望着远处的天空。

“她死得这么早，你好像并不难过？”她知道自己在撕裂他的伤疤，但她还想把伤口撕得更深一些。

“我？”他吃惊地说道，“我为什么要难过？我跟你说过她不正派。”

“你有没有真正地难受过？你是不是一点都不爱她？”

“我……我不知道。有时候觉得爱她，有时候觉得不爱。”吴巴努的声音开始嘶哑起来。

“她过世以后，你为什么没有再结婚？你为什么要离开仰光？”

“没什么由头，我不想待在那里。”

妮丽玛觉得再问下去，就会把自己带入黑暗之中。她本想要避开的区域，现在却要故意把自己推进去。她无法阻止自己，神秘的黑暗把她拽了进去，她明明知道但依然无法摆脱。

“你的妻子很漂亮吧？”

“结婚的时候很漂亮的。”

“后来就不漂亮了？”

他点了点头，非常坦率地说道：“是的，后来我觉得她不漂亮了。”

“为什么？”

“说不上原因，我为她付出了一切，但她却……”

“你确信她不正派吗？”

吴巴努点了点头，用牙咬住了自己的嘴唇。那个时候，他好像没有看妮丽玛的脸，而是盯着另一张脸看。

“她要是作风正派，那你是不是会很爱她？”

他蜷缩在阳台上，胸膛好像痛苦得一起一伏。“你为什么不说点别的？”他问道。

“你不喜欢这个话题？”

他的声音好像痛苦的呻吟一样，说道：“不喜欢，你现在说点别的。”

“你凭什么希望你的妻子作风正派呢？你自己就不正派！”妮丽玛想把他的伤口撕得更深一些。

吴巴努抬起了头，吞下了一口唾沫，艰难地说道：“我以前不是这样的。”

“那现在呢？”

“现在我不知道。”他非常无助地看着她。看到他无助的神情，妮丽玛并没有心生怜悯，还是想方设法继续打击他。

“有你妻子的照片吗？”

“没有。”他像困在网里的一只小鸟一样扑棱着翅膀，想要从网里挣脱出去。

“要是有的话，让我看看你的妻子有多漂亮。一个美丽的女孩子年纪轻轻就死掉了，这是多么可悲的一件事！如果你的妻子这个时候突然出现，站在你的眼前，你会有什么感觉？”

“我从来就没有想过这样的事。”吴巴努绝望地说道。他拼了命，想要摆脱这张束缚自己的大网。

“那意思就是你现在还爱着她？”

“我……她……”吴巴努头晕目眩，感觉快要跌倒，“我说了，我不想再谈任何和她相关的事。”

妮丽玛觉得非常有趣，这个人一整天按照自己的指令行事，现在却冲着她嚷了起来！他们逛了一整天街，谈论的都是街上的事，现在他们来到房间里，说的都是私密的家事。

“你这辈子都不回仰光吗？”她问道。

吴巴努突然从椅子上站了起来，一言不发从阳台进了里屋。

妮丽玛坐在原地，看着四周。吴巴努换了睡衣，裹着毯子躺下了。妮丽玛感觉城市的灯光变淡了一些，但黑暗却依然浓厚。她觉得身体发冷，但还是不太想动。过了一会，她到里屋取了毯子，裹好后坐在椅子上。她觉得自己非常孤单，开始想念哈尔本斯。她想，自己没有按时回家，哈尔本斯是怎么想的？他这段日子过得怎么样？现在他在干什么？睡觉了还是醒着呢？她开始后悔为什么要离开自己的家，现在不在家里，而是和两个陌生男人待在一起，感觉多么别扭！她心想要是有可能，就立刻回到哈尔本斯身边，偎依在他的胸口大哭一场。

一大早下起了毛毛雨，她醒了过来。坐在椅子上，她感到腰酸背痛，身体发僵，胳膊血脉不畅。身体如此僵硬，活动了很久还是感觉不适。

吴巴努也醒了，他们一起喝了早茶，吃了早餐。拉卡·辛格准备出门了，他说话时有点奇怪，好像他和他俩不是一道的，而是单独的一个人。妮丽玛信守承诺，说他俩今天不回伦敦。她又想起了印巴分治的那段时间，哈尔本斯不顾生命危险，安全地把她从拉合尔带了出来。她还想到了那些留在巴基斯坦的女眷们，她们的丈夫后来该如何对待她们。哈尔本斯会不会默默地接受她的缺位，或者他也会和那些丈夫一样，也拒绝让她再回到身边？

拉卡·辛格走了，时间一分一秒过去。吴巴努的冷漠和僵持也消退了很多。他变得又像第一天那样的嬉皮笑脸，让人感觉他多余而又无用。但妮丽玛却没法和他嬉笑，也不敢故意招惹他。他们之间的关系显得自然了许多，这到底是自然之举还是有意为之？他们之间的关系是疏远了还是亲近了？他们在旅馆吃了早餐，吃完早餐以后就沿着塞纳河岸逛街。吴巴努牵着她的手，好像这是自己应得的权力。到了凯旋门，他们坐在附近的草坪上，吴巴努告诉她，只要他俩同心协力，就会在巴黎过完这辈子。他们可以到巴黎的夜总会进行表演，将来还可以组建自己的巡演团。如果他们管理得当，能找到好的主办方，就能赚到大钱。他不会再回仰光，就别说仰光，连亚洲他都不想回了。他需要一个伴侣来一起闯荡世界。至于他有没有能力做成这些事，等他俩一起生活了就会知道。她愿意接受他的安排吗？

妮丽玛听着他的话，不置可否地一直保持微笑。她没有感觉任何答复的必要，好像她在听一盘颇有趣味的磁带，想要停下来，随时关上录音机就行。吴巴努的话听上去很有趣。他还以为妮丽玛和自己在同一个舞台上，但她却像一个坐在厅里最远处的观众一样，听着这个让她心情舒畅的花边故事。

天色暗了下来。他们逛得精疲力竭。吴巴努提议再去剧院，妮丽玛拒绝了他，她知道吴巴努身上没有多少钱了。她也没有去剧院的心思，心想，自己早就看过比这个剧院里好得多的演出。她感觉自己的无动于衷有点残酷，开始同情起吴巴努来，但她不想改变自己的心意。他们一起回了宾馆。她让吴巴努回到房间，自己到宾馆前台给哈尔本斯发了电报——让他寄来十个英镑。

她不想再和吴巴努待在一个房间，给自己又订了一个房间，想着一早收到汇款就坐飞机离开。

吴巴努还是对妮丽玛恋恋不舍。他说他们可以坐在阳台上聊天过夜，他还想把过去的事情讲给她听，但她现在却不想再听，也不想更多地了解这个人。她只觉得他的样子非常有趣——天真单纯、愚蠢无知和多余碍事。她吃饭的时候还开他的玩笑。睡觉前，吴巴努来到了她的房间，想要确认她是否愿意一辈子都留在巴黎？她开了几个玩笑，并没有作出答复，也没有把发电报的事告诉他。吴巴努没有听到确切答复之前，不肯回到自己的房间。妮丽玛笑着说道："你去睡觉吧，我明早告诉你答案。"吴巴努深情地看了她一眼，满腹惆怅地离开了。

第二天早上，她还没有收到哈尔本斯的回复，但她知道下午时分应该能收到。吴巴努一次次问她答不答应，她想尽办法拖延他，还给他一个飞吻，说道："我正在想呢，想好了就告诉你。"吴巴努情绪非常不稳定。他开始大声地向她告白——自己对她痴心一片，对俩人未来的规划又是如何。她全都听了进去，就是一言不发，开始还觉得饶有趣味，后来心里却开始犯嘀咕：要是哈尔本斯不给她答复，那该如何是好？

他们一整天都没有出宾馆。下午时分，她收到了哈尔本斯的回信，他寄来了三个英镑，告诉她立刻回家。妮丽玛感到一阵幸福，哈尔本斯现在还是愿意让她回到身边，但让她痛苦的是哈尔本斯没有寄来十个英镑。现在轮到她做决定了，该如何是好？

吴巴努怒气冲冲地坐在房间里，衣服从箱子里散落了一地。妮丽玛对他满心怜悯，心想吴巴努身上还有没有足够的钱来支付这两天的房费？他可能也要离开巴黎回去。她给了他一只金手镯，让他出去变卖。"我们身上应该留一些钱。"她对他说道。吴巴努离开之前，希望得到她的答复。“等你回来了，我再给你答复。”她笑着说道。她自己也在扪心自问，难道她真的想要再回到她两天前已经下定决心要逃离出去的那种生活？

吴巴努又高兴得像个孩子一样。妮丽玛抚摸着他的头发，说道：“等你回来了，我一定会拿定主意的。不管做了什么决定，我们都得付了宾馆的账单。”

吴巴努不情愿地站了起来，急匆匆地离开了宾馆。他走了以后，妮丽玛开始收拾行李。她感觉不是自己在忙活，而是一种外部力量迫使她这样干。收拾好箱子以后，她结清了房费，马上就要离开宾馆，她的内心又陷入了两天前的那种思绪，但有一种强力改变了她的意愿，她低价变卖了另一只金手镯后去了机场。

夜幕降临，飞往伦敦的班机已经准备就绪。妮丽玛不知道自己要不要坐飞机回去。她原本以为飞机上不会再有空位，但问询之后发现有人取消了航班，还有一个空位。她立刻就买下了机票。当飞机起飞的时候，她心里有一种异样的感觉——她不知道是幸福还是遗憾，身体感觉到一阵阵的松弛。她知道自己已经别无他法，开始闭上眼睛一动不动。一位空姐走了过来，给她一些酸甜口味的糖果，她含进嘴里吮吸了起来。

“我知道自己别无选择，”妮丽玛一边拍打着凉鞋上沾着的泥巴，一边说道。但这个时候，我心里却想，要是能找口水喝那该多好！

“你不感到后悔吗？”我问道。

“不，我不后悔！我之所以不懊悔，是因为我知道自己即便干了别的事，可能也会非常痛苦。唯一后悔的事是我没法再博得哈尔本斯的欢心。他一想到这件事就会痛不欲生，到现在还会对我撒气，我真要是干了那也就……”

“但你要想一想，如果换成别的男人，可能都不会这样宽容，那可不仅仅是你自己黯然神伤这么简单，说不定他还会干出什么出格的事情。”

“我知道的，”她说道，“这件事以后他还有这样的态度，所以我更尊重他了。但我们之间不知道是怎么回事！我觉得我们不像夫妻，更像相互的敌人，在一起生活好像就是为了相互报复。大概因为他心存猜疑，所以我们才成了今天这个样子。如果他心里相信我的清白，不要每句话都想着讽刺挖苦我，可能我们才能好好地过下去。为了孩子我们也应该好好想想，吵来吵去到底会给孩子产生什么影响。他有时跑到哈尔本斯的身边，说爸爸你怎么又骂妈妈了；有时候又牵着我的纱丽，说你不要这样和爸爸说话。他还这么小，却变得这么老成，这让我好担心。有时候，我们吵架的时候，他就开始哭泣，还砸家里的东西。我很担心，我们之间的紧张关系可别让他的心理产生扭曲。”

“除此之外，你觉得你们关系中还有什么隔阂？”

“没有，没有其他隔阂了，至少我心里是这样想的。我认为……或许是……其他的事不太重要吧。我们现在都不年轻了，还有一件事，我很清楚地知道离开了舞蹈自己根本就活不下去。我每天早上练习一个小时的舞蹈，让身体得到了很好的锻炼。我不希望自己身体臃肿松弛，但现在我开始觉得自己已经变老了。我对苍老充满了恐惧，还想再保持至少十年的青春。你看一看，我现在都三十四了，很难再有十年的时间。从伦敦回来以后，我生了阿荣，到现在都没有举办过一场演出。我害怕就这样浑浑噩噩一直到老到死，人们都不会知道我曾经还……我不会放弃舞蹈的，即便做出再大的牺牲我也心甘情愿。在死去之前我一定要赢得盛誉，我的名字一定会被观众所熟知。但我不仅仅是图个名声，我知道自己胸中有一团火一样的东西，带我走进了舞蹈这一领域。你大概看过卡米妮和谢吉的演出吧？我认为她们并不能算是实至名归的舞者，实际上……你不知道我的身段过去是多么婀娜多姿。我现在要是好好练习，舞蹈水平也能与卡米妮和谢吉旗鼓相当的。我不是贪图虚名，但心里一直有一种激情，我想自己为什么不能像她们那样生活？我的表演功底比她们都要强。我的导师说他就没有见过像我这样目光灵动、姿势灵活的弟子。我想要赢得声名，这也是我应得的……”

她一直说着话。我却一直看着四周高低不平的地面，一队蚂蚁绕过我们身边，径直走进前面的草丛里。在夕阳辉映下，远处丛生的枯枝宛如多年来被噬尽血肉的骨架，周围的环境一片萧条肃杀之气。远处公路上汽车一辆接着一辆开了过来。那块土地好像脱下了衣服，张开双臂默默地展示着自己，一副无奈、绝望又略带嘲讽的样子。这时候，我不仅觉得自己口干舌燥，连周围的大地也是渴得喉咙发哑。

“我们回去会不会有些晚了？”我说道，“现在我们边走边说，你看怎么样？”

妮丽玛似乎吃了一惊，马上就站了起来，说道：“好的，我都忘记了哈尔本斯从办公室回来的时间。我们本应该赶在他回来之前到家的。”

我们步行走到了法国小区的桥边。太阳很快就要落山，天色渐渐变暗，赭色的细碎云朵和铁轨交汇在远处的天际。妮丽玛走着走着突然停了下来。

“怎么了？”我问道。

“没什么，”她说道，“火车马上就要开过来了，等火车经过后我们再走。”

在右手边的铁路上，可以看到一辆黑色的火车朝我们缓缓驶来。我们站在桥上，看着火车哐当哐当从桥下穿行而过。妮丽玛兴奋地紧握着双手，对我说道：“不知道是什么原因，我特别喜欢看火车远远地开到我的身边来。”

我没有回应，我们默默地向前走了一段路。妮丽玛又说道：“我不知道为什么今天给你说了这么多话！我好像迫不及待地想要把这些话告诉别人，你可能会想我的脑子出了毛病吧？”

“我才不会乱想。”我说道。

“人就应该高高兴兴地活着，把人生过得丰富多彩，这才是我喜欢的生活。”她情绪更加亢奋起来，“我想要找一个这样的朋友，能把我所有的心里话都告诉他。那一天我本来想和你好好说一说的。”

“哪一天？”

“就是你爽约没来的那天。我去了屠夫街还是屠户街找你，那个地方叫什么名字来着？”

那天的回忆又涌上心头，我的心情开始抑郁起来。妮丽玛早就和我说过那天的事，说是要是那天傍晚我和她要是见了面，可能……

“我那天有要事缠身，所以没有去成，”我说道，“后来我就离开了德里。”

“那天你要是来了，我就不会轻率地去迈索尔，后来又去哈尔本斯那里。”她说道。

“怎么回事？”

“那段时间，一想到徐克拉的事情，我就非常苦恼。我不想自己走了以后，苏尔吉德有了接近她的可乘之机。我一点都不喜欢这个人，但我又得离开德里，所以左右为难，我本想……”

她突然不说话了。我的心脏扑腾扑腾跳了起来，急切地想听她接下来会说点什么。

“我知道在我走之前，得打消掉徐克拉对苏尔吉德的心思。吉文·帕尔加奥已经走了，你走进了我的视野。不过，现在说这些都没有用了！现在我就希望她这辈子能好好地过下去，你知道的，这是苏尔吉德的第二段或是第三段婚姻？”

“我知道的。”我死气沉沉地答道。

“我那段时间想试着和你谈一下她的事情。我想有可能的话，能让他们别走到一起。说实话，你觉得徐克拉好不好？我觉得你们……”她突然猜到了什么，笑着不说话了。

我的心情一下子低落下去，费了很大的劲才说出话来：“我对她从来没有过这样的心思。”

“我来告诉你，徐克拉为什么要嫁给苏尔吉德？”她说道。

“因为她喜欢他？”

“她之所以喜欢苏尔吉德，一来是因为他和哈尔本斯一样长得人高马大，二来那段日子哈尔本斯老是对他赞誉有加。哈尔本斯认为你非常自负，也不愿意和人敞开心扉说话。可怜的徐克拉！当她把自己完全托付给了苏尔吉德以后，才知道了他以前的丑事。她这么青涩的年龄怎么会辨认好坏呢？哈尔本斯这个时候出国离开了她，我也离开了德里。她后来面临着一个奇怪的窘境：她想我们回来以后再结婚，但苏尔吉德告诉她，新的法律即将实施，要是再迟一点，他可能就娶不了她。你知道新的法律是1955年5月18日开始实施的，而他们的婚礼在5月17日的夜里。婚后第一天，徐克拉就扑到比吉的怀里哭了很久，比吉说她非常想念我和哈尔本斯。”

还有很长一段路，我实在走不动了，所以建议坐公交车一起回去，我们在下一站赶上了车。当我们下车的时候，我发现自己双腿已经疲乏得寸步难行。离公路远处房子的立柱好像监狱牢房的栏杆。到了岔路口，我给妮丽玛说，现在该道别了。

“你现在怎么就能回去呢？”妮丽玛抓住我的手说道，“哈尔本斯要是回来的话，让我一个人听他骂骂咧咧？你没有喝茶或喝咖啡怎么就能回去呢？”她微笑了一下，说道：“我到家再给你一片药吃，你可别一直听我说话，又生病了。”

到她家大概还有半个弗隆[1]的距离，但就这一点路程，让我觉得非常吃力，感觉那个寒冷的傍晚已经凝固在了那里，自己心里因为一种冲动而紧张慌乱，怅然若失。整个天空好像一张肮脏的床单，处处都是褶皱。四周环境了无生机，附近的人家里传出来的收音机声音打破了这种寂寥。但这种声音仅仅是一种沉重乏味的回声，没有任何旋律、歌词或意义。

我们到了她家门口时，路灯已经亮了起来。

家里一片冷清，死气沉沉，所有房间都没有开灯。邦吉打开了房门，他的脸拉得长长的，好像刚被揍了一顿。

“先生还没回来？”妮丽玛打开门后问道。

“回来了。”邦吉草草地答了一句，好像有什么难言之隐，我俩都非常惊讶。

“什么时候回来的，又是什么时候走的？”妮丽玛急切地问道。

“他回来吃了午饭，两点钟的时候还在家里。我告诉他，你们去了欧卡拉。半小时前他又回来了一趟，问你们回来了没有，然后他

① 弗隆为英国长度单位，一弗隆等于八分之一英里。

又离开了家。”

“天啊！”妮丽玛绝望地说道，一屁股跌坐在客厅的椅子上，问道：“他走的时候说了什么？”

邦吉左右扫视了一圈，一副不大情愿的样子，把手夹在腋下，说道：“他说晚上不回来吃饭，有可能的话晚上也不回家了。”

“为什么？”妮丽玛心情绝望，身体有些发软，不得不靠在后面的椅背上。“我说过这个人脑子坏掉了，现在真是无可救药。”她好像一个小孩一样，莫名其妙地挨了一顿胖揍，把心里能想到的词，都冲着行凶者喊了出来，想着痛痛快快地宣泄一下心里的委屈。

“蠢货！”

“徐克拉说了，等你回来以后让我告诉她一声。”邦吉说道，“她把阿荣带到了她家。阿荣现在正在那里玩呢。”

“你给她说一声，我马上过去。”妮丽玛的脸色好像站在法庭的被告一样，尽管自己没有罪过，但还是得要证明自己的清白。

邦吉出去了，她来到我的身边说道：“现在你告诉我，到底该怎么办？”

我还没有坐下来，一直看着挂在墙上的洋娃娃。我本想把她送到家，再自行离开的。那时我很想一个人待着，但现在是这个情况，我也想不清楚自己能做点什么。尽管心里非常想要离开她家，看来似乎走不成了。

“我们本应该早点回来的。”我说道。

“但他就不能在家里等一会儿吗？”妮丽玛嚷起来了，好像哈尔本斯就站在那里听她说话。“他自己中午打电话说不回家。你说说，这样疑神疑鬼的生活还能算生活吗？我就不能和自己的朋友出门逛逛？尤其是像你这样的朋友，我就不能说说自己的人生遭遇？他的脑子进了水，不对我疑神疑鬼就根本活不下去。我给别人端杯茶笑一下，他就神经紧张。我说过，这是他心里的罪过，总是想窥探我的内心。他自己不能大大方方和别的女人做朋友，我和别的男人说说话，或者拉一下手，对他来说，那可就犯了大罪过。他晚上不在家吃饭，也不回家睡觉，和我有什么关系！如果真的到了那个份上，我也想和他离婚单独生活。我在伦敦拿到了美发证书，可以在发廊里找份工作。他一个人过自己的生活，我带上孩子不和他在一起。如果他想要孩子，我也可以给他。我什么都不要，尤其是这个家里的任何东西，我真是受够了这样的生活。”

我的心里充满了内疚，想不清楚到底要不要坐到椅子上。从九年前的那个下午到今天下午，此间的所有痛苦又重新涌上我的心头，但痛苦又呈现出一种新的面貌，让我的内心痛苦不已。

“我们先得知道他到底去了哪里，”我终于控制住了自己的情绪，坐在椅子上说道，“如果他要是有什么误解，还是见了面再想办法打消为好。”

“我不想打消他的误解，”妮丽玛嚷了起来，“今天打消一个误解，明天又会有一个。我每天都要像罪犯一样，总要在他的面前来证明自己的清白，这样的日子什么时候是个头？我不会去管他的。如果他说句话，我今天就离家出走。”

这个时候，阿荣脖子上套着呼啦圈进来了。“妈妈！”他叫完就跑到妮丽玛身边，紧紧抱住了她。妮丽玛把他拉进怀里，开始疯狂地亲他。

“妈妈，”阿荣挣开了她，把呼啦圈滚了出去，说道，“今天小姨给了我好多玩具。昨天她买的玩具，我拿了一半，你看这个呼啦圈！”他开心地大笑了起来。

“你去找邦吉，让他给你洗洗脸。”妮丽玛说话时，尽量保持了语气柔和。

“我去小姨家了。”阿荣说着话朝屋子外面跑去，好像怕妈妈抓住他似的。还没跑出门，徐克拉就进来了，她喊了一声姐姐，看到我以后吃了一惊。

妮丽玛轻蔑地看着她，说道：“你看看我过的是什么样生活，真像地狱一样！”

“你真是疯了！”徐克拉也不顾及什么，一屁股坐在我身边的椅子上。“这么多年了，你还一点都不懂姐夫，我都不知道你什么时候才能懂他！”

“我不会懂他的，”妮丽玛声音尖锐了起来，“我是不懂他！这个世界上还有懂他的女人吗，我很怀疑这一点！”

“你对他很过分，”徐克拉的语气中充满了优越感，“他是这个世界上难得的一个好人！你对他这么过分，他仍然忍受了下来。要是换成别人，谁会受得了你！”

“我不想听你说这些，”妮丽玛说道，“我对他过分？他让我都活不下去了，你还说我对他过分。我知道你心里暗暗恨我，我也知道你恨我的原因。”

徐克拉沉默了半晌，眼睛充满了幽怨，死死地盯着妮丽玛。早上我见到她的时候，她还没有精心收拾打扮。但她现在并不像早上那样一副家庭妇女的样子，看上去更像一个女孩子。她穿着天蓝色的奥兰加巴德丝绸纱丽，几绺头发散落在脸上。不知道是她散落的发丝美丽动人，还是在我的脑海中，她身上的每样细节都让我怦然心动。我又想起了帕德尔森说过的话，“她真是个美人儿！”尽管多年记者所积累的阅历和见识又一遍遍地提醒我的内心，让我好好再想想自己九年前做出的那个决定，但我仍然难以控制自己，止不住地心神荡漾起来。

“姐姐，你知道的，你说了一句多么伤人的话！”徐克拉沉默了半晌说道，“你知道我多么爱你，我懂姐夫的内心，也一样懂你的内心。我知道你心里是清白的，也知道你不喜欢把事情藏着掖着。但你也应该想想，哪些事让姐夫心烦意乱，你明明知道但仍然照做不误？我不明白你想要什么样的幸福！姐夫宅心仁厚，什么样的大错都能宽容。要是换了别的男人，绝对不会是这个样子。你看到了他的缺点，但你却看不到他的品行。不管再对我说什么，你刚才这些话都伤害了我。”

“我知道你受伤害了，”妮丽玛还是刚才那个腔调，“但我就从来没受过伤害？我又怎么可能不受伤害？”

徐克拉看了看我，有些慌乱地站了起来，说道：“我给你说了多少遍，不要说这些没用的话。我常常自己想，苏尔吉德为我所做的一切，我连十分之一都没法回报给他。但我还是努力为他做一些事。我给你也说过，姐夫为你所做的一切，你能回报给他十分之一的话，那……”

“我和你有很大的区别，”妮丽玛也站了起来，“对你来说家庭生活就是一切，而对我来说并非如此，我还有其他的愿望。”

“那你就为了自己的这些愿望，要毁了姐夫和阿荣的一生，同时也毁掉你自己的生活？”徐克拉气得脸色铁青，“我还能给你说些什么？这是你自己的生活，过得好与坏都取决于你。”她怒气冲冲地从房间里走了出去。

我们沉默了半晌。妮丽玛坐在原地，闭上眼睛，努力平复自己的情绪。她突然长长地吸了一口气，站起来说道：“你和我一起出去吧？”

“去哪里？”我问道。

“去哈尔本斯待的地方，他也就常去那几个地方。”

“你觉得我有必要和你一起去吗？”

“是的！我要是一个人去找他，事情说不定会变得更糟糕。”

我本不想跟着她去，但在这种情况下根本就无法拒绝她。我的心上犹如被压上了两块大石头，默默地站了起来，说道：“好的，走吧。”

我们去了哈尔本斯常去的地方，但都没找到他。我们去了拉美什家里，又去了哈尔本斯上司那里，还去了一位瑞典作家家里，哈尔本斯经常去他家喝酒聊天，讨论文学。我们到了咖啡馆，所有人都说没有见过他。在莫德尔小区和哈奴曼路也没找到他。我知道我们这样四处找寻纯属白白浪费时间，他晚上肯定会自己回家，但到处都找不到哈尔本斯，妮丽玛慌了神，感觉世界末日马上就要来临。最后，我们坐上了三轮车，想去国防部小区，途经印度门的时候，我突然想起我们以前曾在那里聊过天，所以我想他会不会就在那里。我的猜测后来证明是对的。我们喊停了三轮车，在那里转悠了十分钟，发现黑暗中有一个人躺在草地上，首先映入我眼帘的是一闪一闪的烟头。

“哈尔本斯！”我走到他的身边叫了一声，他吃惊地站了起来。

“你怎么躺在这里？”妮丽玛的惊慌变成了愤怒，“你不知道我们跑遍了整个德里四处找你吗？”

“我到这里来透透气。”哈尔本斯非常沮丧地说道。

“你呼吸了新鲜空气，”妮丽玛说道，“但你把我们急成了什么样子？”

“为什么？我没有跟你说过吗？”他说。

“你为什么给邦吉说你今天晚上不回来了？”

“我不想回去。”

“你不想回去！我知道你心里在想什么？”

“我没有必要向你解释。”

“你没有必要解释！你把别人的魂都吓飞了，还说自己没有必要解释。”

“听着，我现在没心情和你说话。”哈尔本斯可能是看着我在旁边，强压住了心头的怒火。

“你没有心情说话，你的良心让狗吃了！”妮丽玛说道。

“我说过了，我现在不想听这些废话。”哈尔本斯的嗓门也尖了起来。

“你不想听我说废话！你和朋友一聊就聊上几个小时，但我和别人说几句话，你就感觉心里像针扎似的。你无端怀疑我，怀疑你的朋友！在伦敦的时候，你给我说过，自己以前居然还相信苏登这样的人。”

“你可是找到说这些话的机会了！”哈尔本斯神情有些暗淡，对我说道：“苏登，你别介意。她说的这些话，我想都没有想过，至少我从没想过要这样来说你，她完完全全在说废话。”

“你要是没有想过那些话，那你为什么要离家出走呢？”妮丽玛嚷了起来。她已经完全忘记这里是一个人来人往的公共场所。

“苏登，你别介意，”哈尔本斯说道，“从办公室回来时我已经很疲惫了，本想下午再不去了，和你在家说说话。但是……算了，你也知道的。我今天和上司吵了架。我的职位估计很快就要丢了。你别多想！”

“我不会介意的，但你也别这样子让自己劳神。至于工作的事情，你早就知道这个职位不是正式的。”

“此话不假，但是……”他把手中的烟头远远地抛了出去，好像朝着别人扔了一块石头。“我本想还能再干两三年，但今天和上司说话，感觉再能干上个一年半载就都不容易了。我没有想过这么快我又要流浪街头了。”

“但这也是一年半载后的事情，你现在有什么好担心的？到时候再看吧。”

“唉！”他说道，“等那天到了，我能看什么？看天空吗？家里现在都入不敷出，到那时……我在国外已经过够了苦日子，苏登！现在一想到那样的日子，我就心惊胆战，尤其现在又有了孩子。我不想他也过那样的生活。我都不知道自己心里有多苦，我现在就站在这样的十字路口……”

妮丽玛默默地看着喷泉。我想尽快回家，离开他俩，于是说道：“好了，改天见面的时候，我们再好好说说这些事。现在我得快点回去，你们也得早点回家。”

哈尔本斯站了起来，盯着天空凝望了片刻，长长地吸了一口气，说道：“搞不清楚！可能对我来说只有一条路了，但我一点也不想走这条路。”

他说话时一副学究的样子，我一句话都没有说，默默地和他一起穿越草坪。

三

“马图苏登，来这边一下！”《新先驱报》的主编站在窗边，手插在兜里，吸着烟斗向我打了一个招呼。

那时候我的心情非常慌张。他不久前对我说过，要把我从政治版调到文化版来。工作已经整整一年了，突然的变动让我的心里感到很不舒服。编辑部里的所有人都知道文化版的前负责人与主编关系不和，后来被迫辞职离开了报社。我从来就没想过，他走了以后这个职位居然会交给我。“你工作非常卖力，”主编向我说道，“写作的风格也不错，所以由你来负责文化版的工作。你一定会比在政治版干得更好。我想找一个有经验的人来负责这项工作，报社已经有好几个干政治报道的人了。我想向你重申一点，不管是写新闻报道、专题或评论文章，都要保持客观中立。有几个人说你的政治报道有某种‘倾向’，我觉得你还是要改一下，别人这样对你说三道四的次数越少越好。我看你的个性也适合文化版的工作，我还听说你以前经常写诗？”

我默默地点了点头，盯着他一直看，努力猜测着他内心的想法。

“有人给我说过的，”他说道，“所以我想你会喜欢这份工作。你也可以按照自己的想法，写一些其他的东西。”

他和我说话的时候，站起来填上了烟斗，又走到了窗边，用火柴点着了烟斗，不知道在望着什么。我也站起来，走到他的身边。他抓住我的胳膊，说道：“站在这里来，看一看窗外的芸芸众生吧。”

马路还是和往常一样熙熙攘攘，没有什么值得一看的东西。我默默地看着楼下，他接着说道：“每次站到窗边的时候，我不知道为什么总会有这样的感觉，觉得自己正在看着一条河流，河水深不见底，它的底层好像有另一个世界。看到这些公交车和小汽车以及奔跑穿越马路的人们，我总有这样的感受，似乎在喧嚣的背后，每个人都在他处过着别样的生活。看到一些人姣好的面容和强壮的身体，我都会心生妒意，但或许这些人就生活在潮湿恶臭的环境里，一般人到了那里都会有窒息的感觉。每次看到街上的人群，我心里都会想到这些事，让我颇为沮丧。”他说着说着微笑了一下，稍稍眨了一下左眼，说道：“你知道吗，我以前也写过诗的。”

我缓缓地点了点头，朝他身边靠近了一点，站在一起望着街道。

“写诗的事离现在已经很久远了，我都不觉得我的人生里还有过这样的一段经历。”他说道。他一只手放在我的肩上，另一只手拿着烟斗的斗钵，身体微微依靠着窗棂。“马图苏登，我很多次都有这样的遗憾，觉得我们所从事的大多数工作，只和当下的事件相关，我们很少去深入了解周围底层人的生活。我们应该努力去做一下尝试，怎么样？”

“是的，如果我去写一些这样的深入报道，那……”我说道。

“我就是想和你说这个，”他突然插了一句，“日报社里虽然这样的机会不多，但我们还是可以去做一些事的。在街上浮华世事的背后，每个家庭都有自己的生活，不知道有多少人住在阴暗狭窄的小巷里。一座新城正在成形，它背后的那座旧城正在慢慢崩塌消亡。这些宏大的新计划和新设计是一种文化，而在那些肮脏恶臭的蜗居小屋里则孕育着另一种文化。人类的文化多少都依赖着所处的环境。城市里到处张贴广告，大力宣传保持清洁卫生，是因为肮脏的环境对人的健康不利。但这种肮脏到底能带来什么样的危害，我们很多次都熟视无睹。我们只看到了落后的一面，觉得那里到处都是脏兮兮的，在那里所发生的事，也只是政府统计数据和制订计划的一些素材。我想，如果我们能够把目光投注到生活中这些肮脏的角落，把那些底层人民的生活用图片的形式呈现出来，将是一件非常有意义的工作。”

“既然您已经给我分配了任务，那我一定会努力写出几篇像样的深度报道来。”我说道。我想，他已经发表了长篇大论，现在终于开始布置任务了。

烟斗已经熄灭，他试着又点了几次，接着说道：“不，我不想给你布置任何任务。我想你按照自己的意愿做一些事，自行来领受一些任务。如果你有什么需要的话，请你告诉我，我会向你提供各种便利。你也可以再等一段时间，等你日常工作有闲暇时，再来做这件事。但我还是对你有一个告诫。”他又一次点燃了烟斗，深吸了一口，嘴里和鼻子里一起吐出了烟气，说道：“你所写的东西一定要基于事实，可别再诗情画意……”

从我所住的房间的窗户，可以看到半个德里城区。阿南德山上修建的这座两层小楼，顶楼的回廊好像哨兵的瞭望台一样。罗赫德格路附近的所有楼房的顶楼回廊都被分成了小隔间，出租给文员、记者、教师和其他职业的人。这些人因为单身生活的原因，无法从普通住家租到房间，更无力负担整栋房子的租金。这些隔间一年四季漏风，夏天酷热难耐，冬天寒风刺骨。租客通常都会很快娶妻结婚，努力成为城市里的体面人。他们结婚以后，往往会搬到楼下生活。但在此之前，他们的社会地位就好像婆罗门教时代的首陀罗[①]。这些生活在隔间里的年轻人慢慢地演变出一个小社会，还发展了一套自己的社会准则。如果他们的群体意识再强化一下，甚至可以组建自己的行会，向已婚者提出诉求，让他们善待未婚人士，估计都不是什么让别人大惊小怪的事了。目前，和平共处理论还适用于这两个阶层的人们，尽管楼下居民经常对住在隔间的未婚者提出一些过分的要求，但这些未婚者作为弱势群体，往往只能选择默默地吃亏忍受。

好几次，我晚上一点钟才下班。回来以后，发现楼下的大门锁得死死的，我站在外面足足敲了半小时的门，好歹进了门。等上了楼到了隔间，我的睡意跑得全无，要么在楼顶一小时接一小时地散步，要么站在回廊的窗口，远远眺望散落开来的万千灯火。最远处的灯光是这几年才发展起来的提拉克小区和拉觉里花园，稍近一点是帕拉姆机场。从帕拉姆机场的左侧，能看到恩德拉查理克小区的璀璨灯火，这个小区又被称为外交使馆区。因为房子所在山坡阻挡了视线，所以从这个方向看不到更远处。我的目光只能回到近处，在近处可以看到卡罗尔花园，它的一边毗邻巴特尔小区，另一边与巴哈尔根杰和蔬菜市场搭界。要想看到卡罗尔花园的更远处，我必

① 婆罗门教是印度教的早期阶段，种姓制度在这一时期非常严格。婆罗门教将社会成员从高到低分为四类：婆罗门、刹帝利、吠舍和首陀罗。首陀罗是最低种姓，属于被统治阶级。

须来到隔间的另一边窗户。我估计远处灯光闪耀的地方是康瑙特市场，而阿杰梅尔门、阿萨夫·阿里路和德尔亚根杰则完全看不清楚。从第三边窗户看到的景象大概是克什米尔门和月光市场。月光市场一度被称为德里的心脏。我想，德里的心脏现在还是在那里，或是已经转移到了其他的地方继续跳动？这个地方到底位于灯火阑珊中的何处？

大半夜里，苏打水公司的卡车在楼下吵个不停，车上装载的瓶子也叮当作响。诺巴哈尔美发店的老板孙德尔·拉尔坐在自家关门的店门口，哼唱着一首电影歌曲。他非常喜欢这首歌曲，有时候他睡了以后，这首歌的歌词似乎还在我的耳中回响："那些无心睡眠的夜晚，就是不幸降临的夜晚。"

我想只有我经历过这样不幸的夜晚，或者只有生活在德里的居民，才有过这样的经历。这样不幸的夜晚会给诗人带来浓浓爱意，但对我来说，却只是袭来的不幸！有时候从查纳杰布里小区的那些装饰一新的房间里传来的聊天声、城市深处发生的交通事故的响声，甚至打印机吱吱作响声都会夺走我一晚的睡眠。最近看了一则新闻，说德里晚上的噪音已经到了让人无法入睡的程度。有好几次没有任何缘由，但我就是睡不着。我想起了童年听过的一个故事。一个恶魔晚上来到了巴比伦，偷走了城里居民的睡眠。我爬上楼顶后又走了回来，从一面窗户走到另一面窗户。我想今天这个恶魔是不是也偷走了我的睡眠，把它带回了自己的老巢。我还想，这个恶魔偷走这么多的睡眠要干什么！难道他也是一个人孤枕难眠？

望着远处绵延开来的灯火，我的眼睛开始有些倦意。当我们还小的时候，经常躺在屋顶，看着天空中散落的星星，向奶奶问道，星星在晚上为什么会闪闪发光，而白天却看不见呢？奶奶说，星星在晚上醒了过来，来守护这个世界，白天累了就会睡着。她还说天空的星星都是我们祖先的灵魂，从天上看着自己的孩子们，看他们在大地上干了些什么。如果一颗星星坠落下来，那就意味着他的后代肯定犯下了大罪过，伤害了祖先的灵魂，所以他要降临大地来阻止他的后代继续作恶。我们躺在屋顶，想辨认哪颗星星是我们祖先的灵魂。奶奶告诉我北极星是我爷爷的灵魂，而月亮旁边那颗小小的罗醯尼星，是我二姑姑的灵魂，她几年前还没有出嫁便离开了人世。奶奶说那些做好事的人，很快就会被请到天上去。我们那时候就不敢做好事，怕被请到天上去；我们也不敢做坏事，怕我们祖先的星星坠落到大地上……

望着远处的灯光，我心想，能认出那些熟人的房子来吗？但在城市中的万千灯火里，怎么可能分辨出那么几盏灯来？我的熟人对我来说至关重要，但在这么大的群体里又算得了什么？

所有的灯光在某个时间突然一下子熄灭。停在萨拉厄·鲁黑拉车站的汽车在昏暗中发出簌簌的排气声。汽车发动机响起的声音好像从一座茂密丛林阴暗的深处传来的游魂野鬼的嘶吼声。汽车开起来以后，轮胎发出的摩擦声不知道又把这群游魂野鬼带向了何方！远处传来了发动机的嘶鸣声，然后是一片寂静……

熄灭的灯火又亮了起来，然后又熄灭了，循环往复，永不停息。我又想起了主编的话："马图苏登，到这里来，看一看窗外的芸芸众生。"我站在窗边，仿佛看到了许多景致：我看到了自己在办公室工作，看到自己在人群中穿行，看到自己和朋友开怀大笑，看到自己在剧场欣赏舞蹈和话剧，看到自己在宴会上与别人握手，我还看到了许多自己不在场的场景。望着眼前辽阔的天空，这一切在我的眼中都变成了一场梦幻，但我所看的一切，难道仅仅只是梦幻？难道我睁着眼睛还能做梦？

某国使馆为了答谢本国的一位德高望重的艺术家，举办了一场宴会。宴会上来了许多人——本国外交官、印度外交部官员、政府职员、作家、艺术家及一些重要人士。宾客满座，桌上摆满了美酒佳肴。主办方向艺术家敬了酒，称赞了他的艺术成就。艺术家非常兴奋地和周围的人谈笑风生。人群里有一位舞蹈家的舞蹈受到了高度称赞，他正热情地亲吻着亲友的脸颊。酒很不错，他有些喝高了，但还不相信自己会醉酒，还是一杯接一杯地喝着酒。一个矮个子的歌唱家已经醉得脚步蹒跚，好像随着脑海中的曲调舞动脚步。他一遍遍给自己的歌迷说道："音乐就是我的生命，我是为了音乐而活着的。"他天性活泼，非常爱吃宴会上的炸鸡。有几个记者围着他，想打听一些与音乐无关的政治问题。这些记者离开了新闻就活不成，他们好像来到池塘边的一群游客，根本无暇欣赏池塘的美景，一心就想洒下饵料来钓鱼。他们投下了各种诱饵，但那位活泼的歌唱家就是不上钩。"你的问题还是问我们国家的政治家为好，"他说道，"他们会给你们讲很多东西。你们比我还更了解我们的国家！我只能和你们探讨一些音乐方面的问题。我只懂歌喉的政治，其他一概没有兴趣。"

"假如您是印度公民，当前正在进行的印度大选中，你会投票给哪个政党的候选人？"一位记者问道。

歌唱家大笑了起来，说道："我会投票给那个唱歌更好听的候选人。"

"如果两个候选人里有人不会唱歌呢？"

"那我就先教他俩学唱歌。"

“您怎么看待印度的中立政策？”另一个记者问道。

“这是一个充满音乐感的中立。”

“什么是充满音乐感的中立？”

“我说的是印度的中立。”

“您为什么逃避直接回答问题？”

他又笑了起来，说道：“您知道音乐的传播不会直来直去的。您也看到了，我是一个直率的人。直接作答不是我这样直率的人所能胜任的工作。您还有什么吩咐，我给您唱首歌？”

他唱了起来，所有人都静静地听他唱歌。他唱完以后，大家一起鼓掌。大使又提议一起举杯共饮。祝完酒以后，一个记者对另一个记者说道：“他反应真快，从来不直接回答问题。”

歌唱家摆脱记者的尾随以后，又拿起了一个鸡腿。

有两位印度作家喝着番茄汁，坐在角落里窃窃私语。

“看看这些外国艺术家过什么样的生活，而我们这些人过的是什么苦日子？”

另一个作家却对这句话不以为然，撇了撇嘴，耸了一下肩。

“你为什么耸肩呢？”第一个作家问道。

“随你便。”

“我们也就能勉强糊口而已！”第一个作家说道，“这些人的生活多气派！那个人一顶帽子都顶得上我们半年的稿费。”

“我们的出版商就是这个样子，不然……”

“我们这里书卖得不好，民众也没有阅读的习惯。”

“习惯倒是有，但是民众不喜欢读好作品，他们也理解不了好作品。你知道我三本书一年赚了多少稿费吗？三十三卢比六十二派萨。”

“这里的人随随便便喝着一瓶酒就都要三十卢比。你手头……你收到某使馆的那张邀请函了吗？”

“没有。”

“我收到了。后天那里有一场招待会。”

“我不太爱去这些招待会的，白白地浪费时间。”

“上次招待会我就没有见到你。”

“那天我没有一点出门的心思。”

“那天我听说有一个文化代表团要出国。”

“都有谁出去啊？”话题随之发生了改变，文学界的拉帮结派成为讨论的焦点。

那个矮个子歌唱家此时向印度艺术家们敬酒了。

人群分成了许多个“岛屿”，最大的“岛屿”就是围着某位重要人士的那群人。有一些人在外围盘旋，想办法挤进那个“岛屿”。那个“岛屿”的核心朝哪边漂移，外围的那些人也就跟着漂移。突然间，我看到了待在一个角落里的哈尔本斯，他的目光好像已经迷失在那堆人里，但似乎又在寻找着出来的道路。我辞别了记者同伴，走到了他的跟前。他看到我之后，还是一脸迷茫地那样站着。

“你怎么独自待在角落里？”我向他问道。

“唉！”他叹了一口气，“我自己也不知道我为什么会在这里。妮丽玛在里面，我一直在等她。”

“你是不是经常这样孤零零地等她呢？”

他耸了耸肩，情绪有些慌张。“我不知道她为什么要进去，也不知道她的事忙完了没有，什么时候能忙完？我跟她说过，我们得赶在孩子入睡之前到家。”

“没有带阿荣来？”

“没有！她把阿荣放在隔壁了。我不知道说了多少次，她一点都听不进。好几次，我觉得她的心里根本就没有母爱，只想着她自己的事情。”

“妮丽玛因为什么要事进去的？”我问道。

“能有什么要事？”他说道，用一种愤怒而又绝望的神情看着四周的人群，“昨天使馆政治秘书给我打了电话，说他们的参赞想要了解一下印度的舞蹈艺术。如果妮丽玛能来给他讲一下，他一定会深表感谢。我也犯了傻，把这件事告诉了妮丽玛。从那个时候起，她就废寝忘食地开始准备。她可能想这是和使馆的人拉近关系的一个机会，他们回国以后会向她发出演出邀请。我现在一直在骂自己多嘴，为什么要告诉她这件事。你等我一下，我去问一下政治秘书，看他们想把妮丽玛留多久。”

他离开了我，径直朝大胡子政治秘书那边走了过去。政治秘书已经从那个最大“岛屿”里走了出来，正在和一个记者聊天，看到我以后微笑致意：“你好，‘新先驱’，最近怎么样？”哈尔本斯走到了他的身边，政治秘书颇为兴奋地问道：“啊哈！哈尔本斯，你刚刚到底去了哪里？我正在找你，想着你是不是已经回去了。我把妮丽玛交给了文化秘书，她就在里屋。我知道你在这里非常孤单，我跟妮丽玛说过了，你离开了她肯定会很失落。妮丽玛今天表现得像个十八岁的顽皮女孩一样。”

哈尔本斯耸了耸肩，说道：“她今天肯定会非常劳累，昨晚她一直准备笔记便签，忙到了深夜。”

“真棒！她和你一样，也在撰写学位论文？”

“没有！”哈尔本斯神情有些忸怩，“她昨晚在准备今天的发言，急切地想让参赞好好了解一下印度的舞蹈艺术。我给她说了，自己跳舞是一码事，向别的艺术家介绍本行当的知识是另一回事。她昨晚看了一整夜书。”

“真棒！”政治秘书拍了拍他的肩头，“我真不知道小可怜为了这件事会付出这样大的努力。你让她一整夜没有睡觉，真是太过分了。你现在真是一副学究做派！今天这里一片喧嚣，根本就没有严肃谈话的机会。文化秘书对我说，参赞已经抱怨外面吵得他头疼，他想在晚上演出开始之前休息一会。我都不知道他现在是在里屋，还是已经外出了。我真的很抱歉，可怜的妮丽玛这么辛苦地准备了这么久……你对她太过分了。她有什么必要彻夜不眠准备呢？如果有机会能和参赞聊上天，她随便说几句就行了。妮丽玛一会儿出来，我一定要以个人名义向她致歉，我还要说你家的教授不能对你总是这么过分。我还能说些什么？我不可能向你表达谢意，反而要怪罪你。唉，我只能对妮丽玛说，你今天表现得非常聪明。我无法告诉她，我有多么遗憾！这些文化部门的人一早给我们布置了工作，后来却安排得乱七八糟的。好吧……你好好玩。我一会再找你聊天，有一件要紧事得和你说一下，不知道现在你还记得吗？就这样吧！”

哈尔本斯刚想从他身边走开，又被他叫了回去。政治秘书说道：“给你说另一件重要的事，我差点都忘了。下个月我们要举办一场关于世界和平的研讨会。这件事将由文化秘书亲自负责，肯定不会再出现这样的混乱局面。你是一名历史学者，对艺术也有深刻的见解，所以我想参考一下你的建议，来制订研讨会的计划。你可以准备一篇论文，论文题目自行选择。对于莫卧儿王朝以后的印度艺术，我一直想不出一个好的题目。文化秘书问我，我告诉他只有问了你以后才能作答，我相信你有能力干好这件事，你愿意帮我这个忙吗？”

“我现在什么都说不准，等我考虑两天，再答复你。”哈尔本斯说道。

“你都不用想，一定得帮我这个忙。我会和文化秘书说一下，明天给你电话。今天真的很过意不去，但这并不意味着你以后不用再帮我了。我无论成了什么样子……好吧，你现在吃些东西，一会我再找你聊天。”政治秘书从哈尔本斯身边走开，来到了我面前：“‘新先驱’先生，明天的评论文章会有我们的演出吧？”

我点了点头。他说：“你们主编告诉我，他把这项工作交给了你。我很高兴像你这样年轻有为的人能来负责这项工作。你的前任，我真不知该如何说他才好。你可能会认为我说话有偏见，或者仅仅是为了讨好你。好吧……你能负责这项工作也是一件大好事。我很期待读你的评论文章。你可能会觉得纳闷，我这样一个无趣的人怎么会对艺术有兴趣。我很想和你有空一起坐下来，好好探讨一下印度舞蹈艺术。改天你有空一定要来，到我家一起喝茶，我妻子很痴迷话剧，她本人还曾出演过几个话剧。我改天给你打电话。好吧！”他离开了我，又去找别人说话。哈尔本斯若有所失地坐在角落里。我到了他的身边，说道：“怎么回事，你怎么又这样呆坐在角落里。”

“唉！你再问一次，我可能会真的受不了，要从这里默默地走开了。“

“为什么？”

“我真受不了这些空话。现在有一个关于世界和平的研讨会，他把我当成了专家，想让我写篇关于莫卧儿帝国之后的印度艺术的论文。”

我们摄影师走了过来，给所有的艺术家照了合影。他问我还需要什么照片，我摇了摇头，表示不用了。附近的一堆人爆发出一阵大笑，但我已经心不在焉。我穿过人群，不由自主想起了莫卧儿时期的故事。

黑暗中有音乐在飘荡，或高或低，或远或近，有一丝不安，也有一丝冲动。西塔尔琴的琴声伴着小鼓的鼓声，随着脚铃的叮铃声而舞动，所有的音乐又融入了一声长长的歌声之中。音乐的每一个节拍都会在空中激起一阵波澜。各种音乐交相辉映，让人心神荡漾。音乐如此优美，天空为之狂喜，为之颤抖，隐约闪现出一丝亮光，亮光又随着音乐而飘散荡漾开来。音乐的河流轻轻抚慰着人们内心意识的河岸。一位老者坐在红堡里，沉醉于音乐之中。他似乎被外界惊扰了一下，思绪也停顿了下来，飘荡在空中的音乐随之停了下来。他驻足细听——远处传来的声音似乎更加铿锵有力，好像是马蹄奔腾、战象嘶吼和大炮轰鸣，似乎还夹杂着抢掠杀戮和呼喊哀号的声音。飘荡的音乐看着老者，但老者也不知道发生了什么，呆呆地坐在原处。抢掠的声音越来越近，老者的双脚已经麻木，无法行动。老者的名字就叫达卡德·达乌斯[①]。

老者心想，当他还年轻的时候，对自己的武艺很有信心，敢与那些抢掠者战斗，但现在年事已高，身穿锦衣罗缎，臂膀虚弱无力，今天他还能驱逐那些抢掠者吗？

抢掠声越来越近，老者想了想，面前除了投降这一条路之外，他已经别无他选，无力抵抗这些抢掠者。

纳迪尔·沙赫[②]攻陷了德里。阿克巴[③]和沙·贾汗[④]的后代穆罕默德·沙赫[⑤]屈膝投降。纳迪尔·沙赫坐上了达乌斯老者的胸膛，弄

---

① 达卡德·达乌斯是莫卧儿皇帝沙·贾汗的孔雀宝座，上面镶有贵重宝石。
② 纳迪尔·沙赫，波斯国王，曾率兵入侵莫卧儿帝国，攻破德里后大肆抢掠。
③ 阿克巴，莫卧儿帝国第三任皇帝。
④ 沙·贾汗，莫卧儿帝国第五任皇帝，在位期间主持营建了泰姬陵。
⑤ 穆罕默德·沙赫，莫卧儿帝国末期的皇帝，在位期间莫卧儿帝国彻底走向了衰落。

脏了他的锦衣罗缎。纳迪尔·沙赫还要求老者让那些音乐不要在空中飘荡，像被告一样站在他的面前。达卡德·达乌斯下了命令以后，音乐落到了地面上，成了纳迪尔·沙赫面前的被告。音乐对自己的庇护者达卡德·达乌斯的举动感到十分愤怒，但又同情他那迫不得已的处境。难道音乐真要抛弃在患难中的老者？不会的，她们为了保护老者的性命，开始环绕抢掠者飘荡了起来。纳迪尔·沙赫非常喜欢四处萦绕的美妙音乐，随着节拍轻轻摇着头。

“我从来没想过，印度斯坦皇帝这里居然还有这样的音乐宝库。”纳迪尔·沙赫说道。他的胡子已经被酒打湿，声音也充满了醉意。

“阁下，这些音乐都是当地的瑰宝。”穆罕默德·沙赫坐在纳迪尔·沙赫的脚边说道，心里充满了忧虑——纳迪尔·沙赫索要两亿卢比的朝贡。他想纳迪尔·沙赫听了音乐后会不会心里一高兴，就放弃了索要朝贡的要求。

“我很高兴，我非常高兴，”纳迪尔·沙赫说道，“我们也需要这样的音乐，来让加兹尼的街区蓬荜生辉。德里的沙贾汉为德里所做的一切贡献，我想要为加兹尼做得更多。”

穆罕默德·沙赫的心脏开始怦怦直跳。纳迪尔·沙赫说这句话是什么意思？他是要放弃索要两亿朝贡，还是想比现在要得更多？“阁下，加兹尼现在已经是全世界最辉煌的都城了。”他奉承道。

达乌斯老者感到一阵悲凉，想着与其忍受这样的凌辱，还不如被砍断手脚，直接活埋了为好。飘荡的音乐看到了达乌斯的处境，痛苦地默默飘荡起来。

纳迪尔·沙赫喝了很多酒，头开始晕晕乎乎，医生给他端来了甜食和醒酒药。纳迪尔·沙赫头脑清醒了一点，舌头舔着上腭和牙龈，品味着甜食的余味。

“真主啊！这里的甜食和这里的女人一样酥软可人。”纳迪尔·沙赫说道。

“阁下，您已经品尝过我们的甜食了！”穆罕默德·沙赫希望自己的军队所没有完成的工作，当地的甜食能够代替他们完成这一使命，让纳迪尔·沙赫忘记两亿的朝贡，带上几盒甜食就回到加兹尼。“真主啊！这个地方的每样东西都如此美好！”纳迪尔·沙赫摇晃着脑袋，赞不绝口。

又端上来了一盒甜食。纳迪尔·沙赫品尝着甜食，都忘记了美酒和女人，直到吃完了整盒甜食。“真主啊！这甜食的味道真是赛过了甘露。我们将永远记住这个地方的热情款待，这里的每样东西都值得引以为豪。”

达乌斯老者感觉一阵阵的窒息。他看到自己付出毕生的音乐都比不上一盘甜食，真是奇耻大辱，就连穆罕默德·沙赫在这个时候也觉得甜食才是最重要的东西。

纳迪尔·沙赫吃饱了甜食，眼睛开始死死地盯着一个舞女的身体。这个舞女是印度北方舞蹈的最优秀的表演者。她的身体好似藤蔓一样婀娜，犹如水一般柔软。她身体的每一次舞动都好像会在空中留下一个造型，而她眼神的流转则给这个造型注入了生命的气息。她的身体如同一股流水，漫过四周的环境，向着未知的方向流去。脚铃的音乐就是水流的速度。脚铃停了下来，水流也就随之停止流动，一瞬间水流又变成了一尊冰雕。

纳迪尔·沙赫的眼睛在舞女身上四处游走，大声说道：“真主啊！她真是绝世佳人！我要把这位佳人带到加兹尼，让我的宫廷大放异彩。这位佳人不算我们索要的朝贡，我要用加兹尼国库的钱来买下她。”他看了一眼穆罕默德·沙赫，说道：“我从加兹尼的国库里拿出二百阿西里富[①]，来支付她的身价。”

“冰雕”这个时候仿佛重获生命。舞女从自己的位置走到了纳迪尔·沙赫的跟前，说道：“女奴跳了这支舞，想请求加兹尼的皇帝给我一个赏赐。”

“加兹尼皇帝愿意给你这样的绝世佳人任何赏赐，”纳迪尔·沙赫说话的同时把她拉入了自己的怀里，抱着冷冰冰的身体四处乱亲。舞女默默无语。片刻之后，她终于挣扎开来，站到了一边。

“皇帝您愿意给我任何赏赐，女奴深表感谢，但女奴只想向您要一样东西。”

“美人所要的任何东西，我一定都会赏赐的。”纳迪尔的脸涨得通红。他觉得舞女的眼神里流露着一样东西，他无法用嘴唇占有，只能用眼睛意会，让他感到非常遗憾的是眼睛无法像嘴唇那样直接接触和吮吸。

舞女低头向他致敬，又站直了身体，说道：“请皇帝恩准女奴在印度斯坦度过余生，这是女奴需要的唯一赏赐。”

达乌斯老者笑了起来。纳迪尔·沙赫坐在原地气得发抖，好像被一条毒蛇咬了一口。他用犀利的目光看了舞女一眼，又转身看了看坐在旁边的穆罕默德·沙赫。穆罕默德·沙赫两眼通红，看着那个舞女。这个时候，他心里可能在想，难道甜食再加上这个冷若冰霜的女子，还打消不了纳迪尔·沙赫心中的欲望，让他放弃其他要求返回家乡？纳迪尔·沙赫从宝座上站了起来，整个朝堂上的人也随之站了起来。“我们要言而有信，你将在印度斯坦度过自己的余生。”说完以后，护卫在前面开道，把纳迪尔·沙赫送进了内宫。舞女低着头留在原地。

① 阿西里富是古代中亚地区的货币名（通常是金币）。

纳迪尔·沙赫在内宫又要了许多酒。他想要快点回到加兹尼，不想过多地卷入当地的政治。他想把加兹尼建设得和德里一样富丽堂皇，德里的王国得帮他实现这一宏愿，为其支付庞大的费用。简单临摹德里的几处景致远远不够，他需要能创造德里之美的所有材料，而找齐所有材料则是德里的王国的职责。

德里的王国仍然沉默不语，她倾其所有来讨纳迪尔·沙赫的欢心，不管怎样都不能惹得这样的贵客生气……

但城市里一场暴风骤雨却马上就要来临，来自山区的阴云在德里上空密布。纳迪尔·沙赫的士兵想要抢掠德里居民，德里居民想要保卫自己的家园。纳迪尔·沙赫的士兵认为抢掠是自己天生的权利，不能容忍别人拒绝或反对。冲突开始出现，双方互有损伤。

大半夜里，纳迪尔·沙赫被急匆匆地叫醒。军队将领带来了一条消息，德里居民并不认可波斯士兵抢掠的权利，有些居民甚至夺走了士兵的武器。纳迪尔·沙赫忘记了甜食的滋味，忘记了给美人的承诺，心里勃然大怒，到了现在德里居民居然还敢不认可波斯士兵的权利？我得让他们记住这个教训，将来几辈子也都不会忘记，要让他们知道跟随纳迪尔·沙赫的波斯士兵拥有了什么样的权利！第二天一早，他就来到了金色清真寺，抽出宝剑摆在面前。在宝剑没有入鞘之前，波斯士兵都有肆意杀戮的权利：在哪里见到人，都可以手起刀落将其杀死；想强奸哪个妇女，都可以随意强奸，再把她剁成肉酱。

德里在接下来的几个小时里成了一个屠宰场。飘荡在空中的音乐在刑场里咽了气，到处都是受伤挣扎哀叫的声音。有些人被士兵踩在脚下，有些人却被高高地挑在长矛之上。音乐、舞蹈、文化……纳迪尔·沙赫的利剑放过了什么？德里的富丽堂皇被撕得粉碎，扔到了野狗和秃鹫的面前。幸存的一切都被绑上了铁链，启程送往波斯。科·伊·努尔宝石、达乌斯宝座、大象和骏马被送去了波斯，骑手、女奴、舞蹈和音乐也被掳到了波斯。纳迪尔·沙赫心里非常遗憾，德里的红堡和其他建筑无法搬动。要是有可能的话，他也会连根拔起一起带到波斯去。加兹尼成了德里，而德里则成了一座巨大的坟场，人的尸体和艺术的骨骸一起赤裸裸地躺在集市里等待腐烂。

空气里升腾起一片尸体的恶臭。波斯军队随着鼓声，离开德里的恶臭远去了。在这片恶臭中，时不时传来垂死挣扎的呻吟声。有时能听见小鼓微弱地敲了一下，又停了下来；有时候脚铃响了一下，又没有了气息。夜晚的轻声吟唱消逝了，到处一片呜咽啜泣。颂曲的游魂在恶臭中徘徊，是谁为我们哀唱，是谁为我们和声？整个天空中一片黑暗，伸手不见五指！这片恶臭何时才能消失？天空中会不会再有亮光？老者会不会再次回来，成为这些音乐的保护者？天空会不会再成为以前的样子？

从喀布尔被押往加兹尼的达乌斯老者心里一直在想，他的心会不会变得和石头一样坚硬！他心中所萦绕的那个东西，让他保持了内心的柔软和活力，现在它去了哪里？在纳迪尔·沙赫高高举起屠刀的那天，它是不是已经被杀死在月光广场了，或者走过德里的时候，遗失在德里城门那里呢？

天空中有一颗科·伊·努尔宝石在闪闪发光……

每天早晨都有成千上万的人骑着自行车从各个居民小区出来，傍晚时人们又是满身疲惫骑着自行车回到各自的小区。德里的大街小巷到处都是各式车辆。在这场生存的竞赛中，每个人都是别人的对手，人人之间都有一场战争，一个人的家园是另一个人的加兹尼……

在康瑙特市场的回廊里，可以见到一群坐立不安、四处走动的人群，宛若几种色彩一下子在眼前撒开，融入一条河流中流动起来。一个人衣着精美，体态肥硕，身上的赘肉似乎要从衣服里挤了出来。有人伸出手指，指指点点向前走着。一位赶公交的先生零钱撒了一地，面带羞赧低头捡钱，一辆时速四十公里的摩托车与他擦肩而过，这时又有一辆公交车进站了，这位先生还没找到那枚四安那的硬币，他既想去寻找那枚硬币，还想保住排队上车的位置……

人行道的人群里突然出现了一张似曾相识的面孔。我们相视而笑了一下，好像心里并不想认识对方，但却不得不装出热络的样子。

“最近在德里吗？”

“是的。”

“你曾在勒克瑙待过？”

“是的，以前待过。现在在德里已经生活一年了。”

“好的！我还以为你现在还在勒克瑙。现在做什么呢？”

“也就在混日子。”

他傲慢地伸出了手，说道：“好吧，混得不错嘛！有什么适合我的工作，记得说一声。我最近正在练习素描，有需要的时候或者有什么工作机会……”

“有需要一定会告诉你的。”

“好的。”他急匆匆地过了马路。到了马路的那边以后，他好像已经完全忘记了我的存在。

咖啡馆是这种傲慢的人群的集中地。一进门就能看到许多人堆。一群记者坐在一起，讨论爆料新闻、绯闻逸事和国际局势。第二堆人的职业并不相同，但却有一个“基本共识”①，便是傍晚时分在咖啡馆里聚会。孙德尔·朱内扎是维达·罗兹公司的销售主管，夏玛·马尔霍德拉是人寿保险公司的销售员，贾伊德沃·乌尔夫是一家公共卫生部门的职员，帕德尔森是房地产销售经纪人，查特里干了好几份工作——向政府投标供应物资、黑市倒卖钢铁煤炭配额、销售汽车保险以及办理护照的各种咨询服务。他们每天聚在一起，说着与昨天或者前天同样的话。马尔霍德拉一只胳膊依靠在桌子上，一边斜着眼瞄着过往的人，一边向他的朋友们朗诵诗歌。他的朋友们大声叫好，好像这首诗歌是由他创作的。马尔霍德拉亢奋得身体更加歪歪扭扭，声音也愈发深沉。轮到贾伊德沃说话的时候，他居然洋洋得意地把自己的名字和职业编了一个顺口溜。胖胖的帕德尔森一会闭上眼睛，一会又睁开眼睛，说道：“这家伙和在拉合尔的时候一模一样，十三年来没有一点变化，说话还是油嘴滑舌，满嘴脏字。”孙德尔·朱内扎只是傻笑，别人问他为什么要笑，他还是不说话，反而笑得更欢。查特里笑得谨小慎微，频频看着手表，好像他不属于这个地方，但又迫不得已和他们坐在一起。离开咖啡馆，他们出去吃槟榔包，再在集市回廊再聊上一个小时。孙德尔·朱内扎在那里和他们道别，其他四个人一起去查特里家里喝酒，还是那些老话，聊完以后又约好第二天在咖啡馆见面，然后各自回家。所有人走了以后，查特里对着家里的仆人发火，痛骂他一通，睡觉之前做了决定，以后在自己家里不再搞这样的聚会。

咖啡馆的第三堆人是艺术圈的人士。这是咖啡馆里最有魅力也最受欢迎的圈子，里面有几个舞台指导、几个经验丰富的舞蹈家、一两个话剧演员和几个剧评人，还有几个戏剧上演时负责卖票和分

---

①“基本共识”是印度国内的政治口号，此处用于调侃印度国内政治。

发宣传册的年轻女孩。聊天的话题都是与剧场演出相关的严肃问题。在印度，尤其是在新德里，专业剧场演出的前景如何？专业剧场演出的架构是什么样的？民间剧场会不会变成专业剧场？文学性的剧场演出是不是也要具备专业演出底子？剧场的发展多大程度上取决于政府的支持？政府在全国各地建立剧院的计划，对剧场的发展能起到多大的作用？我们的人民需要什么？我们要给人民什么？未来的剧场是不是都是象征剧？话剧中舞蹈和音乐有什么样的作用？音乐形式本身有什么蕴涵？

大家开始讨论起一些实际的话题。《优哩婆湿》除了灯光和布景还有什么可看的！《旃陀罗笈多》里旃陀罗笈多长得真丑！阇那迦[①]一口土气的旁遮普口音真是糟透了！《可爱的马特沃》的罗陀长得不像罗陀，倒是更像年长的弥那伽仙女？都老成那个样子了，还有什么性感可言？《彩色的橱窗》里烘干室的环境多么符合情境！如果不安排几个主角进入烘干室，那该多好啊！他们难道就不能从蔬菜市场买点真东西做布景？《绝世佳人》中纱吉的舞蹈场景安排得很不恰当！《莫卧儿朝堂》哪是莫卧儿的朝堂？哪有半点莫卧儿时代的影子？感觉更像是一个牲口圈，里面养了几只山羊咩咩叫而已。这样的演出算是剧场演出的进步吗？有没有留意《毁灭》中的难敌[②]？他的演出难道不像一个牙粉推销员打广告兜售自己的牙粉？

"先生，够了，够了！"剧评家索蒙德拉拍着脑门说道，"《毁灭》剧组的这些人都不明白在舞台上要如何表演。话剧开始前，就应该给这些演员发点零钱，让他们早点集合准备，要让他们明白舞台背景的意义，不能让一大群人手舞足蹈地从舞台上跑来跑去。我

① 阇那迦又名考底利耶，孔雀帝国的开国丞相。
② 难敌是印度古代史诗《摩诃婆罗多》中的主人公。文中该戏剧改编自史诗故事。

好几次感觉不是看真正的话剧，而是在看一场小孩子们的过家家。我已经看过很多糟糕的话剧了，但糟糕成这样的话剧还是头一遭看到。”

“《财神之女》中的那罗陀是谁演的？”谢尔巴拉说道。他自己已经出品了两部话剧，每次聊天的时候都会不由自主地说起。“谁要是出演我的话剧，我都会在前一天抓着他的辫子，让他去外面好好排练。那些人的工作本是卖粮食的小贩，跑到剧场来当演员，这算不算对剧场的强奸？我经常说，要把制裁强奸犯的那些法律条款用到这些人身上。这些恶毒的罪犯玷污了艺术的纯洁。我常常说，艺术的纯洁要比女人的贞操更加重要。”

“谢尔，淡定一点，别这么激动。”舞台指导扎西尔拍着他的肩膀说道，“别人要是听见了，会怎么说你呢？”所有人都哈哈大笑起来。谢尔巴拉有点害羞地捶了扎西尔的胳膊几下，掩饰了自己的慌张。“扎西尔，你真是一个坏人，和你一起聊天都是大罪过。你总是要让正儿八经的话题跑偏。”

“我只是警告了你一下，还说了什么吗？”扎西尔说道，“我是你的大恩人，维护你的尊严是我的职责。我知道你说话心直口快，但听话的人可不像你这样简单真诚。”

所有人又大笑了起来，谢尔巴拉也跟着笑了起来，说道：“我不会和你再说话了，扎西尔。你不管我，也不考虑一下这两个女孩，她们再见到我们，心里会怎么想？你为什么要腐蚀她们的思想？”

这两个女孩子，也就是米娜和苏德尔辛，满怀着对舞台的热忱刚刚加入这个圈子，两个人都有点害羞，面面相觑后低下了头。剧作家苏卡温德每四个月都要出国旅行一次，经常颇为权威地谈论着外国艺术与文化。他严肃地说道：“如果这些女孩子还不能抛开这些心结，她们将会一无所成。她们一定要食得人间烟火！怎么才算食得人间烟火？她们要大大方方地生活，大大方方地与别人交流。如果她们不食人间烟火，那就成不了真正的艺术家。你说的这些话打消了她们的心结，难道不对吗？这些女孩子如果在巴黎、马德里或伦敦，也会因为这样的小事而害羞低头？那些因为这么一点小事都抬不起头来的女孩，她们在舞台上还能做些什么？”

苏卡温德的训诫一般的回答让谢尔巴拉的情绪平复下来。两个女孩子也努力抬起头来，扎西尔拍着苏卡温德的背说道：“说得真好，苏卡温德！你替我做了辩护，你要是不说，我以后还真得在这些女孩子面前羞得低下头来。”

“印度斯坦女孩子的低眉顺目不是一件令人耻辱的事情，而是一件值得骄傲的事。”谢尔巴拉又说道，“你以巴黎和马德里的女孩引以为荣，但我却觉得印度斯坦女孩更值得我们骄傲。我从来不想让我们的女孩子也和西方的女孩一样没羞没臊！”

米娜和苏德尔辛有些左右为难，面面相觑不知如何是好，她们不明白低下头来到底是好是坏。苏卡温德双手撑在桌子上，俯身向前，他接过谢尔巴拉的话茬，又开始训诫大家。他的话引经据典，又讲了不少他在国外旅游的经历，直到最后也没有人获得再次发言的机会。

咖啡馆里面坐着的一堆人是作家、诗人和文学批评家。他们主要讨论印地语新文学。新诗的维度是什么？新小说到底“新”在哪里？如何来界定“新”？谁的新小说要更“新”一点，谁的新小说还不够“新”？谁在评论某部作品时写了什么？作者有何答复？这个月又有哪些新书的广告？

谈完广告，大家又谈起了新意识。当今文学中新意识的代表作是什么？文学能否与其他艺术的新意识毫无瓜葛？哪些作家有新意识的特征，而哪些作家没有？哪些作家本质上有新意识，而哪些作家只是徒有其表？哪些作家裹着新意识的外衣，在自己的作品里却还是用旧思想进行表达？为什么说对新事物的敏锐感觉是新意识的必要条件？

人堆里还有一个落单的人，他来自加尔各答，名叫贾纳克·苏卡利亚，他既不是诗人，也不是作家或评论家。他一个人离群索居，坐在咖啡馆却不喝咖啡。不知道是失眠或是天生如此，他的双眼总是通红，胡子经常长了两周还不刮，头发通常都是立起来的。他表情肃穆地听大家说话，听着听着脸上的神情变得有些异样，好像眼前看到的一切都是一场赤裸裸的骗局。他实在受不了了，马上插了一句："去你的！我一点都不明白新意识是什么怪鸟的名字！人们总是想出新花样来欺世盗名，新意识就是这样的新花样，除此别无他意！如果作家的作品里真有新意识，那为什么读了以后一点都感觉不到？大多数作品糟糕得我都读不下去。难道这就是新意识的体现？"

人们虽然不拿贾纳克·苏卡利亚的话太当回事，但他的话还是引起了一些躁动，好像在一场正在上演的戏剧中，有人从后台跑到了前台，抓住舞台上演出者的肩膀说道，巴拉克·拉姆、苏卡拉姆和金德尔卡拉，你们为什么欺骗众人，说自己是卡鲁瓦、豆扇陀和沙恭达罗[1]？难道你们就不能真诚地说出自己的真名吗？你们卸下粘上的胡须和化好的妆容，让大家知道你们到底是谁！人们如此愚蠢，居然会相信你们是卡鲁瓦、豆扇陀和沙恭达罗？诗人、小说家和文学批评家听了苏卡利亚的话吃了一惊。是谁给了他跑到前台的权

① 这几个人都是印度著名戏剧《沙恭达罗》中的主要角色。

力？他和大家是有些交情，难道没有借机学得一点新知识？他到底懂不懂新意识？当大家继续聊天的时候，苏卡利亚发现自己坐不住了。“所有的话都是废话。”他说道，立刻起身离开了。他走了以后，大家都有些尴尬，聊天陷入了停顿。诗人和小说家布拉金德尔·肯纳说道：“这个人让大家斯文扫地，自己却悻悻地走了，我一点都不喜欢他。”

“他的观点很负面，但人倒是不错，还算通情达理。”诗人西里尼瓦斯的话比较客观中立。

“人糙理不糙，我觉得他说得很对。”

“那连你也认为新意识什么都算不上？”西里尼瓦斯和布拉金德尔·肯纳吵了起来。

“我认为不管什么新意识或是旧意识，都没什么用处。”

“那你认为文学也是没用的东西了！”

“这和我的观点有什么关系？有多说的意义吗？”

“对你来说，人生完全没有意义？”

“人生的意义？”肯纳笑了起来，“这倒是我听到的新话题，人生是还有一些意义的！”

“你的世界观是消极的。”

“有可能！我不太信这个。”

“如果是这样，那你为什么还要写作？”

“我也不清楚自己为什么要写作，自己有写作的心思，所以就开始写了。”

“但你为什么有写作的心思？”

肯纳耸了耸肩，说道：“可能我没有其他消遣的法子。”

“人们干点别的事也可以打发时间。”

“比如什么？”

“什么比如？人们什么都可以干，可以打牌，可以聊天，还可以干其他一些无聊的事。”

“我不干别的，坐下来写点东西，有什么不对吗？”

“写东西是你自己的事，但你为什么要浪费读者的时间？”

“有什么不对吗？读者也需要消遣的。”

“你是一个虐待狂。”

“不管你说什么，我觉得贾纳克·苏卡利亚的话很对！”

“你这辈子不会有什么作为！”

“有什么区别！那些想要有所作为的人，他又有什么作为？”

他们就这样一直吵吵嚷嚷，直到其中的一个人看了表，提议起身告辞，这俩人才算作罢。

艺术评论家卡查纳纳总是远离那堆人，孤零零地坐在咖啡馆里。他可能觉得和别人坐在一起，会弄脏自己雪白的外套。他很注意自己的领结，总是不停摆弄它，唯恐领结松了下来。他通常会疏远那些想要和他套近乎的人，喜欢和别人保持距离地聊天。他知道独处有一个好处，可以让人拥有一点神秘感，而人们往往尊重这样的神秘。除了那些恭维性的评论文章，他的评论通常辛辣犀利，所以大家对他都有些畏惧，畏惧在某种程度上又变成了敬重。他是这一行当的老玩家，二十年里让许多艺术家地位沉浮不定。当他不说话的时候，就大口抽着香烟，烟圈也吐得有模有样。好几次大家都看着烟圈，来猜度着他的想法。

“一个人？”我从他身边走过时问道。

“是的，还是老样子。”他抽着烟，看着我说道，“来吧，请坐。”

“我坐下来，会打扰你的清静的。”

他拉着我的手，让我坐到了他的跟前。“我知道，你坐在我身边不会说工作的事。”他说道，“一个人想要清静，即便周围有几百人也能泰然自若，是吧？”

“像你这样的人一定能做到。”

“看来你也和大家一样看我。”

“可能这就是你成功的秘诀吧，”我说道，“而我连讨得主编的欢心都做不到。”

“这也不是什么糟糕的事情，”他说道，“过去二十年里，我在五个主编手下干过事，到现在也没有一个主编喜欢我。”

“有一天我们坐到一起，各写一篇关于自己的主编的评论，怎么样？”

“如果这样子也要写一篇东西，那我不知道写了多少评论，”他笑着说道，“我想给自己遇到的每一个人都写一篇评论。我常常见到有些人总是行色匆匆的。人们给这样的生活起了一个漂亮的名字——‘追求个人幸福’。什么是追求个人幸福？说谎，逃避工作，不择手段赚钱和争权夺利！这样品行的人往往无师自通，很快能掌握这一套现成的丛林法则。这套法则教诲人们：除了自己谁都瞧不上；用怀疑的眼光看待每一个人；自己说谎成性，但别人一说谎马上就要皱眉；他人说一些有意义的话，马上就摇头晃脑并嗤之以鼻；一直抱着通过讨好大人物和愚弄同伴来达成个人目标的信条。这些人从政府部门谋到了一份工作，但和朋友们坐在一起却在抨击政府。我想告诉这些人，如果你来自知识分子阶层，那你就好好吹牛，好好做出国定居的梦，别拿一些理论和哲学来粉饰自己的私欲。这样做能获得什么样的个人幸福？仅仅是所谓的社会威望而已！”

“我没想到你现在这么愤世嫉俗，”我说道，“我感觉你最近没有写过任何关于舞蹈或戏剧的评论了。”

他笑了出来，说道：“说实话，现在我没有写舞蹈或戏剧评论的心思了。现在我所称赞的人，都是我的对手；我所批判的人，都是我的敌人。”

他还想再说点别的，但我很快就向他道了别。刚起身准备离开，突然碰到了一个乌尔都语诗人。他喝醉了酒，摇摇晃晃地从我的身边走了过去，但走了两步，从后面叫住了我：“马图苏登兄弟，听我说句话。”我停下来看着他，他走到我的跟前，两只手放在我的肩膀上，说道：“我最近在读一本印地语书。”

“怎么了？”

“里面有一句话？”

“什么啊？”

“书中有一句话……你过来，坐下来一起说话。我想和你一起讨论一下。”

我们一起坐了下来，他说道：“书中有一句话，说印度母亲活在农村。”

“但你想和我讨论什么啊？”

“我想知道，印度母亲一直在农村生活，她就从不来德里？”

我听了他的话笑了起来。他说道：“没什么可笑的！当我读到这句话的时候，我从那时起就在想，印度母亲为什么生活在农村？难道她就从不来德里，或者对德里水土不服又返回了农村？如果印度母亲不在德里，那生活在德里的那个人是谁？难道是印度的后妈？你看那个拉杰普特[①]老人……”他指着墙上的海报说道，“他的妈妈住在哪里？难道她从来不给自己的儿子写信，把他叫到德里？我的

① 拉杰普特是中世纪初期在印度西部兴起的部族，以骁勇善战著称。

妈妈每周都要给我写一封信。”他一直用那种音调说话。我盯着墙上的海报看了一会，感觉视线有些恍惚，眼前就只有长着白色泡沫似的胡须的拉杰普特老人和一杯热气腾腾的咖啡！看着这幅画面，我随便想出了一个标题：“美好的咖啡和美好的肖像，两者都属于印度母亲。”我又看了一下那位诗人朋友的面容，难道这张美好的面容不属于印度母亲？

咖啡馆的玻璃门总是开了又关。一些人走进屋子，好像想要来找人倾诉，在一两个地方待了一会，四处张望，发现没有认识的人，就失望地回去了。在香烟的烟雾缭绕中，拿放糖罐和玻璃杯的声音好像背景音乐一般奏响。每个刚来的人都要调整椅子，把这边的椅子拖到那边，把那边的椅子往前挪一挪。刚说完“请问”，还没等对方做出回应，便就拿走了椅子。有一桌传来了一阵大笑，有一桌两张椅子磕碰到一起，有一桌刀叉勺子叮叮当当响个不停，还有一桌玻璃杯突然掉在地上摔碎了，发出了巨大的声响，喧嚣的人群才稍稍安静了片刻。

“美好的咖啡和美好的肖像，两者都属于印度母亲。”

玻璃门又打开了，哈尔本斯径直走了进来。从老远就能看到他的身影，他一身疲惫，眼神若有所失，佝偻着腰，两鬓满是白发，好像向外界传递这一个信息——我满心忧虑，不要和我说话。他飞快地打量了一下坐在四周的人，走进了离他最近的一个包厢。妮丽玛带着阿荣，跟在离他不远的后面，和她们在一起的还有来自孟买的周刊记者普温·谢尔马。他因为报道纳纳瓦迪舞弊案而声名鹊起，最近到德里找一些政治家做专访，为了写一篇关于第三个五年计划①的文章。他非常忙碌，难得见他外出。哈尔本斯说他们在伦敦一起

① 印度独立后仿效苏联，制订五年计划来发展经济。

待过，在那里交下了友情，哈尔本斯经常称他普温大哥。普温大哥总像个大佬一样伸出胳膊，侃侃而谈。

“现在也不是什么事都做不成，”他说道，“你需要两样东西——一是你要机灵，二是要有人脉。你做事机灵一点，需要的人脉我帮你打通。但如果你想抛开这两样东西，那根本不可能成事。”

“现在只有挤进了某个圈子才能做成事情，”哈尔本斯说道，“艺术作品本身没有了价值，而所谓的价值就是看你是不是依照那些拥有资源的人的授意行事。”

“现在的生活就是这个样子。”普温大哥胳膊张得更开了，“我们现在还能干些什么？现在早就不是看重才能、努力和诚信的那个时代了，这些美好的词汇在当下显得陈旧而又落伍。谁手头拥有资源，就可以让别人随着自己的指挥棒起舞。你还得要敬畏他手上那根惩戒别人的鞭子。你挨了几鞭子以后，学会在他面前摇尾乞怜，按照他要求的方式行事，那就皆大欢喜，你的那份饭菜便会准备妥当。如果你不这样干，那就准备饿肚子吧，连到丛林里觅食的道路都已经封死。如果你无法忍受这个牢笼，自己从里面走了出来，但到了丛林以后，你会发现连那里的野草都已经被地主买下，你根本就没有张嘴吃草的权力。你迫于生计还得再回到牢笼里，吃里面备好的草料，这时候你除了按照人家的要求做事，根本就别无他法。”

哈尔本斯大声地喊叫着，好像想要踢开面前的那堆草料。“我一直给她说，你在家好好练，一直练。”他说道，“但她总是想办演出，把我拖到这堆麻烦事里。在欧洲巡演的时候，我已经看够了这一切，现在已经没有勇气再去面对了。”

“你还不如把我的手脚绑起来，直接扔到井里不就得了。”妮丽玛嚷了起来，“在家里练习，跳舞是给挂在墙上的洋娃娃和画上的人看吗？我知道你这么说的原因……”

“我不是因为那个才这么说的，”哈尔本斯厉声反驳，“我玩不了混圈子的这种把戏。今天见一下这个人，明天去参加那个宴会。想干什么呢？混个脸熟呗！为了什么？还不是让某个团体能资助你，在一些重要场合能想起你；让一些观众能了解你，以便将来你办演出时，有人在台下为你鼓掌喝彩；让一些新闻稿能表扬你，在一些场所为你举办晚宴。我这段时间一直在努力忙这些事，但这些事我真的做不来。”

“那你就别做了，我该做的事，自己会去做的，”妮丽玛更加愤怒，“你没有给我帮忙，而是在我的道路上设置障碍。我最近之所以不练习舞蹈，不就是怕弄坏家里的地毯吗？”

普温大哥笑了一下，态度显得不偏不倚，说道：“你们真像两个孩子一样吵个不停。哈尔本斯你忽略了一个问题——你现在一直在逃避为妮丽玛做那件事。你首先得让自己心甘情愿才好，在哪个地方碰一鼻子灰，就到哪里再多去几次，这样你的鼻子会越来越不怕碰壁。难道不对吗，马图苏登老弟？”

我坐在旁边，想着不掺和进去，说道：“你说得对，但我现在没有你这么丰富的经验。”

“你们看到了吧，现在的人说话多么小心谨慎。”普温大哥冲着我说道，“现在朋友们坐在一起聊天也是斟酌词句，好像站在法庭做陈述一样。如果彼此总是充满怀疑和不信任，那怎么才能放心大胆地做事呢？你想要活下去，就好好活下去，就得学着厚颜无耻一些。你一定要找到自己的门道，如果没有门道，别人会以为你没有任何根基，便想推倒你，踩着你走过去。你想要成功，想要出名，想要赚钱，自己就一定要撑起脸面，找到一个大门道。如果你的门道够强，别人就会害怕你，尊重你，从你糟糕的工作里寻找一些亮点。如果你没有门道，不管你演得多好，人们都不会理你。即使看了你的演出，也会大肆嘲笑，还会告诉你的赞助者，你的演出里有什么毛病。我现在就干这个工作……”普温说着说着笑了起来。妮丽玛也笑了一下，说道：“普温大哥说得真好！”

“我说的都是大实话，”普温说道，“你们现在不会明白，将来一定会懂的。但机会一旦从你们的手头溜走，那你们就只有目瞪口呆的份了。在过去十年里，那些赢得声名的人，今天还能算得上大腕的，你随便挑一个看一看，每个人都有一套自己的门道，其中一些人的门道是找大靠山，靠山越大，这个人的成就也越大。有一句老话，要想成为大人物，就得学着迈大步。”

有一个人坐在人群里一直非常严肃——他就是阿荣。他默默地吃着奶豆腐三明治，突然放下三明治站了起来，说道：“妈妈，我要买槟榔包，给自己买一个，再给比吉买一个。”他骄傲地把手插进兜里，朝门外走了过去。

快走出咖啡馆的时候，一位身穿印式土布长袍和长裤的年轻人挡在了我的路上，非常儒雅地对我说：“马图苏登先生，近况如何？”

我仔细打量了一番，脱口而出：“天啊，巴特拉，是你吗？你怎么变得这么年轻？”

“我现在干一些行政工作，”他彬彬有礼地说道，“你现在在哪里？”

“我在《新先驱报》工作。你从《伊拉沃迪》杂志社辞职了吗？”

他谦卑地微笑了一下，说道：“没有，那家杂志现在归我所有了！”

“归你所有？”

“一年半前，我把杂志社从巴尔·帕斯卡尔手里买了过来。”

“真的？”我感觉难以置信，他以前说的话终于变成了现实，“帕斯卡尔现在干什么？”

“他现在干了大生意，拿了土地合同来盖小区，”他还提到了帕斯卡尔开发的几个小区的名字，“他现在生意做得很大。”

“好的！”我准备离开了，他非常温柔地和我握了握手，说道：“有空过来，看看你原来的办公室。”

“好的，有空一定会去的。”

“不胜荣幸。”他稍稍低头致意，向我告别，整了整长衫的袖子走进了咖啡馆。

出门后，我看到了作家、诗人和文学批评家的那个群体站在自行车停车场附近，还在讨论瞬间与知觉的问题。诗人维尼德，有一个昵称叫波布阿[①]，正对瞬间的意义展开长篇大论。布拉金德尔·肯纳骑在自己的摩托车上，两只脚撑在地上。

“从一个瞬间到另一个瞬间，我的潜意识不知道经过了知觉的多少个层面。”维尼德说道，“每一个层面不知道有多深刻！如果我能在自己的作品中把握好一个层面的深度，那我对自己和那个瞬间就做到了问心无愧，我动笔时也不会受到任何外界的干扰。在下一个瞬间，如果我的知觉与之前那个层面截然相反，并且我的创作还不能摆脱外界的干扰，我就会呼唤我的真心，尽量去表达那个层面的知觉……”

布拉金德尔·肯纳的摩托车启动了，有人问他：“现在就要走吗？”

---

①“波布阿”通常是对小孩的昵称。

“我饿了。”布拉金德尔的摩托车避开了前面的行人，飞快地冲了出去。维尼德还站在那里，絮絮叨叨讲解着瞬间的意义，不知道什么时候才告一段落。

像这样子睁开眼睛做的白日梦似乎永远都不会结束。灯光还是依旧闪烁，萨罗伊·鲁西拉汽车站里一辆辆汽车鱼贯而出，我透过一扇又一扇窗户，看着外面的世界，然后带着那个梦境躺在床上。日子一天天过去，梦境也变得越来越大，但我还是感觉自己所看到的那一切仍然不够完整。“来吧，马图苏登！站在这里来看看芸芸众生。”一个声音从脑海深处传了过来，我的眼前出现了一系列景象：公交车上推推搡搡的乘客开始破口大骂；在马德拉斯酒店附近广场上，警察逮住了一个形迹可疑的小伙子，他的身边还有一个年轻姑娘；小贩在吉拉德商场门口兜售茉莉和玫瑰；擦鞋的小孩看到警察来了，被吓得夺路狂奔；一个残疾人躺在剧院大厅门口大声呻吟；一个妈妈在人群中和自己的孩子走散，坐在马路上哭天抢地；几辆悬挂国防后勤局车牌的汽车从宾馆房间接走了几个女孩；一支游行队伍，喊着“旁遮普省”[①]的口号一路前行；康瑙特市场附近，几辆汽车像醉汉一样，歪歪扭扭一直往前开着；劳工干完活后，从工厂下班回家；职员下了班，离开了办公室；几个男孩兜售从国外来的水货；报纸的标题、会议上的演讲、欢迎仪式和致辞、采访和发言、捆绑着红绳的文件卷宗、艺术展览、各种讲座，所有东西一下子扑面而来。怎么有可能一下子看完这一切呢？我倚在窗边，能否看得清其中的一个部分、一个团体或者一个人呢？

---

① 文中用了suba而非pradesh。此处应该是指印度独立后的旁遮普分邦问题。

我带着办公室的摄影师去了老街，为深度报道寻找一些素材。

以前当我每次走过老街的时候，从来就没想过它能成为我写深度报道的主题。我曾无数次走过纳迪尔·沙赫高高挥舞屠刀、杀戮无辜的地方，但从来没有留意过它的历史价值。当我这次特意造访的时候，我用心记录每一个细小的地方：一、街道两边的甜食店；二、市场入口处的珠宝店铺；三、先是右手边的一条小巷，然后左手边还有另外两条小巷；四、左边一条叫卡特拉·马萨如的巷子。

摄影师憋了一肚子气。我们朝卡特拉·马萨如巷子的深处走去，巷子越来越窄，前面只能允许一个人勉强通行。巷子里遍地污水，还有一些黏黏糊糊的东西，地面如此湿滑，每走一步都要小心迈步。摄影师早上饿着肚子出了门，在巷子里转来转去让他不胜其烦。他想着抓紧时间拍两三张照片，然后就马上回去。但我不想让自己的深度报道只是简单描述一下这两三个地方。我想在主编心中树立自己的威信，所以我还想再多去几个地方看看。

整个巷子就好像一个巨大的痰盂，多少年来日积月累的痰渍一层叠着一层。照相机的胶片冲洗的照片能准确呈现这样肮脏的景象吗？感觉这个巷子里每家每户都有一个肺结核病人，刺鼻的恶臭扑鼻而来，女人和小孩的尖叫此起彼伏。摄影师再也不想往里走了，我还想设法说服他一道前行。这时候，从一户人家出来了一个想要乱扔垃圾的女人，看到我们以后吃了一惊，手里拿着垃圾呆呆地站在门口。看到她脸上的皱纹，我突然想起了屠户街里的塔古尔夫人。那个女人匆忙扔了垃圾，转身进了屋子。摄影师已经给她照了一张相。他想照片已经够用了，便把胶卷退了出去，拿着手绢捂着鼻子，说道："我不敢再往里走了。您要走就自己走吧，我到巷子外面等您。"

“但是我还想去其他几个地方，”我说道，“我们到现在没有搜集到任何材料。我们去的几个地方，都是中产阶级的小区。我还想去几个贫民窟，那里住着收入更低的阶层。”我已经受够了主编那种充满讥讽的微笑，不想给他任何挑毛病的机会。

“我现在真是不敢再走了，”摄影师还是固执己见，“谁知道你想写什么样的深度报道！”

“你也知道的，主编吩咐过我，要写一篇别致的深度报道。”

“他脑子里不知道出了什么毛病，”摄影师一点都不肯让步，“您给他说，让他自己到这些破巷子里转一转。他想要整谁，就把这样的差事交给谁。我还不了解他？您来这里也就一年时间，我已经和他共事六年了，他总是挑个想整的人给他一堆麻烦事，您可能都不知道这些内幕。”

“行了，照片已经足够了，”我说道，“你想回去就回去吧。但我还需要一些其他素材。再逛几圈我也回去。如果行的话，你把那台小照相机给我。有需要的时候，我自己再拍几张照片。”

摄影师已经烦透了这项工作，马上摘下了照相机递给我。“我先去喝一杯茶，”他说道，“我担心自己的身体可别出什么毛病！”

当摄影师从巷子里走了出去，我摊开本子做着笔记，想着现在该去什么地方，心想去一下巴哈尔·根杰的大桥，那里有一大片铁皮、席子和麻布搭建的破烂棚户。经过大桥的时候，那片居民区就像一个大垃圾堆一样出现在我的眼前。我知道进去逛一逛没有任何意义——或许我在巷子里逛来逛去也没有任何意义——到现在我已经逛了这么久，还没有想出一个好的新闻标题来。我需要一个绝佳的标题，不要再给主编任何机会，让他满眼嘲讽地看我。我心里又想，今天我至少应该再去一次屠户街的那条小巷子，毕竟我自己在那里生活过。最后，这个想法在我的脑海里占了上风，我从月光广场打上了三轮车，坐到了萨德尔广场，想着步行穿过卡特市场去屠户街。

一进卡特市场，看到发生变化的景象，让我吃了一惊。我知道政府已经下令关闭了妓院，可没想到这个市场居然有了这么大的变化。四边形的围墙已经不在了，现在看上去更像一个普通的市场。过去那些鸟笼似的阁楼已经变成了卖粮食的商店，商店的大门没有更换，上面还有老旧的木质方格衬网，好像还在缅怀过去的时光。如果没有门上的装饰，很难看出现在的市场过去居然会是那个样子。

虽然卡特市场已经完全大变样，但多少年来我还是一直心有余悸，于是加快了步伐。市场已经变了许多，但它在我心中的印象却没有改变。当我走过这个地方，快到哈尔普尔小区的时候，心里还是依旧紧张。难道那个四边形围墙里没有留下我昔日的影子？大门条栏后面张望的面孔还记不记得一个鬼影？难道时光匆匆，不会留下滴答滴答流逝的回声？

哈尔普尔小区的生活还是那个样子——那些商店、那些手推车、那些来来去去的人们，一切还是那样慵懒而又凝滞。以前，屠户街的第一个路口总会有一堆人，挤来挤去看要把戏。但现在这个地方只有歌声飘来，一个十三四岁的小姑娘，双手扯着披肩的两端，一边跳着舞，一边唱着电影歌曲：

“随风飘荡啊，
我的红色细布披巾。”

小姑娘的周围聚了一圈人，有几个人手里拿着几张毛票，招呼她走过来。小姑娘不管走到哪个人的身边，都有人伸出手来，想要摸摸她的手。拉手风琴的师傅在演奏音乐的同时，向小姑娘频频挤眼示意。

“先生，这个世界真是信不得。”我离开人群朝前走去，一位身穿围裤、与我同道行走的男子随口说道。他刚刚和我一样，踮着脚尖看着里面的歌舞。“政府很奸诈，这些人比政府还要奸诈。为什么会这样？”

我没有回应他，加快步伐走进了自己住过的那个巷子里。

卖槟榔包的商店仍然开张，但没有人盘腿坐在那里。卖菜的摊子还是过去的老样子，让我产生了一种错觉，觉得自己早上离开了巷子，下午这个时候又回来了。往巷子里面走的时候，我感觉居民要比往昔多了一些，以前下午似乎没有这么多人，能想起来的住户的房子还是原样，只是比过去略微破败了一点。巷子里还是和以往一样污水横流，没有下雨也是一片泥泞。

走进小巷，房子和大门依旧熟悉，但我却在人群里看不到一个认识的人，坐在菜摊上的所有人我都不认识——好像在这十年里，街区的上一代人已经故去，他们的下一代完全占据了这个地方。想到这点，我的心里充满了悲凉，估计现在见不到塔古尔夫人和她的家人了。我猜想自己到了她家门口，敲门的时候会有租客向外张望，但他可能不会知道，曾经有一个叫萨拉斯瓦迪·塔古尔的女人和她的丈夫与女儿在房子里住过。一到房子附近，首先映入我眼帘的便是那块门牌，不知道什么原因，门牌的下端已经断掉，也许是腐烂脱落了。门牌剩下的那部分挂在一颗生锈的钉子上，摇摇晃晃摆个不停。门牌上以前写着两个词——伊巴德得和阿里，但现在已经完全没有踪迹，只留下了淡淡的字迹，让人感觉这块木板上曾经写过字。外面的房间是我和阿尔温德曾经住过的，有一个苍老的女人坐在门槛上。一看到她，我就马上想要回去，但心里却有一种难以阻止的冲动，想要进去看一看。我走到那个女人的身边，问在这里是不是曾经住过一位塔古尔先生，他现在去了哪里。那个女人盯着我的脸仔细地看了半晌，突然说道："先生，是你吗？你连嫂子都认不出来了？"她说着话从门槛上溜了下来。

我走进房间，发现房间也和塔古尔夫人的脸一样，变得已经不像样子。房间墙壁上的白色涂料掉得只剩下零星的几块，显得好像贴上去的几块贴画，屋顶的木椽已经完全发黑，墙上到处画着赭色的万字符和罗摩圣言。两个房间之间的门框已经向外凸了出来，有些摇摇欲坠。整个屋子里四处散落着脏兮兮的杂物，好像是从旧衣堆里捡来的东西。房子里只有一样东西还是那样熟悉——那就是从楼上传来的女人们的吵架声。我感觉这场吵架从十年前就开始了，一直没有中断，到现在还没有分出胜负。

"什么时候回的德里？"塔古尔夫人问道。

我有些犹豫，不太敢告诉她，我回德里已经有一年时间了。"来了有几天了，我又在这里找了一份工作。"我说道。

"好啊！"塔古尔夫人不知道从哪里搬出了一张黑乎乎的圆形竹椅让我坐下，说道："坐吧！你还能想起我们，对我们这些穷人来说真是不容易。你现在把家安在哪里？"

"我在卡罗尔花园附近租了一间屋子。"

"老弟啊，你现在不肯再住到我家这样的垃圾堆里了。那时候嫂子的生活还好，现在的时运却完全颠倒了过来。"

"不是的，嫂子，我现在的办公室就在那边。"我真不知道该对她说些什么。塔古尔夫人说话的音调有些变化，喉咙里的声音嘶哑起来。我看着她的面容，想知道塔古尔夫人在这段时间里为什么会老成了这个样子，不知道是多年未曾谋面，或者仅仅是我自己的感觉而已。

“塔古尔先生现在还在那个办公室上班吗？”我问道。

塔古尔夫人苍老无神的眼睛眨巴了半天，说道：“你的老兄去了别的办公室了。他要是还在人世，你怎么会看到嫂子到了现在这步光景？现在你嫂子都没有一个嘘寒问暖的人。”她的眼中溢出了泪水，掀起身上破围裙的一角拭去了眼泪，呆呆地看着屋顶说道：“那个该死的东西，到现在还没有死。那个还得活上几年的人，却匆匆地走了。”她开始详细地讲述事情的经过。伊巴德得·阿里那段时间病得很重，整夜整夜地咳嗽，医生说他也就再能活个两三天时间。有一个晚上他的病情十分危急，人们预料他肯定活不过第二天早上。马吉德和其他几个人整夜坐在他的身边。他们准备好了丧葬事宜，还请了一个毛拉，毛拉坐在床头念了一整晚的经。

“先生啊，不知道怎么回事，那个毛拉念着经，好像产生了什么魔力，过了一天一夜，那个死鬼居然又能喘气了。但那个晚上你老兄的哮喘病发作了。他以前也犯过哮喘，但很快就好了。但那天哮喘发作的时候，他却说我要离开你了。四五天以后，那个老鬼恢复了健康，能坐起来了，而你的老兄却撒手人世，永远离开了我们。今天他过世已经整整三年了，但那个老鬼现在还好好的，能吃能喝的。每次我看到他，都心如刀绞，想着夺过死鬼的拐杖，把他推到巷子里，送他去火葬场，也省下了每天一个巴沃[1]的肉食。我想着那天到楼上把那死鬼的西塔尔琴拿下来，扔进炉子里烧掉才好。”

一听到塔古尔夫人的话，我又想起了那天的事情。我一心想听

① 巴沃是印度重量单位，等于四分之一赛尔，约等于二百五十克。

伊巴德得演奏西塔尔琴，到了楼上，第一次看到了他那破烂的西塔尔琴，心想他居然能用这样一把破琴弹出那样柔和而又动人心弦的声音，能让失眠疲倦的双眼又有了困意。我心里又想起了另一件事——库尔希德正在缝补一件长袍，瞪我的眼神中充满了厌恶和鄙夷！那个女孩子心里对我有多反感啊！

“老先生有一个叫库尔希德的女儿，”我对塔古尔夫人说道，“她已经嫁出去了，还是待在家里呢？”说着这句话的时候，我似乎又看到库尔希德打开了房门，手里拿着小本，说道：“大婶，今天是一号了，请交房租。”

“咦，先生，你还惦记这个女孩，想给她安排一门亲事？”塔古尔夫人怒冲冲地反问道，“你过去又不是没有见过她的骚样？像个饥渴的母老虎一样看着每一个男人。我们当时就放话了，这个女孩子将来一定会惹是生非的。后来这话果真应验了。没有妈妈管教的女孩，爸爸根本就不顶用，不胡作非为的还真是不多。她在家里惹了大事，我给你怎么说才好呢！”

塔古尔夫人说着说着突然站了起来。“先生，你说你这么多年才来了一回嫂子家，嫂子也没问你喝不喝茶。我打发妮玛去买上两个派萨的牛奶。你嫂子现在也就这点能耐了，不然，你来了以后肯定会好好款待的。”

“嫂子，但是……”我刚想说句话，她马上就打断了我。“先生，我不想听你说不。你嫂子是很穷，难道还请不起两个派萨的奶茶？你要是再推辞，那就见外了。”

她走过摇摇欲坠的门框，到了里面的屋子。过了片刻，她一手拿着杯子，一手拖着妮玛的胳膊走了出来。妮玛一直在笑，表情有些羞赧，挣扎着胳膊想要摆脱妈妈。

“先生，还认识她吗？”塔古尔夫人对我说道。“你住在这里的时候，她只有这么一点大。现在看看，都多大了。女孩子和石榴树，长大用不了几年时间！”妮玛飞快地扫了我一眼，搓了一下双手，从妈妈手里接过了玻璃杯，走到了巷子里。塔古尔夫人站在原地，嘴里念叨道：“都长成大姑娘了！”

“是啊，我现在都认不出来了。我住在这里的那段时间，她还常常在巷子里玩，有时还吃一嘴土。”

“老弟，现在真是为她操碎了心。”塔古尔夫人脸上的皱纹变得更深了。“你都不知道，我现在得操心为她置办一门亲事。我手头那点小钱，你老兄走了以后，早被我们俩吃光用尽了。我现在就只能靠大神罗摩。我俩给四户人家打扫卫生，挣点小钱糊口。有时候我们被派到大户人家干活，心里真是害怕。你知道现在是什么世道，连自己人都信不得，还敢相信别人！”

我低下了头。难道塔古尔夫人又在暗指十年前的那件事，我也因为那件事离开了她家。但塔古尔夫人的表情和语气似乎又没有任何抱怨的样子。

“家里有了年轻的女孩，就像有了一个玻璃房。要想打碎是分分钟的事。一旦有了什么事，父母亲肯定得后悔死了，所以我没有把前面的屋子招租。前屋以前住过一个修道士，那人后来原形毕露，真是一个混蛋！你看看，他在墙上画的这些把戏，一早一晚就烧香念咒。我想着他这么虔诚，我们也能跟着沾点福气，但我真没想到，福气没沾上，却惹了一身臊气。他嘴上念着经书，心却和烧过的木头一样黑！那个混蛋每天把我家姑娘叫‘女儿’，还在她的额头上涂香灰[①]。但是有一天他干了一件事，如果塔古尔现在还活着，肯定要

① 在额头上涂香灰是印度教的一种宗教传统习俗。

拿鞋子抽他的脸。他先是给我家姑娘额头上涂了香灰，顺势抓住她，想把她拉入怀里。姑娘挣扎开来，跑到我的跟前，说让我把这个修道士赶出去。我一下子就全明白了。我说我去找他算账，你先不要声张。我表面上装得没事似的，对那个混蛋说，我们全家要出门，所以天一亮你马上拿着自己的行李离开。那个混蛋担心待在这里，会被人用鞋底抽脸，所以屁都不敢放一个，第二天一早就走了。”

我又看了看塔古尔夫人的眼睛，看她有没有想起什么其他新仇旧恨。我还想，十年以后她会不会忘记这件事，修道士要是再来的话，会不会煮茶款待他？或许她能够原谅别人对她自己的非礼，但不允许这种事发生在自己女儿身上？

“听到塔古尔先生早逝，我真的很难过，”我努力掩饰着自己内心的羞愧，“我从来就没有想到会有这样的事情发生。他才多大年龄啊！他要是活着，你还用这么操劳？”我一边说着话，一边看着她的表情，塔古尔夫人可别又想起了十年前的那件事，或者仅仅是出于客气而控制着自己的情绪。

“他要是活着，谁还敢这样放肆地看我家姑娘？不把他的眼珠子挖出来才怪呢？”她说道。

我更加羞愧了，我一直在想，塔古尔夫人是不是存心说这些话给我听的？她可别觉得我现在已经不怕她了，故意说这些话让我心存畏惧？塔古尔夫人可能猜测到了我心里的不安，接着说道：“你们住在我家的时候，我一点也不害怕，就像小叔子一样什么话都能说，你们即使有啥机会，也不会对嫂子或嫂子家的姑娘乱看乱瞅吧？但现在我的世界空荡荡的，说话的时候都没人正眼瞧我一下。我日夜向大神祈祷，让他救救我的姑娘，就是让我死也行。现在这个玻璃房子还没找到主儿，我也不想去死。我死了到了阴间怎么对塔古尔交代，说我丢弃了姑娘，撒手不管来到了这里？想到库尔希德丢人现眼的样子，我心里就难受得要命。”

库尔希德的事说了一半就停下来了，我急切地想听她继续讲下去，所以问道：“你说那个女孩出了事，到底是什么样的事儿？”

“她的事有什么好问的，老弟！”塔古尔夫人的眼神有些异样，好像见到了什么可怕的场景，脸上立刻笼罩了一层阴影。她放慢了声调，朝我这边挪了挪身体，说道：“那都是什么事呀！两三个月前都没有人发现。但是我们有点疑惑，她怎么不像以前那样霸道地找我们要房租了？她走路慢慢的，说话也是柔声细语。有一次收房租的时候，戈巴尔妈妈看出了究竟。你知道的，我们都是过来人，都知道那个骚货是怎么回事。屋里的男人们听到了这件事，跑到伊巴德得老先生那里去闹事，我该怎么对你说才好！他们对伊巴德得说，要么把女儿打发到她的情人那里，要么全家收拾东西滚出去。但你知道那个老混蛋是不可能走的，他专程从巴基斯坦回来占这个房产，怎么会因为别人说的几句话就放弃房子呢？他说我的女儿是清白的，即便她真的有问题，那也轮不到你们这些人来管。我不会丢弃自己的女儿，也不会放弃这座房子离开的。你们想赶我走，除非从我的尸体上踩过去。那天，男人们和他吵得不可开交，事情一下子就传开了。本达辛格气得还揪了他的胡子，但那老混蛋就是不肯让步，还是说不管怎么样，他不会遗弃自己的女儿，也不会放弃房子离开的。”

“啊！”一想象到当时的场景，我感觉有点毛骨悚然。

“吵吵嚷嚷一天就过去了。男人们对他说，你要是明天早上还是啥都不干，我们就不得不动粗了。我们不允许这样的荡妇和我们的儿媳女儿住在一起。我们非常害怕，他受了气，可别找别的巷子里的穆斯林来寻仇。当天晚上我们都不太敢睡觉，我从里面闩了门。第二天一早，我们才知道那姑娘已经在大半夜跑了出去，走的时候给她爸爸都没说一声。伊巴德得哭成了一个泪人儿，一直用手拍着自己的额头。有人说她跳了亚穆那河，也有人说她跟着自己的情人去了巴基斯坦。有人说是这样，还有人说是那样。但人总归是走了，我们也庆幸躲开了一场大祸，不然谁知道会发生什么，保不准还会有谁丢掉了性命。”

“库尔希德走了以后，伊巴德得就没有打听她的下落？”

“他好几天都没有出门，一直躺在房间里痛哭。我们觉得他很可怜，这个臭婊子走的时候怎么不带上自己的爸爸。他都这把年纪了，谁给他烙饼吃？她走了以后，老先生就像是中了风，不吃不喝，都不愿意站起来，也不弹他的西塔尔琴了。过了几天，他夜里又开始叮当叮当地弹了起来。吃饭的时候就去屠夫家的餐馆。有几次他弹了一整夜的西塔尔琴，好像别人睡觉他就来气。他现在不和任何人说话。只有每个月定时来一次，手里拿着小本找大家讨房租。我说他哪天死了以后，我们凑钱把他拉到墓地给埋了，丧葬费用就顶了房租吧。老鬼什么都不管了，就是还惦记着房租。老弟，问你一件事，当这个老鬼死了以后，谁来收房租？房子的产权会不会归我们所有？政府不会找我们收房租吧？我已经欠了六个月的房租了，塔古尔走了以后，我们连每天的两顿饭都吃不上，那还有钱交房租？老鬼把晦气带到了我家，我看他就像个鬼魂。他哪天死了，我一定给他摆上五个派萨的祭品。”

时近黄昏，房间显得沉闷而又压抑。房里的每样东西都破败不堪。这个房间以前就是这样，还是变成了现在这个让人无法忍受的样子？不知道是怎么回事，我觉得房间比以前更空旷更冷清了。

妮玛端着一杯牛奶回来了，脸被太阳晒得通红。衬衣上一半的纽扣都开了。这么大的姑娘，身体露在外面居然一点都没意识到。塔古尔夫人从她手中接过了牛奶，让她坐在自己身边。

“你认识他不？”塔古尔夫人问道。

妮玛张嘴笑了起来，摇了摇头。

“你怎么会不认识他？你的老哥忘记了我们，那就得了。但我们怎么能忘记了他？走了以后，你和阿尔温德都没有写信。你们的老哥现在只认得外国人，怎么会想起我们这些人？”塔古尔夫人愤愤地说道。

妮玛茫然地看着我的脸，可能想看看那些只认识外国人的人到底是什么样子。

“你去给他煮茶，还是我去？”塔古尔夫人问道，妮玛立刻站了起来，说道：“我去煮茶吧。”说完端起杯子就离开了。

“那时候还整天玩布娃娃，现在你看看多懂事啊。”塔古尔夫人叹了一口长气。“她现在才十六岁，但看起来像是十八九的样子。老弟，你认识这么多人，你帮她说门亲事？我一辈子都会记得你的大恩大德。想想这个没有爸爸的孩子，你帮她打听打听。有不要嫁妆的、一个月能挣上七八十卢比的小伙子，我就把她的双手涂上姜黄[①]，嫁出去让我也省省心。她一天天地长大，我的身体也一天不如一天。你手下有几百人吧，找个中意的小伙子，给他说一说。我不在乎什么种姓[②]，现在考虑这些还有什么用？你就说，我亲戚家有一个女儿……”

“我会说一下的。”我知道这只是托词，从今往后我可能再也不

---

① 涂姜黄是一种印度婚礼习俗，新娘出嫁时双手要涂满姜黄。

② 种姓内婚制是印度传统的婚姻制度，不同种姓之间不能通婚。

会来这里，但塔古尔夫人眼神如此充满期待，我只能撒个谎来应付她，免得彼此尴尬。

“一定要说一下，老弟！”塔古尔夫人又靠近了我一些，“要是男孩想看一看女孩才点头，我就带她过去。我们也得按照现在的规矩办事。你也知道的，现在小伙子不见女方是不肯结婚的。我家闺女看上去挺不错的，是吧？”

“我会说一下的。”我又说了一遍。

“好的，老弟，你一定要促成这件事，我给你行触足礼[1]了。”塔古尔夫人真的开始弯腰抓我的脚，我赶快扶起了她。

“别，别，嫂子，你这是干什么？我说过的，一定会帮你说一下的。”

塔古尔夫人默默地看了我片刻。她的眼中满是泪水——不知道是对我心存感激还是又勾起了什么心事。

“你有看好的小伙子吗？”她问道。

“没有，但我会帮你物色的。”我说道。

她沉思了一会，不知道在想些什么，又说道：“你现在找到夫人了吗？”

“没有，到现在还没找，”我干笑了一声，“没有女人喜欢我。”

“没人喜欢你！”塔古尔夫人摊开自己的双手说道，“你就扯谎吧！我没有合适的人选，不然明天保准帮你操办婚事。”

“我走了以后，阿尔温德又住了多久？”我想转移一下话题，别再说结婚相亲的事。

“你走了六个月，他也离开了我家。”塔古尔夫人说道，“他和你一样，走了以后就没有再过问过我们，也不管我们是死是活。”她说

① 触足礼是印度传统礼节之一。行礼者弯腰用手触摸对方的脚，以表示极大的尊重。

完以后，又立刻回到了刚才的话题。“你要是能在一年半载安排好这门亲事，我就死而无憾了。她读到了七年级，我没让她接着读下去。如果还是找不到合适的人，你帮我想想，我要不要让她再接着读完中学。听说现在中学要从十年级增加到十一年级，多一年时间不是为难我们穷人吗？还能有什么用？”

我还是想换话题，但塔古尔夫人一直介绍自己女儿的情况。女孩子很聪明，所有的事都干得有条有理。在巷子里走路的时候，从来都是低眉顺眼的，不会乱看别人，会一点针线活，学习成绩在班里也是名列前茅。

“老弟，你以后要常来啊，”她恳切地说道，“我真希望世上再有个亲人。你看到中意的小伙子，替我点头答应就好了。小伙子要是愿意，你就带他过来，让他亲自看看我家闺女的品行。他想要她学什么手艺，我就教会她。我说了，一定要想办法把她嫁出去。”

妮玛端着茶进来了。她的脸比刚才还要通红。她把茶放在我的面前，走了出去。塔古尔夫人笑了起来。

“她听到结婚的事害羞了，”塔古尔夫人说道，“她在那边听得清清楚楚。她耳朵很灵，我从来都没法背着她说话。”她又疼爱地喊了一声：“妮玛！”妮玛没有过来，她马上大喊了一声：“死丫头快过来，听我说话！”

妮玛用头巾的一角遮住脸，走到门槛附近停了下来。她的纽扣还是那样开着，衬衣有好几个地方又脏又破，裤子提得很高，露出了枯瘦的脚踝。她的衬衫紧绷在身上，感觉要是跑得快一点，都会导致呼吸不畅。“妈妈，你需要什么东西吗？”她掀开遮在脸上的头巾问道，说完又马上遮住了脸。

“先生，想吃点什么？”塔古尔夫人问道。

“不用了，嫂子。有点迟了，我得走了，现在抓紧时间喝完茶就好。”

我拿着杯子，几口喝完了茶。我开始暗暗悔恨，下午出来工作，却跑到了这里浪费了这么久的时间，和摄影师道别以后，我又干了什么？扛着他的照相机，到现在也没有照一张相。

“妈妈，给他说一声，让他用那个机器给我们照一张相，”妮玛说道，“我们把照片镶在玻璃镜框里，挂到墙上。”

“死丫头，照相不知道得花多少钱！”塔古尔夫人说道，“没几个人能随便照相的。”

“机器里没有胶卷，有胶卷我会给你照的。”我说道。我的心里却又烦躁了起来，我即便给她们拍上一张照片，那又能如何！但我马上又想通了——我拿着相机是出来工作的，不能随便给人拍照。我心想走上楼梯，到了二楼的屋子给躺在破破烂烂的凉床上的伊巴德得·阿里照一张相。这张照片可以起一个好的标题，刊登在报纸上，顺道讲一下伊巴德得·阿里去了巴基斯坦以后又返回印度的故事，还有他的女儿库尔希德的遭遇。这样的故事可比一篇深度报道更加引人注目。但是我已经给妮玛撒了谎，现在又怎么能上楼去给伊巴德得拍照呢？

我离开了她家，塔古尔夫人一直把我送到了巷子口。在巷子里她还是一直重复那些话，说愿意花费四五百卢比来置办女儿的婚礼。塔古尔先生现在要是活着，肯定不止这个数！还问我什么时候再来她家。如果我不来的话，她怎么去我家……

塔古尔夫人回家以后，我到了一家槟榔摊去买烟。那个摊主把我从头到脚打量了一番，问道：“先生，您是她家的亲戚？”

“你说什么？”他说话如此地唐突，让我有些愤怒。

“随便问一下，我们以为那对母女孤苦无依呢。”他说道。

“我早就认识她们了，以前在她家租过房。”我回答道。

“嗯，好的！”他吊着嗓门说道，“我以为她们是您的亲戚。”

“算是某种程度的亲戚吧，”我皱了皱眉头说道，“你想说啥就说啥！”

“没啥多说的，”他把香烟递给我，数着零钱说道，“可怜的人啊，挨家挨户打扫卫生挣钱，所以我说……”

“你到底想说什么？”

“没什么，”他说道，“我们也就随便说说……”

我走出了巷子，心里感觉隐隐作痛。不管自己有什么难言之隐，我都应该给她们照张相的，但我却没有去做，这个“难言之隐”到底是什么？

我回到了办公室，发现哈尔本斯正在那里等我。

“你什么时候来的？”我问道。

“来了一小会儿，”他说道，“我想带你去一个地方。”

我告诉他自己在城市的小巷子里奔波了一整天，现在非常疲劳。

“疲劳就不去了？疲劳的人也能喝杯茶吧？”他说道。

“但我不知道到底要去哪里？”

“去那个人的家里……”他压低嗓门说道，“去政治秘书家里。他很多天前就邀请我了。妮丽玛说人家都叫了好几次，我们应该去一下。今天他又打了电话，我们傍晚就赶过去。”

“你们去就行了，带上我有什么必要？一来我已经累得不行，二来他只邀请了你，所以……”

“但他老是问你的情况。我后来给他打了电话，说你也一道过去。”

“你带我过去还有其他什么原因吗？”

“倒是有一个原因，他们给我提供了一个职位，今天很有可能要谈这件事，但我心里还没有想好，到底要不要接受这份工作，所以我不想让他现在就谈这个事。你要是在我身边，他就不好提起这件事。”

“但你看看我现在的样子，我都累得……”

“你得了吧，我都说了带你一起去的！为我受点累又怎么了？”

我没法再推脱，处理了一下自己案头的信件，去和主编聊了一会儿，然后就和他一道出门了。

政治秘书家门口的台阶如此湿滑，往上走的时候脚底一滑，我的膝盖被磕伤了。

走进了门廊，哈尔本斯按了门铃。一个仆人把我们领进一个大房间。政治秘书站在门口迎接我们。“哇！哈尔本斯！妮丽玛！”他兴奋地说道，“还有这位来自《新先驱报》的朋友。你们主编说过一两次你。哈尔本斯也好几次提到过你。但我还是忘了名字。哈尔本斯，他叫什么名字？”

“马图苏登。”哈尔本斯说道。

政治秘书热情地和我握手。“好的，好的，马杜苏丹。”他说道，“我一直在关注苏丹的局势，一定会记住你的名字的。你的名字听上去很有乐感，我对音乐很感兴趣的。哈尔本斯可能给你说了吧，或许没有说过，他除了自己谁都瞧不上，不过你是个例外，我都说不上原因，妮丽玛可别妒忌你。来吧，来吧，已经来了几个艺术家。我先把你们介绍给大家，他们都是年轻艺术家。但我常说，年轻人才会创作出真正的艺术。艺术是一种表现形式，和年轻的状态有着深刻的联系。来吧！”

他最先介绍了自己的妻子。他的妻子和我们握了手以后，马上说道：“把阿荣放到孩子堆里吧，不然他在大人中间显得多么孤单和落寞。我一会儿回来。”她拉着阿荣的手，边走边对妮丽玛说：“我很想和你说说话。”

屋子里还有四个人。一对中年夫妇，也就是来捧场的古拉迪先生及其夫人。两个目前正在攻读艺术学位年轻画家，一个名叫拉纳提尔，另一个名叫苏帕西。拉纳提尔留了很长的头发和胡子，穿着印式长袍长裤。苏帕西穿着黄色夹克衫和蓝色西裤。两人极其殷勤地和所有人握手，好像我们所有人都有着和政治秘书一样高的社会地位。

“我们正在欣赏他们的画作，”政治秘书说道，“他们的作品非常好。古拉迪夫妇爱好艺术，我相信大家一定也会感兴趣的。对吧，哈尔本斯？我没有问错人吧？古拉迪先生，我的朋友哈尔本斯是历史学者，他也是绘画的行家。他的妻子，就是这个女孩子，妮丽玛，是印度舞蹈的……怎么说呢？哈尔本斯，你说我要用哪个词？你肯定不会说的，我知道你嫉妒她。我们的朋友，我又忘了你的名字，就叫你‘新先驱’吧。喂，‘新先驱’，她这样子在印度舞蹈中应该被叫做什么？”他打起了响指，“我知道那个词该怎么说的，但现在就是想不起来。是哪个词呢？好吧，让我们的‘新先驱’朋友想一想，我们来看画展。”

政治秘书的妻子安顿好阿荣后走了过来。政治秘书一看到她就说：“来吧，亲爱的，我想等你来了以后，我们一起看画展，所以我一直和他们在闲聊。你来坐到我的身边，不知道你为什么老是躲得远远的！你知道我是多么爱你，但你还……

“我和这位记者朋友坐在一起，”他的妻子说道，“我真是受够了你那些日复一日的客套话。这些新朋友还能给我讲讲这些画作，你就只是聒噪，一点都不用心看，也不动脑子思考。”

她坐在了我的椅子边上。政治秘书摆出一副怒目相视的神情，对我说道：“‘新先驱’先生，我对你可是充满友善，我希望你可别像你的前任一样，是一个危险的人物。”

“你到底是来看画作的，还是装腔作势来演戏呢？”他的妻子大声地斥责。政治秘书挨了骂，像个孩子一样坐得端端正正的，说道：“我是来看画作的，亲爱的！但我总是想起莎士比亚的这行诗……”

“你打住吧！”他的妻子表情严肃地说道。他也突然严肃了起来。

“苏帕西先生，现在请展示下一幅画！”

苏帕西从墙上取下挂着的一幅画，把另一幅画挂了上去。另一面墙壁上还挂着七八幅画。现在挂上去的这幅画，看上去像史前时代的一个巨大洞穴。画家大量使用了黑色、绿色和褐色，营造出一种可怕而又残酷的氛围。

“这幅画的标题是什么？”政治秘书问了那位画家。

“标题叫什么都行，每个人的心里都会有不同的标题。”

“我认为这幅画的标题应该是……应该是什么呢？古拉迪先生，这幅画标题应该是什么？”

古拉迪先生非常负责任地看了半天，边想边说：“它的标题，我觉得应该是……”

“您请讲！”

“能不能叫‘黑暗和光明’？”

“黑暗和光明！”政治秘书的妻子一边仔细揣摩一边说道，“但是我只看了一片黑暗，哪里来的光明？”

“我觉得可能是光线打得不对。”我低声说了一句。

“嗯，我也是这样想的，”政治秘书说道。他站起来关上了那边的窗户，又打开了两盏电灯，问道：“现在呢？”

“现在我看到一点光明了。”他的妻子说道。这句话让大家都笑了起来，那位艺术家却是一脸尴尬。

“哈尔本斯，你的标题是什么？”

哈尔本斯那个时候不知道走了什么神。他吃了一惊，这时侍者正好端着茶走了过来，大家停下来喝茶，哈尔本斯借机看了看画作，然后一边搅拌着茶杯里的白糖，一边说道：“我觉得画上的东西像个子宫似的。”

“子宫！”政治秘书的妻子语气仍然严肃，但还是惊呼了一声。“这怎么可能啊？”

“画里面有个圆形的东西……”

“好像你见过子宫一样！”妮丽玛点评了一句，让哈尔本斯有点难堪。

“妮丽玛！”政治秘书拍着手说了一句，“你想要说什么？难道他……不，你没有这样说他的权利。他是你的丈夫，又不是别人。你不能想说他什么，就能随口说些什么。”

“够了，你让我安安静静想一下。”政治秘书的妻子又批评了他。

政治秘书又坐得端端正正的。“现在我一句话都不说了。我老是当众挨骂，所有人回家都会说政治秘书是个妻管严。我可不想有这样的名号。好吧，我来说一下标题是什么。哈尔本斯，你刚才是不是说感觉像个子宫？”

哈尔本斯又走神了。他只是耸了耸肩，说道：“这只是我的个人感觉。”

“好的，我原谅你，给这幅画起个标题还真让人难受。”政治秘书说道，“我起的标题是……怎么说呢？你们别见笑啊，我起的标题是‘梦’。”

“梦！”他的妻子撇了撇嘴，“不可能！这怎么可能是梦呢？”

“好的，那你告诉我，为什么这幅画的标题怎么不可能是‘梦’呢？我知道你从来就不会喜欢我说的标题。”政治秘书的胳膊交叉在胸前，背靠着椅子说道，“我好几个晚上都梦到了这样的梦境，这样的色彩和这样的圆形。如果我是个画家，我也会创作这样的画作。”

“好的，我们问问画家的意见，看他觉得起什么标题最合适。”他的妻子还是和刚才一样一脸严肃，继续看着那幅画。现在她转过脸来，严肃地看着那两个画家。两个画家又对视了一下。拉纳提尔说道：“看起来这幅画叫什么标题都行。‘梦’这个标题更有诗情画意，我个人觉得这个标题非常合适，但一幅画不可能只有一个标题。”

“听到了吧！”政治秘书有些得意地说道，“我不是画家，但我却知晓画作标题的奥秘。那些想不出一个合适标题的画，从下面这三四个标题中随意选一个，准没什么错——梦、时间、沉思和探寻。如果这几个标题还不合适的话，我只能叫它‘抽象’了。”

“还有‘母与女’这样的一个标题。”古拉迪夫人说了一句。

“这个标题现在有些陈旧了，”政治秘书说道，“现在听到‘母与女’这样的标题都觉得有些怪异。这两个词可以分开使用。你想到了什么标题，‘新先驱’？”

我没有回答问题的心思，但还是说了一句：“我觉得这好像是一个原始洞穴。”

“听你说话的意思，和哈尔本斯起的标题差不多，”政治秘书又笑了一下，“难怪你们俩人交情够深，想法都如出一辙。”

画家收起这幅画，挂出了另一幅画——窗帘边上摆着的一个花瓶。政治秘书一下子叫了起来：“我来说一下这幅画的标题——静物，对不对？”他一直大笑，好像自己刚刚讲了一个大笑话。

“这个标题就不陈旧？”他的妻子还是一脸严肃。

“这可不是陈旧的标题。全世界三分之一的画都是这个标题，是吧，哈尔本斯？”

“今天你心情[①]真不赖！”哈尔本斯说了一句，好像急着摆脱干系。

“听到了吧？”政治秘书的妻子说道，“给你说了多少次，喝酒不要过量。”

“你看看我的妻子，”政治秘书搔着头说道，“有人表扬我，她肯定要想到别的意思。我的嗓子现在干得快要冒烟了，即便这样说，她也是不肯信的。”

侍者端着一盘三明治走到了我们面前。苏帕西从墙上取下一幅画，又挂上了另一幅画。他大量使用了黑色，绝大部分画的风格都和第一张画一样抽象。政治秘书的妻子似乎不太喜欢这种风格。她默默不语，尽力遮掩自己心中的不悦。苏帕西的画作展示完毕，拉纳提尔开始展示自己的作品。他的画作大多是人物肖像和野外风景，颜色比较明亮。政治秘书的妻子看了以后心情十分畅快。我感觉有些无聊，一遍遍地扫视着房间的窗帘，后来又开始端详咖啡杯和盛三明治的餐碟，心想这场展览能早点结束，我好起身回家。这个房间的装饰考究，厚厚的黑色地毯触感绝佳。墙上的画都镶着大大的

① 这句话用了mood这个英文单词，有两层意思：一是心情好，二是喝酒喝高了。

边框，感觉目光无法长久停留在画作之上，不一会儿就会陷入边框之中。沙发又宽又大，可能在狭窄的小屋子待久了的缘故，我感觉这一切离我非常遥远。拉纳提尔介绍了一下自己的风景画，而我却在思考，家里的装修是体现出了房子的风格，还是家中主人的个性，或者与这两者都没有关系？我想着低头看一看自己的手表，但考虑到礼节，我还是克制住了自己的冲动。

拉纳提尔把每幅画挂上墙之前，都要做一个简短的介绍，取下来之后，还要再点评几句。他想要告诉大家每一幅画的灵感来源。我用手捂住了手表，以免一不留神又多看几眼。所有人继续玩给画起标题的游戏。一个人起一个标题，另一个人又来一个来替换。政治秘书真是乐此不疲，时不时兴奋得大叫起来。我回了回神，想听听他到底说了些什么。

展示完所有的画作，拉纳提尔脸上洋溢着一种难以抑制的兴奋神情，得意洋洋地坐在沙发上。苏帕西也是一脸期待，等待着别人给他的画作一些点评。但大家都一言不发，拉纳提尔坐不住了，说道："我们很期待能听到大家对我们画作的真实意见，您的建议对我们来说是多么的弥足珍贵。"

"我认为所有的画都很好，"政治秘书说道，"你们来到我家，给大家一个了解你们艺术的机会，对此我深表谢意。"

"您有没有特别中意哪一幅作品呢？"

"我刚才不是说了嘛，所有的画作都一样好，我都很喜欢。古拉迪先生和这位'新先驱'朋友和你们再深聊一会儿。你知道我们这位朋友是《新先驱报》艺术与戏剧版块的评论家。他的意见对你们来说是最有用的。你们现在先聊一会儿，我带着哈尔本斯看看我家。我很早就邀请他来我家一趟，但他今天才来赴约。走吧，哈尔本斯，跟我去看看里屋。”政治秘书说着话站了起来，“我想给你展示一下我的书房。我刚买了几本新书，你看了肯定会喜欢。走吧，你老是默默地坐着，我看了感觉不舒服。”

哈尔本斯又看了我一眼，站了起来。“我马上就回来。”他没由头地对我说了一句，跟着政治秘书一起走了。

“您的那幅抽象画，马图苏登先生起了‘广岛’这样一个标题，我想问你一句话。”他们走了以后，古拉迪先生向一位画家说道。

“妮丽玛，你没看过我家吧。”政治秘书的妻子问妮丽玛，“走吧，我们向你展示一下我家的露台。我是因为露台才爱上这座房子的。你看了也会喜欢吧？”

“一定会的。”妮丽玛说道，“刚一进门，我就开始仔细欣赏家里的每样物件，从家里的小东西就可以看出您的品味。”

“走吧，我带你看一下我家的露台。”政治秘书的妻子从自己的椅子上站了起来，“我们参与不了你们的艺术话题，我对绘画一窍不通。我们出去一会，请大家见谅。走吧，妮丽玛！”

“你也和我们一起吧。”妮丽玛起身的时候对我说道，“我们一会儿就回来。”

我打心底不想和他们讨论绘画，心里对妮丽玛的提议一阵感激，立刻就站了起来，准备和她们一道出去。“对不起，我们马上就回来。”政治秘书的妻子又表达了一次歉意，我们立刻从房间走了出去。

楼上的露台非常敞亮，最大的特点就是装修得非常简约，里面摆的藤椅和木凳与楼下的装修风格完全不同。楼下装修得富丽堂皇，让人感觉自身渺小，但坐在露台上却感觉十分空旷，让人有一种如释重负的畅快感。我坐在一把椅子上，享受着这种舒畅的感觉。政治秘书的妻子走过来说了一番话，却让我吃了一惊。她说道："坐在楼下的房间里，好几次我感觉自己都喘不过气来。每天都是迎来送往，说着大同小异的话。我觉得我的丈夫真是值得称赞，他都不厌烦这些事。除了这些事情，他还有自己的工作。但我已经烦透了这样的生活，觉得家里的露台是唯一能获得内心安宁的地方。我们国内的家里也有一个这样的露台。待在这里，我常常能体验到家的感觉，看来人心还真是时刻都在牵挂着自己的家！"

她一直给我们描述自己国内的那个家是什么样子——那是一座什么样的房子，有一座什么样小巧的花园，她在花园里种了什么样的花。"我非常迫切地想要回去，"她说道，"现在我们的任期还有一年，这个任期结束以后，我们可能就要回去了。我好几次都想着带上孩子提前回去。"

妮丽玛在露台上转了好几圈，对露台上的盆花赞不绝口。"你真的觉得我家阳台很棒吗？"政治秘书的妻子问道。

"真是一个好地方，"妮丽玛说道，"来到这里，就想舒舒服服地躺在椅子上仰望天空。"

"我想着你坐在楼下听他们谈论艺术，肯定已经烦得不行了，所以带你来透透气。"政治秘书的妻子说道，"现在我们去楼下吧？"

"我现在还不想下去，"妮丽玛说道，"如果我家有一个这样的露台，我每天肯定有一半时间都会待在那里。"

"我也是好几次在露台上待了特别久的时间，"政治秘书的妻子说道，"来到这里，所有的烦恼和疲劳都消失了。但是……我觉得我们现在还是回去为好。他们想着这对夫妻抛下大家不管不顾出去了，别人要是有什么需要，那该……"她又轻轻地笑了一下，"他们又能有什么需要呢？"

当我们走下楼来，房间里笼罩着一种让人感到别扭的沉默。古拉迪夫妇一言不发地坐在原地，两个画家不知道低声在说些什么。政治秘书的妻子到了以后，再次向大家表达了歉意，微笑着说道："我想着你们肯定热火朝天地讨论艺术问题，没想到你们完全沉默地坐在一起。等一下，我马上叫我的丈夫回来，他可是个话匣子，不给别人任何说话的机会。是吧，古拉迪先生？"

"很少能遇上像他那样知识渊博而又谈吐风趣的人，他在哪里，哪里都是一片欢声笑语。"古拉迪先生说道。

"我现在就去叫他。"政治秘书的夫人说着话又走了出去。当她回来的时候，政治秘书就跟在她的身后。

"我真的很抱歉，"他一来就说道，"我走了以后，艺术相关的讨论就停了下来。这都怪我们的'新先驱'朋友。我本想给大家推荐一位艺术评论家，没想到他没把自己当回事，不肯轻易表达自己的观点。我的妻子也有问题，带着这位可怜的人去看我家的露台，她认为自家的露台比全世界的艺术还要重要。我以前就和大家讨论过音乐，我常说音乐是能够让人产生活力的一种东西。音乐和美酒！这两样东西能打消你内心的烦恼。我们现在一起来享用这两样东西。首先是音乐……"

他打开了封皮，取出了一盒磁带。妮丽玛说道："您把我的丈夫扔到哪里了？"

"妮丽玛，真的很抱歉，"政治秘书笑着说道，"我借走了你的丈夫，但是我把他弄丢了，所以我请你原谅我。"

"他正在里屋看一些文件，"他的妻子说道，"马上就回来了。"

"你看到哈尔本斯了？"政治秘书挑选着磁带，对自己的妻子说道。"谢谢！十分感谢！你总算卸下了我头上的大包袱，不然我一直对妮丽玛心里有愧。”挑了一会儿，他终于选出了一盘磁带，一边往录音机里放磁带，一边说道：“妮丽玛，你看一看，我的妻子多好！每次我把别人的丈夫藏起来，她都会立刻找出来。我已经屡试不爽。看吧，你的丈夫来了。”

哈尔本斯从旁边走了过来，默默地坐在我身边的椅子上。他有些惊慌失措，落座的时候一下子踩到我的脚上。一坐下来，他马上就点了一根烟，靠着椅背伸直了腰身。

录音机里传出了管弦乐队的曲子。政治秘书跟着曲调，脚踏着节拍，继续挑选磁带。他的妻子站起来，又出去了一会儿，片刻之后，一位侍者端着酒瓶和玻璃杯跟在她的身后进入了房间。

“妮丽玛，你有没有当着我妻子的面赞美我家的露台啊？”政治秘书说道，“我给你说一件事，她只会表扬那些称赞我家露台的人。”

“你家露台非常漂亮，让人不由自主地就夸赞起来。”妮丽玛说道。

“你和我妻子见了第一面，就已经知道了这件事，”政治秘书说道，“你真是善解人意。”说完话，他举起了酒杯，说道：“为我家露台干一杯！”

所有人都把酒杯举到了嘴边。政治秘书放下杯子，站了起来，说道：“除了音乐和美酒，舞蹈也是一个好东西！妮丽玛，你愿意当我的舞伴吗？你怎么能拒绝我呢？来吧。”

妮丽玛放下杯子站了起来，和政治秘书一起翩翩起舞。他的妻子走到了哈尔本斯的身边，向他伸出手来，说道：“来吧，哈尔本斯，我当你的舞伴，和你一起共舞。”

但哈尔本斯并没有起身，还是那样懒洋洋地坐在椅子上，缓缓说道：“我不会跳舞。”

“什么？”政治秘书一边拉着妮丽玛转圈，一边说道，“你在伦敦待了那么多年，居然没有学习跳舞？我不相信。妮丽玛跳得这么好，你怎么可能不会跳舞呢？我不信你的话。今天你一定得跳一曲。亲爱的，你拉着他的手到这里来。我们看看他到底会不会跳。古拉迪先生，您也站起来，我知道古拉迪夫人是会跳舞的。我们的‘新先驱’朋友和两位画家，你们这些可怜人没有舞伴，那就坐着看我们跳舞吧。来吧，古拉迪先生，请……”

古拉迪先生抱着他的妻子，非常小心地扭动着身体。政治秘书的妻子拉着哈尔本斯的手站了起来。两人跳了起来，哈尔本斯的脚下一直打着趔趄。政治秘书突然松开了妮丽玛的手，抓住哈尔本斯的手，飞快地转起圈来。哈尔本斯的脸红到了耳根，没有一步能踩对节拍。政治秘书拉着他向一边转圈，他的身体却扭到了另一边。哈尔本斯终于挣扎开来，艰难地回到自己的座位上。政治秘书哈哈大笑，又拉起了妮丽玛的手跳了起来。哈尔本斯面红耳赤，呼吸急促，过了好久情绪都没有平复下来。政治秘书和妮丽玛舞步飞快。古拉迪夫妇却像一台机器上的两个部件一样，站在一个地方扭来扭去。

坐上回程的出租车，哈尔本斯脸上表情还是很不自然。他闭着眼睛，有气无力地坐在车里。

“哈尔本斯，你怎么了？”我把手放在他的肩头。“你为什么如此垂头丧气？”

“没什么，”他睁开眼睛说道，“感觉身体没有力气。”

“是不是因为劳累？”

“不好说，去他家之前我就感觉身体乏力。”

“可别得了流感？”

哈尔本斯叹了一口长气，闭上了眼睛，说道：“不会的，这不是流感。”

“你想躲开他，但他还是把你叫出去谈了那件事？”

哈尔本斯默默地点了点头。

“因为这件事你才这么郁闷的？”

哈尔本斯仍然沉默。

“你那边工作什么时候到期？”

“今年二月。”他说道。身体顺着座位往下溜了一点。

“他们什么时候给你这个职位？”

“等我那边工作到期之后。”

“你有什么别的想法吗？”

“我不想干这份工作。他们给的工资很高，是我现在工资的三倍。但我还是一点心思都没有！”

“你的脑子进水了，”妮丽玛说道，“你想让我们像在伦敦的时候一样，吃了上顿没有下顿？你要知道你要是失业一个月，哪来的钱来管孩子，哪来的钱来交房租？”

哈尔本斯说道：“行了！这些事你比我想得还多？”

“你要是想想这些事，就不会说这样的废话了。”

“你现在闭嘴，让我安静地待一会儿，”哈尔本斯说道，“有什么要说的话，回家再说。”

“我现在就不说了，回家以后也不说，”妮丽玛说道，“你心里怎么想，就怎么做！从来就听不进别人的意见。难道你就像毁了我一样，也要毁了你儿子的前程？”

哈尔本斯虚弱地挺了挺腰。从贴身的衣兜里取出了两张纸，把它们揉成一团，说道：“我真想撕掉扔了。”

“这是什么？”我问道。

“政治秘书让我填的表格。”

“把表格给我。”妮丽玛连抢带夺地从他的手里拿走了表格。“你很清楚地知道，你这辈子不可能只管自己一个人的，还有几个人的命运和你休戚相关。你现在醉了，有些事等你酒醒了再好好想想。”

“我没有醉，”哈尔本斯打开出租车的窗户，把头伸出去透透气，“我没有像你那样子喝酒，现在脑子还足够清醒。”

“这就是你说的清醒的话！”妮丽玛说道，然后又转脸看着我，对我说道：“他没什么酒量，喝一点就上头。我给他说了多少次，喝酒时不要超过一杯。”

“今天的酒劲真大，”我说道，“我也有些头晕目眩。”

“你也不应该多喝，”妮丽玛说道，“多喝一点你的脸就变红了，也开始说一些不太理智的话。”

阿荣趴在她的肩膀上睡熟了。他突然哭了一声，然后又睡了过去。我们三个人不再说话。我的眼前又出现了哈尔本斯踉踉跄跄地跳舞的那个场景。对面开过来的汽车亮着大灯，就像一团火焰一样从我们身边疾驶而过。公路宛若一条扭动的巨蟒，不停地改变自己的形状。我一次次挺直身体，努力朝窗外看去，想看看我们到底在哪条公路上，但外面公路的路况如此复杂，我百思不得其解……

四

德里艺术宫揽下了赞助妮丽玛举办舞蹈演出的重任。

妮丽玛请了一些人来家赴宴，其中就包括我、几个记者、德里艺术宫的部长吉亚拉尔·古伯塔、政治秘书夫妻以及他们使馆的一些工作人员，但苏希玛·西丽瓦斯德沃和卡查纳纳获邀后并没有出席。

尽管哈尔本斯心里老大不乐意，但最终还是同意举办这场演出。他的态度总是摇摆不定，妮丽玛和他吵了好几天，还哭了很多次，终于获得了他的许可。哈尔本斯向我诉苦道："苏登，我不是为自己考虑，我只是想着阿荣。她夜以继日地练习舞蹈，这么多天里谁来照顾孩子？她一早自己练舞，下午时常去找她的舞蹈导师。孩子还这么小，把他一个人留在家里，我想都不敢想。我要是不上班，那我来照顾他就好了。孩子下午一点钟从托儿所回家，到家以后见不到爸妈，那他还不哭得死去活来？"

妮丽玛建议在那段时间请一个保姆，哈尔本斯根本就不同意。

他说一来负担不起请保姆的费用，二来孩子太淘气，保姆根本就管不了。哈尔本斯还抱怨道：“她还让我帮她卖票，我早就领教过这样的麻烦事了，现在一点也不想再蹚这趟浑水。”

但他最终还是认了命。德里艺术宫能提供赞助，妮丽玛真是喜出望外。“你知道卡查纳纳经常称赞哪些人的演出吗？”她向我说道，“其他人都害怕古伯塔和他的上司查杜尔维迪夫人。但凡他们主办的演出，不管成功与否，剧评总不会太糟。难道对我来说这还不算一件大事？我是不是也在德里艺术宫有了一定的名气？他们经常组织大艺术家的演出，谢吉和卡米妮早先就获得过他们的赞助。我从来就没想过他们会赞助我搞演出。查杜尔维迪夫人对我还有些怨气，她有一次邀请我参加一个话剧演出，我拒绝了她。那时候阿荣还非常小，哈尔本斯根本就不会同意。查杜尔维迪夫人现在可能因为这件事还耿耿于怀呢！”

我知道查杜尔维迪夫人并不喜欢妮丽玛，但拉莫什·肯纳和吉亚拉尔·古伯塔交情匪浅，他费了一番周折，终于说服德里艺术宫承担起了组织演出的重任。拉莫什可能向古伯塔有过承诺，说哈尔本斯和几个使馆的人很热络，所以让他出售百十来张票都不算难事。哈尔本斯本想逃避这个麻烦，但鉴于妮丽玛的执拗，最终不得不同意了。哈尔本斯对我说道：“我从没有承诺过能卖出去那么多张票。我就多少努力一下，能卖几张算几张。”

话虽然那样说，但他一旦做了决定，就开始忙活起来，好像演出组织方不是德里艺术宫，而是他本人一样。他好几天都忘了去上班，四处奔走托人卖票。他吃完早饭就出了门，转了一圈，十一点钟才到办公室。在办公室吃完午饭，又出门卖票，直到三四点才回到办公室。傍晚六点钟以后，他出了第三趟门。每个朋友和熟人那里都去了一两回，但收获比预期要小得多。因为在妮丽玛演出的当天有一个国际会议的开幕式，要上演一两出新话剧。哈尔本斯还要顾及自己的面子，出门见人的时候都是打的出租车，卖票的钱也就勉强抵得上他打车的花销。回到家里，他开始生闷气，为什么自己平白无故揽了这么一大堆麻烦，所以吃晚饭的时候他经常和妮丽玛吵架。妮丽玛想着哈尔本斯出门就是为了和自己的朋友闲聊，没有把卖票的事情放在心上，也没有好好地向那些朋友推介自己的演出。妮丽玛对我说："哈尔本斯去了焦特里那儿两次，都没有说让他买票的事。第三次我跟着他一起去了，直接把五张十卢比的票给了他。他这么有钱，却一点担当都没有，总是想置身事外，说是那天他要参加一个钢铁配额持有人的会议。我对他说，不管你去不去，总得帮我们买五张票，他自己的跟班都有四五个。哈尔本斯回家后就和我吵架，说他们都不去看演出，为什么要让他们买票呢？我说如果老是像蜗牛一样慢慢爬行，那还能干成什么事？如果什么事情都有这样或那样的顾虑，那一个新的艺术家什么时候才能脱颖而出？艺术宫这次如果赔了钱，他们以后还会再想着我？今天我所遇到的困难，其他艺术家成名前也都遇到过。谢吉现在是印度文化中心的主席，但她站稳脚跟之前遇到了多少难题。哪天听她说起的时候，你才会明白。"

演出于1月31号在德里艺术宫上演。时间一天天地临近，哈尔本斯变得愈加惶恐。他好像一个畏惧考试的学生，一听到考试就皱起了眉头，而真正考验个人能力的不是考试，而是考前手忙脚乱的备考。他总是向妮丽玛抱怨，说她除了演出都不想其他的事，总是拿同一件事不停地来烦他。但比起妮丽玛，办公室的事也不省心，他坐在办公室里给别人打电话说妮丽玛的事情。如果看到哈尔本斯的样子，就会感觉到他要顶替妮丽玛登台表演似的。但他总是这样说：“她现在非常紧张，登台以后都不知道会跳成什么样子。我给她说了多少次，如果老是把所有事情都看得这么重，那演出的当天就会一事无成。演出上演了，那就行了。这么重视有什么用？登台后跳得好，美事一桩；跳得不好，也没什么事！”

但他说给妮丽玛这些宽心的话，并没有让他自己安心下来。随着演出日期的临近，他变得越来越紧张。那段日子，他没有胃口吃饭，晚上也没法睡一个囫囵觉。以前每天抽三包烟，现在增加到了四五包。每次谈到演出的时候，他的手都紧张得微微发抖。他想要掩饰自己的窘况，说道：“最近办公室工作特别多，多得都没法说。马上就要提交的报告，我到现在还没有写。我的上级每天都要把我叫到他的办公室痛骂一番。我真担心不用到二月，上级就要让我辞职了。因为这个原因我的心里紧张得要命，现在我觉得自己就站在战壕里，随时都会中枪倒下。”

在家里设宴的初衷是把伴奏者、歌手和其他演职人员叫到一起聚餐，让大家产生一种团队精神。哈尔本斯认为如果缺少团队精神，他们就不可能达到应有的水平来保证一场优秀的演出。他俩似乎下定了决心，所有一切都要保证一流的水平。“如果你真的想在这一领域声誉斐然，”他对妮丽玛说道，“那你的演出就得让观众觉得与以往的演出有所不同。这次演出如果出了什么差池，你将来永远就只能列入二流艺术家的行列。你一旦被认定是一流的艺术家，那你永远就是一流的，即便将来的演出出现一些纰漏。但一旦被扣上二流艺术家的帽子，不管你将来演出得再好，人们都会对你评价都不会太高，只会认为你是一个‘优秀的二流艺术家’，绝对不会认为你是一流艺术家，所以我一直对你说，要不你就再练习一两年，到时候……”

妮丽玛嚷道:“你这样想了多少年了，想来想去我都三十四岁了。你觉得当我一把年纪，脸皮耷拉下来，身材臃肿走样，才够格办一场演出？为什么不直说这就是你编的托词，总想这样耗着我，让我像你一样一辈子什么事都不敢做，什么事也做不成……”

当妮丽玛这样说话的时候，哈尔本斯只有沉默不言。他沉浸在自己的世界中，思考了半晌，默默地叹了一口气，耸了耸肩膀，又开始了他的那一套说辞:“你试着理解一下我说的话，不要总是那样絮絮叨叨，我说话的意思是……”

妮丽玛并不是不理解哈尔本斯说话的意思，但她的内心已经非常焦躁，想着将要到来的三十四岁生日，她的内心就开始惶恐不安，一想起要保持耐心再等上一年，她马上就要火冒三丈。她说道:“我这辈子能不能有所成就，就取决于这次的演出了。我不可能待在家里默默等待，现在连一天也等不了。”

“这是你的个人意愿，”哈尔本斯看她态度坚决，无奈地说道，“我给你说的都是我自己的看法。你匆忙去冒这个险，那我还能怎么样？你想怎么办就怎么办吧。”

古伯塔觉得宴请伴奏者和其他演职人员并不是什么高明的主意。他认为设宴款待媒体记者和哈尔本斯认识的使馆人员，则要更加有用一些。毕竟演出的成功与否取决于这些人。艺术家的本职工作就是好好演出，而媒体工作者则是这场演出的评判者，他们撰写的评论直接决定着这场演出的成败，外部交往难道不比内部建设更加行之有效？他说等演出结束以后，再设宴款待演职人员就行了。但现在得务实地来解决演出中可能会遇到的实际问题。哈尔本斯反对宴请使馆的人，古伯塔则坚持自己的观点，说道:“先生，要赞助一名新艺术家会有很大的风险，按照我说的办法，还是多少能降低一下风险。一场演出不可能通过出售两三个卢比的后排票收回投资，更多地要看卖出了多少张前排的高价票。拉莫什·肯纳早先跟我说过你的情况。你应该请使馆的人来，一定要把他们请过来。”

古伯塔认为他们应该摆好鸡尾酒，宴请大大小小各种报纸的艺术评论员一起吃饭，但哈尔本斯却有自己的观点。“你让我如何来宴请所有人？”他说道，“宴请那些有经验的、对艺术有所了解的记者，这点合情合理。我和卡查纳纳一直不睦，但请他我没有任何意见。至于宴请那些新手，他们刚从学校毕业，什么都不懂就敢贸然动笔写艺术评论，我是完全反对的。《印度杂志》写艺术评论的那个小子，以前曾在我的班里上过学，是班里最蠢的学生之一。他连莎士比亚的名字都写不对，今天也被列入艺术评论家的行列。如果连这样的人也要请过来，那我当天就不待在家里。如果我不在事情也能办成的话，你们想请谁就请谁吧。”

古伯塔觉得哈尔本斯不在家，事情肯定成不了。他与哈尔本斯之间的争执让他心情非常不悦，最后他让了步，不再坚持邀请所有报社的记者。

最终，列出的名单上就只有四五家报社的记者。我也收到了赴宴的邀请，但不是以朋友的身份，而是作为《新先驱报》的代表。宴会于晚上八点开始，但我七点钟就到了他家。我进门的时候，就听见妮丽玛责骂邦吉的声音。邦吉失手打碎了几个盘子，妮丽玛狠狠地骂了他一通，他那干枯的脸庞显得更加没有血色，他像一台机器一样执行着每一条指令，让他把某样东西放在哪里，他就放在哪里，让他把某样东西拿开，他就马上拿开。他的工作似乎有手就足够了，大脑就只管着应答。主人的命令声色俱厉，他也回答得十分干脆。

摔碎了盘子只是发火的一个借口。哈尔本斯和妮丽玛俩人闹了别扭，想要随便找个人吼几句来平复自己的怒气。即使邦吉没有摔碎盘子，他们可能还要找别的理由来吵架。哈尔本斯给房间里的灯挂上了新的灯罩。挂好灯罩下来的时候，在梯子上打了滑，不小心磕了一下。他默默地忍受着疼痛，搬走了梯子，和我一起进了客厅。一坐在椅子上，他情绪的堤坝立即决了口。

“我真是受不了，一点也受不了了！”他发疯地说道。他好像一个长途跋涉归来的行人，一屁股瘫坐在椅子上。

“你本可以把这些活交给邦吉的。”我说道。我以为他还在说自己从梯子上滑下来磕伤的事。

“我不是在说这些小事，”他说道，“我的意思是我不想揽这些无用的麻烦事，真受不了这些破事。我没有任何道理放下所有的工作来忙活这些事，招待这些客人，给他们管吃管喝，说奉承话给他们听，听他们说蠢话还得沉默不语，就只为了他们能赞美我妻子的舞蹈，或者买上几张二十五卢比的前排票。如果说心里话，我觉得自己就像个妓女一样。”

“你觉得现在你的心里紧张成这样，情况会变得好起来吗？”我说道，“你既然已经挑起了这一重担，难道不应该用更好的心态去完成它？做事已经有诸多烦恼，你现在的心态又是这样的进退维谷，不是更徒增烦恼，能产生什么好的结果？你自己心里暗暗咒骂有什么用，又成不了什么事。”

“但我老是在问自己为什么要干这些事？”他大声问道，好像向四周的墙壁倾诉自己的不幸，希望得到肯定的答复。“为什么平添了这么一堆麻烦事，让我这么窘迫不堪？我打心底就憎恶这些事，为什么还被拖了进来？难道我就没有置身事外的权利？我只希望把我排除于这些人之外，他们心里怎么想就怎么做。至于成功和名誉的事情，我看不到任何希望，只目睹了一路上的各种不幸。有人想蹚进淤泥里摘朵莲花，他们自己去摘就好了，但不要把我拖进淤泥。我想要出去，待在淤泥之外。对我来说，这根本就不是什么事业，也不会带来什么个人名望，我打心底里唾弃这种步入歧途后的沽名钓誉之举。”

妮丽玛正在隔壁的房间里收拾桌子，可能听到了刚才这番话，她放下了手头的活朝客厅走来。她的脸色异乎寻常地冷峻，显得她不仅疲劳，而且苍老了许多。我早就发现了妮丽玛的这个特点，当她高兴的时候，显得非常年轻，而当她有什么烦心事的时候，看上去要比实际年龄大好几岁。

“我能进来吗？”妮丽玛站在门槛附近说道。她的脸好像一尊表情严肃的埃及雕塑，此时显得愈发的冷峻。

“为什么不能呢？全世界所有的门都是为你敞开的！”哈尔本斯说话的时候，她已经迈过了门槛。

“你又想吵架吗？”妮丽玛坐下去的时候说道，“我知道得一清二楚，你刚才那些话是说给谁听的。”

“你知道的！全世界所有的事你都知道，就没有什么你不知道的！”哈尔本斯说道。

“你的心里总是有一种自卑感在作祟，害怕我的名气更大，大家都谈论我，没有人愿意搭理你。你更不想别人提起你的时候，说你是妮丽玛的丈夫。你害怕演出成功以后，有更多的人认识我，你会感觉自己更加渺小。你心里容不下这样的事，所以你想方设法来搅局，这样一来你将来就可以取笑我，还能继续自以为是地沾沾自喜。”

哈尔本斯说话的时候，我十分同情妮丽玛，但当妮丽玛开始责难的时候，我却对哈尔本斯充满了同情。如果我是哈尔本斯，可能还没听完一半的话，就要气得发疯了。但哈尔本斯一直用哀怨的眼睛看着妮丽玛，等她说完以后，才耸了耸肩膀说道：“我早就跟你说过了，我不想听这些蠢话。如果我真是妒忌你，那你即便再想演出，我也不会让你出门登台的，对此我不想和你再有争论。你要是觉得我妒忌你，或者我对你还有什么偏见，你尽管这么想就好。但我只希望你能别让我趟这浑水。我现在是一个普通人，将来也还是一个普通人，对此我从未感觉有任何遗憾。可我为什么要干那种让我心烦意乱、打灵魂深处就十分厌恶的事情？你搞你的演出，博得你的声名，想干什么就干什么，但我求求你，别再把我当作你成名的工具。我心里一直厌恶这件事，所以不会有任何做事的热情。”

妮丽玛沉默了片刻，突然又怒气冲冲地说道：“我很清楚你厌恶什么。你要是让我说句公道话，我会说你是在利用我。”

“我在利用你？”哈尔本斯一下子坐直了身体，“你说这话害不害臊？”

“你不害臊，我为什么要害臊？”妮丽玛说道，“你自己清楚地知道，是谁在利用谁。你带着谁去拉关系，你让谁帮你干一些小事，到现在还把谁推在前面？你的外国朋友为什么会一次次地谈起我？为什么见他们的时候你都要带着我去？有人想了解一点关于印度舞蹈的知识，你就说，‘妮丽玛，你把这些东西告诉他们。’有人需要一些印度服装，你就说，‘妮丽玛，你做给他们。’为什么？你还不是为了博得这些人的欢心，想让别人知道你本事大吗？当你用得着妮丽玛的时候，她就是你的妻子，你有权力随便使唤她。但当我有需要的时候，让你宴请一些人，你心里就老大不乐意，觉得我把你拖进了泥潭！你有事的时候，就不会感觉自己在泥潭里，而碰到别人的事，你就一下子高尚起来，想要从泥潭里脱身了？一个人的内心可以像变色龙一样，那还有什么好说的！”

妮丽玛不说话了，哈尔本斯沉默了一会儿，继续说道：“你还要再说点什么？你到现在还觉得我在利用你。我为了你日夜奔波，四处碰壁。不为了你，我需要花上千儿八百的卢比来购置跳舞用的各种衣服？我自己非要住在有四个房间的大屋子里？我自己愿意每隔几天就要在‘伏尔加’和‘拉·波西米’饭店吃饭？我不照顾自己的孩子，非得把他送到‘甜甜鸟’托儿所？我所做的一切都是为了我自己！你就只待在家里，研究你的舞蹈艺术。你不用操心这些琐事，不用知道家里的钱从哪里来，又花到了哪里！你的心里就只有对艺术的渴望，你觉得与自己追求的艺术相比，日常生活和其他人的所有需求都是琐事，没有任何价值。这就是你的善意和博大胸襟，这就是你的贡献！你这么高尚，有多少赞美都不够的！”

“你为什么不直说，你想让我干什么？”妮丽玛向前挪动了一下身体，准备站起来，“你要是觉得我和儿子给你添了这么多的麻烦，那你为什么不直说，我带着他走就好了。不管怎么样，我会带着儿子活下去的。到时候你不管是住在有四个房间的屋子里，还是住在街头临时搭建的棚屋里，我们都不会拦着你，也不会对你有任何要求。”

“你想什么时候走，去哪里都行，但是不能带走孩子。不是我想要拦着孩子，而是他亲口对你说的，他不想和你走。”哈尔本斯向后扬了扬头说道。

“好吧。如果他想和你在一起，那你就带着他。如果真是到时候了，我绝对愿意一个人生活。”妮丽玛说着说着站了起来。

和往常的感觉一样，我觉得自己又来错了时间。不知道为什么我每次过来的时候，他们总要吵架，让我每去一次都要面临同样的尴尬。妮丽玛可能察觉到了我脸上的不快，看着我说道：“我以前就担心今天我们一定会吵一架。现在你说说，我这样的心情，怎么招待那些来访的客人？他们今天心里留下的印象，让他们回去以后会写出什么样的评论。你说说，你如果不是我的朋友，我们当着你的面说了这么多话，你对我会有什么样的印象，会怎样想我这个人？”

“别人怎么写，你为什么要担心这个事？”我说道，“你现在好好练习舞蹈，好好准备演出。我们都希望演出能大获成功。这次演出之后，你还能有更多的机会。事情不会取决于一次的成败！至于别人写的艺术评论有多重要，这点你比我更清楚。”

哈尔本斯说道：“唉！你这是对谁说话呢？对她来说还有什么更重要的东西？对她来说舞蹈不是一种生活的方式，而是生活的全部。她真正的目的就是想要报纸上好评如潮，大家都在热捧她，连路上的行人都向她示意，说，‘你看，妮丽玛走过来了。’”

“对，我真正的目的就是这个！”妮丽玛大嚷了一声，“我比不上你，你是佛陀的化身，对什么事都无欲无求。你自己的追求是什么？你这一辈子又过得怎么样？我受不了这种让人窒息的生活，我想我这辈子一定能活出别的样子来。”

“你会从报纸的评论上获得别样的生活的！”哈尔本斯又一次双手抱头。

妮丽玛的脸一下子红了起来，说道：“是的，能得到的，为什么不行呢？”

“能给我一杯冰水吗？”我说道。哈尔本斯和妮丽玛的脸上总算有了一丝客套的微笑。

“你要喝水？”妮丽玛客气地说道，“我给你拿一些饮料过来。”她离开了客厅。

“你今天不应该说这些话的。”妮丽玛走了以后，我对哈尔本斯说道。

哈尔本斯用手按着额头，说道：“我给你说实话吧？”

“难道你刚说的话不是实话？”

“我实际上是想让她做好心理准备，”他说道，“她总是盲目地相信一些东西。我觉得她的观念并不对。你知道她练习舞蹈的时候，我为什么从来就不在家里？”

“为什么？”

“这还有什么好问的？我虽然不懂舞蹈，也不是这一领域的专家，但我还是有点眼光的，我能看出她跳得好不好。她每次都提到谢吉和卡米妮，但你要是问我的话，我觉得她的舞蹈从来就没有让我满意过。不管是她的问题，还是别的什么原因，她现在练得还远远不够。现在这样就举办一场演出，我觉得有点虚张声势。如果有人称赞她，我并不会觉得有多满足；如果没有人称赞她，她指不定会有多失落，这点我非常清楚，所以我想躲得远远的。到现在我还有一件事没有告诉她，她听了以后肯定会非常失望：除了你和个别的艺术评论家之外，我邀请的其他人可能都不会来。我今天给卡查纳纳打了电话，他说今天有事，演出那天一定会去的。至于苏希玛，她早就对我不满。今天我在康瑙特市场碰到了她，她从我的身边大摇大摆地走了过去，假装没看见我。”

说完这番话后，哈尔本斯又一言不发了。一提到苏希玛，我俩之间就会拉起一层隐隐约约的隔帘。过去一段时间，我和苏希玛的交往越来越密切。哈尔本斯也知道这件事，所以我们都不好再谈她的事情。哈尔本斯过去曾几次说过她，我到现在还记得清清楚楚。苏希玛也跟我多少提过一些，哈尔本斯对她不满，她也同样生了一肚子的气。我大约猜测到了他俩闹矛盾的原因。我和哈尔本斯心知肚明，默然以对，他没有问过我和苏希玛的事，我也没有再提起这个话题。之前一次的宴会上，苏希玛刚到没多久就不见了踪影。哈尔本斯可能认为是因为他也在场的缘故，苏希玛才提早离开了那里。

“她可能没有看见你。”我说道。

“她几乎是贴着我的身体走过去的，”他说道，“我看见她了，她肯定也看到了我。”

“有可能吧。但我觉得这又不是什么大事。”

哈尔本斯的眼中流露出一种不安的神情，他好像想要告诉我什么事，但心里又举棋不定，不知道该说还是不该说，最后他还是只说了这句话：“我好几次都有一些心慌……”

“因为什么事情心慌呢？”

“她有没有问过你，你和我们怎么交上朋友的？”

苏希玛的确提起过这个话题，但我怎么能告诉他呢？我说道：“她怎么会说这样的话呢？即便说了，我怎么可能留意这些话？”

“我说话你别见怪，”他又说了一句，好像要挑开我们之间的这个隔帘，“我之所以这样说……”

“你可能还想说点以前没有说过的事。”我说道。

“不，据我对这个女孩子的了解，我觉得她可能……”

“可能什么？”

“没什么。你别再问了。她可能没有看见我吧。最近你们见面了吗？”

“是的，怎么了？”我前天和她见过面。

他又沉默了一会儿，问道：“问你一件事？”

“好的。”

“我听到了一个传言。”

“说吧，你听到了什么？”

“传言你们快要结婚了。”

我沉默了片刻，不知道应不应该告诉他这件事。他所听到的传言，绝对不是空穴来风。我和苏希玛还没有说过结婚的事，但我们知道两个人都在朝这个方向努力。虽然偶尔提一下，我并没有认真地问过她的态度，但有些事还是心知肚明的。苏希玛明白我的心思，我也懂她的心意。我也能料想到这样的情况——当我俩心里有了这样的念头，即便我们还没有正式商议这件事，别人已经开始在私底下传得沸沸扬扬。

我说道：“我们还没有商量过这个事，但我只能说，你听到的传言也不是完全没有根据。”

哈尔本斯的脸拉了下来，眼睛一直盯着我看，好像在搜寻着什么。他可能希望我当机立断否认他的话，说这个传言纯属无稽之谈。过了一会儿，他说道：“那好吧，办婚礼的时候一定会邀请我们吧？”

“为什么不呢？”我说道，“但我先得把结婚的事情定下来……”

“最近你们还要见面吗？”

“我们明天见面，我请她去‘拉·波西米’餐厅吃饭。”

“那我们什么时候才能收到你的好消息？”他脸上的表情已经清清楚楚地传递出了一个信息，那就是这根本不是他的心里话，他只是迫不得已和我客套一下罢了。

“我现在还不清楚，你从谁那里听到了这个传言？”

“没有谁了，”他说道，“徐克拉有一天告诉妮丽玛，说苏希玛最近正在考虑快点结婚，而且她总是不停地提起你。”

我抽出了一支香烟，点着以后默默地抽了起来。

“苏登，我说一件事，你听了不要见怪？”哈尔本斯终于不再犹豫，对我说了这句话。

“不会见怪的，你说吧。”

“那个女孩子很有个性，她能成为一个好妻子吗？”

他的问题让我感觉十分不快，但我已经向他保证了不会见怪，所以我尽量克制住了自己心里的不悦，说道：“你让我现在如何作答？”

哈尔本斯似乎感觉到了我的不悦，说道：“我说这话没有别的意思，这个女孩子不错，但我感觉她总在别人面前故弄玄虚。”

“有可能是吧，但我并没有感觉到。”

“可能我的感觉是错的，也可能是过了一年，她有了一些变化。人总是随着时间的推移而发生变化的。”

“是吧，她是有了一些变化，年龄大了一岁。”说完我笑了一下，尽力掩饰住了自己的不满。

“我不是说这个，我的意思是……我该如何对你说呢。我见到她的时候，有一种奇怪的感觉，不知道是什么原因？”

“奇怪的感觉，这是什么意思？”

“我觉得她的个性似乎很圆滑，让人总是琢磨不透。但你别误解我的意思，我说这句话并不是针对她……”

“好的，你有你自己的想法。你当我是朋友，所以你把自己的想法告诉了我。”

“我说的个性圆滑指的是……”他只是摇摆着自己的手指，没有说完这句话。

“你们在议论什么事？”妮丽玛提着威士忌酒瓶和玻璃杯走了进来。

“我们正在说苏希玛的事。”我说道。

“哦！”她一下子严肃了起来，什么话都没有说，开始往玻璃杯里倒威士忌。

宴会一直开到了深夜。卡查纳纳和苏希玛都没有来，这让妮丽玛非常失望，心情忐忑不安。她尽力和大家有说有笑，表面上看起来喜气洋洋的，但只要仔细看她的神情，就会发现这层喜庆只不过是一层外表的伪装，这层伪装下面是一张疲倦不堪的真面容。客人陆续来临，她匆忙换了衣服，又化了一次妆，但这次的妆容和刚才的完全不同，让人感觉像是变了脸似的。化妆后她的脸面显得愈加光彩动人，被遮住的真容却是黯淡无光、神情枯槁。每次她给别人递过碟子或杯子的时候，都能看到这两样面容的不同神情清楚地流露出来。

德里艺术宫的秘书古伯塔一早就过来了。他身材瘦弱，个头高挑，犀利的目光清楚地暴露了他的个性。他说话的时候，似乎每句话的言辞都不重要，他的意思主要是通过他灼灼的目光流露出的情感明确地传达出来。他的眼睛四处搜寻打量，好像对方不是一个人，而是一样有用的东西。他想要立刻做出判断，看这样东西是什么，对自己能有什么用。他和别人说话的时候，马上就完全赞同对方的观点。如果和他同时说话的两个人观点相左，他也会同意对方各自的观点，然后依次微笑着点头示意。

除了我之外，还有一家报社也来了人——《德里杂志》的苏古马尔·德得。苏古马尔撰写专栏没有多长时间。他刚从加尔各答来到德里，和每个刚入行的新人一样，他对自己的工作非常严谨，把出席宴会看成了自己的工作职责的一部分。当他知道其他报社没有来人时，甚至比妮丽玛还要失望。大家聊起来的时候，他说道："我相信要理解一位艺术家的艺术，非常有必要首先了解她的个性。来到德里之后，我看到了非常奇怪的事情，大家对艺术活动一点也不严肃。政治是一种随波逐流的东西，而艺术则蕴含着生活的永恒价值。但在德里，人们却觉得这根本就不重要，真是太让我痛心疾首了。"

来的人里除了政治秘书夫妇之外，还有他们国家的一对教授夫妇。教授个头很高，棕褐色的头发已经掉了一半，脸上神情泰然，显得彬彬有礼，说话语气非常柔和。他的妻子和他差不多一样高，表情非常严肃，好像宿舍楼里的管理员一样。她脖子上挂着一块大大的护身符，多半是从人民大道上的藏民小贩手里买来的。和她的丈夫相比，她倒是流露出更多的男性气质。她一过来，就大大方方地在家里转了一大圈，好像是哈尔本斯夫妇多年的老朋友，已经是这个家的熟客了。和别人聊天的时候，她总是急匆匆地打断别人说话，自己开始说个不停，似乎只有她自己一个人说话的时候，她才觉得比较舒服。她的话题从刚果内战到阿旃陀艺术，似乎无所不通，在表达自己见解的时候语气也是充满权威。"我不这样认为。我的观点是……"她每次说话的时候都这样开头，而她的丈夫则一直保持微笑，对别人说的每句话都点头回应，说话时语气非常克制。他每次说话的时候，感觉对自己所持的观点都没有太大的信心。听到别人所说的每一句话，他都显得很惊讶，好像自己第一次才知道这样的事情，"我明白了！我都不太清楚……"

还有一对外国夫妇和他们一道而来，他们是一个文化代表团的成员。这对夫妇说话不够庄重，不太注重礼仪。每句话结尾的时候都会说一些小词——“好吗？”“嗯！”“真的吗？”“哦，不错！”。政治秘书那天出席宴会也不像以前那样谈笑风生。当他自己意识到这一点时，就想说几句话来打破沉默，他说道：“我想让你们一直说话，我好大口吃烤肉。现在都这么晚了，你们还在聊艺术和美学的话题。我想这些话题在晚上六点钟就应该停止了。在此之后，大家应该停止讨论，一起来享用艺术和美学。我在我夫人面前从来都不多说话，因为她知道我总是用自己的胃口来鉴赏艺术之美。对我来说，吃上一个三明治所带来的幸福，绝对不亚于欣赏一场话剧所获得的幸福。不仅仅是我，所有人都和我一样。唯一的区别是我心口如一，而其他人心里明明也是这么想的，口头上却拒绝承认。妮丽玛，你的演出则另当别论，我不会将其与三明治作比较，我相信自己一定会看得如痴如醉。我也懂艺术，但我的妻子总是说我的品味和一般人没有区别。我和你打好招呼，她说的那些针对我的话，你千万不能相信。”

他的妻子穿着一套崭新的礼服，比第一次我们见面的时候显得更加漂亮优雅。她毫不客气地说道：“你别老是这样的喋喋不休，到现在你也不懂好的三明治是什么样子。你面前的盘子里放着什么东西，你就觉得那东西好吃。”

“你怎么能这样说呢？”政治秘书说道，“任何人只要看我一眼，都会知道我懂不懂什么三明治最好吃。”

虽然政治秘书说了一些风趣的话，但这次晚宴还是弥漫着一种客气和拘谨的气氛。哈尔本斯和妮丽玛两人都放不开。大家从一个话题聊到另一个话题。古伯塔可能感觉宴会上自己没有受到足够的重视，所以每次说话都要拐到自己身上。他说道："艺术只有被资助者发掘以后，人们才会了解它的重要性。昨天我们还只讨论阿旃陀和埃罗拉的石窟艺术，但政府一资助克久拉霍，克久拉霍神庙立刻就与阿旃陀和埃罗拉[①]同属一个行列。我要是在这个领域里说句话，也会有同样的效果。现在印度舞蹈界，卡米妮名气很大，有人认为甚至超过了谢吉的风头。但又有多少人知道四年前，卡米妮已经跳得非常好了，但只是那时还没有遇到任何资助者。如果抛开她的艺术成就，那我这样说没有任何问题——是我把卡米妮的舞蹈艺术带上了世界舞台。她在德里的第一场演出便是由德里艺术宫资助的。现在你们看一看，她火到了什么程度！"

"我们衷心地希望，妮丽玛能在这次演出里获得比卡米妮更大的成就。"政治秘书从盘子里拿起一块烤肉，说道，"卡米妮所拥有的特质，妮丽玛全都有；除此之外，妮丽玛还拥有卡米妮所不具备的其他优点。"

当别人这样谈论妮丽玛的时候，哈尔本斯变得比刚才更加沉默寡言。古伯塔好几次都用这样的腔调说话，好像他才是家里的主人，哈尔本斯则不过是个打杂的。"哈尔本斯先生，把那盘米饭端过来，给教授先生再添一些米饭。"他吩咐道。哈尔本斯按捺住了自己内心的不满，说道："好的，我马上拿过来。"说完端起盘子递给了教授。

讨论的话题五花八门，包括印度外交事宜、外国对印度的经济援助、鲁尔凯拉和比莱的钢厂，还有独立十三年以来印度社会生活的变革等问题。苏古马尔提到了首都德里随处可见的腐败现象，大家就这个话题展开了讨论。"我觉得到处都出现了非常严重的道德

---

① 阿旃陀、埃罗拉和克久拉霍都是印度古代建筑艺术的典范。克久拉霍是印度古代庙宇群，以性爱浮雕闻名于世。阿旃陀洞窟的壁画和埃罗拉石窟的雕塑堪称艺术瑰宝。目前，这三处都被联合国教科文组织列入世界遗产名录。

危机，并且还看不到任何解决的办法。”他说道，“我们国家的外交很成功，但我们的内政却一塌糊涂。我们为了维护国内的稳定，对很多问题采取了忍让包容的态度，但内部问题却逐渐掏空我们国家的根基。尼赫鲁先生现在还在位，似乎一切都还行，能勉强维持下去。但等到他去世以后，这场危机会把我们国家带往哪里，我想都不敢想。”

当谈到政治议题的时候，外国客人变得沉默不语。政治秘书对这个话题一言不发，注意力全都集中到眼前盘子里的食物上，时不时还说上一两句：“我从来没有想到，像妮丽玛这样的舞蹈家，居然能做出这么好吃的饭菜来。我希望我的妻子能学做一点印度菜，等我们回国以后，就能经常吃到这样的美味了。”

外国客人里只有教授夫人似乎没有什么顾忌，她高声附和，加入了谈论。她非常认同苏古马尔的观点，说道：“我也关注到了你说的这个问题。这里的人们似乎只关心自己的利益。有一些人一边胡作非为，一边还大言不惭。我认识一个承包商，他说别人都在占便宜，我为什么就不行，他说这话的时候没有一点不好意思。有一天我们去他那里吃饭……”

她丈夫立刻插了一句话，打断了她：“吃饭的时候大家闲聊的话，你还当真了！我们听别人说的闲话，不能拿这些话来做判断。德得先生，您在说些什么？难道您真的觉得这里会有一场危机？你看看博克拉大坝和其他工程计划，难道没有感觉到这个国家的领导人正在努力让国家变得繁荣富强？事实不正是如此吗？苏登先生，您怎么看呢？”

但他的夫人还是没有就此作罢，继续说下去：“我想说的是，我觉得这里的大多数人心中都没有真正的国家荣誉感。我已经在印度待了六个月，对这里的了解也足够深入了。你就说说那个人吧，他想和你做买卖，向你兜售外交配额的酒。这事儿让你烦不烦啊？都是老熟人了！他还那么有钱。有一天来到我家，居然说要……”

“这只是个别人的事，怎么能由此来判断整个国家国民的道德水准呢？”教授又一次打断了她。“我们才来了六个月，我觉得我们对这个国家真的不是很了解。”

说话被打断两次之后，教授夫人终于意识到了自己的鲁莽。“你说的没错，”她急忙把话锋拉了回来，“待个一年半载怎么可能完全了解一个国家！生活是有一些不愉快的事情，但我们的认识毕竟还很肤浅。德得先生，您刚说了什么？”为了摆脱窘境，她开始抚摸妮丽玛的纱丽，并且赞不绝口：“这纱丽多漂亮！如果我们国家也流行穿纱丽，我一定会让你帮我买一条同样的纱丽。”

政治秘书的夫人老早就开始哈欠连天了，她都一直强忍着尽量不要失态，但这次实在没有忍住，她把脸转到一边，紧咬牙根轻轻打了一个哈欠。政治秘书立刻看了一下手表，虽然没有人说要走，但大家还是注意到现在该是起身道别的时间了。话锋终于转到了道别前的主题。

“您演出当天会来吧？还有您呢？”古伯塔很快就亮明了自己的目的，“我有个诚挚的请求，请所有的朋友们当天务必赏光莅临。只有在你们的大力协助下，我们的努力才能取得成功。您需要多少张票，哈尔本斯先生一定会给您送过去。这是妮丽玛的第一次亮相，我希望能够大获成功。我之所以要举办这场演出，因为我觉得她是一名优秀的艺术家，理应获得应有的盛誉。这对她来说也是一件实至名归的事情，但事情的成败还要有劳各位。德得先生，您也有责任。您要是还需要前排票的话，请一定告诉我。苏登先生，你都是自家人，不用我再多说了！”

离开房间道别的时候，政治秘书握住妮丽玛的手说道：“我那天要是能来捧场我就一定会来的。我非常希望能够欣赏到你的演出。如果有要事，我走不开，我一定会向你致歉的。但你一定要把票送过来。票可别一早就卖光了，我想去都去不了。我真的还是期待能够去看你的演出，衷心祝愿演出能够大获成功。我想这次演出以后，你一定会声名鹊起，获得更多外出表演的良机。得了，这些事以后再说。我尽量当天去看你的演出。”

他又握住了哈尔本斯的手，说道：“你真是一个很幸运的人，能有这样一位优秀的艺术家当妻子，我很嫉妒你。你可能会嫉妒你的妻子吧？妮丽玛，他有没有嫉妒你？好的，如果那天……哈尔本斯，那天我们商讨过的那个项目，我又有了一些新的想法。你明后天拿票过来的时候，我们再一起好好讨论一下。你愿意的话，可以把前两排的票都交给我。妮丽玛演出的时候，剧场应该座无虚席的。妮丽玛，这次你好好演出，让观众把其他的舞蹈家都忘到九霄云外去。”

上车之前，他又和哈尔本斯夫妇握了握手，说道：“十分感谢，我们度过了这样美妙的夜晚，晚餐很不错。”

政治秘书的夫人说道：“妮丽玛，你做的布丁非常好吃，我有空一定要找你学一下。我真的很想学做印度菜。”

政治秘书补充道：“我也觉得印度菜很好吃。今天的饭菜尤其好吃。谢谢！十分感谢！”

政治秘书的妻子说道：“时间过得真快，我们都很开心！晚安！”

政治秘书临行前又说道：“妮丽玛，有空再去我们那里！哈尔本斯，你也一样！好的，晚安！”

使馆的客人们走了，古伯塔上车的时候问了一句：“你觉得他们真的会买下前两排的所有票吗？”

妮丽玛说道：“为什么不呢？他亲口承诺的。”

“如果真能卖出去，那我们可以很快再安排一场演出。”

哈尔本斯终于忍不住了，声音里带着怒气说道：“我现在不想谈卖票的事情，很晚了，该睡觉了，我们先忘了这个事吧。”

“我明天把前排票拿给你，这些票太让人头疼了。其他票放在窗口卖就好了。”古伯塔关车门的时候说道。

“好的，晚安！”说完以后，哈尔本斯快步从他的车边走了回来。

古伯塔在汽车后排坐好后，又说了一句：“我明天给你打电话，你把卖票的钱送过来。”哈尔本斯的表情如此凝重，感觉古伯塔的车要是再不走，他就要跺脚骂人了。古伯塔的车走了以后，此时就剩苏古马尔、哈尔本斯夫妇和我站在门口。

苏古马尔说道：“宴会很不错，但客人们对艺术的兴致，没有我想象中的那么高。”他还是和刚来的时候一样严肃。哈尔本斯撇了撇嘴，好像他对舞蹈艺术不屑一顾。他走进大门，站在回廊上。

妮丽玛说道：“我觉得教授夫妇人都很好，不知道他们对艺术有没有兴趣，我们该如何给他们说买票来看演出的事呢？”

哈尔本斯说道：“行了，我们不用跟他们说什么了。走吧，快点进屋。”

“他们真是热心人，”妮丽玛说道，“政治秘书说话真是妙趣横生啊。”

“妙趣横生？够了吧！”

“难道不是吗？整个晚宴都是他在调动气氛，不然别人早就烦透了。”

“够了！现在别说这些了。”

“你是主人，你有责任调动现场气氛的，但你……”

“我怎么了？”

“你坐在那里一言不发，好像……”

“好像什么？”

“好像你家孩子死了，刚刚埋完一样。”

“现在可以进门了吧？”

“教授夫妇真是好人。”

“行了！我什么时候说他们不是好人了？”

“我知道你为什么对他们没有好感，因为你生了政治秘书的气，所以他带来的那些人，你怎么会看得顺眼呢？”

“行了，我不想为自己辩解。”

“你看每个人都不顺眼，所以你和谁都没有交情。”

“还有完没完了？”

“我还能说什么！政治秘书让你明后天去他那里。现在你……”

“你现在说够了没有？”哈尔本斯勃然大怒，“政治秘书！政治秘书！如果你能明白一点事理，就不会平白无故地说这么多废话！”

“你怎么想都行！”妮丽玛还是固执己见，“你为什么一听到他的名字就大动肝火？你看见他杀人放火了？”

哈尔本斯一手握拳，砸在另一只手上，愤愤地说道：“倒是没看到他杀人放火，但他也绝非清清白白的。”

“那你说说你看到了什么？”

“看你那盛气凌人的样子！现在可以不说话吗？”

妮丽玛准备再说几句厉害的话来回击他，但看到苏古马尔在场，硬生生地把话咽了回去。

苏古马尔说道："有一件事不吐不快，我觉得这些使馆来的人说话的方式有点古怪，他们心里好像顾虑重重。和他们探讨某些话题的时候，感觉他们完全说的是场面话……"

"我可不这样认为。"妮丽玛说道。但她不知道又想到了什么，改口说道："或许是我没听懂他们说的话。"

"我也说不好，但我总有这样的感觉，"苏古马尔说道，"我很苦恼，白白地在他们面前说了一通腐败的事。我们都在讨论这个话题，而他们似乎在搜集我们谈话中提到的信息。"

我说道："这句话真是废话！连小孩子都知道的事情，他们怎么会不知道呢？"

"嗯，教授夫人说的那句话……"

"但是教授打断了她的话。"

"他之所以打断她的话，是因为……"

"说这些话有什么用！我觉得你现在应该有点困了吧……"哈尔本斯说着话伸出手来。

"真的有点晚了！我走了，晚安！"苏古马尔说完后，将双手在胸前交叉，手掌夹在腋下离开了那里。

"好的，现在我也走了。"我朝哈尔本斯伸出手来。

"你就不能再待一会儿？"哈尔本斯抓住我的手说道。

"为什么？"

"没什么，只是我的心里有一种奇怪的感觉，不知道为何我觉得心头总是笼罩着一层阴云。"

"是不是吃得太多不舒服了？"

"不是的，和吃东西没有关系。这几天我的身体总感觉空荡荡的。”

“你是不是太操心工作的事情了？”

“或许是吧，但肯定还有别的原因。”

“你工作的事情有眉目了吗？”

“没有，现在还没有消息。阿格拉的一所学院有一份教职，我很想去那里。一来我想要离开德里，二来我想看看有没有可能完成自己的论文。”

“你的论文！”妮丽玛轻蔑地说道，“你这辈子是完成不了的。你赶快打消离开德里的念头，我是不会去阿格拉的。在德里有这么好的工作机会，为什么会想去阿格拉？这么好的机会要是错过了，你就是再写四篇学位论文又有什么用？”

“如果我能把事情跟你说清楚，那我还用这么痛苦？”

哈尔本斯低着头，刚想把背靠在墙上，但脚踝一不小心碰到了花盆，疼得他连忙弯腰抚摸自己的踝骨。

“这件事我心里很明白的，你之所以要离开德里，就是不想让我再有发展的机会。但我告诉你，我不会离开德里去阿格拉让自己一事无成的。我再问问你，在阿格拉一个月才给你发350卢比的工资，你让我们怎么生活？”

“你还能想到这件事？”哈尔本斯站了起来，背靠着墙说道，“这个问题我倒还真是想了一下。”

“你还要想想我的事业，”妮丽玛说道，“我的事业刚开了头，如果我想要有所成就，我就还得在德里再待几年。”

“全世界没有什么东西比你的事业更重要了，”哈尔本斯挺直了身体，说道：“事业！我听到这个词就觉得烦！”

“你为什么不明说，你嫉妒我的事业，所以想把我带到阿格拉，让我的事业没起步就泡汤？也正是这个原因，你刚在道别的时候才故意惹苏古马尔生气。”

“你知道你在说什么吗？”

“你为什么惹他生气？他再待两分钟，多聊上几句，又碍着你什么事了？”

“我想惹的人，都已经惹了，”哈尔本斯勃然大怒，“我再惹几个人，又能如何？好吧，马图苏登，现在你也走吧！”他抓住我的手，使劲摇了几下，对我说：“我现在最好一声不吭地去睡觉。”

妮丽玛说道：“我给你几片镇静剂，你吃了自然就有睡意，明早你的脑子也就正常了。”

“睡意！我这一辈子都不会再能睡个好觉了。”

我说道：“好了！我准备走了。”

妮丽玛有些瑟瑟发抖，对我说道：“苏登，你和卡查纳纳关系怎么样？”

“关系还不错，有事吗？”

“你能帮我传个话吗？还有苏希玛，就说……”

“没什么好说的！现在你回去睡觉，也让她睡一觉。”哈尔本斯一边和我告别，一边拉着妮丽玛的胳膊，似乎想要把她拉进屋里。

妮丽玛奋力挣扎了几下胳膊，说道：“你别拉我的胳膊！苏登，有可能的话，你明天或后天早上来看我练舞，看你能否给我一些好建议。”

哈尔本斯说道：“你也不想想我们和他之间的交情？他现在负责撰写专栏文章，所以你不要和他说话也这么生分。”

“我和他说话生分吗？我打心底希望他能来看我练舞。苏登，你明天或后天一定要来啊！”

和苏古马尔走的时候一样，我也将双手在胸前交叉，手掌夹在腋下，离开了他们家。寒风凛冽，我的全身冻得冰凉。我边走边看着自己的影子，从一根路灯杆到另一根路灯杆，我的影子不断改变着形状。当前面的灯光照出的影子开始变短，后面的灯光照出的影子马上转了个圈后逐渐变长，然后慢慢又在变短。有时候两个影子交缠在一起，感觉走在街上的不是一个人，而是两个不同的行人，其中一个人把另一个人变小以后，自己想要走到前面去，但走着走着他发现自己也变小了，这个时候后面的那个人又追了上来。他们两人相互追逐，嬉戏打闹。除了这两个人之外，我就是那第三个人，从高处看着他们纠缠不休，心情愈发愁闷，心想自己和他俩本不相干，能从高处躲开他们……

我和苏希玛在“拉·波西米”餐馆见了面。因为大家已经开始议论我俩的事情，所以这次我想和她开诚布公地谈一谈。我知道苏希玛也在等待这一时刻。过去几天里，我们每次见面的时候，总觉得我们想说的下一句话便是这个话题。她不知道有多少次向我眉目传情，表达了自己心中的情愫。但每次话到嘴边的时候，我都会不由自主地停下来，心想这件事还有待考虑，下次见面之前再多想想。苏希玛的名字总和几段情史联系在一起，这点我心知肚明。她还有许多关系匪浅的老朋友，大家聊天时也曾提到过其中的几个。但我的心里并没有什么别扭。难道我自己的生活里就没有这样的情史？我所了解到的那些人，谁能够完全没有情史呢？唯一的区别就是那些人的情史只有不多的几个人知道，别人只会在私下小声说一说，而苏希玛的情史却是大家公开闲聊的谈资。苏希玛的个性过于率真，她和自己朋友说话的时候，从来就不会用“但是”这样的词汇。从别人嘴里传出来的那些事，和她告诉我的情况相差无几。人们传言苏希玛一直破坏别人的家庭，是一个“家庭破坏者”。但我知道她并不是这样的人，她一直想要组建一个小家，自己成为女主人。她的想法不仅仅从她的话语中流露出来，从眉目间的一颦一笑里我也看得真真切切。我知道她已经对我心有所属，想要和我组建家庭。她曾经为了证明自己的魅力，向几个男人抛出过橄榄枝，这事倒也不假。但这件事对她来说只是一种游戏。她对我说过，她绝对不会把这个游戏玩得过火。别人议论的那些事，她现在一件都没有做过，没有破坏过任何人的家庭。她笑着对我说道：“那些人根本就没有什么定力，任何一个女孩向他们勾勾手指，他们都会紧紧拉住，跟她一起走。消遣他们一下难道不好玩吗？我好几次就想看看，到底谁表面上一本正经，内心却躁动不安？”

我问过一次她对哈尔本斯的看法，她应付了几句就不再说了。“他是你的朋友，”她说道，“所以你去问问他。我只知道自己没法和这样的人交朋友。”

我没有留心她说的话。她知道哈尔本斯是我的朋友，所以没法多说他的不是。我的心里真是左右为难，她也应该想想自己的问题。我准备好要和苏希玛这样的女孩子一起承担婚姻生活的责任了吗？我的心里想不出任何反对的理由，但不知道什么原因还是有些举棋不定。我常常扪心自问，难道自己心里对别的女人也曾有过和对苏希玛一样的感情吗？

我想要把这个问题赶出自己的大脑。感情怎么能用这样的尺度来衡量？怎么能用过去的心态来对比自己今日的内心？总是一副这样的态度，我这辈子还能不能过得下去？时光一去不复返，我得考虑自己现在和未来的生活。为了打消心里的别扭，我把过去的所有事情都告诉了苏希玛。她对我笑了一下，说道：“徐克拉真是一个好女孩。我从很早开始就喜欢她了。”

我心里还有另一个顾虑，苏希玛非常有主见。她谈到每件事时，语气都充满不容置疑的权威，态度也颇为强势，要想改变她的想法根本就不可能。她有很多想法，我打心底就不认同，但我却没法像她一样巧舌如簧地来阐明自己的态度。尽管我很有耐心地听她说话，但她听我说话时很快就会不耐烦。当她不耐烦的时候，她整个人就会变得居高临下，盛气凌人，令我无言以对。她的人生观充满了个人主义色彩，这让我颇感烦恼。有一次聊天的时候，她把一句话说了很多次：“我是一个人，为什么不能更好地生存？我们都知道，生存是需要条件的。我们要想更好地生存，就必须遵循这里面的法则。想活得好，就得好好遵循生存法则！”

“但是人生存的法则也是能够变化的，”我说道，“如果没有变化，那我们现在还得按照原始社会的生存法则过自己的生活！”

“我相信生存法则会随着时间发生改变，但法则的改变往往会毁灭千百万人的生活。人最大的收获就是曾在历史长河中生活过，但每个人的名字并不会在历史长河中留下来。人的存在最多算是一种事件，有时候甚至连事件都算不上，只能算作一种状态。在这样的生活里，人有什么存在的价值？”

“在你想要过的生活里，人有什么存在的价值？”

“怎么会没有呢？当然有很多了！我热爱美食，热爱运动，热爱音乐。如果我所有的爱好都得以实现，我的人生才会有意义。其他的一些东西，你看看书就好了，付诸实践是很难的。那些口口声声说要知行合一的人，你真以为他们会忘记小我而过纯粹的生活？我和他们的唯一区别就是他们一直在自欺欺人，而我却不想与他们同流合污。我们周围有不少故弄玄虚的理论家，你随便挑一个看看，就会发现他所提倡的理论生活和实际生活有多么大、多么深的鸿沟。”

“如果有些人的生活中有这样的鸿沟，那会不会意味着要是没有这样的鸿沟，他们就根本活不下去？”

“根本就活不下去，苏登，”她执拗地说道，“如果有些人还妄想尝试这样的生活，那生活会让他在两天之内一败涂地。假若你想在人生中尝试这样危险的游戏，到时候你自然会明白一切。”她停了下来，温柔地摸着我的手，说道：“但我不想你有这样的举动。一次尝试就会毁掉你的生活，这可不是明智之举！现在我们不要再讨论这些伤脑筋的话题了，还是一起去看一部好电影吧？你看过电影院里上映的《八十天环游地球》了吗？”

我答道：“还没有看过呢。”

她说道：“我看过一次，但我还想和你再看一回。现在一起走吧？”

“好的，为什么不呢？”

“走吧，改天再讨论这个话题。”

我慢慢控制住了自己的思绪。真的要想过好生活，是不是还有一个必需的法则——那就是夫妻思想的同步？苏希玛自己怎么想都行，她可以有自己的思想，但我的思想和她并不相同，她把自己的想法强加于我，有这个必要吗？或许将来她的想法会发生改变，但要是没有变化，那又该如何是好？婚姻生活中两个人难道不应该尊重彼此的思想吗？

坐在“拉·波西米”餐馆里的一个昏暗的角落里，这些话在我的心里不停地翻腾。苏希玛穿着白色外套，显得美丽动人，以前我从来就没有发现，她居然这样的美。金色的圆形发卡像小花一样在她的棕色头发上绽放。她说话的时候总会挺直脖子，身体微微扭动，让我心神荡漾。我似乎从未见过她像那天那样微微扬起头来。与往常相比，她当天显得心情格外愉快。

我们俩隔着桌子落座，伸出手来就能够抚摸到对方。端起餐盘的时候，两人之间的距离显得太近了一些，但聊天停下来的时候，又感觉两人之间的距离一下子拉远了。距离变近的时候，我就会只盯着她看；当距离变远了，我就开始留意其他的东西。

我们用餐完毕了。这次是我点的餐，其实我并不懂行，所以故意点了一些没听过的菜，一来是为了给苏希玛留下印象，二来自己也想体验一些新鲜的东西。侍者走了过来，开始收拾餐盘，我让他去端咖啡。侍者弯腰问道："先生，您需要哪种咖啡？意大利风味，比利时风味，或者别的风味？"

"比利时风味。"我没有问这两种风味到底有什么区别，直截了当地说道。

我们一起坐了差不多四十五分钟。但我想说的话题，一直没能说成。当她向我微笑的时候，我感觉她似乎希望我继续谈论当前这个话题。这样一想，我便打消了原来的想法，想改天再把自己的想法全盘托出。我们总是相互对视，想要从对方的眼中寻觅出一些东西来。吃饭的时候还点着一支蜡烛，咖啡端上来以后，苏希玛吹灭了蜡烛，我们所坐的桌子四周一片漆黑。录音机播放的轻柔音乐给环境又增添了一种神秘的气氛。在黑暗中，苏希玛的大眼睛含情脉脉，显得比刚才更加灵光闪动。她提起咖啡壶的盖子，往里面加了一些白糖。毋庸置疑，她比我更懂得风雅。

眼前的那个问题，被我们一拖再拖，而我们却在谈论“拉·波西米”餐馆的屋顶和吊灯，讨论前几天看过的舞蹈和话剧，还谈到了各自的艺术评论和其他文章。苏希玛说起了我写的那篇关于德里小巷子的文章，她说很喜欢这篇文章，内容真是有点出乎她的意料。“读完这篇文章，我感觉你曾经深入这些巷子，近距离地观察他们的生活。文章中写到的那个弹西塔尔琴的穆斯林老人的遭遇，真的很感人，你真的在那里遇到了这样的一个人吗？”

我本来想说，我不仅遇到过这样的人，而且还很了解他，我还在他家里住了几个月时间，但我知道这些话和当时的惬意心情并不相符。我可不想把这件事当成序言，勾起自己对过去的所有往事的全部回忆。我知道若谈起这个话题，必然会让我的心脱离正轨，走上迷途。我那个时候不想让自己的心灵再次迷失，所以我随口应付了几句，告诉她我写的事情不是凭空想象的，但平心而论，我还是认为自己的研究有些不够完整，写得也不够深入。

苏希玛说道：“你有点过谦了，我觉得你的研究……”虽然她话没有说完，但我已经知道了她想要说些什么，她要说的事与这个话题无关，她只是用它先做铺垫罢了。她此时赞美我的文章，就好像我们想要租赁人家的房子，先要夸几句他家的小孩一样。

“那么……”

我们如同在玩一个游戏，谁说了“那么”，就好像把球从一边抛到了另一边。而另一边说了几句话以后，又说了“那么”，就把球又抛了回来。

“你刚说过的，今天要说一些严肃的话题。”苏希玛最终还是暗示了一下。我很高兴，游戏第一轮的主动权交到了我的手上。

“这里的轻柔的音乐多好听啊！”我带着一种胜利的微笑，怡然自乐地说道，“德里就只有这么一个地方，要是能多开几家该多好啊！”

“你所言极是。”她有点发窘。我们默默地坐了一会儿，好像在用心欣赏音乐。她的呼吸有些急促，白色大衣的前襟不停地抖动。当餐厅换磁带的时候，她说道：“我本想告诉你一件事，但现在还不能说。你先告诉我你的事情。”

“不，还是你先说自己的事情。”

“不，你先说！”

“我只是找了一个借口和你见面，其实根本就没什么事。”

“原来你见我还需要找借口的！”

她微笑了一下，脸色有些潮红，显得更加美丽动人。不知道是咖啡里糖还没有化开，或者是个人习惯，她开始用勺子在咖啡杯里搅动起来。她纤细的手指上的红宝石戒指闪闪发亮。我伸手摸着她的手指，说道：“你的戒指好漂亮！”

“谢谢！”她说道，“也没有那么好啦。”

“我觉得特别好看。”

“我摘下来给你？”

“我能戴上吗？”

“你戴不上，但你的妻子能戴上。”说话的时候，她摘下了手上的戒指，把它放在自己手心里，递给了我。我拉着她的手，看着她的眼睛说道：“我要是有个妻子，她一定能戴上这枚戒指。”

“你留着吧！什么时候用得上，就给她戴上。”

“用得上之前呢？”

“那就放在自家的箱子里。”

“把这么贵重的东西放在我家的箱子里，那我晚上紧张得都要睡不着了。”我随口说道。我拿起她的手，把戒指戴到了她的手指上。“这里比箱子更适合！”给她戴上戒指以后，我们俩十指相扣，我感觉她有些发力，微微握紧了我的手。我俩都知道，该到做抉择的时刻了。

“你结婚的时候，我要把这枚戒指送给你的妻子。”她说道。

“如果我想在结婚之前就给她呢？”

“那你来找我要。”

“如果我想你现在就戴上戒指呢？”

她的前胸比刚才起伏得更加猛烈。她端起了咖啡杯，没举到嘴边又放了回去，似乎手指没有了力气，连咖啡杯都端不起来。她脸色变得越来越红，好像在一汪清水里不停地滴入颜料，颜色变得愈发浓艳起来。她的脸色发红，面庞发烫，身体似乎备感疲倦地后倾靠在椅背上。在这一刻，知名记者苏希玛·西丽瓦斯德沃变成了一个普通女孩。不知道真是如此，还是我在黑暗中的错觉！

“我觉得我们现在应该正儿八经地说事。”她强打精神说道。

我又笑了一下：“你为什么觉得我们没有正儿八经说事呢？”她努力地想要挤出一个微笑，但是一脸倦怠的她连一个笑容也挤不出来。

她说道：“你今天完全是心不在焉。”

“那我的心在哪里？”

“有别的心事！我想这么重要的问题摆在眼前，希望你能好好地谈一下。”

我向她伸出手来，她默默地把手放在我的手心。我轻轻地抚摸着她的手指，说道：“难道我们真的不能严肃地谈一下这个问题吗？”

她说：“你别捣乱。”

“我哪有捣乱？”

“你这不是捣乱又是什么？”她甩开了我的手。

“那你说，怎么样才能算严肃地聊一聊这个事情？”

她微微一笑，一只手放在另一只手里，向前稍稍一倾，说道：“这就是你在正儿八经地说话吗？”

“非常正儿八经。”

“你已经这么了解我了，你的心里难道没有一点顾虑吗？”

“我的心里没有任何顾虑。你先说说自己心里的想法。”

“难道你还不知道我心里的想法？”

“还有一些事，你应该仔细跟我说说。”

“比如？”

“比如我们以后的生活是什么样的，住在哪里，怎样过活？”

“嗯！我告诉你一些我的想法。我想……你在说其他的某件事吧？”

“什么其他的事情？”

“就是两个人加深了解。”

“我问你一件事？”

“问吧。”

“你是不是一旦做了决定，就绝对不会妥协？”

她沉思了片刻，好像在揣摩我的言外之意。

她说道：“我如果是这样的，一定会向你说清楚的。你不和一个人长久相处，就根本无法了解……”

“但是难道……”

“但是我只能这样说，我和你见了这么多次面，我觉得你和其他人有很大的不同，我对你有足够的信任，可以放心大胆地说话，对别人我可不敢这样说话。今天我尤其有一种感觉……”

“什么感觉？”

“感觉你是我最亲近的朋友，我们在一起可以畅所欲言。”

从那些烛光闪闪的桌子旁边，传来了一阵音乐的声浪，穿透了我们周围的昏暗。此后，又有一阵阵声浪传来，它们好像在远处先停留一会儿，待在某一个地方看着我们，然后突然打开了前面的大坝，迅速冲过来把我们包围起来。我开始感觉到这些声浪中有一种疯狂，好似我自己内心的回声。但又有一个声音沉寂于回声之中，这个声音好像一只受伤后坠地的鸟儿发出的哀鸣一样，从心底最深处不断向上升腾。鸟儿被烹调之后放进了餐盘，餐刀切过以后，每一根肉丝都在发出哀号。这种哀号到底从何而来？它们是源自过去被压抑的情感，还是别的什么东西？

这个哀号慢慢又被音乐的声浪淹没。此刻，我的思绪也逐渐迷失在声浪里。对我来说，声浪和哀号一样真实。哀号是一种谎言，想要欺骗我的内心。但我已经不再年轻冲动，不再轻信他人，所以我不允许它将我欺骗。我的理智、我的逻辑、我多年来积累的社会经验，都让我的内心保持警惕。我已经不再是一个懵懂少年，岂会轻易被冲昏头脑？我已经不像十年前一般青涩了。我知道自己不能再奢望，想要获得无拘无束的幸福。我会用幸福的方式认识幸福，会用苦难的方式认识苦难，我也知道幸福和苦难都会产生痛苦，但至今我的内心还没有完全被这种痛苦所笼罩过。住在我内心的那个经验丰富的记者，让我对幸福和苦难的每种感觉保持警觉，每当我的内心迷茫的时候，他就拉住我的胳膊，把我拖回到正道上来。

“说实话，你到底是什么感觉？”

“我？”我故作洒脱地笑了一下，“我无法用言语来形容自己的感觉。”

她的双眼里洋溢着款款深情，有一阵子我的目光都无法离开她的双眸。她胸前的起伏比刚才稍微平缓了一些。她又舔了舔干裂的双唇，一边看着我，一边端起咖啡举到了嘴边。

“那么？”我们绕了一个大圈子，又回到了“那么”这个游戏中。

“我觉得现在离开这里吧。”她说道。

“你现在想去哪里？”

“从这里去我家。我想对你说的话，到家以后再亲口告诉你。我想给你展示一下自己的房间。你到现在还没有看过我的房间吧？我们一起坐坐，再聊一会儿。你不急着去别的地方吧？”

“没有，我能着急去哪里？但是你要是早点说就好了，我们就在你家喝咖啡了。”

“现在也来得及，我家有好咖啡。”

“咖啡好不好不重要，你亲手做的咖啡才最好喝。”

她一下子爽朗地笑起来。她的牙齿又小又白，看起来光滑锋利，像是从磨刀石上打磨过一样。她说道：“这么老套的话，听了以后心里还是美滋滋的！所有男人都爱说这样的话！”

“你不会觉得我不属于男人之列吧？”

“感觉你就不是个男人。”

“真的？”

她又笑了起来。我叫来了侍者付了账。

她住在二楼，是一个套间，有一大一小两个房间。屋里每样东西都干净整洁，摆放得井然有序。

我说道：“你的房间收拾得真好，看看我的房间，你就会感觉不像住人的地方，倒更像一个仓库。”

“怎么可能啊？你就是这样奉承我。”

“我没有奉承你，实话实说的。你有空自己去看看，到时候你也会这样说的。”

“我不信！”

“你不相信，我也不能强迫你相信，但事实就是我说的那样。”

“现在不要说这样的话，像你这样有教养的人怎么会把自己的房间变成仓库？”

“我可能没有你想象的那样有教养。”

“好的，我相信你。你今天给我说什么，我都相信。”

我坐在沙发上，把自己的腿搭在面前的三角凳上，笑着问她：“我这个样子你没有意见吧？”

她一边脱大衣一边说道：“我知道你为什么要这样做。”

“但你做什么事，我都不会有意见。”

“那你觉得这样做好不好？”

“你觉得好不好？”

我把腿放了下来。脱下外套，也许是她的毛衣通体宽松，让她的身材看上去有些臃肿，不如穿外套时显得那样苗条。我看见她轻轻地皱起了眉头，可能是因为步行回家后身体疲惫，也可能是因为对我的行为感到有些失望。还有一个可能，那就是回到自己的家里，每个人都会卸下日常的假面，让自己松弛下来。但是脱外套的前后，一个人会有这么大的区别，我当时还是颇感惊奇。

“我一会儿就回来，到时候端咖啡给你。”她说完就去了里面的房间。当她回来的时候，她已经穿上了蓝色条纹睡衣，发卡也取了下来，头发松散地盘在一起。睡衣彻底掩盖了她的身段，蓬松的头发让她的脸看起来像个洋娃娃。

她走过来对我说："刚耽搁了一阵子。咖啡两三分钟后就好。我去把咖啡端过来，我们一起再坐坐。"

当她端着咖啡过来的时候，我正在看她房间里的装饰。一边摆着一对铜天鹅，另一边立着一座黑色熟石膏雕塑。墙上挂着几幅画，一幅画上是两棵树，另一幅上是两头长颈鹿。床头柜上摆着温莎公爵夫人的自传《相爱的心不需要理由》。

"你现在在读温莎公爵夫人的书？"她往杯子里倒咖啡的时候，我问道。

"嗯，"她回答道，"我早就读完一遍了，觉得这本书非常好。"

"你煮咖啡的时候，想知道我在看什么吗？"

"你看了什么？"

"我看你装饰房间的时候选了哪些东西，发现家里的所有东西都是成双成对的——大树、动物、小鸟和人物肖像，没有一样是落单的。"

她惊讶地扫视了一周房间里的摆设，笑着说道："我从来没有从这个视角察看过。"

"我觉得很奇怪，你为什么到现在还一个人生活？"

"生活是我能选择的吗？"她的声音有些酸楚，让她脸上的皱纹显得愈发明显。"我早就烦透了现在的生活。"她边说边晃了晃头，抖开了蓬松的发髻，把垂下的头发披在右肩膀上。

"如果你真这样想的话，那你为何不一早就改变自己的生活？"

"我起先没有注意到这个问题，"她说道，"但一两年前，当我开始考虑这件事的时候，我发现……"她突然停了下来，非常严肃地看着我。

“嗯……”

“我觉得我周围的那些男人，他们全部……”

“他们全部是什么？野兽吗？”

“说他们是野兽真是美化他们了，至少野兽彼此之间还有些情感。”她的眼睛好像明镜一样，我想看看自己在镜子里到底是什么形象。难道她在努力地考察我，看看我的内心是不是也住着一个她口头总是抱怨的那种野蛮人？

“如果你真是这样想的，难道你永远不接受这个现实？”

“如果接受了现实，我的心就不会如此苦楚，但我心里还是希望这并不是事实。”

“今天你怎么想的？”

她笑了一下，说道：“难道你想听我对你的溢美之词？”热咖啡弄花了她的唇膏，让她的嘴唇呈现出一种古怪的颜色。

我说道：“不知道男人的心里想起了女人会不会也有同样的苦楚？”

“他们不会有这样的感觉，因为他们的所有感情都仅限于口头而已。请你原谅，我本不应该这样说的，我对你……”

“你对我还不够了解。”我补上了她的话。

“你现在才来我家，一来就开始说这样的话？”她突然怒气冲冲地说道，“我今天不想听你说这样丧气的话，希望你能够正儿八经和我谈一谈。”

“你想要和我说些什么？”

“我现在想说，难道你不觉得灯光有点刺眼吗？”

“没有的……”

“但是我觉得刺眼。你要是不介意，我把光线调暗一些？”

“好的，有什么不可以呢？”

她关上了房间正中的大灯，打开了墙角的壁灯，房间里一下子充满了一种慵懒而浪漫的感觉。她走回来坐在椅子上，我感觉房顶和墙壁在朝我移动，整个房间的空间好像收缩了不少。我想起了哈尔本斯和我谈论他的经历时，也是关了灯，房间里一片昏暗。难道昏暗会产生一种亲近的感觉，而在光亮下却不会有？在昏暗里一个人可能会蹑手蹑脚走进别人的内心世界，就像为了偷东西溜进某个陌生人的家里一样，把里面所有的东西都搬出来。但如果有了光亮，小偷连朝巷子里看一看都会觉得害怕。

房间里浪漫而又慵懒的气氛和苏希玛脸上的表情显得相得益彰。她把屁股朝椅子边上移了一下，双臂懒散地放在椅子的扶手上，全身松弛地斜躺着，好像自己已经完全和这具躯体没有任何关系。

她说道：“马图苏登，你不知道我现在有多疲惫。我以前的观点一直都有些偏激，觉得女孩子就应该过完全独立自主的生活。一想到和男人确定了关系，处于他的控制之下，我就感觉非常糟糕。你知道每个男人都想或多或少地控制自己的女人。我想让自己成为一个例外，摆脱男人的控制，自己来控制自己的命运。我所做的试验也很大程度上取得了成功，能够让许多人随着我的指挥棒而舞动。我见过许多终身不婚女孩的枯黄的面容，我觉得她们实际上不懂生活。但我很快就意识到，自己对别人的控制根本就算不上控制，而是一种需求，让别人一直都轻视我，让别人在我的面前都不知道收敛自己！因为我不想承认这一点，所以我一直同那种需求作斗争，竭力维护自己心中的那种崇高。我知道许多人都对我说三道四，但实情却是如此——时至今日，我都不会让自己在任何男人面前低声下气，也不会让别的男人利用我的弱点来占便宜。我一直都在思考，有一天我能否超越自己的那种需求，或者能够想出办法，不用让自己低声下气就能满足这种需求，但我的想法到现在都没有实现，我还待在原地，与自己的需求苦苦斗争。我在经济上不依赖任何人，已经获得了经济独立，学会了独立生活，能养活自己。我无法容忍男人对女人的保护欲，所以我选择了这样一份工作，可以和男人们平起平坐。作为一名记者，我不比任何一个男人干得活少，也不比他们缺少经验。但是多少年来，我有这样的一种直觉，觉得自己取得的成功仅仅是自己需要努力冲破的一样东西。我拼命挣扎，尽力避免自己濒临崩溃。但现在我已经无法控制自己的内心，有时候真想破罐子破摔。我不知道是什么让我变成了现在的这个样子——周边的环境，或是自己内心的脆弱。我只知道自己想要摆脱当前的困境，所以我想出国两三年时间，让我的内心获得平静。但我一直有一种心结，我想即便要走，也得打开了这个心结才能离开，否则……”

她的自信里隐藏着一种难以名状的疲惫。我转动着茶托里的杯子，问道：“否则就怎么样？”

“我去了那里，或许最后的一丝幻想也会破灭，或许我会感觉自己为了逃避一个荒凉的地方，而跑到了另一个荒凉的地方去。我现在不想冒这个险。我好几次感觉人生如此恐怖，想要逃到一个小角落里藏起来。你也是个记者，一定能够体会到世事的沧桑——战争、政治和各种可怕的武器，所有的一切是多么残酷而没有人道！我仅仅把这一切当作一种谋生的手段，心中更加渴望的是能够组建一个小小的家庭，不要让自己看到人生的高墙行将崩塌。我要搜集身边的小小的幸福，我要忘记这一切的不幸。我内心的雄心壮志一直都在燃烧，但燃烧的火焰让我都有些害怕。我渴望成功，甚至愿意为此付出一切，但是现在我更想要一份属于自己的幸福，而这样的幸福只有在自己的小家里才能获得。我要亲手打理自己的小花园，灌溉一棵棵小树，看着它们长出一片片新叶。我曾经嘲笑过这样的多愁善感，直到现在我才发现，原来自己非常渴望得到我曾经嗤之以鼻的那一切。”

她说着说着累得不再吭声。她的胳膊无力地垂了下来，全身似乎也没有了力气。她的眼中闪烁着一种胆怯——好像一只受伤落地的鸽子，看到伸向自己的双手，不知道这双手是要来拯救它的，还是想要置它于死地。

我说道：“你现在看起来非常疲惫。”

“这一年半以来，我都感觉如此疲惫，”她努力想让自己振作起来，“时间一天天地过去，我感觉自己无能为力，似乎快要坠入一个恐怖的谷底。我努力挣扎，想要原路返回，但感觉自己反而愈发要堕入谷底。”

“在这种情况下，人们一般都会求助于宗教和天神来抚慰自己的内心，对不对？”

“我憎恶这套骗人的鬼把戏，你信这个吗？”她又激动了起来，但多多少少来了点精神头。

我说道：“我就从来不会去想这些东西，更别说信不信了。”

她颇为酸楚地说道：“你认为生活中是否有这样一种价值，秉持它，人们可以获得内心的安宁？有没有这样一种东西，向它求助，人们能够站稳脚跟？我觉得许多人都说这样的话，他们不是在欺骗自己，就是在欺骗别人，他们这样做仅仅是为了获得一个生活下去的面具而已。”

“那你有没有感觉到生活中存在某种形式的价值？”

“完全没有！如果有什么价值的话，那也就是简单的生存法则，每个人为了自己的一点小小幸福，得想方设法活下去。正如你我所想的那样，我们周围的人的想法也都是如出一辙。”

“但每个人内心都渴望爱情，向往美好，希望获得别人的体谅。”

“这都是一些苍白无力的词汇，也许以前曾有过意义，但现在毫无用处。”

“每个人都想要依赖别人……”

“是的，但也仅仅是为了自己的私利和幸福。每个人都很渺小自私。不光现在如此，一直都是这个样子。我不喜欢从别人嘴里听到这些空话，尤其不喜欢从你的嘴里听到这样的话。”

“你是不是想说，你根本就不相信任何形式的信仰？”

“我不知道，”她一边说着话，一边闭上了眼睛，“我多么希望能够找到人生的某种信仰，但现在还是一无所获，只听到了一些苍白无力的空话。多少个世纪以来，人们用这些空话相互欺骗，到现在骗局还没有停止。我起先还想寻找一句能安慰自己的空话，但现在我已经不再被这些空话所困扰。这些空话阻碍了我们获取幸福，我打心底里就嫌弃它们。我现在只想要一个小小的家，仅此而已！”

我们俩沉默了片刻。房间的屋顶和四壁慢慢地聚拢过来，黑暗好像压在肩头的一副并不沉重的担子。苏希玛盯着我的脸，好像在搜寻一些她所需要的东西。她能否从坐在她面前的这个人身上找到呢？

“你怎么突然伤感起来了？”她的胳膊撑在桌子上，微微向前倾了一下。

“没有，我没有伤感。”我听到她的话，这才有点回过神来。

“我带你来我家，本想要告诉你一件高兴的事情，”她说道，“我可不想说这些话，把你弄得这么伤感。虽然我觉得现在不是一个决定是否由我们一起来追求幸福的时刻，但我们也不能把时间浪费在让我们痛心的事上吧？你会看手相吗？”说这话的时候，她把手伸到了我的面前。

“不会，”我把她的手放在自己手心里，问道，“你相信手相吗？”

“有时会吧，”她说道，“我现在有点不太相信任何东西，你呢？”

“不相信！我从来就没有信过这玩意，只是你自己都不相信，为什么还要问我呢？”

“我想找一个借口，让你拉着我的手。”

我们十指相扣，静静地待了片刻。我微微地用了一点力，把她拉到了我的身边。我放开了她的手，双手捧起了她的脸，说道：“你现在非常漂亮。”

“那是因为我离你很近，你的手能够轻易地触碰到我。”

我向后靠了一下，手稍稍松开了一点。

“你听了这么一句话就开始后退了，”她双手压在我的手上，说道，“你的手真热。”

“你的脸太凉了，所以你才有这样的感觉。”

“可能吧，”她边说着边把她的手压得更紧了，片刻之后，她的呼吸有些急促，叫了一声：“马图！”

我的身体犹如触电一般颤抖了一下。童年以后，第一次有人用这个名字称呼我。“你真像个孩子似的。”我说道。

“我这辈子就只想在某个人面前当个孩子。”

我的双唇吻了过去，我们炽热的呼吸交织在一起。“你真像个孩子。”我说道。片刻以后，壁灯的光芒从我的眼前消失。房间的四壁向我们聚拢过来，我们沉浸在黑暗的穹庐之中，纵情抚摸着对方。当我们的嘴唇分开的时候，我感觉我们的嘴唇仍然没有分离，好像花朵不愿从枝头被折断一样。我都没有意识到自己的双手已经被她的指甲抓伤。一阵喘息以后，她又紧贴到我的身边，用力抱紧了我。房间似乎比刚才还要昏暗，她低声耳语道：“人生是多么美好，马图！如果我们……”刚刚被折断的花朵又回到了枝头，我推开了我们之间的那个三脚凳。她像鸽子展翅一样，张开温柔的双臂，扑在了我的身上。她压着我的身体，让我完全忘乎所以。在黑暗中，我们好像潜入深水，深水的压力轻轻抚摸着我们的身体，水中游过的鱼儿不停地碰触着我们，潜水用的呼吸管缠绕着我们的四肢，一阵一阵的水波从我们身边涌过，似乎要把我们带到水面之上。“马图！”她娇喘吁吁地缓缓说道，“我的生活里只要自己的小小幸福，其他什么都不要，一点都不想要。”

“你为什么把自己说得如此无助？”我说道，“你这么自信，这么能干！”

“这都是假象，”她说道，“我现在就只想离开这里，但我不想一个人走，我想带着你一起走。这就是我想对你说的话。”

“但你想去哪里呢？”

她说了那个国家的名字，我一下子惊呆了，眼前立刻出现了政治秘书的面容。她接着说道：“我三年前就获得了去那里工作的机会，但我告诉他，我可能得先结婚再过去。他们还承诺要帮我的丈夫安排工作。”

突然不知道怎么回事，笼罩在我头顶的穹顶消失了，黑暗中涌动的波浪也平息下来，壁灯又在角落亮了起来。

“怎么回事，马图？”苏希玛还是躺在我的怀里一动不动。

“没什么，我有点头晕，你倒点水给我喝。”

她不情愿地离开了我的身体，说道：“我马上拿水给你。”片刻以后，房间的大灯亮了起来，一切都发生了变化。我从波浪和鱼儿的世界又来到了二楼的这个房间。铜像和墙上的画幅还是那个样子，好像连一点变化都没有发生？所有的画都黑乎乎的，居然都没有一幅色彩明亮一点的画？

她端着一杯水走了过来。我看着她的眼睛，感觉她好像用一种怀疑的神情打量着我。她的睡袍不在身上，当她从我身边站起来的时候就没穿了，都不知道她什么时候脱了下来。她穿着贴身衣服，头发散乱地披在肩上，身段紧致，好像康瑙特市场橱窗里的模特。她把水杯递给了我，拿起椅子上的睡袍，伸出胳膊穿了起来。

“对不起，我突然感觉到口干舌燥。不知道为什么，可能喝了太多咖啡的缘故！”

“是吗？”她丧气地回了一声，声音里充满了讽刺和怀疑。

我喝完水把杯子放了回去，双手十指交叉，说道：“你可别见怪。”

她非常冷冰冰地说道：“不会的，我为什么会见怪？这样的事情很正常。”

“正常吗？”

“我的意思是说一个人时不时会感觉到口干舌燥、胸闷气短，这有什么不正常的？”

“但我没有说胸闷气短的事。”

“是的，你只说了口干舌燥。我觉得有点遗憾，所以又帮你加了一个词。”

“你生我的气了！”她脸上的表情有点呆滞，我从来就没看到过她这个样子。她现在的疲惫和刚才又有了一些不同！

“不会，我为什么要生气？我只是那一刻有些脆弱，但现在都已经过去了。”

“你错怪我了。”我里想要告诉她。我已然动了感情，也不会突然有变，但我的眼前猛然出现了政治秘书的那张脸，一下子让我的心里感觉发生了变化。我想还和她像刚才那样子说话，我想告诉她我的情况，和她分享我的感受，对她说我也想要组建一个小家，但为什么我们就不能住在德里呢？说这些话之前，我看了看她的眼睛，想要看到那份炽热的情感，但我什么都没有看到。

她说道：“女人总是误解男人。”

“也不是总是了。但有时候误解得还真深。”

她默默待了一会儿，落寞地看着墙壁，突然收拢了一下身体，说道：“我觉得自己应该要去更远的地方。”

“什么意思？”我知道她想要说什么，但我还是想回到刚才说话的那种自然状态。

“没什么意思，再给你倒杯水？”她的脸上又端起了那种礼貌而又矜持的神情。

“不用了。”

“那么？”

“我想我们什么时候再好好谈一下这个问题，这样比较妥当。在现在这样的心境下，我没法给你解释清楚我的事情。”

“好的，”她说道，“你什么时候有空，打电话说就好了。几句话就能说清楚的事，电话上说一下就行了。”

我觉得自己现在该走了。但不知道是什么缘故，我心里并不想起身离开。我想走之前把情况跟她说清楚，我为什么做不成这件事。但她已经这么直白地发出了让我离开的讯号，再多待一会儿反而有些不妥。

“你现在需要休息了，”我起身的时候说道，“我不便再打扰你了。刚才真是让你烦心了。”

“说什么呢？”她还是那样的冷淡而又矜持。“能和你在晚上待一会儿，对我来说真是一件让人喜出望外的事情。我都想不出要如何感谢你，是感谢你的晚餐，还是感谢你莅临寒舍？”

如果按照我当时的心意，我真想拉起她的胳膊对她说：“苏希玛，你不要再裹着这样的伪装和我说话，你那柔弱的样子要比你端起架子的样子自然得多，看上去更有女人味。你为什么又变了回来，临行时还对我说这样的话？”壁灯的光芒照在我的身上，我一下子失去了说话的勇气。

我说道：“你现在的心情不好，过一两天我再打电话给你说吧。你去看妮丽玛的演出吗？”

她不再端着架子，而是不屑地撇了撇嘴，说道：“还说不准到底去不去，可能得去一次，再写篇报道。”

我说道：“你应该要去的，这是她的首场演出，我们不能让她泄气。”

她流露出一种奇怪的表情，好像在内心里轻蔑地笑了一下，说道：“最近你一直给她唱赞歌啊？”

“说什么呢？唱赞歌是什么意思？”

“我忘记了，他们是你的密友。”

“我和他们是有交情，这点毋庸置疑，但是……”

“他们和谁都有交情，不然……”我觉得她说这句话的时候，似乎获得了一种报复的快感。

“不然什么？”

“据我对他们的了解，这对夫妇只关心他们自己，世上的其他什么东西对他们而言都没有什么意义。”

“你和他们有过近距离的接触吗？”

“我了解他们中的一个，就是那个男人。你还问过我一次他的情况。那女人我就只是见过而已。我不觉得她有那样东西……”

“什么东西？”

“一个艺术家所应该具有的素质！”

“也就是说？”

“也就是说对艺术的兴趣、感情和悟性，还有柔软的身段。”

“但你还没有看演出，怎么能就这样说呢？”

“这只是我的个人意见，我就是这样感觉的。”

“行了，我现在只能说，你那天一定要来，看完演出再发表评论。如果心里有成见，那我们就没法做出客观的评判。”

她说道：“成见有两类，一种是支持的，另一种是反对的。你凭什么说你自己心里就没有成见呢？”

“你看过我的评论就会知道。”

“好的，”她说道，“那天我会去的。”

“那天我们还可以聊一些其他的事……”我轻轻地拍了拍她的肩膀，想在临行前缓和一下紧张的气氛，但她一动不动，一点回应都没有。我只好把手抽了回去。

“我送你下去吧？”她问道。

“不用，”我说道，“你还要换衣服，就在这里待着吧。”

我刚要从门口出去的时候，她突然说道：“你听我说！”我转身停了下来，和她面面相觑，沉默了半晌。“我想我们还是一起出去一下，你心里怎么想的，我得弄明白了。”

“你现在别问这个了。改天见面的时候，我们再聊。”

“你觉得还有什么可聊的吗？”

“什么都可以聊！”

“好的，晚安！”

“晚安！”

我从楼房大门走了出去，感觉脑袋里昏昏沉沉的。我也不知道自己什么时候犯了头晕的毛病。说话或走路的时候，就会无缘由地开始发作。发作的时候，我感觉自己好像丧失了意识，身体麻木，脑子混沌。公路、路灯、电线和天空，所有一切都变得犹如一座坟场。我感觉所有的东西都与我无关，心里充满苦闷，每走一步都觉得不堪重负。我不明白这种昏昏沉沉的感觉是怎么回事？难道是一种病，吃了药就能好？还是已经无药可救？公路上车来车往，在我麻木的心里也只是几个模糊的轮廓而已，宛若刻在石头上的线条。我的眼前泛起了各种各样的景象：村里的泥塘、卧在淤泥里的猪群、哈尔本斯家里摆在书柜上的画册、阿姆利则的烟花巷、屠户街的窄巷、政治秘书的房间、哈尔本斯家里的墙壁、宛若鸽子翅膀轻轻掠过的抚摸、飞往异国他乡的飞机、一个装饰一新的小家、悬挂着蓝色吊帘的小轿车、散发香味的香烟、微笑着说话的人群、传真机上发来的新闻、主编的面容、自己的房间、自己房间窗外的万千灯火……然后又是那个泥塘，浑身沾满淤泥的猪群，还有伯母的责骂声：“马图，你自己怎么不钻到淤泥里去玩！你也是猪群里的一头猪！”

早上还没有睡醒，楼下一户租客的孩子就来敲门。我打开了门，看见他嘴里叼着风筝的竹架，说道：“叔叔，楼下有人找你。”

“有人找我？”我有点纳闷，一大早还有人来找我。我想有可能是妮丽玛又来找我去看她的预演。又一想，会不会是苏希玛从办公室问了我的住址来找我。我急急忙忙地整了下衣服，梳了梳头发，又对着镜子看了一下，就匆忙下了楼。下楼后我吃了一惊，塔古尔夫人带着妮玛站在我家门口马路的对面。马路中间正在施工铺设管道，挖出了一条深深的沟渠，离我家门口不远的地方，沟渠上面搭了一块薄薄的木板供大家通行。

“嫂子，是你啊！”我看了她们一眼。

“是啊，老弟！我们找你家找得好苦！现在总算来对了地方。先别说话，等我们过去再说。”她说话的时候，拉起了妮玛的手。

“走吧，死丫头，我们从那边绕一下。”

她们小心翼翼地踩上了木板，晃晃悠悠地走了过来。我上前走了几步，拉了她们一把。

“我本以为你住在卡洛尔花园的大别墅里，真没想到你居然住在一座高高的山顶上！来一趟真不容易，那么多车，我真担心我们可别钻到车轮下面去，然后又是那该死的沟渠！这样的地方你也能住？”

我们一起走到门厅，我问道：“你怎么知道这个地方的，我那天没有告诉你地址。”

“老弟，你可别问了！”塔古尔夫人整了整自己的披巾，“昨天我去了阿尔温德的办公室，他告诉我你以前工作过的那家报社的地址。我们去了那里，一个穿土布衣服的人说你十年前曾在他们这里工作过，现在已经去了别的报社。那个好心人打了电话给你现在工作的报社，问了你家地址。昨天一整天就这样过去了。今天一早我们就匆忙出了家门，担心你可别出了门，整整走了一个小时才到你家。爬山把我们累得都快断气了。”

房东太太住在楼下，警觉地盯着我们看，看是谁来造访这个住在回廊的房客。塔古尔夫人穿着永远都洗不干净的破围裤，外面包裹着脏兮兮的披巾。

妮玛穿的衬衫长裤要干净一些，从上到下有许多褶皱，好像在箱子里放了好几天，刚刚拿出来一样。她有些惶恐，急切地听着妈妈说的每一个词。她脚上穿着皮凉鞋，上面沾了不少泥，虽然已经刮了很多次，但还是不太干净。住在回廊里未婚的租客家里居然来了这样装扮的一个女人和一个女孩，房东太太的心里不知如何作想。

“嫂子，进来吧，上楼我们再聊。”我开始默默地爬楼梯。一进到房间里，备感疲倦的塔古尔夫人一屁股坐在凉床上。妮玛扶着一把椅子的靠背站在旁边。

“你找我住的地方真是大费周章了，”我说道，“我真没想到，你一路过来居然遇到了这么多麻烦。”

“老弟，你怎么可能想到我们会来呢！”塔古尔夫人不知想起了什么，立刻从凉床上站了起来，看了看房间里的四把椅子，找了一把最破的椅子坐了下来。她边坐边说：“你是从来想不起我们的，但我们可一直惦记着你。看看吧，我们一路闻着你的味道，总算是找到了。”

妮玛还是那样站着，直到我招呼她坐下来，她才默默地坐在椅子上。塔古尔夫人看着我的脸，好像想抓住我的什么罪状。我拉过来一把椅子，边坐边说道：“嫂子，看你的脸色好像生我的气了，难道是因为我没有给你留下我家地址的缘故？”

塔古尔夫人说道：“你为什么要留地址？你嫂子这样的可怜虫还敢生你的气？即便有什么苦恼的事，自己哭一哭就行了。嫂子我一生下来就被晦气的绳索套住了脖子。如果你愿意的话，我今天倒是有一个请求。”

妮玛默默地看着地板，像个孩子一样沉浸在自己的世界里。

“好的，你快说，是什么事？”我想她是不是又在想我帮她家女儿找对象的事。我还留意了一下时间，提醒自己聊天不能超过二十分钟，不然我就没法按时上班了。

“你先说一说，你是不是打了我们家的报告？”塔古尔夫人直愣愣地盯着我说。

“什么报告？”

“我跟所有人说了，这件事不是马图苏登兄弟干的，他绝对不会干这样的事。但所有人都对我说，这件事就是你干的。你那天带着那个该死的照相的劳什子，去了我家。你给我发个毒誓，说不是你报告的，我回去以后扯烂了那些人的嘴。”

“嫂子，我还是不明白什么报告的事，我到底报告了你家的什么事？即便你们真有什么事，你觉得我会跑过去打你们的报告吗？”

“你的意思是，这件事不是你干的？”塔古尔夫人还是有些半信半疑，“那我回去和那些人好好干一架，告诉他们这事不是马图苏登兄弟干的。我现在就回去问问他们，尤其是戈巴尔妈妈这个臭婊子，她说这件事就是你一个人整出来的！”

“但你先说说到底是怎么回事？”

塔古尔夫人在椅子上朝前挪了一下，说道：“老弟，事情挺复杂的！有一个被剃光头发[1]的臭婊子向政府打了报告，说城里的街区数我们那里最脏，都不知道里面发生什么样的丑事！全都是谎话，一句真的都没有！不知道是哪个仇家对我们使坏，对我家尤其有着什么深仇大恨似的。他提到了弹西塔尔琴的那死老头子，还把我家的地址给捅了出去。三天前，（市政）委员会的人到我们街区检查，把所有的菜贩子都撵走了，还给下水道里撒了黑色的药片。他们还说两三天以后，有督察老爷过来检查，看谁家破破烂烂的，就马上拆掉。他们说我家问题最大，所以第一个拆的就是我家。有人说是弹西塔尔琴的那死老头子捣的鬼。那死鬼马上就要翘辫子了，临死还想陷害别人。不过看他那半死不活的样子，我感觉不是他捣的鬼。”

听她说了事情的经过，我心里真是五味杂陈。我写文章的时候从来就没有想到会有这样的后果。可喜的是刊发的报道还是对当地官员产生了一些影响，但令人不安的是可别因为我的缘故，他们的房子被强拆了。想到因此我要承担的骂名，我的心里更加不安起来。

塔古尔夫人说道：“我们三个晚上都没有合眼了，一点都想不出来是哪个仇家使了坏。我们这些人到底和谁结下了这么大的仇？大概有人和那个老鬼过不去吧。我们大家也是对那个老鬼一肚子怨气，昨天戈巴尔把写着他名字的门牌卸了下来，扔进炉子里烧了。督察老爷要是过来检查，我们就说这里没有这样的一个人。老弟，你看有没有可能，那个给政府写报告要拆我们家的人，他自己就能玩转政府？”

“嫂子，不会有这样的事！”我都不明白怎么才能把情况跟她说清楚，“这件事和伊巴德得·阿里无关，他都一把年纪了，还能想出拆房子的事情来！”

① 剃光头发是古代印度惩罚妇女的一种方式。

“老弟，你不了解他！”塔古尔夫人心里好像想起了什么事，挠了挠自己的膝盖说，“那老鬼就是这样的一个杂碎，他死的时候想要拿我们这些人来撒气。有好几件事，他对我们都有怨气，他很不情愿让我们租住在他家，他家女儿也是因为我们的缘故离家出走的。有几天他又犯了心脏病，都不知道他什么时候被卷上尸首拉到坟场。”她突然向前倾了倾身体，神秘兮兮地说道：“家里的男人们已经想好了，如果真是这个老鬼使的坏，我们就连夜用裹尸布把他卷好，直接扔进亚穆那河，就说不知道什么时候他已经离家出走。男人们说他这样子不仁，就休怪我们不义。最多也就再来一次印度教徒和穆斯林的冲突！”她说着说着打了一个哆嗦，又接着说道：“老弟，真要是起了冲突，别人家里都有男人，我家母女能干什么，又能去哪里呢？我们真是多灾多难啊！”

我知道塔古尔夫人所说的那些话，大多只是她心里的臆想，这样的情况根本就不会发生，但我还是觉得有必要打消她对伊巴德得·阿里的误解，同时我还在想如何能把这件事给她解释清楚。作为一名记者，我已经完成了自己的职责，但我从没想到所做的工作会给自己和他人带来意想不到的麻烦。要是把事情原原本本告诉她，我又怕第二天整条街的街坊四邻一道围坐在我家门口。我觉得所有的一切都是如此戏剧化，但又让我心痛不已。我出于自己的职责写了一篇文章，结果却导致我的老街坊们无家可归，而他们又将罪过怪到了伊巴德得·阿里的身上。但除了告诉塔古尔夫人实情之外，我又想不出别的法子。

我说道：“穷苦的伊巴德得·阿里在这件事上一点过错都没有。（市政）委员会那些人的举动和任何报道都没有关系。实际情况是这样的，我写了一篇关于德里若干街区的卫生情况的文章……”

“那真是你写的？”塔古尔夫人勃然大怒。妮玛刚刚还在随便乱看散落在房间里的各种物品，突然一下子转过身看向我，好像抓住了在她家里偷了东西后想要逃跑的毛贼。“我不知道你为什么要这样子害我们。你可以不管别的人，至少也得可怜可怜我和我家姑娘，你让我们这些穷人无家可归，我们到底该去哪里呢？我这辈子也就这个样了，但你让这个一码[①]多高的小母马[②]去哪里过活？你写了报道，赚取了名声，但有没有想过我们这些穷人的处境。政府把我们从家里赶出去，我们住在谁的家里，靠谁来生活？我以前靠给别人家打扫卫生糊口，现在面前只有一条路，就是带上她去跳井。要不你行行好，让我们住在你家！”

“嫂子，你没有听清楚我的话，”我努力想为自己辩解，“事情不是你想的那个样子，实际上是这样的……”

“我不会听你的，”塔古尔夫人愤怒地插了一句，“你们住在嫂子家里的时候，嫂子把你们当亲兄弟一样，好吃好喝地照料你们。即便你们付了饭钱，但我待你们的这份真心，现在这个年代的人对自己的亲人都不会有的。你嫂子要不是那么穷，是不会收你一个子儿的。你就这样报答你的嫂子？你说说，为什么要写巷子里的那些事情？今天你不住在那里，但以前你也住过的。你写到我们住在污水沟的垃圾里，我们家的女孩子四处闲逛！（市政）委员会的人来了，边咧着嘴笑边问我们那老鬼家女儿的事。唉，这样的事也能写出来？那个贱货是什么样子，你问问她的爸爸，看她离家出走以后他是怎么想的！”

“嫂子，我没有写过这件事。”塔古尔夫人一副怒气冲冲的样子，

① 一码等于三英尺，约合0.9米。
② 小母马指塔古尔夫人的女儿妮玛。

在她的面前我就像一名罪犯似的。“我写的报道不光是你们这个街区的事情，还包括德里的其他几个街区。”

“你说一说，报道里有没有我们街区的名字？”

“写报道的时候大概提了一下。”

“大概提了一下？你有没有写伊巴德得·阿里家的地址？”

“伊巴德得·阿里的名字也提了一下，否则……”

“否则什么？你写的这些谎话让我们在全世界面前都丢尽了脸！你知不知道，你顾了自己的名声，让我们所有人整天都提心吊胆，你怎么能这样写……”

塔古尔夫人如此愤怒，已经有些口不择言。我突然从椅子上站了起来，按住了她的肩膀，说道：“我真的没有什么过错，也没有写过那样的事。我写的那些事，本想是……”

“那为什么（市政）委员会的人要来那里贴告示？他们为什么说督察老爷要来我家检查，然后把房子拆掉？”

“你先冷静一下，我再细细跟你说一下。”说完话我按住了她的肩头。塔古尔夫人起先还有点难为情，突然又笑出声来。看到她笑了以后，妮玛的嘴角也泛起了一丝微笑。

“先是干了缺德事，现在又这样子来巴结你的嫂子。”塔古尔夫人说道。

“我先到楼下，给自己办公室打个电话说我迟点过去，再把事情的原委给你慢慢道来。”我说完就马上去了楼下，避开了塔古尔夫人的斥责。在楼下我给办公室打了电话，从附近小店买了两瓶饮料。房东太太看我拿着饮料瓶，眼中的神情变得愈发怪异。

我把饮料放在塔古尔夫人的面前，她的脸上马上就堆满了笑容，说道：“现在大冷天让我们喝冰水！”

“如果有个家的样子，我一定给你们煮茶，但你看看现在这个样子……”

塔古尔夫人嗔怒着说道：“是谁让你总是这个样子的？为什么不找个老婆来给你持家？”

塔古尔夫人说“老婆”的语调非常古怪，惹得妮玛大笑起来。我打开瓶盖，把饮料递给她们。塔古尔夫人忍住笑意，说道：“咋了？难道没有一个好人家的女孩愿意和你一起过活？你是不是只要这样的……”

“你要是这样子操心，那你帮我找一个？”我想着换换话题，好在她的面前来证明自己的清白。

“我今天就给你找一个，你让她来干家务。就你还缺女孩子吗？”

我笑着说道：“我缺得很严重，没有女孩想和我说话。”

“她会自己找上门来的！趁四周没人的时候，她就跑过来和你说话。”

“这怎么可能啊？”我板起脸说道。塔古尔夫人的表情突然一本正经起来，她接着说：“你要是真想找，你就好好说话，不要这样子嬉皮笑脸。”

“我没有嬉皮笑脸，说的都是实话。”

“你说一说，你是想要好人家的女孩子，还是要喝过洋墨水的大小姐？”

“嫂子，我听说喝过洋墨水的大小姐在家里把其他人都当奴隶使唤，还有……”

“你面前就坐着一个好人家的女孩。说吧，要不要娶她？”

我一下子就回过神来，话都说到了什么地步！我真没有料到塔古尔夫人会把玩笑话当真。妮玛放下了手里的饮料瓶，径直走到了窗口。我头脑一片混沌，心里有些生气，塔古尔夫人怎么能当着自己女儿的面说这样的话。

“你说啊？”塔古尔夫人反诘道。我那一会儿真是瞠目结舌，好半天终于张开了口，说道：“嫂子，你别乱说。现在我连自己的生计都维持不了，还谈什么结婚的事！我只能对你这样说了。”

“够了！”塔古尔夫人的声音又尖锐了起来，“是有人亲口说了吧，要找一个好人家的女孩结婚？为什么不直截了当说明白，想找一个在阳台上探头卖笑的货色？我要是有本事，一定会给你找一个这样的主儿，但我没有这么大的本事啊。”

塔古尔夫人说得很直白，让我心里充满了羞愧。我心里暗想，要是能想办法再回到前一个话题，那该多好！

“我来告诉你报道的事情。我写了那篇报道，说城市里很多地方都非常肮脏，政府应该采取措施来解决问题。”我非常详细地给塔古尔夫人讲了一下报道写了什么东西，还有我写报道的本意是什么。当我字斟句酌快要说完的时候，看见塔古尔夫人缓缓地摇了摇头，说道：“都是谎话，你起先写了那些东西令我们身处险境，现在又编了这一套东西来糊弄我。你以为我像你想的那样无知吗？”

我还想继续给她解释，说政府在没有安排好新房之前，是不会拆她们的老房子的，我会再多方打听，过几天给她一个准信儿。但塔古尔夫人还是不肯相信，说道：“老弟，现在不要再骗我们了。我真没有料到在这十年里你居然变得这样子不靠谱，嘴上说着一套，做的却是另一套。”

“嫂子，我要怎么说你才能相信我呢？”我感到一阵阵的绝望。

“你让嫂子相信又有什么意义呢？”塔古尔夫人整了整肩膀上的

披巾，说道："你无论怎么样对我，都行！我那口子走了以后，我忍受了世上多少打击！现在再添一些，我也能忍受。只要有一口气，人总能活下去。"

"妈妈，现在还不回家？"妮玛说着话，从窗边走了回来。我看见她满脸通红，豆大的泪珠挂在眼角，她忍了忍，总算没让眼泪流下来。我第一次感觉到她已经不是一个小女孩，的确长大了。她站起身来，身材修长，完全不是小女孩的样子。她轻蔑地看了我一眼，那一刻我又想起了库尔希德的目光，我慌忙避开她的视线，把脸转到一边。

"嗯，我马上就走。"塔古尔夫人拉起披巾遮住了脸。"死丫头，今天还能回那个家，明天都不知道要住到哪里去了，不回家你让我回哪里？"

妮玛刚刚止住的泪水一下子流了下来。那一刻，她的神情又和小女孩一样了。她立刻转过脸，匆忙地离开了房间。

"老弟，祝你开心如意！嫂子心里对你只有祝福，"塔古尔夫人止住了哭声，低头对我说道，"你什么时候想起了我们，就常想想，你的快乐里有着我们的快乐。你的嫂子要是有钱的话，她一定会帮你做一些事。但大神把灾难降临给我，把我驱赶到了连水都喝不到的地方，除了能给你说几句吉祥话，还有什么能给你的？你嫂子我现在就只有一条烂命，还得给了这个丫头。我再多活些时间，完全是为了她我才活着。"

我和塔古尔夫人一起出了房间，妮玛已经先于我们下了楼梯。下楼梯的时候，我对塔古尔夫人说道："嫂子，看你这么痛苦地从这里回去，我真是一肚子苦衷。但你要相信，没人会来拆你家房子。"

"老弟，你满口承诺，我们就靠这个承诺过日子了。"

“等我把事情搞清楚了，我就给你写个条子，或者我直接去你家？”

塔古尔夫人说道：“为什么又扯这个谎呢？事情的原委我都是知道的。但你要是来了我家，还不是往枪口上撞吗？你嫂子在那里，有人对你说点什么，我就告诉他们，这件事不是你干的，不知道是谁在报纸上登了这件事。你真要是来了，那你可别跟人说，是你搞的鬼。否则所有人都要怪我，说这个臭婊子也掺和进来，一起来骗大家。”

当我们走到楼下，妮玛已经走到了搭在街道中间土沟上的木板边上。她急匆匆地想要走过去，脚下一滑打了一个趔趄，但她拼命挣扎了几下，总算没有跌倒，然后迈步走了过去。

“嫂子，都听你的吩咐，现在让我送你回家吧？”

“老弟，你去该去的地方吧！”塔古尔夫人走在沟渠边的土堆上，小心翼翼地挪着每一步。“我们能走过来，还不能走回去吗？以前不知道怎么来你家，但回家的路走一走就明白了。你回去吧，到楼上歇一歇，一大早浪费了你这么多的时间！你肯定要说，一大早哪来的女妖来作怪！”

“妈妈，你现在还不走？”妮玛不耐烦地说道。刚一碰到我的眼神，她就立刻转过脸去，径直朝前走去了。看到她的步伐，我不由自主地又想起了库尔希德。

送走了她们，我准备上楼，看见房东太太站在门槛处，她家女儿准备跨过门槛出去玩，她一把抓住她的胳膊，说道：“滚回去！”

我步伐沉重地爬上了楼，像一个打败仗的士兵一样，直挺挺地躺在了床上。

我没有去看妮丽玛的排练。我给她打了电话，说演出当天我会提前一些到剧院。演出是六点半开始，我不到六点就到了那里。妮丽玛正在演员休息室里化妆。我觉得她的妆容有点问题，眼睛有点发肿。我暗示了一下，但她看了我一眼，一言不发地继续忙自己的事。她拿出了眉笔挑了挑眉尖，站起来拉住了我的手说："苏登，我想和你单独说几句话。"

她的音乐指挥正好过来问她一些事。他们聊了一会儿以后，她又拉住了我的手，轻声说道："我觉得今天可能是我舞蹈生涯的最后一天了。"

"为什么？"

她说道："我就是有这样的感觉。今天打一早起，每个人都在跟我作对。我多希望演出能推迟到明天！"

"但到底是怎么回事？你现在怎么老想些没用的事？"

"真的都是没用的事吗？"她匆匆地用手绢擦了擦眼睛，以免眼泪毁了妆容，"最大的事就是玛丽娜利尼刚才怒气冲冲地走了。"

"玛丽娜利尼是谁？"

"舞蹈的伴唱歌手。"

"是吗？可她为什么会生气？"

"她生气的原因，我怎么给你说才好呢？大概是没有拿到酬金的缘故吧。"

"就因为这个原因？"

"是的，说好了给她一百二十五卢比。她想在演出前拿到酬金。她之前可能就向古伯塔抱怨过这件事。我和古伯塔说了一下，但古伯塔没有同意。"

"那这样子可就糟糕了。古伯塔难道不明白，这个女孩子走了以后，整场演出都会被搞砸吗？”

“古伯塔可能就希望把演出给搞砸了，因为今早他和哈尔本斯吵架了。”

我吃了一惊：“难道这些事都发生在今天？”

她把脸转向了另一边，手紧紧攥住了我的手指，努力地控制住自己的情绪，说道：“古伯塔让哈尔本斯卖给使馆的那些票，他一张都没有发出去，又原封不动地还给了古伯塔。”

“为什么？那天政治秘书不是亲口说……”

“哈尔本斯昨天去了使馆，但不知道政治秘书和他说了些什么。当他晚上回家的时候，就不和我说话了。我问他卖票的事情，他一言不发地把所有票摆在了我的面前，然后让邦吉打了热水就去洗脸了。”

“他有没有告诉你，到底发生了什么事，他把票原封不动地拿了回来？”

“我问了他好几次，他就只说他们在使馆发生了争执。你知道哈尔本斯的脾气，他一旦生了气，就不会考虑任何后果。这个人本来能给他帮很大的忙！他已经给了哈尔本斯一份工作机会，还答应给我一份奖学金。哈尔本斯总是因为一些小事和我吵架，估计他也会依样画葫芦，和政治秘书吵起来的。”

“哈尔本斯现在在哪里？他到现在还没来？”

“我不知道他今天还会不会来！”她又闭上了眼睛，掏出手绢擦干了泪水，“我特别生气，所以一早起床和他说话就没好气。他也不愿意好好和我讲话。离开家的时候，他说他今天有可能会来，就像观众一样按时进场。如果没心情，他可能就不来了。”

音乐指挥又过来了，打断了我们的聊天。他要亲自代替玛丽娜利尼来伴唱，现在正在练习唱词。他来问妮丽玛，看有没有可能在演出之前，他俩来排练一节。

妮丽玛说道："您看看，我现在实在是无能为力。现在是什么样子，上台演出也就那样。这会儿排练的时候若是出现什么差池，我连登台的勇气就都没有了。"

音乐指挥走了，她对我说道："一大早起来我就心烦意乱，对哈尔本斯憋了一肚子的气。刚才我还心想随便赶上哪趟火车，今天就离开德里到外面去。当我心情怎么都平复不下来的时候，我就吃了一颗镇静剂药片，想着怎么样都会有点用。在过去一段日子，每当我的心情十分紧张的时候，我就在晚上吃一颗镇静剂药片，就能好好睡一觉。第二天一早起床的时候，心情就会非常平静。我常笑着对别人说，现在这个年代人们都不用归隐山林，晚上吃一颗镇静剂药片就能找到心灵的安宁。但白天吃了药片，反而起了反作用。现在我的全身感到一阵阵松弛，心里一点也不想去舞台上跳舞，而是想躺在那里睡一觉，哪还有半点跳舞的激情和力气！我现在感觉自己就像丢了魂一样。"

她一只手做出了莲花手势，另一只手又托起了这只手，脸上流露出无力的神情。我轻轻地拍着她的一只手，说道："你现在忘了这个事，好好调整自己的身体状态。我出去给你买一杯咖啡。"

"苏登，你别走，"我刚想走的时候，她伸手拉住了我的手，"你现在留在这里。我让别人去买咖啡。哈尔本斯不会来了，所以我现在感觉非常孤单。你一直留在我身边，直到演出开始的时候。"

正好那个时候，好像排队登台的演员一样，哈尔本斯来到了我们的面前。他一脸严肃，但严肃的表情下好像隐藏着很复杂的情绪。一看到他，我就觉得他好像满腹惆怅，但又不愿意表达出来。

“怎么样啊，我的女孩？”他抓住了妮丽玛的双臂，如此亲昵地说着话，好像从幕后走向舞台的演员似的。

“还好。”妮丽玛慢吞吞地回答道，胳膊挣扎了一下，甩开了他的双手。

“镇静剂起了点作用？”哈尔本斯又问道。妮丽玛眼中的疲乏瞬间消失了，满眼都是怒火。

“你说起作用是什么意思？难道今天你的表不准吗？”

“说什么？”哈尔本斯还真看了一下自己的手表。

“你怎么没有六点半准时到呢？”

哈尔本斯轻轻地抱了她一下，说道：“这个时候别吵架了。”

“我到外面去买咖啡。”我说道。已经有一队演员出场了，我随着第二队人离开了后台。

外面人不多。古伯塔眉头紧蹙，双手插兜站在那里，好像收到家里的加急电报，但他还得待在那里看着这一切似的。那些特邀嘉宾到来的时候，他本人并没有上前欢迎，而是机械地笑一笑，握握手用眼神打个招呼。德里艺术宫的助理秘书在负责迎宾的工作。古伯塔不停地望着外面的公路，不知道在寻找什么东西。我走到他的身边，看到我以后，他把手从衣兜里抽了出来。

“现在是什么情况？”我问道。

“你都看到了吧？我从来就没见过一场来这么多人的演出！”他揶揄道。

我也回了一句说：“现在情况比较混乱，好几个地方都有节目。从昨天开始，苏普鲁剧场连续上演的新戏剧[①]《戏剧艺术》，现场就乱七八糟的。德里懂艺术的人本来就不多，普通人还是喜欢花两三个

---

① 新戏剧（naya natak）是印度五六十年代的一种戏剧流派。

卢比来看场杂耍。"

他说道："你说得不对，我认为事实并非如此。我们去年推出了卡米妮的演出，热烈的现场绝对会让你叹为观止。今天你看到的这个局面，所有的过错只能怪你的那位朋友。我到现在就没有见过这样不讲道理的人。如果想要这种结果，那早点给我们说，但他可能担心我们会取消演出，到了现在这个时候，才把我们骗得目瞪口呆。他所要达到的企图，已经完全实现了。不管剧场里有没有人，他已经设宴款待过你们，你们都会写出评论文章，妮丽玛从明天起也就成了明星。这次他给（德里）艺术宫设了套，明天他还会给其他团体设套的。"

"我认为现在他和你们一样都有些不知所措。"我说道。

"他为什么会不知所措？"古伯塔表情狰狞地说道，"他所需要的东西，已经都到手了。我们这个赞助一流艺术家演出的团体，也赞助了他们。"

"我进去看看妮丽玛，这个可怜的人儿现在心里一定是七上八下的。"

"心里当然会七上八下的。正如你所说的一样，你的朋友哈尔本斯是绝不会犯错的。"

"玛丽娜利尼走了以后，她现在非常惊慌。"

"这真是一件遗憾的事，这么大的腕儿居然上台之前会惊慌失措，那演出还能成功吗？"

"您喝咖啡吗？"我想找个理由溜走。

"不了，谢谢！您都要给我们写剧评了，哪还敢劳您大驾请我喝咖啡？"

我离开他，朝咖啡馆走了过去。当我回来的时候，看到苏希玛和古伯塔站在一起，低声聊着天。

“你好！”苏希玛看到了我，我挥挥手打了个招呼。那天晚上从她家告别以后，这是我们第一次见面。苏希玛轻轻点头微笑，脸上还是那晚告别时的那种矜持。我站在原地，等她从古伯塔身边走过来。没过多久，当晚的贵宾乘坐的车就停在了剧院门口，古伯塔急忙从苏希玛身边走开，冲过去迎接那位贵宾。

“你还是来了？”我努力地控制自己的语调，尽量和以前一样显得友善。她穿着浅绿色纱丽，外面裹着驼色大衣，看上去非常美丽动人。

“是的，”她有点冷冰冰地看着我答道，“我得来完成自己的工作。”

“你的这件大衣真好看！”

“谢谢！”

“我今天本来想给你打电话，但是没有打成。”

“没关系，你大概没有时间吧。”

“不是，不是没有时间，想着给你打电话时发了呆，时间就过去了，又一想到今天就能见到你了，所以就没打。”

“这两天我身体不太好，老是头疼。”

我本想问她是不是得了流感，但没问出口，只是说道：“我想抽空和你好好谈谈。你出国的事情完全定下来了吗？”

“是的，”她的语气更加冷冰冰了，“我那天已经告诉你了。”

“假设那天没有说出国的事情……”

“我的护照已经办下来了，我得要走了。”她说道。

“好的，你说一下，我们什么时候能再见面聊一聊？有可能的话，我想好好跟你讲一讲心里话。”

“你觉得什么时候能见面聊天，就定好时间。我总是有空，你有空了给我打电话。”

“听你的话，我感觉你在生气。”

“不，我怎么会生气！这只是你的一己之见。”

“明天就算了，我后天给你打电话。”

“好的，我今天有空，明天和后天也都有空。”

“你为什么要这样说话？”

“怎么样说话？”

“我不喜欢你这样子说话。”

“我觉得我说话方式没有任何问题，不知道你是怎么想的？”

六点半了，所有人都往剧院里走。她看了一眼人流，说道：“我们不应该进去吗？”

“走吧，时间到了。”

当我们走进大门，她说道：“再问你一句，后天我什么时间等你的电话？”

“我早上就给你打电话，大概十点半左右。你那个时候还在公寓吧？”

“是的，”她说道，“我应该在家等你的电话。”

“那我十点整给你打电话。”

“谢谢！如果没接到电话，我应该理解成没必要打电话了吧！”

“现在不要再这样说话了，我一定会给你打电话的。”

“非常感谢！”

幕布升了起来。我们坐到了各自的座位上。

我看了一个半小时妮丽玛的舞蹈演出。这场演出在别人看来，既是一场“成功的试验”，还是一种“令人绝望的消磨时间”，因为第二天各个报纸上刊发的评论文章，观点是如此的迥然不同。苏古马尔盛赞了演出的成功。他在自己的文章里写到，妮丽玛不仅证明了自己是首都德里、乃至全国范围内的新锐舞蹈家，她的成功还证明了印度南方舞蹈不仅仅只是南方人民的瑰宝，北方舞蹈家也能娴熟地展示这一艺术。他还特别提到：“妮丽玛演出的最大特点是她不仅娴熟地掌握了舞蹈的经典方式，而且能够用一种富有魅力的方式把自己全新的艺术体会表现出来。我认为她是第一个这样的舞者，用舞蹈的方式来尝试阐释北印度圣人的言语。我们不仅要祝贺她的这种大胆尝试，而且希望其他舞蹈家能够尝试其他的形式，让印度舞蹈艺术更贴近普通大众的口味。”

卡查纳纳的评论文章与苏古马尔的观点截然相反，他用自己特有的笔触调侃道：“对于一个不够娴熟的舞蹈新人总该有所期望，看完演出以后，感觉这位新人完全没有什么艺术潜质。她前后七次登台，展示舞姿后迅速离场。至于她的手势是否专业，这点毋庸置疑，绝对符合婆罗多舞的正宗，她对音乐和节奏也有足够的了解。但她跳舞的表情，绝对算不上表情，最多是一种面部体操。她时不时微笑，完全破坏了舞蹈所需的那些细微表情[①]。这位新人的眼睛里似乎只有一种神情，看起来不像一个舞者，更像一尊塑像。脚步能够跟上音乐节奏，但每跳一步都显得很费劲。对于那些没有在学校里接触过舞蹈艺术的学生和下班以后想要放松一下的观众来说，她的舞蹈算得上一种消遣娱乐。但对于那些已经欣赏过谢吉和卡米妮的舞蹈的观众来说，婆罗多舞是一种经典而又精妙的艺术表达方式，她的演出绝对是一种令人绝望的浪费时间。”

① 舞者的表情是印度传统婆罗多舞的一个重要技巧。

苏希玛写评论时还是费了一番周章。“毋庸置疑，这个舞蹈家有一些潜质，”她写到，“但她未来的发展还取决于她是否选对了方向。她的部分演出给人留下了一定的印象，但大部分还是让人感觉非常平庸。”她还特别提了一下：“剧场的前排座位几乎是空荡荡的，时不时给观众一种错觉，好像她对着空椅子在演出。如果这场演出放在一个小一点的剧场里，请上不多的一些人前来观看，效果可能会更好一点。”

其他的艺术评论完全是从舞蹈艺术的视角来写的：“眼神[①]的表演很好。姿势的表演跟得上眼神的流转。跳舞的速度似乎快了一些。手脚动作很有魅力。配乐很好，伴唱不行。”

我的评论也用了这样的格调。我本来想多写一点，但落笔的时候却发现找不到合适的词句，所以我的评论实际上算不上评论，而成了一种流水账，按照演出的各幕顺序依次做了记录，用非常格式化的语言指出了演出的优点和不足。与所有俗套的鼓励性语言一样，在文章最后我写了这样的两句话：“跟着乌玛得德在整个欧洲巡演以后，这位大有前途的舞者回到了印度，这是她回国以后的第一场演出，相信她会在未来的演出中获得更大的成就，很快迈入一流婆罗多舞舞蹈艺术家的行列。”

但我所看到的一切，并没有写进自己的评论之中。从第一次拉起幕布，到最后大幕落下，我看到在舞台上一种持续不断的斗争——妮丽玛自我的斗争，一位舞蹈家和一个活人的斗争。这个活人想要舞蹈家躺倒休息，而舞蹈家却想要这个活人坚持下去。在我看来，这不是一场婆罗多舞演出，更是一场戏剧化的内心矛盾的展示。当舞蹈家开始要跌倒的时候，配乐又给了她一点力量，让她再

① 舞者的眼神也是印度传统婆罗多舞的一个重要技巧。

站了起来。她的眼神非常呆板——大概是因为吃了镇静剂的缘故，或许是因为紧张了一整天，也有可能是因为什么别的更重大的原因。整场看下来，我感觉她都在神游，好像想着什么遥远的事情，她一次次想摆脱这种思绪，内心不停挣扎，想要回过神来好好演出。到底是什么事情？这件事是不是与前排空着的座位有关系，或者与哈尔本斯以及她的家庭琐事有关，或者她是不是在想着直到三十四岁，她才能得到这样宝贵的机会，但她却没有好好利用起来，还是……有时候甚至到了这样严重的程度，配乐都很难跟上她的节奏。我好几次都有这样的感觉，她想要把中间的一些手势省略掉，直接到下一个手势。她也不管不顾动作的质量，一心只想做完最后一个手势，以便早点离场。当她注意脚上动作的时候，她的表情就会出问题；当她留意脸部表情的时候，她的脚步节奏就会出乱子。整场演出给我留下了这样的感觉，她想快点离开舞台，早点到剧场后台去休息。她在舞台上的这段时间，显得如此痛苦煎熬。到最后一幕的时候，她已经如此疲劳，每走一步都显得步履蹒跚。舞蹈中需要表现出力量的地方，她却流露出无限的疲惫。当眼中需要表演那种“毁灭”神情的时候，她的眼神真是像极了“被毁灭”，犹如一个伤痕累累的病人一般。当她围着整个舞台转起了圈子，我真担心她可别累得一屁股坐在舞台上。当她举起象征湿婆的手势，想要结束整场舞蹈时，我心里感觉真是万幸，没有出现事故，多亏她顽强的意志，终于坚持到了最后一刻。当大幕最终落下，然后又被拉起，她摆出了向大家致敬的手势时，我总算松了一口气。那个时候周围有稀稀拉拉的掌声响起来。我登台向她表示祝贺，等我回到大厅的时候，大部分人都已经走了，古伯塔还是和刚才一样手插在衣兜里，站在包厢门口。我想回去的时候和苏希玛说几句话，但她早已不见踪影。

“你的评论写好了吗？”古伯塔看见了我，随口问道。

“这么快？”我有些不好意思地说道。

“为什么不呢？经常还没有演出，很多评论就已经准备好了。”

“我不知道，以后可以考虑一下这个建议。”

“我从来就没有看过这么好的演出，演出真是大获成功！你怎么看？”

“我的想法明天你看评论就知道了。”说完我就立刻从他身边走了过去。

刚果、阿尔及利亚、老挝——风云变幻的世界政治！联合国的调解对刚果内战会不会奏效？这场内战会不会将联合国的未来置于危险的境地？联合国秘书长的特使会不会从刚果被召回？世界大战的风险是不是比以前又增加了一点？尼泊尔国王刚刚镇压了国内的民主运动，这样的举动会对印度的国内政治产生什么样的影响？

当满脑子都是这样的国内外大事，就会感觉全世界随时都会有一场大地震，把整个世界破坏得支离破碎，这个时候美感、艺术表达和舞蹈艺术语言就显得非常渺小，个人问题则更加微不足道。正是这个原因，一早到了办公室，接到了徐克拉的电话以后，我心里觉得只是又多了一件麻烦事，却没有生出几分同情。徐克拉告诉我，妮丽玛带着阿荣离开了家，回到了比吉家里，临行前告诉哈尔本斯，她永远都不再回来了。徐克拉感到非常惊慌，说道：“家里东西乱七八糟的，姐姐带走了自己的东西。哈尔本斯把自己关在房间里，喝了一整夜的酒，身体状况现在非常糟糕。他现在还把自己关在书房里，甚至都不让佣人进去。我担心他可别干一些冲动的事情。你现在想办法劝姐姐回家。我去找了她一趟，但她不肯听我的话，我想你的话她总要听一些的。”徐克拉的声音里充满恐惧，又是如此哀求，我立刻就答应了她，说我马上就去哈奴曼路去劝妮丽玛。当我离开办公室时，心里有一个顾虑，妮丽玛可别读了我的评论以后心里不高兴，到了她家，我非但不能劝得成她，还要挨她的奚落。当我到了那里，看到了妮丽玛，她却完全是另外一副样子。她穿着白色手纺布的纱丽，外面套着一件天蓝色的衬衣，坐在外面房间的地毯上，面前摆着许多旧相册，她正在挑挑拣拣。她一脸决绝的神情，头发倒是有些凌乱，和她的神情有些不符。我到了以后，她盯着我看了片刻，好像好久没有见过我，努力想要认出我到底是谁似的。

“来吧，请坐，”她说道，好像在欢迎一个并不熟悉的来客一样，“你怎么知道我在这里呢？”

“我接到了徐克拉的电话。”我说道。

“这个傻丫头，”她说道，“她刚刚来过这里，走的时候给你打了电话。真蠢！”

“你在整理自己的相册吗？”

“嗯……不是的。我正在整理自己的东西，随手碰到了这些相册，就拿到这里看了起来。想着挑出有用的照片，整理成一册，其他没用的就当垃圾给扔了。”看着她的表情，听着她说话，感觉家里没有发生任何事情，她的心里也没有半点不安。

“你看过今天的报纸了吗？”我从自己的挎包里拿出一摞报纸。

“嗯，已经看过了，徐克拉把所有报纸都带过来了。”

“除了卡查纳纳，所有人都称赞了你。”

妮丽玛仔细地看着一张照片。放下照片以后，她直勾勾地看着我，说道：“苏登，我不想听这些葬礼上悼词一样的劝慰，你再说点别的。”

“很遗憾，没想到你居然这样子理解我说的话。我觉得自己语气非常正常。”

妮丽玛突然腾起一脸怒火，但她很快就克制住了自己的情绪，又开始低头整理手上的照片：“不管是真是假，我现在都不想听这件事。从昨天晚上起，我已经不再和舞蹈有半点关系了。”

“为什么？这么点事就……”

“马图苏登，你认识我已经这么多年了，”她突然插了一句，“但你到现在还是不懂我。不光是你，到现在还没有人懂我。那些认识我的人，也就表面上懂我。我内心是什么样子，没有人能够了解。”

我经常听别人说这样的话，自己也说过几次，所以我对这种话并不在意，于是说道：“但我们自己也有可能不懂自己，不是吗？”

“有可能，那又怎么样？”她说道，“但这些都是废话，对不对？我们是什么，不是什么，总有一天我们都会明白。如果昨天我还不懂自己的话，那今天我就全懂了。现在我是什么，我知道得一清二楚。我以前是什么，以前能干点什么，到现在可能还有点误判。但从今往后，我的心里不会再有误判。”

“我能看看这些照片吗？”我拿起了几张散落在地上的照片。

“行啊，为什么不能呢？”她从我的手中拿走了那几张照片，从自己挑选出的照片里拣了几张递给我。我开始一张张地看她的照片。大部分照片是几年前在欧洲照的。她在照片里摆着婆罗多舞的不同姿势。在所有的照片里，她都要比现在年轻、苗条、有活力，脸上没有现在的半点倦容。有一张照片里，她显得像一只小兔子似的，忘情地趴在草地上，完全忘记了四周的环境，无忧无虑地望着天空。严肃、忧伤或其他诸如此类的情感似乎和她没有半点关系。

“有些照片真的照得很好，”我说道，“这些照片都是一个人照的，还是……”

“这些照片都是他照的。”说话的时候，她又递了一些照片给我。

“他是谁？”

“你的朋友。”

“我的哪位朋友？”

“你明知故问吗？”她又是满脸阴云，不过她这次没有压制自己的怒火，“就是你的那位朋友，我想要永远离开他。”

“这真是没用的话，”我说道，“但我真不知道哈尔本斯照相照得这么好。”

“你现在去找他，把这些表扬的话说给他听！”

“那些表扬的话，我会当面说给他的，”我说道，“你现在收拾一下，我们一起出去喝咖啡。打上出租车顺道去家里接上哈尔本斯。”

“去他家里？”她厉声喝止道，“我不会再踏入那个家里半步。我留在家里的东西，会找个人取回来。离开了他，我一样可以过得下去。”

我受人之托来到这里，想着现在转述这些话正是时候：“你知道哈尔本斯昨晚身体有多糟糕吗？你和他怄气离开了家，你到了这里以后，我听说他整晚把自己关在房间里，一直在喝酒……”

“大概是徐克拉告诉了你这些事吧，”她不自觉地表情又严肃了起来，“她也跟我说了。”

“他整晚没有睡觉，早上起来就关起门来喝酒。”

“我知道，”她还是一脸严肃地说道，“徐克拉也告诉我了。”

“你难道没想过回去看一看他？”

“为什么，我为什么要有这种心思？”她耸了耸肩膀，“我现在和他没有任何关系。”

我没有料想到，她会这样一本正经地谈这件事。我沉默了半天，一直盯着她看。她脸上有着我从未见过的冷酷。从她的神情里，的确能够感觉到她已经在心里断绝了那层关系。她的神情不再痛苦、愤怒或是抱怨，而是一种冷漠和疏离。我真不明白相亲相爱这么多年的夫妻为何会在一天之内变得这样子疏远！

“我知道你说的不是真心话。”我说道。

“我所说的每一句话，都发自我的内心。”她说道，“你宁愿相信谎话，认为我没有说真心话，但事实并非如此。我给你说了，我会永远地离开那个家。现在我再也不会回去了。我昨天已经把儿子带过来了。但如果他想要孩子的话，我明天就把他再送回去。”

“你现在在气头上，所以我改天再来和你聊一聊。”我说道。我那个时候不想再多待了，一来事情已然如此，我再多说也于事无补，反而会让自己心生不悦；二来我想起了主编留给我的便条。早上一到办公室我就看到了他留在桌子上的便条，让我今天一定要去见他一下。我一直在暗自揣测，他到底为什么留便条给我。我了解他的作风，要是有什么好事，他都是打电话通知，不会留便条。他只有想要批评别人，或是想要指出错误的时候，才会留便条。以前负责我这个岗位的专栏记者，就总是接到他的便条。我担心这可别是逼我提交辞呈的前奏。十年前我可以轻松地递交辞呈，一走了之，现在我想都不敢想。

“你要走了吗？”妮丽玛问道。从她的声音里，我感觉到她不仅对哈尔本斯充满了冷漠，对我乃至对全世界也是一片冷漠。

“是的，你又不肯出去，所以我想去办公室先办点事。”我说道，“在办公室待一会儿，然后我就去哈尔本斯那里。”

“你要去他那里，你帮我一个忙？”

“好的，你说吧。”

“你再待十分钟，我和你说件事。我觉得身上有点冷，所以想出去晒晒太阳。”

我们在外面草坪上摆好凳子，她双手交叉放在怀里，盯着篱笆上树叶的光影看了半天，说道：“我想求你办件事，你一定要让他明白，我们分手对大家都好。如果他想要在法律上彻底断绝关系，我这边没有任何问题。至于我的未来，我可能不会在德里住太久。在哪里能找到一份糊口的工作，我就会去哪里。”

“你现在想办的事，再等上两三天。现在你的心绪还不稳，所以……”

“我的心态好得很，”她说道，“你以为这只是我在气头上说的话，那你可就大错特错了。但现实已然如此，我们已经逃避了这么久，我不想再逃避下去。这个现实就是我们无法在一起共同生活。我们的人生追求完全不同，即便付出再大的努力，我们也满足不了对方的心愿。我跟你说过，你并不了解我，现在我把这句话重复一遍。我之所以对舞蹈有那么浓的兴趣，还有一个重要原因就是我内心的渴望。至于是什么让我产生了如此强烈的渴望，原因是……好吧，我告诉你原因。”

她闭上眼睛想了一会儿，回过神来坐直了。“在婚姻生活里，肉体关系并不是一切，我感觉自己只是他的泄欲工具。正是出于这个原因，我感觉非常空虚，感觉自己一无是处，我从来就没告诉过别人这件事。我们之间应有的那种激情，现在已经慢慢消散。我们是夫妻，夫妻之间应有的感觉，早已荡然无存。如果我说得再直白一点，我们就从来没有过心动的感觉。我们一直都在努力，假装我们已经动心，想要创造出更多心动的感觉来。但心动的感觉一直没有到来，也不可能再来了。此间，我们把一个小生命带到了人世间。我们想有了孩子，一定会产生心动的感觉吧，但这种感觉还是没有出现。现在我想明白了，这种想要创造心动感觉的努力完全是无用的。即使明天阿荣有了一两个兄弟姐妹，那又能如何？我们还会彼此心动吗？如果我们之间都没有感情，那我们是不是自家孩子的罪人？我没日没夜地练习舞蹈，想让自己身心俱疲，彻底忘掉自我。我心里不去想这些事情，反而对我是一件好事。我有时还想一想，这样一来，有没有可能让我们再生情愫。但现在结局如何？事实已经摆在你的面前。我现在不想再欺骗自己，越早结束这样无谓的挣扎，对我来说越是美事一桩。”

柔软纤细的叶子从篱笆的空隙里伸了出来。她说着说着停了片刻，不知道是看着那些沙沙作响的嫩叶，还是看着即将凋谢的一簇簇枯叶。她说着一件事，但感觉她心里还想着好几件事，好像站在门槛上，不知道是要出门还是要回家。

“你觉得自己是不是一夜之间就做了这个决定？”我问道。

“马图苏登，这不是一夜之间就能做出的仓促决定。在过去的几年里，这个决定慢慢就成形了。昨天晚上我最后下了决心。如果早点做了决定，那就好了，他和我都不会像现在这样后悔。”

“你真有非常后悔吗？”

她一下子挺直了脖子，愤怒地扬起了眉头：“你认为我不后悔吗？你看看我以前的照片？我那个时候是什么样子，现在又是什么样子？你能看到这两张脸还有任何相似之处吗？我不光是说年龄的事……”她突然站了起来，进到屋里，把挑好的照片拿了过来，一张张地朝我扔了过来，说道：“看一看，这张是我，那张也是我。你看看过去的照片，再看看坐在你面前的这个人。看到这么大的变化，你心里难道没有半点惋惜？”

我默默地一张一张地翻看着照片。照片中的她和现在的她的确有变化，但并没有她说的那么夸张，这叫我如何应答她的质问？另外，我不想当着她的面，承认她的确变老，所以我说道：“你太看重这件事了，我并没有看到任何大的变化。六七年里所有人都会变老，你比一般人老得已经慢了很多了……”

我心想，她听了这句话态度肯定会有所缓和，但没料到她的声音变得更加尖锐：“你就不能老老实实地说话吗？我都不知道你在说谁呢？我一直恐惧并且尽力想去遗忘的事，昨天完完全全都呈现在我的眼前。我很清楚六年前自己所能达到的程度，现在无论如何再也达不到了。但是谁一直在这样欺骗我？这个人昨天晚上还对我说，让我不要着急，保持耐心，再好好练习一段时间。我以前就感觉到了，他总是耽搁我的时间，想让我荒废了才艺，变得一无是处。有一天他就可以轻蔑地对我说，现在能干什么，一切都太迟了。你还想干点事情，但时机早已过去了。”

我把照片还给了她。听了她的话，我的心里觉得很悲凉，内心的怒火止不住地升腾了起来，我说道：“你还想说点和哈尔本斯相关的话，就尽管说吧，但这样子说还是有点过分了，你说他故意地……”

“你认为你比我更了解他？”她不知道是想回去放好照片还是生了气，一下子就站了起来，“他为什么要这样做，我一清二楚。他对我有什么需要，我也一清二楚。他以前为了自己的私欲，低声下气地向我妥协过好几次。正如他离开一天两顿饭就没法活下去，他要是离开我也会受不了的，这也仅仅是为了解决性饥渴。但现在我不再想成为他解决性饥渴的工具。他到现在还没有明白我不是一件工具，而是一个有追求的活人。今天我醒悟了，即使自己的追求这一辈子都不能实现，我也不想再成为他解决生理需求的工具。你是他的朋友，所以你好好把这件事给他说清楚。”

她拿着照片转身进了屋里，很久都没有再出来。我一次次地看着手表，用脚蹭着地面。这样一个人待着，真是感到心情沉重，那时候我看到了《曝光》报的记者杰塔扛着照相机走了过来。他有一个绰号叫妙项[①]，因为他每年都要换一家报社工作，每到一家新的报社，他的政治立场也随之发生变化。在过去十年里，他分别代表过共产主义者、社会主义者、民主社会主义者、国大党人、印度教大会成员和人民同盟成员。现在他已经在《曝光》报工作了一年半的时间，最近他开始自称“极品狗仔”。

“狗仔，你好！你怎么来了这里？”我看到了他。

“寻找一点爆料。”他说道，随手拉过了一把椅子，坐在了我的身边。

“难道这里也有你需要爆的料？”

“狗仔哪里都有爆料！”他说道，突然低声对我耳语道：“我听说妮丽玛抛弃了哈尔本斯离家出走，他俩正在闹离婚。”

“你听谁说的？”

“谁都能说啊，但你得告诉我，这件事到底是不是真的？”

“我不知道。你告诉我，你从哪里听到的这个消息？”

“我本不应该告诉你消息来源的，但我还是和你说一下，我刚从哈尔本斯·库勒尔先生的家里过来。”

“你从哈尔本斯那里来的？”

---

① 妙项是《罗摩衍那》中的猴国王子。他背叛自己的兄长猴王波林，主动与罗摩结盟，放暗箭射死波林后娶了嫂子为妻。

“我本来想去他家采访妮丽玛，”他嘟噜着嘴说道，“他不肯给我开门。但我还是想方设法敲开了门，我告诉了哈尔本斯·库勒尔先生，是他的朋友让我过来做个采访，请他允许我见一下他的夫人。库勒尔先生一看到我就勃然大怒，说谁都不能采访他的妻子。听完他的辱骂，我心里暗自窃喜，终于找到了比采访更有价值的猛料。后来我多方打听，才知道妮丽玛已经离开了家，搬回了娘家，并且永远都不再回来了。我想来找她证实一下，明天再配上她的照片就把新闻登出去。难道这还算不上猛料，一位舞蹈家在演出当晚就抛弃丈夫离家出走？你有什么看法？”

“妙项”身体又矮又瘦，脸色和猴子一样通红，显得更加名副其实。他那狡黠的目光四下游走，好像从草地的小草和四处摆放的花盆里都有可能找他所需的曝料。妮丽玛从屋里走了出来。他一看到她就站了起来，说道：“夫人，我是《曝光报》的记者，想来采访您一下。”

妮丽玛进门梳洗打扮了一下，还挽起了头发。她的脸上不再有那种激愤的神情，又是刚才那种决绝的样子。那里只有两把椅子，所以我把自己的椅子让给了她。终于找到了一个脱身的理由，我当即说道：“我现在得走了。有可能的话，明天什么时候再过来找你。”妮丽玛默默地点了点头。“妙项”已经掏出了铅笔和记事本。我还没有出门，就听见他已经向妮丽玛提出了问题：“夫人，您现在是否已经做好了独自生活的决定？”我都没有回头看一下妮丽玛，看她到底是什么反应，我心里实在没有勇气去看她的眼睛。

艳阳高照的天气变得细雨蒙蒙，蒙蒙细雨又变成了瓢泼大雨，到晚上的时候又下起了冰雹。除了冰雹落下时劈里啪啦的响声，四周完全笼罩在一片寂静之中，一种不祥的寂静。这种寂静好像一片大海，延伸到了天际。我们的世界仿佛沉浸到了这片海里，但世上的纷纷扰扰似乎又与大海没有任何联系。乌云压境，一切都显得渺小无力。冰雹下得很猛，砸得窗户啪啪直响。一些冰雹砸到窗棂上，反弹以后从通风窗掉进了房间的地毯上。亮晶晶的冰雹好像充满疑惑的眼睛一样，盯着我们看，不一会儿就融化，消失在地毯上。当冰雹小了一点，怒号的狂风又在拍打着窗扇，打破了房间里的寂静。

我默默地坐在那里，看着哈尔本斯脸上表情的起伏变化。哈尔本斯倚靠在墙上，挺直身子，好像想要站起身来离开原地。邦吉刚刚端过来一个手炉，我把手放上去烤火。炉子送来以后，哈尔本斯意味深长地看了一眼："这又是那个女孩子送来的吧。她要是在的话，还能想起这件事来？"回神想了一下，我才明白了这句话，"那个女孩子"指的是徐克拉，而"她"则指的是妮丽玛。这时我才发现，妮丽玛不在家的时候，是徐克拉操持的家务。她不仅把家里的东西摆放得井然有序，而且还和邦吉一道在厨房准备饭菜。我刚进门的时候，她消瘦忧愁的脸上泛起了一丝难得的笑容，说道："您来了！我从下午就一直等着您来，姐夫现在正在书房里。"

"他现在是什么状况？"听到我的询问，她马上又是一脸愁容。

"他的状态很不好。他不愿意和我说话，只有邦吉能够出入他的房间。您要是方便，今晚就留下来陪他，反正得有人待在他的身边。我本来可以待在这里的，但是……"她黯然地盯着前面，随即转过脸对我说道："我能原谅萨维德丽所做的每件事，但她要离开姐夫，我不会原谅她。她的心里就……"

"我一早就去了她那里，她还是那样地固执己见。"我说道。

"那就让她继续固执己见吧！"徐克拉说话的时候挺直了脖子，

和妮丽玛一模一样。“这样下去谁会倒霉，除了她还有谁？总会有人愿意照顾姐夫，她就后悔一辈子吧。我有时候会想，我们现在不去叫她回来，也不派人去叫她。她想一个人待着，那就一个人待着；她想和别人组建家庭，那就……”

“停！你也开始说这些不着边际的话了？”

她说道：“我说的可不是不着边际的话，我比其他人更了解她的本性，甚至比她自己还了解她。人生里已经得到的东西，她从来就不知道珍惜；那些没有得到的东西，她却不停地追求。我可以确切地告诉你，如果她和姐夫一起生活都不会获得幸福，那她命中注定就没有幸福。她一生都会继续追求那种幻景，从不会让自己急切的心情舒缓片刻。”可能因为忙碌了一整天的缘故，徐克拉的发髻松了下来，几绺头发垂到了脸颊上。她那蓝宝石色的康齐巴拉姆[①]纱丽松松垮垮地系在腰间，显得身体有些发福。不知道是炉火的火光照在她脸上，还是其他什么缘故，她的皮肤显得比以前光洁了许多。我心里猛然明白过来，可能她马上又要当妈妈了。那一刻，或许她读懂了我的眼神，羞涩地低下了头，脸上闪过一朵红云，我更加确信了自己的判断。邦吉给哈尔本斯煮好了咖啡。我从他的手中接过了咖啡盏，说道：“你歇一会儿，我来端过去。”当我端起咖啡盏走开的时候，看见徐克拉绯红的脸颊如同炉火一样闪闪发亮。

哈尔本斯躺在书房的床上，我也曾在那里住过一夜。我见他头发干枯凌乱，脸上胡子拉碴，显得病怏怏的。一看到我，他猛然翻身坐了起来，掀开了盖在身上的毯子，说道：“来吧，我一直在等你。我本以为你可能会早点过来。”

我放下了咖啡盏，一口气把从早上到现在的经历全讲了出来，

① 康齐巴拉姆是南印度的一个城市，盛产丝绸。

但并没有说去妮丽玛娘家的事情。他的床下摆着一瓶威士忌，已经喝掉了四分之三。旁边还摆着几个苏打水的空瓶子。床头柜上放着几个文件夹，里面有一些潦草书写的手稿。我坐下去的时候，匆匆瞥了一眼那些手稿，立刻想起了他那部已经开了头的长篇小说，没想到现在还是这样杂乱无章的样子。他马上合上了文件夹，一骨碌下床站了起来，说道："走吧，到隔壁的房间坐一坐。从昨晚起我就一直躺在这里，现在感觉身体和大脑都快生锈了。"他自己拿起了咖啡盏，我们一起到了客厅，他又亲手煮了一壶咖啡，并给我倒了一杯。

"你从昨天开始就一直萎靡不振。"我说道。明明看到他已经病怏怏的，但我还是没有说出口。

"可能在床上躺得太久了，其实我一点事都没有。"他说道。

"你的意思是你躺在床上一直在想事？"

他耸了耸肩膀，喝完了最后一口咖啡。片刻以后，他似乎才回过神来："是的，想了几件事情。还不止几件事，应该是想了很多的事情。你知道萨维德丽已经离家出走了吧？"

"我知道她去了比吉的家里。"

"当她第一次离家出走的时候，我觉得她不应该离开。但是这一次，经过多番思考，我认为她走了可能还是一件好事。她要是不走，我们一辈子待在一起，总是那样子怄气。庆幸的是她自己做了这个决定，如果要我来做决定的话，我心里还会生出更大的痛苦。但现在我能坦坦荡荡地回到自己的正路上来了。"

我明白了他的意思，但还是装作一无所知的样子看着他。他开始告诉我昨晚的情况。他们一起回到家里，起先大家都不说话，默默地坐在一起吃饭。吃完饭以后，妮丽玛突然紧贴着他坐下来，死盯着他的眼睛说道：“你是不是对我很失望啊？”

“如果实话实说，我真的非常失望。我早就给你说了，你应该再等一段时间办演出的。”

妮丽玛一下子就发作了，使劲地大喊大叫起来。她感觉哈尔本斯一直在毁灭她的生活，是一个非常自私的小人，当天演出失败的责任都要怪罪于他。如果他不是精心设计欺骗她，那她就不会当着全世界的面遭受这么大的羞辱。妮丽玛恶狠狠地说道：“我不知道你居然会这样害我。如果你要是有半点人性，你早就应该告诉我，说你不希望演出获得成功。你要是置身事外，那一切都会好好的。但你故意使坏，骗了古伯塔，骗了我，时间到了才亮底。我认识你这么多年了，但还是没有看透你。我真不知道一个人能下作到这个程度。你搞砸了我们在欧洲的巡演，我现在才弄明白你的企图。我对你来说就只是一具女人的肉体，是你泄欲的工具，你无法容忍我成为别的样子。你自己就是一个失败者，所以你也希望我和你一样一无是处。但我即便这样落魄，我也不会再待在你的家里。我真后悔为什么不早做决定，现在时机已经从我的手边溜走了，但我不会再一声不吭、暗自神伤地住在你家里。我现在就要离开你，现在就走。如果你还是个人，就不要拦我，也不要打算叫我回家。你以后的生活随便过，我完全不会阻拦。你想把谁留在家里，随你的便。我们从今天起就成了最熟悉的陌生人，从今往后最好就不要再见面，你就当我已经死了，我也当你早就死了。”

妮丽玛一直喋喋不休，哈尔本斯手抱着头，默默地坐在床上。他一次次想把她抱进怀里，捧着她的脸让她停止说话。但他根本办不到，只能默默地坐着。妮丽玛说着说着嘴角泛起了白沫，哈尔本斯心里顿生怜惜，一声不吭地站了起来，拿过来一瓶威士忌并且开了盖。妮丽玛去了别的屋子，他打发邦吉送过去一杯酒。妮丽玛从邦吉手里接过酒杯，一下子就摔在地上。她匆匆忙忙地收拾好自己的衣服行李，亲自叫了出租车，当即离开了家。当妮丽玛抱起熟睡的阿荣，往出租车里放行李的时候，邦吉有些慌了，他赶忙去找徐克拉，但徐克拉还没到，妮丽玛就已经离开了。

“从那个时候起，我一直就只看到这个女孩子。”哈尔本斯伸直了身体，又喝了一口咖啡，“昨晚起，哪件事不是她干的？我关上门来喝酒，她就在外面焦急地走来走去，好像发生了什么变故。她没有和我说话，也没有敲门，所以我也没法和她说话，内心也没有觉得不安。但她细小的脚步声和轻声细语我都听得到。邦吉敲门的时候，我觉得她就站在门口。有时候我甚至感觉她好像从关闭的门里走了进来，默默地站在我的身边看着我。那个人不在你的身旁，但你却感觉两个人的距离如此接近，我第一次有了这样的体验。我感觉自己内心涌起一阵阵的无力感，想要忘记她的存在。我身心俱疲，好像站在一个山峰之上，摇摇晃晃就要掉下去了。我为了避免失足坠入万丈深渊，为了让自己忘记她的存在，就一直喝酒，一直喝酒。但还是清清楚楚地意识到，不是酒精而是另外一样东西，死死拽住我的衣角，让我不要坠入山谷。我心里涌起了一阵感激之情，但又觉得有些不妥。我心里想要逃避这种感觉，但……”

哈尔本斯有气无力地坐在那里，眼神茫然，好像没有看着前方，而是盯着自己的内心深处。夹杂着冰雹的大风猛烈地拍打着窗户，过了好久才缓和了下来。哈尔本斯好像吞下了一样苦涩的东西，闭上眼沉思了片刻，眉头紧蹙，又说道：“半夜我身体非常不舒服，先是觉得恶心，后来又是头晕目眩，整个身体没有半点力气。那时候大概是夜里两点多钟。邦吉拼命地在外面敲门，门闩掉了下来。邦吉走进屋里，我感觉那个女孩子就站在门口。邦吉开了灯，她很快就从门口躲掉了。我当时意识不清，但心里还是有些担心，苏尔吉德要是知道了她大半夜跑出来，那他该怎么想，又会如何对待她呢？我不相信，她若是告诉了苏尔吉德自己大半夜要来我家，苏尔吉德会同意让她过来。想到这件事情，我眼前一黑，就失去了意识，不知道自己在哪里，又是如何到的那里，直到早上我才醒了过来。早上我睁开眼睛的时候，发现床上摆了两个枕头，我就睡在中间。房间里的东西摆放得井井有条，比妮丽玛在的时候还要整洁。邦吉裹着毯子在门口打瞌睡，但厨房的炉子腾着火苗，水壶里的茶水扑扑地冒着泡。”

邦吉夹着毯子，提着一瓶热水走了过来，把两样东西递给哈尔本斯，说道：“先生，小夫人说了，您应该躺一会儿。”哈尔本斯像个听话的孩子一样接了东西，把垫子放到手臂下方，斜躺了下去。邦吉又转过头来问我：“先生，什么时候开饭？”

我说道：“我出去吃饭，你不要给我做饭了。你给他做点什么吃吧。”

邦吉说道：“我给他做了汤，给您准备好了饭菜。您什么时候吩咐，我就端过来。洗干净的睡衣睡裤已经给您备好了。小夫人说您晚上就住在家里。”

“不了，事情是这样的……”我刚想说话，从门口传来了徐克拉疲倦的声音，她吩咐邦吉道：“邦吉，你和他说一下，让他可别和萨维德丽姐姐一样走了，晚上得有人陪着姐夫。”

邦吉朝门口看了一眼，转脸看着我，说道：“先生，这是您的睡衣睡裤，或者……”

我说道：“现在先放在那里。如果我留在这里，睡觉前我再找你要这些东西。”邦吉张开嘴想要说点什么，但门口那个弯腰的身影已经离开了。

一听到徐克拉说出了萨维德丽的名字，哈尔本斯脸上的表情立刻就有了一些变化。邦吉走了以后，他一直用手按着自己的额头。

我问道：“又头疼了？”

他说道：“头倒是不疼，但感觉有些发木。从昨天起，我有一种奇怪的感觉，第一次觉得这是一个家，终于有了家的样子。这是多么讽刺的一件事，我本想从妮丽玛那里得到的东西，她不在的时候却实现了。尽管有了家的样子，但我的内心却还是一片空虚，甚至感觉比以前还要空荡荡。”

“你不能因为这件事怪罪妮丽玛，你自己多多少少也有问题。你想要的东西，她给不了。她能给你的东西……”

“她什么都给不了我，”说话的同时，他把热水瓶放在身后，坐了起来，“我们一起过了这么多年，我现在已经认识到了这点，她什么都给不了我，我也什么都给不了她。我们分开生活也是一件好事，不然还会吵吵嚷嚷一辈子的。她十年前就什么都给不了我，现在也是这样，再过十年，她还会是这样。”

一阵大风吹了过来，发出轰轰隆隆的响声。风声停息以后，四周依然有丁零当啷的声响，大风一路上似乎破坏了不少东西。片刻以后，天空又回归沉寂，然后又起了一阵大风。

我说道：“你昨天至少不应该扫她的兴致。从剧院一回来，你是不是说她的演出让你很失望？”

哈尔本斯直勾勾地盯着我看了半天，说道：“你今天见过妮丽玛了？”

“我一早去见了她。”

他的背部似乎疼痛难忍，因此他调整了一下热水瓶的位置，盯着地毯看了片刻，又陷入了沉思。过了一会儿，他抬头说道："马图苏登，事情是这样的，我从来就不想骗她，这可能是我最大的弱点。最令我痛苦的事情就是她到现在还不信任我。她总是认为我对她有私心，不想让她出人头地。昨晚她说的那些话，又把我心里的伤口撕得更深了。"

"但她说的话也不是没有道理。你不想承担卖票的责任，为什么不事先就告诉她呢？"

"你也认为我在故意搅局吗？"他眼中的神情显得非常痛苦，"你也认为我内心龌龊，想故意欺骗她吗？你不知道，她也不知道，没有人知道我心里到底是怎么想的。我前天去了政治秘书那里去送票。"

"但你没有把票送出去怎么就回来了？他以前可是亲口答应你的……"

"唉！这件事周围的人都不会明白。那个人为什么这样礼遇我？不仅仅是今天，很久以前他就对我大献殷勤，到底是为了什么？"

"你知道是什么原因吗？"

"马图苏登，原因非常清楚。我已经告诉你了，他们想要给我一个极好的工作机会。"

"是的，你已经给我说过了，但你没有告诉我，这到底是一份什么样的工作，你为什么不肯接受？"

"工作机会很好，似乎我没有任何拒绝接受的理由。印度文化中心秘书的职位有空缺，他们愿意把这个职位给我。"

"哇！"我大吃一惊，"他们要把印度文化中心秘书的职位给你？他们和印度文化中心有什么关系？"

“什么关系？”他的情绪有点激动，“你在德里待了这么久，会不知道这里面的猫腻？印度文化中心是谁出钱建的？这个机构的运行是由谁操控？谢吉有了今天的名气，你知道花了多少钱？”

“但是……”我有些惊惶失措，一直盯着他的脸看。

“但是什么？”

“但是印度文化中心一直负责推广印度文化和艺术的工作。这个机构的活动似乎与政治没有什么关系……”

哈尔本斯失望地耸了耸肩，沉默了片刻，又说道：“你是一个记者，总该知道缓冲国的意思吧？文学、艺术和文化领域一样，也具有缓冲国的意义。印度文化中心的职责就是把我们的文学家和艺术家变成这样一个‘缓冲国’，让他们对其他事不要持有同情的态度。从政治视角来看，这样的工作难道不重要吗？为了完成这项工作，这些人一直资助一个名叫《文化》的英文周刊，每年都有人接受资助去出国旅行。这些工作都是他们完成缓冲国目标的手段。如果他们认为哪个人大有用处，就想办法拉拢。他们为什么给了我印度文化中心秘书的职位？”

“为什么呢？”

“你可能不明白，在他们的眼中，我也是一个大有用处的人。我现在干的这份工作，他们非常感兴趣……”

炙热的炉火烤得我有点难受，所以我把椅子挪了一下。

“既然你明白这里面的黑幕……”

“我真不明白事情怎么会变成这样。如果我愿意欺骗自己，那我什么事都可以干。我心里也翻来覆去想了好几次，既然整个世界都成了这个样子，那为什么不能同流合污！当我改变自己但不能改变世界，我为什么不能顺势沿着这条下坡道一路狂奔？我多少次暗暗地劝自己，主动去一次那个地方，在点状下划线[1]上签名回家。前天我去的时候，心里还是犹豫不决。但到了他那里，谈起了这件事，感觉一个东西突然涌了上来，堵住了我的喉咙。当我看到一份名单里有《文化》周刊的主编、苏希玛·西丽瓦斯德沃和我们认识的几个熟人的时候，我实在受不了了！”

听到苏希玛的名字，我一下子感觉口干舌燥，吃力地问道：“你凭什么说苏希玛也在这些人的行列里？”

“唉！难道你不知道吗？有一段时间我和苏希玛关系非常好，我甚至一度感觉找到了一个灵魂相通的知己。但我很快发现自己上了大当。苏希玛那段时间在卡纳尔给自己的父亲建了一栋新房子。她父亲的经济状况如何，我是很清楚的。我问她你怎么突然变得这么有钱，她按住我的手，怒冲冲地回答道，你不应该问别人这样的问题。”

我开始头晕目眩，紧紧抓住了椅子的扶手，说道：“但你为什么不早点告诉我呢？”

“我想你和她再接触一段时间，自然就会知道的。自己的事情我都没有想好，又有什么权力来告诉你这些事呢？”

我感觉身体和大脑一下子变得空荡荡的，胸口似乎堵上了一颗炸弹，双眼无神地默然看着他。他接着说道：“昨天我一到政治秘书那里，他就直接说起了这件事。不知道是什么原因，我觉得没办法继续待在那里和他说话。他脸上总是挂着那种诡异的笑容，让我更是无法忍受。我告诉他两分钟后再过来，然后就起身离开了，再也没有回去。我告诉妮丽玛，我和那个人吵了一架，但实际上我们并没有吵架。现在想一想，当时要是吵一架就好了，我也断了自己的

① 印度正式文件的签名处一般都有点状下划线。

这个念想，不会再想着在点状下划线上签名的事情……”

“马图苏登！”从门口传来了徐克拉疲惫的声音。我站起来走到了外面，她有点生气地说道：“你看看，整个晚上姐夫的身体都不好，你们直到现在还在聊天，难道明天他非得去医院不可吗？你劝劝他，不要再说话了，喝点汤就睡觉吧。我马上把你的晚饭端上来。很晚了，又这么冷，你们现在应该好好睡觉。”她的发髻已经完全散开，头发披在肩膀上。她说话时一副命令的口吻，好像她真是家里的女主人似的。

“我现在就去告诉他，让他别说话了。你把晚饭送过来。”

我进了房间，看见哈尔本斯把胳膊放在眼睛上面，直挺挺地躺在床上。他一动不动，我以为他已经睡着了。

“你睡了吗？”

他把胳膊放了下来，睁开眼睛说道：“没有，你给邦吉说一声，让他把汤端上来。”过了一会儿，他压低嗓门，声音小得我几乎都听不清楚：“马图苏登，你晚上留在这里，就别走了。”

“好的，我不走了，但是……”

“没什么但是。我怎么给你说才好呢，我一直有这样的感觉……这个女孩子这样子对我好，我真有些害怕。”

“为什么，你有什么好害怕的？”

“我担心如果我一个人在家，她为我做了这么多事，不知道我会不会……”

夹着冰雹的狂风停了下来，但大风还是刮了一夜。哈尔本斯睡在自己的卧室里，我躺在以前睡过一晚的那张床上。不知道是床有什么问题，还是我自己心神不安，我一直辗转反侧，难以入寐。巷子里路灯的灯光透过房间高窗的玻璃照了进来，显得格外清冷压抑。灯桩前面有棵大树，风起的时候大树不停摇晃，大树的影子也在房间的墙壁上四处舞动，好像想要逃离原地。马路上时不时有汽车经过，车灯的光线照了过来，墙壁一下子变得苍白，柜子里藏书的封皮也开始闪闪发光，又过了一瞬间，所有一切又突然变暗。往昔的回忆如同一张张照片，也这样在我心里一闪而过，然后又回归幽暗之中……

在国防部小区或觉尔巴格的一户人家的院子里，长满了仙人掌和棕榈树。我像个孩子一样露出甜甜的微笑，穿过草坪，脚下发出轻柔的沙沙声，我在花园里找到了一把椅子坐了下来，出神地望着天空。苏希玛从后面走了过来，把手放在我的肩头。她柔软的双臂慢慢地搂住了我的脖子，她的脸凑了过来。我们出神地对望，她妩媚地笑了起来。

然后，场景又发生了改变，家里的草坪变成了西姆拉、克什米尔和奈尼达尔[①]的高山草甸，夕阳马上就要落山，山顶处的碎云显得五彩斑斓。从远处的峡谷传来了骡铃声。我们十指相交，苏希玛紧紧拉住我的手，秀发在风中飘动。我们炽热的喘息让空气蒸腾起来，她的体香弥漫了整个空间，让我心跳骤然加速。

夜深时分，路灯灯光照进房间，一切都冷冷清清的，让幻想中的场景显得多么不合时宜。我睁着眼，还是睡不着，我多想酣然入睡，可一闭上眼，一个又一个场景又出现在我的眼前。

“拉·波西米”餐厅的幽暗角落里，到了半夜还有人在讨论着某个高雅的话题。我们低声细语聊着天，在宴会上慢慢品酒，见到朋友后轻轻微笑，所有一切都是如此轻柔……

---

① 这几个地方都是印度北部山区度假胜地。

风拍打着窗户，墙上的光线忽明忽暗，我在床上一直辗转反侧。我翻了一下身，幻景中的生活突然发生了改变。眼前出现了一户人家，家里只有两个房间，一大早就传来了擦洗瓶瓶罐罐和打扫房间的声音。塔古尔夫人满脸皱纹，我坐在一把破烂的椅子上读报纸，妮玛端着茶杯站在旁边，茶杯里还飘着树叶。妮玛眼中充满恐惧，好像害怕屋外的狂风要责备她。看到妮玛消瘦的手臂，我心里开始隐隐作痛。我一把抓住了她的胳膊，她像一只受惊的蜗牛一样，马上就想要缩进壳里。她满眼惶恐地看着我，好像发生了什么诡异的事情。她一直低着头，好像她瘦弱的身躯成了胳膊的负担。她的手上一股香灰和洋葱的味道，衣服上满是汗水的臭味。抬起头来的时候，她的眼中充满泪水。巷子里的小贩又开始叫卖。楼上伊巴德得·阿里弹起了他的西塔尔琴。累了一整天，头碰到枕头上刚想睡觉，邻居家的孩子就开始哭闹，还有人在爆炒洋葱和豆子，炝锅的声音传了过来……

我又翻了个身，平躺在床上。黑暗中突然有了一点亮光，但马上又变得一片漆黑。阿南德山上的回廊又出现在我的眼前。我每天一个人回家，敲开门后，我看到房东太太满眼疑惑地看着我，然后抓住她女儿的胳膊把她拉了回去。爬楼梯的时候，我没有半点想进房间的心思。到了房间以后，什么都不想干。我站在窗户边上，眺望着德里的市景。萨拉厄·鲁黑拉车站附近车来车往。黑暗中有一个游魂时不时发出哀鸣。我坐立难安，从屋里走到房顶，又从房顶回到屋里。

辗转反侧了半宿，我还是睡不着，于是翻身起了床，打开了房间的电灯。墙上闪烁不定的光影立刻消失。床头柜上摆着哈尔本斯的小说手稿。我随手翻了几页。第一章——在姑妈家第一次见面。

两张脸。她的指甲。一个问题……第五章——雪下得很大。但心里却没有半点欢喜。堕胎的想法一直萦绕在我的脑海。难道犯罪后的内疚不是对犯罪行为的最大惩罚？……第十一章——空旷无人的街道和空空如洗的口袋。她为什么没有来？……第二十一章——镜子碎了。难道这面镜子不是我们人生的镜子？如果出了车祸，那该怎么办？……第二十五章——把不可能变成可能的努力。风刮了起来，那就刮吧。……没有标号的章节——这么多年过去了，书虫为什么没有把手稿吃掉？一切都是谎言，赤裸裸的谎言。我应该把手稿扔进火堆里。……最后一章——到底结局是什么？

我把手稿放了回去，准备从房间里出去一下。床头柜上放着一个玻璃水壶。我碰了床头柜一下，玻璃水壶掉到了地上，发出巨大的声响。我大吃一惊，手足无措地站在那里。哈尔本斯在自己房间里翻了一个身，长吸了一口气，并没有醒来。后门传来了轻轻的开门声，徐克拉有点责备地轻轻叫了一声："邦吉！"

我轻轻地走了过去，打开了门，看见她裹着一条披巾，哆哆嗦嗦地站在外面。她看见了我，问道："你现在就醒了？刚才是什么声音？"

"我的脚撞到了床头柜，把上面的水壶碰了下来。"

"姐夫现在身体怎么样？"

"还好，他已经睡着了。"

"谢谢，我担心他可别……"

"你怎么现在还醒着？"

"没有，我已经睡了，但是睡得不实。苏尔吉德回家很迟，他刚吃完饭，睡下没多久。"

我看到她的小腹有些隆起，真不应该在这样的大冷天外出。

“你快睡吧，我来看着哈尔本斯。”

“我有件事忘记告诉你了。如果晚上他又觉得不舒服，你就让他吃片药。他的药我放在那间房的桌子上了。我今早买的药，这个药白天他不需要服用。”

“好的。”

她刚要往回走，又停了下来，说道：“我还想和你说件事。姐夫不想在德里待了，你劝劝他接受阿格拉的那份工作吧。这样他的内心能平静一些，那份工作也合他的心意……

“知道了，聊起来的时候会和他说的。”

“今天我真是给你添麻烦了。”她说着话，慢慢地走了。我关上了门，走进了房间，关好灯躺了下去。哈尔本斯的手稿一直萦绕在我的脑海，自从翻开之后就再没有合上……

早上一觉醒来，雨后的骄阳已经透过窗户照了进来。院子里传来鸭子嘎嘎的叫声和拍打翅膀的扑棱声。我起床打开了窗户，看到两只鸭子在院子里转着圈。它们伸直了长满黑色条纹羽毛的脖子，不一会儿又用黄色的喙啄啄地面，又抬起头来，翅膀一张一合，嘎嘎地叫了起来。

我打开了房门，眼前的场景让我吃了一惊。厨房里的煤油炉已经生了火，妮丽玛弯腰站在旁边。看着她的背影，感觉她消瘦了许多。她的头发紧紧地挽了起来，脖子显得愈发修长。看到我以后，她微微一笑，又开始忙活自己的事情。我默默地走到了厨房门口。她又一次转过脸来看了我一眼，淡淡地笑了一下，说道：“你先喝杯茶？”

“你先煮好茶，我们一起喝。”我说道。

“你回房间，我给你端过去。”

“哈尔本斯还在睡吗？”我问道。

她轻轻地点了点头，开始用热水冲洗茶杯。我回到房间里。哈尔本斯的手稿凌乱地摆在床头柜上，我把手稿收拢起来，放到了桌子上面。妮丽玛端着茶走了进来。煮茶的时候，她一句话都没有说。她喝了几口茶，问道：“你晚上睡得还好吗？”

“我躺了很久，后来总算睡着了。”

我们沉默了半天，我又问道：“你什么时候来的？”

“我来了没一会儿。”她说道。她又默默地盯着茶杯看了半天，然后对我说：“苏尔吉德早上到我那边去了一趟。”

“哦！”

“晚上徐克拉发了高烧。四五月份她的宝宝就要出世了，所以把苏尔吉德吓坏了。我本来不想回来，但我想……我觉得……可能我回来才是对的。”

“你这样想就对了。”沉默了一会儿，我又说道：“徐克拉昨天和前天被吓坏了。还有，她干了很多家务事。”

“我知道的，”她说道，“苏尔吉德已经告诉我了。”

“苏尔吉德知道了？”

“他怎么会不知道？徐克拉半夜听到这边屋里的动静，被吓醒了，还专门过来问你，那时候……”

“苏尔吉德那个时候还没睡吗？”

“是的，可怜的人一宿都没有合眼。徐克拉从这边回去以后就生病了。苏尔吉德照顾了她一宿。”

“哦！”我匆匆地喝了几大口茶。

“我觉得咱们这些人里数苏尔吉德最好。”

我默默地喝着茶。阿荣揉着眼从隔壁房间里走了出来，抱住妮丽玛的脖子说道：“妈妈，我昨天晚上睡在哪个家里啊？”

“你昨晚在姥姥家睡的。”妮丽玛说着话把他抱进怀里，用手抚摸着他的头。

“现在怎么回到自己家里了？”

“你的鸭子用翅膀把你抬回来的。”

“我的鸭子在哪里？”阿荣一下子挣脱了妮丽玛的怀抱。

“在外面院子里。”

“啊哈！”阿荣手舞足蹈地跑了出去。

“你买了鸭子带回来了？”我问道。

她说道：“不是买的。昨天下午我带阿荣到天文台去逛逛。回来的时候，看到有两只鸭子站在马路上，可能是有人想要庆祝平安夜买的，但半路上掉了下来。鸭子的脚还被拴着，就这样在路上嘎嘎叫个不停。我怕来辆公交车或小轿车轧死它们，所以就把它们抱了起来。站在原地左等右等，等着有人回来找它们。但没有人回来，所以我就把它们带回了家。回到家里，阿荣一直和鸭子玩，玩着玩着就睡着了。这样也好，不然睡觉前他肯定要哭着找爸爸。”

阿荣把两只鸭子夹到自己的胳膊下面，从外面走了进来。他的胳膊使了点劲，鸭子有些害怕，死死地盯着前面。阿荣把鸭子放到房间里，鸭子扑棱着翅膀钻到了床下。

我说道：“鸭子喂得真好。你把鸭子给我们，来做一盘新年大餐可好？”听我说了这番话，阿荣跑到了我的跟前，对着我的膝盖打了几拳。

“妈妈，有人要杀我的鸭子，我一定会和他拼命。”他从我的身边走开了，举着拳头走到了妮丽玛的旁边。妮丽玛把他搂进怀里，说道："宝贝，没有人会杀你的鸭子。"

"从今天起，我不准你再来我家。"阿荣瞪着我说道。我抓住他的胳膊，把他拉了过来，在他的脸颊上亲了几口。

鸭子从床底下跑了出来。阿荣挣脱了我的胳膊，又把鸭子夹在胳膊下面，飞快地跑了出去。

从窗户透进来的阳光照在墙上，又从墙上反射到了地面上。我看了看表，站了起来，说道："我觉得现在我该走了。"

我收拾了一会儿，哈尔本斯此时还没有醒来。

妮丽玛问道："我去叫醒他？"

我说道："不用，让他再睡一会儿。他知道你来了吗？"

"不知道，我一来就叫醒他，这样不太合适。那我现在叫醒他吧？"

"不用了。"

邦吉提着菜篮从外面走了进来。妮丽玛一见他就问："你去买菜了？你出去的时候没有找我要钱，你哪来的钱？"

邦吉放下了菜篮，把口袋里的零钱掏了出来："昨天小夫人给了我五卢比。我买了菜，还给先生买了药。晚上还给先生买了一包烟。现在还剩五六个安那。"

"你留着吧。"妮丽玛说着话走到了另一间屋子里，取出了自己的钱包。她从钱包里拿了一张五卢比的钞票，递给了邦吉，说道："你去把钱还给她。"她又转过头来看了我一下，说道："你不吃早饭就走吗？"

邦吉说道："苏尔吉德先生说了，叫这位先生去他家吃早饭。"

我说道："不了，我不吃早饭。今天我值班，主编叫我九点钟去他的办公室，可能有什么要紧事要谈。你去给苏尔吉德说一声。"

前一天我没有见上主编。当我从位于哈奴曼路的妮丽玛娘家出来，回到报社的时候，他手头还有工作，吩咐我一会儿给他打电话。当我给他打电话的时候，他已经出门了。傍晚的时候，我又收到了一张纸条，让我早上九点去见他。我走进他的办公室，心里充满了疑惑。他那时正在吩咐一些事情，速记员在旁边做着记录。他示意让我坐下，继续吩咐这些事情。我心情十分紧张，一边四下张望，一边焦急地等待着。当速记员走了以后，他把胳膊肘放在桌子上，对我说道："有事吗……"

我说道："您吩咐我今天过来的。"

"嗯。"他随口答应了一声，开始翻看前面的备忘录，想回忆起来到底要跟我说什么事。他翻到一页，突然停了下来，说道："我就想问你，你到现在才写了一篇深度报道，有没有计划再写一篇？人民院的财政议期马上就要开始了，我想你……"

我说道："您还没有告诉我，您对我的那篇深度报道的意见。"

"唔！那篇报道还行，"他吊着嗓门说道，"但你只是理解了我说话的字面意思，并没有领会其中的实质，我希望你能写一篇特别的东西。尽管你的报道还不错，但我觉得你到现在还没有完全抛开自己的诗情画意……"

我松了一口气，自己担心的事情并没有发生，我接着说道："我一直在努力揣摩您的意思。这篇报道只是一个开头，我还筹划了一篇……"

他笑了一下说："我知道了！你先说一下大体框架，我好把它列入计划。"

我飞快地想了一下，其实昨天心里已经有了一个大体的框架。

我说道："我想写一篇这样的报道，关于德里一些接受外国资助的机构……"

"什么机构？"

"在这里有好几个这样的机构，打着文学、艺术和文化的旗号，来实现他们不可告人的政治目标……"

"比如说？"

我一下子就想起了"印度文化中心"。

主编的脸一下子就严肃起来。他十指交叉，说道："你的意思是……但这一次你的想法比我预想的要超前得多。这样的报告会牵扯到政治问题，我还没有告诉你，你以前撰写的政治评论早就引起了不少争议。我是替你考虑，所以给你建议，千万不要再碰这样的东西，会给你带来许多是非。此外，还有人建议我，要把你从文化版块调到新闻组。你如果写这样的东西，我不会给你任何建议。鉴于报社的规定，我只能告诉你，我们不会刊登这样的东西。所以你再想一想，筹划写点别的东西。"

我们沉默了片刻，相互打量着对方。

我说道："我想一想再告诉您。"

他回答道："行，你再好好想想，然后答复我。我告诉你一件私密的事情，你可不能外传。还有人跟我说，在跟你续签工作合同之前，要好好评鉴一下你的工作表现。你应该把这句话牢牢地记在心里。"

从他的房间里出来后，我回到了自己的工作台，默默地看着墙上的挂历。我的桌子上放着一本印着阿旃陀石窟图片的新笔记本。我翻了几页，随便浏览了一下配图。我突然想起来一件事，我和苏希玛说好的今天十点半要给她打电话。我拿起了听筒，但却不知道要说些什么。我小心翼翼地拨着她的号码——四、五、五、四……

但拨下最后一个数字之前，我却放下了话筒。我把笔记本放到一边，靠着椅背，搓着自己的双手，失神地望着挂历。我想在纸上写点东西，但却一个字都写不出来。我又拿起了话筒，拨了三个数字后又停了下来，接着把话筒放了回去。放下话筒，我突然离开椅子站了起来。我想出去逛一逛。临走的时候我带上了笔记本，心想这本笔记本能当礼物来用。下楼以后，我站在人行道上，思考现在要去哪里。难道我要去苏希玛的公寓吗？但去之前不应该给她打一通电话吗？

我招了招手，一辆没有搭载乘客的出租车停了下来。司机是一个锡克教徒，他拉下了计价器后看着我。我又思考了片刻，打开车门坐了进去。司机看我已经落座，问道："先生，您去哪里？"

我十指交叉，又把两只手互相搓来搓去，感觉有些难以抉择。我想了想，慢慢地说了一句："屠户街。"然后松开了手。

司机可能是个新手，听了以后又看着我问道："什么地方？"

"哈尔普尔辛格小区。"我又补充说道。我一边说话一边把身体朝前溜了一下，想坐得舒服些。

"先生，哈尔普尔辛格小区在什么地方？"司机一边想，一边跟我打听。

"巴赫尔吐提，萨德尔市场！"我怒冲冲地回答道。司机发动了车子。出租车猛然向前一冲，我瞥了一眼抱在怀里的笔记本，看它有没有掉下来。

出租车穿过了查姆福尔特路上的那座桥，到了顾杜卜路。我长长地舒了一口气，心里感觉轻松了许多，于是将身体更加放松地朝前溜了一下。

短篇小说

芭尔小姐

远远望见的那个身影一定是芭尔小姐吧。

我扶了扶眼镜，以便确认自己的想法。毫无疑问，那人正是芭尔小姐。我早就听闻那些天她住在库鲁[①]的某个地方，却从未想过会有这样突然的偶遇。即便此刻她就在眼前，我依然难以相信她会常住在库鲁和马纳利[②]之间的小镇上。当她从德里辞职来这儿的时候，人们可是说什么的都有呢！

大巴车在拉耶森[③]邮局附近停下的时候，芭尔小姐就站在车旁，手上拎着个袋子，跟邮差聊着天。不知是为了什么事儿，她跟邮差说着感谢的话，随后朝大巴车转过身来。我恰好下车来到她的面前。眼前突然冒出一个人来，不禁令芭尔小姐有些惊慌，但当她认出是我的时候，却又喜笑颜开了。

“天哪！兰吉特，是你么？”她惊呼道，“你怎么会突然跑这儿

① 印度北部喜马偕尔邦的一个县。
② 印度北部喜马偕尔邦的一个县。
③ 印度北部喜马偕尔邦库鲁县的一个镇。

来呢？”

“我刚坐这辆车从马纳利来啊。”我说。

“真的呀！你在马纳利住了多久？”

“住了有十来天吧，今天这就返程回德里。”

“今天就要回去么？”芭尔小姐脸上的欣喜之情消失了一半，“你瞧瞧，你这样多不好啊，都来这儿快十来天了，也没想着要见见我。你一定知道我现在住在库鲁。”

“对，这事儿我是知道的，可我并不知道你在库鲁的什么地方啊。要不是今天无意中认出你，我哪儿会相信你在这个深山老林里定居了呢。”

“真是糟糕啊，”芭尔小姐略带责备地说，“你都来了这么多天了，可我们刚一见面你就要走了……”

司机大声地按起了喇叭。芭尔小姐厌烦地看了他一眼，用混杂着埋怨与歉意的语气对他讲：“就一会儿，师傅，我也要坐你这辆车呢。请给我留个去库鲁的座儿。谢谢，非常感谢！[①]”随后又转向我问道：“你坐这辆车到哪儿啊？”

“今天坐这车到乔吉恩达尔纳加尔[②]。在那儿歇一天，再赶明天一早的大巴车。”

司机把喇叭按得更响了。芭尔小姐怒气冲冲，很是无望地又瞪了他一眼，边朝车门走着边说：“行，我们就先一起坐到库鲁，其他的事儿等到了库鲁再说吧。要我说啊，你得在这儿住个三四天再走。”

车里早就挤满了人，这会儿又上来两三个，连站的地方都没有

---

① 原文为英语“Thank you. Thank you very much！”

② 印度北部喜马偕尔邦马纳利县的一个镇。

了。芭尔小姐正要上车，售票员抬起胳膊拦住了她。我赶忙跟售票员解释，我的座位空着让芭尔小姐坐，我站着挤挤就可以。售票员却一再坚持车里不能再上人了。我正跟售票员商量的时候，司机已经开动了车。因为行李还在车上，我跑着跳上了车。上车后，我转过身朝芭尔小姐望去。只见她吃惊地站在原地，好像有人抢走她手中的东西跑了似的，让她一时不知所措。

车缓缓转过弯儿朝库鲁驶去。我开始有些懊悔，既然芭尔小姐没座位上不了车，我为什么不让人从车里把我的行李卸下来呢？我买的票是去乔吉恩达尔纳加尔，可我也不一定非要一路坐到站啊！只是同她的见面实在是太突然，留给我做决定的时间也是如此之短，脑子里一时没想出能有这样的安排。哪怕多给我一点点时间，我也一定会在拉耶森稍作停留。这么短的时间之内，我甚至都没能问她现在过得怎么样，以及其他很多我想要了解的事情。

芭尔小姐离开德里之后，同事之间一直传着各种关于她的流言。有人说她在库鲁嫁了一位退休的英国少校，那人把一片苹果园归在了她的名下。还有人听说她领着一份政府津贴，什么都不需要做，只是四处旅游看看风景。也有人讲，芭尔小姐已经疯了，政府把她送到了阿姆利则的精神病院医治去了。自从芭尔小姐那天突然辞去五百卢比薪水的工作离去开始，人们关于她的各种传闻就从未停止。

芭尔小姐交辞职信的时候我并不在德里，那时我休长假出了城。但她辞职的缘由我却深有了解。她跟我一起在信息部上班，她在拉金德勒纳加尔[①]的住所跟我也就隔着十几户。即便是在德里，她也活得十分孤独。芭尔小姐同办公室的多数同事都很疏远，也极少跟外面的人打交道。她感到办公室的氛围对她充满敌意，因此在那里的

① 此处应指德里的拉金德勒纳加尔居民区。

每一天都度日如年。她常常抱怨，每个人都是那么低劣，就算只是跟他们共处一室也是那么艰难。

“这些人是如此浅薄而不知廉耻，”她说，“整日说些琐碎而低级的话，跟他们一起工作真是让我感到窒息。天知道他们为什么要因为那些细碎的小事而争吵，或是因为一己私利就会相互羞辱。”

然而芭尔小姐在办公室里的烦闷却是另有原因的，一个她嘴上不愿承认的原因。大伙儿对此都心知肚明，所以总是故意说这样那样的话来挑逗她。布卡利亚每天都要就芭尔小姐的样貌点评一二。

“有什么好事啊，芭尔小姐，您今儿看起来简直是出水芙蓉啊！”

另一边，朱拉沃尔辛格又接上了话：“最近，芭尔小姐可是比之前纤瘦了不少呢。”

芭尔小姐对这些评价深恶痛绝。她有时甚至会直接起身而去。她的穿着、妆容也总被人议论不休。也许是为了掩饰体态的臃肿，可怜的芭尔小姐剪了一头短发，穿着无袖衬衣。尽管不爱化妆，她每天还是花很长的时间在妆容上。但只要一踏进办公室，就会有这个或那个同事的评价传入她的耳朵。“芭尔小姐，你这件新衬衫设计得真好。你今天看起来真迷人啊！”

这样的每一句闲言碎语都深深刺痛芭尔小姐的心。在办公室里待的时间越久，她的脸色就越发阴沉。一到五点钟，她就马上从办公桌起身，仿佛受了几个小时的折磨之后终于得以解脱。离开办公室，她直奔家门，在家里一直待到第二天早上又要去上班的那一刻。也许是因为办公室的同事们已经让她烦透了，她也不想再跟外面的人有过多交往。

或许因为我跟她住的很近，又或许因为我是办公室里唯一让她没有理由抱怨的人，傍晚有时候她会来我家里。我跟姑姑一起住，芭尔小姐那时经常来看我姑姑和她的女儿。有时候还会帮她们做些家务活。有时我们也去芭尔小姐家玩儿。为了打发时间，她经常在家弹弹琴、画些画。我们到她家的时候，或是有西塔琴[1]的琴声从房间里传出，或是她正手拿颜料和画笔，沉浸在画作的创作中。如果这两件事都没有做，那她一定是躺在小木床上的那两个枕头之间，两眼盯着天花板看。

芭尔小姐的床垫上总是铺着那个快要磨破了的丝绸床单。不知为什么，每当我看到那个床单，都会很不舒服，有种想要把它换下来扔掉的冲动。她的房间里，西塔琴、塔布拉鼓[2]、颜料管、油画布、画好的画、衣服，还有洗澡用的、泡茶用的各种物品，就那样散乱地放着，想要腾出一张椅子坐下都绝非易事。有时候，我只好坐在她那磨得薄薄的床单上，这让我深感不安，总想快点站起来走人。

芭尔小姐总是翻遍整个房间，不知从哪儿找出一个茶壶和三四个破旧的茶杯。然后会为我们冲泡她那“顶级的波西米亚咖啡”。有时她会向我们展示她完成了的画作，我们三人——我和我的两个堂妹——就会大加赞赏以掩饰我们的无知。有时，她又表现出漠不关心的样子，连好好地说句话都不愿意。每当这样的时候，我的堂妹们会很恼怒，她们说以后再也不到芭尔小姐家来玩了。而越是这样，我反而对芭尔小姐更加同情起来。

最后一次去芭尔小姐家里的时候，我发现她非常沮丧。那阵子，我刚刚做了阑尾炎手术，在医院里住了些日子。她每天都来医院里看我。姑姑那时在医院里陪着我，所以买菜做饭这样的事就很是困

---

① 印度古典乐器。
② 北印度流行的一种手鼓。

难了。芭尔小姐每天一大早都会送些蔬菜、牛奶过来。刚出院的第二天，我就去了芭尔小姐家里。虽然身体还有些虚弱，但我还是想就带给她的麻烦表示感谢。

芭尔小姐那天请了假在家，紧锁房门，躺在床上。我感觉那天早上她或许都没洗澡。

“怎么了啊，芭尔小姐？你哪里不舒服么？”我问她。

“我没事，”她说，“我只是在考虑辞职的事情。”

“为什么？发生什么不好的事儿了么？”

“没有，还能有什么不好的事儿啊！原因很简单，就是我无法再跟这些人共事了。我正考虑离开德里，去山里某个风景优美、偏远的小地方，定居在那里，专心于我的音乐和绘画。在这儿，我感觉完完全全是在浪费生命。这样的生活让我找不到活着的价值。早上，我起床去办公室上班。在那儿耗掉七八个小时之后，又回到家里吃晚饭、睡觉。这样的循环往复让我感到毫无意义。我在思考我的生活到底需要多少东西。我可以去别的地方，找间小屋小棚，带上一些必需品，一个月花个五六十或一百卢比就可以生活。在这儿，我每个月挣五百卢比，可这五百全都能花完。钱怎么花掉的，连我自己都不清楚。生活既然如此，我又何必背负起上班的负担呢？去别的地方生活，至少我是自由的。我有些存款，从退休基金里也能得到一笔钱。用这笔钱，我可以到一个小城市生活很长时间。我想好了要去别处生活，那里没有这些肮脏、卑鄙的事，那儿的人也不会如此劣迹斑斑。想要高雅地活着，人至少要感觉他生活的周遭环境是纯洁干净的吧，而不是像只蛤蟆一样生活在污浊之中。”

“可是你怎么能保证你要去生活的地方，那里的一切都跟你所设想的一样呢？我确信，人不管是去哪儿，都会发现周围既有好的又有不好的东西。如果你对眼前的生活环境感到厌倦就跑去别的地方，你又怎么知道那个地方的环境不会令你厌倦呢？在我看来，辞职是错误的想法。留在这儿吧，好好练练你的音乐和绘画。其他人要说什么，就随他们说去呗。”

我的话并没有减轻芭尔小姐对生活的无望。

“你不明白啊，兰吉特，”她说，“如果我继续留在这儿跟这些人生活下去，我就要疯掉了。你可能不知道，兰吉特，最近我每天早上不是拿些牛奶和菜去看你嘛，他们甚至就这件事儿说这说那。这样的好事，他们都能想出如此低俗的意味，我怎么能跟这样的人一起生活呢？我已经忍了很久，现在我再也无法忍受了。我就想，能多快离开就多快。现在我只是还没有决定要去哪儿。我独自一人，去个陌生的地方又感到有些恐慌。你是知道的，我……”话说了一半儿，芭尔小姐突然站了起来。“对了，我给你泡茶喝。你这才刚刚出院，而我滔滔不绝地说的都是我的事。你应该待在家里休息几天，现在就出门对你可不好啊。”

“不用忙，我不喝茶，”我说，“我不知道再怎么跟你讲了，我只能说，你太在意别人说的话了，这样其实没有必要。在我看来，那些同事们实际上也没有你想的那么坏。如果你换一个角度去想……”

“这话就到此为止吧，”芭尔小姐打断我的话，“我发自内心的厌恶这些人。你说他们能称之为人么？相比他们，我更喜欢我的小宾吉[①]。它比他们所有人都更有教养。”

宾吉是芭尔小姐的宠物狗。我们谈话期间，她一直把宾吉抱在怀里摸着它的背。之前几次我就注意到，她爱宾吉就像爱自己的孩子。甚至给宾吉喂完食，要像对待小孩子那样，用毛巾给它擦嘴。

① 原文为英文“Pinky”。

我坐了一会儿站起身要走，芭尔小姐抱着宾吉送我到门口。

“宾吉，跟叔叔说再见，”她用手抓起宾吉的一只前爪，一边挥了挥说，“说‘啧、啧、啧’！”

当我休假回来，芭尔小姐已经交了辞职信离开了。她仅仅跟办公室的人说，要去库鲁的某个镇子里生活，其余的故事都由大伙儿东拼西凑的想象构成。

大巴车顺着比亚斯河[①]一路蜿蜒，我的心里却想着调头返回拉耶森。我一个人在马纳利只住了十天就感到无聊了，而芭尔小姐却已经在拉耶森住了数月。我很想知道她独自一人过得怎么样，以及辞职以后她都做了些什么。跟一个熟悉的人在陌生的地方遇见并且畅聊，这事儿本就很有吸引力。车到库鲁之后，我取下行李，寄存在喜马偕尔邦交通运输办公室，然后搭乘第一班车返回拉耶森。仅仅十五、二十分钟的样子，大巴车就把我送到了拉耶森市场。我向一位店主询问芭尔小姐住在哪儿。

“芭尔小姐是哪位啊，老兄？”店主又向身边坐着的年轻人打听。

“不是她吧，那个剪着短发的女士？”

“对啊，可能就是那人吧。”

商店里还坐着四五个人。一时间，他们所有人的眼睛都盯着我看。感觉他们好像是搞不清楚我跟剪着短发的女士之间是怎样的关系。

“请跟我来，我带你去她的住处。”那位年轻小伙说着走出了店门。路上他随我一边走着一边问道：“老哥，那位女士是独身，还是……”

① 印度北部河流，流经喜马偕尔邦和旁遮普邦与萨特累季河汇合，长470千米。

“对，她就是独身。”

我俩一言不发地走了一段路。他又问我：“您跟她是什么关系？”

不知道怎么回答他的问题，我想了想说：“我跟她没什么关系，只是恰好认识她而已。”

一路向右走，上了个小坡后，我们来到一片平地。这片开阔地四周被树包围着，当中盖起了五六户格状的村舍，看起来像一个个巨大的鸡笼。男孩儿指给我看，说芭尔小姐住在第一个屋子后就转身离开了。我走过去敲了敲门。

“谁啊？”芭尔小姐的声音从屋里传了出来。

“你有客人了，开门吧，芭尔小姐。”

“门开着的，请进来吧。”

我推开门走了进去。芭尔小姐正躺在一张藤编小床上的两个枕头之间，跟她那时在德里家中躺在木床上的样子一模一样。床头放着一本翻开的书，书背朝上，写着“罗素论幸福人生”。我看了看她，不知她是正在读那本书，还是仅仅只是躺在床上盯着天花板看。看到我，芭尔小姐惊讶地坐了起来。

“呀！你这是……？”

“是啊，就是我。你一定没想到一个离开了的人会这么快又回来吧！”

“天呐，你这人真是很奇怪。现在又跑回来了，那你当时为什么不下车呢！”

“除了这一点之外，你是不是得感谢我啊，我都离开七英里了却又回来了！”

“要是你当时就下车把你的座位让给我，那我才真要感谢你呢！”

我笑着四处看看，想要找个地方坐下来。屋子里跟她在德里的时候一样杂乱无序。每个物件都被挪作他用。有把椅子从上到下搭满了脏衣服；另一把椅子上乱放着一些颜料和一个盘子，盘子里放着很多图钉。

“请坐啊，我这就去给你倒茶。”芭尔小姐赶忙站了起来。

“现在你还没找地方让我坐下呢，就操心着要去倒茶了么？”我说，“先告诉我能坐在哪儿，再去想倒茶的事儿吧。现在我可不想喝你那‘波西米亚茶’呢！”

“那你就别喝！跟人斗嘴你以为我有多高兴么！我这就给你找个地儿坐下。”芭尔小姐拿掉一些衣物，腾出那把椅子来。

椅子右手边有张大桌子，同样也堆满了东西，我想把手肘靠在上面都无法做到。坐下以后，我想伸伸腿，却发现那堆衣服下面放着她的素描画。芭尔小姐回到床上坐下，拿一个靠垫撑起身子。她的床垫上依旧铺着那张快要磨破的床单，无论何时看见它我都如此厌恶。我又有了跟之前同样的想法，把它扯掉撕碎或是扔进火里烧了。想着抽根烟，我拿起桌子上的火柴盒打开，又很快地放下了。那里面根本没有火柴，而是装满了某种玫瑰色的颜料。我四处看看，没看到有别的火柴盒。

“火柴在厨房呢，我这就去拿来。”说着芭尔小姐又站起身来走出了房间。

我继续环视房间的四周。我想起德里那次在她家里坐到很晚，跟她聊天的事儿。想起她让宾吉跟我说“啧、啧”，我不禁笑了起来。

直到她拿了火柴回来，我才不再笑了。见我一个人坐在屋子里笑，芭尔小姐有些不自然，也突然变得严肃起来。

“难道有别人给你茶喝了么？”她半开玩笑半责备地问我。

“我是笑我自己又跑回来这件事儿呢。”说罢，为了说服自己去相信这个谎话，我又像刚才那样笑了笑。“我怎么能想到会在这样一个陌生的地方遇见你啊？你又怎么能想到，那个已经坐车离开了的人会在仅仅一个小时之后就坐在了你的屋子里呢？”我说。

相信我已经很好地解释了刚才那个笑的原因之后，我问她：“你的宾吉呢？在这儿怎么没看到它呢？”

一提到宾吉，芭尔小姐变得更加严肃起来，我感觉她脸上的表情都凝固了。她两眼泛红，好似很多天都没有睡好一样。

“到这儿以后，有天晚上宾吉受了凉，”她说着叹了口气，“我喂了它很多热乎乎的东西吃，但两天之后它还是死了。”

我转换话题，开始埋怨她走的时候没有告诉任何人她的去向，这样可不好。

“办公室里直到现在还有人聊起那个芭尔小姐，并以此为乐么？”她问我。

她那样问道，好像她跟那个“芭尔小姐”不是同一个人。她很想从我这儿得到答案，从她的眼睛里我可以看出那样的迫切之情。

“你为什么那么在意别人说的话呢，芭尔小姐？”我问道。“人们总会说某个人这样那样，那是因为他们的生活里没有别的可以消遣的乐子。而当那个人离开了，短短几天之后，他们甚至就会忘记他是否真的在这个世界上存在过。”

说着说着，我感到这样讲我是说错话了。或许芭尔小姐想听到的是：直到现在人们还在议论她，开她的玩笑。这也许才是让她接受现状的信念吧。

“也可能在你面前他们不再议论，”芭尔小姐说，“因为他们都知道我们……嗯……仍然是朋友。不，那些小人们怎么能克制住不去议论呢？”

芭尔小姐没有相信我说的话，这令我很高兴。她认为我是在说谎以消除她的疑虑。

“他们也许议论了吧，”我顺势说，“但你现在怎么又想起那些人说的话呢？至少对你来说，那些人已经不存在了。”

“对我来说那些人从来就没存在过，”她愤愤地说，由于憎恶嘴唇都扭曲了，“他们没有哪个可以比得上我的一根脚趾。”

她的眼神让我感觉，在她心里那些人好像现在还在她身旁一样，她很遗憾没能狠狠地报复他们。

“你知道勒梅什被调回勒克瑙了么？”我支开那个话题。

“这我可不知道啊。”

芭尔小姐显得对这件事毫无兴趣。我向她讲起勒梅什调动的细节。芭尔小姐一直不停地说：“嗯，嗯，是。”很明显，她还陷在自己内心深处的某个地方。

当我讲完勒梅什的事情，我们两人都沉默了片刻。芭尔小姐说：“兰吉特，跟你说实话，在德里的时候，要让我跟那些人多相处哪怕一分钟，就好像是生活在地狱里一样。你知道，我甚至从不想跟那个办公室里的任何人讲话。”

一大早没吃早饭就离开了马纳利，此刻我有些饿了。我想，现在把话题引到吃饭上对彼此都应当是合适的吧。于是我问她在这里伙食的问题是如何解决的，是自己做饭吃，还是留给某个佣人去做？

“你不会是饿了吧？”芭尔小姐从办公室的记忆里回过神来。“你要是饿了的话，就跟我到厨房来。现在，有什么你就先吃点什么吧。等到傍晚，我会好好为你做顿饭。我要是知道你会来的话，肯定要为你准备点什么。这边的市场里基本上什么都没有，如果哪天买到点比较好的蔬菜那就已经是运气很好喽。有时候可以买到一两个鸡蛋。晚上我给你做鲑鱼吧。这里的鲑鱼特别好，但也很难买到。

成功地跳出办公室的话题，让我非常高兴。芭尔小姐从床上起来，我也从椅子上起身说："行啊，让我看看厨房里都有些什么吃的。我现在可是非常的饿，对我而言，任何现成能吃的东西都要比鲑鱼更美味呢。晚上我就要回到乔吉恩达尔纳加尔了。"

芭尔小姐正要走出房门，听到我的话突然停了下来。"要是晚上就要回乔吉恩达尔纳加尔，那你到底为什么要返回来呢？你最好认清事实，那就是今天我是不会让你走的。你知道这三个月以来，你是我的第一个客人么？我今天怎么能让你走呢？你还有什么行李么，还是你就这样来的？"

于是我告诉她我把行李留在了喜马偕尔交通运输办公室，并且跟人家说好过两个小时会来取。

"我这就让邮差给那边打电话。一直到明天，您的行李都是安全的。明天早上我们坐车去把它取回来。你在我这儿至少住一个星期，明白么？我要是早知道你人在马纳利，我也会过去住一阵子的。这些天我在这儿……哎……你先来厨房吧，可别饿着让你又想从我这儿跑掉呢！"

这样的新情况让我完全没有准备。我想着稍后再跟芭尔小姐讲这事儿，就随着她来到厨房里。厨房不像客厅那么混乱，可能是因为这儿没有那么多家具吧。一个铺着布套的安乐椅几乎完全空着，仅有一个装盐的调料瓶放在上面。我想，也许芭尔小姐做饭的时候会坐在上面呢。其余所有的餐具都放在一张破旧的桌子上。她快速地拿起椅子上的调料瓶放到桌子上，腾出位置来让我坐。

芭尔小姐匆忙地点着炉子，拿起一锅蔬菜放在上面。勺子有些脏，她赶忙跑出去洗了洗。回来后又找不着可以擦勺子的抹布，就索性在自己的衬衣上擦了两下，开始在锅里搅拌那些菜。

“这点儿菜真够咱们两个人吃么，是不是吃完以后两个人都还饿呢？”我问她。

“这里面可是有很多菜啊，”她弯下腰朝锅里看了看。

“都有些什么？”

芭尔小姐开始用勺子在锅里扒拉。“有很多呢，你看！有土豆，有茄子，或许……还有些南瓜。这个菜是我前天做的。”

“前天？”我感觉头被什么东西撞了一下，惊讶得不行。芭尔小姐还在那边搅拌着。

“我不会每天都做饭的，”她说，“如果每天都做饭，那哪有时间做别的事儿了。并且……嗯……我实在没有热情为自己一个人做饭。有时候我一次做好一个星期的饭，这样就可以毫无顾虑地每天吃了。只要你说，我现在就给你做点新鲜的。”

“你这儿的面饼也同样是前天剩下的么？”我吃惊得从椅子上站起来说。

“来，到这边来看嘛，看看你能不能吃。”她走到角落里一个藤编的小箱子旁边。我跟着她过来。她掀起盖子给我看，里面有二三十个完全干了的薄面饼。因为已经干了，面饼变得奇形怪状的。看完，我走到椅子旁，又坐了下来。

“我给你再做些面饼吧。”芭尔小姐说着，略有愧疚地看了看我。

“不用，不用，现成的有什么就吃点什么吧。”我说。然而我的内心深处却在谴责自己的这种绅士风度。

芭尔小姐盖上箱盖走回炉子旁。

“这点菜本也吃不到三天，”她说，“吃完以后，我会用果酱、洋葱还有盐就着面饼吃。这边李子特别多，所以我做了很多李子果酱。你尝尝看，很不错的果酱呢……等等，我给你拿个盘子。”

她马上跑到外屋，空出刚才放图钉的那个盘子，拿了进来。

“水杯我用来装……嗯……，芥末油了。”她回来说，“你用茶杯喝水，还是……”

鲑鱼！从刚才吃饭到现在吃完，芭尔小姐脑子里一直都是鲑鱼这个问题。如果按她说的，晚饭她可是要做鲑鱼呢！在她的一再坚持下，我答应留到第二天早上。更进一步的安排，芭尔小姐只有到那时再决定了。现在她得为晚饭作很多额外的安排，因为鲑鱼是很难弄来的。首先，她需要酥油，罐子里的酥油都已经见底了；另外，家里也没有洋葱和辣椒了；再有，炉子里的煤油也烧完了。吃完饭，她领着我出去逛逛，首先就跑到市场去了。可即便是市场的店主也没有酥油卖。芭尔小姐只好乞求邮差，让邮差从家里拿一磅酥油来应付晚饭，等明天她去库鲁买了再还给他。她还让邮差给她带点四季豆，并且拜托邮差，如果看到哪个卖鱼的，就给她买一条足足两磅重的鲑鱼。

“萨巴瓦尔先生，我真是给您添了太多麻烦。”她向邮差表示歉意，离开之前又说了七八次感谢的话。“但是您看，我家里来了朋友，除了鲑鱼，咱们这儿什么好吃的都没有啊。我会看着点巴利，要是能找到他，我就让他到河里去给我抓一条。但巴利那边不是那么可靠，请您一定帮我买一条。这事儿我也拜托阿特金森太太了。如果她也买到鲑鱼了，那我就今明两天都吃鲑鱼。请您多多留意着点儿，那些卖鱼的有时候并不吆喝，他们只是静悄悄地来。谢谢，非常感谢您啊！”

为我行李的事，芭尔小姐又打了电话到库鲁。此刻走在路上，她才有空开始讨论明天的早餐。

“今天晚上我们会有鲑鱼，但明早的早餐应该吃点儿什么呢？这里可没有西餐面包，不然我就给你烤面包就着蜂蜜吃。好吧，我们再看……”

路上洒满了阳光，一群羊——有绵羊，还有长毛的山羊——在我们俩前面走着。两只狗吐着舌头，一路看着那些羊。一辆吉普车从山坡上开下来，在羊群中引起一阵骚乱。牧羊人开始把羊往山上赶。一只小羊羔滑了一下摔在了山沟里，它抬起头来咩咩地叫着。芭尔小姐见牧羊的人谁都没有注意到那只羊羔，于是有些担心。“嗨，看那儿啊，那有只羊羔摔倒了。赶羊的，有只羊羔摔到山沟里了！去把它抱出来啊！嗨，赶羊的！”

前一天下了雨，比亚斯河的水位上涨了不少。河水拍打着河道里的巨石，被分成细流，发出阵阵响声。河面上方是用来渡河的吊索，吊索的滑轮转动着，索绳也被压得很低。吊索上载着两个人，正从河道这边滑向对岸。那两人忽然间大笑起来，“呵呵呵”的，好像在挑逗什么人一样。其中一人还大声地吹了个口哨。吊索滑到了河对岸，那两个大笑、吹口哨的人也从吊索上下来。吊索从河对岸又滑回来，在空中画出一道半圆的弧形。那边，从吊索上下来的两人还在大笑着。一个管吊索的男孩儿，从吊索上跳下来向我们走来。男孩儿说话的样子就好像刚刚发生了什么意外，又被他成功地化解了一样。

“夫人，”他说，“苏德勒什正是刚才那个人，是他给您的狗喂了东西。到现在，他还在瞎捣蛋。”

刚才那两人又笑又吹口哨都没能影响到芭尔小姐。然而此刻这个男孩儿的话却对她起了作用。她脸色苍白，声音也变得干哑。

“他是那边村里的，对么？”芭尔小姐问。

“是的，夫人。”

“你去告诉邮差，他会处理这个人的。”

“夫人，他跟我们说您……”

“你去干你自己的活吧，”芭尔小姐训斥他，“给邮差讲，今天之内就给那人一点儿教训。”

“但是，夫人……”

“你走吧，之后再到我家里来说吧。”

那男孩儿并不清楚这样交谈让他哪里冒犯了芭尔小姐，只好低着头默默地走开了。

我们在那儿又待了一会儿。芭尔小姐似乎是有些累了，坐在路边的大石头上。我凝望着河对岸远处那一行行的树，每一行都直通山顶。在蔚蓝的天空和气球般的云朵之间，这些树木就像画上的一道道线。河道的两岸都立着些深灰色的桥墩，但桥还没建起来。在河水的冲刷下，桥墩上沉积的泥土缓缓地流入河中。当我把目光再次转向芭尔小姐，她正在盯着我看，也许是想要知道刚才那男孩说的话给我留下了怎样的印象吧。

“我们走么？”目光刚一交汇，她就问我。

“嗯，我们走吧。”

芭尔小姐站了起来，呼吸变得有些急促。我们在路上走着，她开始跟我讲这边当地人是多么的迷信。她说，宾吉病了之后，当地人还认为是有人给它喂了什么东西呢。

“他们都是些文盲，目不识丁。我从来都不去驳斥他们，他们怎么可能一天之内就放弃这些迷信思想呢！不知道得要多少年呢！”

我们在路上走着，芭尔小姐一次次地朝我看，想要知道我是否相信她说的话。我捡起一块小石头，轻轻地扔了出去。有段路我们俩都默不作声。这样的沉默让我感到都有些不自在了，只好提议回她住的地方去。

“走吧，我得看看你新作的油画呢，”我说，“这三四个月里，你一定画了不少吧。”

“到家后，我们要先喝一两杯茶，”芭尔小姐回答说。“现在，我愿意放弃世上任何东西换来一杯热气腾腾的茶喝呢。出来之前我就想要喝个一两杯，可我又想我们不能耽误，得先跟邮差交代，否则卖鱼的很可能就走了。”

她的话令我不禁有些高兴，我这个三个月以来的第一个来客居然比她的画作还要重要呢。刚一回到家，她就全神贯注投入在煮茶的“大事”里。刚才一路走回来令她有些疲倦，爬一个缓坡的时候，她甚至有些气喘吁吁的。可她一分钟都没有休息。她大张旗鼓地煮茶，在我看来非常不正常，或许是因为我感觉有些小题大做吧。芭尔小姐紧张慌乱地找着勺子和茶杯，那架势好像有十位客人等着喝她的茶，而她不知道怎么样能快点安排好一样。

我在屋子里四处转着，跑去看起居室和门廊里挂着的一些油画。每一幅画都好似是之前见到过的。还有一些比较大的画作，是芭尔小姐拿到旁遮普画展展出过的。画里的人物形象在我们看来都很奇怪，如果是真人，肯定要被人嘲笑。不知道芭尔小姐为什么总是画这样的人脸，那些形象从各种角度看都是畸形的。我把屋子和门廊整个都转了一遍。除了一些尚未完成的草图，一幅新作品都没看到。于是我跑到厨房问芭尔小姐她的新画作都放哪儿了。

“别管那些画了，”芭尔小姐一边洗着茶杯一边说，“喝完茶我们就去上山的那条路散步。那儿有座年代久远的庙呢，祭司会给你讲那些足以令你吃惊的故事。上次他告诉我，这里之前有几座寺庙，人们可以去求雨。求过之后呢，如果大神没能送来雨水，人们就把他抓到希丁巴[①]女神庙里绞死。这主意多令人兴奋啊！要是哪位大神不为你办事，那就绞死他！跟你讲，兰吉特，这边的人就是这么迷信，有很多迷信的东西，多得难以描述。这些人还生活在俱卢和般度[②]那个时代，跟现代社会简直没有联系。”

芭尔小姐看了我一眼，又跑去找糖了。“糖跑哪儿去了？刚才还在我手里呢，不知道让我放哪儿了。看看我现在变得多健忘啊！唯一的治疗办法就是：让人手里拿着棍子好好敲我两棒子。这就是某些像我这样的人的生活。”

“你在这儿没画几幅风景画么？”我问道。

“我画了很多画，只是到目前为止还没有已经完成的。”芭尔小姐的回答就像是想让自己从困境中解脱一样。“过些天我会加把劲儿把它们都画完。松节油也没有了，哪天我得去再买点儿。我想过好几次要去马纳利买油画布和松节油呢，但我总是有些偷懒吧。我还得买点画纸去。很快我就会一次把这些事儿都办了。”

说着说着，芭尔小姐的眼睛低垂下来，她心里为这些事感到羞愧，又想掩饰这种情感，只好一直不停地说话。我还是沉默着，继续看她往茶里加糖。看着她，我感到了某种悲哀，那悲哀将我带到某个荒凉的海滩，又或是某个被高山环绕、与世隔绝的山谷。

“从明天开始，我的首要任务就是把家里收拾好。”没过一会儿，

---

①《摩诃婆罗多》中罗刹希丁波的妹妹希丁巴和怖军成亲生下半人半罗刹的儿子瓶首。
②《摩诃婆罗多》中的王族。

芭尔小姐又开始滔滔不绝地说起来。“首先呢，我必须把家里的各种物品规整到位。在德里的时候，我多么喜欢自己钩织窗帘啊！想把家里装饰一新，这你是知道的。跟之前一样，那些窗帘现在还收在盒子里，我一直没想把它们挂上。明天我就去让木匠做一些杆子，把窗帘挂起来。我还要在家里备些吃的，买些饼干、黄油、面包，咸菜肯定也是必不可少的。这些东西库鲁都有，我去买点回来准备着。库鲁也能买到松节油呢。”

她把茶杯递到我的手里，我还是没说一句话，只是沉默着啜了几小口。我的脑子都已经麻木了。在德里，大家跟我讲了关于芭尔小姐的各种传闻，然而在这儿，她过得却是如此孤独而让人讽刺。

鲑鱼！尽管做了那么多努力，芭尔小姐那天还是没能弄来鲑鱼。邮差说卖鱼的压根就没来。女房东的看守巴利也不愿意去河里抓鱼，不管芭尔小姐再怎么说好话，他都说要巡逻、看房子，所以没有时间。阿特金森太太的儿子们倒是钓到了一条鲑鱼，但他们的父亲特意说了要吃鲑鱼片，所以也不能把鱼让给芭尔小姐。对了，邮差当然是送了四季豆过来，送了米和干的四季豆啊！这样一来，芭尔小姐对晚饭的热情一瞬间就消失殆尽了。做饭的时候也没什么心思，所以米饭都有些焦了。晚饭的时候，她向我表示了歉意。

“我真是不幸啊，兰吉特，方方面面都很不幸。”她说。

晚饭后我们把椅子搬到屋子外面坐在室外。她两手抱头望着天空。那天是满月的前一两天，皎洁的月光洒满了整个夜空。比亚斯河的水流声在空中回响。同时，还有树叶沙沙的响声，以及农田里稻草的嗖嗖声。空气是那么沁人心脾。有一朵云，从眼前那座山的后面缓缓地升起，向月亮慢慢地滑了过去。

“怎么了芭尔小姐？你怎么说这么伤感的话呢？”我问她。“如果是为了米饭煳了的事，那大可不必啊。”芭尔小姐一直看着眼前远山模糊的轮廓线，好像在寻找着什么。

“我感到，兰吉特，我的生活完全没有任何意义。”她说。

然后她开始跟我讲述小时候的生活。她满是委屈，认为从家庭里，她从始至终没得到过幸福，也从未得到过父母的关爱。即便是她的妈妈，她的亲妈，也并不怎么爱她。所以，15年前她就离开家出来工作了。

“你能想象么？我妈妈甚至不愿意让我待在家里。爸爸也对我学音乐的事儿很恼怒。他曾说他的家是个家，不是什么妓院。哥哥对我是有感情的，可在他结婚以后也都被夺走了。但有一件事我是确定无疑的：无论遭受过多么大的挫折，我始终保持着……嗯……我的纯洁。对一个单身女孩来说这有多不容易，你能够想象到么？我也想去拉合尔看看，也想给那个城市画几幅画。但我没有去，因为我感到那有悖……人性，我一个人又能做什么呢？你知道办公室那些人是如何说我的，他们说了多么不好听的话！这就是我恨他们每个人的原因。那个布克哈里亚，还有米尔扎，还有朱拉沃尔辛格！跟那些人，喝杯咖啡我都不愿意。你记得那次朱拉沃尔辛格说我……”

于是芭尔小姐又开始描述办公室里那些无关紧要的琐事。她再次陷入办公室那个氛围而变得有些怒气冲冲。我对她说，别再去想办公室那些人了，而是把注意力集中在你的琴和画上。

“你就在这儿住着，画些好的作品，然后回德里开你自己的画展，”我说，“当人们看到了你的画作，听到了你的名字，他们就会自然而然地夸赞你。”

“不，我不会去参加任何画展。”芭尔小姐说道。像之前一样，她还是直勾勾地看着前方。“你了解这里面卷入了多少政治因素。我可不想跟政治打交道。我现在有三四千卢比，这足以让我生活很长一段时间。当钱都花完了，那时……”她变得沉默起来，仿佛陷入沉思。

我非常想听她接下来要说些什么。但过了一会儿，芭尔小姐耸耸肩说：“到那时总会发生点什么吧。等着时间到来吧，会知道的。”

云层渐渐开始上升，空气中寒意渐浓。阵阵山风从森林里刮来，令我一次次打着寒战。隔壁屋子的收音机里放着西方流行音乐。再往前的那个屋子里传来那户人家的欢声笑语。芭尔小姐闭着眼睛，跟我讲着她到霍斯希亚尔普尔[①]看星象的事儿。她说据星象图显示，她一出生就带着诅咒——永远不会得到幸福。财富、名声、感情，都不会给她带来幸福。诅咒的原因来自她的前世。前世里，她是一位貌美的女子，且精于音乐、舞蹈和其他各种艺术。父亲很富有，她又是独生女。丈夫也很是英俊有钱。

“美貌和才艺让我过于自负，从不把自己的丈夫当回事，导致他郁郁寡欢而亡。因此，我就得到了这样的诅咒，诅咒我这一世不会获得幸福。”

我还是默默看着她。今天早些时候，她提到过当地人的那些迷信思想，还以此取笑别人呢！突然，芭尔小姐说着说着停了下来，两眼看着我。仿佛有什么东西在她那涂得鲜红的双唇之间颤抖了一下。我们都一言不发地坐了一会儿。云层渐渐遮挡住月光，黑暗将我们笼罩。忽然间，连隔壁那家的灯也熄灭了，四周变得愈发黑漆漆了。

芭尔小姐还是那样看着我。我感到周围的空气变得很沉重。我

① 印度旁遮普邦的一个县。

把椅子向后推了推，猛地一下站了起来。“今晚我们就到这儿吧，”我说，“回去睡觉吧，我们明天早上还可以聊的。”

“好，”说着她从椅子上起身，“我去给你铺床。你说，我给你铺在门廊里，还是……”

“行，铺在门廊里吧。屋里面我会感觉热的。”

“你听我说，夜里可是会冷的。”

“没事，我喜欢这儿山里的清风。”

躺在门廊里，我透过格窗久久地向外眺望。云层已经布满了整个夜空，河里水流的声音近在耳旁。格窗里，一个蜘蛛网随风摇动着。近处一只老鼠正啃着什么。我也能听见屋子里芭尔小姐反反复复翻身的声音。

“兰吉特！”里屋传来的声音让我全身上下为之一颤。

“芭尔小姐。”

“你不觉得冷么？”

“不冷，我喜欢外面的清风。”

豆大的雨滴“嗒嗒嗒”地点点落下。雨淋在了被褥上，我想着换到别的地方睡。当我打开门廊里的灯，那些杂乱的物品才映入我的眼帘。刚才为了给我铺床，芭尔小姐把这儿弄得更加乱糟糟的。一张三脚桌翻倒在我旁边，它前面一点儿，一些画框扔在地上，挡住过道。角落里，芭尔小姐的画笔和脏衣服乱七八糟地堆了一地。

屋里的小床又嘎吱嘎吱地响了几声，随后是一双脚走在木地板上的声响。再往后，是从壶里倒出水用杯子喝掉的声音。

“兰吉特？”

“芭尔小姐！”

“你渴了么？”

“不渴。”

“好，睡吧。”

有一次，我仿佛听见身旁有急促的呼吸声慢慢走近。那声音缓缓地、一点点地靠近，似乎控制了整个空间，周围的一切都能感到它的压抑。雨渐渐小了以后，我又回到格窗旁，像之前那样向外眺望。这时，有个东西掉在了地上发出撞击的响声。

“什么东西掉了，兰吉特？”里面传出声音。

“我不清楚，也许是老鼠撞倒了什么吧。”

“是吗，我在这儿住很受老鼠困扰呢。”

我还是沉默不言。里屋的床再次嘎吱嘎吱地响了几声。

“行！睡觉！”

雨下了一整晚。第二天一早雨停了，天空却没有放晴。从起床直到喝茶，芭尔小姐和我，两个人都没说几句话。即便是茶煮好的时候，她也只是自言自语地嘟囔了几句。我告诉她我准备坐第一班车走。她压根儿没提要留我的话，就是一般性质的聊天，感觉她将我拒之千里，像跟一个完全陌生的人讲话一样。为了避免跟我说话，她不停地忙着各种琐事。她整个人都让我感到很不自在。我想要打破僵局，以免离开的时候尴尬，于是尝试着讲了些无伤大雅的笑话，但芭尔小姐的脸上没有闪过哪怕一丝的微笑。

“芭尔小姐，现在我们得商量一下出门的事了，”最终还是我说了话，“你昨天说要跟我一起去库鲁。这个主意不错，你可以把所有需要的东西都买回来。不然等过几天，你又会懒得去。”

“不，我不会懒的，”芭尔小姐说，“有空我会去，把所有要买的东西都买回来。”

她收起门廊里散落的衣服，漫无目的地到处放着。她说：“今天下雨，出门也不方便。明天或是后天什么时候我再去。有那么多东西要买，我也该认真计划好再去。今天雾太大了，就不去了。”

“雾大的天气难道就不能买东西了么？”我问她。想要以我的坚持打动她，我说：“告诉我装酥油和松节油的罐子在哪儿。你要是有个大袋子，那就一并带上，可以装些零碎物品。早上一有车我们就一起去。我得到库鲁坐12点钟的车继续赶路。你呢，今天什么时候想回来了，坐任何一班车都可以嘛。”

我知道她一定还会推脱，就故意把话说成好像她已经决定了的样子。芭尔小姐在屋里翻箱倒柜的给自己找活干。她脸上的表情让我明白我说的话对她没起什么作用，她只想尽快回到她一个人那与世隔绝的生活中去。

“这个小地方想买张车票可绝非容易的事情，”她说，“一下弄两个座位就更是难上加难了。你何必因为我而误了中午12点的车呢？你自己走吧。我明天或后天去把要买的都买回来。”

好像突然想起了什么，她赶忙转过脸跑到另一个房间去了。过了一会儿，她手上拿着件衬裙从房间里出来，只见那衬裙被虫子咬破了几个洞。像是对这样的损失有些懊恼，她板起脸来把它朝一个角落里扔了过去。她有些为难地说：“我跟你说了，你走吧。你知道，我一个人就要占两个座位。”

“别讲这些借口，”我说，“如果第一辆车没有座位的话，那下一辆总会有的。快来告诉我那些罐子都放在哪儿了。”

也许她不想再跟我多说话，芭尔小姐这次没有再反驳。“好吧，你坐下。我现在就把它们找出来。”她避开我的眼神，径直走入厨房里。

第一辆车确实没有座位了。司机连停都没停，只是作了个手势示意车已经满载了。第二辆车同样没有位置，但我们费了一番口舌之后，还是挤上了车。由于昨夜的大雨冲毁了道路，有个地方在修路，我们很晚才到库鲁。12点的那辆车已经从马纳利开来了，几乎跟我们同时进站。那时到12点只有一刻钟了。我赶忙跑上车放好行李，又马上下来找芭尔小姐。她的两只手里拿着那两个空的罐子，我想把罐子拿过来，她赶紧放在身后。

“走吧，我们这就去市场给你买那些东西。”我喊她。

“别老想着那些东西了，”她说，“你的车都来了，快上车去吧。那些东西什么时候我都可以买，但错过了这辆车就再没车了。两点钟的车肯定是在马纳利就满了，那样的话你一整天都得耗在这儿。”

“耗一天就耗一天嘛，”我说，“我们现在就去市场买东西。今天要是我真的坐不上一辆车，就跟你一起回去等着坐明天的车。我又不急着要回去。”

“别，你走吧，”芭尔小姐一再地坚持着，“给你添这麻烦干吗呢？我那些东西什么时候都可以买的。”

“可是在我看来，你今天会原封不动地拿着这两个空罐子又跑回家去。”

“不，不会的。”芭尔小姐眼含泪花，她转过脸去忍住泪水。“你感觉我那么不在意自己的身体么？要是不在意，我怎么会胖成这个样子？来吧，把钱给我，我去给你买票。再耽搁下去，这辆车也会没座了呢。”

“你不用这么执拗啊，芭尔小姐！我真的没什么急事儿要回去。”

“我说过了，把钱给我，我去给你买票。哦，不对，你别给了。昨天你就因为我而浪费了一张票，我怎么能再问你要钱呢？”

说完芭尔小姐立刻放下罐子，朝售票亭走去。

“等等，芭尔小姐！”我不知所措地掏出钱包喊她。

“你在这等着吧，我很快就回来。我去的这会儿，你把行李从车厢里取出来放到车顶的行李架上。”

我不知道当时那一阵子脑子里都想了些什么，只知道当我把行李从车厢里拿出来让人装上行李架后，芭尔小姐还在售票亭外面排着队。

那天正值周六，学校放学早。有很多学生背着书包从苏丹普尔[①]那边的山上下来。有些学生想要看汽车站里来来往往的旅客，就聚集在那儿。芭尔小姐那天穿了一件洋葱色的印式长裙，头上围着头巾。这样一身装束，从后面看的时候，使她的身形显得更加臃肿。学生们一个接一个地朝售票亭走来。芭尔小姐正弯下腰在售票亭的窗口里买票。这时，有个男孩儿小声喊了句：“这有个怪胎！看，怪胎！”

听到他的叫喊，周围的学生都哈哈大笑起来。我感觉像是有人往我本已沉重的脑袋上又堆了一块石头似的。学生们都跑过来围着售票亭看，彼此之间小声议论着。然而我什么都无法对他们讲，那样一定会引起芭尔小姐的注意，所以只好转过脸去看河对面过来的那些人。即便如此，孩子们的话还是不断传到我耳朵里来。两个姑娘用很轻柔的声音议论着。

“那是个男的。”

“不是，是个女的。”

“你看他的头发，再看身体的其他部分，就是个男的。”

“你看那衣服，整体看，就是女的嘛。”

“过来，孩子过来，到我旁边来看。”芭尔小姐的话让我很是

① 印度北方邦的一个县。

惊讶。

她买了票离开售票窗口朝我走来。

看见她朝这边走来，孩子们大叫起来：“她来了，她来了！”一边叫着一边又跑开了。有一个男孩儿在马路上看到她，朝她喊道：“怪胎！看，这是个怪胎。”

芭尔小姐走到马路上，跟在男孩后面走了几步。

“来吧，孩子，到我这里来，”她不停地呼唤着，“我不会打你们的，给你们太妃糖吃。来吧……”

孩子们不但没有向她走去，反而跑得更远了。芭尔小姐在马路上站了一会儿，才回来找我，她脸上的表情难以言述。眼眶里的泪水马上就要流下来了，为了掩饰那泪水，她试着无力地笑了笑。不知她把自己的嘴唇咬得多狠，嘴唇上有好几个地方口红印都不见了。她那褪了色的衬衣的针脚也都开到了肩膀。

“孩子们多可爱啊，不是吗？”她说着眨了眨眼睛，把眼泪憋了回去。

我点点头以示赞同。我感到头像石头一般沉。在那之后，我不记得芭尔小姐对我说了些什么，也不记得我跟她说了些什么。仿佛大脑已经跟眼睛和嘴巴分离开了。我仅仅只记得我试图给她钱让她去买票，她却没有要，不管我怎样坚持，到最后还是没有要。至于是怎样的潜意识机制在维持着我跟她谈话的连贯，我不得而知。我的耳朵里只听到芭尔小姐在讲话，我也在讲话。那话语就像来自远方——模糊、不确定、毫无意义。我听清楚了几句话，“你回去以后，兰吉特，别跟办公室任何人提起我。你明白么？你知道那些人有多卑鄙。或者，要是你不跟别人讲在这儿遇到我这件事，那就更好了。我不想让那儿的任何人了解我的任何事，对我做任何评价。

你要清楚。”

大巴车发动以后，我透过车窗看着芭尔小姐。车开动后，她开始朝我挥手，手中拿着那两个空空的罐子。我也向她挥了挥手，在车转弯之前，我一直看着那两个空罐子在她的手中挥舞。

玻璃缸

玻璃缸里养着淡水鱼，都是鲤鱼类的。我的目光注视着那些鱼，久久没有移开。“小金鱼儿，你又在看鱼呢？”肖芭从我身后悄悄走来，吓了我一跳。

我知道她是因为我金色的头发才这么说的，便笑着离开鱼缸旁。我想解释我是刚好走到了鱼缸旁边便逗留了一会儿。肖芭走到沙发旁坐下，抚弄着我的头发，她说：“把这个鱼缸送给你怎么样？”

她的手指让我感到很舒服。我牵住她的手仔细端详，她的手指又细又长，血管如细丝般蔓延开来。我想轻吻她的手指，但我没有这么做，怕她又说：“你这么敏感的女孩是如何承受生活的重担的呢？”

她十指相扣，静坐在沙发上。沙发粗糙的纹路愈发衬托出她手指的柔软。小鱼在水藻间巡游，而她的手感觉就像是渔网一般。颤抖的小鱼在“网”中快速聚拢。颤抖了一会儿后，一些小鱼逐渐回归平静，其他的，仍在做着微弱的反抗。

“你不高兴吗？”我像是有什么依据似的问道。一抹浅笑漾在她的面庞上——正如她那一贯的笑容。空气中微尘飘散，我心里的微尘也散布开来。我再次握紧她的纤手，静静凝视着她的双眸，看也不看那些水藻，她的眼中似乎也满是笑意。

“高兴只是一种心情，”她说道，“它来源于内心，别人谁又能给你呢？”

她说的是那样自然，但于我却是谎言。她的微笑溢出双眸。我的手指却突然打了个冷战。

“他最近在哪？”我问道。

“谁？”她又在说谎。

“就那个人。”

“我怎么知道？”她的眉头稍稍一耸，但尽量不表现出来，“一年前还在加尔各答。”

“没来过信吗？”

“没有。”

“你也没写过吗？”

“嗯。”

“为什么不写呢？”

她把手松开，目光向门的方向看去，仿佛谁会从那进来似的。随后，她把手腕上的水晶手链调整了一下。她双眼紧闭又尽力睁开。我感到她的双唇上有了浅浅的皱纹。

“唉，往事不堪回首啊。”她说。

想着把嘴唇和双眼靠得离我近点，她把下巴凑过来问道：“你相信你会幸福吗？”我没有回答她，只是默默看着她。她笑着嘟囔着什么，然后突然站起身来。“妈妈要找我了，”她说道，“我要回去了。你就用这些小鱼解解闷吧。我跟阿姨说现在给你……”

“给我什么？”

“跟阿姨说的，为什么要给你说呀？”

她走之后，精心装潢的客厅显得更加空荡。我走到窗边，窗帘和窗棂无不使我感到冰冷异常。呼吸似乎也被什么阻噎，我大口喘着气，好像是支气管炎发作了似的，口中的气息无法呼出。

基尼和巴布正在草地上玩耍，他们笑着跑着。巴布把基尼推倒，坐在她的肚子上。基尼挣扎着想要站起身，翻来覆去，手脚并用，巴布则把手压在基尼肩上，以此来控制住她。巴布以胜利者的姿态压在基尼身上，基尼大声地叫喊着。突然，她停止了呼喊，一边哭着一边用外套擦着眼泪，双眼通红，然后慢慢爬起来，开始追巴布。巴布威胁他，基尼噘着小嘴。但没一会儿两个小家伙又开始笑了。

我问了肖芭很多问题。比如鱼是怎样生活的，给它们吃什么，怎样喂食，鱼能活多久，到哪产卵。还有一次我问她：“这儿有五六种鱼，那它们的情感生活怎么办？”

肖芭笑着回答道：“对了，我忘了给阿姨说了，现在得赶紧给你……”

我并不觉得好笑。不知道她有没有想过我为什么在玻璃缸旁站这么久。我怎么会告诉她我在那里看什么？告诉她这种鱼的尾巴是弯曲的，还是说黑摩尔鱼的嘴在一张一合？在玻璃缸中游动的金鱼怡然自得，但每天看的话心里也会抑郁起来。想想看，它们是怎样在水里生活的？它们就没想过游到开放的水域里吗？它们似乎没有发现彼此是不同的，那么它们之间是如何交流的呢？或者把玻璃撞碎后它们是否就从玻璃缸以及互相之间的束缚中解脱了呢？肖芭介绍说：“你看，这条是奥兰达，这条是扇尾。实际上它们一年产卵一次。一共只有两年的寿命。要通过供氧机给它们提供氧气。水温要控制在50到60华氏度。给它们喂干饲料，它们也吃糠麸。水底要铺设水藻……”

我深深地呼出一口气，明白了她的意思。她把手搭在我肩上，若有所思地站到我身旁。她问：“说实话，你真没爱过谁吗？”

我故意表现得很顽皮，说道：“当然爱过咯。”

她用手托住我的脸，看着我的眼睛，问道：“谁啊？”

我笑了，回答她说：“你啊，妈妈啊，还有鱼啊。”

她用指甲掐了一下我的脸，还是那样看着我。我顿了一下，问她：“那你呢？”

她把手收了回去，我感觉脸像剥去了那层皮一样。她的眉下再次出现细微的皱纹——不像上次那么浅。她喃喃道：“谁也没爱过。”

我的心中充满疑惑，想劝她不要结婚，但我没有说。毕竟，在她结婚前一天说这些是不合适的……

苏巴斯很快就要回来了。他一遍又一遍提醒妈妈自己周四一定能回来，这样就不会出现他回来了家里却没人的状况。妈妈得知消息后忙里忙外的。苏巴斯亲自写信交代回来的情况，从小时候他就懂得这些礼节。他父亲去世后不久他就被带到了我们家。他那时不小了，已经在读文学学士。而我们那时还小，对他几乎没有一点记忆，只是从妈妈口中听说过他。他只住了一周。那时是1970年。感觉他做的都是大人做的事，他经常跟爸爸讨论哲学问题，妈妈听着他们聊天都忘了手上的活。爸爸每每看到这样，就会很生气。妈妈感到很伤心，认为像苏巴斯这样的年龄不应该做这些事。

其实他并没有想象中那么开朗。该说话的时候也不说，而是好像在想些什么似的。他经常把手伸进自己的卷发里，把打成结的头发捋好。吃饭的时候给他盛点饭，他就安静地吃起来。如果被问起饭菜里的盐是放多了还是少了，他就会吓得突然颤抖起来。“我忘了，我尝尝再告诉您。”说完就看他真的尝了尝。

妈妈每每提到他都会热泪盈眶，她说，这个孩子一生中只要遇到机会，一定会离开的。当得知他现在是AG办公室职员时，妈妈一天都没有吃东西。

“妈妈，我们对苏巴斯来说是什么人呀？”我们稍大点的时候就问妈妈。妈妈把我和比利揽进怀里说：“对苏巴斯来说，我们和其他人没有什么区别。”后来我和比利还进行了“验证”，却没有得到任何结果。最后比利总结道：“我们对他来说什么人都不算。”

关于此事我俩还吵了起来。

后来几年偶尔会有他的消息传来。妈妈说他读了私立大学的文学硕士，现在已经是讲师了。他想努力获得奖学金出国，但没有遂愿。据说他还是获得了奖学金，但不是自己感兴趣的学科。几年过去了，妈妈每写大概三封信他才回一封。妈妈把信念给我们所有人听，一整天都在念叨他的事，之后又把信收好认真地放起来。妈妈念的时候，只有我会感兴趣。比利总会开起玩笑，还说根本就没有叫“苏巴斯”那个名字的人，而是妈妈自己写了信再署上名。爸爸听着信却假装没有听，把头埋到书刊杂志里。有时他的眉毛会微微皱起，为掩饰愠色他会突然站起来。

我问妈妈：“妈妈，既然都写信过来了，为什么不来家里看看呢？”

“要是真有这个人，那肯定早来了！”比利插话道。

妈妈生起气来。她觉得比利说了不吉利的话。比利笑着开始说他的逻辑，“妈妈，要想证明这件事情的话……”

“他不是什么事情，他是人！”感觉妈妈就准备扇比利的耳光了，我赶紧把比利拉到另一个房间，问他：“比利，你都这么大了怎么还惹妈妈生气呢？”

比利笑了笑，就那样没脸没皮的，他说：“我觉得惹妈妈生气很有意思。”

“但她会在心里哭泣……”

“我刺激她，就是想让她笑一笑，不要总是哭。”

过了两年，妈妈给我们讲起苏巴斯的婚讯。妈妈去德里治肿瘤的时候遇到了他。那时他正和妻子度假。妈妈远远地看到他的妻子走进商店买东西。苏巴斯看到妈妈没有表现出任何欢迎的意思，而是装作很忙，很快就走了。他说，写信说吧。妈妈的心情简直糟透了，她说：“现在这个苏巴斯已经不是以前那个了，完全变了。”

妈妈虽然离开了德里，眼里的泪水却久久无法擦干。妈妈说话的风格也变了，神情若有所失，不再像以前那样开朗了，好像她的心里郁积着什么。妈妈再被问到苏巴斯为什么没有告知她他的婚讯的时候，只是那样愣了一下。然后，一句简短的话似乎就盖过了所有解释——他会写信来的。

关于那件事妈妈久久不能忘怀，比起肿瘤，它更让妈妈伤心。苏巴斯，那个妈妈领回家的苏巴斯、那个她写信给他的苏巴斯、那个她常常提及的苏巴斯，他不应该这样……不应该……十三年来她一直看着他长大，可当再见到他，却会是这样……

“他的妻子一定很漂亮，”我对妈妈说，“否则怎么会把所有的亲人忘得一干二净呢？”

妈妈突然吃惊地看着我，仿佛她感到我忽然长大，竟然会说这么有见识的话了。她摸着我的头发说道：“我们不是他的亲人，但我想……”

“他的妻子漂亮吗？”我又问道。

“没仔细看，”妈妈像是在自言自语，“远看是挺漂亮的。”

“那么……”说起来我才不过十八岁，却已经成熟到处于妈妈那种心态下还能笑得出来。

之后两年，我们始终没有收到他的来信。妈妈也不再给他写信。自那次相遇以后她的心一直揪着。有时候聊起天来，妈妈还会提起他，但却坚持不再给他写信了。

比利开玩笑说，苏巴斯来信喽。妈妈明知是玩笑话，却又克制不住自己去相信，她问：“真的来信了吗？”我问妈妈，怎么就看不出那是比利的玩笑话呢？妈妈觉得很是羞愧。她私下里跟我说：“也不知道他现在过得怎么样，希望他能过得好一些，那我心里也会好一点的。如果那天好好把话说清楚，就不会像现在这样担心了……”

我摇了摇头，数起了火柴棍——这是那些天养成的习惯——我一坐到妈妈身边就开始数火柴棍。

那段日子有些人从国外[①]回来。爸爸、妈妈此前了解到苏巴斯人在锡亚尔科特[②]。一有人回来，大家就会聚在巷子里，把那儿当作一个“消息中介”。听说有人回来了，爸爸也会把他们请到家里来吃饭，想着从他们那里或许可以知道些什么。妈妈对此并不感到高兴，她想着苏巴斯在锡亚尔科特也不一定是什么大人物，能有什么消息呢。可是那些天里，她的目光却一直在那些消息人士身上。

有一次，有个人过来坐了很久。爸爸很多天没喝酒，却再次喝起了威士忌，跟那人无所顾忌地聊着天。起初房间里只有他们两个

① 此处指巴基斯坦。

② 巴基斯坦旁遮普省东北部的一座城市。

人，后来妈妈也被叫去了。妈妈像尊石像一样坐在两人之间。我时不时地进去添添水，送送点心。那人打量过我之后问道：“现在盘发的方式跟以前完全不一样了吗？这才没过几年呢，每次我在那边看到这样的发式，都会去想……”

我感觉自己的头发盘得挺好。妈妈就曾说过，感觉现在照片里的自己看起来很美。我也一直跟妈妈这样讲。现在我跟妈妈有了同样的感觉。这些话先前从未有人对我说过。

有一次我进房间的时候，他们正聊到某个“辛普纳特”医生。那个人讲：“分治的时候，辛普纳特医生整个家都败了啊——还扔下了一个男孩。那天一个穆斯林目睹了这一幕，就把准备回去的辛普纳特医生用刀捅死了……”

妈妈借口说要哄基尼睡觉，起身想离开，其实基尼早就睡着了。但妈妈又返回来没有走。她一动不动地坐在床边。我走到她身旁叫了她一声，“妈妈！”她吓得颤抖了一下，好像踩到了钉子一样。

吃饭的时候又聊起了刚才的话题。那个人说道：“辛普纳特医生的儿子也不会有什么好的结果啊，辛普纳特医生的老婆死了，他自己怎么能养活儿子呢！那是一个多么可怜又命途坎坷的孩子啊。知道吗，他又出了次车祸呢……”

“苏巴斯发生车祸了？”一直一言不发的妈妈突然问道。爸爸把汤勺递给我让我去盛点肉。他的脸色就好像是妈妈的问话犯了什么罪似的。

我盛了肉回来，看妈妈那表情简直像是要哭出来了。那位先生继续讲：“……听说他家里发生了一连串这样的倒霉事。但实际上，哪句是真，哪句是假谁又能说清呢？人们怎么说的都有，但他的一个特别要好的朋友给我讲他是故意跑到摩托车前的……”

爸爸又把我打发到厨房去了，这次是让我去拿桌上的米饭和小面饼。我回来后听到爸爸说："我一直觉得这家伙有自杀倾向[①]。"

妈妈从那个人那里得到了苏巴斯新的地址。接连几天爸爸都对妈妈毫无缘由地发火。他以前也发过火，但从来没有这么严重过。妈妈默默听着爸爸的责骂，也不争辩，大概是放弃了争辩。她只是屏住气息静静听着，一边做着手上的活儿。每当做了什么事不合爸爸的意愿时，她都不会争辩，而是默默忍受。想要跟爸爸说点什么或是要点什么的时候，她总会感觉自己渺小无力。在家用的问题上也是如此，爸爸从来都是自己决定，说给多少就是多少。有时候给的少了，妈妈就会哭，或者跑来跟我讲，但却从不让我去问爸爸要。

妈妈没有自己给苏巴斯写信，而是让我给他写。她念我写，然后再修改我写的内容。内容无非就是——我们知道他发生事故后都很担心他，希望他能回来见一面。写完信我问妈妈："你为什么不自己写呢？"

妈妈只是摇了摇头，摇头之前向爸爸房间的方向望了望。爸爸正在跟谁说着话。"该来的都会来的。"她心不在焉地自言自语道。大概那些日子手头很紧，所以家里的开销都要好好计划。那几天肖芭的婚礼也要举行，因此日子过得愈发拮据。

回信很快就收到了，收件人写的是我的名字。这可是"苏巴斯"这个陌生名字写给我的第一封信。信上说，二月底会回来。信里面叫我"金丝猫[②]"——"金丝猫，你都长这么大了，都可以用英语写信了呀？"

妈妈说，"金丝猫"是他从前对我的称呼。他把我像猫一样抱在

① 原句为英语"I always thought the boy had suicidal tendencies."
② 原文为"brown cat"。

怀里，用手抚摸我的背。我是个安静的女孩，即使喘不过气来，我也不会做出任何反抗。基尼是很闹腾的，我却不是。不管多小的事，基尼都会大声大叫，让家里所有人都抬起头来关注她。八岁了还像个五岁的小孩一样哭闹。

妈妈也很溺爱基尼。宠爱基尼，是她的生活必需，这样她心里的阴郁才能得到缓解。我认为这种方式并不好，基尼就像是个被宠坏的洋娃娃，把这么大的孩子宠成洋娃娃能有什么好处？在戈温小学就有一个这样的女孩跟我们一起读书，她的名字刚好就叫多丽[①]，她的习惯让所有人都很不舒服，对我来说更是这样。一个好手好脚、健健康康、能走能跳的女孩却被惯成了洋娃娃。嘁！

但妈妈不这样认为，还跟我起了争执。她的心里或许认为，我一定是嫉妒基尼——不仅我嫉妒，比利也嫉妒，因为他把基尼的脖子抓破，把她的本子、铅笔统统抢走藏了起来。基尼不洗澡我就不让她吃早饭，还让她自己梳头。妈妈责备我们，认为我们做得不对。有好几次她都说："你们这个年龄已经够好了，让你们都去戈温小学读书，想做什么都让你们做，可是我能为这个可怜的小家伙做些什么呢？"

我心里很生气，但还是缄口不言。有好多次我的话都到嘴边了，最终还是忍住了。我能说什么呢，难道告诉她我想考硕士么？我害怕妈妈会哭。每天都会有这样那样的事惹她哭。我不想存心用这样的理由让她哭。

那天夜里很晚，苏巴斯的车来了。比利跑去车站接的他。就在我们几乎都不抱任何希望的时候，他回来了。此前他曾两次改变行程。我们把房子里外都打扫完了，他却发来电报说："我要去安巴拉

① 原文为"Dolly"，意指洋娃娃。

待四天，一周后到家。”后来又说：“因为工作原因要在德里耽搁几天，会再发电报来的。”

我心里一团烦乱，生起闷气来。更多的不是生他的气，而是生自己的气，生妈妈的气。肖芭婚礼结束之后，我们在她那里连一天都没有多待，坐最早的车就回来了。回家之后就忙里忙外收拾房间，而苏巴斯呢？一会去了安巴拉，一会又待在德里。

那天，电报又来了：“我将坐旁遮普号过来。”这次我对妈妈说，我不再收拾屋子了，我忙活了这么多次，也没见到他来。比利也说：“就没有收拾的必要，后面肯定还跟着另外一封电报呢。”然而第二个电报一直没见来，反倒是比利需要去车站接人。

旁遮普号那天晚点了六个小时。

妈妈没觉得晚点有什么问题，她让我去收拾屋子，但我却自己睡觉去了。爸爸也回到自己房间睡觉了。妈妈把基尼哄睡着了以后来到我身旁躺下，就好像是刻意要让我醒着。我撒着娇哼哼，对妈妈说：“妈妈，你哄着我睡觉吧。”然而我其实并不瞌睡。妈妈很久没有这样了，她像对待小孩子一样宠着我，她亲吻我的脸，嘴里好像在嘟囔着：“我的小公主……好孩子……我是你的好妈妈……”她这样哄着我。我坐了起来，问她：“妈妈，你在说什么呢？”妈妈没有听到，双眼紧闭，只能感到她呼出的气息。

我听见马蹄和车铃声渐近，猜想是苏巴斯的马车来了。虽然路上早就有好几辆马车过去了，但感觉那些马车和这辆的声响就是不一样。也许是因为这辆马车来的时候，我已经真的是睡眼蒙眬了。我睁开眼睛，醒了过来。比利咚咚地敲着门，他是骑自行车回来的。妈妈则慌忙地起床跑去开门。

我突然有种特别奇妙的感觉。到客厅之后，我在窗帘后面躲了一会，就好像站在高高的桥上要跳进河里的感觉。平日，我们在戈温的学校生活很无聊，但谁都得毫不犹豫地去面对。每个人都要胸有成竹地讲话，就算是害怕也要装作无所谓。但不知道为什么，就在那片刻之间，我的心里满是退缩。

退缩的原因也许是我害怕自己脑海中的想象吧。我早就听说了叫“苏巴斯”这个名字的那个人——反反复复地听到过关于他的事情。每当看到妈妈噙着泪花的双眼，片刻之间就能感到那个人活生生的存在。我早就在心里为他画了一幅像，现在，却害怕那个想象的形象要被颠覆。我不禁问自己：会有那种跟我们单纯靠想象而了解到的一模一样的实在的人么？如果真有，那当我拉起窗帘，眼前将出现一个高大的人，他的头发很乱，满面髭须。一看到我就会叫我：“金丝猫，你现在真的变成大姑娘了！”

但实际在我看来，苏巴斯是个中等身材的白人。他那样站着就好像在被告席上接受审讯似的。额头上有着深深的伤疤的印记。衬衣袖口从下面开了线，他用手抓住线头。他对爸爸说：“我也没想到车会晚点这么久，结果在这么不合适的时间才到，把你们都吵醒了……”

我跟他握手的时候，他也只是苦笑着点了点头。他什么也没有说，也什么都没问，“是妮露吗？”连这样的话都没有。

一家人都没睡，半个晚上就这样过去了。爸爸裹着睡衣蜷缩地坐在那里。我去给他们添了两次咖啡。比利跑到厨房给我说：“一杯里面要加盐。他们这样的人是不喜欢喝甜咖啡的。”

“说的好像你这一辈子都是跟他们那样的人一起过的一样呢！”我叫他让开，别被热气烫到。

“一辈子可受不了，我还得跟你一起过呢。”他用手指轻轻挠着我要去提水壶的手，说：“我是自己从车站回来的。”

“让开，我要把水壶提下来了！”我训斥他。

比利一边做着鬼脸，朝自己的房间走去，一边说：“你们看看，其他事都可以放一放，当务之急是教这个小丫头好好学学礼貌。一点都不懂得尊重自己的哥哥。我可比她大了整整一岁呢，但却把我当作二年级的小学生一样训斥。给你说咖啡里别放糖，而应该放盐。不仅不听我的话还对我发火呢。”

要不是比利的这番话，可能苏巴斯也不会完全放得开自己。比利一会儿讲着大学里的趣闻，一会儿又开始讲他在车站是如何认出苏巴斯的。

“他一下火车就左张右望的。而我呢，就站在他旁边冲着他笑。看到他满眼失望好像都要走了，我才赶紧跟他搭话。他举目看了所有接站的人，却唯独没有看到几乎就在他旁边站着的我啊。我都是在他下车之前就知道我是来接什么样的一个人，他呢，却是这样迷迷糊糊的……”

妈妈试图阻止比利让他说点别的，但比利继续说着。我们都笑出声来，唯独苏巴斯却一直一本正经的。他偶尔附和着笑笑，也就仅此而已。我都觉得他的笑是装出来的。我看着他的眼睛，感觉他像是沉沦在某个深处而无法解脱出来。他用手一遍一遍地遮掩着袖口开线的地方。

“早上把衬衣给妮露，让她帮你把袖口缝一下。”妈妈一说这话，他就害羞了起来。此时，是他第一次直视我的眼睛。之后便不再遮掩衬衣开线的地方了。

没想到的是，当晚说话最多的是爸爸。他问了苏巴斯几乎所有能问的问题。车祸是怎么发生的呢？你在医院里待了几天？都伤到哪儿了？有没有哪儿伤得很严重？最近都在哪儿？婚后家庭生活怎么样？……不必自己去问这些问题，妈妈感到很轻松。她原本还害怕爸爸这次可别没什么话说呢。天南海北地聊了一会儿之后，爸爸站起来又问他明天早上的事："早饭是送到你房间还是出来到饭桌上吃？"

跟爸爸的聊天，也让苏巴斯感到很愉快。我们对这些问题都一样地漠不关心。我们也只有在他说话的时候，才看看他。但我看到妈妈始终目不转睛地盯着他看，就像是想通过眼神帮他抚平伤口。其间妈妈站起身来回到房间把自己的披肩拿了出来，说："天冷了，把披肩披上吧。披上再聊。"

他什么也没说，只是披上了披肩，像个布娃娃一样坐着。爸爸问什么他就回答什么。什么司机人很好啊，可能刹车也没有问题，没什么严重的伤，是摩托车撞的，车轮没有压到，十天就出院了，左手肘部现在抬不起来，医生说需要五六个月的静养，此后可能就好了……

我意识到这种谈话就像一个深渊，使他深陷其中，不知身在何处。他的嘴唇张张合合地不知又会因为哪句话而颤抖。心里想着，不要再问他这所有的一切，就让他安安静静地睡一觉吧。我铺好了床之后，他就坐在床上面。我忽然想起他的枕套是从中间缝起来的，可能不舒服。就在他起身没有注意的时候，悄悄地拿起枕头打算换个枕套。

我把屋子翻遍了也没找到其他干净的枕套。只有一个新的刺绣枕套，是那些天我刚学刺绣的时候做的，最后我把它换上拿了出来。

一回来，我看到他的脸色都变了，额头上满是皱纹。他两指夹着一小截烟头很快地抽着。

妈妈满面苍白。爸爸神情凝重地听着。苏巴斯一字一顿好像结巴似的说道："……否则的话……否则我会亲手杀了他……我一定会理解的……如果他给我说清楚，事情就不会变成这样……每个人都有选择自己生活的权利……但像这样的……比起他，我更恨我自己……"

妈妈用深邃的眼神看着我示意我出去。但我装作没有领会，就好像没看懂她的暗示似的。脚下感觉有点痒，我心想一定是地毯的缘故。两胁也冒出些冷汗，我觉得应该是因为早晨没有洗澡的缘故。但我其实是洗了澡的……

屋子里满是一片死寂。比利眨着眼睛，就好像眼睛突然被强光闪了一样。他还张着嘴巴。爸爸蜷在睡衣里，挠着胳膊。妈妈披着黑色的披肩向前弓着身子，跟平时发病时忍受疼痛的表现一模一样。

屋外也是一片沉寂。晚风透过窗栏吹了进来，鼓动着窗帘。

这时爸爸看了看表，站起身来。"现在都得睡觉了。"他说，"已经三点了。"

早上起来，再次看到苏巴斯的那张脸，又吓了我一跳。他脸上的胡须愈发蓬乱，比原来更加浓黑……

苏巴斯一边用一只手试图捋开卷发上的结，一边读着报纸。

"我给你倒杯茶吧？"我第一次直接跟他说话。

"好的。"他说着把视线从报纸上移到了我的身上。有几次我跟他四目交接。难以置信他会再次这样看我。

"昨晚我们白白地让你没睡成觉"，我对他说，"今晚你可以好好睡一觉了。"

他的嘴角挂起微笑，就好像努力开着一个玩笑。"车上会睡得更不好吧。"他说。

“你今天就走吗？”

他摇摇头表示肯定[1]，说：“能回来待一天已经很不容易了。”

“那边有什么要紧事么？”

“也不是特别急，但确实有事。我把之前的工作辞了，准备找一份新的工作。”

“留一天再走不行吗？”我突然想，为什么我会说这些？爸爸听到会怎么想。

“后天要去一个地方面试。”他说。

“不是后天吗？又不是明天……”我说着走出门去，没有勇气再去看他的眼睛。

他还是说了我曾预想他会说的那些话。那是在午饭后，他抱着基尼说：“以前妮露比你还小呢！完全就是只金丝猫。她那么安静，就好像嘴巴里没有舌头似的。”

“我也很安静的呀，”基尼任性地说，“我哪儿说过话呢？”

他把基尼抱在怀里，轻轻地拍着她的后背。我想基尼这样一定会闹腾起来，手舞足蹈的。但她却出人意料，一声没吭。我想看清他是怎么样把基尼抱在怀里拍她后背的，但基尼却下来了。他轻轻挠着基尼的腰，拍拍她的后背，接着又摸了摸头。我们也曾这样逗过基尼，结果是被她挠得遍体鳞伤。苏巴斯停下手上的动作，弯下腰亲吻着基尼的头发。他说：“你确实是一个安静的小女孩。”基尼朝他呵呵地笑起来。然后，他又拍起了基尼的后背。

时不时的，我们的目光会碰到一起。他的目光像是从远处的荒漠里看过来的，我也感到像是把自己丢到了远远的荒漠。通过目光，

---

① 印度人有两种摇头方式，分别表示肯定和否定。根据上下文，这里是肯定之意。

就仿佛我在对他说，你拍着的那个不是金丝猫，我才是金丝猫。我就那样远远地站在黑暗之中。心里想着也有人能看到我，把我揽进怀里。

爸爸一整天都在家待着，也没去上班。从这个房间走到那个房间，又从那个房间走到这个房间。爸爸已经很久不抽烟了，但那天他又从烟盒里拿出一根抽了起来。有一两次爸爸也试图跟他聊点什么，“说起存在的问题……”但是话题并没有继续下去，即使他也讲了很多观点来支持爸爸的说法。爸爸对我们每个人一遍遍地讲：“今儿我又抽烟了，感觉真不错。”

下午比利带苏巴斯出去转，妈妈那时正要去庙里。我想着跟他们一起出去。每天我都跟比利出去逛，想着今天也一起去转转。爸爸一个人在烟雾缭绕的客厅里坐着，看到我要出门，他叫住我：“妮露，你也出去吗？”

我不知道该怎么回答。勉强说了一句：“我跟妈妈一起去庙里。”然后我就跟妈妈出了院子，随她到街角转过弯去。一路上我都在想为什么就不能说是跟比利一起出去转。如果这么说了，爸爸会不让我出门么？

回家以后，比利非常兴奋。他说：“我去送你上学了，你放学后又把你接了回来。这事儿就你我知道啊[①]。”比利和苏巴斯都在客厅里坐着。我一回来，比利就缄口不言，就好像我抓到他在偷东西一样。然后对我讲：“妮露，我今天看到一支你很多天前给我说的那种圆珠笔，我明天去给你买回来，或者你跟我一起去。”

我心想，他这是在“贿赂”我，但是为了什么呢？

---

① 原句为“But it is entirely between you and me.”

比利拿出口琴，一曲接着一曲地吹了起来。“这首是我朋友的最爱[①]……”吹完一曲后他这样说。但是那时苏巴斯却看着我。

“你懂我的意思吗？”比利感觉苏巴斯没有明白他说的意思，“就是我说到的那个朋友，他是我唯一的朋友。”

我以为还会有别的人跟苏巴斯说让他再住一天。但谁都没有说，连妈妈也没有。从庙里回来后，她好像对爸爸说了些什么。我那时正在为晚饭做些蜜饯。所有人都说我做的蜜饯好吃，但我觉得今天却没做好。不是煮得太烂，就是还太硬。妈妈从爸爸身边走了过来，走到水龙头旁洗了把脸，喝了口水，又去找毛巾了。

盛饭的时候我问苏巴斯：“蜜饯做得怎么样？”

他真的就像妈妈以前描述的那样，先是愣了一下，又拿起吃了一半的蜜饯盘子说：“我等会儿告诉你……”

吃过饭之后，苏巴斯开始收拾行李。行李箱装满了东西，我走到他身旁，对他说：“你说一声，我就会帮你收拾的。”

“哦……好吧。”说着他向后退了几步。

“你要怎么收拾？说吧。”

“怎么装都行。反正我打开拿一次东西，所有的就都又乱了。”

“我早晨说的话……”我的声音突然降了下来。

“什么话？”

“让你留下的话……”

“哦，我也想留下，但是……”

比利手里玩着一只柠檬走过来了。“你不是说过么，现在身体不是太好，”比利说，“带上这个柠檬吧，路上会用到的。我再给你用

① 原句为“This is my friend’s favorite.”

纸装一包盐。吃了妮露做的饭，身体健康可是会出问题的。”

我默不作声，往箱子里装着东西。苏巴斯和比利一起去了爸爸的房间。

听他说了要走的事，我感觉就好像被人脱光了衣服泼了冷水。爸爸把一截烟头按在烟灰缸里熄灭。苏巴斯坐在爸爸身旁的小床上，妈妈、比利还有我坐在对面的椅子上。基尼哭着哭着在爸爸的床上睡着了。睡着之前，她叫嚷着："我们再去肖芭姐姐的婚礼。我们为什么要回来这么早？我们在那里还能跟巴布玩，回来之后大家就只知道说话，我们能跟谁玩儿！”

我感到睡着了的基尼尤为可爱。我想，我像她这么大的时候，又是什么样的呢？

苏巴斯站了起来，准备要走。他摸了摸基尼的头发，然后再次满怀深意地看着我。我感到自己在颤抖，又不是我在颤抖，是我内心深处的某个东西在颤抖。

比利早就叫来了马车，就停在外面。我们走出门来到院子里。比利也蹬上了自行车。

“面试顺利。”苏巴斯在马车后座坐下后，妈妈说。

他点点头跟大家握手告别。

我没能跟他握手，只是默默看着他。马车走到街角的时候，我感觉他又用那样的眼神看了看我。

妈妈习惯性地擦着眼泪，爸爸也进屋去了。我回到房间里，感觉好似直到此刻我才回到了家里，又像是现在才刚刚离家而去。

晚上妈妈又到我身旁躺下，把我搂到怀里。我却想着，苏巴斯在车上有没有找到睡觉的地方，找到的话，他是睡着了还是没有？不知为何我总觉得他并无困意，身体由于疲惫而僵硬，但双眼却在夜幕中找寻着什么……

妈妈一直哄着我，但她的双眼却湿润了。“妈妈，您哭什么啊？”我像个大人一样抚慰着她，“车祸并不严重，您应该高兴才对。您一个人经历这一切……”

可是妈妈愈发痛哭起来。我猜想可能是因为我说的话妈妈才会哭，于是就沉默下来。我紧紧靠着妈妈，看着她。

“妮露……”妈妈说，“你不要像我这样……像你妈妈这样……你的妈妈……”

我摇晃着妈妈，就好像我在训她一样。“为什么要这么说啊，妈妈？”我说，“世上能有多少像你这样的人啊！如果我像你一样，那么……”

妈妈用手捂住我的嘴，“不要，妮露……”她说，“你像谁都可以……千万可别像你妈妈这样！”

我轻轻拍着妈妈的头。当她睁开眼睛，已经被我拢在了怀里。毛毯一大半都盖在她的身上，我不禁感到有些冷。手臂慢慢变得僵硬，而我还是一动不动地就那样坐着。我第一次感受到，黑夜也有属于自己的声音，感受到深夜的寂静也绝非死寂。我就那样看着我那只搂着妈妈的手臂，好像它已经不是我身体的一个部分，而是有了独立的生命。我的心里似乎也不知道在想着些什么。妈妈脸上还挂着一滴泪珠，我用毯子轻轻地拭去那滴泪水，如此之轻，生怕她再次睁开眼睛。然后，我就那样轻轻拍着妈妈的头。

沉睡的城市

夜晚。灯光洒在空旷的街道上，仿佛在路面铺了一层发光的薄膜。一只狗摇着尾巴，在这层薄膜上一路跑了下去。还没等跑到街尾转弯的地方，它就停下来，四处嗅着躲进一个角落里。角落里的那盏路灯看起来和街上其他路灯不太一样，它的光芒更加微弱……那灯光如此昏暗，仿佛不是向外发散而是向内收敛……好像在就要点亮的那个瞬间却又总是亮不起来。紧挨着公交车站的那棵树，显得尤为漆黑而茂密。窗子里的灯光都已经熄灭，让人感觉不到它的背后还有一间间屋子。

就在那条狗蜷缩的拐弯处，一辆吉普车轰隆隆地转弯开了过来。车轮飞快地压碎地上的“薄膜”向眼前驶来。听见吉普车的声响，一个窝在公交车站黑暗角落里睡觉的人不禁翻了个身。随着一声尖锐的刹车声，吉普车猛地停了下来。角落里的人微微抬起头来，扯下搭在脸上的衣服向外望了望，随后又原封不动地盖在了脸上。

从吉普车上下来一个姑娘。姑娘身着纱丽，上身还披着一件外套，头上裹着头巾。下车后，她捋了捋纱丽的褶皱，在包里找着什么。吉普车又发动起来，车里一个好似压得很低的声音向那姑娘问着些什么。

姑娘看都没看就摇摇头向前走，高跟凉鞋的声音响彻整条街道。她从包里拿出一个破旧的好似烟盒的东西握在手里，又把包合上。吉普车先是向后倒车，随后飞快地掉头转弯又轰隆隆地向街角拐弯处驶去。

空荡荡的街上有段时间只走着这姑娘一个人。公交站背后的屋顶上有个黑影在徘徊。那屋顶上装了一个排风扇，脱落的扇叶在风中摇来晃去。一只鸽子在排气扇前熄灭的烟囱里正忽扇着翅膀。

前方的那片房屋里可以听到阵阵蜂鸣声，那声音像是从空中而来，仿佛是为了让人在黑夜的寂静中忘记自己的孤独。

远处传来有人敲门的声音。声音虽然很小，但是远远地就可以听到。蜷缩在公交站里的人翻身坐了起来。那敲门声渐渐变响，听着就像窗框里的飞虫撞击玻璃的声音。蜂鸣声渐渐停止了，角落里那人也把被单抖了抖，又重新裹在了身上。

随着敲门声，隐约可以听见另一个声音——好似一个姑娘惊慌失措的喊叫。窝在拐角里的狗也朝这边跑过来。狗看见公交站里坐着个人，开始朝他吠叫。只见那人一下站了起来，狗吓得向后退了几步，但还是不停地叫着。

一辆自行车晃晃悠悠地向巷子里拐了过来。紧接着，有辆车连喇叭都没按就急冲了过来。那条狗差点被车撞到，它不再狂吠而是开始哼叫，但又时不时地吠叫两声，好像要掩盖自己的弱势和渺小。那个在屋顶上徘徊的人朝马路上窥视着。一张倒放着的小床，就像一个门板一样挡着他。此时两片羽毛从眼前的烟囱里飘了出来，羽毛在空中转着圈儿飘落下去。

站在车站里的人感觉到自己脚下的路面开始震动。他把背靠在站牌上，以舒缓膝间的压力。几辆军用运输车哐啷啷地从他面前驶过——有的车身遮盖着深绿色的帆布，有的则没有。从车身外面就能够看到车厢里装载的各式各样的机械设备。短短的几分钟里，那人就那样盯着车厢里的机器设备，都忘了脚下路面的震动。直到车队的最后一辆车摇着旗子从眼前驶过，路面的震动也停止了，他才又站直了身子。他望着消失在街角的车队，感觉好似就在短短的一分钟之前，他还在某一辆车里坐着，而此刻他下了车，车开走了。

随着车队的远去，轰隆隆的响声也向远处的角落传去。那声音让人感觉此刻仿佛还有架飞机在空中飞过一样，就那样来回不停地飞着。

夜空里有道光束像机场里的探照灯一样远远地搜寻着什么。那光束时而突然照亮天空，时而又熄灭。漫天灰尘在光束的照耀下飞舞，而当光束扫过后，它们就像是又失去了生命，消失在黑暗之中。

渐渐地，远去车队的轰鸣声被几个人嘈杂的叫喊声盖过。屋顶排气扇的扇叶依旧随风晃动着。刚才的敲门声现在已经听不到了，人群的哄叫声早已将它吞没。

谁家厕所的冲水旋钮被用力地转了一下，水花飞溅，厕所里开始哗哗地流水。随后那欢快的流水声又伴着“嗖”的一声响，消失在下水道里了。那声音就像有个人重重吸了一口气一样。

人群中嘈杂的喊叫声比之前变得更加吵闹。人们纷纷打开灯来，黑暗中渐渐又映出一扇扇窗户的轮廓。有个窗户里百叶窗被拉了起来，两张脸从窗口向往张望着。

嘈杂声变得愈发喧嚣起来，随着人群的走近，那熙攘的嗡嗡声也变得清晰可辨了——

“打死他！把他揍成肉饼，这个杂种养的！”

“快先问问他的名字叫什么，从哪里来。”

“看起来像是家庭教养还不错的孩子啊……不过如今这世道，哪还有什么教养好的人呢！”

“把他抓起来去找他爸爸说道说道！等到那儿了再好好问其他的情况。”

“先别去找他爸爸，还是先把这些都问问清楚吧。”

“你问问他，都这个点了，他在这里是干什么？”

“他还能是干什么！干那事呗，现在的小伙子们刚长胡子就懂得那事。”

“这孩子是谁家的？”

“让他交代，是谁家的孩子。快问问他！”

“等等再问吧，现在先要让他苏醒过来。”

人群中伴着谩骂和撕扯，时不时地透出一个声音“……等等，大叔……大叔，您听我讲……”

有人下楼梯，发出“噔、噔、噔”的声音。躲在烟囱里的鸽子“咕咕”地叫着。狗摇着尾巴跑到马路的正中间停了下来。

公交站旁站着的那人咳嗽了两声，他再一次把目光投向远处，好像期待着还有什么车要过来。树干上一只松鼠伸了伸头又缩了回去。有个人从街边的暗处走了出来，用锐利的目光环顾四周。那人下身穿围裤，上身穿一件印式衬衫和防寒夹克。他嘴里哈出一口气，仿佛要在寂静的夜里找到一丝存在感。他踹了一脚把狗赶走。那条狗吠叫着反抗，又突然跑开了。

“出什么事了？”穿夹克的人走到蜷缩在被子里的人身旁问道。

看到这一脸胡子又凶巴巴的面孔，本就蜷缩着的那人两臂缩得更紧了。

“我不知道，”他说，“或许是哪个孩子偷东西被人抓了吧。”

“你就没去看看到底是什么事？是谁被抓了？”

“我一直躺着的呀，刚刚才起来。”

“你可是躺着呢！就交代了你这么点儿事！你还躺着呢！”

“我这就看看去。”

“还就去看呢，你！连狗看到这些事都会乱叫两声！你还这就去看呢！”

裹着被单那人的胳膊被打得砰砰作响。树上的树叶被风吹得发出沙沙的响声，树枝也随风摇摆着。

从街那边再次传来高跟鞋的声响，鞋跟的响声被几种混杂的声音包围着。人群中的喧嚷声听起来已经分成了两个部分，一波随着鞋跟的声音越来越近，另一波随着先前的谩骂越来越远。

人们都迎上去，跑到马路上，围着穿高跟鞋的姑娘。公交站旁站着的那两个人也顺势加入人群中。

“怎么回事啊？”

“那男孩呢？”

“大伙儿抓着他去见他爸爸喽。”

“她认识那个男孩么？”

“不认识，他是刚刚才骑自行车从那边来的。”

“她是从外地来的，到这来走亲戚。可她要见的人不在家。”

“有一扇门是从外面挂了个锁，另一扇却是从里面关着的，很有可能是……”

“不会的，如果家里有人的话，那这么吵的声音难道还醒不来么？”

“他通常都很晚才回家，恐怕不会现在就回来吧。”

“你是从谁那来的呢？”

“从他那来的……他可是我们的老大哥呢……贝尼大哥。”

“贝尼大哥么？”

“贝尼老兄是她的哥哥呢。”

“你就是从德里来的啊？”

“不是啊，我是今天才从古鲁切德[1]来的，车晚点了，所以……”

“那你现在去哪儿呢？你去哪，我们送你去。”

“不用了，他们给我叫了出租车，我一个人可以走。”

“这么晚了，你一个人走怎么能行呢。”

“没事的，这儿可是城里，在城里不用担心这些。”

“你需要给谁打个电话么？”

“不需要。”

“那你能去哪里呢？”

“去新拉金德勒区。”

“去那个区的哪一片呢？”

“我包里有门牌号，我可以找到的。”

远处传来马蹄的声音。一匹马走着走着，脚下一滑，它极力控制住没有滑倒，又继续向前走。后面的公交车站旁，有辆车发动了引擎，缓缓地从人群中穿过。一辆出租车从路口拐弯处开了过来，两盏车灯在原本就闪光的路面上又铺开两层新的光膜。车门打开后又关上了，停止的车轮又一次准备飞驰起来。

“需要的话我们可以让人送你过去。”

---

① 古称“俱卢之野”，位于德里附近。

“真的不用。麻烦你们了，万分感谢。”

汽车开出拥挤的人群向前驶去。人们也一个个散去了。哄哄嚷嚷的街道陷入夜色之中。

“很有可能啊，那小伙子只是看到有个姑娘在敲门，就停下脚步上前去问问她呢。”

“要是这样的话，那这小可怜平白无故地喊什么呢？这小婊子一定是在捣什么鬼。”

“我倒是觉得小伙子一定之前就认识这姑娘。你没听他说，以前在大学里面碰到过呢。”

“但姑娘却说是今天才从古鲁切德来的呀？”

“要真是从古鲁切德来的，那她怎么会这么晚了才来？难道之前都不发个消息过来么？”

“算了吧，好端端地瞎怀疑别人干什么？”

“要去哪，她都已经去了。故事到此结束喽。”

随着人群的散去，喧闹声也停了下来。黑夜里映出的那一扇扇窗户再次消失不见了。一直在屋顶上窥视的那个人又开始来回走动。

穿夹克和长衬衣的那个人，眉头紧锁地望着眼前空了的街道，忽然说了句：“这丫头像是菜市那边的人。”

裹着被单那人用畏惧的目光看着他说：“不知道啊。”

“你什么时候可以知道点什么呢？这片街区里的那些狗现在都开始相互撕咬了！”

缩着的那个人就那样蜷缩着，没敢给出任何回答。

“等天亮，去菜市里把希德尔达斯叫过来。”

“是。”

“告诉他，索亨辛格有些话要跟他讲。”

“是。”

“这货敢在咱们的地盘里挑事，老子就让他从菜市那一片儿卷铺盖滚蛋！”

“但我之前在这一片儿从没见过这丫头。”

“今儿不是就见过了么？从现在开始给我好好盯着。”

裹被单那人赶紧点了点头。

“也去告诉贝尼，就说老子这回可是记住了。”

“我马上就去跟他讲，他四点钟就会起来。”

“伯帝拉四点钟就会过来换你。你用出租车把拉佐带走。”说着那人疑神疑鬼地四处望望，穿过马路走了。

只见裹着被单的那个人围着公交站来来回回地走了几趟，期间有一次停下来朝巷子的方向张望，随后又跑回最初的地方躺下了。

路面上的光膜开始淡去。昏暗中，一辆破旧的自行车从公交站前面驶过。树干沙沙地响着，几片树叶落了下来。一个穿着长袍、有些瘦弱的人，不知是从哪儿跑到了大街上。他回头看看后方，好像害怕有谁跟着他。然后蹑手蹑脚地走在街边的土路上，快速地朝街口溜了过去。

就在那时，树干后面的一盏灯熄灭了。

一片昏暗中，街两旁的路灯看起来比之前更显得孤零零的。两只狗互相追逐着从拐角处跑过来。它们先是相互吠叫、撕咬，接着又像之前一样追赶着跑远了。

树干上发出什么东西掉落的响声。随着一根树枝，一个用布包着的东西掉了下来，散落在路面上。那是一个烟盒还有些金黄色闪光的树叶。就在这时，又有一扇窗户熄了灯。角落路灯的四周变得愈加昏暗。

排气扇上方的天空中，探照灯的光束依旧来来回回地扫过夜空。排气扇的扇叶时而转动起来，时而又停了下来，然后又再次转动起来。

废墟的主人

时隔七年半，他们从拉合尔又回到了阿姆利则，说看曲棍球比赛只是个借口，回来其实是想再看看他们曾经的房屋和街市——那些七年半前就已经不再属于他们的东西。路上常可以看到三三两两散步的穆斯林，他们的眼睛不由自主地盯着每个东西看，仿佛这座城市已经不再寻常，而成了一个美轮美奂的旅游胜地。

路过狭窄的集市时，他们还互相提示……法德迪纳，你看，现在埃及市场里就剩下这几家店了，真比不了过去……那边摆槟榔摊的拐角，以前不是苏姬老板娘架炉子的地方么，您快来看看这家盐店，汗先生！这边的姑娘一个个长得可真不赖啊……

集市里过了好些年才又有了大包头和土耳其红帽子们的身影。这群从拉合尔来的穆斯林中，不少是在分治期间被迫离开阿姆利则的，看到这七年半来发生的变化，他们陷入失落，满眼惊恐——真主啊，这一切是真的么……贾玛尔辛格街怎么变得这么宽了？难道说那排房子全被火烧了？这儿以前不是哈吉姆·阿瑟夫·阿里的店么？现在被一个鞋匠给占了。

不知从哪里还冒出这么句话——真主保佑，清真寺竟然还是老样子么，他们没把这儿盖成锡克庙啊？

只要有巴基斯坦人从街上走过，阿姆利则的市民们就会用热情的目光看过去。有些人到现在看见穆斯林都还会愣住，然后远远躲开，而有的人甚至会走过去打声招呼。当地人常常会问，拉合尔最近怎么样？阿纳尔格丽还有没有过去那么漂亮气派？听说沙哈尔米门市场重建了？克里希那区没什么太大的变化吧？听说有个叫里希瓦德布尔的地方，不会真是用受贿的钱建的吧？听说巴基斯坦的女人都不披黑纱了，真的假的？人们可以从这些问题中感觉到大家的关心，仿佛拉合尔不再是一座城市，而是千万人的至亲，大家都关切地想要知道她近况如何。从拉合尔来的这群人成了全城百姓的客人，能和他们见一面、聊聊天就会让人们觉得很开心。

邦桑[1]市场在分治前是个穆斯林贫民区，没什么名气可言，市场里的店铺大多还是做木材生意的，所以当年一场大火就将整片市场化为焦土。这场火也是阿姆利则最凶猛的一场大火，市场周围的几个街区都被围在火里，以至人们都担心大火会不会蔓延到整座城市。幸好火势最终被压住了，不过还是有不少印度教徒的房子不幸和穆斯林的房子一起被烧成了灰烬。虽然这七年半里一些房屋又重新修建起来，但被大火烧焦的废墟还是随处可见，这些废墟散布在新建的房屋之间，气氛诡异。

市场附近到今天依旧荒凉冷清，因为那儿的大多数居民都被烧死在自己家中，而幸存的人逃走之后可能也再没有回来的勇气了吧。只有一个瘦弱的穆斯林老头来到这个荒凉的市场，看着四周破败的

① 原意为“竹木”。

废墟和新盖的房屋陷入迷惘。他来到一个朝左拐的巷口想要走进去，却又犹豫不决地站在了路口，好像他也不确定这到底是不是他想要去的地方。巷子里几个小男孩在墙边儿捉弄小虫子，再往里有两个女人在扯着嗓子骂街。

“全都变喽，就剩这口音还没变了。”老头拄着拐杖低声地自言自语。他的膝盖从裤子的破洞里露了出来，上衣的下摆上还打着三四块补丁。老头看到有个小孩哭着从巷子里往外跑来，就伸开手臂喊：“过来，孩子，到我这儿来！看，爷爷给你钱买糖吃，快来！”然后还把手伸进口袋里摸索着。小孩突然停了一下，但是马上又呜咽着哭起来。一个十六七岁的女孩从巷子里追出来，抓住男孩的胳膊把他往回拽。男孩哭闹着使劲往外挣脱，于是女孩索性把他搂紧了提起来夹在胳膊底下，然后亲着他的小脸说：“别哭了，你不是小男子汉么？你再哭，就让那个穆斯林老头把你抓走卖了，我倒省事了，快闭嘴，别哭了！”老头只好把刚掏出来的钱又塞回口袋里，摘下帽子挠了挠头，然后顺手把帽子夹在了胳膊底下。他走了几步就累得嗓子发干，喘不上气，身体也微微颤抖起来，于是停下来扶着巷子外商店的大门，把帽子重新戴在头上。巷子口对面，曾立着许多高大木桩的地方，现在是一栋三层小楼，两只肥壮的鹞鹰在电线上纹丝不动的站着，好似没有生命一般。电线杆旁洒下一缕阳光，灰尘在阳光中飘荡，老头突然眼前一亮：“我的真主啊！”

只见一个小伙子把玩着手里的钥匙链朝巷子这边走过来，看到一旁站着个老头，就问：“大爷，您怎么站在这儿啊？”

老头激动得胸膛起伏，双臂颤抖起来，他仔细端详着面前的小伙子问道：“孩子，你是叫马诺利吧？”

小伙子把钥匙链攥在手里不再晃动，吃惊地问道：“您怎么会知道我的名字？”

“七年半之前，孩子，你才这么高。”老头抬起手比画着，还勉强微笑了一下。

“那您也刚从巴基斯坦过来？”马诺利问到。

“嗯，其实我们家过去就住在这儿，”老头说，“我儿子叫吉拉戈，是这儿的裁缝。分治前半年我们在这盖的新房子。”

“哦，您是格尼老爷。”马诺利这才认出他来。

“是我，孩子，我就是你们的格尼老爷啊。吉拉戈和他的老婆孩子我是再也见不到了，但我说过一定要再来看看这房子。”说到这儿他把帽子摘下来捏在手里，努力不让眼中的泪水流下来。

“您当时离开得比较早吧。”马诺利尽量想把话说得委婉些。

“是啊，孩子，我咋就一个人先走了呢，要是当时能留下来，不就能和他们一块儿……”开了口又觉得这话不该说，他就闭嘴不再说下去，泪水却不住地流了下来。

“算了吧，格尼老爷，过去的事了，还老想它们干什么？”马诺利搀上格尼老爷的胳膊，“来，我这就带您去看您家的老房子。”

这时候，闲言碎语已经在巷子里传开了，说外面站着的那个穆斯林老头，刚才差点就把拉姆达斯的儿子抱走了，幸亏他姐姐跑过去把他拽回来，要不然那个穆斯林肯定已经把他拐走了……听到这儿，几个刚刚放好小凳要坐下聊天的妇女又纷纷收起小凳回家去了，原本在巷子里疯的小孩儿也被妇女们一遍一遍地喊回家去了。马诺利搀着格尼老爷回到小巷里时，一个痞子样的人正四仰八叉地躺在井旁的菩提树下睡觉，两边房子的窗户和门缝里有许多双眼睛向外窥视着。小声的议论随着格尼的出现传播开来——虽然他的胡子已经白完了，但人们还是认出他就是吉拉戈迪纳的爹——阿卜杜拉·格尼。

“那边就是您家的房子。”马诺利远远地指着一堆房屋的废墟。格尼立刻就呆住了，只剩下空空的眼神望着马诺利手指的方向。虽说心里早就已经接受了儿子一家人的死讯，不再那么悲痛了，但是第一眼看到当年的新房子竟变成眼前这堆废墟，没有任何准备的他，不禁内心一阵刺痛。他感到愈发的口干舌燥，膝盖也跟着颤抖起来。

“那堆废墟？”他简直不敢相信。

马诺利见他面如土色，就赶紧搂住他，答道：“您家房子后来被大火烧着了，所以……”

格尼拄着拐杖艰难地走到废墟旁，眼下废墟里就只剩下被火烧得焦黑、碎成一地的泥砖块，铁和木头什么的不知道都被搬到哪儿去了，倒是被烧焦的大门框竟然还在，孤零零立在一片废墟之中。最后面还有两个被烧坏的柜子，被熏黑了的地方现在隐约还能看到几片白漆。他看完自言自语道：“到头来就剩这点儿东西了。”说着他两腿一弯，靠着焦黑的门框坐了下来。他头抵着门框，声音听起来像是在哭：“我的儿啊，呜呜……吉拉戈迪纳啊！”

这个烧焦的门框虽然在这片废墟中昂首挺立了七年半，但毕竟它的木质已经朽坏，格尼的额头抵在上面的时候，就有木屑纷纷剥落下来，落在他的帽子和头发上。随着木屑掉下来的还有一条蚯蚓，它顺着格尼脚旁小水沟的砖沿儿沙沙地爬着，不时抬起头想要找个砖缝儿躲起来，但试了几次都没有成功，只好失望地扭头爬开。

从窗户里向外张望的眼睛比之前更多了，人们交头接耳地小声议论着：要我说今天肯定会发生点儿什么事……吉拉戈他老爹回来了，七年前那事儿今天肯定得露出来……仿佛大家都深信那堆废墟会跟格尼说话似的。

当时吉拉戈正在楼上吃饭，拉卡·巴赫拉旺说有急事喊他马上下来……拉卡那时候是巷子里的老大，对印度教徒从来都不客气，就别提吉拉戈还偏偏是个穆斯林了。吉拉戈听到拉卡急着喊他，饭吃到一半就赶紧下楼了，他老婆朱柏妲和两个女儿歌茜瓦尔、苏拉妲娜趴在窗户上紧张地朝下望着。吉拉戈刚刚迈出门槛，拉卡就一把抓住他的衬衣领子把他摔倒在地，然后骑上他的胸口就要开打，吉拉戈赶紧抓住他的手求饶："别，拉卡，别打我，喂！谁来救救我啊！朱柏妲，快来帮我！"

看到这样的情形，楼上的歌茜瓦尔和苏拉妲娜一起绝望地尖叫起来，朱柏妲疯了似的跑下楼去。拉卡的一个小弟帮他抓住吉拉戈挣扎的双手，拉卡用膝盖压住吉拉戈的双腿，说："叫什么叫，闭嘴……你们不是要去什么巴基斯坦么，老子现在就送你去巴基斯坦！"朱柏妲还没跑下楼，吉拉戈就已经被拉卡他们送去了"巴基斯坦"。

朱柏妲、歌茜瓦尔和苏拉妲娜的哭喊声从屋子里传出来，久久回荡在巷子里。四邻的窗户都关着，碰巧看到的人也赶紧关上大门，不想与这种事有丝毫牵连。夜里，她们也被送去"巴基斯坦"了，只是道路更加痛苦漫长。好多天之后，一家人的尸体才在水渠里被找到。

之后人们开始去哄抢吉拉戈家里的东西，整整两天两夜，当屋里被洗劫一空后，不知是谁竟放火烧掉了房子。拉卡发誓要把放火的人给活埋了，因为当初他就是看上吉拉戈家的新房子才下狠心杀了他们一家人，他甚至连除晦气和做祷告用的材料都准备好了，但是放火的人都找不出来，活埋的事也就只好不了了之。七年半过去，拉卡把那堆废墟都当成自家地盘了，谁都不让在那附近拴牛或者摆小摊儿，没他点头，都没人敢哪怕挪一块砖头。

人们都盼着这整件事情能有什么办法传到格尼耳朵里去，最好是他看着这堆废墟就能想明白这其中的来龙去脉。看得出格尼很痛苦，他抓起一把废墟里的土抛撒到自己身上，然后抱着门框痛哭起来："说啊，吉拉戈迪纳，你说啊！你到哪儿去了！歌茜瓦尔？苏拉妲娜？我的孩子们呐，你们到底在哪儿啊！呜呜呜……"

焦黑的木屑不停地从门框上抖落下来。

那个在榕树下睡觉的正是拉卡·巴赫拉旺，这会儿不知他是被吵醒的还是自己睡醒了，只见他坐起身来朝废墟望去，当他明白过来阿卜杜拉·格尼已经从巴基斯坦回来，眼下正坐在自家房子的废墟上时，口水竟呛得他猛地一咳，把一口浓痰吐在井旁的水泥地上。他眼睛盯着废墟，嘴巴由于吃惊微微张着，心跳剧烈，从胸膛里发出砰砰的响声。

"格尼坐在他家废墟上呢。"一个叫拉旦·巴赫拉旺的小混混挨着他坐下来说道。

"废墟什么时候成他的了……那废墟是老子的！"拉卡口水还没咽就赶紧反驳回去，声音有点儿含糊。

"可他坐那儿半天了。"拉旦的眼中闪过一丝慌张。

"要坐就让他坐着吧，你去把水烟袋给我拿来！"他伸开腿，用手揉着膝盖。

"马诺利要是给他说过什么的话……"拉旦偷偷朝废墟望了一眼，起身去给拉卡装水烟袋。

"那他马诺利就要倒大霉了。"

一些榕树叶飘落在井台上，拉卡随手抓起一把在手心里揉着。拉旦在水烟袋下面垫了一块布递过来，拉卡接过来吸了一口问道：

“再没别的什么人跟格尼说过话了吧？”

“没了。”

“拿着。”拉卡咳嗽一声把水烟袋递到拉且手里。这时拉且看到马诺利正搀着格尼的胳膊从废墟那边走过来，就蹲下身大口大口地抽着水烟袋，两眼时而盯着拉卡的脸，时而瞟向格尼。

马诺利搀着格尼的胳膊走在前头，像没看见拉卡一样领着格尼走过井台。但其实格尼老远就看到拉卡四仰八叉的坐在那了，走近时他张开双臂说：“拉卡·巴赫拉旺！”

拉卡仰起脖子，眯着眼睛看着他，喉咙里发出含混不清的嗡嗡声，却什么话也没说。

“拉卡，不认识我了么？”格尼把胳膊放下来，“我是格尼，阿卜杜拉·格尼，吉拉戈他爹。”

拉卡继续用疑惑的眼光上下打量着他。阿卜杜拉·格尼看着他渐渐两眼放光，脸上的皱纹都慢慢伸展开来。拉卡的嘴唇微微抖了几下，然后他压着声音说：“哦！老格尼！”

格尼立刻又伸出双臂，但拉卡还是没任何回应，他就只好扶着榕树在井沿儿上坐了下来。

周围楼上窗户缝儿里看热闹的人一阵骚动，又开始窃窃私语：这下可好，冤家路窄，我看这事儿今天是非得有个结果……可能这俩人就快开骂了……哎，现在对他俩吧，什么都不好说，毕竟已经不是当时了……拉卡成天装得跟废墟的主人似的……其实那废墟既不是他的，也不能算格尼的，应该归政府管……拉卡这个混蛋连我在那拴头牛都不让……马诺利也是个胆小鬼，他咋不告诉格尼就是拉卡把吉拉戈一家四口全害了的……拉卡不是人，简直就是畜生！成天就会跟头牛一样在巷子里瞎晃悠……可怜格尼现在都老成这副样子了，胡子都白完了！

格尼坐在井台上，说："你看看，拉卡，这都发生了些什么啊，走时候漂漂亮亮的新房子，再回来看就变成这么一堆废墟了，热热闹闹的一家人，现在什么都不剩了……跟你说实话吧，拉卡，要是再抛下这片废墟走，我都活不下去！"他的眼睛又湿润了。

拉卡缩回两条腿，把毛巾从井沿上拽下来搭在肩膀上。拉且把水烟袋递过来，他就抱着开始抽。

"你跟我说说，拉卡，这到底是怎么回事？"格尼流着泪非要他说，"你们就在附近，大家都情同手足的，要是他想躲，你们谁家不能躲呢？他难道连这都不明白么？"

"也是……"拉卡觉出自己说话的声音有点发颤。他的嘴角上满是白白的口水沫，胡子里的汗水流过嘴唇，脑门上总觉得像是被什么东西压着，腰也无力得想找个什么东西靠着。

"在巴基斯坦那边怎么样？"拉卡脖子上青筋爆出，说话的声音也很不自然，便撩起毛巾擦了擦胳肢窝里的汗，接着又咳出一口痰吐在路边。

"拉卡啊，怎么跟你说呢，"格尼两手撑着拐杖，"你问我的情况，天知道我现在是个什么情况。要是我当初跟吉拉戈在一块儿的话，就不是像现在这样了……那时候我劝他多少遍跟我走，跟我走，可他就是不听，说什么刚盖了新房子咋能说走就走了呢，这巷子里住的都是自己人，不会有事的。傻孩子就不知道想想，巷子里不出事，外面就没人会来招惹你么？就为了守个房子，搭上一家四条人命啊！拉卡，他那时候就信你，说只要有你拉卡在，没人敢把他怎么样，结果坏人真来了，就是你也拦不住啊。"

拉卡想起来伸展一下筋骨，因为他感觉脊梁骨僵的发疼，腰和腿像被使劲地压着不能动弹，身子也被什么东西勒得喘不过气。他全身是汗，眼冒金星，脚底也刺痒难忍。他拎起毛巾擦着麻木的嘴唇，口中念叨着：“神啊，饶恕我吧，饶恕我吧……”

格尼注意到拉卡的嘴唇很干，眼窝也深深地陷下去，就赶紧扶住他的肩膀说：“哎！哎！别晕了你，坐好！这都过去的事了，就让它过去吧，愿真主保佑好人，宽恕罪人。我不是为了吉拉戈才回来，我是为了看你们大家才回来的，你看我都这么镇定，我已经想通了，把这一切都当回忆了。我看到你们，就看到了吉拉戈，愿安拉保佑你们健康、长寿。”说完格尼撑着拐杖站起来，临走又说：“拉卡，我说的这些你都记着！”

拉卡的喉咙里轻轻地“嗯”了一声，然后手里抓着毛巾合掌跟格尼道别。格尼惋惜地看着巷子里的一切，缓缓走出巷口。

窗户上看热闹的人又小声议论起来：马诺利出了巷子肯定得跟格尼老头说实话……你看刚才拉卡在格尼面前，屁都不敢放……看拉卡以后还怎么好意思不让别人在他那宝贝废墟上拴牛……可怜朱柏姐这么好的一个人，她从来都不说别人的坏话……拉卡这个混蛋、孬种，他啥时候会顾及一下别人是谁家媳妇？

不一会儿，妇女们又从家里下到巷子里来嚼舌头，男孩们在玩打嘎儿的游戏，两个十二三岁的女孩在一旁不知道为什么吵起架来。

拉卡坐在井台上抽着水烟袋，偶尔还装模作样地咳一下，一直到傍晚。从他旁边过的人都跟他打招呼说：“拉卡，听说今天格尼从巴基斯坦回来了？”

“嗯，回来了。”他每次就这样回答。

“然后呢？”

“没什么然后，又走了。”

天黑了以后拉卡还是像往常一样，坐在巷口商店的大条凳上，不过以前他都是跟路过的熟人打打招呼、寒暄几句，谈谈怎么发点小财或者治病保健的偏方，但是今天他跟拉且说的都是他十五年前去拜吉祥天女的事。跟拉且说完话回到巷子里时他看到废墟旁边站着罗库·潘迪特家的水牛，就像往常一样习惯性地撵水牛走："哞——哞——"

赶走了水牛，他在废墟的门槛上坐下来歇着。此时巷子里已经彻底安静下来，由于居委会没装路灯的缘故，这里从下午开始就渐渐黑下去，废墟旁的水沟里有水潺潺流过，寂静的夜晚，可以听见废墟里传出各种窸窸窣窣的声音，"哔哔哔"……一只四处游荡的乌鸦飞来，落在废墟前那焦黑的门框上，震得木屑纷纷飘落下来。乌鸦还没落稳当，旁边角落里躺着的一条狗突然爬起来对着它狂吠起来，"汪！汪汪……"乌鸦一惊，在门框上打了个哆嗦，然后拍拍翅膀飞到井旁的榕树上去了。乌鸦飞走后那条狗又跟出来，扭过头开始朝拉卡叫，拉卡便大声地赶它："滚！滚！"

那条狗反而朝前走了几步，"汪！汪汪……"

"滚一边去！滚！"

"汪汪！汪……"

拉卡弯腰捡起一块砖头朝狗砸过去，狗朝后退了退，却还是叫个不停。拉卡只好一边嘴里嘟囔着，一边站直了慢慢走开，走到井旁边躺下了。见那人被自己赶走了，这条狗就站在巷子中间朝着井叫，可是叫了半天巷子里也不见有什么动静，只好抖抖耳朵又回到废墟的那个角落里趴下，嗓子里呼噜呼噜地喘着气。

毛毯

从昨晚后半夜开始，天变得格外寒冷。今天又淅淅沥沥地下了一整天的小雨，简直让人冷得瑟瑟发抖。甘伽黛依[①]用纱丽裙边遮住破旧衬裙粗粗的针脚，免得寒风透过破洞浸入身体。毛毯也是捉襟见肘，想盖住头吧，脚就露了出来。她蜷缩成一团，喊道："贝娜勒希[②]。"

贝娜勒希听见了母亲的呼喊却没有应声。她吹着柴堆正在生火，既没空回答，心里也觉得没有回答的必要。她心想：到哪儿去找能盖满全身的毯子呢？一辈子又有几次能够穿到齐整的衣衫呢？母亲冻得叫苦不迭，向过往的人流投去哀求的目光，可那些目睹此等惨境的人们又能做些什么呢？难道妈妈身上穿的长裙和衬裙都不起作用么？那边仍旧一遍遍传来母亲的叫喊："贝娜勒希。"

房子被水冲走后，她们已经在这个帐篷里住了四个月了。最开

① 甘伽黛依音译自Gangadei，意思是恒河女神。恒河是印度人的母亲河，常常被喻为母亲。

② 贝娜勒希音译自Banarasi，又名瓦拉纳西，位于印度北方邦，在恒河中游新月形曲流段左岸，是印度教的圣地。

始那几天母亲不让贝娜勒希出门挑水，一家人好多天都没能洗澡。就那么一罐水，既要用来漱口，又要用来洗手。有一天，她气得把自己从头到脚都浇了个透，然后披着湿乱的头发跑出去闲逛。帐篷附近不知是哪儿有个人整天吹着口哨。母亲就用粗麻布和竹片做了个帘子挂在门上。

这周围住了三十几家人，户与户之间连堵隔墙都不可能有，但大家却又都是独门独户的。搪瓷罐子、铁桶、床腿、旧鞋子、破箱子、炉子、小凳、砖块等等这些破烂堆成的“墙”早就把各家各户分隔开来。谁都不许别人侵占自家的地盘。贝娜勒希百无聊赖地跑去别人家旁看看，母亲甘伽黛依刚给一岁半的拉举喂完奶，解闷似的又叫唤起来：“贝娜勒希。”

昨天夜里实在是太冷了。睡觉时甘伽黛依把拉举紧紧地搂在怀里。贝娜勒希本来就冷得发抖，看到这一幕，又埋怨起来，更加感到冷飕飕的。妈妈为什么不让爸爸抱着弟弟睡呢？爸爸也冷得发抖，还一直在咳嗽，让拉举和他睡，爸爸也会暖和一点。

不一会儿，她又觉得自己的想法实在是罪过，妈妈晚上带着拉举睡可以方便喂奶嘛……不，喂奶只是借口，妈妈哪来的一滴奶水啊！

雨渐渐下得更大了，风也一阵阵不停地吹来，这三十几家人的帐篷在风雨中摇摇欲坠。有一边的竹竿倒了，一些人跑过去修理，贝娜勒希一边削着土豆一边也跑过去看。她四处张望，耳朵仔细听着，想知道是谁在吹口哨。回来的时候贝娜勒希不小心碰到了一个人的肩膀，甘伽黛依瞪了她一眼。对此她并没有在意，而是跑回来继续削着土豆。

外面电闪雷鸣，雨下得更急了些。贝娜勒希不时地往人群那边看。昨天又有两个人一同围起了一个“家”，那男孩前天还在帐篷尽头的大窝棚里面住，女孩之前则是跟一个老太太一起的。昨天老太太和男孩的母亲聊了一个多钟头，然后给了男孩父亲五个拜沙①，就把这桩婚事定了下来。早上起来，两家之间的“财物之墙”就被推倒了，重新圈出了一个新家，这对新婚夫妇的婚姻生活就这样开始了。

贝娜勒希的目光不时落在他们身上。她看到新婚女孩的眼里既没有渴望，没有羞怯，也没有拘束。男孩似乎也有点冷淡，一次次地往“老家”跑。有一次他回来问新婚的老婆：“你喝水不？”

那小媳妇说：“不喝。”

“那我给你倒茶？”

“不用。”

“外面还有土豆片，吃吗？”

“不吃。”

然后男孩从衣服口袋里掏出花生来放在女孩面前，女孩才吃了一颗。男孩跑到外面来回走了几步，又慢慢走回来坐在了箱子上，他掏出所有花生放在了纸上，说道：“今天没下雨了，我们出去走走吧。”

“好。”

“你去城堡看过吗？”

“看过。”

“我最近就在城堡附近卖菜呢。”

“哦。”

“感觉晚上好冷啊！”

---

① 拜沙，印度货币单位，旧制64拜沙等于1卢比，新制100拜沙等于1卢比。

“嗯。”

然后男孩站了起来，说：“明天我带你去河边，那儿有好多人散步呢。”

贝娜勒希削着土豆不小心划破了手。甘伽黛依勃然大怒：“哎呀，我让你干啥来着，就一眨眼的功夫，你就魂不守舍了！”

贝娜勒希气愤地说道：“你还想要我干什么？你掐死我算了，有你这样当妈的么……”说着她不禁哭了起来——实际上只是做出了一副哭的模样。这样装装样子很容易就可以骗过母亲，而这样一哭，母亲也就理所当然地闭嘴不说了。

她洗完土豆后便开始和面。母亲甘伽黛依难掩怒色，转向丈夫说道：“你看她这副撒泼样！”

拉姆萨伦，也就是父亲，当然听到了老婆的话。他一贯对自己在家里应有的权威心知肚明，也掌握着家中所有的权力。他早就学会了通过教训孩子来彰显自己在家里的地位。可是最近他一直咳个不停，身子也逐渐佝偻下去，天气一冷胸口就刺痛难耐。所以现在他只顾得了他自己一人。每当甘伽黛依和贝娜勒希叫他干点什么事，他都不闻不问。最近他也有意无意地放松了对妻子儿女的管束，可能他也知道，在破碎家庭的砖块上抹石灰也是于事无补啊。

大儿子拉姆往穆斯林人群中投石块，被警察开枪活活打死了。尸体被警察用卡车直接拉到火葬场烧了。老婆和女儿在家里哭得死去活来，他都视若无睹。至今他还是一样，没有任何改变。他总想着：随遇而安吧！

甘伽黛依问他：“你看到她这副撒泼样没！”

拉姆萨伦睁大眼睛，看了看贝娜勒希深陷在面粉里的双手，以及她那丰满的手指，还有手指上红彤彤的指甲，然后又看了看她的娇美身材上晃动的酥胸。他转而看了看甘伽黛依那就像套在大口袋里的松弛的胸部，想激起一点兴趣，但最终还是产生不了什么兴致。他缓缓说道：“哎，你骂她干什么，她整天都在给你干这干那的，毕竟还只是个孩子嘛。”

拉姆萨伦说着，自己都不相信自己的话，他感觉自己说了假话。贝娜勒希分明已经不是个孩子了，她比其他两个孩子都要大。

甘伽黛依有点不满，说：“有哪个女孩这样在妈妈面前说话的？别人的家里都没女儿么？”

这话里并没什么别的意思。拉姆萨伦知道，甘伽黛依还不愿接受自己已经老了的现实，而他却已经看得清清楚楚。这样也对，人最终都会败给现实。

拉姆萨伦知道，他的身体已日益消瘦。他拄着水烟管，然后直直地躺了下去。他感到心脏日渐衰弱。

从云中透出的几缕阳光又逐渐被遮蔽起来，棚户区里本就死气沉沉的生活也慢慢消停下来。大多数人都默然不语。聊天是需要话题，需要好奇心，也需要有想法的。但在这种地方，就算找到了话题，产生了好奇心，也没有一点点想法。对于生活，眼下和未来都像黑洞一样虚无。

四周漆黑一片，昏暗的灯光只能给黑暗的帐篷增添一丁点儿模糊的亮光，那是给这了无生趣的生活染上的唯一一笔色彩，但增光添色的同时仿佛也吞噬着人们的生活。

甘伽黛依的身旁，拉姆萨伦正一动不动地躺着。另一边，贝娜勒希叠着衣服和裤子。

坐在火炉旁，贝娜勒希本来已经暂时忘却了寒冷，可当她看到帐篷外面雨滴掉落地面激起的水泡时，却又突然感觉到一丝寒意。

她想起了原来的家，想起了坐在火炉旁织网，想起了蜷缩在被窝里聊天，可现在却在这露天的雨夜中瑟瑟发抖……

天空依然还在下着雨。帐篷内有人在吹着口哨，是一种充满欲望的调子，这声音比音乐更动人，因为这声音体现出一种深深的感情——有一种让人振奋的生机，就像午夜远方杧果园里园丁的声音。贝娜勒希沉醉在这甜美的乐调中。拉姆萨伦突然咳嗽了一声，打破了夜晚的宁静，就像平静的湖水被扔进了一颗石子。

就这样，夜渐渐深了。有人翻了一下身，有人又咳嗽了一下，有人在睡梦中说着梦话："打死你！吃你的肉，喝你的血！你是谁？来，到我面前来。我打死你！老爷，老爷……"

贝娜勒希没有睡着，她闭着眼睛胡思乱想，感慨万千，怎么可能睡得着啊！拉举抱着母亲在睡，而那个男孩和女孩也睡在一起，他们都已经结婚了……啊，好冷啊！

父亲蜷缩成了一团，可能也没睡着。他咳得十分厉害。外面还下着雨。难道雨就不能消停一下吗？

她突然听到了轻轻的声响，睁开眼睛看到，有人拿着一捆毛毯，一个人做着手势，另一个人在回应。

然后两个人各自拿着四条毛毯朝这边走了过来。

首先他们去了那个新围成的家。男孩正在睡觉，女孩翻了一下身。他们扔了一条毛毯进去。然后他们去了紧临的那家，也扔了一条毛毯进去。此刻，他们正朝这边走过来。

贝娜勒希闭上了眼睛，想表现出沉睡的样子，但又无法像真正睡着的人那样完全放松警惕。她真切地听到那脚步声在逐渐靠近。有人来到身边，弯下了腰，然后她感觉有人在摸她的胸部。拉姆萨伦突然剧烈地咳嗽起来——是那种撕心裂肺的咳嗽。贝娜勒希颤抖起来，而这不是因为天冷，而是幸福的颤抖。她的身子上盖了一床毛毯，终于不那么冷了。装睡的她也忽视了有人在摸她的大腿和胸部，原本想睁开眼看看，但却汗毛直竖！算了，算了，外面吹着风哪！那刺骨的寒风！

雨声似乎变远了些。父亲又咳嗽了起来，但听起来不那么严重了。在毛毯下面是多么温暖沉静啊！

她心想父亲也一定得到了毛毯，但她不愿睁眼去证实一下，因为躺在毛毯里实在太温暖了。

但要是父亲身上没有毛毯怎么办？哎，现在还有一整夜呢，午夜过后会更冷，到时候再看吧。要是没有，那就把自己的毛毯给父亲盖上。

那母亲怎么办？母亲身边有拉举，既然都已经睡着了，那应该也不会冻醒。

她脑海里浮想联翩，眼中似乎出现了一幅幅图画，毛毯里仿佛出现了七彩云朵，她把它们都拥入怀中，多么温暖，多么可爱，多么迷人啊！

伴着思绪，她仿佛离开了这个混乱卑微的群体，来到了一个他人都无法进入的世界。在那儿她具备了优良的品德，同时也有了自己的思想，能够保护自己的身体和保持品行的独立。

她感觉好像身体已经和另一个身体紧紧贴在了一起。削土豆、和面粉的生活是多么低贱啊，她感觉自己正升腾而起，身心都没有一丝阻碍，来到半空中飞舞起来……

父亲怎么咳嗽个不停？那咳嗽声太难听了，那声音就像钢丝穿透耳朵一样，刺痛无比，要把她从天上的世界拉回地面。

她仿佛体验到真实的乐声，那模糊而又甜蜜的声音传到耳边，然后渐渐消失在浓雾中。她全身都充满了声音，每一个颤动都奏出一个乐章。

她脑子里充满了幻想，在幻想的满足中沉睡了过去。

睡梦中她看到了汹涌的河流，还有四处蔓延的洪水。她被水冲倒了，突然吓得汗毛直立，惊醒过来！

醒来后她发现半截毛毯已从身上滑落了。寂静的夜里，雨听起来愈发急骤了。贝娜勒希试图裹一下毛毯，却突然感觉毛毯反而离身子更远了些。同时传来了甘伽黛依冷酷尖刻的声音："小畜生只知道顾着自己，弟弟在我旁边冷得发抖，一点儿也不关心一下他。再让点毯子来给弟弟盖，也让他睡一会儿。"

贝娜勒希气得把整条毛毯都摔了过去，说："来来，拿去，拿去，把你自己也盖着，我冻不死的！"

寒风更加刺骨了，仿佛刺入了全身的每一个毛孔。她有点后悔就这样把毛毯给了她们。凭什么给她们嘛？那条毛毯不是人家给自己的嘛，发毛毯的人是专门给我的。现在咋办？给都给了呀！

甘伽黛依也没有再把毛毯还回来，接过毛毯的时候，她说："你在毛毯下睡了一整夜，现在可知道发点善心了。你冻不死，那怎么不早点拿来给弟弟盖？你这个小畜生！"

毛毯渐渐铺开来，小拉举的身子全部盖在了毛毯下面，甘伽黛依的也一样。甘伽黛依需要健康，以尽到她身为母亲的责任，但在这样的托辞下，她却剥夺了对别人的爱和责任。

这体现在哪儿呢？她确实是个母亲，但首先是一个妻子，但她的丈夫生着病，还冷得直发抖呢！

这种爱的剥夺还体现在其他方面。母亲生气时对贝娜勒希的责骂就是在剥夺自己对女儿的爱。贝娜勒希的每一次翻身都体现了对剥夺的反抗，每一次翻身都仿佛是对母亲的嘲讽。她没跟甘伽黛依说一句话，就呆呆地躺在那儿。“你要是觉得冷，就扯一角去盖着。”说完甘伽黛依把毛毯给女儿扯了一个角盖上。

贝娜勒希不愿盖，她往另一边又挪了挪，依旧没有说话。甘伽黛依恼怒万分，拉回毛毯紧紧抱着拉举裹了起来。

拿这个家有什么办法呢？直到现在，家人之间还在互相倾轧。好不容易攒钱建起了一个家，现在也不在了。好不容易养大的孩子，现在也死了。你心里除了拉举还有什么？就不能关心一下我的感受吗？贝娜勒希真想开口发泄一通。就知道整天一遍遍地在我面前说，要是她的拉姆还活着就……

她把拉举抱在怀里。怎么舍得让她的小儿子吹着风呢？贝娜勒希非常嫉妒，母亲一点儿都不关心自己。

丈夫现在没有咳嗽了，可能是睡着了吧。他哪儿来的毛毯呢？如果现在给他盖一半，把他弄醒了怎么办？吵醒没睡熟的人不好吧。他现在已经睡着了。他早上要起来抽烟，等那时候再给他吧。

母亲的眼皮渐渐沉重了，慢慢地睡了过去。

突然又响起了吹口哨的声音。是谁在吹呢？为什么要吹？还是那声音，清晰而响亮。这声音为何如此有力？整个帐篷似乎都在晃动。贝娜勒希？贝娜勒希哪儿去了？帐篷里面没有啊，她起来走了么？为什么要走啊？去哪儿了？天黑黢黢的，她一个人走了？天啊，不要！

甘伽黛依哭了起来，她从毯子里伸出一只手来摸索，没摸到贝娜勒希的身子。她再伸长手摸了摸，还是没有摸到。她顿时惊醒了，睁开眼睛从毯子里往外看。

灯光愈发地微弱了，贝娜勒希自个儿蜷缩成一团地睡着。

拉举打了个喷嚏，甘伽黛依有点担心，给他裹了裹毯子。天快亮了，丈夫虽然没咳嗽了，但也一定很冷吧。拉举又打起了喷嚏，她把他往怀里又搂了搂。这毛毯没法分啊！

清早天上又下起了冰雹。甘伽黛依半睡半醒地嘟囔着：“老巫婆，一点儿爱心都没有，孩子就躺在旁边，也给她盖一个角啊！她说着冷不死，那之前怎么不……”

然后她醒了，掀开毛毯一看，贝娜勒希真不在那儿了。

她睁大眼睛，四处看了看，没有看到贝娜勒希。她伸长了脖子再看，发现帐篷角落里，贝娜勒希在捡地上蹦起来的冰雹。甘伽黛依喊道：“贝娜勒希？”

贝娜勒希假装没有听到，也假装没有看到，朝雨中走了出去。

拉举又咳嗽起来。甘伽黛依赶紧给他把毯子盖上，然后伸手去摇拉姆萨伦：“醒了没？”

拉姆萨伦没有醒。他的双腿缩成了一团，身子也发肿了，嘴巴半张着，眼睛也半睁着。他已经死了。

甘伽黛依反复试图把他摇醒，她摇着叫着：“我说，你看看贝娜勒希，她一个人跑出去了，我叫你起来去叫她，你听到没有？”

第二天夜里，拉举一个人在毛毯里睡着，母女二人抱作一团哭个不停。那天晚上又发了些毛毯，发毛毯的人还是有选择性地在分发毛毯。

但是那天晚上没人再来她们家。

新云

那天晚上达嗒河边的福舍[①]特别热闹。福舍管理员像往常一样提着个灯笼上上下下地来回查看。福舍里总共有十六个房间，其中十一个在傍晚之前就住人了。剩余的房间里有两个各自上了锁，因为不时会有人拿着房东的指示条过来，这两间房就是专门为那些人准备的。如此一来，福舍里只剩下三间空房，而需要房间的人却来了十三四个。一下子来了这么多人，管理员真是很烦躁，他们要是一个一个地来，他还有机会向他们索要几个安那[②]。但是这么多人一起来，他也没法提加钱的事儿。想想不加钱了，单独给其中几个人开房间算了，可是又觉得不行，因为剩下的人会抱怨他偏心。管理员只好借口要去找钥匙，上下左右转悠了好几圈，终于逮着个机会跟两三个人单独说上了话。他告诉他们，只有拿了钱，他才能不让别人说他的闲话。谁给他钱，他就可以说谁是先来的，理应优先入住。

① 福舍，为印度教徒朝圣者准备的客栈。

② 安那，印度货币，十六安那等于一卢比。

这天晚上会一下子来那么多人，也是有特殊原因的。原本每个朔日[①]都会有很多朝圣者到喜马偕尔邦的各条河里去沐浴，但会在福舍里过夜的基本只有八九个人。大多数人都会在黄昏前返程回家去。但由于那天的朔日正好是月曜日[②]，前来沐浴的人本来就比平常多，加之傍晚乌云密布，很多人担心回家途中会下雨，所以就都没有回去。

本想福舍里这种混乱局面会持续很久，但天空中突然大雨如注，这样一来反倒解决了这个问题。人们既不没有按管理员设想的那样，也没有一起协商解决问题，而是一淋了雨就赶紧拎起行李，闯进先前已经被人占了的那些房间。管理员阻拦着，房里的人也反抗着，一两间房里还有人争吵打骂起来。但由于大家都这样干，每个人就成了彼此活生生的榜样，所以他们一旦挤进房里，就坚决不再出来。这样一来，有的房间挤进了三四个新来的人，而有的房间则一个都没有挤进去。有一个屋子里一下子跑进来五个人，原来的房客很不满，跑出去找管理员，想要回他那八个安那。管理员没有办法，只好声称已经找到了钥匙串，把剩下空房的门都打开了。然而听到这个消息，那些已经挤进房间的人却固执地不肯挪出自己的位置。反而是那些给过管理员钱的人为了能自己独住，都收拾铺盖卷跑了出来。这下就又有了七八个人去争那五间空房，并为此又争吵打闹起来。没抢到空房的一两个人只好又挤进其他人占了的房间，就像之前别人挤进他们的房间一样。有个人较为绅士地回到自己之前的房间，但是他看到，他之前所在的那个位置已经被新来的人铺上了被褥，而且就这么一会儿，那个人就已经睡着了。这下屋里只剩下靠

① 朔日，指完全没有月光之日。

② 月曜日，指星期一，朔日月曜日这天印度教徒会到恒河沐浴并进行施舍。

近门槛的一块地儿，不时还有雨滴飘进来。

过了一会儿，喧嚷声终于消停了。寂静的夜里，先是传来萨特累季河的水流声和窗外的雨滴声，隐约夹杂着远处骡子身上的铃铛声，接着似乎还有骡子走在木桥上的蹄声。紧接着，铃铛声又停了下来。那是到了河这边赶骡人的住处。

福舍的四号房里，床台上点了一盏昏暗的油灯，灯旁边躺着一个中年人。他是给了管理员八安那才得到这间房的。因为这八个安那，管理员把他当村长老爷一样看待，从傍晚起，“村长”这个美称就在福舍里传开了。为了眼前这盏油灯，他还单独给了管理员一个安那的油钱，但是管理员只花了不到四分之一的钱来买油，所以此刻灯都快熄灭了。

当那三个人从外面冲进他屋子的时候，村长正要吹灭油灯睡觉。那三个人刚进屋的时候，他甚至有点慌乱，定了定神才鼓起勇气对他们说，这是他的房间，他们进错了屋。其中一个年轻人解释说，现在外面下着雨，他们怕雨淋，所以才进来避避雨。他十分不满地打量了他们一会儿，然后到门边去叫管理员来。在门口他听到了隔壁房间传来的喧闹声，了解了情况，只好回到了他自己的铺位，愤怒也因此变成了气恼。他本打算干脆熄灯睡觉不管这事儿了，但熄了灯又感到睡意全无，他愈发觉得应该就这件事说点什么或做点什么。好一会儿，他默默地躺在那儿端详这几个新来的。

新来的女孩躺在毯子上望着天花板，一个男孩的膝盖上放着一本书，他在书上垫了张纸，不知道在写些什么，另一个男孩靠着墙在吹口琴。村长于是开始琢磨起这三个人的关系来。难道他们三个是兄妹？他仔细研究了一下这三个人的脸型面相，没有发现任何相似之处。两个男孩的外貌各不相同，他们的肤色和发色也不一样。

女孩的发色倒是和其中一个男孩相似，但肤色和发色相近怎么能证明他们就是兄妹？而且为什么没有其他家人跟他们一起？难道女孩是其中一个男孩的妻子？村长也无法证实这种可能，因为从女孩的神态、表情以及衣着打扮上看不出任何人妻的迹象。虽然她的行为举止并不羞怯拘束，但脸上仍显现出童真未泯的样子。那他们能是什么关系？村长觉得只会是第三种可能，即那两个男孩肯定是拐骗了这个女孩，他感觉好像自己从一开始就是这样想的。于是他开始进行推论以证实自己的想法。首先他们没有多少行李，其次男孩的脸上流露出一丝焦虑，而且他们看起来好像也很疲惫。村长得出结论后坐了起来，对他们进行了一番道德审视，然后对着其中一个男孩问道："你们是从哪儿来的？"

他的声音湮没在外面的喧闹声中，因此男孩都没有转过头来看他一眼，继续在写自己的东西。村长觉得他的嗓子没有打开，于是清了清嗓子，提高声音问道："你们是从哪儿来的？"

这次男孩朝他看了一眼，然后又转过头忙自己的。

"你们是从哪儿来的？"村长站起来走近他又问了一遍。

村长过去后，女孩坐了起来，靠墙吹口琴的男孩也站了起来，有点冲动地问道："什么意思？你想干啥？"

村长没想到他们居然如此回应，他感觉自己受到了侮辱，狠狠地瞪了那个男孩一眼。他本来准备了好多问题要问。问完第一个问题后他还想问他们是什么关系，然后问他们为什么来达嗒河，但现在他什么也没问，走到了门口。

村长到门口是想给周围人的人说一下这三个人的事，好让他们也参与进来。但是外面雨很大，他担心一出门就有可能被雨淋透，所以在门口漫无目的地站了一会儿后就回到床上躺下了。灯光已经十分微弱，随时都有可能熄灭。村长觉得必须让灯一直亮着，为什么呢？因为他隐隐有种不详的感觉。他隐约的直觉告诉他，反正应该让灯亮着。他走到窗子边，叫管理员再给他送点灯油来。管理员没有回答，他又清了清嗓子大声喊道："管理员！"

此时管理员早就拿着晚上挣着的钱回了他自己的屋里。外面下着倾盆大雨，哗哗啦啦的雨声再一次吞没了他的声音，管理员也根本没有听见。他又喊了一次，但仍然没有回应。没办法，他只能又回到床上躺下，一直盯着油灯那微弱的灯光。

油灯忽然熄灭了，突来的黑暗使村长仿佛受到了打击。外面雷声轰鸣，他睡不着，从床上坐了起来。雨声愈发急骤了些，五月[①]居然下这么大的雨，他觉得有点不正常，感觉大自然好像在故意成全这种不道德的行为似的。屋里不知从哪儿发出一点点响动，村长就会盯着出声的方向看，即使屋里已经黑得伸手不见五指。虽然眼睛看不见什么东西，但是丰富的想象倒是使他"看"到了不少。他再次尝试睡觉，但直到很晚还翻来覆去地睡不着。

过了一会儿，村长听到男孩在低声说话，他的注意力顿时全部转向了那边。但是不管他怎么努力，却怎么也听不清他们聊天的内容。首先他们说话的声音太小，其次他也听不出能够使他展开想象的任何线索。从他们的谈话中，他多次听到"苏克特"这个词，因此他如此理解，要么他们是来自苏克特，要么就是他们要去苏克特。过了一会儿，他们的谈话结束了，村长只能自己胡思乱想着。

雨渐渐地小了，当雨声完全停止时，村长想起床去外面走走。于是他从外套口袋里摸出火柴盒，点燃了一根火柴。火柴刚照出了一点不清晰的轮廓就熄灭了，所以他又点燃了一根，小心翼翼地用

---

① 印度历的五月，在公历七月至八月间。

手护着火苗。手放开后他看到，那三个人正铺挨着铺熟睡着。他站在那儿犹豫了一会儿，然后从屋里走了出去。

外面还下着毛毛细雨，萨特累季河的流水声更加清晰了。一来到外面，村长就冷得发抖。其他房间此刻也一片寂静，只有二号房间旁边有一条生病的母狗窝在那儿啜泣。村长停下来思索了一会儿，然后慢慢地朝二号房间走去。二号房里铺了几床被褥，有一床完全是贴着门槛铺开的。村长刚划亮火柴，睡在门边那个人突然吼道："谁？这个点了在这儿干什么？"

于是他只好跌跌撞撞地跑回自己屋去，也不敢再去其他房间了。在自己屋门口，他停下来想了一下，决定去叫醒管理员来好好聊聊，因为相比于叫醒其他人，这样更好一些。他来到管理员的屋门口，敲了两次门，但管理员没有醒，于是村长就直接喊他。

喊了三四次过后，管理员终于醒了。他愤愤地问，是谁这么晚还来打搅他的美梦。村长尽可能压低声音告诉他，自己是四号房的，就是那个给了他八安那的房客。然后他简单地说明了一下情况：他屋里住进了一个女孩和两个男孩，他想跟他谈谈这三个人的关系。

管理员睡意正酣，因此有点不满地说道："现在先回去睡吧，先生，早上再说。所有屋都住了好几个人。"然后他又愤愤地骂，都是乌云惹的祸，雨季刚开始就雨水绵绵。

"你出来听我说，"村长生气地说道，"我有点怀疑他们，我认为那两个男的是拐骗了那个女孩。"

但屋里只传来了管理员的打鼾声。村长强压怒火，悻悻地往自己屋走去，在门口他再次停留了一会儿。这次他决定，早上天一亮就要起床，不仅要把自己的疑虑告诉其他人，还要告管理员的状，因为他根本不配看管福舍。

这时候他听到附近赶骡人的帐篷那边传来了一个男青年的歌声。可能那些人在帐篷的铁皮顶棚下面点了一个火堆，火焰在前面的小山上投射出跳跃的光芒。雨后的大地飘荡着一股淡淡的香味。村长不满地看了看雨后潮湿的环境，然后回到了自己床上。过了很久他才睡着，而这时夜已经过去了一大半。

第二天早上村长醒来时，已经天亮很久了。但由于乌云笼罩，天色依然像刚亮的时候一样。起来之前，村长环视了一下屋内，发现那三个人不见了，他们的行李也不见了，只有两张被揉搓过的纸散落在地面上。村长迅速爬起来走到门外，不自觉地将目光投向了前往苏克特的路上。几个赶骡子的人从苏克特那边走了过来，几个扛着土豆的工人也向这边走来。这时管理员从旁边的一个屋子出来了，村长向他打听那三个人的消息，才得知他们两个小时之前就走了。他生气地责备管理员太疏忽大意，并给管理员详细讲述了他的疑虑。管理员听后怒道："我是看管福舍的，不是管房客的道德行为的。我怎么知道谁谁谁是干什么的，人品怎么样。刚才二号房的人还来说，昨晚有个贼去他们屋，点根火柴到处瞅。一位先生起来想抓他，但被他给逃跑了。你说说，我难道能一直跟着你们屁股后面不成？我的职责是给你们房住，其他的我一概不管。"

听到二号房的事情后村长默不作声，因为事情的真相只有他自己知道。他既感到一丝困惑，又十分沮丧，因为人们竟然在不了解真相的情况下瞎编乱造。他回到自己房间，捡起散落在地上的一张纸来看，上面写着一些金额，可以看出是在算账。他扔掉这张，捡起另一张来看，上面写着一些英语，村长盯着那些单词看了好一会儿。然后他想去河边沐浴，所以带上沐浴用品，锁上了房门。他看到屋旁有一个貌似有文化的人把毛巾搭在肩上漱口，于是又把门打开，拿出了那张写着英语的纸。锁上门后，他走到那个人身边，递出那张纸，说道：“先生，麻烦帮忙看一下这张纸上面写的什么。”同时他讲述了一下这张纸的来历，还告诉先生，两个男孩和一个女孩在他房里过夜，今天大清早就走了，从他们的行为可以看出，那两个男的是来抓这个女孩的，这张纸就是其中一个男孩写的。

听村长讲完后，那个先生将纸上的内容从头到尾看了一遍。由于村长没有看先生的脸，所以他无法注意到先生的表情变化。听完村长的讲述后，先生看了他一眼，表情就像怀疑面前出现了一个疯子一样。他把纸还给村长，摆摆手说道：“滚！”

那人居然这种反应，村长有点难以忍受，但是他又觉得在一个陌生的地方跟人吵架很不合适。所以他强压怒火，拿起毛巾去了透着清香的小河。

当村长坐在河里沐浴时，天上又下起了蒙蒙细雨。当时河里除了他还有一个人，那个人刚洗完准备回去。去往苏克特的路上远远地传来了骡子的铃铛声，由于下着雨，好多人从那边跑过来进了福舍。村长充满希望地朝那边看了一会儿，幻想着那条路上有三个人过来。想到这他有点激动，迅速从河里爬起来，在一块石头后面穿好衣服，从口袋里掏出了那张纸，向那个正打算回去的人问道：“兄弟，请你给我看一下这张纸上写的什么！”

这次他没有像先前那样讲述这张纸的来历。

那个人告诉村长，这张纸上只写了书名和地名。村长本来迫不及待地想知道这张纸的内容，但听完之后他感到非常失落，仿佛自己丢了什么东西一样。他带着有点尴尬和不相信的口气说道：“麻烦你从头读一下，我觉得……”

那个人于是从头给他翻译：《土地和社会主义》，两本在纳尔凯拉，两本在杜尔加普尔，两本在沃森杜普尔；《集体农业》，一本在纳尔凯拉，两本在杜尔加普尔，两本在沃森杜普尔……

他读了一串长长的书单，村长目瞪口呆地看着他。那个人把纸条还给他走了之后，村长又回到了河里。萨特累季河两米深的河水滚滚而过，附近也飘来了泥土的香味。村长沉醉在大地的芳香中，捧起暖暖的河水浇在自己身上。他仍然看着去往苏克特的路，不时地在想，这张纸跟那些人有什么关系呢？那三个人到底又是什么关系……

安全别针

塞格希娜夫人绘声绘色地讲着自己那题为《播种》[1]的长篇小说。而我的注意力全都放在裤子的纽扣上。

小说里所有人物的名字听起来都是相似的……或许只是我的感觉吧。故事无非都是从德里开始，发展至西姆拉、达尔豪西、斯利那加，最后又回到德里。在德里，人们去参加派对，然后又一同去爬山。小说中的人物是男人多还是女人多，这我不太记得了。但即便女性角色的数量不多，出场次数也一定很多。年龄一定都是二十五六岁上下。塞格希娜夫人把她们一个个都描绘成“纤瘦、聪慧、甜美”。但我却觉得她们就是一群身形矮胖、皮肤白皙，讲起话来都会打哈欠的妇女。她们一边抱怨着一边又把胸束得紧紧的，好似充满弹性。而她们中任何一位的真实年龄也绝不会小于三十八九岁。她们都是跟丈夫分开跑来德里，在俱乐部里消遣的时间也绝不会少。

---

① 原文为英文“plant”。

塞格希娜夫人走到走廊里去接电话，我也得以有机会好好地看看我的扣子。扣子并没有从裤缝里露出来。我本是跷起二郎腿，环抱双手坐着，现在又张开手臂，两手挡在了腿前。

这错可不在我，而在洗衣工，或者也不是洗衣工的错……反正绝不是我的错。我穿着洗干净的长裤和棉布夹克从家里出了门。在公交车上，我还叉着腿坐着呢。坐着坐着，突然感觉裤缝的纽扣脱了线，不是开线了就是破了。裤缝一开线，从外面什么都可以看见了。值得庆幸的是我不是在到塞格希娜夫人家之后才发现这事。我顺道跑到康瑙特市场买了一打别针。又来到一家餐馆的厕所里，从裤子里面把裤缝别了起来。别好以后，还剩下八个别针，我把它们塞进屁股后面的口袋里。想着，没准以后再遇到类似的事儿还能起点作用。

塞格希娜夫人一路点着头走了回来。看她那样子就知道是跟他丈夫通的电话。我的猜测果然没错。

她并没有再坐到沙发上，而是直接走到深绿色的三脚凳旁边。对我说："兄弟，说吧，你喝点什么呢？苏德勒什刚才还埋怨我，怎么到现在都还没给你弄点什么喝的呢。"

我了解苏德勒什先生讲话的腔调，而塞格希娜夫人则是另一种腔调。他们之间并不是浓情蜜意，反而是相互嫌弃，也许是结婚已经十二年了的缘故吧。

"跟我说，给你来点什么？苏格兰威士忌怎么样？"她再一次问我。

我摇着头，"现在什么都不要。"

"为什么呢？"

"我头有点疼。"

“我可是经常看到你喝……”

“也经常都不喝啊。”

“你应该来之前就知道今天得喝吧？”

我笑了起来。我可不能跟她说我是知道的，就说：“等苏德勒什先生来了就给我倒上吧。”

塞格希娜夫人看看表走进里屋去。她带着佣人一起出来，拿了一个很大的画框。

“今年的雨真让人心烦啊。”她笑着讲。佣人把画挂在墙上以后就离开了。

“那可不是，前两天不是还停电了。”我说道，“今年，水都必须得煮开了才能喝。”

“我家里简直白蚁成灾，”她说道，“所以我把地板上的地毯都让人撤掉了，墙上挂的画也取了下来……今儿不是要来客人，所以只好……”

我看了看那幅画，黑色和黄色的油彩勾勒出一张妇人的脸庞。画框的下方是白蚁留下的两行印迹。

“你怎么不等白蚁灭完了再让人挂上画呢？”我问她。

“墙上有挂画框的印子，”她说道，“空着不好看。”

我又看了看地板。地板上并没有铺过地毯的痕迹，但却显得光秃秃的，让人感觉有什么东西从那撤走了。地板上同样有白蚁留下的几行印迹。我把手插进裤兜里，两个裤兜都有破洞，于是又把手拿了出来。

塞格希娜夫人简要地讲着小说剩下的内容。简单地讲，就是所有的女性角色都陷入了热恋……有时是登完山以后，有时是在湖边，又或是在俱乐部后面的房子里，跟各自的情人……丈夫把妻子丢在山顶上就自己回了德里……又或者是喝完酒跑去“滚床单”。故事里，情人们都有着自己的老婆，而那些丈夫们却从没有外遇。小说女主人公的名字叫苏佳达……又或者是叫苏妮达。小说的结尾，她跳湖自杀了，所以小说开头就交代了她很怕水。占星图预示她最终的死亡会与字母“P”[①]相关，也就是说会死在水里。

“我这故事没让你感到厌烦吧？”还没讲到女主人公自杀，塞格希娜夫人就问我。

“没有啊，完全没有。”我说，“我觉得故事很有意思呢。”

“那行，现在还剩大概三四章的内容……”

“你注意听，结尾比这几章更有趣。”

然而我并没有机会听到结尾，因为就在那时，来了一对客人——辛格夫妇。

这位是辛格先生……少校军衔，五十岁，威武严肃。这是辛格夫人……三十二岁，貌美，话不多。塞格希娜夫人介绍着。只见辛格少校笑着点头向大家致意。辛格夫人则漫不经心地打了招呼：“嗨！”

我也回了一句“嗨”，却是用不同的方式。认真打量了一番辛格太太，我发现她也逃不出塞格希娜夫人小说里那些女人的范畴。不光发型，其他很多特征都相符。她也有自己那一套说话的方式，小说里那些女人讲话的时候就是浮夸的样子。

辛格太太自己一个人在那讲着……这是他们在印度的最后一个晚上了，是这次的最后一个……明天这个时候他们就不在这片土地上了，而是在空中飞着……世界上不管什么事情，时间久了都会让人觉得无聊……从某个角度看每个国家总会有些好的方面……唯独

① “P”为印地语词汇“水”一词的首字母。

这个国家，无论从什么角度看都不好……在这除了交税就没有别的生活……想要保持身体健康，那每年都应该去国外生活两个月。

辛格少校两手放在沙发扶手上，一点点地陷进沙发里。他时而突然起身，时而又陷了进去。塞格希娜夫人给宾客们分着装着威士忌的酒杯。我跟辛格少校目光相遇，他便朝我笑笑，仿佛有什么话要对我讲一样。辛格太太停下来往杯子里倒酒，她语速很快地低声说："我想我们今天来晚了……来这之前，我们先去了另一位朋友那喝了两杯……也跟他说了我们喝不了多少……可谁又会同意呢……？"她微微地笑起来。一边笑着，一边环视四周，突然就沉默下来……片刻之后，又笑着向我看过来。

我也微微笑着回应。别针却突然从裤子里面扎了我一下。

辛格太太一会儿说起荷兰，一会儿又跑到了西德。她说家里的香槟都是从西德买的，每年都要去买香槟回来。麻烦的仅仅只是回来的时候得交关税。"知道吗，夏勒达，去年我花在关税上的钱有多少……？"

夏勒达，也就是塞格希娜夫人，不知怎么地有些不悦。也许是由于她从来没有交过那么多的关税，又或者是因为来来往往的这些人让她没能讲完最后的那三章故事。

我也时不时地注意到窗外的那个湖。刚才我们都沉浸在女主人公的浪漫故事里。要不是他们这些人来了，我们现在都讲到自杀的那段情节了。塞格希娜夫人正端着一盘腰果和柠檬走过来。

讲完德国，辛格太太又开始聊起她的女婿。让我很是吃惊。辛格少校也往沙发里又陷了陷。

"到现在我自己的行李还没收拾呢。今儿一整天都忙着给女儿收拾。我女儿和女婿今天在往回赶……"

就在辛格少校稍稍坐起身的时候，门外又来了一辆车。

新来的是勒梅什·克纳和妻子夏诺。他们俩我都认识。苏德勒什先生开车接了他们过来。

“大家好！”夏诺第一个走进门来向大家问好。只有塞格希娜夫人回了她一句“嗨！”

勒梅什跟在夏诺的后面。苏德勒什先生嘴上叼着一根香烟大小的雪茄跟在最后面，好像监视着前面这对夫妻似的。

“我跟我的女婿讲……”等大家一入座，辛格太太又开始聊起来。

“您的意思是……女婿是你的……是你自己的！”

“对，是我的……我的意思是……意思是她的……也就是我女儿的……女儿的丈夫。”

辛格少校看着大家笑了笑，还特别朝我这边看了看。

“哎哟，你……”夏诺也看到了我。她笑着问我：“你在那一声不吭地坐着干吗？”

我先看了看裤缝的纽扣，笑着说：“什么也不干，我听着呢。”

夏诺眨了眨眼，好像明白了我的意思一样。

苏德勒什先生给大家都倒上了威士忌。把杯子递给夏诺的时候，他讲道：“辛格太太的女儿在中央邦和拉贾斯坦都有田产。”

“这样啊。”

“辛格少校也享有一个土邦一半的继承权呢。”

“了解了。”

“我对女婿说……”辛格太太又开始讲，“……这一次我很可能一整年都要住在国外，你知道他怎么说嘛？他说……”

“他开玩笑的……”辛格少校温情款款地解释，“女婿经常跟她说玩笑话。”

“这次他说的可不是玩笑话。”辛格太太紧咬着嘴唇。

辛格少校不禁笑了起来，“你的幽默感真是不会比任何人少。行，那你告诉大家……真是很好笑的一件事。”

“这才不是玩笑话呢……”辛格太太提高语调讲，“他真的是那个意思。他跟我说，我要是真的能在国外住满一年，那他就让人画一幅我的画像挂在他家的客厅里……找个有名的画家来画，为此他都准备好了十万卢比。”

苏德勒什走上前去，接过辛格太太手中空了的酒杯，往里倒着酒说：“天哪，我就会画画啊！”

“这事他是认真说的，苏德勒什！”辛格太太用手捋了捋头发说。

“我现在也是认真说的啊，”说着苏德勒什把杯子递给她，“我一出手，那哪儿是十万卢比的事。”

辛格少校自己嘿嘿地笑起来，说：“确实如此……确实如此……你这个老滑头真让人喜欢，一句话就让我一个下午的不快烟消云散了。”

“别告诉我，你郁闷了一个下午。”辛格太太说着弯腰靠在自己先生的沙发上。

“不是的……不是的……”少校赶忙解释，“我的意思是……”

“那你继续说，”辛格太太打断他，“你的意思从来都没有什么意思。”

少校愣了一下，然后又笑了出来。太太也开始给自己倒酒。

不知什么时候，塞格希娜夫人早就起身出去了。此刻，她突然从门廊走进来说：“饭菜都已经上桌了。”

苏德勒什先生先是一个个地看了看每个人，接着又盯着墙上挂着的那幅画，不慌不忙地说：“着急吃什么饭呢？”

“饭菜都端上桌了，再等等就都凉了。”说着塞格希娜夫人穿过门廊往外走。可是大伙儿或是依旧端起杯子喝着酒，或是三言两语地闲聊着。塞格希娜夫人只好又返回来说：“兄弟啊，想吃热饭的就赶紧出来。等会儿可别跟我抱怨饭菜是凉的。”

听了这话，少校立刻站了起来，说：“我觉得现在该去吃饭了，我都感觉到饿了……”

“你先过去吃吧，”辛格太太本是靠着沙发靠背，她抬起头来说，“我们稍等会儿就过去。”

辛格少校既然已经站起来了，就不好再坐下。他朝门的方向边走边说：“没问题，没问题，我过去吃饭喽。”

第二个站起身的是勒梅什，他开玩笑说：“我觉着吧，应该男士优先，女士随后再来。”

随后也就轮到我了。我看了看，扣子的地方依旧别的好好的，赶忙起身穿过客厅，迈起了步子。少校已经过去了，我无法再从他的笑容里得到安慰。

就要跨过门槛的时候，夏诺把我拦了下来，她问：“你饿了么？”

“不饿啊。”

“那就待在这吧，等会儿跟我们一块儿去嘛。”

“我……”我不知道怎么讲，“那个……事实上……”

“金德尔一会儿要来，等会大伙儿一块儿去呗。”

“对啊！金德尔这家伙怎么现在还没来！”苏德勒什站起来四处跑去看，好像寻找丢了的东西一样。

“他说过大概九点半的时候到。”夏诺看着表，拿出手帕擦了擦汗。

苏德勒什又跑去走廊上看，接着又跑回来说："夏勒达不知道去哪了！也许在那边的厨房里吧。我们还没等到金德尔呢，她不该这么早开饭。这事儿真是没办好。实在是不好意思……"说完迈起大步从先前出去的门又回到了客厅里。

我别扭地站在那儿，脸朝着夏诺，裤缝却朝着别的地方。除了赶紧逃出这个困局，我的脑子里没有别的想法。腋下的汗水都流到了腰带里。

"再坐一会儿嘛，等会儿我们一起走。"夏诺又说了一遍。为了保持那特殊的姿势，我只好又坐了下来。坐下的时候，一根别针从屁股口袋里扎了我一下，但我的额头上连一丝皱纹都没有显露。

"最近你都在忙些什么呢？"夏诺问我。

"最近吧……"我可得认真想想我最近都做了些什么。可是感觉没有一件值得一提的事情，但不说点儿什么又觉得不好。

"好些日子没见你了……"我感到夏诺是想和我聊天，但她的兴趣却并不在我身上。她的目光一直在辛格少校的身上。这样一来，我反而不必在意跟她目光相对的问题了。

"有空了来我们家坐坐吧，"夏诺把话题引导到她能够直接回答的方向。

我立刻说："你说时间吧。"

"等你哪天闲了呗，"她接着说，"等你哪天闲了吧。勒梅什每天九点就走了，一整天我都待在家里。"

辛格太太向酒杯里加满最后一口威士忌，面带微笑地把杯子放到三脚凳上。我先是感觉她是向我笑，继而又发现自己错了，实际上，她是看着墙上那幅画笑了起来。

刚才回答夏诺问题的时候，我的脸上就半带着微笑。我保持着同样的微笑，对辛格太太说："很好的一幅画，不是么？"

辛格太太的嘴唇微微抿了一下。"感觉跟用黄油配给票去换的一样呢。"说完她再次笑出声来。我则走上前去，仔仔细细地看了看那幅画。

夏诺也跑过来看，但只是粗略地扫了两眼。"画得简直糟糕透了啊！"她满怀挑逗似的评论道。我感觉她这话就像练习过的谎言一般。不禁让我想起她在一部戏剧里扮演的查鲁米德拉那个角色。

此时辛格太太脸上的表情活脱脱就像是个法国人，她又像欧洲人那样耸了耸肩，手臂垂到了沙发外面。她收拢两臂，站了起来。她用审视的眼光先是看看那光秃秃的地板，又看看自己的高跟鞋，接着又看了看门框和门槛。"这房子够老的了，"她脚步轻轻地朝门口走去，"五十年以内的房子都不会老旧成这样。真不知道怎么能……这些人……这帮人怎么样能在这样的地方生活！"

门槛像是绊了她一下，但并没有绊倒。她一动不动地站在门帘的后面。夏诺问我："你认识她么？"

"不认识啊。"我感到门帘后面的辛格太太肯定什么都能听见，于是只是摇摇头，没有说下去。

"她就是苏德勒什以前的未婚妻啊！"

听了，我又摇起头来，但跟之前是完全不同的摇头。

"要不是今天，我也没能认出她来，"夏诺说着，"现在的她和那时的她简直是两个人啊！那时候，苏德勒什用自行车载着她去看古杜布塔呢。那时候她就会滔滔不绝地说好听的话。还发誓说非苏德勒什不嫁。可是除了他，却还有好几个男朋友。她说从不会有什么隐瞒，把自己的恋爱史都告诉了苏德勒什。甚至告诉他，'今儿我要叫谁谁到房间里来，所以不跟你出去了。'这样的话呢。"那边，辛格太太正扶着沙发，抖着被撞的那只脚，不知想起了什么似的一个人乐着。“她的名字就叫‘乌玛’。大概六七年前，苏德勒什就提到过，她跟一个四十八岁的少校军官结了婚……第三次婚姻了。”

“第三次？”

“嗯，是她的第三次婚姻，”夏诺把手放在我的肩膀上笑着说，“少校则是第二次。”

我不禁有些嫉妒……又不知是哪儿来的嫉妒。为了掩盖嫉妒，我只好笑了笑。

“你想想，她可能会对这个人忠贞守信么？”她把手换到我的另一边肩膀上。我的嫉妒渐渐又消失了，我也不再笑。

“谁知道呢。”我说。

夏诺用指甲在我的脖子上挠着痒。“像你这样就挺好！”她说。

“我什么样？”

“就这样……”

门帘再次晃动起来，辛格太太害怕再次绊到门槛，小心地从外面进来。夏诺轻柔地把手从我的肩膀上收了回去。

“真不知道掉到哪儿去了，”辛格太太自言自语，“这儿每个角落我都找过了。”她用手拨开门帘，这样她本已进到了房间里，但看起来却又像是还在房间外面。

出于礼貌，我本想从椅子上起来，可是却没有起来。刚才我怎么坐着，现在还是那样坐着，只是腰弯得更狠了。

“你看到了么？”辛格太太问夏诺。夏诺站起身说：“您是在找什么呢？”

“找那个……”辛格太太用手指着后方，“亲爱的，我找那个东西……”

不知为什么夏诺突然好似有些兴奋，她朝着辛格太太走去，一边说：“走，我带你看看去。”

她们俩就那样穿过门帘走了出去。我再次看看裤缝上的纽扣，站了起来准备出去，可还没等走到门廊就碰到了塞格希娜夫人。

“这儿没人么？”她问道。她的话让我感到自己站在那里就像不存在一样。她看看门帘又看看我，自觉不自觉地接受了我的存在。

“她在哪？”这一次，她小声地问道。

她所问的“她”是指谁，我对此一点都不好奇。“两人都在里面呢。”我肯定地回答道。

塞格希娜夫人用两只手托起自己的脸。我突然感到墙上挂着的画可不就是她自己的画像。画里的人也是用黢黑的手托着自己泛黄的脸颊。托着托着塞格希娜夫人笑了笑，然后又变得深沉而悲伤。她拿起凳子上的酒瓶和杯子向外面走去。“告诉她，他回来了。我把酒杯给他拿过去。”

我试着用人名将她话里面的人称代词进行一一对号。“告诉她”，意思是告诉夏诺。“他回来了”，意思是金德尔回来了。塞格希娜夫人刚才走进屋子的时候，金德尔的摩托车已经停在外面了，也就是说他一到家塞格希娜夫人就知道了，之后才到屋子里来的。

我依旧站在那里，站在那等着什么。仿佛是塞格希娜夫人把我绑起来固定在那里一样。我时不时看看门帘，时不时看看地板，时不时看看画里那泛黄的脸庞，时不时又看看自己。

正当我看着自己的时候，塞格希娜夫人又一次走了进来。一进来她就问：“她们到现在还没回来吗？”

“没呢。”我坦言道。她又向我走近一步。

“这些女人啊！”塞格希娜夫人紧紧抿着嘴。这表情让我更加坚信墙上画的就是她。

“我在小说里对她们这些女人的描写，可没有写错吧？”她说。

我笑着把手插进口袋里，用手指堵上那两个破洞。

“我特别想给你讲讲小说的高潮部分，”塞格希娜夫人错误地理解了我笑的含义，“总共也就剩下四章没讲了。”

“意思是说当她自杀的时候？”

塞格希娜夫人点点头，变得比刚才更加严肃起来。“事情是这样发生的，”她讲了起来，“她在船上躺着躺着，把手伸进湖水里。这时她感到水里有什么东西把她往湖里拽，她用尽全力才把手从水里拉回来……”

讲到这里还没到故事的高潮部分。门帘的那边传来纱丽哗哗摇摆的声音。塞格希娜夫人赶忙快步跑到走廊里，一边对我说：“等有时间了给你讲剩下的。告诉夏诺，金德尔回来了，我到外面上菜去。”

没有转告夏诺的必要，刚刚那些话她都听到了。塞格希娜夫人出去之前，她就掀起门帘同辛格太太一起走进房间了。她们俩好像是一直等着，塞格希娜夫人一出去，她们就进来似的。“这个女人啊！”夏诺一进门就说了句。我没理解她这话是在说谁，是说辛格太太，还是说塞格希娜夫人。

“大家都在外面等你们呢。”我一遍遍地打量她俩，等着她们说些辩解的话。

她们俩就像没听见我说的话一样。辛格太太默默地走到自己的沙发旁坐了下来，夏诺也坐回自己刚才的位置。我感到，此刻我终于可以了无障碍地走出这间屋子了。一只鞋的鞋带松了，我弯下腰系好鞋带，对她们说了句“请原谅”，之后就走出了房间。我正要跨过门槛的时候，背后传来一句话：“请叫金德尔过来。就说，我有事找他。”听那声音应该是夏诺，可这话却是辛格太太所讲。我走出房门，回过头来草草一瞥，她们俩正相互望着对方。

走廊上的风比房间里要冷，只有餐桌那片亮着灯，周围漆黑一片。金德尔坐在餐桌边的椅子上，两只手拿着酒杯。他旁边的椅子上坐着塞格希娜夫人，两个椅子紧紧挨着。塞格希娜夫人拿着酒杯小声地对金德尔讲着话。

三个佣人默默地站在餐桌旁，手中端着餐盘。辛格上校、勒梅什·克纳、苏德勒什先生三人，不是彼此交谈着就是两两低头耳语。

我走到金德尔身旁转达了辛格太太的话。塞格希娜夫人顿时满脸愠色地看着我。我一声不吭地走到餐桌旁，往自己的餐盘里添菜，又端着餐盘朝暗处站着的仆人走去。我把背靠着墙的方向站着。就在刚才我弯腰系鞋带的时候，有一个尖尖的别针穿透我屁股后面的口袋冒出一个针尖来。

译后记

接触印地语已经有十多个年头了，总想有个“丰功伟绩”来“纪念”自己的求学经历。2014年底，受姜景奎老师的推荐，我们被聘为“中印经典及当代作品互译工程”的中方译员，负责翻译莫亨·拉盖什的作品——闫元元负责翻译莫亨·拉盖什的长篇小说《幽闭的黑屋》，毛磊负责翻译他的短篇小说。20世纪以来，译介到国内的印地语文学作品并不多，作品翻译且多为学界前贤的自发行为，能参与到这样一项具有历史意义的工作之中，译者们的心里除了激动兴奋之外，更多是诚惶诚恐的感觉，担心水平能力不足，辜负了学界前贤的殷切期望。

《幽闭的黑屋》是印地语现当代文学的经典作品，也是印地语“新小说”的代表作之一，但绝对不是一本易于阅读和理解的作品。莫亨·拉盖什在创作手法上进行了大胆的尝试，故事情节边缘化增加了译者理清故事脉络的难度，大量使用象征和隐喻让一些貌似简单的词汇平添了许多意义，心理描写和意识流手法则构建了一个交错凌乱的时空。莫亨·拉盖什是一个知识渊博、语言功底深厚的作者，历史典故、神话史诗、舞学知识和街头俚语都能信手拈来，更是大大增加了阅读理解的难度。经常为了搞明白一段话，就得忙活一个早上。阅读、翻译和改稿成了译者这三年来生活的主轴。庆幸的是，周围有许多良师益友，有不懂的地方可以随时向他们请教；庆幸的是，翻译小说期间有一次出国的机会，德里大学印地语系和东亚系的同学们帮助译者解决了不少难题。有了大家的帮助，再加上译者的努力，终于翻完了这部难度颇大的作品。译稿有24万余字，这是译者迄今所“创作”的最长的文字，可以算作纪念求学多年的一个“里程碑”吧。看着眼前打印的几份草稿，心中感触良多。这几年的生活颇为不顺，否极泰来成了译者听到最多的安慰话。在翻译《幽闭的黑屋》的时候，译者也在思考小说的意义：当理想犹如泡影一样纷纷破碎，也许，活着本身才是生命的意义，人之所以活着，就是为了去挣扎、去痛苦、去卑微、去幸福、去高大，直至一天，能够与苦难和平相处。

本书还选译了7篇短篇小说：《芭尔小姐》《玻璃缸》《沉睡的城市》《废墟的主人》《毛毯》《新云》和《安全别针》。小说的翻译过程是一个译者与作家进行思想交流和精神共鸣的过程。莫亨·拉盖什的短篇小说在很大程度上是他个人生活的写照。作为印度中产阶级的知识分子，他婚姻失败，生活潦倒，对现实社会有不满心理，精神上彷徨不安，所以他的短篇小说作品的内容大多比较灰暗，主人公心理也多处于一种压抑的状态，他们失望、忧郁、苦闷、孤独、疲惫，不满现实但又找不到出路，不愿浑浑噩噩却又不得不随波逐流。在莫亨·拉盖什的短篇小说中，叙述事件并不是小说的重点，小说中占主要地位的是环境和氛围的营造以及对人物心理活动的描写，如在《沉睡的城市》开篇的几句话就令译者如坠云雾，平日里熟知其意的单词也不知作何理解。直到傍晚走在回家的路上，当译者亲眼看见路面在路灯的照耀下反射出一层昏黄的光晕，顿时才明白作家的所指为何物。“夜晚。灯光洒在空旷的街道上，仿佛在路面铺了一层发光的薄膜。一只狗摇着尾巴，在这层薄膜上一路跑了下去。”这个时候，译者不禁为作家对日常生活的感悟以及细致入微的笔触而拍案叫绝，心里也油然而生一种自豪感，觉得能翻译莫亨·拉盖什这样一位杰出作家的短篇小说，对年轻的译者来说真是一件备感荣幸的事。

“经师易得，人师难求”，感谢姜景奎老师对译者们多年的肯定和帮助；感谢薛克翘老师、刘建老师和黎跃进老师悉心审阅译稿并提出了许多宝贵的修改意见；感谢邓兵老师、廖波老师对译者们的热情鼓励和大力支持。此外，在《幽闭的黑屋》的翻译过程中，德里大学的苏米特·库马尔（Sumit Kumar）同学和阿尤什·麦赫拉（Ayush Mehra）同学帮助译者解决了不少难题，秦烨老师帮助译者两次校对译稿，在此向他们一同致以感谢。

译者　闫元元　毛　磊

2017年3月

于河南洛阳

附录：关于莫亨·拉盖什及其创作

一

莫亨·拉盖什，印度现当代著名小说家、剧作家和理论家，印度印地语“新小说”运动的发起者和践行者。

1925年1月8日，莫亨·拉盖什出生在印度阿姆利则市的一个中产之家。他的父亲是名律师，母亲是名家庭主妇，家里还有一个姐姐和一个弟弟。莫亨·拉盖什小时候家境富裕，家中文化气氛浓厚，他父亲爱好文学，经常邀请朋友在家谈论文学和文学创作。莫亨·拉盖什耳濡目染，对文学产生了浓厚的兴趣，并最终走上了文学的道路。莫亨·拉盖什16岁的时候，他父亲因病去世，家庭因此失去了主要的收入来源，还留下了一大笔债务，境况每况愈下。年少的他不得不与母亲、姐姐一起劳作，承担起家庭的重担。尽管家道中落，但莫亨·拉盖什仍然坚持刻苦学习，先后从旁遮普大学获得英语学士学位、梵语硕士学位和印地语硕士学位。

大学毕业后，莫亨·拉盖什开始工作，曾在多所大学任教。

1947年至1949年，他在孟买埃尔芬斯通学院任教。此后，他辞职来到德里，失业了一段时间，离开德里后先后去了西姆拉和贾郎达尔，最终在古鲁·那纳克大学获得了教职，并一度成为该校印地语系的系主任。1957年，他辞去工作，又回到德里，成为一名全职作家。1962年，他担任了著名印地语文学杂志《椋鸟》的主编，一年后辞职，全身心地投入文学创作。莫亨·拉盖什的婚姻生活非常坎坷，有过三段婚姻。1950年，他听从家里的安排结婚，婚后夫妻关系不和，不久便分居生活，七年之后莫亨·拉盖什正式提出离婚。1960年，他再度成婚，但这段婚姻并没有持续太长时间，仍然以离婚收场。1963年，38岁的莫亨·拉盖什娶了年仅21岁的女孩阿尼塔·奥拉克，总算过上了幸福安宁的婚姻生活。莫亨·拉盖什一生贫寒，到了中年也没什么积蓄，经常找朋友借钱来勉强度日。失败的婚姻和拮据的生活使莫亨·拉盖什的心灵倍受摧残，也对他的文学创作产生了深刻的影响，坎坷的爱情、失败的婚姻和阴暗的人性成了拉盖什许多作品的主题。1972年12月3日，莫亨·拉盖什在德里因病去世，年仅47岁。

莫亨·拉盖什虽然英年早逝，但仍留下了众多的优秀作品。他的主要作品有：三部长篇小说《幽闭的黑屋》(1961)、《永不到来的明天》(1968)、《空隙》(1972)；四部多幕剧《四月的一天》(1958)、《鹤群》(1963)、《半生不熟》(1968)、《脚下之地》(1975)；六部短篇小说集《人的废墟》(1950)、《新云》(1957)、《兽与兽》(1958)、《再次生活》(1961)、《钢铁的天空》(1966)、《我喜爱的小说》(1971)。此外，他还创作过一些杂文和独幕剧等。

莫亨·拉盖什从很早就开始文学创作，发表了多篇短篇小说。1958年，拉盖什创作了自己的第一部多幕剧《四月的一天》，发表之后轰动了整个印地语文坛，印度艺术评论界认为该剧代表着印地语戏剧发展的新方向。该剧很快在加尔各答和德里等城市的剧场上演，反响热烈，一举奠定了莫亨·拉盖什在印度印地语文坛的地位。莫亨·拉盖什在戏剧创作领域成就斐然，在小说创作领域成就更大。他不仅创作了《幽闭的黑屋》等脍炙人口的印地语小说名篇，更是一个文学流派的开创者和践行者。在1957年阿拉哈巴德举行的印度文学大会中，莫亨·拉盖什和另外两位作家在总结自己创作经验的基础上提出了“新小说”的概念，他们认为在新的时代应该用新的方式从新的角度出发书写新的问题。莫亨·拉盖什等人的主张立刻引起许多作家的强烈反响，由此印地语文坛掀起了一场轰轰烈烈的“新小说”运动，许多著名作家如拉金德尔·亚德沃、格姆雷什沃尔、毗湿摩·萨赫尼、尼尔莫尔·沃尔玛、莫奴·彭达里等等都加入到这一创作潮流中来。“新小说”在写作技巧上大量借鉴西方现代派小说的创作技巧，在小说内容上重点关注印度独立后现代社会出现的新问题，关注作为个体的人的生存状态和内心世界。20世纪60年代，“新小说”已经成为印地语文学创作的主流，并对后来的印地语文学产生了深远的影响。莫亨·拉盖什作为这一运动的倡导人，在自己的创作中对“新小说”的主张更加是身体力行，与拉金德尔·亚德沃、格姆雷什沃尔一道成为“新小说”流派最具有代表性的三位作家。

二

《幽闭的黑屋》创作于1961年，是莫亨·拉盖什的一部自传体长篇小说。《幽闭的黑屋》讲述了印度独立后初期几个知识分子的爱情、婚姻和理想追求的故事，如同一幅长卷一样徐徐展开，把印度中产阶级的生活场景一幕幕展示给读者。整部小说采用了第一人称的叙事视角，沿着“我”和朋友哈尔本斯的生活轨迹，通过朋友间的聊天和回忆，交代了九年间诸多人物的生活轨迹，推进了小说情节的向前发展。在《幽闭的黑屋》中，莫亨·拉盖什把自己的生活经历和坎坷婚姻糅进了故事情节之中，在“我”和哈尔本斯身上体现出来。和莫亨·拉盖什一样，“我”也出生在阿姆利则，有着一个热爱文艺的父亲和一个贫寒的家庭，在孟买生活过一段时间，在德里有过失业经历，辗转多个城市寻觅工作。和莫亨·拉盖什一样，哈尔本斯也有一个强势的妻子——妮丽玛。她不是印度的传统女性，有着自己的事业和追求，婚后争吵不断，终于使这段婚姻陷入了绝境。在创作《幽闭的黑屋》时，莫亨·拉盖什已经35岁，有着多年的文学创作经验，使他能够把自己对爱情、婚姻、生活的深刻感悟用最隽永的语言表达出来。

整部小说中，最引人入胜的故事脉络就是主人公之间错综复杂爱情故事。第一条故事主线是哈尔本斯和妮丽玛之间的爱情和婚姻。哈尔本斯和妮丽玛相恋后结婚，婚前哈尔本斯非常欣赏妮丽玛的独立个性和艺术天赋。他想按照自己的想法，把妮丽玛打造成一个完美的爱人，频繁送给妮丽玛各种美术书籍，希望她能够成为一名优秀的画家，来实现自己未能完成的理想抱负。但妮丽玛志不在此，虽然在绘画方面略有小成，但她更热爱舞蹈，想要成为一名优秀的舞者。哈尔本斯出国后，要求妮丽玛尽快来英国，但妮丽玛仍然坚持前往迈索尔学习婆罗多舞，学成后才去英国与之团聚。来到英国之后，两人都无法找到体面的工作，生活陷入了困顿，原本就不和谐的婚姻又要面临来自现实的严峻考验。感情、金钱和性是维系一段婚姻的几个必要条件，而当一段婚姻仅仅靠性来维持时，两人的关系便陷入了十分危险的境地。妮丽玛甚至产生了离开家庭、与别人私奔的念头。两人回到印度之后，哈尔本斯找到了待遇尚可的工作，两人的婚姻得到了维系，但妮丽玛对哈尔本斯愈发失望，不愿只当他的身体伴侣，通过舞蹈演出一举成名成了她最大的理想，也成了她对失望的婚姻的最大寄托。

第二条故事主线是围绕妮丽玛的妹妹——徐克拉的爱情故事展开的。徐克拉长得美貌动人，懂得操持家务，是一个传统印度女性的代表，也是故事里一众主人公所仰慕的对象。她暗恋哈尔本斯，欣赏他的个性，对他言听计从，愿意为他默默付出。哈尔本斯和妮丽玛吵架的时候，她一直站在哈尔本斯的一边，数落自己姐姐的不对。但亲情是摆在她的爱情面前难以逾越的一道屏障，她不敢、也无法表达出自己的真情，她听从哈尔本斯的建议，故意冷落了对她痴心一片的画家帕尔加奥，但却对浪荡子苏尔吉德信任有加，因为哈尔本斯把她们托付给他来照顾。徐克拉一步步陷入苏尔吉德精心设下的爱情陷阱，最终迫不得已与其成婚。哈尔本斯，应该是爱着徐拉克的，或者，他自己没有意识到，或者，他假装没有这回事。他离开印度时，没有选择“我”来照顾妮丽玛和徐克拉，正是怕单身而又正直的“我”成为徐克拉的结婚对象，而苏尔吉德为人口碑不佳，把妻子遗弃在老家，看来似乎是个合适人选，但他这次却看走了眼，酿成了一个爱情悲剧。徐克拉结婚之后，哈尔本斯情感上难以接受，决定与徐克拉夫妇一刀两断，但他不知道徐克拉仍然为他默默付出，到他家料理各种家务。直到最后，妮丽玛离家出走之后，徐克拉挺身而出来照顾他，哈尔本斯才感觉到了多少年没有过的家庭温暖。

第三条故事主线是“我”的爱情故事。“我”家境贫寒，性格敏感，虽然一直暗恋徐克拉，但看到帕尔加奥的前车之鉴，加之徐克拉对“我”并未表现出丝毫热心，便把这份感情深埋于心底，主动断绝了与妮丽玛她们之间的往来，多年之后才得知妮丽玛想把徐克拉托付给“我”，不想让苏尔吉德有可乘之机。乏味的工作和失意的爱情摧毁了“我”的心理平衡，让“我”难以胜任日常工作。身体里躁动的欲望让“我”几次徘徊在妓院门口，却没有勇气进去，终于在酒后对身材臃肿发福的房东塔古尔夫人有了轻薄之举，最后不得不辞职回了老家。九年里，“我”想尽办法来忘记这段情愫，但“我”发现自己在见到徐克拉之后仍然心动不已。“我”小心翼翼处理与女记者苏希玛的爱情，步步为营，唯恐自己再受到伤害，但当一段爱情中有了太多的理性，任何一件事都可能动摇爱情的根基。当我知道苏希玛想要婚后出国定居，并且与政治秘书交往过密，便果断地结束了这段爱情。

小说中另一个值得关注的地方是理想的脆弱和现实的残酷。莫亨·拉盖什创作这部小说时，印度已经独立十多年了，社会上的不公和贫穷仍然没有消除，潜规则取代法律和规则大行其道，“丛林法则”成为众多人士信奉的法则。莫亨·拉盖什过早地品尝了人间的辛酸，事业上的挫折、生活的艰辛和婚姻的不幸时时刻刻摧残和啮噬着他敏感的心灵。他看到了许多人的理想犹如肥皂泡沫一样在现实面前纷纷破碎，便用冷峻的笔端把这些人的命运在自己的小说中书写出来。妮丽玛最大的理想是举办一场个人舞蹈演出，她为此努力了许多年，一路走来支持者寥寥无几。她之所以能获得德里艺术宫支持，并非她的舞蹈艺术有多么高超，而是依靠了哈尔本斯的社会关系；当她获得了演出机会，卖票、拉拢艺术评论家这些事务都得依赖哈尔本斯。但哈尔本斯从心底并不支持她的舞蹈事业，也不看好她的舞技，所以她的舞蹈演出从一开始就注定要遭遇失败。最后，当她的舞蹈梦想彻底破碎时，她选择离家出走，想要终结这段婚姻，但囿于亲情的压力又回到家里，继续过自己不喜欢的家庭生活。妮丽玛是一个典型的女权主义者，她喝酒抽烟，对丈夫不使用敬语。为了个人追求，她没有尽到为人妻、为人母的责任。她想追求自己的理想和平等的社会地位，却离不开哈尔本斯的资助和社会资源，最终一事无成，只能空叹容颜苍老，芳华难留。

哈尔本斯是一个有理想、有原则的知识分子。他家境优渥，有着知识分子的清高，心比天高，但婚姻和事业却差强人意。婚前他欣赏妮丽玛的独立个性，婚后却更欣赏像徐克拉的贤惠懂事。他受够了家庭争吵，但出国之后却受不了孤单寂寞，也压抑不住身体中涌动的欲望。他为了帮助妮丽玛实现跳舞的梦想，主动当起了巡演团的经纪人，却屡屡失策，被中间人卷走了定金，导致巡演团的运转难以为继。他想写一本关于自己生活的小说，开头写了好几次，手稿也攒了好几摞，但却都是一些不成文的只言片语。他打心底不支持妮丽玛跳舞，却根本管不住自己的妻子，每月还要无可奈何地为其支付高昂的费用。他揽下了出售妮丽玛舞蹈演出票的任务，总是畏首畏尾，多番奔波成效甚微。生活中每件事似乎都不顺心，就连围绕在他周围的朋友，也多是对徐克拉有所企图的觊觎者。他的每个理想都与周围的环境格格不入，四处碰壁之后，还未察觉到问题的根源。

爱情遭受挫折之后，“我”的理想是当一名有职业操守的记者，通过自己的努力出人头地。“我”凭借自己的才华应聘到了杂志社，对主编的独断专横和同事的阿谀奉承深感痛苦，哀叹自己一番才华却毫无用武之地，但又要养家糊口，只能勉为其难继续干下去。后来我成了新闻记者，回到德里后努力工作，想要拿到劲爆新闻一举成名，成天奔波，却被坐在咖啡馆闲聊的苏尔吉德嘲笑。“我”一番辛苦之后发不出新闻通告，而苏尔吉德把自己的臆测写成了新闻，还上了报纸头条，“我”也只能无奈苦笑，哀叹自己没有把握好“首都的脉搏”。当我成为文化版的负责人后，按照主编的吩咐写一篇关于民生的深度报道，“我”把自己原来居住的屠户街写了进去，曝光的问题没有得到解决，反而给这些贫苦的老街坊们惹来了麻烦，主编也不看好这篇报道。最后，当“我”发现某国使馆通过资助建立文化组织来实现不可告人的政治目标时，想以此事为题材再写一篇深度报道，惊动乃至触怒了报社主编，受到了警告，主编甚至暗示这样做会让“我”丢掉工作。

小说中还有不少知识分子早已抛弃了原来的理想，与现实妥协，在各种场合大谈特谈所谓的“生存法则”。德里艺术宫负责人古伯塔指出了舞蹈家要想成名就得靠机构的资助；记者界的大哥普温说现在不再看重才能、努力和诚信，只有学会讨好权贵才有出路；苏希玛说周围的所有人都在故弄玄虚、表里不一；艺术评论家卡查纳纳言语犀利，指出不少人所谓的“追求个人幸福”就是说谎、逃避工作、不择手段赚钱和争权夺利。当一群知识分子的理想在社会现实面前纷纷破碎的时候，很可能是这个社会出了问题。在莫亨·拉盖什的笔下，似乎什么都不完美：社会问题积弊难返，矛盾重重；主人公都存在着各种各样的缺陷和弱点，与完美的个性相去甚远。实际上，莫亨·拉盖什想深刻地探讨人性：在他的眼中，人性不存在绝对的善恶，而是呈现出一种趋利避害的天性，高尚的理想和完美的爱情往往难以抵挡物质的诱惑和身体的欲望，而在社会变革的大趋势下，人的天性只是得到充分暴露而已。

在《幽闭的黑屋》中，“新小说”的创作手法得到了非常娴熟的运用。莫亨·拉盖什用大量的环境描写来反映普通中产阶层的日常生活：早起出门上班，午后咖啡馆闲聊，深夜朋友促膝长谈。这些细腻的、一点一滴积攒起来的细节极大地丰富了人物性格和形象，使小说具有很强的画面感。莫亨·拉盖什还采用了第一人称的叙事手法，“我”既是小说的主人公，也是自己的朋友哈尔本斯的故事的聆听者，还是他们夫妻感情恶化的见证人。第一人称叙事手法的运用使小说获得了一种冷静而又客观的叙事效果，增强了作品的可信度和感染力。莫亨·拉盖什还采用了倒叙、跳跃、复现等叙事技巧，打破了故事的叙述时间维度，大大增强了故事的代入感。莫亨·拉盖什淡化了故事情节，人物的心理活动和环境描写占据了小说的大量篇幅，推动了故事情节的向前发展。除了正常的心理描写之外，小说中还有大量的幻想或联想，如哈尔本斯等待妮丽玛回家时的幻想、“我”对自己与苏希玛或妮玛婚后生活场景的幻想、“我”对纳迪尔·沙赫屠城的联想等等，这些用意识流手法书写的内容看似与小说情节无关，却从另一个侧面起到了烘托主人公心理的作用。此外，小说还使用了象征和隐喻的手法，钻石、音乐、火车、猪和《罗摩衍那》这几个形象在小说中多次反复出现。钻石和音乐都是印度的瑰宝，钻石被入侵者掳走带到了波斯，而音乐却留了下来；“我”多次梦到火车脱轨，但是却没有翻车；猪群卑贱而又龌龊地生活在泥塘里，怎么赶也赶不走；史诗《罗摩衍那》原本是印度的宗教经典，却被巷子里的女人们用来指桑骂槐、影射他人。莫亨·拉盖什没有说明这些东西到底代表或暗示了什么，避免了把自己的主观意愿强加给读者，留待读者再做一番思考和回味。

三

从1946年发表第一篇短篇小说《比丘》开始，莫亨·拉盖什已经创作了多篇短篇小说，收集在六部短篇小说集中。本书精选了7篇最具代表性的作品：《玻璃缸》《沉睡的城市》《废墟的主人》《毛毯》《新云》《安全别针》和《芭尔小姐》。与长篇小说相比，莫亨·拉盖什的短篇小说具有较强的先锋性和实验性，能够更加体现出印地语“新小说”流派的创作特点。

《玻璃缸》的主人公是一位女孩，她养着一缸金鱼，女孩隔着玻璃缸观赏金鱼。小说中的金鱼、玻璃缸和女孩是一组象征意味极强的事物。女孩隔着鱼缸看金鱼，仿佛正如女孩的好友所说的“小金鱼儿，你又在看鱼呢”。女孩和金鱼彼此是对等的，互视对方，站在女孩的立场去看，鱼在缸里；而从鱼的角度看来，整个世界都被鱼缸包围着，身处世间的人，其实也就像鱼缸里的金鱼一样身不由己。

《沉睡的城市》整篇小说中看不到完整的故事情节，更像是一幅描绘深夜都市的图画：野狗在街头游荡，流浪汉在汽车站旁酣睡，寻亲的单身女子敲打着屋门，屋顶烟囱旁有几只鸽子时不时发出“咕咕”声，夜巡的警察在追捕歹徒，身份不明的人在低声对话。读者很难从上述零散的画面中找出它们之间的联系。其实作者想告诉读者的并不是城市的夜晚发生了什么，而是在营造一种让读者自己去感受的气氛。显然，城市的夜晚并不平静，沉睡的城市是一个没有安全感的城市，作者想传达给读者的也正是这种信息。莫亨•拉盖什打破了传统小说事件在时间和因果关系上的连续性，呈现给读者的是一些零星的场景和活动，然而当我们读完整篇作品之后，才发现原本似乎是零星的、破碎的片段其实是有联系的，这时作品的寓意会自然而然地显现出来。

《废墟的主人》以印巴分治为背景，讲述了这场灾难对普通民众带来的余痛。穆斯林老人格尼时隔七年半之后，借看曲棍球比赛的机会重回阿姆利则。曾经生活的城市变得陌生，从前的家已化为一片废墟。触景生情，老人想起分治时惨死的家人，不禁潸然泪下。杀害老人儿子一家的凶手拉卡已经成为这片废墟的新主人。拉卡见到格尼很是局促不安，而老人对此并不知情，还以为他因为未能出手救助家人而心生愧疚，还反过来安慰："拉卡，他那时候就信你，说只要有你拉卡在，没人敢把他怎么样，结果坏人真来了，就是你也拦不住啊。"小说把刺透人心的悲剧和令人啼笑皆非的讽刺结合起来，体现出极强的艺术感染力。

《毯子》是一篇寓意深刻的作品。小说中一家四口的房子被水冲走，在寒夜中被迫栖身棚户区。女儿为了得到一条御寒的毯子而甘愿被人轻薄，温暖的毛毯带来的幸福让她忽略了受辱的酸楚。夜里醒来，女儿发现毯子被母亲卷走了。母亲嘴上说要让女儿盖半边毯子，实际上却在和女儿争毯子，母亲的心里只有自己和年幼的儿子，对重病的丈夫她也是没有丝毫的怜悯。母女俩争抢毯子，导致父亲挨了一夜冻，第二天母女俩醒来时发现父亲已经死了。《毯子》中的悲惨故事告诉读者，现代社会中人人都是自私的，比起人性的阴暗，人们平日里所依赖的亲情是多么的脆弱和不堪一击。

《安全别针》是一篇描写上层社会家庭关系的短篇小说。小说中上层社会的男男女女表面上道貌岸然，骨子里却腐化堕落。在一个小小的聚会中，几乎人人都有私情，他们的家庭关系名存实亡。"简单地讲，就是所有的女性角色都陷入了热恋……有时是登完山以后，有时是在湖边，又或是在俱乐部后面的房子里，跟各自的情人……丈夫把妻子丢在山顶上就自己回了德里……又或者是喝完酒跑去

‘滚床单’。”物质利益和肉体欲望成为现代婚姻关系中占据第一位的东西，甚至成为婚姻关系的基础。现代观念对印度社会的男女关系带来了巨大的影响，这也是作者想要探究的一个主题。

《新云》是一篇典型的心理小说。在一个沐浴朝圣日，天气非常糟糕，住在福舍的人很多，由于房间不够，两个年轻男子和一位年轻姑娘一行三人不得不在福舍的一个房间里避雨，和他们共处一室的还有一位叫“村长”的中年男子。小说围绕着中年男子的心理活动而展开。在看到两个男子和一个年轻女孩待在一起，“村长”立刻想到其中一定有什么“丑恶”的勾当，没准那个女孩是和他们一起私奔的？又或者是被两个男人劫持了？想到这里他睡意全无，警惕地观察着那三个人，并且在深夜里跑去向管理员“告发”，而实际上那几个青年没有任何不轨的行为。这种极端的多疑是一种典型的病态心理，而这种病态心理折射出的是人与人之间的互不信任。在现代社会里，人们遭受着各种有形或无形的压力，几乎所有人都对周围的人和事缺乏安全感。人与人之间缺乏互信，社会关系也就出现了异化。

《芭尔小姐》讲述了一个印度中产阶级女性逃避都市生活的故事。芭尔小姐本来是大城市办公室里的一名白领职员，但她实在无法忍受身边卑琐的人与事，于是她逃离城市独身前往山区居住，在那里她靠画画度日，和宠物狗待在一起，然而这种生活也不快乐，周围没有一个熟人，她住的小屋常常几个月没有人拜访，屋里摆设凌乱不堪，逃出了大都市的芭尔小姐依然过着一种不合心意的生活。《芭尔小姐》讲述了现代社会中新女性的生存困境。在印度现代社会中，越来越多的妇女走出了家庭，接受西方教育，学习西方文化，在社会中像男性一样工作生活。但在印度这个传统文化氛围浓厚的国度里，作为弱势群体的她们很多时候又不得不接受或屈从于传统的观念和习俗。在这样的社会环境下，许多职业女性的心理处于一种矛盾冲突的状态之中，她们要么逆来顺受，要么选择逃避，四处碰壁成了难逃的宿命。

在莫亨•拉盖什的短篇小说中，中产阶级是他主要的关注对象，他们的生存状态和所思所想是他书写的主题。中产阶级一方面是印度传统文化的继承者，另一方面也是印度社会变革的推动者。莫亨・拉盖什关注到中产阶级的两性关系已经有了深刻的改变。在印度传统社会中，妇女一直处于从属的地位。印度传统伦理中所谓家庭关系的和谐完全是建立在剥夺妇女自由权利和牺牲妇女自主意识的基础之上的。印度独立后，男女关系在很多方面呈现出种种新的面貌，一方面传统的影响仍然根深蒂固，另一方面男女平等、婚姻自由等一些现代观念已经深入人心，人们在爱情和婚姻方面享有了更大的自由权利。恋爱自由、婚姻自由逐渐由一种理想变成现实。在这种背景下，拉盖什的短篇小说在表现男女关系问题的时候，很少再把争取爱情和婚姻的自由权利当作矛盾的焦点，而是更深入地去探讨现代化背景下的两性关系。

莫亨・拉盖什还关注到了社会关系的异化。独立后，印度社会现代化的进程进一步加快。现代化好似一把双刃剑，一方面带来了社会的巨变和物质的繁荣，另一方面其负面影响也日益显现。在现代社会中，人们创造物质财富的能力得以空前地增强，同时人们对物质的依赖性也大大增加了。对于个人来说，经济条件对生活乃至生存显得越来越重要，这一点在印度中产阶级的身上有着十分明显的体现。现代印度社会摆脱不了拜物主义和享乐主义的影响，金钱和物欲影响并改变着社会生活的每一个角落，有时就连人们的情感和价值观也摆脱不了它的束缚。莫亨·拉盖什的许多短篇小说表现的就是印度现代社会中经济、物质利益对人们生活的负面影响，揭示了在物欲横流的大背景下，人与人的关系、人与社会的关系是如何崩溃、异化的。

莫亨·拉盖什还感受到了现代人灵魂深处的苦闷，把更多的笔墨投注到对人性的关怀。在莫亨•拉盖什的短篇小说中，主人公往往在精神上处于一种无根的漂泊状态，悲剧色彩十分明显。长期不安的、孤独的生活使得他们与社会和他人的关系淡化甚至断裂。他们生活在自己封闭的圈子里，苦闷彷徨甚至绝望透顶。这种情况在现代社会中已经变得越来越普遍。现代社会使物质领域得到了飞速发展，但却忽视了在精神上对个人的关怀。人，尤其是弱势群体中的人，在精神上难免处于一种被抛弃的状态，因此他们普遍孤独、苦闷、焦灼和压抑。

莫亨·拉盖什的短篇小说是典型的印地语“新小说”文本。莫亨·拉盖什充分淡化了短篇小说的故事情节。传统小说作为叙事性文本往往要叙述虚构的故事情节，而新小说的最大的特点就是颠覆了传统小说的叙事特征。在莫亨•拉盖什的短篇小说中，叙述一个事件并不是小说的重点，即便有时小说中也会有故事轮廓的浮现，但小说的重心绝不是对事件过程的叙述，人物心理活动以及环境和气氛的描写在小说中占据了主要地位。莫亨·拉盖什还大量使用象征和隐喻手法，使自己的短篇小说更具有先锋性和实验性。象征和隐喻成为莫亨·拉盖什向读者传达信息时的常用手段，既减少了作者在作品直接进行主观介入的必要性，又使得作品获得了形象的多义性，增加了作品的感染力。